J. D. Robb

Mörderische Hingabe

AF185387

Buch

Frisch aus dem wohlverdienten Irlandurlaub mit ihrem Mann Roarke zurückgekehrt, wird Lieutenant Eve Dallas gleich doppelt brutal von ihrer Arbeit eingeholt: Erst wird der Chauffeur einer Luxuslimousine auf dem Parkplatz vor dem Flughafen LaGuardia aufgefunden – durchbohrt von dem Bolzen einer Armbrust. Kurz darauf findet ein Edel-Callgirl in einem Gruselkabinett auf Coney Island den Tod – erstochen mit einem Bajonett.
Scheinbar wahllose, unschuldige Opfer, und ein Mörder mit einer Vorliebe für außergewöhnliche Waffen und Luxusgüter, machen Eve wütend. Und eine wütende Eve Dallas kann ebenso gefährlich sein wie ein Killer. Als die Zeit verstreicht und mit ihr ein weiteres unschuldiges Opfer in Gefahr gerät, taucht Eve mit ihren Ermittlungen in einen auserlesenen Kreis ein, zu dem auch ihre Mann Roarke gehört – und damit in das Zentrum eines perversen, wahnsinnigen Spiels …

Autorin

J. D. Robb ist das Pseudonym der international höchst erfolgreichen Autorin Nora Roberts. Nora Roberts wurde 1950 in Maryland geboren und veröffentlichte 1981 ihren ersten Roman. Inzwischen zählt sie zu den meistgelesenen Autorinnen der Welt: Ihre Bücher haben eine weltweite Gesamtauflage von 500 Millionen Exemplaren überschritten. Auch in Deutschland erobern ihre Bücher und Hörbücher regelmäßig die Bestsellerlisten. Nora Roberts hat zwei erwachsene Söhne und lebt mit ihrem Ehemann in Maryland.

Von J. D. Robb bereits erschienen (Auswahl)
Blutige Verehrung · Sein teuflisches Herz · Eiskalte Nähe · Im Licht des Todes · Der liebevolle Mörder · Geliebt von einem Feind · So tödlich wie die Liebe · Das Böse im Herzen · Zum Tod verführt · Aus süßer Berechnung · Verführerische Täuschung · Tödlicher Ruhm

Nora Roberts ist J. D. Robb
Ein gefährliches Geschenk

J. D. Robb

Mörderische Hingabe

Roman

Deutsch von Uta Hege

blanvalet

Die Originalausgabe erschien 2010 unter dem Titel
»Indulgence in Death« bei G. P. Putnam's Sons,
a member of Penguin Group (USA) Inc., New York.

Penguin Random House Verlagsgruppe FSC® N001967

6. Auflage
Copyright © der Originalausgabe 2010
by Nora Roberts
Published by Arrangement with Eleanor Wilder
Dieses Werk wurde vermittelt durch die Literarischen Agentur
Thomas Schlück GmbH, 30161 Hannover
Copyright © 2014 für die deutsche Ausgabe
by Blanvalet, in der Penguin Random House Verlagsgruppe GmbH,
Neumarkter Str. 28, 81673 München
produktsicherheit@penguinrandomhouse.de
(Vorstehende Angaben sind zugleich
Pflichtinformationen nach GPSR)

Redaktion: Regine Kirtschig
Umschlaggestaltung: www.buerosued.de
Umschlagmotiv: Trevillion Images/Susan O'Connor
Satz: Buch-Werkstatt GmbH, Bad Aibling
Druck und Bindung: GGP Media GmbH, Pößneck
LH · Herstellung: kw
Printed in Germany
ISBN: 978-3-7341-0130-4

www.blanvalet.de

*Du sollst nicht begehren; doch nach der Tradition
ist jede Form der Konkurrenz erlaubt.*

– Arthur Hugh Clough

*Das Elend, reich zu sein, besteht darin,
dass man mit reichen Menschen leben muss.*

– Logan Pearsall Smith

I

Die Straße war mörderisch. Kaum breiter als ein ordentlicher Speichelfaden, schlängelte sie sich wie eine Kobra durch riesengroße Büsche voller fremdartiger Blüten, die aussahen wie leuchtend rote Blutstropfen.

Eve ermahnte sich, dass diese Reise ihre eigene Idee gewesen war – denn auch die Liebe war mörderisch. Woher hätte sie auch wissen sollen, dass jede Kurve, die man im Westen von Irland mit dem Auto nahm, eine Gefahr für Leib und Leben war?

Im ländlichen Irland, dachte sie und hielt den Atem an, als ihr Gefährt auf dieser Todesreise abermals um eine Kurve bog. Wo die Städte nur ein leiser Schluckauf in der Landschaft waren und es mehr Rindviecher als Menschen gab. Wo die Schafherden sogar noch größer als die Rinderherden waren.

Was allerdings nur sie zu stören schien. Hatten die Menschen hier etwa noch nie überlegt, was passieren könnte, wenn sich die Armeen der Nutztiere verbündeten?

Als die mörderische Straße endlich aus den blutstropfenbesetzten Büschen führte, dehnten sich vor ihren Augen endlos weite Felder und gespenstisch grüne Hügel unter einem trüben, grau verhangenen Himmel aus. Die Wolken machten den Anschein, als könnten sie sich nicht entscheiden, ob sie einfach nur bedrohlich dicht über der Erde hängen oder all die Schafe und die Rindviecher ersäufen sollten, die die ausgedehnten Grünflächen besetzt hielten und offenbar besprachen, welche Strategie im Krieg gegen die Menschen am verheißungsvollsten war.

Einige von den Biestern trieben sich sogar inmitten dieser seltsamen – und, ja okay, auch ziemlich interessanten – steinernen Ruinen, die man auf den Hügeln sah, herum. Halb verfallene, aber trotzdem imposante Bauten, die vielleicht einmal Burgen oder Festungen gewesen waren. Orte, wie geschaffen für die Planung eines Aufstands, dachte Eve.

Als Motiv für ein Gemälde, das man sich über das Sofa hängen könnte, wäre die Umgebung sicher hübsch, aber als natürlich konnte man sie nicht bezeichnen. Das hieß, sie war übertrieben natürlich. Ja, genau. Es gab hier viel zu viel Natur. Es war alles viel zu offen, dachte Eve. Selbst die in der unendlichen Landschaft willkürlich verstreuten Häuser waren mit Blumen getarnt. Überall sah man nur Grün und unzählige Blüten, deren Farb- und Formenvielfalt geradezu unglaublich war.

Sie hatte sogar Wäschestücke wie exekutierte Kriegsgefangene an irgendwelchen Leinen baumeln sehen. Sollte es tatsächlich möglich sein, dass es im Jahr 2060 Häuser ohne Wäschetrockner gab?

Und wenn sie gerade dabei war, wo war eigentlich der ganze Luftverkehr? Bisher hatte sie nur eine Handvoll Flugzeuge gesehen, und nicht einen Werbeflieger, der die Sonderangebote in den Läden, die es schließlich sicher auch in Irland gab, anpries.

Keine U-Bahn, keine Schwebegrills, keine Touristen und auch keine Taschendiebe, die sie ausnehmen wollten, keine vor sich hin schimpfenden Taxifahrer und nicht einen laut furzenden Maxibus.

Himmel, sie vermisste ihre Heimatstadt New York.

Sie konnte nicht einmal riskieren, sich von ihrem Heimweh abzulenken, indem sie sich selbst hinter das Steuer setzte, weil man hier aus Gründen, die sie sicher nie verstehen würde, auf der falschen Straßenseite fuhr.

Warum zum Teufel taten diese Menschen das?

Sie war ein Cop und hatte einen Eid darauf geschworen, die Menschen zu beschützen, deshalb konnte sie sich kaum auf einer dieser todbringenden Straßen selbst hinter das Lenkrad eines Wagens schwingen, denn wahrscheinlich hätte sie dann spätestens nach drei Minuten irgendeinen unschuldigen Zivilisten umgemäht. Und nähme, wenn sie schon einmal dabei wäre, bestimmt noch eine Handvoll dieser Tiere mit.

Sie fragte sich, ob sie wohl je ihr Ziel erreichen würden, und wie groß die Chance war, in einem Stück dort anzukommen.

Vielleicht sollte sie ein paar Wahrscheinlichkeitsberechnungen anstellen. Denn dadurch würde sie vorübergehend von ihrem Elend abgelenkt.

Abermals verengte sich die Straße, und als ihre Seite des Gefährts die Hecke links der Straße küsste, unterdrückte Lieutenant Dallas, erfahrene Mordermittlerin, Verfolgerin von Psychopathen, Serienkillern und perversen Mördern, nur mit Mühe einen Schrei.

Der Mann, mit dem sie gerade ihren zweiten Hochzeitstag beging – weshalb sie überhaupt auf die Idee zu diesem Trip gekommen war –, nahm seine Hand vom Lenkrad und tätschelte aufmunternd ihr Bein. »Entspann dich, Lieutenant.«

»Guck nach vorne! Guck nicht mich, sondern die Straße an. Weil das im Grunde keine Straße, sondern eher ein Feldweg ist. Was sind das überhaupt für Büsche und warum zum Teufel stehen sie ausgerechnet hier?«

»Das sind Fuchsien. Wunderschön, nicht wahr?«

Für Eve sahen die Blüten aus wie Blutspritzer. Als hätte die Armee der Nutztiere ein grausiges Massaker an den wenigen Bewohnern dieses Landstriches verübt.

»Sie sollten sie ein Stück zurücksetzen, damit sie nicht mehr direkt an der blöden Straße stehen.«

»Ich nehme an, die Büsche waren als Erste hier.«

Anders als die feindseligen Büsche, die sich hinterlistig an die Straße angeschlichen hatten, liebte Eve den melodiösen, irischen Akzent, der sich selbst in New York gelegentlich in seine Sprache schlich.

Als sie einen kurzen Blick in seine Richtung wagte, sah sie, dass er glücklich wirkte. Glücklich und entspannt in seiner dünnen Lederjacke, einem T-Shirt, den aus dem unglaublichen Gesicht gestrichenen, rabenschwarzen Haaren und den Augen, deren Blau so leuchtete, dass sich ihr Herz zusammenzog.

Ein paar Wochen zuvor wären sie fast gestorben, und sie dachte voller Grauen an den atemlosen Augenblick zurück, in dem sie gedacht hatte, sie würde ihn verlieren. Weil er schwer verletzt gewesen war.

Doch jetzt saß er kerngesund und quicklebendig neben ihr. Vielleicht würde sie ihm noch einmal verzeihen, dass er sich auf ihre Kosten amüsierte.

Ja, vielleicht.

Außerdem war es ihre eigene Schuld, denn sie verbrachten auf ihren Vorschlag hin einen Teil des Urlaubs und die Feier ihres Hochzeitstages hier in Irland. Auch wenn sie nicht damit gerechnet hatte, dass er anders als beim ersten

Mal, als sie mit ihm bei seiner neu entdeckten Sippschaft zu Besuch gewesen war, statt eines Jet-Copters ein Auto nehmen würde, weil er fand, dass man dann mehr von der Umgebung sah.

Sie näherten sich einer kleinen Ansammlung von Häusern, die mit etwas gutem Willen vielleicht als Ortschaft zu bezeichnen war, und sie atmete erleichtert auf.

»Jetzt haben wir es fast geschafft«, erklärte er. »Dies ist Tulla, und der Hof von meiner Tante liegt nur ein paar Kilometer von dem Dorf entfernt.«

Erleichtert fuhr sich Eve mit beiden Händen durch das kurze, braune Haar.

»Sieh nur. Jetzt kommt sogar die Sonne durch.«

Sie betrachtete den wässrig gelben Strahl, der sich durch eine winzig kleine Öffnung in der Wolkendecke zwängte, und kniff ihre Augen zu. »Wow, bei diesem grellen Licht kann ich kaum noch was sehen.«

Lachend strich er ihre zerzausten Haare wieder glatt. »Wir sind hier einfach nicht in unserem Element, Lieutenant. Aber vielleicht tut es uns ja gut, dem Alltag hin und wieder zu entfliehen.«

Einem Alltag, der für sie aus Mordfällen, Ermittlungen, dem Irrsinn einer Stadt, die immer rannte und nie ging, den Gerüchen des Reviers und der Hektik und Verantwortung bestand, die mit der Leitung eines Polizeidezernats verbunden waren.

Ein Teil von diesen Dingen machte seit zwei Jahren auch den Alltag ihres Mannes aus. Er jonglierte mit dem Leben, das sie führte, und mit seiner eigenen Welt, die aus dem Kauf und Verkauf, dem Besitz sowie der Herstellung fast aller Dinge, die es im bekannten Universum gab, bestand.

Genau wie ihre eigenen ersten Lebensjahre waren auch die von Roarke von schrecklichen Gefahren und Dunkelheit geprägt gewesen. Er hatte sich als Taschendieb und Trickbetrüger in den Gossen Dublins durchgeschlagen, doch im Gegensatz zu seiner armen Mutter hatte er seinen brutalen, mörderischen Vater überlebt.

Auf dieser Grundlage hatte er später ein Imperium errichtet – und sich dabei weiter häufig in den Grauzonen des Rechts bewegt.

Aber trotz oder vielleicht auch wegen dieser Schatten hatte sie, der Cop aus Überzeugung, sich in ihn verliebt. Später hatten sie herausgefunden, dass sein Leben auch noch eine völlig andere Seite hatte, die im County Clare unweit des Dörfchens Tulla auf einem erschreckend altmodischen Bauernhof zu finden war.

»Wir hätten auch mit einem Hubschrauber von unserem Hotel aus zu ihnen fliegen können«, sagte Eve.

»Mir hat die Autofahrt echt Spaß gemacht.«

»Ich frage mich, was für ein Mensch du bist. Denn das meinst du anscheinend wirklich ernst.«

»Aber nach Italien fliegen wir.«

»Das will ich doch wohl hoffen.«

»Wenn wir dort ankommen, dinieren wir bei Kerzenschein in unserer Suite.« Mit einem durch und durch entspannten, gut gelaunten Lächeln fügte er hinzu: »Und zwar mit der besten Pizza, die man in Florenz bekommt.«

»Au ja.«

»Es bedeutet ihnen viel, dass wir beide zusammen ein paar Tage hier verbringen.«

»Ich mag sie«, äußerte sich Eve über die Familie seiner Mutter. »Sinead und die anderen. Und auch Ferien sind gut.

Ich muss nur noch etwas an mir arbeiten, damit ich in Urlaubsstimmung komme und mich nicht mehr ständig frage, was wohl gerade in New York passiert. Was machen die Leute hier in dieser Einöde den ganzen Tag?«

»Sie arbeiten, bestellen ihre Felder, führen ihren Haushalt, kümmern sich um die Familie und gehen abends auf ein Bier und ein bisschen Gesellschaft in den Pub. Ein Leben braucht nicht unerfüllt zu sein, nur weil es einfach ist.«

Sie stieß ein leises Schnauben aus. »Du würdest hier verrückt.«

»Und zwar spätestens nach einer Woche«, stimmte er ihr unumwunden zu. »Wir beide sind urbane Wesen, aber trotzdem kann ich anerkennen, dass es Menschen gibt, die es zu schätzen wissen, wenn sie in einer Gemeinschaft leben, in der man sich gegenseitig unterstützt. Die Iren nennen das *combar*. Hier in den westlichen Countys ist der Sinn für die Gemeinschaft ganz besonders ausgeprägt.«

Inzwischen ragten links und rechts der Straße dunkle Wälder auf, die wenig später in den Augen vieler Menschen sicher hübschen Feldern wichen, die von kleinen Steinmauern geteilt wurden, deren Bestandteile wahrscheinlich aus dem schwarzen Boden ausgegraben worden waren.

Als Roarke um eine Kurve fuhr, entdeckte sie das Haus. Es wirkte großzügig und aufgeräumt, der hübsch bepflanzte Vorgarten sah wie ein Meer aus bunten Blumen aus. Falls Gebäude eine Aura hatten, hatte dieses eine Aura der Zufriedenheit.

Roarkes Mutter hatte hier gelebt, doch irgendwann hatten die hellen Lichter Dublins sie gelockt. Dort hatte das junge, hoffnungslos naive und vertrauensselige Mädchen sich in Patrick Roarke verliebt, sein Kind auf die Welt gebracht und ihr Leben hingegeben, damit diesem Kind kein Leid geschah.

Ihre Zwillingsschwester führte jetzt den Haushalt und half ihrem Ehemann, den Kindern, den Geschwistern und den Eltern bei der Arbeit auf dem Hof. Weil offenbar die ganze Sippe hier im Grünen fest verwurzelt war.

Noch bevor sie aus dem Wagen steigen konnten, erschien Sinead bereits in der Tür. Sie war eine hübsche Frau mit rötlich goldenem Haar und grünen Augen, denen ihre Freude über die Besucher überdeutlich anzusehen war.

Doch sie streckte nicht aufgrund der Blutsverwandtschaft strahlend ihre Arme nach Roarke aus. Denn Blutsverwandtschaft hieß nicht automatisch, dass man echte Zuneigung zu jemandem empfand.

Sinead nahm den Neffen innig in den Arm, weil er ein Teil ihrer Familie war und sie ihn liebte, dann murmelte sie etwas auf Gälisch, was für Eve zwar unverständlich, aber trotzdem herzlich klang.

Weil es von Herzen kam.

Plötzlich lag auch Eve an Sineads Brust und riss erschreckt die Augen auf.

»*Fáilte abhaile*. Willkommen daheim.«

»Danke. Ah …«

»Kommt rein, kommt rein. Alle sind in der Küche oder irgendwo hinter dem Haus. Wir haben genügend Essen da, um die gesamte Horde satt zu kriegen, und wollen gleich ein Picknick machen, denn ihr zwei habt schließlich wunderbares Wetter mitgebracht.«

Eve blickte zum Himmel auf und sagte sich, dass die Bezeichnung wunderbares Wetter offenbar von Land zu Land etwas Anderes bedeutete.

»Ich sage einem von den Jungen, dass er eure Sachen aus dem Auto holen und auf euer Zimmer bringen soll. Es ist uns allen eine Freude, euch zu sehen. Weil wir jetzt endlich wieder einmal alle zusammen hier zu Hause sind.«

Sie wurden beköstigt und gefeiert, neugierig umrundet und mit Fragen bombardiert. Eve schaffte es, sich all die Namen und Gesichter einzuprägen, indem sie sich vorstellte, sie alle wären Verdächtige in einem ihrer Fälle – selbst die Allerjüngsten, die noch gar nicht laufen konnten, oder die, die noch ein wenig wacklig auf den Beinchen waren.

Wie der kleine Kerl, der ein ums andere Mal versuchte, sich an einem ihrer Beine hochzuziehen.

»Unser Devin ist ein echter Schwerenöter.« Seine Mutter – Maggie – nahm ihn lachend in den Arm und setzte ihn anmutig auf ihrer Hüfte ab. »Aidan hat erzählt, dass ihr von hier aus weiter nach Italien wollt. Connor und ich haben auf unserer Hochzeitsreise richtig auf den Putz gehauen und uns Venedig angesehen. Eine wunderschöne Stadt.«

Das Kind auf ihrer Hüfte hüpfte plappernd auf und ab.

»Meinetwegen, kleiner Mann, wir haben heute schließlich allen Grund zu feiern. Also hole ich dir noch ein Plätzchen. Willst du auch eins?«

»Danke, nein. Ich bin bereits pappsatt.«

Einen Moment später spürte Eve ein Jucken zwischen ihren Schulterblättern, drehte vorsichtig den Kopf und sah, dass hinter ihr ein Junge stand und sie mit neugierigen Blicken maß. Er hatte die grünen Augen und die unzähligen Sommersprossen, die das Markenzeichen aller Brodys waren, und wenn sie sich nicht irrte, hatte sie ihn an Thanksgiving in New York gesehen, als die Familie bei ihnen zu Besuch gewesen war.

»Was guckst du so?«, fragte sie etwas barsch.

»Hast du deinen Stunner mitgebracht?«

Zwar hatte sie ihr Schulterhalfter nicht dabei, das Knöchelhalfter aber hatte sie vor ihrer Abreise zuhause aus Gewohnheit angelegt. Doch Sinead und die anderen Frauen würden es wahrscheinlich nicht zu schätzen wissen, fuchtelte sie bei einem Familienpicknick mit der Waffe vor dem Kind herum.

»Warum? Willst du jemanden abknallen?«

Er verzog den Mund zu einem breiten Grinsen. »Meine Schwester.«

»Und warum?«

»Weil sie 'ne blöde Sumpfkuh ist. Das ist doch Grund genug.«

Sie kannte dieses Wort, weil Roarke selbst in New York gelegentlich in seinen Heimatslang verfiel. »In New York ganz sicher nicht. Denn dort gibt's blöde Sumpfkühe wie Sand am Meer.«

»Wenn ich groß bin, werde ich ein Cop und niete die Verbrecher reihenweise um. Auf wie viele hast du schon geschossen, seit du Polizistin bist?«

Blutrünstiger kleiner Bastard, dachte Eve. Was ihr durchaus nicht unsympathisch war. Trotzdem erklärte sie: »Nicht mehr als nötig. Denn es ist viel befriedigender, wenn man die Verbrecher hinter Gitter bringen kann.«

»Warum denn das?«

»Sie haben deutlich länger was davon, als wenn man einmal auf sie schießt.«

Er dachte kurz darüber nach. »Tja, dann schieße ich sie erst über den Haufen und loche sie dann noch ein.«

Als sie lachte, grinste er erneut. »Hier bei uns gibt es keine Verbrecher, was echt schade ist. Vielleicht komme ich noch einmal nach New York, damit du mir ein paar von deinen zeigen kannst.«

»Vielleicht.«

»Das wäre cool«, erklärte er und hüpfte gut gelaunt davon.

Kaum war er verschwunden, warf sich jemand auf den freien Stuhl an ihrer Seite und versorgte sie mit einem frischen Bier. Der älteste Sohn von Sinead, Seamus. Nahm sie an.

»Also, wie findest du Irland?«

»Indem ich von New York aus Richtung Osten fliege.« Als er leise lachte und ihr freundschaftlich den Ellenbogen in die Rippen rammte, fügte sie hinzu: »Unglaublich grün. Mit jeder Menge Schafe und echt leckerem Bier.«

»Schließlich hat sich ein Schäfer abends nach getaner Arbeit ein, zwei Gläser Bier verdient. Ihr beide habt meine Mutter sehr glücklich gemacht, weil ihr euch Zeit für die Familie genommen habt. Sie hat in Bezug auf Roarke die Stelle ihrer Schwester eingenommen, deshalb möchte ich dir danken, weil du ihr und ihm zuliebe hergekommen bist.«

»Es ist kein echtes Opfer, rumzusitzen und so gutes Bier zu trinken«, gab sie knapp zurück.

Er tätschelte ihr sanft das Bein. »Trotzdem war es eine ganz schön weite Reise für ein Bier. Und außerdem ist auch mein Junge total hin und weg von dir.«

»Wie bitte?«

»Mein Sean. Der kleine Kerl, der sich eben so eifrig mit dir unterhalten hat.«

»Oh. Ich weiß noch immer nicht genau, wer wer ist«, gab sie zu.

»Das kann ich mir vorstellen. Aber seit wir an Thanksgiving bei euch waren, will er kein Weltraumpirat mehr werden, sondern als Cop die bösen Buben abknallen, wenn er mit der Schule fertig ist.«

»Das hat er beiläufig erwähnt.«

»Ehrlich gesagt, hofft er verzweifelt, dass vor eurer Abreise in dieser Gegend noch ein möglichst blutiger, mysteriöser Mord geschieht.«

»Kommt so was hier öfter vor?«

Seamus lehnte sich auf seinem Stuhl zurück und nippte nachdenklich an seinem Bier. »Der letzte Mord, an den ich mich erinnern kann, ist ungefähr zwölf Jahre her. Da hat die betagte Mrs O'Riley ihrem Alten eine Bratpfanne übergezogen, als er wieder mal sternhagelvoll und mit dem Parfüm von einer anderen Frau in den Klamotten heimgekommen ist. Das war zwar ziemlich blutig, aber nicht gerade mysteriös.«

»Dann gibt's für eine Mordermittlerin in dieser Gegend also kaum etwas zu tun.«

»Was für Sean natürlich traurig ist. Deshalb verfolgt er übers Internet die Fälle, die du drüben in den Staaten löst. Vor allem von dem letzten Fall – den Morden im Zusammenhang mit diesen Holo-Spielen – war er hin und weg.«

»Oh.« Sie blickte zu Roarke, der Arm in Arm mit Sinead stand. Und dachte an das Messer, das in seinen Körper eingedrungen war.

»Wir haben sein Gerät mit einer Kindersicherung versehen. Die grausigen Details kriegt er deshalb nicht mit.«

»Was bestimmt auch besser ist.«

»Wie schlimm war mein Cousin verletzt? In den Medien wurde die Verletzung kaum erwähnt – sicher wollte er das nicht.«

Das Gefühl von seinem warmen Blut, das dickflüssig durch ihre wild zitternden Finger rann, vergäße sie wahrscheinlich nie. »Es war ziemlich knapp«, räumte sie widerstrebend ein.

Seamus nickte und warf einen Blick auf Roarke. »Er hat von seinem Vater nicht viel mitbekommen, stimmt's?«

»Nichts, was von Bedeutung wäre, nein.«

Irische Picknicks, merkte Eve, zogen sich wie die Sommertage auf der Insel endlos hin. Denn am Himmel funkelten bereits die Sterne, als das Essen und das Trinken, die Musik, der Tanz und all die fröhlichen Gespräche endeten und die Gesellschaft wieder nach Hause zog.

»Wir haben euch sehr lange wach gehalten.« Sinead brachte sie nach oben und umarmte dieses Mal nicht ihren Neffen, sondern Eve.

Die keine Ahnung hatte, was sie machen sollte, wenn ein anderer Mensch als Roarke in friedlicher Absicht seine Arme um sie schlang.

»Ihr habt eine anstrengende Reise hinter euch, und wir haben euch kaum Zeit gelassen, eure Sachen auszupacken oder euch zumindest euer Zimmer anzusehen.«

»Es war ein nettes Fest.«

»Oh ja, das war's. Und zum Abschluss hat mein Seamus Roarke noch überredet, morgen früh mit ihm aufs Feld zu gehen.« Sie drückte Eve den Arm, und Eve sah über ihre Schulter auf den Mann, von dem die Rede war.

»Echt? Du willst mit ihm aufs Feld? Auf ein Feld, auf dem etwas zu essen wächst?«

»Das wird sicher lustig. Weil ich schließlich bisher noch nie Trecker gefahren bin.«

»Ich hoffe nur, dass du das auch noch sagst, wenn wir dich im Morgengrauen aus dem Bett zerren.«

»Er braucht sowieso kaum Schlaf. In der Hinsicht ist er wie ein Droide«, meinte Eve.

Lachend öffnete Roarkes Tante eine Tür. »Dies ist euer Schlafzimmer. Ich hoffe, bis Roarke sich wieder aus den Federn quälen muss, habt ihr es darin bequem.«

Eve sah sich in dem Zimmer mit den schrägen Wänden, schlichten Möbeln, weichen Farben und den weißen Spitzen vor dem Fenster um. In einem gedrungenen Krug auf der Kommode stand ein bunter Blumenstrauß.

»Falls ihr irgendetwas braucht – ich bin am anderen Flurende.«

»Uns fehlt nicht das Geringste.« Roarke gab seiner Tante einen Kuss auf die Wange.

»Dann sehen wir uns beim Frühstück. Gute Nacht.« Damit glitt sie wieder in den Flur hinaus und zog die Tür hinter sich zu.

»Warum in aller Welt willst du morgen Trecker fahren?«, wandte sich Eve an Roarke.

»Ich habe keine Ahnung, irgendwie fand ich, dass es einfach dazugehört.« Fröhlich zog er sich die Schuhe aus. »Aber ich mache einen Rückzieher, falls du den Morgen nicht allein verbringen willst.«

»Das wird sicher kein Problem. Weil ich erst mal die Jahresration Bier ausschlafen muss, die man mir heute aufgezwungen hat.«

Lächelnd trat er vor sie und strich mit der Hand über ihr Haar. »Das waren heute ganz schön viele Leute.«

»Aber sie sind alle wirklich nett. Wenn man erst mal herausgefunden hat, worüber man mit ihnen reden kann. Am liebsten sprechen sie von dir.«

»Weil ich neu in der Familie bin.« Er küsste ihre Stirn. »Weil wir beide neu in der Familie sind und sie vollkommen fasziniert von meiner Polizistin sind.« Er zog sie sanft an seine Brust und eng umschlungen standen sie in einem hübschen Schlafzimmer in einem alten Bauernhaus und atmeten den süßen Duft der Blumen ein, den die abendliche Brise durch das offene Fenster wehen ließ. »Das hier ist ein völlig anderes Leben. Eine völlig andere Welt.«

»Der letzte Mord fand hier vor ungefähr zwölf Jahren statt.«

Er schüttelte den Kopf und stellte lachend fest: »Ich hätte mir denken sollen, dass du das bereits herausgefunden hast.«

»Ich habe mit dem Thema nicht angefangen. Hörst du das?«

»Was?«

»Nichts. Es ist total ruhig und total dunkel. Totenstill und finster wie in einem Grab. Man sollte meinen, dass hier nicht nur alle Jubeljahre mal ein Mord geschieht.«

»Hast du vielleicht Lust auf Arbeit in den Ferien?«

»Nicht wirklich. Und die Stille ist für mich okay. Wenn auch vielleicht ein bisschen ungewohnt.« Sie glitt mit einer Hand bis zu der Stelle, wo das Messer in ihn eingedrungen war. »Und wie geht's dir?«

»Auf alle Fälle gut genug, um …« Er presste seine Lippen fest auf ihren Mund und wanderte mit seiner Hand an ihrem Leib herab.

»Warte. Irgendwie fühlt sich das seltsam an.«

»Für mich fühlt sich das vollkommen natürlich an.«

»Deine Tante hat gesagt, ihr Zimmer ist am Ende dieses Flurs. Und du weißt genauso gut wie ich, dass man in diesem Haus sogar die Flöhe husten hören kann.«

»Dann musst du eben einfach leise sein.« Er kitzelte sie, bis sie quietschte. »Auch wenn das aus meiner Sicht nicht nötig ist.«

»Hast du mich nicht heute früh schon zweimal flachgelegt?«

»Meine geliebte Eve, was Romantik angeht, bist du eindeutig ein hoffnungsloser Fall.« Er schob sie rückwärts zu dem Bett, das höchstens halb so breit war wie ihr Bett daheim.

»Mach wenigstens die Glotze an. Damit man nicht uns beide, sondern die Geräusche aus dem Fernseher im Zimmer deiner Tante hört.«

Er strich mit seinen Lippen über ihre Wange und mit seiner Hand über ihr straffes Hinterteil. »Es gibt hier keinen Fernseher.«

»Keinen Fernseher?« Sie schob ihn von sich fort und sah sich suchend um. »Ist das dein Ernst? Was ist dies für ein Raum?«

»Ein Raum, den man zum Schlafen und zum Sex benutzt. Und genau das habe ich auch vor.« Um es zu beweisen, stieß er sie aufs Bett.

Das hörbar quietschte.

»Gott, was war das? Hast du das gehört? Ist in diesem Zimmer irgendwo ein Tier versteckt?«

»Ich bin mir ziemlich sicher, dass die Tiere alle draußen sind. Das war das Bett.« Entschlossen zog er ihr das Hemd über den Kopf.

Sie hob die Hüften an und ließ sie wieder fallen. »Oh, um Himmels willen. Wir tun es doch wohl nicht auf einem Bett, das spricht. Denn dann erfährt das ganze Haus, was hier gerade passiert.«

Er knabberte an ihrem Hals. »Ich glaube, sie vermuten sowieso bereits, dass wir was miteinander haben.«

»Ja, vielleicht, aber das ist was anderes, als wenn das Bett dabei laut *Jippie* schreit.«

Es war kein Wunder, dass er hoffnungslos in sie verschossen war, ging es ihm durch den Kopf.

Er sah ihr ins Gesicht, während er einen Finger über eine ihrer Brüste wandern ließ. »Dann haben wir am besten ruhigen, würdevollen Sex.«

»Bei würdevollem Sex macht man auf alle Fälle irgendwas verkehrt.«

»Da hast du sicher recht.« Er umfasste lächelnd ihren Busen und küsste sie zärtlich auf den Mund. »Wie schön du bist. Und während der gesamten, beinah dreiwöchigen Ferien gehörst du mir allein.«

»Du versuchst doch nur, mich weichzuklopfen«, meinte sie, bevor sie mit ihren Fingern durch die rabenschwarzen Haare ihres Liebsten fuhr. Denn ebenso gehörte er in der Zeit ihr allein.

»Es ist schön, dass wir hierhergekommen sind.« Jetzt zog sie ihm das Hemd über den Kopf und legte die Hand auf die inzwischen fast verheilte Wunde. »Auch wenn ich lieber nicht mehr daran denke, wie es zum Urlaub kam, freue ich mich, hier zu sein.«

»Ich finde, dass es bisher eine durchaus interessante Reise war.«

»Von der ich nicht eine Meile missen möchte. Auch wenn

sie mitunter etwas holprig war.« Sie rahmte sein Gesicht mit ihren Händen, reckte ihren Kopf, bis ihre Lippen sich berührten, zog ihn über sich und seufzte leise auf.

Mit geschlossenen Augen ließ sie ihre Hände über die gesunden, starken Muskeln seines Rückens gleiten und sog seinen Duft begierig in sich auf. Während sie sich öffnete und ihn wie stets willkommen hieß.

Sie drehte ihren Kopf, suchte erneut nach seinem Mund und verspürte eine Leichtigkeit, die süß war wie die milde, abendliche Luft.

Wieder stieß das Bett ein lautes Quietschen aus, und lachend meinte sie: »Vielleicht legen wir uns besser auf den Fußboden.«

»Beim nächsten Mal«, schlug er ihr vor, wieder stieß sie ein leises Lachen und danach einen zufriedenen Seufzer aus. Denn wie jedes Mal, wenn sie in seinen Armen lag, wurde ihr wohlig warm ums Herz.

Und als sie sich schließlich rundherum befriedigt schläfrig an ihn schmiegte, murmelte sie gut gelaunt: »Jippie.«

Noch bevor es richtig hell war, fuhr sie aus dem Schlaf und richtete sich kerzengerade auf.

»Was war das? Hast du das gehört?« Eilig sprang sie aus dem Bett, stürzte nackt durchs Zimmer und riss den Reservestunner aus dem Knöchelhalfter, das auf der Kommode lag.

»Da! Da war es schon wieder! Was ist das für ein Geräusch?«

Roarke drehte sich gemütlich noch einmal um. »Das ist das Krähen eines Hahns.«

»Willst du mich verarschen?« Mit gezückter Waffe stand sie da und starrte ihn mit großen Augen an.

»Oh nein. Es wird allmählich hell, und der Hahn gibt das Signal zum Aufstehen.«

»Ein Hahn?«

»Genau. Und obwohl der Anblick, den du bietest, durchaus faszinierend ist, glaube ich nicht, dass Sinead und ihr Mann sich freuen würden, wenn du ihren Hahn über den Haufen schießen würdest, Schatz.«

Seufzend legte sie den Stunner wieder fort. »Mein Gott, es kommt mir vor, als wären wir auf einem anderen Planeten und nicht nur auf einem anderen Kontinent.« Sie glitt wieder ins Bett. »Falls dein ganz privater Piepmatz vielleicht auch noch das Signal zum Aufstehen geben will, denkst du am besten daran, dass ich bewaffnet bin.«

»Auch wenn der Gedanke durchaus reizvoll ist, muss ich jetzt leider aufstehen. Denn obwohl ich lieber noch ein bisschen Frühsport mit dir treiben würde, habe ich versprochen, dass ich mit Seamus Trecker fahren will.«

»Viel Spaß«, wünschte ihm Eve und zog ein Kissen über ihren Kopf.

Krähende Hähne, dachte sie und kniff die Augen zu. Großer Gott, kam dieses andere Geräusch vielleicht von einer Kuh? Muhten diese Tiere wirklich? Und vor allem, wie nah kamen diese Ungeheuer an das Haus heran?

Sie lüftete vorsichtig das Kissen und sah nach, ob ihre Waffe griffbereit auf dem Nachttisch lag.

Wie zum Teufel sollte man bei all dem Muhen, Krähen und den anderen Dingen, die dort draußen vielleicht vor sich gingen, schlafen? Das war alles total unheimlich. Was sagten diese Biester zueinander? Und weshalb sprachen sie überhaupt?

Stand das Fenster nicht noch offen? Vielleicht stünde sie am besten auf und …

Als sie abermals die Augen aufschlug, fielen helle Sonnenstrahlen auf ihr Gesicht.

Dann war sie also wirklich noch einmal eingeschlafen, hatte allerdings einen beunruhigenden Traum gehabt, in dem die Tiere dieses Bauernhofs in Tarnklamotten herumgelaufen waren.

Sie brauchte dringend einen Kaffee, doch im selben Augenblick wurde ihr klar, dass sie in Irland war, und sie unterdrückte einen Fluch. Denn hier trank man Tee, und sie hatte keine Ahnung, wie sie einen Tag im Kreis all dieser Menschen überstehen sollte, ohne dass sie vorher eine möglichst große Dosis ordentliches Koffein bekam.

Sie richtete sich mühsam auf, sah sich immer noch etwas verschlafen um und merkte, dass ein Memowürfel auf dem Morgenrock am Fußende des Bettes lag. Eilig griff sie sich den Würfel und rief die dort hinterlassene Nachricht ab.

»Guten Morgen, Lieutenant. Falls du noch nicht richtig ausgeschlafen bist: Die Dusche findest du hinter der letzten Tür auf der linken Seite des Flurs. Sinead sagt, dass du zum Frühstück einfach in die Küche kommen sollst. Wie es aussieht, treffen wir uns gegen zwölf. Sinead bringt dich dann zu uns aufs Feld oder dorthin, wo wir gerade sind. Pass gut auf meine Polizistin auf.«

»Hier gibt's keine Verbrecher, falls du das vergessen hast.«

Sie zog ihren Morgenmantel an und steckte nach kurzem Überlegen ihren Stunner ein. Weil man eine Waffe besser nicht einfach im Zimmer liegen ließ.

Hoffentlich würde die Dusche ihre Lebensgeister wecken, wenn es hier schon keinen Kaffee gab.

2

Ihr Schlafzimmer war aufgeräumt, und selbst das Bett war ordentlich gemacht, bis sie mit Duschen fertig war. Hatten sie hier etwa Droiden? Sie war nur froh, dass sie den Stunner mitgenommen hatte, als sie aus dem Raum gegangen war.

Aber wenn sie Droiden hatten, weshalb gab es dann keinen AutoChef in diesem Raum, auf dessen Speisekarte Kaffee stand? Oder einen Fernseher, um die internationalen Nachrichten zu sehen und zu verfolgen, was daheim geschah.

Pass dich an, befahl sie sich und zog sich unter lauten Kuckucksrufen eines völlig durchgeknallten Vogels an. Sie war nicht in New York, und dieser Ort hatte nicht die geringste Ähnlichkeit mit ihrer Heimatstadt. Immerhin sammelte sie hier minütlich einen Punkt als gute Gattin ein.

Sie fuhr sich mit den Fingern durch das feuchte Haar, weil es hier zwar eine Dusche, aber keine weitere Kabine zum Trocknen gab, und sagte sich, dass sie für den bevorstehenden Tag halbwegs gewappnet war.

Auf halbem Weg ins Erdgeschoss hörte sie, wie eine hübsche, helle Frauenstimme über die Liebe sang. Während sie hätte schwören können, dass ihr der verführerische Duft von echtem Kaffee in die Nase stieg.

Tapfer kämpfte sie gegen die aufkeimende Hoffnung an und sagte sich, dass der Geruch wahrscheinlich nur ihrer sensorischen Erinnerung entsprang. Wie ein Fisch, der an der Angel hing, wurde sie dennoch von dem Aroma angezogen, bis sie schließlich in der Küche stand.

»Oh, Gott sei Dank.« Sie hatte nicht gemerkt, dass sie

diesen Gedanken ausgesprochen hatte, doch Sinead lenkte ihren Blick vom Herd auf sie und meinte lächelnd: »Guten Morgen. Hast du gut geschlafen?«

»Bestens, danke. Ist das etwa echter Kaffee?«

»Allerdings. Roarke hat auf meine Bitte extra deine Lieblingssorte mitgebracht. Denn ich wusste, dass du eine Schwäche dafür hast.«

»Es ist mehr ein geradezu verzweifeltes Verlangen.«

»Ich brauche morgens immer erst mal eine Tasse starken Tee, bevor ich richtig bei mir bin.« Sinead hielt Eve einen bis zum Rand gefüllten, dickwandigen, braunen Becher hin. Sie trug eine weizengelbe Hose unter einer leuchtend blauen Bluse mit in Ellenbogenhöhe aufgeschlagenen Ärmeln und hatte ihr Haar mit einer Klammer an ihrem Hinterkopf zusammengefasst.

»Setz dich an den Tisch und komm erst einmal in Gang.«

»Danke. Gern.«

»Die Männer sehen sich noch irgendwelche Landmaschinen an, du kannst also in Ruhe frühstücken. Roarke sagt, über ein richtiges irisches Frühstück würdest du dich sicher freuen.«

»Ah …«

»Eine zivilisierte Menge«, fügte Sinead gut gelaunt hinzu. »Nicht die Berge, die die Männer in sich reinschaufeln, bevor sie auf die Felder gehen.«

»Mir genügt der Kaffee. Mach dir also bitte keine Umstände.«

»Das tue ich gern. Es macht mir einfach Spaß. Die Würstchen und der Speck sind bereits fertig, müssen also nur noch kurz aufgewärmt werden, und die anderen Sachen sind im Nu gemacht. Außerdem gefällt es mir, wenn mir hier jemand Gesellschaft leistet.« Lächelnd wandte sie sich wieder ihren Töpfen zu.

Seltsam, dachte Eve. Es war wirklich seltsam, jemandem beim Kochen zuzusehen. Sicher kochte auch der blöde Summerset zu Hause all die Dinge, die sie über die diversen AutoChefs im Haus bestellen konnte, selbst.

Doch sie würde sich niemals freiwillig in die Küche setzen, während dieser arrogante Laffel dort zugange war.

»Ich habe gehört, der Gockel hätte dich aufgeweckt.«

»Was?«

»Nicht *diese* Art von Gockel«, stellte Sinead fröhlich fest. »Der hat dich vielleicht ebenfalls geweckt, aber ich meine den Chef von unserem Hühnerstall.«

»Oh, richtig. Ja. Macht er etwa jeden Morgen einen solchen Krach?«

»Allerdings, obwohl ich so daran gewöhnt bin, dass ich kaum noch mitbekomme, wenn er kräht.« Sie schlug ein paar Eier in die Pfanne. »Das ist für mich wahrscheinlich das, was für dich Verkehrslärm ist. Einfach ein Teil der Welt, in der man lebt.«

Sie wandte sich Eve wieder zu. »Ich bin so froh, dass ihr bis morgen bleibt und heute so ein schöner Tag ist. Weil die Sonne dein Geschenk für Roarke noch mehr zur Geltung kommen lässt. Ich dachte, wir beide gehen ein bisschen früher rüber, damit du es dir erst einmal selbst ansehen kannst.«

»Dank der Bilder, die du mir geschickt hast, kann ich mir schon vorstellen, wie es geworden ist, aber natürlich würde ich es gern auch noch mit eigenen Augen sehen. Ich weiß zu schätzen, was ihr hier alle geleistet habt, Sinead.«

»Es bedeutet uns sehr viel. Es ist viel mehr als nur ein prächtiges Geschenk zu eurem Hochzeitstag. Viel mehr.«

Sie häufte die Eier, eine braun gebackene Kartoffel und eine halbe Tomate auf den Teller mit den Würstchen und dem Speck und stellte ihn mit einem Schälchen Butter auf den Tisch. »Hier ist noch frisch gebackenes Vollkornbrot«, erklärte sie, wobei sie das Geschirrtuch von dem halben, runden Brotlaib zog.

»Riecht super.«

Lächelnd schenkte Sinead Kaffee nach, holte sich ihren Teebecher und nahm Eve gegenüber Platz.

»Und es schmeckt sogar noch besser. Was viel heißt, weil mich auch Roarke beim Frühstück hoffnungslos verwöhnt.«

»Das freut mich. Es macht mir Spaß, für andere zu kochen und sie zu umsorgen. Obwohl das vielleicht etwas unbescheiden klingt, glaube ich, dass mir das einfach liegt.«

»Auf jeden Fall.«

»Jeder Mensch sollte das Glück haben zu tun, was ihm gefällt und wofür er talentiert ist. Du hast dieses Glück auf jeden Fall.«

»Das stimmt.«

»Ich kann mir genauso wenig vorstellen, deiner Arbeit nachzugehen, wie du dir sicher vorstellen kannst, das Leben zu führen, das mir hier beschieden ist. Trotzdem sitzen wir zusammen hier an diesem Tisch. Das Schicksal kann sehr launisch sein, aber in dieser Hinsicht hat es es sehr gut mit uns beiden gemeint. Ich danke dir, dass du bereit bist, einen Teil von deiner knappen Urlaubszeit zu opfern, und mit Roarke hierhergekommen bist.«

»Es ist wohl kaum ein Opfer, hier zu sitzen und ein so köstliches Frühstück zu genießen«, widersprach ihr Eve.

Sinead schob den Arm über den Tisch und berührte ihre Hand. »Du hast großen Einfluss auf einen sehr einflussreichen Mann. Seine Liebe gibt dir diese Macht, obwohl ich davon ausgehe, dass ihr euch auch wie tollwütige Hunde streiten könnt.«

»Das können wir sogar sehr gut.«

»Im Moment fährt er mit einem Traktor über eins von unseren Feldern, statt auf einer sonnenüberfluteten Terrasse an irgendeinem exotischen Ort zu sitzen und bereits zum Frühstück mit Champagner anzustoßen. Weil du wolltest, dass er hierherkommt und Traktor fährt. Weil du weißt, wie wichtig die Verbindung zur Familie für ihn ist, und dass er es braucht, dass du diese Verbindung mit ihm teilst.«

»Ihr habt ihm etwas gegeben, was er will und braucht, obwohl ihm das gar nicht bewusst gewesen ist. Sonst säßen du und ich jetzt nicht zusammen hier an diesem Tisch.«

»Meine Schwester fehlt mir immer noch jeden Tag.«

Sinead wandte sich kurz ab und stieß mit rauer Stimme aus: »Die Verbindung zwischen Zwillingen ist so intim, dass ich es nicht in Worte fassen kann. Jetzt habe ich mit ihrem Jungen einen Teil von ihr, von dem ich nie auch nur gehofft hätte, ihn jemals zu besitzen, ich nehme für sie die Mutterstelle bei ihm ein. Denn genau wie du liebe ich ihn von ganzem Herzen. Ich möchte, dass du mich als Freundin siehst und hin und wieder mit ihm herkommst oder uns in eurem Haus empfängst. Dass diese Verbindung im Verlauf der Zeit noch stärker und noch wahrer wird – und dass das, was uns beide verbindet, mehr als die Beziehung zu dem Mann ist, den wir beide lieben.«

»Viele Menschen hätten ihm die Schuld daran gegeben, was damals geschehen ist.«

»Er war noch ein Baby«, widersprach ihr Sinead, doch sie schüttelte den Kopf.

»In meiner Welt beschuldigen, verletzen und verstümmeln sich die Menschen gegenseitig aus den unlogischsten Gründen. Roarkes Vater hat deine Schwester umgebracht. Er hat sie dir genommen, denn er hat sie erst benutzt, missbraucht, betrogen und am Schluss getötet. Deshalb würden viele Menschen Roarke ansehen und denken, dass er schuld an diesem Unglück ist, dass seine Mutter seinetwegen nicht mehr lebt. Als er herausfand, was geschehen war, als er dahinterkam, dass man ihn über Jahre hinweg eine Lüge glauben lassen hat, hat er sich sofort auf den Weg zu euch gemacht. Statt ihn abzuweisen, ihn mit Vorwürfen zu überschütten oder ihn für ihren Tod zu strafen, habt ihr ihn hier bei euch aufgenommen und getröstet, weil er selbst zutiefst erschüttert war.« Eve seufzte.

»Ich schließe nur sehr selten Freundschaft«, fügte sie dann hinzu. »Ich tue mich damit ein bisschen schwer. Aber ich werde euch nie vergessen, dass ihr ihn mit offenen Armen aufgenommen habt, und schätze, dass das zwischen uns bereits etwas wie eine Freundschaft ist.«

»Er hat wirklich Glück, dass er dich hat.«

Eve schaufelte sich kurzerhand den nächsten Bissen Rührei in den Mund. »Auf jeden Fall.«

Lachend legte Sinead ihre Hände um den Becher Tee, der vor ihr stand. »Siobhan hätte dich gemocht.«

»Wirklich?«

»Auf jeden Fall. Sie mochte kluge, kühne Frauen.« Sinead beugte sich über den Tisch. »Und da wir gerade allein sind, könntest du mir jetzt vielleicht die grässlichen Details deines letzten Mordfalles erzählen. Die, die von den Medien verschwiegen worden sind.«

Kurz vor Mittag betrat Eve den kleinen Park, stemmte ihre Hände in die Hüften und betrachtete eingehend die Gerätschaften, von denen sie umgeben war. Sie kannte sich mit Spielplätzen nicht im Geringsten aus, doch dieser Spielplatz schien durchaus okay zu sein. Vor allem, da sie zwischen all dem Zeug, auf dem die Kinder schaukeln, klettern, rutschen oder sonst was machen konnten, eine Reihe hübscher Blumenbeete sowie eine Menge junger, grüner Bäume sah.

Sinead hatte im Gedenken an die tote Schwester einen Kirschbaum auf dem Hof gepflanzt, und hier wuchs neben einem kleinen Pavillon eine jüngere Version desselben Baums. Außerdem konnten die Eltern sich auf einer Reihe hübscher Bänke ausruhen, während ihre Kinder ausgelassen tobten, merkte Eve.

Neben einem vollständig möblierten Spielzeughaus plätscherte ein hübscher Brunnen, und ein Stückchen weiter gab es eine freie Fläche mit ein paar Tribünen, wo die Kids nach Aussage von Sinead *bolzen* konnten – was zum Teufel das auch immer war –, eine Picknickhütte und ein größeres Gebäude, weil die Sportler schließlich Räumlichkeiten brauchten, um sich vor und nach den Spielen umzuziehen.

Einige der angelegten Pfade endeten bisher im Nichts. Weil die Arbeit an dem Spielplatz noch nicht abgeschlossen war.

Trotzdem hatten Sinead und die anderen sich unglaublich ins Zeug gelegt, und Eve stellte zufrieden fest: »Sieht alles wirklich super aus.«

Sinead atmete erleichtert auf. »Ich hatte fürchterliche Angst, du hättest es dir vielleicht total anders vorgestellt.«

»Etwas derart Tolles hätte ich mir nie ausdenken, geschweige denn umsetzen können.« Sie trat ein wenig näher an die Schaukeln und sah auf den Boden, als ihr Schuh im weichen Untergrund versank.

»Das ist Sicherheitsmaterial. Weil Kinder schließlich auch mal fallen, sich dabei aber möglichst nicht verletzen sollen.«

»Ausgezeichnet. Sieht so aus, als könnte man hier jede Menge Spaß haben«, stellte Eve fest. »Natürlich ist es hübsch und wirklich gut durchdacht, aber vor allem sieht es aus, als könnten sich die Kids hier prächtig amüsieren.«

»Wir waren mit ein paar von unseren Kindern hier, damit sie alles testen, und ich kann dir garantieren, sie haben sich nach Kräften amüsiert.«

Jetzt stemmte auch Sinead ihre Hände in die Hüften, drehte sich einmal um sich selbst, und die sanfte Brise fuhr durch ihr inzwischen offenes Haar. »Im Dorf wird von nichts anderem mehr geredet. Aber schließlich ist dies auch ein wunderbarer Ort geworden. Ein in jeder Hinsicht wunderbarer Ort.«

»Wenn er ihm nicht gefällt, trete ich ihm in den Hintern.«

»Und ich halte währenddessen deine Jacke. Ah, da kommen sie.« Sinead reckte das Kinn, als sie den Pick-up sah. »Dann schaffe ich die anderen erst einmal aus dem Weg, damit du Roarke sein Geschenk unter vier Augen überreichen kannst.«

»Danke, das ist nett.«

Meistens war ihr unbehaglich zumute, wenn sie etwas schenkte oder selbst etwas geschenkt bekam. Und in diesem Fall war sie etwas nervös, dass ihr Präsent womöglich furchtbar übertrieben war. Im November, während Sinead in New York gewesen war, war ihr die Idee fantastisch vorgekommen, aber dann hatte das Vorhaben sich als entsetzlich kompliziert und aufwändig herausgestellt, und jetzt hatte sie Angst, dass es vielleicht nicht angemessen war.

Geschenke, Jahrestage und Familie – mit all diesen Dingen kannte sie sich nur sehr wenig aus.

Sie sah ihm entgegen, als er auf sie zugelaufen kam. Er trug Jeans und Stiefel, ein verblichenes, bis zu seinen Ellenbogen aufgerolltes, blaues Hemd und hatte sich das dichte, seidig weiche, schwarze Haar zu einem Pferdeschwanz gebunden, so wie er es immer machte, wenn er bei der Arbeit war. Obwohl sie schon seit fast zwei Jahren seine Frau war, schlug ihr Herz noch immer einen Purzelbaum, wenn sie ihn sah.

»Dann gibst du also alles auf und wirst jetzt Bauer?«, rief sie ihm entgegen.

»Nein, ich glaube nicht, obwohl es ein paar Stunden lang durchaus sehr lustig war. Sie haben sogar Pferde.« Er blieb vor ihr stehen, neigte den Kopf und gab ihr einen Kuss. »Du könntest ja einmal auf einem reiten, wenn du willst.« Er legte einen Finger auf das Grübchen in der Mitte ihres Kinns. »Vielleicht macht dir das ja mehr Spaß als der Ritt auf diesem Holo-Pferd, mit dem du letztens in die Schlacht gezogen bist.«

Sie erinnerte sich an die Kraft und die Geschwindigkeit des Hologramms und zog in Erwägung, dass ein Ritt auf einem echten Pferd durchaus Spaß machen könnte. Doch jetzt ging es erst einmal um etwas völlig anderes.

»Sie sind noch größer als Kühe, sehen aber nicht so seltsam aus.«

»Genau.« Er sah sich um, und ihre Nervenenden fingen an zu kribbeln. »Willst du noch ein Picknick machen? Das hier wäre der ideale Ort dafür.«

»Gefällt er dir?«

»Die Anlage sieht wirklich reizend aus.« Er nahm ihre Hand, und sie bemerkte, dass er nach dem Grün der Felder roch. »Soll ich dich auf der Schaukel anstupsen?«

»Vielleicht.«

»Wir beide sind als Kinder kaum jemals geschaukelt.« Hand in Hand mit ihr lief er über den Platz. »Ich wusste gar nicht, dass es hier einen so schönen Spielplatz gibt. Die Lage ist perfekt. Nah genug am Dorf, um ihn problemlos zu erreichen, aber weit genug davon entfernt, dass der Besuch etwas Besonderes bleibt. Die Bäume sind noch jung, ich nehme also an, er wurde erst vor Kurzem angelegt. Das heißt, anscheinend sind sie sogar noch dabei«, verbesserte er sich, als er die Grabwerkzeuge und die anderen abgedeckten Geräte sah.

»Er ist noch nicht ganz fertig.« So unauffällig wie möglich führte sie ihn an dem kleinen Spielzeughaus vorbei zum Brunnen.

»Die offizielle Eröffnung steht noch aus.«

»Das heißt, wir haben diesen Spielplatz ganz für uns? Sean war mit mir und seinem Vater unterwegs. Er hätte sicher Lust, sich hier ein bisschen auszutoben.«

»Ja, vielleicht …« Eve hatte gehofft, er würde sich den Brunnen ansehen, doch im Grunde hätte sie sich denken müssen, dass er sich vor allem für die Geräte interessieren und gedanklich überschlagen würde, welche Arbeiten noch nicht beendet waren. »Hier ist also dieses Ding.«

»Hm?« Er sah sie fragend an.

»Mein Gott.« Sie drehte ihn frustriert herum und stieß ihn praktisch mit der Nase auf die schimmernde Plakette, die am Brunnenrand befestigt war.

SIOBHAN-BRODY-PARK
GESTIFTET VON IHREM SOHN

Als er schwieg, vergrub sie ihre Hände in den Taschen ihrer Jeans. »Tja, nun ... es ist ein paar Tage zu früh, aber trotzdem wünsche ich dir einen schönen zweiten Hochzeitstag.«

Er starrte sie aus seinen wundervollen, wilden, blauen Augen an und sagte nur ein Wort. Nur: »Eve.«

»Die Idee ist mir gekommen, als deine irische Verwandtschaft letzten Herbst bei uns zu Hause eingefallen ist, und Sinead meinte, sie und auch die anderen fänden sie okay. Ich habe eigentlich nur Geld geschickt. Verdammt, dein Geld, denn schließlich hast du bei unserer Hochzeit dieses blöde Konto für mich eingerichtet. Also ...«

Wieder sagte er nur »Eve«, zog sie eng an seine Brust und vergrub sein Gesicht in ihrem Haar.

Machte einen tiefen Atemzug und nahm sie noch ein wenig fester in den Arm.

»Dann gefällt es dir also.«

Schweigend strich er ihr über den Rücken, aber schließlich stieß er leise aus: »Du bist einfach unglaublich.« Wobei ihm die Rührung deutlich anzuhören war. Seine blauen Augen leuchteten vor Glück. »Dass du an so etwas gedacht hast. Dass du das realisiert hast.«

»Den größten Teil der Arbeit hatten Sinead und die anderen. Ich habe schließlich nur ...«

Er schüttelte den Kopf und küsste sie innig auf den Mund.

»Ich weiß nicht, wie ich dir dafür je danken soll. Ich kann kaum in Worte fassen, was mir das bedeutet. Weil es dafür einfach keine Worte gibt.« Er nahm ihre Hände und hob sie an seine Lippen. »*A ghra.* Du bringst mich völlig aus dem Gleichgewicht.«

»Dann ist es also gut.«

Jetzt legte er die Hände sanft an ihr Gesicht, presste seinen Mund auf ihre Braue, sah ihr ins Gesicht und sagte einen Satz auf Gälisch, den sie nicht verstand.

Sie sah ihn fragend an, und als er lächelte, wurde ihr warm ums Herz.

»Ich habe gesagt, dass du mein Herzschlag, mein Atem und das Licht in meiner Seele bist.«

Um nicht vollkommen dahinzuschmelzen, nahm sie seine Handgelenke und sah ihn mit einem schiefen Grinsen an. »Selbst wenn ich dir auf die Nerven gehe?«

»Dann vor allem.« Er drehte sich um und sah sich die Plakette an. »Sie ist einfach wunderschön. Schlicht und wunderschön.«

»Du bist schließlich auch ein schlichter Typ.«

Wie Eve gehofft hatte, brach er bei diesem Satz in leises Lachen aus. »Die Familie hat mir einiges über sie erzählt. Deshalb weiß ich, dass ihr das sehr viel bedeutet hätte. Ein sicherer Ort, an dem die Kinder spielen können.« Wieder blickte er sich um. »Ein Ort für Familien und für junge Leute, die sich hier zusammensetzen können, um gemeinsam ihre Hausaufgaben zu erledigen, Musik zu hören oder auf dem Fußballfeld zu kicken.«

»Ich verstehe wirklich nicht, warum das Fußball heißt, denn mit unserem Football hat es schließlich nicht das Mindeste zu tun. Außerdem ist es kein Baseball. Weil sie in Europa einfach keinen blassen Schimmer davon haben, was echt schade ist.«

Mit einem erneuten Lachen nahm er ihre Hand und

schwang sie fröhlich hin und her. »Wir sollten jetzt die anderen holen, damit sie sich hier amüsieren können, während du mir alles zeigst.«

»Okay.«

Kaum hatte Seamus' Zögling das Signal bekommen, stürzte er begeistert los, erklomm diverse Leitern, baumelte an irgendwelchen Stangen und kletterte wie ein Äffchen über das Gerüst.

Was zeigte, dass der Spielplatz ausgezeichnet zum Herumtoben geeignet war.

Wenig später tauchten Sinead sowie eine Reihe anderer Verwandter auf, breiteten diverse Köstlichkeiten auf den Picknicktischen aus und scheuchten die neugierigen Hunde fort.

Als Sinead nach getaner Arbeit auf dem Rand des Brunnens Platz nahm, setzte Roarke sich neben sie, nahm ihre Hand, und sie sahen einander schweigend an.

»Es ist gut zu wissen, dass hier meine Enkelkinder und vielleicht noch deren Kinder spielen, lachen, streiten, rennen werden«, stellte sie nach einem Augenblick mit rauer Stimme fest. »Es ist gut, dass sich aus Trauer und Verlust auch etwas Schönes, Freundliches entwickeln kann. Deine Frau kennt dich sehr gut, und das macht dich zu einem reichen Mann.«

»Das stimmt. Ihr alle habt viel Zeit und Arbeit in den Spielplatz investiert.«

»Oh, ich hatte sonst gerade nichts vor, und außerdem hat sie nicht nur dir, sondern auch mir und allen anderen ein Geschenk damit gemacht. Deine Oma hat geweint, als ich ihr erzählt habe, was Eve im Schilde führt. Aber es waren glückliche Tränen, und nach all den unglücklichen Tränen, die wir wegen Siobhan vergossen haben, hatten diese Tränen eine reinigende Wirkung. Deine Frau kennt sich mit Tod und Elend aus. Das macht sie sensibel.« Sinead sah den Neffen von der Seite an. »Sie hat eine ganz besondere Gabe, denn sie kann nicht nur mit ihren Augen, sondern auch mit ihrem Bauch und ihrem Herzen sehen.«

»Sie würde das Instinkt, Gewohnheit oder das Gespür der Polizistin nennen.«

»Es spielt keine Rolle, wie sie diese Gabe nennt, oder?« Lachend stand sie wieder auf und zog ihn neben sich. »Sieh nur, wer da drüben steht. Ein Freund, der mit dir spielen will.«

Roarke blickte verwundert über seine Schulter, setzte dann aber ein breites Grinsen auf. »Ich hätte nicht gedacht, dass Brian extra zum Spielen aus Dublin kommt.«

»Ich dachte mir, an einem Tag wie diesem würdest du dich vielleicht freuen, einen Jugendfreund zu sehen. Am besten gehst du zu ihm, denn es sieht so aus, als mache er sich ungeniert an deine Frau heran.«

Mit einem breiten Grinsen auf dem runden, rötlichen Gesicht zog Brian Kelly Eve an seine Brust. »Ah, mein liebreizender Lieutenant.« Ungeniert verpasste er ihr einen Schmatzer mitten auf den Mund. »In dem Augenblick, in dem Sie Roarke den Laufpass geben, werde ich zur Stelle sein.«

»Es ist immer gut, wenn man einen Ersatzmann hat.«

Er lachte dröhnend auf und schlang ihr einen seiner muskulösen Arme um die Schultern, als sein Freund auf sie zukam.

»Ich werde mit dir um sie kämpfen. Und ich werde dabei alle miesen Tricks anwenden, die ich je gelernt habe«, erklärte Roarke.

»Was ich dir nicht verdenken kann.«

Lachend ließ er von Eve ab, zog Roarke an seine Brust und küsste ihn genauso schmatzend auf den Mund. »Du warst immer schon ein Glückspilz.«

»Freut mich, dich zu sehen, Brian.«

»Deine Tante war so nett mich einzuladen.« Er trat einen Schritt zurück und sah sich auf dem hübschen Spielplatz um. »Wunderschön. Echt wunderschön.«

Eve blickte neben sich, als plötzlich Sean an einer ihrer Hände zog. »Was ist?«

»Die Hunde sind da drüben in den Wald gerannt.«

»Okay.«

»Sie kommen nicht zurück, wenn ich sie rufe, und sie bellen die ganze Zeit.«

»Na und?«

Er rollte mit den Augen. »Du bist doch die Polizistin. Ich darf nicht alleine in den Wald, deswegen musst du mitkommen.«

»Ach ja?«

»Na klar. Denn vielleicht haben sie ja was gefunden. Einen Schatz, einen Hinweis auf ein Rätsel ...«

»Oder ein normales Eichhörnchen.«

Er bedachte sie mit einem bösen Blick. »Das weiß man erst, wenn man es sieht.«

»Nach der langen Fahrt von Dublin täte es mir sicher gut, mir kurz die Beine zu vertreten. Und auch einen Schatz könnte ich durchaus brauchen«, mischte Brian sich in das Gespräch, und Sean fing an zu strahlen.

»Also, gehen wir, aber sie muss mitkommen. Weil sie schließlich ein Lieutenant ist.«

»Da hast du recht. Na, wie wäre es mit einer kurzen Schatzsuche?«, fragte er Roarke.

»Ich zeige euch den Weg!«, begeistert lief der Junge los.

»Nun komm schon, Lieutenant.« Roarke nahm ihre Hand. »Weil du die Truppe schließlich anführen musst. Wie läuft's in deinem Pub, Brian?«

»Oh, wie immer. Ich zapfe das Bier und höre mir den Tratsch und den Kummer der Leute an.« Er zwinkerte Eve zu. »Mein Leben ist inzwischen ziemlich ruhig.«

»Wie heißt Blödsinn auf Gälisch?«, fragte Eve.

»Also bitte, liebreizender Lieutenant, zwar hat mich dieser Mann in meiner Jugend kurzfristig auf Irrwege geführt, aber seither bin ich geläutert. Überzeugen Sie sich einfach selbst, indem Sie wieder mal mit Roarke nach Dublin kommen. Die Getränke wären dann selbstverständlich kostenlos.«

Sie schlenderten gemächlich Richtung Wald, der junge Sean aber sprang aufgeregt um sie herum und trieb sie ein ums andere Mal zu Eile an. Inzwischen konnte Eve die Hunde hören. Ihr pausenloses Bellen klang tatsächlich schrill und aufgeregt.

»Warum rennen Hunde ständig weg, schnuppern an irgendwelchem Zeug, pinkeln auf die Sachen drauf oder jagen unschuldigen anderen Tieren hinterher?«

»Für einen Hund ist das gesamte Leben ein einziger, langer Feiertag«, erklärte Brian ihr. »Vor allem, wenn da noch ein Junge ist, mit dem er spielen kann.«

Eve stieß einen Seufzer aus, als sie den Wald erreichten. Denn aus ihrer Sicht war es in höchstem Maß gefährlich, einfach so durch die Natur zu trampeln.

Die Baustämme und Steine waren mit dunkelgrünem Moos bewachsen, das wenige Sonnenlicht, das durch die Äste fiel, bekam aufgrund der vielen Blätter einen grünen

Ton, und knorrige, bizarr geformt Zweige ragten in den Himmel oder in den Weg.

»Passt auf die Feen auf«, bat Brian Eve und Roarke mit einem breiten Grinsen. »Himmel, es ist Jahre her, seit ich zum letzten Mal in einem echten Wald gewesen bin. Weißt du noch, Roarke, wie wir die Deutschen in diesem Hotel über den Tisch gezogen haben und uns dann zwei Tage lang im Wald von Wexford beim fahrenden Volk verkrochen haben, bis es wieder halbwegs sicher für uns war?«

»Vorsicht«, warnte Eve. »Ich höre alles, und ich bin ein Cop.«

»Da war dieses Mädchen«, fuhr der Ire unbekümmert fort. »Eine glutäugige Schönheit. Und egal, wie sehr ich mich bemüht habe, sie zu becircen, hatte sie die ganze Zeit nur Augen für dich.«

»Wie gesagt, ich höre alles«, warnte Eve ein zweites Mal. »Und ich bin die Frau von diesem Mann.«

»Die Sache ist doch ewig her.«

»Bis wir dort wieder abgehauen sind, hattest du die Hälfte deines Anteils schon wieder verzockt«, rief Roarke ihm in Erinnerung.

»Das stimmt, aber ich habe mich dabei wirklich amüsiert.«

Eve blieb stehen. »Wo ist der Junge?«

»Er ist schon mal vorgelaufen«, antwortete Roarke. »Weil dieser Ausflug in den Wald für ihn ein wunderbares Abenteuer ist.«

Dann hörten sie ihn rufen. »Ach, da seid ihr ja, ihr dummen Tiere.«

»Und die Hunde hat er auch entdeckt.«

»Gut, dann kann er sie ja mitbringen, und wir können

zusammen wieder auf den Spielplatz gehen.« Eve blieb wie angewurzelt stehen und sah sich ängstlich um. »Irgendwie ist es hier unheimlich, findet ihr nicht?«

»Nein, finden wir nicht.« Trotzdem beschloss Roarke, das Kind zurückzurufen, doch im selben Augenblick kam Sean von selber angerannt. »Da kommt er ja.«

Sean kam auf sie zugeflogen. Seine Sommersprossen hoben sich wie schwarze Punkte von den kreidebleichen Wangen ab, und er starrte Eve aus großen Augen an. »Du musst mitkommen.«

»Ist etwas mit einem von den Hunden?« Roarke trat auf ihn zu, aber der Junge schüttelte den Kopf und packte Eve am Arm.

»Schnell. Du musst dir etwas angucken.«

»Und was?«

»Na sie. Die Hunde haben sie gefunden.« Er zerrte Eve mit aller Kraft hinter sich her. »Bitte. Sie ist mausetot.«

Eve wollte ihn zusammenstauchen, doch ein Blick in sein Gesicht genügte, und sofort war ihr Instinkt als Cop geweckt. Denn Sean erlaubte sich eindeutig keinen Spaß mit ihr. »Zeig mir, wo sie liegt.«

»Er spricht bestimmt von einem toten Tier. Weil vor Hunden, nichts was tot ist, sicher ist«, fing Brian an.

Eve jedoch ließ sich von Sean durchs Dickicht über eine Reihe moosbewachsener Steine dorthin führen, wo die Hunde saßen. Obwohl sie nicht mehr bellten, war ihr aufgeregtes Zittern nicht zu übersehen.

»Da.«

Der Junge streckte eine Hand aus, aber Eve hatte die Leiche schon entdeckt.

An einem ihrer Füße baumelte ein hochhackiger, roter

Schuh, das Gesicht wies eine Reihe leuchtend roter Abschürfungen sowie eine Vielzahl blauer Flecken auf, und ihre trüben Augen starrten reglos geradeaus.

Der Junge hatte recht gehabt. Die Frau war mausetot.

Eve riss ihn zurück, als er noch einen Schritt nach vorne machen wollte. »Halt. Geh bloß nicht näher ran. Und halte auch die Hunde von ihr fern. Denn sie haben schon mehr als genug Spuren zerstört.«

Sie versuchte automatisch, den Rekorder anzustellen, der natürlich nicht am Kragen ihrer Jacke klemmte, und konnte nur hoffen, dass sie sich auch so einprägen könnte, was sie sah.

»Verdammt, ich habe keine Ahnung, wen ich hier in einem solchen Fall anrufen muss.«

»Das übernehme ich.« Roarke zog bereits sein Handy aus einer der Vordertaschen seiner Jeans. »Brian, bring den Jungen und die Hunde wieder zu den anderen, ja?«

»Nein, ich bleibe hier.« Sean stemmte die Fäuste in die Hüften und schüttelte vehement den Kopf. »Ich habe sie gefunden, deshalb sollte ich auch bei ihr bleiben. Jemand hat sie umgebracht. Jemand hat sie umgebracht und dann alleine hier zurückgelassen. Nachdem ich sie gefunden habe, bin ich jetzt auch für sie zuständig.«

Ehe Roarke ihm widersprechen konnte, blickte Eve den Jungen an. Sie hatte ihn zurück zum Spielplatz schicken wollen, aber etwas an dem jungen, sommersprossigen Gesicht des Kindes hielt sie davon ab. »Wenn du bleiben möchtest, musst du tun, was man dir sagt.«

»Du bist der Boss.«

»Das stimmt.« Zumindest, bis die einheimischen Cops erschienen und das Ruder übernähmen, dachte sie. »Hast du sie berührt? Das ist wirklich wichtig, also lüg mich ja nicht an.«

»Ich habe sie nicht angefasst, das schwöre ich. Ich bin auf die Hunde zugerannt, und dann habe ich sie auf der Erde liegen sehen. Ich habe versucht zu schreien, aber …« Er errötete ein wenig. »… irgendwie habe ich keinen Ton herausgebracht. Also habe ich die Hunde von ihr weggelockt, sie Platz machen lassen und bin wieder losgerannt.«

»Du hast genau das Richtige getan. Hast du diese Frau vorher schon einmal irgendwo gesehen?«

Er schüttelte feierlich den Kopf. »Was machen wir jetzt?«

»Nachdem du den Fundort schon gesichert hast, brauchen wir ihn nur noch zu bewachen, bis die Polizei erscheint.«

»Du bist doch selber bei der Polizei.«

»Trotzdem habe ich hier nichts zu sagen.«

»Und warum nicht?«

»Weil wir hier nicht in New York sind, darum. Wie weit ist es bis zur nächsten Straße?«

»Die Straße, an der meine Schule liegt, ist gar nicht weit von hier. Manchmal, wenn ein paar der Größeren dabei waren, sind wir nach der Schule durch den Wald zur Baustelle gelaufen, um zu sehen, wie weit die anderen mit dem Spielplatz waren.«

»Und wer nimmt sonst noch alles diesen Weg?«

»Das weiß ich nicht. Ich schätze, jeder, der ihn nehmen will.«

»Die Polizei ist unterwegs«, erklärte Roarke.

»Tu mir bitte einen Gefallen, Sean, und geh mit Roarke bis zu der Straße, an der deine Schule liegt, okay?« Ehe er ihr widersprechen konnte, fügte sie hinzu: »Ich bleibe währenddessen hier bei ihr.«

»Warum sollen wir bis zu der Straße gehen?«

»Es könnte wichtig sein zu wissen, wie lange jemand zu Fuß von dort bis hierher zu dieser Stelle braucht.«

Als das Kind sie nicht mehr hören konnte, murmelte sie: »Gottverdammt«, und Brian nickte traurig mit dem Kopf.

»Sie wirkt noch furchtbar jung.«

»Sie dürfte Anfang 20 sein, vielleicht eins 63 groß und um die 54 Kilo schwer. Mulattin, blondes Haar mit blauen und roten Strähnen, braune Augen, eine kleine Vogel-Tätowierung auf der Innenseite ihres klinken Knöchels, eine aufgehende Sonne auf dem rechten Schulterblatt, gepiercte Brauen und Nase und diverse Ringe in den Ohren. Sie sieht nicht gerade aus, als käme sie vom Land. Die Ohrringe und Piercings hat ihr niemand abgenommen, an drei von ihren Fingern trägt sie Ringe.«

»Wenn du es nicht gesagt hättest, wäre mir das alles nicht aufgefallen, aber jetzt sehe ich's auch. Wie ist sie gestorben?«

»Die Verletzungen sehen aus, als hätte man sie erst geschlagen und am Schluss erwürgt. Obwohl sie vollständig bekleidet ist, besteht die Möglichkeit, dass sie zuvor noch vergewaltigt worden ist.«

»Das arme Kind. Was für ein hartes Ende eines viel zu kurzen Lebens.«

Eve sagte nicht, dass ihrer Meinung nach ein Mord nach einem langen Leben ebenfalls ein durchaus hartes Ende war. Stattdessen drehte sie den Kopf, denn Roarke und Sean kamen bereits wieder zurück.

»Bis zur Straße läuft man gerade einmal zwei Minuten, und der Weg ist ziemlich frei. Außerdem gehen die Straßenlampen in der Gegend automatisch an, sobald es dämmrig wird.« Er wartete einen Moment und fügte dann hinzu: »Wenn du möchtest, könnte ich dir ohne große Mühe ein paar Sachen holen, die man für die Untersuchung eines Tatorts braucht.«

Natürlich juckte es ihr in den Fingern, doch sie schüttelte den Kopf. »Ich habe hier keine Befugnisse, und dies ist nicht mein Fall.«

»Wir haben sie gefunden«, widersprach ihr Sean in starrsinnigem Ton.

»Was uns zu Zeugen macht.«

Abermals hörte sie Schritte, als ein Polizist in Uniform aus Richtung Straße kam. Sie musste einen Seufzer unterdrücken, denn er war erschreckend jung. Nicht älter als die Tote, mit seinem offenen Gesicht und seinen roten Wangen sah er wie ein unschuldiger Teenie aus.

»Ich bin Officer Leary«, stellte er sich vor. »Sie haben ein Problem gemeldet? Was …« Urplötzlich wurde sein Gesicht so blassgrün wie das Licht, das durch die Bäume fiel.

Eve packte ihn am Arm und führte ihn ein Stück zur Seite. »Reißen Sie sich bloß zusammen, Leary. Schließlich liegt hier eine Leiche, und der Fundort ist bereits kontaminiert genug.«

»Wie bitte?«

»Wenn Sie auf die Leiche kotzen würden, wäre das für die Ermittlungen nicht gut. Wo ist Ihr Vorgesetzter?«

»Ich … mein … Sergeant Duffy ist mit der Familie heute früh nach Ballybunion aufgebrochen. Weil er gerade Urlaub hat. Wer sind Sie überhaupt? Sind Sie die Polizistin aus New York? Sind Sie Roarkes Cop?«

»Ich bin Lieutenant Dallas von der New Yorker Polizei. Schalten Sie Ihren Rekorder an«, murmelte sie.

»Ja. Tut mir leid. Ich hatte noch nie … so Sachen kommen hier bei uns nur selten vor. Deshalb bin ich mir nicht sicher, was ich machen soll.«

»Sie müssen die Zeugenaussagen entgegennehmen, dann den Fundort sichern und schnellstmöglich wen auch immer kontaktieren, der hier in der Gegend Morde untersucht.«

»Da gibt's hier niemanden, das heißt, zumindest nicht vor Ort. Ich muss den Sergeant informieren. Kapitalverbrechen kommen hier nicht vor. Nicht hier.« Er sah sie an. »Würden Sie mir vielleicht helfen? Weil ich schließlich keinen Fehler machen will.«

»Erst einmal brauchen Sie unsere Namen. Meinen haben Sie ja schon. Der Mann links ist Roarke, der rechts Brian Kelly, der ein Freund von meinem Mann aus Dublin ist, und das da drüben ist Sean Lannigan.«

»Den kenne ich bereits. Also, was ist passiert?«

»Ich habe sie gefunden«, meldete sich Sean zu Wort.

»Geht's dir gut, Junge?«, erkundigte sich Leary in besorgtem Ton.

»Sag dem Polizisten, was du weißt, Sean.«

»Tja, wissen Sie, wir waren zusammen in dem Park da drüben und haben gepicknickt, als plötzlich die Hunde weggelaufen sind. Sie wollten einfach nicht zurückkommen, und sie haben wie verrückt gebellt. Also habe ich der Polizistin aus New York gesagt, dass sie sie mit mir suchen soll. Wir sind in den Wald gegangen, und ich bin ein Stückchen vor gelaufen, dahin, wo die Hunde immer noch wie wild gebellt haben. Dann habe ich das tote Mädchen auf der Erde liegen sehen, bin zurückgerannt und habe unseren Cop hierher gebracht.«

»Das hast du wirklich gut gemacht.« Hilfesuchend wandte Leary sich erneut an Eve.

»Nach der Entdeckung der Leiche sind wir hier geblieben. Roarke und Sean sind einmal bis zur Straße und zurück gelaufen. Die Hunde sind hier überall herumgelaufen, wie man deutlich an den Abdrücken der Pfoten in dem weichen Boden sehen kann. Außerdem können Sie Fußabdrücke in der Erde sehen. Wahrscheinlich stammen sie von der Person, die die Leiche hier abgeladen hat, weil keiner von uns so nah an sie herangegangen ist.«

»Fußabdrücke. Ich verstehe. Also gut. Ich glaube nicht, dass ich diese Frau schon einmal gesehen habe.«

»Weil sie nicht hier aus der Gegend stammt.« Eve rang sichtlich um Geduld. »Den Tätowierungen, den Piercings und dem Neon-Nagellack an Fuß- und Fingernägeln zu folgen, kommt sie eher aus der Stadt. Sehen Sie sich den Schuh an. Damit ist sie ganz bestimmt nicht bis hierher gelaufen. Was bedeutet, dass man sie hier abgeladen hat.«

»Dann wurde sie also woanders umgebracht und danach hierher geschafft?«

»Hier gibt es keine Kampfspuren. Und sie hat keine Schürfwunden an ihren Handgelenken und den Knöcheln, was bedeutet, dass sie nicht gefesselt war. Aber wenn einem jemand mehrfach ins Gesicht boxt und einen danach erwürgen will, setzt man sich für gewöhnlich vehement zur Wehr. Sie müssen sie fotografieren und dann den Pathologen und die Spurensicherung bestellen. Außerdem müssen Sie noch den Todeszeitpunkt feststellen und sie identifizieren. Sie kann noch nicht lange hier liegen, denn die Tiere haben sich noch nicht über sie hergemacht.«

Er nickte hilflos, während er den Identifizierungspad aus seiner Tasche zog. »Ich habe dieses Ding dabei, habe es aber bisher noch nie benutzt.«

Eve erklärte ihm den Umgang mit dem einfachen Gerät.

»Sie heißt Holly Curlow. Und sie lebt, das heißt sie hat in Limerick gelebt.«

Eve ging kurz die aufgerufenen Daten durch. 22 Jahre, Single, Kellnerin in einer Bar, ein paarmal wegen irgendwelcher weicher Drogen vorbestraft. Nächste Angehörige war ihre Mutter, die in Newmarket-on-Fergus lebte.

Wie zum Teufel kam ein Ort an einen derartigen Namen, überlegte Eve.

»Ich ... ah, muss noch das übrige Equipment holen, danach rufe ich erst einmal den Sergeant an. Macht es Ihnen etwas aus, noch so lange zu bleiben und aufzupassen, dass hier nichts verändert wird? Das alles ist ein fürchterliches Durcheinander, und ich will mich diesem Mädchen gegenüber anständig verhalten.«

»Ich warte hier auf Sie. Sie machen Ihre Sache durchaus gut.«

»Danke. Ich beeile mich und bin so schnell wie möglich wieder da.«

Sie wandte sich an Sean. »Für sie wird jetzt gesorgt. Ich werde bei ihr bleiben, bis der Officer zurück ist, aber du musst wieder auf den Spielplatz gehen. Du und Brian müsst zurückgehen und die Hunde mitnehmen. Überlass die Sache jetzt am besten mir.«

»Sie hat einen Namen. Holly. Den werde ich mir merken.«

»Du bist für sie eingetreten, Sean. Du bist für Holly eingetreten. Und das ist das Erste, was ein Cop in solchen Fällen machen muss.«

Mit der Andeutung eines Lächelns im Gesicht wandte er sich den Hunden zu. »Lasst uns gehen, Jungs.«

»Ich werde auf ihn aufpassen.« Brian legte eine Hand auf seine Schulter und die beiden liefen los.

»Es gibt keinen Ort, an dem es keine schlechten Menschen gibt«, sagte Eve zu Roarke.

»Das ist für einen derart jungen Menschen eine schmerzhafte Lektion.«

»Wenn man älter ist, tut sie genauso weh.«

Eve ergriff Roarkes Hand und hielt wie schon so oft in ihrem Leben neben einem toten Menschen Wacht.

3

Es war frustrierend, einen völlig unerfahrenen Cop und eine tote junge Frau, doch keinerlei Autorität in diesem fremden Land zu haben. Leary gab sein Bestes, doch er hatte offensichtlich keinen blassen Schimmer, wie in derartigen Fällen vorzugehen war.

Als er Eve anvertraute, dass der einzig tote Mensch, den er bisher gesehen hatte, seine eigene Großmutter auf ihrem Totenbett gewesen war, schwankte sie zwischen dem Wunsch, dem armen Jungen aufmunternd den Kopf zu tätscheln, und dem beinah schmerzhaften Verlangen, diesem unbedarften Landei in den Arsch zu treten, hin und her.

»Sie schicken zwei Kollegen und die Spurensicherung aus Limerick«, erklärte er und trat nervös von einem auf den anderen Fuß, während der Arzt des Dorfs, der statt des Pathologen mitgekommen war, kurz nach der Leiche sah. »Mein Sergeant sagt, er wird zurückkommen, wenn wir ihn brauchen, aber erst einmal soll ich versuchen, die Sache ... alleine durchzuziehen.«

»Okay.«

»Vielleicht könnten Sie mir ja dabei helfen. Mir nur ein, zwei Tipps geben, was man in solchen Fällen macht.«

Eve betrachtete die tote junge Frau. Sie brauchte keinen Pathologen, um zu wissen, wie sie umgekommen war. Weil die Druckstellen an ihrem Hals eindeutig waren. Jemand hatte sie von Hand erwürgt, vielleicht im Rahmen eines Streits. Vielleicht aus Wut. Und hatte dann versucht, die Sache zu vertuschen, und sie in den Wald geschleppt.

Doch das konnte sie nicht mit Bestimmtheit sagen. Dafür war es noch zu früh, und dafür reichten ihre bisherigen Infos nicht.

»Fragen Sie den Arzt nach dem genauen Todeszeitpunkt und der Todesursache«, wies sie den unbedarften Leary an.

Der Arzt, den Eve mit seiner weißen Löwenmähne und mit seinen leuchtend blauen Augen unter anderen Umständen als fröhlichen Mann beschrieben hätte, blickte auf.

»Sie wurde ordnungsgemäß erwürgt. Erst hat man ihr ein paar anständige Ohrfeigen verpasst und dann...«, er legte seine Hände um einen imaginären Hals und drückte zu. »Sie hat ein bisschen Haut und Blut unter den Fingernägeln, deshalb schätze ich, sie hat dem Kerl vor ihrem Tod noch ein paar ordentliche Kratzer zugefügt. Gestorben ist sie letzte Nacht um kurz nach zwei. Gott sei ihrer Seele gnädig. Allerdings nicht hier«, fügte er nach einem Augenblick hinzu. »Denn dann hätte die Blutsenkung eindeutig anders ausgesehen. Natürlich nehme ich sie mit, wenn Sie sie hier nicht länger brauchen, und nehme die anderen Untersuchungen in meiner Praxis vor.«

»Fragen Sie ihn, ob sie seiner Ansicht nach ermordet worden ist«, wies Eve den jungen Polizisten an.

»Das wurde sie auf jeden Fall. Und danach hat sie jemand hergebracht, Fräulein, und einfach abgelegt.«

»Lieutenant«, korrigierte Eve ihn automatisch.

»Hm, wenn sie ihn gekratzt hat, müsste man ihm das doch ansehen, oder nicht?« Learys Stimme klang nachdenklich. »Denn sie hätte es doch ganz bestimmt auf sein Gesicht und seine Hände abgesehen gehabt. Deshalb müsste er Kratzspuren aufweisen, die nicht zu übersehen sind.«

Jetzt fängt er endlich an zu denken, dachte Eve. Versucht sich vorzustellen, wie es abgelaufen ist.

»Und dass er sie hier liegen lassen hat, ohne auch nur zu versuchen, ihre Leiche zu vergraben, deutet doch bestimmt auf Panik hin.«

»Ich bin kein Detektiv, Jimmy, aber das klingt durchaus logisch. Meinen Sie nicht auch, Lieutenant?«

»Selbst ein flaches Grab hätte ihm etwas Zeit verschafft, und der Boden ist so weich, dass es kein wirkliches Problem gewesen wäre, sie hier zu verscharren. Es heißt, sie wohnt in Limerick. Das ist ganz schön weit von hier entfernt. Wahrscheinlich war der Mörder panisch und ist auch nicht wirklich schlau, aber trotzdem kann ich mir nicht vorstellen, dass er eine tote Frau den ganzen Weg von Limerick bis hierher gefahren hat.«

»Also ...« Leary runzelte die Stirn. »... waren sie in der Nähe, als er sie getötet hat.«

»Die Wahrscheinlichkeit ist groß. Sie sollten das überprüfen. So, wie sie gekleidet ist, wollte sie bestimmt auf irgendeine Party oder so. Also versuchen Sie herauszufinden, wo sie vielleicht war und mit wem sie dort gesehen worden ist.

Zeigen Sie ihr Foto rum und gucken, ob jemand sie kennt oder gesehen hat. Und wenn Sie die nächsten Angehörigen verständigen, erkundigen Sie sich nach Jungs, mit denen sie befreundet war.«

Er wurde kreidebleich. »Ich soll die nächsten Angehörigen verständigen? Ich soll ihrer Mutter sagen, dass sie nicht mehr lebt?«

»Sie leiten augenblicklich die Ermittlungen in diesem Fall. Sie werden die Haut und das Blut unter ihren Fingernägeln untersuchen, mit etwas Glück befindet sich die DNA des Täters in der Datenbank.«

Sie zögerte und fuhr dann achselzuckend fort: »Hören Sie, wer auch immer das getan hat, ist nicht wirklich helle, so stümperhaft, wie er die Sache angegangen ist, war es bestimmt sein erster Mord. Natürlich wird der Arzt noch untersuchen, ob sie vergewaltigt worden ist, aber sie ist vollständig bekleidet und hat auch noch ihre Unterwäsche an, deswegen glaube ich das nicht. Es war bestimmt der Freund, der Exfreund oder jemand, der mit ihr hätte zusammen sein wollen. Sie haben ihre Daten, wissen, wo sie gelebt und gearbeitet hat und wo sie in der Schule war. Gehen Sie diesen Spuren nach. Weil entweder sie selbst oder ihr Mörder irgendeine Verbindung zu der Gegend hat.«

»Zu Tulla?«

»Oder zu einem der Orte in der Nähe, höchstens eine Stunde Fahrt von hier entfernt. Benutzen Sie die Infos, die Sie haben, und führen ein paar Wahrscheinlichkeitsberechnungen durch. Wahrscheinlich wird der Mörder bereits durch das Blut unter den Nägeln seines Opfers überführt, aber bis Sie einen Namen haben und einen Verdächtigen vernehmen können, arbeiten Sie weiter an dem Fall.«

»Nun, ihre Mutter lebt in Newmarket-on-Fergus, das ist alles andere als weit von hier.«

»Dann fangen Sie dort an.«

»Ich soll zu ihrer Mutter fahren und ihr sagen …« Wieder blickte Leary auf die tote junge Frau. »Sie haben so etwas doch sicher schon des Öfteren gemacht.«

»Ja.«

»Können Sie mir sagen, wie ich dabei vorgehen soll?«

»Seien Sie möglichst schnell. Und nehmen Sie am besten einen Psychologen oder Priester mit«, schlug sie ihm vor, als ihr bewusst wurde, dass sie in Irland war. »Vielleicht den Priester der Gemeinde, in der ihre Mutter Mitglied ist. Dann sagen Sie es rundheraus, denn wenn sie einen Cop und einen Priester sieht, weiß sie schon, dass irgendwas geschehen ist. Weisen Sie sich aus, nennen Sie Ihren Namen, Ihren Rang und Ihre Abteilung, oder wie auch immer man das hier in Irland nennt, und sagen Sie, es täte Ihnen leid, ihr mitteilen zu müssen, dass ihre Tochter, Holly Curlow, letzte Nacht ermordet worden ist.«

Abermals sah Leary auf die Leiche und schüttelte unglücklich den Kopf. »Einfach so?«

»Es gibt keinen angenehmen Weg. Bringen Sie sie dazu, Ihnen alles, was sie weiß, über die Tochter zu erzählen, und geben Sie selber möglichst wenig preis. Fragen Sie sie, wann sie ihre Tochter zum letzten Mal gesehen oder gesprochen hat, ob das Mädchen einen Freund hatte, was sie gemacht, mit wem sie rumgehangen hat. Sie müssen ein Gefühl dafür entwickeln, was sie Ihnen sagen kann, und sie mit Ihren Fragen anleiten.«

»Gott steh uns bei«, murmelte er.

»Bieten Sie ihr die Hilfe eines Psychologen oder ihres

Priesters an und sagen, dass Sie jemanden kontaktieren können, falls sie nicht alleine bleiben will. Wahrscheinlich wird sie wissen wollen, wie sie gestorben ist, und Sie werden ihr sagen, dass die Untersuchung noch nicht abgeschlossen ist. Und wenn sie nach dem Warum fragt, werden Sie ihr sagen, dass die Polizei alles in ihrer Macht Stehende unternimmt, um den Fall aufzuklären. Denn einen anderen Trost haben Sie nicht zu bieten, und vor allem ist es nicht Ihr Job, ihr beizustehen. Ihre Aufgabe ist es, Informationen von ihr zu bekommen, aufgrund derer man den Mörder schnellstmöglich ermitteln kann.«

»Ich frage mich, ob Sie …«

»Ich kann Sie nicht begleiten«, fiel sie ihm ins Wort. »Was ich hier tue, kann ich nur deswegen tun, weil ich eine Zeugin und rein zufällig auch Polizistin bin. Ich kann allenfalls äußern, wie aus meiner Sicht in diesem Fall am besten vorzugehen ist, und auch das ist offiziell wahrscheinlich nicht erlaubt. Aber ich darf ganz sicher nicht selbst ermitteln, niemanden vernehmen und auch nicht die nächsten Angehörigen des Mordopfers verständigen. Denn dazu bin ich nicht befugt.«

Sie stopfte die Hände in die Taschen ihrer Jeans. »Hören Sie, wenn Sie wollen, rufen Sie mich einfach an, sobald Sie ein paar Dinge herausgefunden haben. Vielleicht kann ich Ihnen dann noch ein paar Tipps geben. Doch das ist alles, was ich für Sie tun kann.«

»Das ist schon sehr viel.«

»Sie haben meine Nummer. Morgen reise ich Richtung Italien ab.«

»Oh.« Der junge Polizist verzog schmerzlich das Gesicht.

»Vielleicht gibt es ja einen Namen zu dem Blut, das sie

unter den Fingernägeln hat, dann haben Sie im Handumdrehen einen Verdächtigen. Ich muss jetzt gehen.« Ein letztes Mal sah sie das tote junge Mädchen an. »Sie werden auf alle Fälle dafür sorgen, dass ihr Gerechtigkeit widerfährt.«

»Das hoffe ich. Und vielen Dank.«

Auf dem Weg zurück zum Spielplatz rief die Vorstellung, dass sie allein den grünen Wald durchqueren musste, ein gewisses Unbehagen in ihr wach. Nicht weil sie Angst vor Mördern oder irgendwelchen Psychopathen hatte, sondern weil die Fauna und die blöden Feen, an die sie nicht einmal glaubte, ihr nicht ganz geheuer waren. Warum hatte sie nur Roarke gebeten, schon vorzugehen, statt weiter mit ihr bei der Leiche auszuharren?

Kurzerhand zog sie ihr Handy aus der Tasche und rief bei ihm an.

»Da bist du ja«, begrüßte er sie, während sein Gesicht auf dem Display erschien.

»Ich komme jetzt zurück. Ich kann hier nichts mehr tun.«

»Das wäre sicher auch ein bisschen schwierig.«

»Allerdings. Der einheimische Polizist ist echt okay. Hat kein allzu großes Selbstvertrauen, aber ein funktionstüchtiges Hirn. Sie hat Blut- und Hautreste unter den Fingernägeln, und mit etwas Glück ist dieses Schwein schon in der Datenbank. Leary fährt gleich zu der Mutter, vielleicht kann sie ihm ein, zwei Namen nennen. Denn für mich riecht dieser Fall nach Mord aus Leidenschaft – erst hat er sie im Eifer des Gefechts erwürgt und danach panisch in den Wald geschafft. Ich glaube nicht, dass er besonders helle ist, und selbst wenn er versucht zu flüchten, kriegen sie ihn ganz bestimmt. Weil er genauso unbedarft wie Leary ist.«

Sie blickte sich im Gehen um, denn vielleicht tauchte ja mit einem Mal ein vierbeiniges, pelztragendes Wesen in der Nähe auf. »Leary hat die Spurensicherung aus Limerick bestellt. Außerdem kommen noch zwei Kollegen mit, die sicher erst einmal an ein paar Türen klopfen werden, um herauszufinden, was sie für ein Mädchen war.«

»Was für ein Mädchen war sie deiner Meinung nach?«

»Jung, vielleicht ein bisschen wild, bei der Untersuchung durch den Arzt sind weitere Tattoos und Piercings aufgetaucht. Sexy Dessous, aber sie hatte sie noch an, deshalb bezweifle ich, dass dieser Kerl sie vergewaltigt hat. Trotzdem wette ich, dass sie aus diesem Grund ermordet worden ist. Weil sie mit dem falschen Typen losgezogen ist oder mit jemandem geflirtet hat, was irgendjemand anderem nicht gefallen hat. Deshalb kam es zum Streit, er hat ihr eine geknallt, sie hat ihn gekratzt, dann hat er richtig zugeschlagen und ihr blind vor Wut oder damit sie endlich still ist, seine Hände um den Hals gelegt und sie erwürgt, bevor er wieder zu sich kam. Dann ist er in Panik ausgebrochen. Nein, das kann nicht sein, hat er gedacht. Aus reinem Selbsterhaltungstrieb hat er sie dann kurzerhand im Wald entsorgt und ist danach abgehauen. Wahrscheinlich ist er heimgefahren und hat sich dort erst einmal versteckt.«

»Hast du auch schon ein paar Wahrscheinlichkeitsberechnungen zu dieser Sache angestellt?«

»Vielleicht«, gab sie mit einem leisen Lächeln zu. »Denn schließlich musste ich mir irgendwie die Zeit vertreiben, während ich allein neben der Leiche stand. Ich nehme an, diese Geschichte hat den Tag etwas vermasselt.«

»Für Holly Curlow ganz bestimmt.«

»Da hast du recht. Warum kommst du mir nicht entgegen,

und dann gehen wir wieder zu den anderen und machen das, was wir die ganze Zeit schon hätten machen sollen?«

»Gerne.«

Als sie wenige Sekunden später vor Erleichterung erschaudernd aus dem Wald trat, entdeckte sie, dass er gemütlich auf dem Rand des Brunnens saß. Er blickte ihr entgegen, und sie stellte anerkennend fest: »Du warst ganz schön schnell.«

»Es gab auch keinen Grund zum Trödeln.«

»Was genau ist trödeln? Mehr als eine Pause machen, aber weniger als vorsätzlich etwas hinauszögern?«

Er verzog den Mund zu einem Lächeln. »Ja, genau.«

Sie schaltete ihr Handy aus, schob es in die Hosentasche und setzte sich neben ihn. »Leute sollten trödeln dürfen, während sie im Urlaub sind.«

Lächelnd nahm er ihre Hand. »Und dies ist ein besonders guter Fleck zum Trödeln, findest du nicht auch?«

»Dann ist der Park dir wegen dieser Sache also nicht verleidet?«

»Nein.« Er legte einen Arm um ihre Schultern und küsste sie auf die Schläfe. »Niemand weiß besser als wir, dass selbst an guten Orten Furchtbares geschehen kann. Du würdest diese Sache gern für sie zum Abschluss bringen.«

»Ja, aber das kann ich nicht. Weil rein formal Leary für sie zuständig ist«, erklärte sie, bevor sie einen neuerlichen Schläfenkuss bekam.

»Aber es war Glück für sie, dass du rein zufällig genau im rechten Augenblick zur Stelle warst. Und falls die Dinge nicht so laufen, wie du denkst, können wir problemlos noch ein bisschen länger bleiben.«

Obwohl das Angebot durchaus verlockend war, schüttelte sie den Kopf. »Nein. Ich bin für diesen Fall nicht zuständig und diese Zeit gehört nur uns. Trotzdem könnte ich ein Bier vertragen, deshalb fahren wir am besten erst einmal zurück zum Hof.«

Leary rief sie dreimal an, brachte sie jeweils auf den neuesten Stand und bat zugleich um ihren Rat. Sie bemühte sich, möglichst diskret zu sein, sprach erst mit ihm, nachdem sie aus dem Raum gegangen war, und behielt die Neuigkeiten jedes Mal für sich, obwohl die anderen – vor allem Sean, der seinem Großvater so lange um den Bart gegangen war, bis der ihn eingeladen hatte, über Nacht zu bleiben – ihr erwartungsvoll entgegensahen.

Abends stand er dann plötzlich vor der Tür.

»Guten Abend, Mrs Lannigan. Tut mir leid, zu stören, aber ich frage mich, ob ich wohl kurz ein Wörtchen mit dem Lieutenant wechseln kann.«

»Komm rein, Jimmy. Wie geht es deiner Ma?«

»Danke, gut.«

»Wie wäre es mit einer Tasse Tee?«

»Die käme mir jetzt gerade recht.«

»Komm mit nach hinten in die Küche.« Ohne ihren Enkel auch nur anzusehen, hob sie mahnend einen Finger, als der Junge sich erhob. »Bleib sitzen, junger Mann.«

»Aber Oma, ich …«

»Kein Wort. Warum kommst du nicht mit nach hinten, Eve? Dann könnt ihr beide, du und Jimmy, einen Tee zusammen trinken und vor allem seid ihr dort vollkommen ungestört.«

Jimmy nahm die Mütze seiner Uniform vom Kopf, betrat das Haus und sah sich um. »Wie geht's euch allen?«

»Gut«, versicherte Aidan Brody ihm. »Aber im Gegensatz zu uns hattest du einen harten Tag. Also trink du erst mal deinen Tee.«

Sinead stellte Tassen sowie einen Teller voller Kekse, die sie hier in Irland Plätzchen nannten, für die beiden auf den Tisch und tätschelte dem jungen Polizisten mütterlich die Schulter.

»Lasst euch Zeit. Ich werde dafür sorgen, dass euch niemand stört.«

»Danke.« Leary versah seinen Tee mit Milch und Zucker, trank mit geschlossenen Augen einen möglichst großen Schluck und schob sich dann ein Plätzchen in den Mund. »Ich hatte bisher keine Zeit zum Essen.«

Er sah müde, aber längst nicht mehr so grün wie noch am Mittag aus. »Essen wird von einem Mordfall für gewöhnlich übertrumpft.«

»Das ist mir inzwischen klar. Wir haben ihn.« Er stieß ein leises, überraschtes Lachen aus. »Wir haben Holly Curlows Mörder ausfindig gemacht. Das wollte ich Ihnen persönlich sagen.«

»Ihr Freund?«

Er nickte knapp. »Oder zumindest den jungen Mann, der dachte, dass sie keinen anderen haben sollte, obwohl sie ihn in die Wüste schicken wollte. Deshalb kam es zum Streit, als sie auf einem Fest bei irgendwelchen alten Kumpels von Holly in Ennis waren. Er heißt Kevin Donahue. Die beiden waren seit ein paar Monaten zusammen, aber offenbar war es für ihn erheblich ernster als für sie. Ich bin selbst nach Limerick gefahren, als wir die DNA des Typen hatten, und als wir ihn festgenommen haben, war deutlich zu sehen, dass Holly ihre Krallen wie eine Katze ausgefahren hat. Seine Wangen sahen aus, als hätte ihn ein Raubtier überfallen. Sie hat ihre Sache also wirklich gut gemacht.«

Er trank den nächsten Schluck von seinem Tee. »Danach ging alles furchtbar schnell. Ich war bei der Vernehmung mit im Raum und nach gerade einmal drei Minuten hat er angefangen, laut zu schluchzen und uns alles ganz genau zu erzählen.«

Jetzt stieß er einen Seufzer aus, und Eve wartete schweigend ab, während er in Gedanken noch einmal durchging, wie genau es abgelaufen war.

»Sie haben ihren Streit im Wagen fortgesetzt, und sie hat ihm erklärt, sie hätte endgültig genug von ihm, und er sollte sie zu ihrer Mutter fahren oder einfach rauslassen, damit sie sich ein Taxi ruft. Sie hatten beide ziemlich viel getrunken, was die Wogen sicher noch ein wenig höher schlagen lassen hat. Er meinte, er hätte angehalten, und sie hätten sich noch etwas länger angeschrien. Dann hätte er ihr eine Ohrfeige verpasst, sie hätte ihn gekratzt, und da wäre er vollends ausgeflippt. Hätte mit seinen Fäusten auf sie eingedroschen, und sie hätte ihn getreten, geschlagen und geschrien. Er behauptet, dass er nicht mehr weiß, dass seine Hände irgendwann um ihren Hals gelegen haben, und vielleicht hat er das ja tatsächlich verdrängt. Aber wie dem auch sei, als er am Ende wieder zu sich kam, hat sie nicht mehr gelebt.«

Leary schüttelte den Kopf über diese sinnlose Vergeudung eines Menschenlebens und starrte in seinen Tee. »Er meint, er hätte noch versucht, sie wiederzubeleben, und dann wäre er einfach ein bisschen in der Gegend herumgefahren und hätte gehofft, alles wäre nur ein böser Traum. Aber schließlich hätte er am Straßenrand gehalten und sie in den Wald geschleppt. Ihr zweiter Schuh lag noch in seinem Wagen, als sie ihn verhaftet haben. Allzu gründlich war er also nicht. Er sagt, er hätte noch kurz ein Gebet gesprochen und sich dann verdrückt.«

»Es tut ihm furchtbar leid.« Die Verbitterung, die bei dem Satz in Learys Stimme lag, machte deutlich, dass er längst nicht mehr so unschuldig und arglos wie noch vor ein paar Stunden war. »Das hat er ständig wiederholt, als würde dadurch alles wieder gut. Es tut ihm furchtbar leid, dass er Holly erdrosselt hat, weil sie ihn nicht mehr wollte. Und er kann sich selbst nicht mehr erklären, wie es dazu gekommen ist. Was für ein fürchterlicher Dummschwätzer.«

Er wurde rot. »Verzeihen Sie.«

»Ich würde sagen, das trifft es genau.« *Dummschwätzer.* Das müsste sie sich merken, dachte sie und stellte anerkennend fest: »Sie haben Ihre Arbeit gut gemacht.«

»Wenn, dann nur, weil Sie so nett waren, mir zu sagen, was ich zu tun habe.« Er sah ihr ins Gesicht. »Am schlimmsten war der Augenblick, als ich vor ihrer Mutter stand und ihr erklären musste, was geschehen war. Mit anzusehen, wie sie zusammenbrach, und zu wissen, dass man selbst diesen Zusammenbruch herbeigeführt hat, auch wenn natürlich der Täter jemand anderes war.«

»Sie haben dafür gesorgt, dass Hollys Tod gesühnt wird. Haben Ihren Job gemacht. Mehr konnten Sie nicht tun.«

»Tja, nun, ich könnte auch problemlos damit leben, wenn ich nicht noch einmal einer Mutter sagen müsste, dass ihr Kind ermordet worden ist. Aber der Rest …«

»Hat sich gut angefühlt.«

»Ganz genau. Und es fühlt sich immer noch gut an. Geht es Ihnen auch noch so, wenn Sie einen Fall gelöst haben?«

»Wenn dem nicht so wäre, könnte ich wahrscheinlich nie wieder vor eine Mutter treten, deren Kind ermordet worden ist.«

Er blieb noch kurz sitzen, stand dann aber nickend auf. »Also gut dann. Nochmals vielen Dank für Ihre Hilfe.«

Eve schüttelte die Hand, die er ihr reichte. »Gern geschehen.«

»Falls Sie nichts dagegen haben, nehme ich die Hintertür, damit ich die Familie nicht noch einmal stören muss. Würden Sie den anderen von mir noch einen guten Abend wünschen?«

»Ja, natürlich.«

»Selbst unter den gegebenen Umständen fand ich es schön, Sie kennen gelernt zu haben, Lieutenant.« Damit trat er in die Dunkelheit hinaus, und Eve blieb noch kurz sitzen, ehe sie den Tee, den sie nicht trinken wollte, fortschob, sich erhob und wieder ins Wohnzimmer ging, wo die Familie zusammensaß.

Es wurde totenstill im Raum, und Eve sagte zu Sean, der eilig aufgestanden war: »Er heißt Kevin Donahue. Sie waren auf einer Party, haben sich dort gestritten, und als sie danach in seinem Wagen saßen, haben sie weiter gestritten, und in seinem blinden Zorn hat er sie umgebracht.«

»Nur … weil er sauer auf sie war?«

»Mehr oder weniger. Dann hat er Angst bekommen, und es hat ihm furchtbar leidgetan, aber die Reue kam zu spät. Denn er kann jetzt nicht mehr sagen, dass er es nicht so gemeint hat und sich wünscht, es wäre nicht passiert. Er ist schwach, dumm und egoistisch, deshalb hat er ihre Leiche in den Wald gebracht, dort abgelegt und ist davongerannt. Nicht einmal zwölf Stunden später hast du sie entdeckt.

Deshalb hat die Polizei den Kerl so schnell gefunden und verhaftet, jetzt kommt er vor Gericht und wird für seine Tat bestraft.«

»Er wird dafür ins Gefängnis kommen.«

»Wo er jetzt schon sitzt.«

»Und wie lange bleibt er dort?«

Himmel, dachte Eve, Kinder waren einfach gnadenlos. »Ich weiß nicht. Manchmal hat man das Gefühl, als kämen sie zu schnell wieder heraus, aber was anderes können wir nicht tun.«

»Ich hoffe nur, sie haben ihm erst einmal eine ordentliche Abreibung verpasst.«

Eve musste ein Grinsen unterdrücken. »Wenn du mal zur Polizei willst, Junge, musst du lernen, solche Dinge niemals laut zu sagen. Der Verbrecher sitzt im Kahn, der Fall ist abgeschlossen, und jetzt kannst du ein Stück Kuchen essen oder so.«

»Eine ausgezeichnete Idee.« Sinead trat zu ihrem Enkel und nahm seine Hand. »Sei so gut, und hilf mir, die Reste vom Kuchen aufzuschneiden, ja?« Dann sah sie Eve mit einem kurzen Lächeln an und bat: »Eemon, hol die Fiedel raus. Sonst denkt unser Yankee noch, dass man in Irland nicht anständig feiern kann.«

Ehe Eve sich setzen konnte, packte Brian sie und schwenkte sie im Kreis. »Düfte ich um diesen Tanz bitten, mein liebreizender Lieutenant?«

»Ich tanze nicht.«

»Oh doch.«

Und damit hatte er eindeutig recht. Denn wie alle anderen tanzte auch sie bis in die tiefe Nacht und schleppte sich am Schluss auf wackeligen Knien bis zu ihrem Bett.

Wo abermals im Morgengrauen lautes Krähen sie erschreckt zusammenfahren ließ.

Nach dem Frühstück hieß es Abschied nehmen, was bei diesen Menschen mit zahlreichen Küssen und noch mehr Umarmungen verbunden war. Oder im Fall von Brian hieß, dass er sie kurzerhand von ihren Füßen zog.

»Sobald Sie diesen Typen in die Wüste schicken, mache ich mich auf den Weg zu Ihnen«, rief er ihr mit einem breiten Grinsen in Erinnerung.

Ach, was soll's, sagte sie sich und gab ihm einen Wangenkuss. »Okay, abgemacht, auch wenn das noch nicht abzusehen ist.«

Lachend stellte er sie wieder auf den Boden, wandte sich an seinen besten Freund und klatschte ihn ab. »Du Glückspilz«, meinte er. »Pass bloß gut auf euch beide auf.«

»So gut ich kann.«

»Ich bringe euch noch bis zum Wagen.« Sinead nahm Roarkes Hand. »Du wirst mir fehlen.« Lächelnd blickte sie auf Eve, die dicht an ihrer Seite durch den feinen Nieselregen lief. »Und du auch.«

»Kommt doch an Thanksgiving nach New York.« Roarke drückte ihre Hand.

»Oh …«

»Wir würden uns riesig freuen, wenn ihr alle kommt. So wie letztes Jahr. Ich kann das für euch organisieren.«

»Ich weiß, dass du das kannst. Und ich weiß auch, dass alle anderen genauso gerne kommen würden wie ich selbst.« Seufzend lehnte sie sich an den Neffen an, zog schließlich aber den Kopf zurück und gab ihm einen Wangenkuss. »Der ist von deiner Mutter«, murmelte sie sanft.

Küsste seine andere Wange. »Der hier ist von mir.«

Und presste dann die Lippen kurz auf seinen Mund. »Und der hier von uns allen.«

Sie segnete auch Eve auf diese Art und blinzelte verzweifelt gegen ihre Tränen an.

»Jetzt fahrt los und guckt, dass ihr die Ferien genießt. Gute Reise.« Ein letztes Mal nahm sie Roarkes Hand, sagte etwas auf Gälisch, trat dann einen Schritt zurück und scheuchte sie in Richtung des Gefährts, das in der Einfahrt stand.

»Was hat sie gesagt?«, erkundigte sich Eve beim Einsteigen.

»Ich gebe dir genügend Liebe mit, dass sie auf alle Fälle reicht, bis wir uns wiedersehen.«

Er blickte in den Rückspiegel, bis die Familie nicht mehr zu sehen war.

»Es sieht so aus, als ob du tatsächlich ein Glückspilz wärst«, stellte Eve fest und streckte ihre Beine aus.

Ein Lächeln huschte über sein Gesicht, und nickend stimmte er ihr zu. »Der größte, den es gibt.«

»Augen auf die Straße, Glückspilz«, wies sie ihn mit barscher Stimme an und versuchte, nicht den Atem anzuhalten, bis die Fahrt zum Flugplatz überstanden war.

4

Es war gut, wieder daheim zu sein, gut gelaunt kämpfte sich Eve durch den entsetzlichen Verkehr und den vertrauten Lärm der unzähligen schrillen Hupen, grell tönenden Werbeflieger und hustenden Maxibusse bis auf ihr Revier.

Urlaub war prima, aber ihrer Meinung nach bot ihre Heimatstadt dem Menschen alles, was im Leben wichtig war. Und sogar noch vieles mehr.

Die Temperaturen mochten so brutal wie eine Steuerprüfung sein, und vielleicht machten die schweißtreibenden Hitzewellen, die von all dem Stahl und dem Beton wie Basketbälle abzuprallen schienen, ihr das Atmen schwer. Dennoch war sie lieber in New York als an irgendeinem anderen Ort der Welt.

Sie war erholt, voller Elan und freute sich darauf, nach fast drei Wochen endlich wieder ihrer Arbeit nachzugehen.

Sie fuhr in die Garage und stieg dort in den Lift. Als sie das Gefühl hatte, die unzähligen Cops, die sich in jedem Stock noch in den bereits überfüllten Fahrstuhl drängten, schnappten ihr den letzten Sauerstoff in der Kabine vor der Nase weg, bahnte sie sich mit den Ellenbogen einen Weg nach draußen und stieg auf ein Gleitband.

Es roch nach zu Hause, dachte sie. Nach Cops, nach Kriminellen, angefressenen, unglücklichen, resignierten Menschen, Schweiß und widerlichem Kaffee – eine Mischung, die es so wahrscheinlich nur auf Polizeirevieren gab.

Was für sie völlig in Ordnung war.

Sie hörte, wie ein ellenlanger dürrer Kerl in Handschellen, der von zwei Beamten unsanft vor ihr auf das Band geschoben wurde, wie ein Mantra ständig wiederholte: *Ihr verfickten Bullen, ihr verfickten Bullen, ihr verfickten Bullen.*

Was Musik in ihren Ohren war.

Sie verließ das Gleitband, lief in Richtung ihres Dezernats und entdeckte einen ihrer Leute, der mit traurigem Gesicht vor einem Süßigkeitenautomaten stand.

»Detective.«

Seine Miene hellte sich ein wenig auf. »Hi, Lieutenant, schön Sie zu sehen.«

Jenkinson sah aus, als hätte er die Sachen, die er trug, bereits seit ein paar Tagen und selbst nachts beim Schlafen an.

»Hatten Sie gerade eine Doppelschicht?«

»Reineke und ich waren da an einer Sache dran.« Er zog ein Stückchen Kuchen aus dem Automaten, das aussehen mochte wie ein Plunderteil mit Käse, wenn man auf einem Auge blind war. »Wir haben sie gerade abgeschlossen. Das Opfer war in einer dieser Tittenbuden drüben in der Avenue A und hat sich dort einen Stripteasetanz gegönnt. Dann taucht plötzlich ein Arschloch auf und bricht einen Streit vom Zaun. Denn die Tussi, die da tanzt, ist seine Ex. Er verpasst ihr ein paar Ohrfeigen und der Typ mit dem Ständer haut ihm dafür ein paar rein. Dann wird das Arschloch vor die Tür gesetzt. Geht heim, holt seinen Baseballschläger, der ein Souvenir von einem Spiel der Yankees ist, und legt sich damit auf die Lauer. Als das Opfer rauskommt, stürzt das Arschloch los und drischt so heftig auf ihn ein, dass die Hirnmasse über den Gehweg spritzt.«

»Ein ziemlich hoher Preis für einen Stripteasetanz.«

»Wem sagen Sie das? Das Arschloch ist zwar grottendämlich, geht uns aber trotzdem erst mal durch die Lappen.« Jenkinson riss die Verpackung des traurigen Plunderteilchens auf und biss resigniert hinein. »Lässt den Schläger liegen und haut ab. Aber wir haben jede Menge Zeugen, seine Fingerabdrücke, den Namen, und wir wissen sogar, wo er wohnt. Alles in allem das reinste Kinderspiel. Denn auch wenn er nicht direkt nach Hause läuft, womit er uns das Leben etwas leichter machen könnte, steht er ein paar Stunden später vor der Tür von seiner Ex. Bringt ihr verdammte Blumen mit, die er vorher aus einer der Pflanzschalen, die an den Straßen stehen, ausgebuddelt hat. Die Wurzeln waren noch voller Erde.«

»Was beweist, dass dieser Kerl eindeutig Klasse hat«, bemerkte Eve.

»Auf jeden Fall.« Jenkinson schob sich den Rest des Teilchens in den Mund. »Natürlich lässt sie ihn nicht rein – dafür ist sie nicht blöd genug –, sondern ruft die Polizei, während er sich die Augen ausheult, immer wieder bei ihr klopft und die Blumenerde überall im Flur verteilt. Wir fahren also los, um ihn dort einzusammeln, aber was macht er? Springt aus dem verdammten Fenster am Ende des Flurs. Im dritten Stock. Hält immer noch die blöden Blumen fest und verteilt auf seinem Weg nach unten weiter Dreck.«

Jetzt bestellte er sich einen Kaffee mit zwei Stücken Süßstoff. »Und schon wieder hat er alles Glück der Welt, denn er landet auf zwei Junkies, die da unten gerade einen Deal am Laufen haben. Einer von den beiden stirbt, der andere wird schwer verletzt, aber der Sturz des Arschlochs wird dadurch so abgemildert, dass er weiter flüchten kann.«

Eve schüttelte den Kopf, während ihr Kollege sie bestens unterhielt. »So einen Schwachsinn kann sich niemand ausdenken.«

»Es wird sogar noch besser«, stellte Jenkinson in Aussicht, schlürfte aber erst einmal einen Schluck Kaffee. »Jetzt müssen wir dem Arschloch hinterherjagen. Ich klettere über die Feuerleiter – und ich kann Ihnen versichern, diese beiden plattgedrückten Junkies haben eine Riesensauerei hinterlassen – und Reineke läuft vorne raus, wo er das Arschloch entdeckt, wie es durch die Küche von einem Chinesen hastet, der die ganze Nacht geöffnet hat. Die Leute schreien und fallen wie die Kegel um, während der blöde Wichser uns mit Töpfen, Essen und weiß Gott was noch allem beschmeißt, weswegen Reineke auf irgendwelchen blöden Nudeln ausrutscht und zu Boden geht. Verdammt, nein, so einen Schwachsinn kann sich wirklich niemand ausdenken, Lieutenant.«

Grinsend schlürfte er den nächsten Schluck Kaffee. »Dann rennt er in Richtung dieser Sex-Beize, aber der Türsteher sieht den blutverschmierten Irren kommen und versperrt die Tür. Da er die Statur von einem Panzer hat, prallt das Arschloch einfach von ihm ab, fliegt in hohem Bogen durch die Luft und pflügt mich dann einfach um. Das heißt, jetzt bin ich voller Blut und Junkiehirn, und Reineke ist voller Nudeln, als er endlich auch erscheint. Dann fängt dieses Arschloch allen Ernstes an zu schreien, dass er von der Polizei misshandelt wird. Ich musste mich echt zusammenreißen, um dem Kerl nicht ein paar reinzuhauen.« Er rieb sich die Schläfe.

»Wie dem auch sei.« Er atmete erleichtert auf. »Letztendlich haben wir den Fall gelöst.«

War es etwa ein Wunder, dass sie ihre Heimatstadt so liebte?

»Gut gemacht. Und jetzt wollen Sie sicher erst einmal nach Hause gehen.«

»Nee. Wir wollen das Arschloch noch vernehmen, und dann hauen wir uns einfach ein paar Stunden hier aufs Ohr. Sehen Sie das Gesamtbild, Boss? All das nur wegen zweier Titten.«

»Die Liebe macht die Menschen eben ab und zu verrückt.«

»So sieht es aus.«

Sie trat durch die Tür ihrer Abteilung, erwiderte die Grüße der Kollegen, deren Nachtschicht jetzt vorüber war, und ging in ihr Büro. Detective Sergeant Moynahan hatte, wie nicht anders zu erwarten, den Schreibtisch völlig leer geräumt. Alles war genau so, wie sie es vor drei Wochen verlassen hatte, wenn auch merklich sauberer. Selbst das winzig kleine Fenster blitzte, und die Luft roch durchaus angenehm ein bisschen wie der Wald in Irland.

Ohne Leiche.

Sie genehmigte sich einen Kaffee aus dem AutoChef und nahm mit einem Seufzer der Zufriedenheit an ihrem Schreibtisch Platz, um die Fälle und Berichte der vergangenen Wochen durchzugehen.

Im Gegensatz zu ihr hatten die Mörder keine Arbeitspause eingelegt, bemerkte sie, doch ihre Leute hatten ihre Sache wirklich gut gemacht. Eve las die Berichte von den abgeschlossenen und noch offenen Fällen, die Anträge auf Überstundenausgleich oder anderen Urlaub und die Spesenabrechnungen durch.

Bis sie das gedämpfte Trampeln hörte, das Peabodys Sommerschuhe auf dem Boden hinterließen, aufblickte und sah, dass ihre Partnerin durch ihre offene Tür getreten war.

»Willkommen daheim! Wie war Ihr Urlaub? Traumhaft wie erwartet?«

»Er war schön.«

Peabodys viereckiges Gesicht wies eine leichte Sonnenbräune auf, was Eve daran erinnerte, dass ihre Partnerin mit ihrem Freund McNab, einem der besten elektronischen Ermittler, die sie hatten, ebenfalls für eine Woche fortgefahren war. Sie trug ihr dunkles Haar in einem kurzen, aber durchaus kessen Pferdeschwanz und hatte eine dünne lohfarbene

Jacke, eine mittelbraune Cargohose und ein farblich auf die Schuhe abgestimmtes, leuchtend rotes Tanktop an.

»Sieht aus, als wären die Dinge während meines Urlaubs hier gelaufen wie geschmiert.«

»Auf jeden Fall. Vielleicht ist DS Moynahan manchmal etwas pingelig, aber man kann trotzdem super mit ihm arbeiten. Denn er ist grundsolide, und er weiß genau, wie man eine Abteilung leitet. Hält sich bei der Arbeit außer Haus ziemlich zurück, hat sich aber als Kapitän des Schiffs durchaus bewährt. Also, was haben Sie gekriegt?«

»Einen Haufen Berichte.«

»Ich meine nicht hier, sondern zu Ihrem Hochzeitstag. Schließlich denkt sich Roarke immer irgendwelche ganz besonderen Sachen aus. Nun sagen Sie schon«, bat Peabody, als Eve sie einfach ansah. »Ich bin extra deshalb früher aufs Revier gekommen. Bis zum offiziellen Dienstbeginn sind noch fast fünf Minuten Zeit.«

Das stimmte, dachte Eve, und da die braunen Augen ihrer Partnerin so flehend wie die eines Welpen blickten, reckte sie den rechten Arm und zeigte ihre neue Armbanduhr.

»Oh.«

Die Reaktion war rundherum perfekt, fand Eve. Denn ihre Partnerin versuchte heldenhaft, sich nicht anmerken zu lassen, wie verblüfft und abgrundtief enttäuscht sie von dem Schmuckstück war.

»Ah, das ist nett. Sie haben eine nette neue Uhr.«

»Die vor allem ungeheuer praktisch ist«. Eve drehte ihr Handgelenk, damit neben dem flachen Silberblatt auch das schlichte Armband möglichst gut zu sehen war.

»So sieht es aus.«

»Außerdem hat sie ein paar echt nette Extras«, fügte Eve hinzu.

»Das ist nett«, erklärte Peabody erneut, bevor sie ihr wild piepsendes Handy aus der Tasche zog. »Einen Augenblick, ich – he, das sind ja Sie.« Ihr klappte die Kinnlade herunter, während sie zugleich den Kopf hochriss. »In das Ding ist ein Mini-Handy eingebaut? Das ist echt cool. Normalerweise sehen diese Handy-Uhren eher wie Riesenklötze aus, aber diese Uhr ist wirklich hübsch.«

»Weil sie kein Mini-, sondern ein modernes Nano-Handy hat. Sie kennen doch das Auto, das er mir geschenkt hat und das stinknormal aussieht.«

»Weniger normal als vielmehr hässlich wie die Nacht«, korrigierte ihre Partnerin. »Genau deshalb guckt auch niemand zweimal hin oder kann sich auch nur ansatzweise vorstellen, wie heiß die Kiste ist. Und mit diesem Ding ist es genauso?«

Automatisch griff sie abermals nach ihrem Handy, als es schrillte, zog dann aber ihre Hand zurück. »Sind Sie das mit Ihrer Uhr? Kann man damit etwa richtig telefonieren? Obwohl sie so winzig ist?«

»Sie hat nicht nur eine Telefon-, sondern auch eine Navigations- und eine vollständige Datenverarbeitungsfunktion. Roarke hat sogar all meine Dateien drauf geladen, wenn ich also in eine meiner Akten sehen müsste, könnte ich das damit tun. Außerdem ist dieses Ding wasserfest und bruchsicher, hat Voice-Command, nennt mir die Umgebungstemperatur und zusätzlich die Zeit.«

Ganz zu schweigen davon, dass noch eine zweite, diamantbesetzte Uhr mit haargenau denselben Spezifikationen zuhause in ihrem Schreibtisch lag. Die sie tragen könnte, wenn sie irgendwo auf einer eleganten Feier eingeladen war.

»Das ist einfach oberaffengeil. Wie …«

Eve riss ihren Arm zurück. »Damit wird nicht rumgespielt. Ich weiß selbst noch nicht ganz genau, wie das alles funktioniert.«

»Dieses Ding ist echt perfekt für Sie. Rundherum perfekt. Er hat einfach den Bogen raus. Außerdem waren Sie in Irland und Italien und am Schluss auch noch auf dieser Insel, die ihm selbst gehört. Mehr Romantik und vor allem mehr Entspannung geht beim besten Willen nicht.«

»Abgesehen von dem toten Mädchen …«

»McNab und ich haben uns ebenfalls nach Kräften amüsiert … was? Von welchem toten Mädchen sprechen Sie?«

»Wenn ich noch einen Kaffee hätte, wäre ich vielleicht geneigt, es Ihnen zu erzählen.«

Peabody stürzte zum AutoChef, und ein paar Minuten später trank sie kopfschüttelnd den letzten Schluck ihres eigenen Kaffees. »Dann haben Sie also sogar in Ihrem Urlaub Ermittlungen in einem Mordfall angestellt.«

»Nicht ich habe ermittelt, sondern dieser junge Polizist. Ich habe ihm nur ein paar Tipps gegeben, weiter nichts. Und jetzt sagt meine oberaffengeile Uhr, dass wir im Dienst sind. Also hauen Sie ab.«

»Sofort. Ich wollte nur noch kurz erzählen, dass McNab und ich an einem Tauchkurs teilgenommen haben und …«

»Warum denn das?«

»Keine Ahnung, aber trotzdem hat es einen Riesenspaß gemacht. Außerdem habe ich noch jede Menge Interviews zu Nadines Buch gegeben, das noch immer auf Platz eins ist, falls Sie noch nicht nachgesehen haben. Wenn wir keinen neuen Fall reinkriegen, können wir ja vielleicht Mittag essen gehen. Ich lade Sie ein.«

»Mal sehen. Erst mal muss ich eine Reihe Sachen aufar
beiten, die in meinem Urlaub reingekommen sind.«

Als sie allein war, dachte sie darüber nach und stellte fest,
dass sie gar nichts dagegen hätte, mit Peabody in der Mit-
tagspause in ein Restaurant zu gehen. Dann wäre der Übergang vom Urlaub in den Alltag nicht so krass.

Zwar müsste sie noch ein paar offene Fälle mit den zu-
ständigen Leuten durchgehen und DS Moynahan danken,
weil er in den letzten Wochen für sie eingesprungen war,
doch davon abgesehen …

Sie nahm sich einen der Berichte vor, und als das Link auf
ihrem Schreibtisch schrillte, ging sie an den Apparat. »Lieutenant Dallas.«

Hier Zentrale, Lieutenant Dallas.

So viel also zu dem sanften Übergang zwischen Ferien und Job.

*

Jamal Houston trug seine Chauffeursmütze, als er hinter
dem Lenkrad einer eleganten, goldfarben lackierten Limousine starb. Das Gefährt war ordentlich auf einem Kurzpark-
platz am Flughafen LaGuardia abgestellt.

Da der Bolzen der Armbrust erst in seinen Hals und danach in das Lenkrad eingedrungen war, hatte er den Wagen
offenkundig selbst gelenkt.

Eve versiegelte erst ihre Hände und die Stiefel und sah sich
danach die Eintrittswunde an. »Selbst falls jemand sauer
war, weil er vielleicht seinen Flug verpasst hat, kommt mir
diese Reaktion ein bisschen übertrieben vor.«

»Eine Armbrust?« Peabody sah sich den Leichnam von
der anderen Seite an. »Sind Sie sicher?«

»Roarke hat ein paar Armbrüste in seiner Waffensammlung, und die Bolzen, die mit einem dieser Dinger abgefeuert werden, sehen genauso aus. Wobei ich mich frage, weshalb überhaupt jemand mit einer schussbereiten Armbrust in den Fond von einer Limousine steigt.«

Jamal Houston, überlegte sie und ging erneut die aufgerufenen Daten durch. Männlich, schwarz, 43 Jahre alt, Mitbesitzer des Transportservice Gold Star. Verheiratet, zwei Kinder, keine Vorstrafen, seit er erwachsen war, versiegelte Strafakte aus seiner Jugendzeit. Ein Meter 83 groß, 86 Kilo schwer. Trug einen eleganten, schwarzen Anzug, weißes Hemd, rote Krawatte, spiegelblank polierte Schuhe, eine goldene Armbanduhr und einen diamantbesetzten goldenen Stern am Aufschlag des Jacketts.

»Dem Einschusswinkel nach sieht es so aus, als hätte man von hinten rechts auf ihn gezielt.«

»Hinten sieht alles blitzsauber aus«, bemerkte ihre Partnerin. »Kein Abfall, kein Gepäck, keine benutzten Gläser, Tassen oder Flaschen, und der Killer und / oder Fahrgast hat anscheinend auch nichts mitgehen lassen, denn die Geschirrfächer sind alle voll. Alles blitzt und blinkt, in den kleinen Vasen, die zwischen den Fenstern hängen, stecken sogar frische – echte – weiße Rosen. Die Filme, Hör-CDs und Lesedisketten sind alphabetisch in einem Fach sortiert und sehen nicht so aus, als hätte irgendwer sie angerührt. Es gibt drei volle Karaffen mit verschiedenen alkoholischen Getränken, einen kleinen Kühlschrank mit Wasser und Softdrinks und einen Mini-AutoChef. Dem Benutzungsprotokoll nach wurde er um 16 Uhr gefüllt und seitdem nicht mehr angerührt.«

»Dann hatte sein Fahrgast offenkundig keinen Hunger

oder Durst, während er weder Musik gehört noch einen Film gesehen noch gelesen hat. Am besten sehen sich die Kollegen von der Spurensicherung trotzdem gründlich in dem Wagen um.«

Eve umrundete die Limousine und glitt auf den Sitz neben dem toten Mann. »Ehering, teure Armbanduhr, diamantbesetzte, goldene Anstecknadel, goldener Knopf im Ohr.« Sie schob ihre Hand unter die Leiche und zog eine Brieftasche hervor.

»Hier drin stecken ein paar Kreditkarten und um die 150 Dollar Bargeld. Ein Raubüberfall war das also ganz sicher nicht.« Sie versuchte, den ins Armaturenbrett eingebauten Bordcomputer anzustellen. »Das blöde Ding hat einen Zugangscode.« Das Link hingegen funktionierte, und sie hörte sich die letzte Nachricht an. Houston hatte die Zentrale informiert, dass er mit seinem Fahrgast am LaGuardia wäre, um jemanden abzuholen, und der Person am anderen Ende noch eine gute Nacht gewünscht.

»Er sollte also noch einen zweiten Fahrgast kriegen«, überlegte Eve. »Den ersten hatte er schon abgeholt und sollte auf den zweiten warten, dessen Flieger seinem Telefongespräch mit der Zentrale nach bereits gelandet war. Also hat er geparkt, doch bevor er aussteigen und seinem ersten Fahrgast aus dem Wagen helfen kann, schießt der ihm einen Bolzen durch den Hals. Nur ein paar Minuten nach dem Telefongespräch mit der Zentrale war er tot.«

»Warum mietet jemand eine Limousine, um zum Flughafen zu fahren, und tötet dann den Chauffeur?«

»Es ist doch sicher irgendwo notiert, wer die Limousine angemietet und wo dieser Jemand sich abholen lassen hat. Ein einziger Schuss«, murmelte Eve. »Ordentlich, aber zugleich auch ziemlich theatralisch. Weil ein Mord mit einer Armbrust heutzutage schließlich ziemlich ungewöhnlich ist.«

In Houstons Jackentaschen steckten ein Notizbuch, sein privates Handy, eine Rolle Pfefferminzbonbons sowie ein Baumwolltaschentuch. »Er hat hier einen Termin um 20 nach zehn vor dem Chrysler Building notiert. AS nach LTC. AS dürfte der Passagier und LTC das Fahrtziel sein. Wahrscheinlich hat er Namen und Adresse abgekürzt, weil dieser Eintrag nur als Gedächtnisstütze dienen sollte. Lassen Sie uns gucken, ob sich irgendjemand findet, der vielleicht etwas gesehen hat – hahaha –, und danach überlassen wir das Territorium der Spurensicherung und sehen uns erst mal dieses Transportunternehmen an.«

Die Gold-Star-Zentrale fand sich in Astoria. Auf der Fahrt dorthin las Peabody Informationen über den Transportservice von ihrem Handcomputer ab. Houston und sein Partner Michael Chin hatten sich vor 14 Jahren eine einzige, gebrauchte Limousine zugelegt und die Geschäfte anfangs von zu Hause aus geführt, wobei Houstons Ehefrau als Telefonistin und Bürokraft mitgearbeitet hatte.

Innerhalb von weniger als 15 Jahren hatte sich der Fuhrpark auf zwölf goldene, äußerst komfortable Luxuslimousinen ausgedehnt, und der hervorragende Service trug dem Unternehmen Jahr für Jahr fünf Sterne ein.

Inzwischen hatten sie acht angestellte Fahrer und sechs Mitarbeiter im Büro. Mamie Houston führte immer noch die Bücher, Chefmechanikerin war die Ehefrau von Chin, und Houstons Sohn und Tochter waren als Teilzeitangestellte aufgeführt.

Als Eve vor dem stromlinienförmigen Gebäude mit der riesigen Garage hielt, sah sie einen Mann von vielleicht 40, der die Blumen in einem der Kästen auf den Fensterbänken goss, obwohl er keinen Gärtnerkittel, sondern einen schicken Anzug trug. Er hielt in seiner Arbeit inne und sah sie mit einem netten Lächeln an.

»Guten Morgen.«

»Wir suchen einen gewissen Michael Chin.«

»Sie haben mich gefunden. Bitte kommen Sie doch rein ins Kühle. Es ist gerade einmal neun und trotzdem bereits drückend heiß.«

Im Innern des Hauses nahmen kühle Luft und süßer Blumenduft die beiden Frauen in Empfang. Ein hübscher Blumenstrauß schmückte den langgezogenen Empfangstresen, auf dem sonst nur noch ein Computer stand. Auf einem Tisch, an dem zwei komfortable Schalensessel standen, waren fächerförmig glänzende Broschüren ausgebreitet, und für größere Besprechungen waren in einer Ecke eine Reihe zusätzlicher Sessel und ein goldenes Sofa aufgestellt.

»Kann ich Ihnen eine Erfrischung anbieten?«

»Nein, danke. Mr Chin, ich bin Lieutenant Dallas von der New Yorker Polizei, und das hier ist Detective Peabody.«

»Oh.« Sein auch weiter nettes Lächeln wirkte plötzlich leicht verwirrt. »Gibt es ein Problem?«

»Ich bedaure, Ihnen mitteilen zu müssen, dass Ihr Partner Jamal Houston heute früh tot aufgefunden worden ist.«

Seine Miene wurde völlig ausdruckslos, als hätte jemand einen Schalter umgelegt. »Tut mir leid. Was haben Sie gesagt?«

»Er wurde in einem der auf Ihre Firma zugelassenen Fahrzeuge entdeckt.«

»Ein Unfall.« Er wich einen Schritt vor ihr zurück, wobei er gegen einen Sessel stieß. »War es ein Unfall? Hatte Jamal einen Unfall?«

»Nein, Mr Chin. Wir gehen davon aus, dass Mr Houston gestern Abend um kurz vor halb elf ermordet worden ist.«

»Aber das kann nicht sein. Nein, das muss ein Irrtum sein. Denn ich habe noch kurz vorher selbst mit ihm gesprochen. Nur ein paar Minuten vorher. Er war mit einem Kunden am Flughaften LaGuardia, um dort dessen Gattin abzuholen.«

»Es ist kein Irrtum. Wir haben Mr Houston identifiziert. Er wurde heute Morgen am LaGuardia in der Limousine entdeckt.«

»Warten Sie.« Chin fing an zu schwanken und umklammerte die Rücklehne des Sessels, neben dem er stand. »Sie behaupten ernsthaft, dass Jamal nicht mehr am Leben ist? Dass er ermordet worden ist? Aber wie ist das passiert? Warum?«

»Warum setzen Sie sich nicht?« Peabody drückte ihn auf das Sitzmöbel. »Soll ich Ihnen ein Glas Wasser holen?«

Er schüttelte den Kopf, und in den von einem Wald aus schwarzen Wimpern eingerahmten, leuchtend grünen Augen stiegen Tränen auf. »Jemand hat Jamal getötet. Großer Gott. Wollten sie den Wagen klauen? War das der Grund? In einem solchen Fall sollen wir kooperieren. Das gehört zur Politik des Unternehmens. Denn ein Wagen ist kein Menschenleben wert. Jamal.«

»Ich weiß, das ist ein Schock und alles andere als leicht für Sie, aber wir müssen Ihnen ein paar Fragen stellen«, begann Eve.

»Wir wollen heute gemeinsam zu Abend essen. Wollen alle zusammen grillen.«

»Sie waren gestern Abend hier. Hatten Sie Dienst in der Zentrale?«

»Ja. Nein. Oh Gott.« Er presste sich die Hände vor die feucht glänzenden Augen. »Ich war zu Hause, habe gestern Nacht den Telefondienst von zu Haus aus gemacht. Wissen Sie, er hatte diese späte Fahrt. Er hat sie übernommen, weil Kimmy die letzten beiden Nächte nacheinander Dienst hatte, West heute in aller Früh fahren musste, Peters Sohn Geburtstag hatte und … aber das ist egal. Wir haben eine Münze geworfen, und der Sieger durfte wählen, ob er lieber fahren oder den Telefondienst machen will. Er hat die Fahrt gewählt.«

»Wann wurde diese Tour gebucht?«

»Erst gestern Nachmittag.«

»Wer war der Kunde?«

»Ich … da muss ich nachsehen. Ich kann mich nicht erinnern. Mein Hirn ist wie leergefegt.« Er vergrub den leeren Kopf zwischen den Händen, riss ihn aber plötzlich wieder hoch. »Mamie, die Kinder. Gott oh Gott oh Gott. Ich muss gehen. Ich muss meine Frau holen, und dann müssen wir zu Mamie fahren.«

»Bald. Das Wichtigste, was Sie jetzt für ihn tun können, ist, dass Sie uns alles sagen, was uns vielleicht weiterhelfen kann. Wir glauben, wer auch immer mit ihm in der Limousine saß, hat ihn getötet oder weiß, wer ihn getötet hat. Also, wer saß in dem Wagen, Mr Chin?«

»Warten Sie.« Er stand auf und trat vor den Computer. »Das ergibt nicht den geringsten Sinn. Ich weiß, es war ein neuer Kunde. Er hatte die Limousine als Überraschung für seine Ehefrau gebucht. Er wollte sie damit vom Flughafen abholen und dann noch irgendwo schick mit ihr essen gehen. Das hat er mir am Telefon erzählt. Hier, hier ist die Buchung. Er heißt Augustus Sweet und hat die Limousine zum Chrysler Building bestellt. Er hat lange gearbeitet und hat gesagt, wir sollen ihn vor seiner Firma abholen. Ich habe hier die Nummer der Kreditkarte. Die lassen wir uns immer bei der Reservierung geben. Ich habe das alles hier.«

»Können Sie mir eine Kopie der Buchung machen?«

»Ja, natürlich. Der Kunde wollte seine Frau am Flughafen abholen. Wollte unseren besten Fahrer haben, dabei kannte er Jamal doch gar nicht. Ich verstehe also nicht. Genauso gut hätte ich selber fahren können. Oder einer von den anderen. Es war reiner Zufall, dass Jamal hinter dem Steuer saß.«

Der Sieg beim Münzenwerfen hatte sich als größte Niederlage seines Lebens herausgestellt.

Er brach vollends zusammen, als Eve ihm erlaubte, seine Frau zu rufen. Schluchzend warf er sich ihr an die Brust, und die hochschwangere Frau, die ihn um gute 15 Zentimeter überragte, hüllte ihn in einen Vorhang flammend roter Haare ein und hielt ihn tröstend fest, obwohl auch über ihre Wangen heiße Tränen rannen.

»Wir müssen Sie begleiten«, sagte sie zu Eve. »Sie sollte diese Nachricht nicht von irgendwelchen Fremden hören. Es tut mir leid, aber Sie sind nun einmal fremd für sie. Sie braucht jetzt ihre Familie. Und wir sind für sie Familie.«

»Schon gut. Können Sie uns sagen, wann Sie selbst Mr Houston zum letzten Mal gesehen oder gesprochen haben?«

»Gestern, gegen fünf. Ich war drüben bei Mamie, denn sie hat auf Tige, auf unseren Jungen, aufgepasst. Seine Babysitterin hatte sich frei genommen. Gerade, als wir gehen wollten, kam Jamal heim. Er hatte später noch die Tour, deshalb wollte er vorher ein paar Stunden heim. Ich nehme an, Sie müssen mich auch fragen, wo mein Mann zur Tatzeit war. Michael kam gegen halb sieben heim, wir haben zusammen mit unserem Sohn gegessen, dann hat er ihn gebadet und um kurz vor acht ins Bett gebracht, weil ich hundemüde war. Danach hat er von zu Hause aus den Telefondienst übernommen und kam gegen elf ins Bett. Das weiß ich, weil ich selbst noch wach war. Denn obwohl ich vollkommen erledigt war, war das Baby noch putzmunter«, fügte sie hinzu und rieb sich sanft den Bauch. »Die genauen Zeiten weiß ich nicht, aber so muss es ungefähr gewesen sein.«

Eve stellte noch ein paar Routinefragen, hatte sich aber bereits ein Bild von den Verhältnissen gemacht.

Das Haus der Houstons, das in einem Vorort lag, war groß und hübsch mit bodentiefen Fenstern, einer ausgedehnten Rasenfläche und einem üppig bepflanzten Vorgarten, der Eve an Irland denken ließ. Mamie Houston schützte ihr Gesicht mit einem breitkrempigen Strohhut vor der Sonne, während sie in ihrem Garten stand, wo sie ein paar langstielige Rosen schnitt und in den breiten, flachen Korb legte, der neben ihren Füßen stand.

Sie drehte sich zu ihnen um und fing an zu lächeln und winken, ehe ihr Gesicht plötzlich erstarrte und sie ihren Arm matt wieder sinken ließ.

Sie weiß, dass etwas nicht stimmt, bemerkte Eve. Sie fragt sich, warum ihre Freunde, ihre Partner mit zwei fremden Frauen bei ihr auftauchen.

Sie trat gegen den Korb, und die Blumen fielen auf den grünen Rasen, als sie eilig auf sie zugelaufen kam.

»Was ist los? Was ist passiert?«

»Mamie.« Michaels Stimme brach. »Jamal. Es geht um Jamal.«

»Hatte er einen Unfall? Was sind das für Frauen? Was ist passiert?«

»Mrs Houston. Ich bin Lieutenant Dallas von der New Yorker Polizei.« Während Eve dies sagte, trat die Frau von Michael neben Mamie und schlang einen Arm um sie. »Ich bedauere, Ihnen mitteilen zu müssen, dass Ihr Mann letzte Nacht getötet worden ist.«

»Das ist unmöglich. Nein, das kann nicht sein. Er ist entweder im Fitness-Studio oder joggen ...« Mamie wühlte hektisch in den Taschen ihrer Gartenhose. »Ich habe mein Handy nicht dabei. Ich vergesse mein Handy immer, wenn ich in den Garten gehe. Michael, ruf ihn bitte kurz mit deinem Handy an. Weil er ganz bestimmt nur joggen ist.«

»Dann ist er gestern Abend also heimgekommen?«

»Selbstverständlich ist er heimgekommen«, fuhr Mamie den Partner ihres Mannes an, bevor sie sich plötzlich auf die Lippe biss. »Ich ...«

»Mrs Houston, warum gehen wir nicht ins Haus?«, schlug Eve ihr vor.

»Ich will aber nicht ins Haus gehen«, wandte Mamie sich erbost an sie. »Ich will mit meinem Mann sprechen.«

»Wann haben Sie das zum letzten Mal getan?«

»Ich ... bevor er gestern Abend losgefahren ist, aber ...«

»Waren Sie nicht besorgt, als er nicht heimgekommen ist?«

»Aber er muss heimgekommen sein. Wenn auch wahrscheinlich ziemlich spät. Er hat gesagt, es würde spät, und ich sollte nicht extra auf ihn warten, deswegen bin ich ins Bett gegangen. Dann ist er heute Morgen vor mir aufgestanden, das ist alles. Weil er noch ins Fitness-Studio oder laufen gehen wollte. Wir haben auch einen Fitnessraum im Haus, aber er geht lieber ins Studio, weil er da immer irgendwelche Leute trifft. Du weißt doch, dass er morgens gerne läuft oder ins Fitness-Studio geht, um ein bisschen zu tratschen, Kimmy.«

»Ja, ich weiß, Schätzchen. Ich weiß. Lass uns reingehen. Komm, wir gehen rein.«

Im Haus setzte sich Kimmy neben ihr aufs Sofa und schlang abermals den Arm um sie. Mamie saß in ihrem sonnenhellen Wohnzimmer und starrte Eve aus leeren Augen an.

»Ich verstehe nicht.«

»Wir werden alles in unserer Macht Stehende tun, um herauszufinden, was geschehen ist. Sie können uns dabei helfen. Wissen Sie von irgendwem, der Ihrem Mann ein Leid hätte zufügen wollen?«

»Nein. Er ist ein guter Mann. Sag es ihr, Kimmy.«

»Ein sehr guter Mann«, stimmte die Freundin mit begütigender Stimme zu.

»Gab es irgendwelche Scherereien mit Angestellten?«

»Nein. Wir sind ein kleiner, exklusiver Laden. Was eins unserer ... Markenzeichen ist.«

»Hat ihn irgendetwas belastet?«

»Nein. Nichts.«

»Geldprobleme?«

»Nein. Dank der Firma führen wir ein angenehmes Leben. Und die Arbeit macht uns Spaß, deshalb fährt er auch noch immer selbst, und ich mache weiterhin die Buchhaltung. Er wollte immer schon sein eigener Herr sein, mit diesem Unternehmen haben wir uns unseren größten Traum erfüllt. Er ist furchtbar stolz auf das, was wir erreicht haben. Unsere beiden Kinder gehen aufs College, dafür haben wir vorgesorgt, deshalb … die Kinder. Was soll ich den Kindern sagen?«

»Wo sind Ihre Kinder, Mrs Houston?«

»Benji hat am College einen Sommerkurs belegt. Er studiert Jura und wird einmal unser Anwalt werden. Lea ist mit ihrer Clique für ein paar Tage am Strand. Was soll ich ihnen sagen?« Schluchzend vergrub Mamie ihr Gesicht an Kimmys Schulter. »Wie soll ich ihnen das beibringen?«

Eve stellte noch eine Reihe Fragen, doch – zumindest augenblicklich – ließen Schock und Trauer in dem Haus für nichts anderes mehr Raum.

Weshalb sie regelrecht erleichtert war, als sie wieder in die sommerliche Hitze trat.

»Lassen Sie uns die Finanzen des Unternehmens, den Partner, dessen Frau und die anderen Angestellten überprüfen«, sagte sie zu ihrer Partnerin. »Außerdem werden wir in dem Fitness-Studio fragen, ob er wirklich öfter schon in aller Herrgottsfrühe dort erschienen ist.«

»Ich habe mir die Leute schon einmal angesehen«, meinte Peabody. »Wie's aussieht, kommen sie wirklich alle prima miteinander aus.«

»Falls Sie sich erinnern, hatten wir vor Kurzem einen Fall, in dem der Mörder einer der Geschäftspartner und besten Freunde seines Opfers war.«

Peaboby stieß einen Seufzer aus. »Wenn man da nicht zynisch werden soll.«

»Haben Sie diesen Augustus Sweet schon überprüft?«

»Ja. Er ist der Leiter der internen Sicherheitsabteilung eines Pharmaunternehmens namens Dudley und Sohn, das seinen Firmensitz im Chrysler Building hat.«

»Dann besuchen wir den Mann doch einmal.«

5

Dudley und Sohn beanspruchten fünf Stockwerke eines der Wahrzeichen der Stadt, und das Foyer verströmte eine beinahe übertriebene, urbane Eleganz. Die Empfangstresen aus Stahl und Glas verhinderten, dass eine von dem halben Dutzend attraktiver junger Damen, die dort tätig waren, jemals eine auch nur annähernd legere Arbeitshaltung einnahm, und die blank polierte Silberwand in ihrem Rücken schimmerte im gleißend hellen Licht, das durch die unzähligen Fenster fiel.

Seltsame, gläserne Skulpturen hingen von der Decke über einem schwarzen Hochglanzboden, auf dem nicht der allerkleinste Fleck zu sehen war.

Besucher konnten sich die Zeit auf langen Bänken ohne Rückenlehne, dafür aber mit bequemen, schwarzen Gelkissen vor einem der zahlreichen Bildschirme vertreiben, auf denen die Firma pausenlos für ihre ausgezeichneten Produkte warb.

Eve trat vor den Tresen, wählte dort ein junges Mädchen aus, das gelangweilt seine sorgfältig lackierten Fingernägel untersuchte, und knallte geräuschvoll ihre Marke auf den Tisch. »Augustus Sweet.«

»Ihr Name, bitte.«

Eve wies auf die Marke.

»Einen Augenblick.« Das Mädchen ließ die Finger über einen Bildschirm tänzeln. »Mr Sweet ist noch bis zwei in einer Besprechung. Falls Sie einen Termin vereinbaren möchten, kann ich ...«

Wieder klopfte Eve auf ihre Marke. »Die hier ist Termin

genug. Holen Sie Mr Sweet aus der Besprechung und sagen, dass zwei Bullen für ihn hier unten stehen. Oh und eins noch. Falls Sie seine Sekretärin oder irgendeinen anderen Lackel zu mir schicken, um zu fragen, was ich von ihm will, werden Sie erleben, dass ich ziemlich eklig werden kann.«

»Es besteht kein Grund, schnippisch zu werden«, stellte die Empfangsdame beleidigt fest.

Beinah hätte Eve gelächelt. »Sie haben mich noch nicht erlebt, wenn ich richtig schnippisch bin. Also holen Sie mir Sweet, wenn Sie in Ruhe Ihre Arbeit weitermachen wollen.«

Hoch erhobenen Hauptes machte sich die junge Dame auf den Weg. Es dauerte fast zehn Minuten, aber schließlich trat der Mann durch eine Glastür. Er trug einen dunklen Anzug, einen dunklen Schlips und war seiner Miene nach nicht unbedingt zu Scherzen aufgelegt.

»Ich gehe davon aus, dass diese Sache wirklich wichtig ist, wenn man mich deshalb aus einer Besprechung holt.«

»Ist Mord wichtig genug?«

Sweet machte auf dem Absatz kehrt, bedeutete Eve ungeduldig, ihm zu folgen, und marschierte wieder durch die Tür, durch die er gerade erst gekommen war. Eilig trabten sie und Peabody hinter dem Mann durch einen breiten Flur in eine zweite Eingangshalle, und mit großen Schritten lief er bis zu einem Eckbüro, in dem als Zeichen seiner Macht ein riesengroßer Schreibtisch vor den riesengroßen Fenstern stand, durch die man einen wunderbaren Blick über die Stadt genoss.

Er schloss die Tür, verschränkte seine Arme vor der Brust und sah die beiden Frauen grimmig an. »Ausweise.«

Eve und Peabody reichten ihm ihre Dienstmarken, und er las sie mit einem Taschenscanner ein.

»Lieutenant Dallas. Sie haben den Ruf, knallhart zu sein.«

»Das stimmt.«

»Wer wurde ermordet?«

»Jamal Houston.«

»Dieser Name sagt mir nichts.« Er steckte seinen Scanner wieder ein, während er gleichzeitig ein Handy aus der Tasche zog. »Mitchell, gehen Sie meine Akten durch und gucken, ob dort irgendetwas über einen Jamal Houston steht. In meiner Abteilung war der Mann ganz sicher nicht. Denn die Namen meiner Leute kenne ich.«

»Er hat hier nicht gearbeitet. Er war Miteigentümer eines Limousinen-Service, der Sie gestern Abend nach LaGuardia gefahren hat.«

»Ich habe gestern Abend kein Transportmittel gebucht. Ich war mit der Fahrbereitschaft unseres Unternehmens unterwegs.«

»Wohin?«

»Zu einem Abendessen und von dort wieder zurück. Um acht im Intermezzo, wir waren dort zu sechst. Ich bin hier um 19.30 Uhr weggefahren, war von 19.53 Uhr bis 22.46 Uhr in dem Restaurant und kam um 23 Uhr zu Hause an. Ich hatte gestern nichts am Flughafen zu tun.«

»Haben Sie Ihre Frau nicht dort abgeholt?«

Er setzte ein säuerliches Lächeln auf. »Meine Frau und ich leben seit vier Monaten getrennt. Ich hätte sie also ganz sicher nirgends abgeholt. Vor allem verbringt sie meines Wissens den Sommer irgendwo in Maine. Sie haben eindeutig den falschen Mann erwischt.«

»Vielleicht. Obwohl bei der Buchung des Transportmittels Ihr Name, Ihre Adresse und Ihre Kreditkartennummer angegeben worden sind. Und obwohl sich der Fahrgast hier vor diesem Haus abholen lassen hat.« Sie zog die Kopie der Reservierung, die ihr Chin gegeben hatte, aus der Tasche und hielt sie ihrem Gegenüber hin.

Und sah, wie er die Augen aufriss, während er erneut sein Handy aus der Tasche zog. »Mitchell, sperren Sie all meine Kreditkarten, lassen alle Konten überprüfen und besorgen mir vorübergehend Ersatzkarten. Und zwar so schnell es geht. Außerdem will ich, dass Gorem sich all meine elektronischen Geräte ansieht und dass Lyle einen Sicherheitscheck auf allen Ebenen durchführt. Sofort.«

»Wer hätte sich die Nummer Ihrer Kreditkarte besorgen können?«, fragte Eve, als er sein Handy wieder in die Tasche schob.

»Ich bin in der Sicherheitsbranche tätig. Da hätte sich niemand Zugang dazu verschaffen können sollen. Das ist eine Unternehmenskarte. Wie wurde das Transportmittel gebucht?«

»Über das Telefon.«

»Dann wird sich unser Sicherheitsbeauftragter auch alle Telefonverbindungen dieser Abteilung ansehen.«

»Das werden auch unsere elektronischen Ermittler tun, und zwar einschließlich Ihrer privaten Links.«

Sie hätte nicht gedacht, dass das überhaupt möglich wäre, aber tatsächlich presste er die Kiefer noch ein wenig fester aufeinander und stieß heiser aus: »Dafür brauchen Sie eine richterliche Erlaubnis.«

»Kein Problem.«

»Worum geht es hier überhaupt? Ich muss mich auf der Stelle darum kümmern, dass die Sicherheitslücke in dieser Abteilung schnellstmöglich geschlossen wird.«

»Es geht um einen Mordfall, Mr Sweet, der möglicherweise mit dem Sicherheitsproblem in Ihrer Firma in Verbindung steht, aber trotzdem Vorrang hat. Die Leiche des Fahrers wurde heute früh in seiner Limousine am LaGuardia entdeckt.«

»Und er wurde von jemandem ermordet, der nicht nur meinen Namen, sondern auch meine Kreditkarte verwendet hat.«

»So sieht es aus.«

»Ich werde Ihnen die Namen und Adressen sämtlicher Personen geben, die bei diesem Abendessen gestern waren, jeder Einzelne von diesen Leuten wird bestätigen, dass ich bei dem Essen war. Und fahren lassen habe ich mich, wie gesagt, von einem unserer eigenen Fahrer, dessen Namen ich Ihnen, wenn nötig, auch noch nennen kann. Ich kann mich nicht erinnern, dass der Name Jamal Houston mir schon einmal irgendwo begegnet ist, und ich bin alles andere als glücklich darüber, dass jetzt die Polizei in meinen privaten Unterlagen schnüffelt, weil man in Zusammenhang mit diesem Fall meine Daten missbräuchlich verwendet hat.«

»Ich gehe davon aus, dass auch Jamal nicht gerade glücklich über diese ganze Sache ist.«

»Ich kenne diesen Menschen nicht einmal.«

»Ihr Assistent und vielleicht ein paar andere Ihrer Angestellten hatten doch wahrscheinlich Zugriff auf die Kartennummer, oder nicht?«

»Eine Handvoll Leute, ja, die alle vorher eingehend durchleuchtet worden sind.«

»Ich brauche auch die Namen dieser Handvoll Leute«, meinte Eve.

Die eine Hälfte der genannten Personen schickte sie zu Peabody, die andere knöpfte sie sich selber vor. Darunter auch Sweets Assistenten, Mitchell Sykes. Der Mann war 34 Jahre alt und wirkte so aalglatt und so geschäftsmäßig, als wäre er beim FBI.

Er faltete die Hände ordentlich auf seinem linken Knie und sprach in einem Ton, der von grenzenloser Tüchtigkeit und großer Bildung sprach. »Ich verwalte Mr Sweets Terminkalender. Ich habe die Tischreservierung für das Abendessen gestern vorgenommen und die Limousine für die Fahrt ins Restaurant und von dort zurück bestellt.«

»Wann haben Sie all das gemacht?«

»Vor zwei Tagen, und gestern am frühen Nachmittag habe ich noch einmal nachgefragt, ob mit den Reservierungen alles in Ordnung ist. Mr Sweet hat sein Büro um Punkt halb acht verlassen, ich selber habe acht Minuten später Schluss gemacht. Das ist dokumentiert.«

»Da gehe ich jede Wette ein. Sie haben Zugriff auf die Unternehmenskreditkarte von Ihrem Boss?«

»Natürlich.«

»Und was machen Sie damit?«

»Ich begleiche damit auf seine Anweisung Unkosten, die er im Rahmen seiner Arbeit hat. Jeder Zugriff wird protokolliert, wenn ich die Karte nutze, geht das nur mit meinem persönlichen Zugangscode und wenn die Bestellung oder Rechnung gleichzeitig mit eingegeben wird.«

»Wurde gestern Abend irgendein Zugriff auf die Karte registriert?«

»Auf Mr Sweets Befehl habe ich nachgesehen. Aber da war nichts. Falls es eine Abbuchung von dem Konto gegeben hätte, wäre automatisch eine Meldung an mich rausgegangen, aber da die Kartennummer nur für Reservierungszwecke angegeben wurde, blieb die Nachricht aus. Allerdings ändert sich automatisch alle 72 Stunden der Sicherheitscode des Kontos, und sogar für eine Reservierung braucht man diesen Code.«

»Dann hatte also irgendwer den Code. Sie vielleicht?«

»Natürlich habe ich den Code. Als persönlicher Assistent von Mr Sweet habe ich Befugnisse der Stufe acht. Mehr haben nur die Führungskräfte, die auf seiner Ebene sind.«

»Warum erzählen Sie mir nicht, was Sie gestern Abend zwischen neun und Mitternacht gemacht haben?«

Er verzog verächtlich seinen Mund. »Wie gesagt, um 19.38 Uhr habe ich das Büro verlassen und bin heim gelaufen. Einen Block nach Norden und dann einen drei viertel Block nach Osten. Gegen zehn vor acht kam ich dort an. Meine Lebensgefährtin ist gerade geschäftlich unterwegs. Von 20.05 Uhr bis 20.17 Uhr habe ich mit ihr telefoniert, dann habe ich etwas gegessen und noch ferngesehen. Weggegangen bin ich nicht.«

»Sie waren also allein.«

»Ja, ich war allein. Da ich nicht damit gerechnet hatte, dass mich heute früh die Polizei vernehmen würde, habe ich mir kein richtiges Alibi verschafft.« Jetzt verzog er seinen Mund und blickte gleichzeitig auf Eve herab. »Deshalb werden Sie mir einfach glauben müssen, dass ich ganz allein zu Hause war.«

Eve sah ihn lächelnd an. »Ich glaube nicht, dass ich das muss. Aber wie dem auch sei – wie lange arbeiten Sie hier schon?«

»Seit acht Jahren, davon die letzten drei als Assistent von Mr Sweet.«

»Haben Sie je die Dienste von Gold Star genutzt?«

»Nein, habe ich nicht. Und ich kenne auch diesen unglücklichen Mr Houston nicht. Deswegen ist das Einzige, worüber ich mir Sorgen mache, dass der Name, die Adresse und die Firmenkreditkartennummer meines Chefs betrügerisch verwendet worden sind. Denn unsere Security-Abteilung ist die beste, die es je in diesem Unternehmen gab.«

»Ach ja? Dann kommt es mir ein bisschen seltsam vor, dass Ihnen der – angebliche – Identitätsdiebstahl bisher noch gar nicht aufgefallen ist.«

Das war ziemlich gemein von ihr, aber zufrieden registrierte sie, wie Mitchell angesäuert das Gesicht verzog.

Nachdem sie auch die anderen Personen vernommen hatte, traf sie ihre Partnerin und fuhr mit ihr zusammen mit dem Lift ins Erdgeschoss.

»Sweets Stellvertreter und der Buchhalter waren sehr entgegenkommend«, lobte Peabody. »Der Buchhalter und seine Frau haben gestern Abend die Geburtstagsfeier seiner Mutter ausgerichtet, zu der ungefähr ein Dutzend Leute eingeladen waren. Wogegen das Alibi des anderen ein bisschen schwammig ist. Denn er hat ganz allein ein Baseballspiel im Fernsehen gesehen, während seine Frau auf ihrem Mädelabend war. Sie kam erst gegen Mitternacht zurück. Natürlich hat er Kameras im Haus, die aufgezeichnet hätten, falls er noch einmal aus dem Haus gegangen wäre, aber da er in der Branche tätig ist, weiß er sicher auch, wie sich das vermeiden lässt. Trotzdem kommt dieser Mann mir grundsolide vor. Während seiner Zeit beim Militär wurde er mehrfach ausgezeichnet, ist seit vierzehn Jahren verheiratet, Vater eines Kindes, das im Augenblick im Ferienlager ist, und seit zwölf Jahren bei Dudley angestellt.«

»Was hat er beim Militär gemacht?«

»Er war bei der Armee für Kommunikation und Sicherheit zuständig.«

Eve quetschte ihr Gefährt in eine kleine Lücke im Verkehr. »Der Assistent von Sweet hat ebenfalls kein Alibi. Er hat derart herablassend geguckt, dass ich schon Angst hatte, er finge an zu schielen. Er ist ein arroganter Kerl, genau wie Sweet, und meiner Meinung nach war dieser Mord auch eine arrogante Tat.«

»Aber wäre einer von den beiden dumm genug, Sweets Namen und Adresse zu verwenden?«

»Vielleicht hat sich ja auch einer von den beiden für besonders schlau gehalten, als er das getan hat, weil er wusste, dass man ihn bestimmt nicht für so dämlich hält«, gab Eve zurück. »Das wäre vielleicht eine Überlegung wert. Aber jetzt sehen wir uns erst mal unsere Leiche an.«

Sie ging nicht davon aus, dass es bei dem Besuch im Leichenschauhaus irgendeine Überraschung für sie gäbe, aber trotzdem musste sie den Toten noch einmal sehen. Vor allem wurden ihre Theorien durch die Gespräche mit dem Pathologen oft bestätigt und mitunter brachte er die Sprache auf Aspekte einer Tat, die ihr bisher noch gar nicht aufgegangen waren.

Sie trafen Morris bei der Arbeit an, wo er wie immer einen durchsichtigen Kittel über seinem rattenscharfen Outfit trug. Dass sein Anzug dunkelblau und nicht mehr schwarz war, zeigte ihr, dass er nach der Ermordung seiner Freundin in die nächste Trauerphase eingetreten war. Zum ersten Mal seit dem vergangenen Frühjahr trug er einen leuchtend roten Schlips und eine Kordel in derselben Farbe in dem sorgfältig aus seinem fein gemeißelten Gesicht geflochtenen Haar.

Ebenfalls ein gutes Zeichen war, dass auch die Stereoanlage wieder lief. Eine rauchig dunkle Frauenstimme wehte warm und duftig durch den kalten und sterilen Raum.

Morris blickte Eve aus seinen schräg geschnittenen, dunklen Augen an und fragte lächelnd: »Na, wie war Ihr Urlaub?«

»Super. Obwohl ich in Irland über eine tote Frau gestolpert bin.«

»Die gibt es eben überall. Jemand, den wir kennen?«

»Nee. Sie hatte ihren Typen absérviert, und damit kam der nicht zurecht. Der Polizist vor Ort hat sich den Kerl geschnappt.«

»Und kaum sind Sie wieder zu Hause, geht's auch hier schon wieder los«, bemerkte er. »Und wie geht es Ihnen, Peabody?«

»Ausgezeichnet. Ich war selbst ein paar Tage am Strand. Wo es jedoch keine Leiche gab.«

»Nun, vielleicht klappt's ja beim nächsten Mal.« Er blickte auf den aufgeschnittenen Toten, der auf seinem Stahltisch lag.

»Hier haben wir also Jamal Houston, einen Mann, der gut in Form war und auch auf sein Äußeres geachtet hat. Derart schöne Hände sehe ich nicht oft. Allerdings sind auf den Röntgenbildern eine ganze Reihe älterer Verletzungen zu sehen.«

Morris rief die Bilder auf. »Das linke Handgelenk, die rechte Schulter und der rechte Unterarm wurden erst verdreht und dann gebrochen. Diese Verletzungen stammen noch aus der Kindheit oder frühen Jugend, ehe seine Knochen ausgewachsen waren.«

»Dann wurde er also misshandelt.«

»Mit Bestimmtheit kann ich das nicht sagen, aber so sieht's aus. Denn bei einem Unfall sähe die Verletzung an der Schulter anders aus.«

»Irgendwer hat ihn am Arm gepackt und ihn verdreht«, schloss Eve.

»Und zwar mit großem Kraftaufwand. Da der Bruch nicht ordentlich verheilt ist, kann ich mir nicht vorstellen, dass man ihn ordnungsgemäß behandelt hat. Ich nehme an, vor allem bei feuchtem Wetter hat die Schulter ihm auch Jahre später hin und wieder wehgetan. Aber das hat nichts mit seinem Tod zu tun. Ich nehme an, das haben Sie sich angesichts des Bolzens, der in seinem Hals steckte, bereits gedacht.«

»Auf alle Fälle hat das Ding recht ungesund gewirkt.«

»Aber sonst war er gesund und durchtrainiert und hatte nicht die allerkleinste Spur von Drogen oder Alkohol im Blut. Die letzte Mahlzeit hat er gegen sieben gestern Abend eingenommen. Vollkornnudeln, Mischgemüse, eine leichte, weiße Sauce, Wasser und Kaffeeersatz. Dazu noch ein paar Pfefferminzdragees. Abgesehen von der tödlichen Verletzung war der Mann topfit.«

»Er isst also ein gesundes Abendessen, wappnet sich mit etwas Koffein für eine lange Nacht, springt unter die Dusche, steigt in einen Anzug, setzt sich seine Mütze auf. Schnappt sein Notizbuch und sein Handy, auf dem er nach Aussage von seiner Frau mehrere Bücher hat, weil er gern liest, wenn er auf Kunden warten muss, gibt seiner Frau noch einen Abschiedskuss, lutscht ein Pfefferminzbonbon, und anderthalb Stunden später ist er tot.«

»Zumindest hat er keinen Mundgeruch. Hier ist der Bolzen eingetreten.« Morris hob den Toten sachte an, damit das Einschussloch zu sehen war. »Von rechts oben nach links unten.«

»Der Mörder saß also rechts hinten und hat in diesem leichten Winkel auf Jamals Genick gezielt. Wobei der Bolzen seinen Hals durchschlagen und den armen Kerl am Lenkrad festgenagelt hat.«

»Er muss sorgfältig gezielt haben, um nicht die Rückenlehne zu erwischen«, mischte sich Peabody in das Gespräch.

»Ein einziger, gelungener Schuss, falls er tatsächlich Jamals Hals ins Visier genommen hat.« Eve rief sich den Innenraum der Limousine mit der langgezogenen, komfortablen Rückbank und der offenen Trennscheibe nach vorne in Erinnerung.

»Dabei war es dunkel«, fuhr sie fort. »Natürlich hat im Inneren des Wagens Licht gebrannt, aber trotzdem war die Sicht wahrscheinlich alles andere als optimal. Doch schließlich musste es auch dunkel sein, damit nicht irgendwer trotz der getönten Scheiben einen Kerl mit einem Bolzen im Genick hinter dem Lenkrad sitzen sieht. Vielleicht hatte er ein Zielfernrohr oder eine Infrarotpeilung«, sinnierte sie. »Hat mit dem kleinen roten Punkt auf Houstons Hals gezielt und abgedrückt.«

Sie atmete geräuschvoll aus. »Tja, wahrscheinlich ist das alles, was er mir erzählen kann. Seine Witwe und womöglich auch die Kinder werden ihn noch einmal sehen wollen.«

»Ich werde der Familie Bescheid geben, sobald er wieder ordentlich geschlossen ist.«

Da sich der von Peabody erhoffte Restaurantbesuch zerschlagen hatte, lud Eve die Kollegin kurzerhand an einem Schwebegrill zu Sojadogs und Fritten ein, stellte ihr Gefährt auf Automatik und aß auf dem Weg vom Leichenschauhaus zum Labor.

»Wie viele Leute«, überlegte sie, »besitzen wohl eine Armbrust und wissen auch noch, wie man ein solches Ding benutzt? Man braucht eine Lizenz, um eine solche Waffe zu besitzen, und wahrscheinlich einen Waffenschein, wenn man tatsächlich damit schießen will – falls man auf legalem Weg an das Gerät gekommen ist. Und ich kann mir irgendwie nicht vorstellen, dass jemand extra auf dem Schwarzmarkt war, um sich die Waffe zu besorgen, mit der er auf Houston losgegangen ist. Denn es gäbe deutlich einfachere Wege, jemanden zu töten. Unser Killer scheint entsetzlich arrogant und ein fürchterlicher Angeber zu sein.«

»Es ging nicht speziell um Houston«, fügte Peabody hinzu. »Denn der Killer konnte sich nicht sicher sein, dass der ihn fahren würde. Wenn er es auf Houston abgesehen hätte, hätte er ihn als Chauffeur verlangen können, ohne deshalb aufzufallen. Hätte einfach sagen können, er hätte gehört, dass der ein exzellenter Fahrer wäre, blablabla.«

»Vielleicht hatte er es ja auch auf die Firma abgesehen. Vielleicht ein unzufriedener Angestellter oder so. Aber so fühlt es sich nicht an. Zumindest bisher kommt es mir so vor, als hätte er sein Opfer willkürlich gewählt. Wobei die Verbindung zu Augustus Sweet wahrscheinlich Absicht ist.«

»Vielleicht hat irgendwer beschlossen, Houston oder den, der ihn an diesem Abend fährt, zu töten, damit Sweet wegen der Sache unter Druck gerät. Schließlich ist der Mann

Sicherheitschef von einem großen Unternehmen, und muss jetzt im Rahmen der Ermittlungen zu einem Mord erklären, wie es jemandem gelingen konnte, die Informationen zu seiner Kreditkarte zu klauen. Das macht sich ziemlich schlecht, selbst wenn er nichts verbrochen hat, und kostet ihn womöglich seinen Job.«

»Ja, manche Menschen sind krank oder ehrgeizig genug, um einen so verschlungenen Weg zu gehen. Wir werden also überprüfen, wer für seinen Job in Frage kommt, falls der Mann gefeuert wird. Oder wen er selbst vielleicht in den letzten Monaten gefeuert hat. Sein Assistent war mir echt unsympathisch«, fügte Eve hinzu und verzog wie vorher er verächtlich das Gesicht. »Er wirkt nicht unbedingt, als hätte er das Zeug dazu, jemanden zu töten, aber trotzdem mag ich ihn nicht. Weshalb ich mir den Kerl noch einmal genauer ansehen will.«

Der Laborchef Dick Berenski war auch als der Sturschädel bekannt. Er machte seinen Job hervorragend, war aber trotzdem ein Idiot.

Er hielt es für durchaus angemessen, wenn man ihn bestach, damit man möglichst schnell Ergebnisse zu einem aktuellen Fall von ihm bekam, jonglierte mit den Frauen, die – wahrscheinlich gegen Bezahlung – einverstanden waren, mit ihm auszugehen, und feierte nach Dienstschluss regelmäßig kleine Orgien in den Räumen seines Instituts.

Sie trat an den langen weißen Tresen, vor dem er, das dünne rabenschwarze Haar quer über seinen Eierkopf gekämmt, käfergleich auf seinem Hocker kauerte und abwechselnd auf den Computerbildschirm, das Oszilloskop oder diverse Messgeräte sah.

Mit einem Mal jedoch hob er den Kopf, und sie blieb stehen. Denn als er lächelte, sah er fast menschlich aus.

»Sie sehen erholt aus, Dallas. Na, wie stehen die Aktien, Peabody?« Eve sträubten sich die Nackenhaare, denn noch immer hatte er das ungewohnte Lächeln im Gesicht. »Da kommen Sie frisch aus dem Urlaub, und schon haben Sie den ersten Todesfall. Der obendrein echt ungewöhnlich ist. Denn eine Armbrust kriegen wir nur selten rein.«

»In Ordnung. Und wie sieht es mit dem Bolzen aus?«

»Das ist ein superteures Ding. Aus Karbon mit einem Kern und einem Widerhaken aus Titan. Die ersten beiden Drittel sind ein bisschen schwerer, denn so dringt er besser in die Beute ein. Außerdem hat er eine besondere Beschichtung, damit man ihn leichter wider rausziehen kann. Circa 50 Zentimeter lang. Ein so genannter Firestrike von Stelle. Man braucht eine Genehmigung, wenn man so etwas kaufen will, und blättert bei einem offiziellen Händler um die hundert Mäuse dafür hin.«

Eve wollte etwas sagen, brachte aber erst mal keinen Ton heraus. Denn sie hatte diesen Typen nicht bestochen, nicht beleidigt, nicht bedroht und nicht mal angeraunzt, trotzdem hatte er ihr bereits mehr verraten, als sich ihm normalerweise mit den üppigsten Bestechungen bei einem Besuch entlocken ließ.

»In Ordnung ... gut zu wissen«, stieß sie schließlich aus.

»Keine Abdrücke und keine Spuren außer von dem Opfer. Aber ich habe den Code, mit dem der Hersteller das Ding versehen hat, falls es defekt ist oder so. Der Bolzen wurde vorletzten April in Deutschland hergestellt und dann hierher nach New York verschifft. Wo es nur zwei offizielle Händler dafür gibt. Die stehen hier drauf.« Er drückte Eve eine Diskette in die Hand. »Genau wie alles andere.«

»Hat Ihnen vor Kurzem jemand auf den Kopf gehauen?«

»Was?«

»Egal. Wie sieht es mit der Limousine aus?«

»Bisher haben wir nur das Fahrtenbuch und die Protokolle der Gespräche, die über das Autotelefon geführt wurden. Am Rest sind wir noch dran. Die Kiste ist erschreckend groß. Bei der ersten Untersuchung wurde abgesehen von den Abdrücken und anderen Spuren des Chauffeurs nicht mal ein loses Haar entdeckt. Abgesehen von dem Blut habe ich noch nie ein derart sauberes Gefährt gesehen.«

»In Ordnung«, sagte sie zum dritten Mal, denn dieser vollkommen veränderte Berenski machte sie einfach nervös. »Gute Arbeit.«

»Dafür sind wir schließlich da«, erklärte er so fröhlich, dass ihr Magen sich zusammenzog. »Und jetzt ziehen Sie los und schnappen sich den Kerl.«

»Richtig.«

Nachdem sie den Raum wieder verlassen hatten, fragte Eve verwundert: »Was in aller Welt war das? Ist es wie in diesem Film, in dem die Menschen plötzlich nur noch leere Hüllen sind, die von irgendwelchen Monstern übernommen werden?«

»Oh, der ist echt unheimlich. Ihre Vermutung stimmt fast. Er ist verliebt.«

»In was?«

»In wen«, verbesserte Peabody lachend. »Offenbar hat er vor ein paar Wochen jemanden getroffen, und jetzt ist er unsterblich verliebt. Was bedeutet, dass er glücklich ist.«

»Er war mir einfach unheimlich, sonst nichts. Irgendwie gefällt er mir fast besser, wenn er eklig ist. Er hat die ganze Zeit gelächelt.«

»Das gehört eben zum Glücklichsein dazu.«

»Das ist einfach nicht natürlich.«

Doch zumindest hatte sie umsonst Informationen von dem Mann bekommen, die er sich normalerweise auf die eine oder andere Art bezahlen ließ.

Zurück auf dem Revier ging sie in ihr Büro, legte ihre Akte an, stellte das Flipchart auf und schrieb ihren vorläufigen Bericht, während Peabody die beiden Händler kontaktierte, um herauszufinden, ob der Bolzen dort erstanden worden war.

Dann rief Eve die Staatsanwältin Reo an.

»Na, wie war Ihr Urlaub?«

Eve stieß einen leisen Seufzer aus. Doch offenbar kam sie an ihrem ersten Arbeitstag um diese Frage nicht herum.

»Gut. Hören Sie, ich habe heute Morgen einen Fall hereinbekommen.«

»So schnell?«

»Das Verbrechen legt nun einmal keine Pause ein. Das Opfer hat eine versiegelte Jugendakte, die ich einsehen muss.«

Cher Reo lehnte sich auf ihrem Stuhl zurück und bauschte sich mit einer Hand die weichen, blonden Haare auf. »Sie glauben, diese Jugendakte hat was mit dem Fall zu tun?«

»Ich weiß es nicht, deswegen muss ich sie ja einsehen. Der Typ ist Miteigentümer eines erfolgreichen Unternehmens, Ehemann und Vater zweier Kinder mit einem großen, schicken Haus in einem Vorort von New York. Bisher deutet nichts auf irgendwelche Schwierigkeiten hin, aber bei der Autopsie hat sich herausgestellt, dass er mehrere nicht gut verheilte alte Brüche hat. Vielleicht wurde er misshandelt, aber vielleicht hatte er auch einfach öfter irgendwelche Schlägereien. Und die Vergangenheit holt einen schließlich immer wieder ein, nicht wahr?«

»So heißt es auf jeden Fall. Es dürfte kein Problem sein, wenn sich die Ermittlungsleiterin die alten Strafakten des Opfers ansehen will. Ich werde mit dem Richter sprechen.«

»Danke.«

»Wie ist er gestorben?«

»Jemand hat mit einer Armbrust auf den Mann gezielt.«

Reo riss die blauen Augen auf. »Ihre Arbeit wird anscheinend niemals langweilig. Ich rufe Sie zurück, sobald ich etwas weiß.«

Eve holte sich einen Kaffee, legte ihre Stiefel auf dem Schreibtisch ab und blickte auf die Tafel.

Dann betrat Peabody nach einem kurzen Klopfen ihr Büro. »Ich habe eine Liste mit den Kunden, die diese speziellen Bolzen gekauft haben. Ein paar Dutzend weltweit und eine Handvoll außerhalb. Hier in New York gibt es nur eine Frau. Ich habe sie überprüft, und sie ist offensichtlich sauber, aber schließlich muss man das auch sein, damit man die Genehmigung zum Kauf erhält.«

»Dann sehen wir uns die Frau mal an. Warum Gold Star?«, wunderte sich Eve. »Ein kleines, exklusives Unternehmen, das nur eine kleine Fahrzeugflotte und nur eine Handvoll Angestellter hat, aber trotzdem einen erstklassigen Service bietet, wenn man seiner Werbung glauben darf. Eine Spitzenfirma, genau wie auch die Waffe erste Sahne ist und wie Sweet ein hochrangiger Angestellter eines hochrangingen Unternehmens ist. Falls es keine andere Verbindung zwischen Houston oder seinem Unternehmen und Sweet und dessen Unternehmen gibt, dann zumindest die, dass beide erfolgreiche Männer mit besonderen Fähigkeiten sind.«

»Vielleicht ist es ja reiner Zufall.«

»Dann wird Houston unter Umständen das erste, aber sicher nicht das letzte Opfer sein. Hören Sie sich mal seine Gespräche aus dem Wagen an.« Sie rief die Anrufe auf dem Computer auf.

»Hi, Michael, ich hole jetzt den Kunden ab. Der Verkehr ist gar nicht mal so schlimm. Ich melde mich wieder, sobald der Kunde eingestiegen ist.«

»Okay.«

»Wie geht es Kimmy?«

»Sie ist vollkommen erledigt und liegt schon im Bett. Ich nehme einfach das Handy mit, wenn ich nach ihr und unserem Jungen sehe.«

»Nur noch ein paar Wochen, bis du noch einmal Vater wirst. Deshalb ruhst du dich am besten auch erst mal ein bisschen aus. Ich glaube, ich kann meinen Kunden sehen. Ich rufe gleich zurück.«

»Bis zum nächsten Telefongespräch vergehen drei Minuten zehn Sekunden«, meinte Eve.

»Der Fahrgast ist an Bord«, verkündete Jamal mit ruhigem, geschäftsmäßigem Ton. »Fahren zum LaGuardia und holen dort jemanden ab, der aus Atlanta kommt. Flug sechs-zwo-vier. Geschätzte Ankunftszeit 22.20 Uhr.«

»Alles klar.«

»Geh ins Bett, Michael«, fügte Jamal im Flüsterton hinzu. »Nimm von mir aus ruhig dein Handy mit, wenn du darauf bestehst. Denn es wird eine lange Tour, und es hat keinen Sinn, wenn du die ganze Zeit aufbleibst. Ich habe ein Buch dabei, mit dem ich mir die Zeit vertreiben kann, während meine Kunden essen gehen.«

»Melde dich noch einmal, wenn du den Flughafen erreichst, dann gehe ich ins Bett.«

»Abgemacht. Der Kunde ist ganz aufgeregt, weil er seine Frau mit unserer Limousine und dem Essen überraschen will«, fügte Jamal hinzu. »Er sitzt im Fond und grinst. Würde mich nicht wundern, wenn ich nachher noch die Trennscheibe nach oben fahren müsste.«

»Weil der Kunde schließlich König ist«, stimmte ihm Michael lachend zu.

»Jetzt kommt das letzte Telefongespräch«, erklärte Eve.

Jamal berichtete, dass er den Flughafen erreicht hätte, und wünschte Michael eine gute Nacht.

»Fünf Minuten später ist er tot. Seine Stimme klingt weder besorgt noch angespannt. Ganz im Gegenteil. Es kommt ihm nicht so vor, als ob sein Fahrgast irgendwie gefährlich wäre oder so. Das heißt, der Killer war anscheinend nicht nervös, denn das hätte jemand, der seinen Lebensunterhalt verdient, indem er fremde Leute rumkutschiert, gespürt. Sein Fahrgast ist aufgeregt und glücklich, freut sich offenbar schon auf die Tat.«

»*Er* – das heißt, dass Iris Quill, die Käuferin der Bolzen, es nicht war.«

»Vielleicht ist sie die Ehefrau und hat die Waffe für den Kerl besorgt. Auf alle Fälle sehen wir uns die Frau noch an. Die Gespräche sagen mir, dass Houston seinen Kunden nicht erkannt hat. Vielleicht war er verkleidet oder Houston hatte ihn seit Längerem nicht mehr gesehen, aber ich gehe erst mal davon aus, dass er ein Fremder für ihn war.«

»Was vielleicht heißt, dass es einfach ein Zufall war.«

»Selbst beim Zufall gibt es irgendwelche Muster. Und wir werden herausfinden, was das für Muster sind. Besorgen Sie mir die Adresse dieser Quill. Ich fahre kurz bei ihr vorbei, und dann fahre ich heim und arbeite von dort aus weiter. Überprüfen Sie noch einmal alle Leute, die auf Ihrer Bolzen-Käufer-Liste stehen, und auch die Eigentümer und sämtliche Angestellten der Geschäfte, wo es diese Dinger gibt.«

»Himmel.«

»Wenn Sie mir die Liste schicken, nehme ich Ihnen die Hälfte ab.«

»Okay.«

»Gehen Sie außerdem noch die Finanzen von Augustus Sweet und diesem Mitchell durch, denn vielleicht bringt uns das Geld ja irgendwie voran.«

Das Stadthaus in Tribeca, in dem Iris Quill zu Hause war, sah auf den ersten Blick erschreckend nüchtern aus. Ihr Vorgarten ragte wie eine karge Insel aus dem Meer aus Grünpflanzen und Blumen, das vor ihren Nachbarhäusern wogte.

Bei der Sicherheit hingegen hatte Iris nicht geknausert, und als Eve vor ihre Haustür trat, entdeckte sie dort neben einem Handlesegerät noch einen Scanner, und eine Computerstimme fragte erst nach ihrem Namen, dann nach ihrem Ausweis und am Schluss noch nach dem Grund ihres Besuchs.

Die Frau, die schließlich an die Tür kam, war knapp einen Meter 55 groß, wog höchstens 45 Kilo, hatte kurz geschnittenes, silbergraues Haar und wache blaue Augen. Sie trug braune Shorts, in denen ihre kurzen, ungewöhnlich straffen Beine vorteilhaft zur Geltung kamen, und ein enges Tanktop, unter dem man ihre starken, muskulösen Arme sah.

Eve schätzte, dass sie um die 75 war.

»Ms Quill.«

»Genau. Was kann ich für Sie tun, Lieutenant Dallas? Das Letzte, was ich getötet habe, war ein Schwarzbär, oben im Norden von Kanada.«

»Mit einer Armbrust?«

»Mit einem Gewehr, einem Trident 450.« Sie legte ihren Kopf ein wenig schräg. »Armbrust?«

»Darf ich reinkommen?«

»Warum nicht? Ich habe Ihren Namen auf der Dienstmarke erkannt. Ich verfolge die Verbrechen, die hier in New York geschehen. Hauptsächlich auf Channel 75, denn die Furst macht ihre Sache wirklich gut.«

Eve betrat das aufgeräumte, spärlich mit Antiquitäten eingerichtete Foyer, Iris führte sie in ein genauso aufgeräumtes, kleines Wohnzimmer und wies dort auf die Couch. »Setzen Sie sich doch.«

»Ich ermittle momentan in einem Mordfall, bei dem die Mordwaffe der Bolzen einer Armbrust ist.«

»Keine angenehme Art zu gehen.«

»Besitzen Sie eine Armbrust, Ms Quill?«

»Sogar zwei. Beide lizensiert und registriert.« Das Glitzern in den blauen Augen verriet Eve, dass sie schon wusste, dass die Polizei der Sache nachgegangen war. »Ich gehe gerne auf die Jagd und gehe diesem Hobby oft auf meinen Reisen nach. Ich messe mich gern mit meiner Beute und probiere dabei eine Vielzahl an verschiedenen Waffen aus. Für eine Armbrust braucht man viel Geschick und eine ruhige Hand.«

»Sie haben letzten Mai sechs Firestroke-Bolzen gekauft.«

»Das stimmt. Weil sie aus meiner Sicht die besten sind. Sie dringen ausgezeichnet in die Beute ein. Ich will nicht, dass die Tiere leiden, weshalb diese Eigenschaft von einem Bolzen oder Pfeil eine sehr große Rolle für mich spielt. Da ich außerdem meine Munition nicht unnötig vergeuden will, ist mir auch wichtig, dass man sie relativ leicht wieder herausziehen kann. Natürlich braucht man danach neue Widerhaken, doch die Schafte sind außerordentlich haltbar.«

»Haben Sie einen dieser Bolzen irgendwann verkauft, verschenkt oder an jemanden verliehen?«

»Weshalb zum Teufel sollte ich das tun? Erstens wissen Sie genauso gut wie ich, dass das verboten ist, außer wenn man ein solches Stück jemandem überlässt, der ebenfalls eine Lizenz dafür besitzt. Und zweitens vertraue ich meine Ausrüstung nie irgendwelchen anderen Menschen an. Denn schließlich habe ich für jedes dieser Dinger 96,50 auf den Tisch gelegt.«

»Ich dachte, die kosten jeweils einen Hunderter.«

Quill zog lächelnd ihre Brauen hoch. »Ich habe mir auf einen Schlag ein halbes Dutzend Bolzen und ein Dutzend zusätzlicher Widerhaken zugelegt und verstehe mich aufs Handeln.«

»Können Sie mir sagen, wo Sie gestern Abend zwischen neun und zwölf gewesen sind?«

»Natürlich kann ich das. Ich war hier. Weil ich bis vorgestern in Kenia auf einer 14-tägigen Safari war. Meine innere Uhr hat sich noch immer nicht wieder vollkommen umgestellt. Deshalb war ich hier, habe geschrieben – ich sitze an einem Buch über meine Erfahrungen als Jägerin – und lag um elf im Bett. Ich bin eine Verdächtige in einem Mordfall«, stellte sie mit einem leisen Lächeln fest. »Das ist wirklich interessant. Und wen soll ich getötet haben?«

Da die Medien die Story sowieso am nächsten Morgen

bringen würden, klärte Eve sie auf. »Einen gewissen Jamal Houston. 43 Jahre alt, verheiratet, zwei Kinder.«

Sie nickte langsam mit dem Kopf, und ihre Miene wurde ernst. »Das ist ein Jammer«, meinte sie. »Ich war nie verheiratet und habe keine Kinder, aber einmal habe ich geliebt. Er kam während der Innerstädtischen Revolten um. Damals haben Menschen Jagd auf ihre eigene Spezies gemacht. Aber ich nehme an, das machen sie auch heute noch, denn sonst wären Sie schließlich arbeitslos, nicht wahr? Ich persönlich ziehe Tiere vor. Seine Familie tut mir leid.«

»Nutzen Sie manchmal einen Limousinen-Service?«

»Selbstverständlich, Streamlinie.« Wieder blitzten ihre blauen Augen auf. »Es ist ein Unternehmen Ihres Mannes und zugleich der beste Limousinen-Service der gesamten Stadt. Wenn ich für was bezahle, will ich nur das Beste für mein Geld. Ich habe eine Liste all der Bolzen und der Munition, die ich jemals gekauft habe. Und auch eine Liste dessen, was ich auf der Jagd verbraucht habe und was noch hier im Haus gelagert ist. Hätten Sie davon gern Kopien?«

Das war nicht wirklich nötig, dachte Eve, doch es konnte sicher auch nicht schaden, wenn sie mehr Material bekam, als sie am Ende brauchte. »Gern.«

»Ich benutze diesen Bolzentyp erst seit zwei Jahren, vorher gab es ihn nämlich noch nicht. Deshalb fangen die Kopien, die ich Ihnen machen werde, erst mit diesem Datum an. Sonst nähme die Datenmenge nämlich überhand. Ich gehe schließlich schon seit 66 Jahren auf die Jagd. Meine Mum hat es mir beigebracht.«

»Kennen Sie sonst noch jemanden, der eine Armbrust hat und mit diesen ganz speziellen Bolzen schießt? Jemanden, mit dem Sie vielleicht einmal auf der Jagd gewesen sind oder über Armbrüste gesprochen haben?«

»Selbstverständlich. Wenn Sie wollen, kann ich Ihnen eine Namensliste machen. Würde die Ihnen was nützen?«

»Schaden könnte sie ganz sicher nicht. Darf ich Ihnen eine Frage stellen, aus rein privater Neugier: Was machen Sie mit einem Tier, nachdem Sie es getötet haben?«

»Da ich kein Interesse an Trophäen habe, spende ich die Beute einer Organisation, die sie verarbeitet und an Bedürftige verteilt. Die *Jäger gegen Hunger* gibt es auf der ganzen Welt.«

6

Genau, wie wenn sie das Revier erreichte, freute Eve sich, wenn sie durch die Tore ihres eigenen Grundstücks fuhr. Natürlich herrschte dort eine vollkommen andere Atmosphäre, doch inzwischen fühlte sie sich nicht nur auf der Wache, sondern auch auf diesem Anwesen daheim.

Saftig grünes Sommergras breitete sich wie ein Teppich zwischen dicht belaubten Bäumen, bunt bepflanzten Blumenbeeten und blühenden Büschen aus. Durch das Meer aus Farben, Grün und kühlem Schatten führte die gewundene Einfahrt bis zu Roarkes Juwel.

Doch obwohl das elegante Haus so riesig war, dass sie wahrscheinlich immer noch nicht jeden Raum gesehen hatte, strahlte es mit seinen Steintürmen, den großen, bodentiefen Fenstern und den sonnigen Terrassen Eleganz und Würde aus. Die einladende Wärme des Gebäudes, das er dank seines zum Teil mit Hinterlist erlangten Reichtums hier hatte errichten lassen können, hatten weder er noch sie in ihrer Kindheit oder Jugend je verspürt.

Wahrscheinlich hätten mindestens ein Dutzend Bauernhäuser wie das seiner Tante hier hinein gepasst, aber seit Eve beide Häuser kannte, war ihr klar, dass das, was sie in ihrem Innern boten, fast identisch war.

Man fühlte sich darin geborgen, denn sie boten das Gefühl von Stabilität und von Beständigkeit.

Sie stellte ihren Wagen ab, sammelte die Dinge ein, die sie für die abendliche Arbeit brauchte, und betrat ihr Heim.

In dem Summerset gespenstisch wie der Nebel über einem Grabstein plötzlich im Foyer erschien. Klapperdürr, von Kopf bis Fuß schwarz gekleidet, den fetten Kater neben seinen Füßen, stand er plötzlich vor ihr und sah sie aus seinen kleinen Äuglein an.

»Ihr erster Arbeitstag und trotzdem tropfen Sie mir nicht den ganzen Fußboden mit Blut oder was anderem voll. Soll ich zur Feier des Ereignisses eine Flasche Champagner holen gehen?«

»Halten Sie die Klappe, wenn nicht gleich noch Ihr Blut auf den Boden tropfen soll.«

Jetzt war sie offiziell wieder daheim, und nachdem der rituelle Austausch von Beleidigungen absolviert war, lief sie, dicht gefolgt von Galahad, zufrieden in den ersten Stock hinauf.

Als Erstes ging sie in ihr Schlafzimmer, um ihre Jacke aus- und statt der Stiefel Joggingschuhe anzuziehen. Wobei Galahad sich zwischen ihre Beine fädelte, als wäre er ein Schmuckband.

»Ich glaube, du hast zugenommen.« Sie nahm auf dem

Boden Platz und zerrte das monströse Vieh auf ihren Schoß. »Du bist eine Schande, denn du siehst wie zwei Katzen in einer aus.« Sie kraulte ihn zwischen den Ohren und er sah sie durchdringend aus seinen zweifarbigen Augen an. »Du brauchst gar nicht so zu gucken, Kumpel. Denn ab heute machst du erst einmal Diät. Vielleicht kaufen wir dir sogar eins von diesen Laufbändern, die es für Tiere gibt.«

»Darauf würde er ja doch nur schlafen«, meinte Roarke, als er den Raum betrat.

»Wir könnten ja davor etwas Essbares aufhängen, was erst am Ende seiner Trainingszeit herunterfällt.«

»Er hatte schon immer ... schwere Knochen«, stellte Roarke mit einem Lächeln fest.

»Inzwischen hat er noch mehr Speck auf den Rippen als vor unserem Urlaub«, meinte sie und pikste ihrem Kater unsanft in den dicken Bauch. »Summerset hat ihn total verwöhnt.«

»Wahrscheinlich.« Immer noch in seinem eleganten Arbeitsanzug setzte Roarke sich zu ihr auf den Boden und sofort legte sich Galahad auf seinen Schoß. »Aber das machen wir beide schließlich auch.«

»Jetzt schleimt er sich bei dir ein, nur weil ich gesagt habe, dass er weniger fressen und sich etwas mehr bewegen soll.«

Roarke streichelte das Tier, bis es vor Wohlbehagen schnurrte, beugte sich ein wenig vor und küsste seine Frau. »Du hast mir heute gefehlt. Ich hatte mich daran gewöhnt, dich ganz für mich allein zu haben.«

»Wahrscheinlich hast du eher den permanenten Sex vermisst.«

»Den selbstverständlich auch. Aber auch dein Gesicht hat mir gefehlt. Wie war dein Tag?«

»Irgendjemand hat den Fahrer einer Limousine hinterrücks mit einer Armbrust abgeknallt.«

»Was meinen eigenen, durchaus interessanten Arbeitstag noch toppt.«

»Hast du dir wieder mal einen Planeten zugelegt?«

»Welchen hättest du denn gern?«

»Ich nehme den Saturn. Weil's dort auch Pizzaöfen gibt.«

»Ich werde sehen, was ich machen kann.«

Sie zog an seinem Schlips. »Ich dachte, du wolltest damit aufhören, immer so viele Klamotten anzuziehen.«

»Das wird bei geschäftlichen Besprechungen nicht gern gesehen.«

»Die haben ja keine Ahnung.« Kurzerhand zog sie ihm die Krawatte aus. »Ich sehe dich am liebsten nackt.«

»Das trifft sich gut, denn ich dich auch.« Er öffnete ihr Waffenhalfter und der Kater stieß ihn, offenbar erbost, weil er nicht mehr gestreichelt wurde, mit dem Kopf gegen den Bauch. »Du bist nachher noch mal dran«, versprach ihm Roarke und schob ihn fort.

Eilig nahm Eve den Platz des Katers ein und schlang Roarke die Beine um die Hüfte und die Arme um den Hals. »Vielleicht hat mir dein Gesicht ebenfalls gefehlt.«

»Vielleicht hat dir auch der Sex gefehlt.«

»Wahrscheinlich beides.« Gierig küsste sie ihn auf den Mund und zog den Kopf wieder zurück. »Ja«, murmelte sie. »Eindeutig beides.«

Während Galahad erbost von dannen stapfte, schob sie Roarke die Jacke von den Schultern, und er zog ihr kurzerhand das ärmellose Top über den Kopf.

»Siehst du, wie viel einfacher du es mit meinen Sachen hast? An deinem Hemd sind alle diese Knöpfe.« Die sie eilig öffnete, während ihr Mann schon seine Hände über ihren Körper wandern ließ.

Er liebte ihre lange und geschmeidige Gestalt. Den muskulösen und agilen Kriegerinnenkörper, den sie ihm stets ohne Vorbehalte überließ.

Ungeduldig rissen ihre Finger an den Knöpfen und öffnete sein Hemd. Ohne seinen Blick von ihr zu lösen, umfasste er zärtlich ihre Brüste und massierte ihre Brustwarzen mit seinen Daumen, bis der Schleier des Verlangens ihre bernsteinbraunen Augen überzog.

Schließlich küsste er sie wieder auf den Mund, und sie schmiegte sich eng an seinen Leib.

Das Blut rauschte in seinen Adern, und durch das heftige Klopfen seines Herzens wurde sein Verlangen, sie zu nehmen, noch verstärkt. Doch als er sie rücklings auf den Boden drücken wollte, verlagerte sie entschlossen ihr Gewicht, sodass urplötzlich er selber auf dem Rücken lag.

»Manchmal muss man einfach nehmen, was man bekommt«, stieß sie keuchend aus und knabberte an seiner Unterlippe, seinem Hals und seiner Schulter, während sie die Hand an seinem Bauch herab in Richtung seiner Hose gleiten ließ.

Sie spürte, wie sich seine Muskeln anspannten. Denn sie hatte die geballte Kraft des Mannes unter sich. Er gehörte ihr, und sie könnte sich nehmen, was sie wollte. Mit diesem erregenden Gedanken tat sie sich an ihrem Liebsten gütlich, bis das glühende Verlangen ihn erschaudern ließ.

Er war hart und glatt, und sie benutzte ihren Mund und ihre Hände, um ihm Freude zu bereiten und ihn gleichzeitig zu quälen. Benutzte ihren Leib, um ihn zu necken und erregen, bis sie ganz in ihrem eigenen Verlangen unterging.

Er rollte sich mit ihr herum, nagelte sie auf dem Boden fest und sah sie durchdringend aus seinen leuchtend blauen Augen an.

»Jetzt bist du mit Nehmen dran«, erklärte er und machte sich ans Werk.

Sie schrie einmal auf, als seine Hände, die noch einen Augenblick zuvor über das Fell von Galahad gefahren waren, sie eingehend erforschten und sie derart überreizten, dass sie kaum noch Luft bekam und von Kopf bis Fuß erschauderte, als abermals die Woge des Verlangens über ihr zusammenschlug.

Als sie anfing zu zittern, schob er seine Hände unter ihre Hüften und drang in sie ein.

Füllte sie zur Gänze an, während sie ihn vollständig umgab, ließ sich von ihr fangen, während sie ihn fand. Jetzt verschmolzen ihre Körper, und sie trieben sich so lange immer weiter gegenseitig an, bis ihre Blicke sich erneut begegneten und er sich in das goldene Braun von ihren Augen fallen ließ.

Schöner hätte man sie nicht daheim willkommen heißen können, dachte Eve, zog sich aber trotzdem noch einmal an. »Ich habe noch zu tun.«

»Wegen des Chauffeurs und dieser Armbrust«, stimmte er ihr zu. »Ich nehme an, dass er von Gold Star war.«

Sie runzelte die Stirn, aber sie wusste, dass er regelmäßig die Lokalnachrichten sah. »Wie viel kam davon schon im Fernsehen? Ich hatte keine Zeit, um Nachrichten zu sehen.«

»Viel mehr nicht. Weil ihr mit Einzelheiten bisher ziemlich knausrig wart.«

»Wahrscheinlich haben sie inzwischen auch den Rest herausgefunden. Der Chauffeur war einer der beiden Eigentümer dieses Unternehmens, Ehemann und Vater zweier

Kinder. Nichts, weshalb die Journalisten in Begeisterung ausbrechen würden, bis sie von der Armbrust hören. Die wahrschenilich für Furore sorgen wird.«

»Wahrscheinlich.«

Sie ließ ihre Waffe und die Jacke weg, bemerkte er, als sie die Füße wieder in ihre bequemen Joggingschuhe schob. Weil sie Teil ihres bequemen Arbeitsoutfits waren.

Die Dinge, die er selbst noch hatte machen wollen, könnten durchaus ein wenig warten, dachte er und schlug ihr deshalb vor: »Warum essen wir nicht hier zu Abend? Dann kannst du mir noch ein bisschen mehr von diesem Fall erzählen, bevor du dich wieder an die Arbeit machst.«

»Das müsste gehen. Aber ich will nur eine Kleinigkeit. Denn ich habe Peabody und mir vorhin Pommes frites und Sojadogs spendiert.«

»Wie wäre es mit Nudeln?«

»Wenn es keine leichte, weiße Sauce dazu gibt. Weil das die letzte Mahlzeit unseres Opfers war.«

»Wir werden einen leichten Weißwein dazu trinken, das ist etwas völlig anderes.«

Sie aßen in der Sitzecke des Schlafzimmers, und sie erzählte ihm von ihrem Fall.

»Bist du sicher, dass der Mörder keine Ahnung hatte, wer ihn fahren würde?«, fragte er.

»Es sieht auf jeden Fall so aus«, erklärte sie. »Natürlich werden wir das Opfer, seine Firma und die Angestellten noch genau unter die Lupe nehmen, doch bisher kommen der Partner und die Ehefrau mir durchaus ehrlich vor. Sie haben ausgesagt, die beiden Männer hätten gelost, wer die Tour übernimmt. Die Telefongespräche, die die beiden Partner an dem Abend noch geführt haben, klangen vollkommen locker. Business as usual und dazwischen ein paar private Sätze, weil die zwei schließlich befreundet waren. Zum jetzigen Zeitpunkt kann ich mir nicht vorstellen, dass es um Houston persönlich ging. Vielleicht um das Unternehmen, aber nicht um ihn.«

»Und dazu noch der Sicherheitsexperte. Wirklich interessant.« Roarke zerriss ein Stück Olivenbrot, reichte eine Hälfte Eve und dachte nach. »Dudley und Sohn ist ein alteingesessenes Unternehmen mit sehr tiefen Taschen und einem sehr langen Arm. Deswegen wurde dieser Sweet, bevor er seine Position bekam, ganz sicher eingehend durchleuchtet.«

»Er war total angefressen. Und das wirkte durchaus echt. Aber schließlich weiß man nie.« Schulterzuckend pikste sie die nächsten Nudeln mit der Gabel auf. »Wenn er hinter dieser Sache stecken würde, hätte er sich sicher vorher überlegt, wie er bei einer Befragung rüberkommen muss.«

»Warum hätte er das machen sollen?«

»Warum Houston, warum Sweet, warum gerade dieses Unternehmen und warum diese Methode?«, stimmte Eve ihm zu. »Der Assistent von Sweet kommt mir ein bisschen seltsam vor. Irgendetwas stimmt nicht mit dem Kerl. Am besten sehe ich ihn mir noch einmal genauer an. Bildet sich wer weiß was auf sich ein. Wer auch immer diese Tat begangen hat, wird ganz eindeutig nicht von Selbstzweifeln geplagt. Die Methode und das ganze komplizierte Drumherum spielen eine Rolle in dem Fall. Wenn man nicht weiß, wen man ermorden wird, geht es nicht um das Opfer, sondern einzig um die Tat. Und wenn man eine Tat derart aufwändig vorbereitet, geht es mehr um die Methode als um die Person.«

»Hast du schon überprüft, wer alles in New York diese speziellen Bolzen hat?«

»Ja. Bei einer dieser Personen bin ich auf dem Weg nach Hause kurz vorbeigefahren. Bei einer gewissen Iris Quill.«

»Von der habe ich schon mal etwas gehört.« Roarke nahm einen Schluck aus seinem Glas. »Es heißt, sie wäre eine gute Jägerin und hätte *Jäger gegen Hunger* mit begründet, eine durchaus angesehene, weltweit agierende Organisation. Die gute Arbeit leistet, auch wenn die erlegten Tiere davon sicher weniger begeistert sind.«

»Sie kam mir grundsolide vor. Hat mir alle Unterlagen über ihre Armbrust überlassen und mich sogar selbst die Bolzen zählen lassen, die sie hat. Sie waren noch alle da. Außerdem hat sie mir eine Liste mit Personen überlassen, von denen sie weiß, dass sie dieselbe Art von Bolzen bei der Jagd verwenden. Du gehst nicht auf die Jagd.«

»Das hat mich nie gereizt.«

»Am wenigsten verstehe ich, weswegen jemand freiwillig durch einen Dschungel oder Wald oder welches Gelände auch immer in der grässlichen Natur stapft, nur, um so ein blödes Tier zu töten, das einfach dort abhängt, wo es lebt. Schließlich braucht man, wenn man Fleisch will, nur zu einem Schwebegrill zu gehen.«

»An dem kein echtes Fleisch zu haben ist.«

»Aber etwas in der Art.«

»Was sich mit echtem Fleisch eindeutig nicht vergleichen lässt. Ich schätze, bei der Jagd geht's um den ursprünglichen Kick, darum, dass man sich mit der grässlichen Natur und mit den blöden Tieren misst.«

»Ja, nur dass man selbst dabei bewaffnet ist.« Sie runzelte die Stirn. »Vielleicht geht es in meinem Fall ja um etwas

Ähnliches. Weil Houston – oder wer auch immer diesen Kerl an dem Abend gefahren hätte – in seiner natürlichen Umgebung war. Du lässt dich in einer schicken Limousine rumkutschieren, bist aber in Wahrheit auf der Jagd. Auf der Suche nach dem ursprünglichen Kick.«

»Was allerdings von keinem allzu ausgeprägten Sportsgeist spricht. Denn schließlich hat der Kerl von hinten auf den Mann gezielt, der nicht einmal bewaffnet war. Während die meisten Tiere so etwas wie eine Waffe haben. Zähne, Klauen, Instinkt und Schnelligkeit.«

»Ich glaube nicht, dass er sich über Sportlichkeit Gedanken macht. Trotzdem sieht er sich vielleicht als Jäger, dem beim Abknallen von vierbeinigen Säugetieren langweilig geworden ist. Vielleicht hat er sich deshalb diesmal eine andere Beute ausgesucht. Darüber sollte ich auf alle Fälle nachdenken.«

Was sie in ihrem Arbeitszimmer tat, während sie dort eine zweite Tafel mit den Bildern ihres Opfers aufstellte, Kaffee kochte und auf die Verbindungstür zum Arbeitszimmer ihres Mannes sah. Er hatte selber noch zu tun, und sie fand es irgendwie gemütlich, wenn sie beide Tür an Tür beschäftigt waren.

Sie gab die ihr von Peabody geschickte Namensliste in ihren Computer ein, und während der die Personen überprüfte, brachte sie ihre Notizen auf den neuesten Stand.

Jäger. Hat es auf größere Beute abgesehen. Mord als der ultimative Kick.
Ungewöhnliche Waffe, aufwändige Vorbereitung = Geltungssucht.

Geltungssucht = Trophäe?
Wer ist Jäger und hat Zugriff auf Sweets Daten?
Mögliches Motiv dafür, dass Sweet in diese Sache reinge-
zogen wird?

Sie legte eine kurze Pause ein und sah, dass eine neue Mail für sie gekommen war. »Danke, Reo«, murmelte sie leise und rief die jetzt offene Jugendstrafakte des Opfers auf dem Bildschirm auf.

Vandalismus, Ladendiebstahl, Drogenbesitz, Ruhestörung, las sie. Zweimal war er wegen Drogenhandels und Zerstörung von privatem Eigentum kurz im Jugendknast gewesen. Ebenfalls vor seinem 16. Geburtstag hatte er auf Anweisung des Richters eine Therapie gemacht.

Eve lehnte sich auf ihrem Stuhl zurück und las die Berichte der Sozialarbeiter und des Psychologen durch. Sie hatten ihn als wildes Kind oder als Störenfried beschrieben, als chronischen Straftäter mit einer Vorliebe für sämtliche Drogen, die es auf der Straße gab.

Bis endlich irgendjemand den Problemen und den zahlreichen Verletzungen des Jungen auf den Grund gegangen war.

Knochenbrüche, blaue Augen, Nierenquetschungen hatte man stets als Unfallfolgen oder Folgen wilder Schlägereien abgetan. Bis er kurz vor seinem 17. Geburtstag seinen Vater beinah totgeprügelt hatte und zu Hause abgehauen war.

Ihr wurde übel, denn sie wusste aus Erfahrung, wie es war, wenn man misshandelt und gebrochen wurde, bis man irgendwann den Mut fand, sich zur Wehr zu setzen.

»Sie hatten dich auf dem Kieker. Haben dich gesucht und erst mal weggesperrt. Aber dann hat endlich jemand genauer hingesehen.«

Sie las die Aussage der Mutter, las die Angst und Scham, die daraus sprachen, hatte aber nicht den Hauch von Mitgefühl mit dieser Frau. Weil eine Mutter da war, um ihr Kind zu schützen, oder nicht? Was auch geschehen mochte. Doch diese Mutter hatte all die Brüche und die Prellungen aus Angst und Scham versteckt, bis einmal genau im rechten Augenblick der rechte Cop erschienen war und sie nicht mehr hatte verbergen können, dass der Junge jahrelang misshandelt worden war.

Die Einweisung ins Heim, erneute psychologische Betreuung und vielleicht die Kraft, die ihm die letztendliche Gegenwehr verliehen hatte, hatten ihn verwandelt und bewirkt, dass er zu einem anständigen Mann herangewachsen war.

Und dieses Glück hatte ihm letzte Nacht jemand geraubt.

»Seine Jugendstrafakte«, mutmaßte Roarke aus Richtung Tür.

»Ja.«

Er warf einen kurzen Blick auf ihren Monitor. »Das System hat ihm geholfen, obwohl es vielleicht etwas langsam war, hat es am Ende funktioniert.« Er trat auf sie zu und küsste sie zärtlich auf den Kopf. »Und jetzt wirst du ihm helfen. Kann ich irgendetwas für dich tun?«

»Du hast gesagt, du hättest selbst noch Arbeit.«

»Die zum Teil erledigt ist, und das, was jetzt noch fehlt, erledigt sich von selbst.«

Er dachte an sie, als er die Akte las. Und an sich selbst. Daran, dass auch er von seinem Vater Tag für Tag getreten und geschlagen worden war.

Das verband ihn mit dem toten Mann, dem er niemals begegnet war.

»Erst mal ist es hauptsächlich Routinearbeit«, sagte Eve.

»Ich überprüfe gerade einen Teil der Angestellten dieses Pharmaunternehmens und die Leute, die bei Gold Star tätig sind. Dann vergleiche ich die Namen mit den Mitgliedern der Jagdclubs, Teilnehmern an Jagdreisen und Leuten, die eine Lizenz für eine Armbrust haben. Außerdem will ich mir die Finanzen von Sweets Assistenten ansehen, weil mit diesem kleinen Arschloch irgendwas nicht stimmt.«

»Warum überlässt du das nicht mir? Ich bekäme das wahrscheinlich schneller hin als du.«

»Angeber.«

»Wenn's doch so ist.« Er zog sie kurz an seine Brust. »Und jetzt mach diese Akte wieder zu.« Sie sahen sich gemeinsam noch einmal die Daten auf dem Bildschirm an. »Denn sie ruft Erinnerungen in dir wach und lenkt dich dadurch von deiner Arbeit ab.«

Sie schüttelte den Kopf. »Nicht, solange ich nicht weiß, wo dieser Vater steckt. Vielleicht war er ja nach all der Zeit auf Rache aus. Vielleicht ist er reich genug, um einen Killer zu bezahlen oder … ich muss einfach sichergehen, dass er nicht hinter dieser Sache steckt.«

»Also gut. Dann sehe ich mir erst einmal die Finanzen dieses kleinen Arschlochs an.«

Unweigerlich musste sie lachen. »Danke. Das ist nett.«

Sie führte die Routinearbeit durch, sortierte die überprüften Namen, durchsiebte die Daten und stellte so lange Wahrscheinlichkeitsberechnungen zu den verschiedenen Personen an, bis sie Kopfschmerzen bekam.

»Ich finde hier niemanden, der irgendetwas mit der Jagd zu tun hätte, auf jeden Fall nicht offiziell. Keiner dieser Leute hat eine Lizenz für Waffen, einen Jagdschein oder etwas in der Art. Also habe ich geguckt, ob vielleicht Sportschützen darunter sind, denn schließlich kommen Menschen auf die seltsamsten Ideen, weshalb es sogar Wettkämpfe im Bogenschießen und noch anderen derartigen Blödsinn gibt. Vollkommen legal. Aber auch das hat nichts gebracht.«

»Tja, ich hatte mehr Glück.«

»Habe ich es doch gewusst.« Eve ließ ihre Faust auf ihren Schreibtisch krachen. »Habe ich es doch gewusst, dass dieses kleine Arschloch Dreck am Stecken hat. Was hast du herausgefunden?«

»Dass er ein geheimes Konto hat. Es war ziemlich gut versteckt und wahrscheinlich wäre nie jemand darauf gekommen, wenn er keinen Grund gehabt hätte, danach zu graben. Und wie dir wahrscheinlich aufgefallen ist, hat er sorgfältig vermieden, irgendjemandem einen Grund zu geben. Hat sich nie etwas zu Schulden kommen lassen, seine Rechnungen stets beglichen und selbst seine Steuern ordentlich bezahlt. Ich habe dir die Daten dieses Kontos zugeschickt. Computer«, wies er die Maschine an, »Finanzen von Mitchell Sykes auf Bildschirm zwei.«

Einen Augenblick ...

Als die Daten auf dem Monitor erschienen, hob Eve ihre Kaffeetasse an den Mund und ging die Zahlen mit zusammengekniffenen Augen durch. »Ein ganz schöner Batzen. Fast eine halbe Million.« Sie runzelte die Stirn. »Lese ich das richtig? Das Geld wurde in Raten über einen Zeitraum von zwei Jahren auf das Konto eingezahlt?«

»Fast drei.«

»Das sieht leider nicht nach der Bezahlung eines Mörders

aus. Die letzte Einzahlung ist etwas über eine Woche her. 23 000 Dollar 53 Cent. Ein seltsamer Betrag.«

»Er hat immer ungerade Beträge und vor allem immer weniger als 25 000 Dollar eingezahlt.«

»Vielleicht erpresst er irgendwen und zahlt diese seltsamen Beträge ein, um nicht aufzufallen. Was ihm bisher schließlich auch gelungen ist.«

»Kann sein.«

»Oder es geht um Wirtschaftsspionage und der Kerl verkauft Informationen über Dudley an die Konkurrenz. Weil er in seiner Position doch sicher Zugriff auf diverse Unterlagen hat.«

»Das wäre auch eine Möglichkeit.«

»Er hat ziemlich regelmäßig etwas auf das Konto eingezahlt, nicht wahr?« Eve vergrub die Hände in den Hosentaschen und sah sich die Zahlen noch einmal genauer an. »Er hat sein finanzielles Polster alle vier bis sechs Wochen erhöht, und falls er überhaupt mal etwas abgehoben hat, dann höchstens hin und wieder einen kleineren Betrag. Hat den offiziellen Rahmen seiner finanziellen Möglichkeiten nie gesprengt und sich nur ab und zu mal irgendeine Kleinigkeit gegönnt, was sicherlich nicht weiter aufgefallen ist. Trotzdem sind diese Beträge ... warte, er hat eine Freundin. Wenn man die Beträge doppelt nimmt, ergibt diese Sache plötzlich einen völlig anderen Sinn.« Sie warf einen Blick auf Roarke. »Und das hast du schon getan.«

Er nickte knapp. »Computer, Karolea Prinz' Finanzen ebenfalls auf Bildschirm zwei.«

»Sie hat praktisch dieselben Summen an beinah denselben Tagen auf ihr Konto eingezahlt. Und ist ebenfalls bei Dudley angestellt. Ich habe sie kurz überprüft. Sie ist Pharmareferentin.« Abermals griff Eve nach ihrem Becher und trank einen Schluck Kaffee. »Ich werde dir sagen, was du selbst längst rausgefunden hast. Sie zwacken heimlich einen Teil der Medikamente ab, auf die sie Zugriff hat, und verkaufen sie entweder auf der Straße oder an einen der Kunden, die sie hat. Und zwar finden diese Deals alle vier bis sechs Wochen statt.«

»So sieht es für mich aus.«

»Mit Houston hat das nichts zu tun. Tatsächlich landen sie dadurch ziemlich weit unten auf der Liste der Verdächtigen, solange ich nicht rausfinde, dass Houston oder jemand, den er kannte, Kunde dieser beiden Leute war. Denn wenn Sykes die Daten seines Chefs verwendet hätte, hätte er uns dadurch auf sich aufmerksam gemacht. Und weshalb hätte er das machen sollen, wo er doch so nett was nebenher verdienen kann? Da will er sicherlich nicht auffallen.«

»Die beiden waren ausnehmend erfolgreich, deshalb gebe ich dir recht. Es wäre grottendämlich, das Interesse irgendwelcher Schnüffler von der Polizei auf sich zu ziehen.«

»Schade, aber trotzdem wird es sicher lustig, den Kerl aufs Revier zu schleifen und zu sehen, wie der Angstschweiß über seine arrogante Fratze läuft.« Durch die Erinnerung an das verächtliche, herablassende Grinsen dieses Typen wurde ihre freudige Erwartung noch verstärkt.

»Wenn man diese Sache und den Missbrauch von Sweets Daten nimmt, scheint es um die Security bei diesem Unternehmen nicht besonders gut bestellt zu sein.« Auch das war durchaus interessant. »Denn wo es ein Loch gibt, gibt es wahrscheinlich auch noch andere. Wobei Houstons Mörder eins von diesen Löchern ist.«

»Wie sieht's mit der Familie deines Opfers aus?«, erkundigte sich Roarke.

»Der Vater lebt nicht mehr. Hat ein Kind aus seiner Nachbarschaft verprügelt und ist dafür eingefahren. Dann hat er sich im Knast anscheinend mit dem falschen Arschloch angelegt, und das hat ihm unter der Dusche kurzerhand ein Messer in den Bauch gerammt. Die Mutter lebt wieder in Tennessee, woher ihre Familie stammt. Die zwei geben also nichts her.«

Sie blies die Backen auf und atmete vernehmlich aus. »Ich habe auch seinen Partner, dessen Frau, die Frau des Opfers und selbst seine Kinder eingehend überprüft, ohne dass mir irgendetwas aufgefallen ist. Die Frau erbt Houstons Anteil an dem Unternehmen, aber sie hat auch schon vorher gut gelebt. Bei diesem Mord ging's nicht speziell um Houston. Auch seine Firma wirft bisher keinerlei Fragen auf. Falls es eine Verbindung gibt, dann eher bei Dudley. Doch selbst wenn ...«

Sie schüttelte den Kopf.

»Selbst wenn?«

»Für mich sieht's mehr und mehr so aus, als wäre es dem Täter einfach um den Kick gegangen. Um die Aufregung, die mit dem Mord verbunden war. Wenn meine Vermutung stimmt, hält er inzwischen sicher längst schon Ausschau nach dem nächsten Kick.«

Ein gellender Schrei zerriss die Dunkelheit, und einen Moment später drang das gurgelnde Gelächter eines Irren an ihr Ohr. Einen Augenblick sah Ava Crampton sich in einem Rauchglasspiegel, plötzlich aber brach der Ghul durchs falsche Glas und streckte seine bluttriefenden Krallen nach ihr aus.

Sie stieß ein schrilles, ungeplantes Quietschen aus, ehe sie sich vorsätzlich auf ihrem Absatz drehte und ihrem Begleiter hilfesuchend in die Arme warf.

Denn dies war schließlich nicht ihr erster Job.

Sie war 33 Jahre alt, seit zwölf Jahren in der Branche tätig und hatte es dort sehr weit gebracht.

Schließlich investierte sie auch einen Großteil ihrer Einnahmen in ihren Körper, ihr Gesicht, ihre Bildung, ihren Stil, sprach drei Sprachen fließend und hatte für den Erwerb der vierten extra einen Lehrer engagiert. Sie hielt ihre ein Meter 65 rigoros in Form, und das Yoga, das sie eifrig praktizierte, verlieh ihr zum einen ihre Mitte und zum anderen die fantastische Beweglichkeit, die eine der großen Freuden ihrer Kunden war.

Ihr gemischtrassiges Erbe sah sie als Geschenk, denn es hatte ihr eine samtig weiche Haut, die sie genauso gründlich wie den Rest von ihrem Körper pflegte, scharf geschnittene Wangenknochen, volle Lippen und ein leuchtend blaues Augenpaar verliehen. Ihre Haare trug sie lang und lockig, und durch ihren weichen Karamellton wurden ihre Haut und ihre Augen vorteilhaft betont.

Die Investition hatte sich längst bezahlt gemacht. Sie war eine der teuersten Gesellschafterinnen der gesamten Ostküste, die sich lockere zehntausend für den Abend und für eine ganze Nacht das Doppelte bezahlen ließ. Aber schließlich hatte sie auch eine gute Ausbildung genossen, zahlreiche Prüfungen auf den verschiedenen Gebieten abgelegt und die Lizenz für eine Reihe von besonderen Dienstleistungen, damit jeder ihrer Kunden voll auf seine Kosten kam.

Den Kerl heute hatte sie wie alle neuen Kunden gründlich überprüft. Er war wohlhabend, gesund und hatte keine Vorstrafen. Nach zwölfjähriger Ehe war er seit acht Monaten geschieden, Vater einer Tochter, die auf eine ausgezeichnete, private Schule ging.

Er besaß ein elegantes Stadthaus sowie eine Ferienvilla auf Aruba und erschien ihr trotz des flotten Ziegenbärtchens, das er sich seit der Aufnahme des letztes Passbilds hatte wachsen lassen, und trotz der fast schulterlangen Haare äußerlich wie der totale Durchschnittsmann. Obwohl er etwas kräftiger als auf dem Foto wirkte, schien er durchaus gut in Form zu sein.

Offenbar probierte er mit seinem kleinen Bärtchen und den schulterlangen Haaren einen neuen Look aus, wie es Männer häufig machten, wenn sie frisch geschieden waren.

Sie konnte deutlich spüren, wie aufgeregt er war. Er hatte ihr durchaus charmant gestanden, dass er noch nie zuvor mit einer Frau aus ihrer Branche ausgegangen war.

Auf seine Bitte waren sie im Vergnügungspark auf Coney Island. Er hatte sie mit einer Limousine abholen lassen und sie praktisch auf direktem Weg ins Gruselkabinett geführt. Wahrscheinlich suchte er den Kick und eine Frau, die sich ihm ängstlich in die Arme warf.

Also schrie sie leise auf, klammerte sich hilfesuchend an ihm fest und vergaß auch nicht, leicht zu erschaudern, als sie einen ersten Kuss von ihm bekam.

»Das wirkt alles total echt!«

»Jetzt kommt eine meiner Lieblingsstellen«, raunte er ihr sanft ins Ohr.

Etwas heulte in der Dunkelheit, während kettenrasselnd irgendeine grässliche Gestalt in ihre Richtung kam.

»Es kommt!«

»Hier entlang.« Er zog sie eng an seine Seite, als die Flügel einer Fledermaus ihr Haar berührten und das Hologramm von einem eine bluttriefende Axt schwingenden Monster auf sie zugesprungen kam. Während sie den Luftzug spürte, als die Waffe direkt neben ihr nach unten sauste, zog er sie durch eine Tür. Krachend fiel sie hinter ihr ins Schloss, und Ava schrie erschrocken auf, als sie ein dickes Spinnennetz direkt vor ihrer Nase sah. Sie machte auf dem Absatz kehrt, um der riesengroßen Spinne zu entkommen, und stieß gegen einen abgetrennten, aufgespießten Kopf.

Schreiend stolperte sie rückwärts und stieß ein nervöses Lachen aus.

»Gott, wer denkt sich solche Sachen aus?«

Sie dachte flüchtig an ihr letztes Date. Ein Schäferstündchen auf dem Seidenlaken ihres Betts, gefolgt von ein paar Neckereien in ihrem eigenen Swimmingpool. Sehr angenehm. Doch sie wusste schließlich aus Erfahrung, dass die Vorlieben von Männern grundverschieden waren.

Und dieser holte sich anscheinend seinen Kick im Gruselkabinett eines Vergnügungsparks.

Das Licht fing an zu flackern, und im Schein von einem Dutzend Kerzen hielt ein bis zur Hüfte nackter Mann, dessen Gesicht wegen einer Kapuze nicht zu sehen war, einen Eisenhaken in die Glut des Feuers, über dem er stand.

Irgendwie war diese Folterkammer etwas zu real, fand Ava, als ihr der Gestank von Schweiß, Urin und süßem Blut entgegenschlug. Von den feuchten Wänden prallten die Gebete und die Schreie der Gefolterten und der Verdammten ab, und in den Ecken blitzten rote Rattenaugen auf.

Eine Frau flehte um Gnade, während sich ihr Körper grässlich auf der Streckbank dehnte, und ein Mann schrie gellend auf, als eine mit Stacheldraht bewehrte Peitsche seinen nackten Rücken traf.

Ihr Partner für den Abend sah begeistert zu.

In Ordnung, dachte sie, jetzt wusste sie immerhin, worauf er stand.

»Willst du mir wehtun?«, fragte sie.

Mit einem scheuen Lächeln kam er auf sie zu. Während gleichzeitig sein Atem merklich schneller ging. »Setz dich nicht zur Wehr.«

»Du bist sowieso viel stärker, Herr. Gegen dich hätte ich niemals eine Chance.« Im Rahmen dieses Spiels ließ sie sich von ihm in eine dunkle Ecke drücken, neben der sich eine stöhnende Gestalt am Haken über einem Feuer drehte, und stieß heißer aus: »Ich werde alles tun, was du von mir verlangst.« Sie bemühte sich um einen angsterfüllten Ton. »Alles, was du willst. Ich bin deine Gefangene.«

»Ich habe für dich bezahlt.«

»Und deine Sklavin.«

Seine Augen fingen an zu leuchten, und mit rauer Stimme fügte sie hinzu: »Was soll ich tun?«

Sie tat, als würde ihr der Atem stocken. »Oh Herr, was wirst du mit mir tun?«

»Das, wozu ich dich hierher bestellt habe. Und jetzt sei still.«

Er presste sie erneut gegen die Wand und griff in seiner Tasche nach der Scheide, die an seinem Oberschenkel lag.

Er küsste sie einmal, presste seine freie Hand auf ihre Brust und spürte, wie ihr Herz darunter schlug.

Als sie ein leises Klicken hörte, fragte sie: »Was war das, Herr?«

»Der Tod«, erklärte er, trat einen Schritt zurück und rammte die Klinge in das Herz, das nur noch ein Mal schlug.

7

Den Kopf noch voller Daten und verschiedener Theorien kroch Eve erschöpft ins Bett. Ihr Körper sehnte sich nach einer Ruhepause, und als Roarke sie in den Arm nahm und sie sich an seine Seite schmiegte, fiel die Anspannung des Tages von ihr ab.

Seufzend klappte sie die Augen zu.

Und hörte das Schrillen ihres Links.

»Verdammt. Licht an. Video aus.« Sie rappelte sich wieder auf und ging an den Apparat. »Dallas.«

Hier Zentrale, Lieutenant Dallas. Wir haben einen potenziellen Mordfall. Die Kollegen sind bereits am Haupteingang des Gruselkabinetts auf Coney Island.

»Verstanden. Geben Sie auch Detective Peabody Bescheid. Gibt es eine Verbindung zwischen diesem Fall und dem Fall Houston?«

Das ist noch nicht sicher, könnte aber sein.

»Bin schon unterwegs. Verdammt«, entfuhr es ihr nach Ende des Gesprächs.

»Ich werde dich fahren.« Roarke stand auf und schüttelte den Kopf, als sie die Stirn in Falten legte. »Wie du weißt, bin ich an dem Vergnügungspark beteiligt. Deshalb wird man mich so oder so verständigen.« Als in diesem Augenblick sein Handy schrillte, meinte er: »Wie's aussieht, informiert man mich jetzt.«

Sie widersprach ihm nicht. Weil es wahrscheinlich durchaus praktisch wäre, wenn er dabei wäre.

Eilig zog sie ihre Kleider an, trat vor den AutoChef und nahm zwei große Becher Kaffee für sie beide aus dem Schlitz.

Sie protestierte nicht, als er eins seiner offenen Spielzeuge aus der Garage holte, in dem ihr der warme Nachtwind um die Ohren blies. Denn sie bräuchte einen klaren Kopf, und durch den Wind und die erneute Dosis Koffein käme ihr Körper vielleicht früher als geplant wieder in Schwung.

»Wie ist dieser Park gesichert?«, fragte sie.

»Minimal, denn schließlich ist es ein Vergnügungspark. An den Eingängen sind ein paar Standardscanner aufgestellt, im Park selbst sind eine Reihe Überwachungskameras verteilt, und die Leute vom Wachdienst drehen regelmäßig ihre Runden. Weiter nichts.«

»An einem solchen Abend ist der Park wahrscheinlich brechend voll.«

»Was ich aus Sicht des Unternehmers natürlich nur hoffen kann. Die paar kleineren Probleme, die es dort seit der Eröffnung gab, sind nicht der Rede wert.« Er sah sie flüchtig von der Seite an. »Ich bin genauso unglücklich wie du darüber, dass es dort plötzlich eine Leiche gibt.«

»Die bestimmt noch unglücklicher als wir beide ist.«

»Auf jeden Fall.« Trotzdem machte ihm der Leichenfund nicht nur zu schaffen, weil der Park ihm teilweise gehörte, sondern auch oder vor allem, weil dies ein Ort für Kinder und Familien war, an dem sie sich vergnügen sollten.

Deshalb sollte der Park sicher sein, obwohl er wusste, dass man nirgends jemals wirklich sicher war. Nicht einmal in einem hübschen Wald in Irland oder hier in einem Freizeitpark.

»Die Security kopiert alle Disketten aus den Überwachungskameras«, wandte er sich abermals an Eve. »Die Originale bekommt ihr, und die Kopien behalten sie. Sie werden die Bilder ein bisschen bearbeiten, weil die Beleuchtung in dem Gruselkabinett absichtlich ziemlich spärlich ist und weil in einigen Bereichen Nebel oder irgendwelche anderen Spezialeffekte eingesetzt werden, infolge derer man dort kaum etwas sieht. Wir setzen in dem Kabinett Droiden, Anitronen, Hologramme, aber keine echten Menschen ein«, erklärte er, bevor sie fragen konnte.

»Laufen diese Dinger über einen Timer?«

»Nein. Sie werden durch Bewegung aktiviert und sind so programmiert, dass sie den Bewegungen unserer Besucher folgen. Was das Timing angeht, haben wir eine besondere Funktion, die die Besucher entweder in ihren Gruppen oder, falls jemand allein kommt, einzeln in verschiedene Bereiche leitet, weil der Rundgang dadurch intensiver und persönlicher gestaltet wird.«

»Wenn das Opfer zusammen mit seinem Mörder reingekommen wäre, wären sie auf dieser Tour also zumindest zeitweise allein gewesen«, überlegte Eve.

»Wir nennen es nicht Tour, sondern sensorisches Erlebnis. Entsprechend dem Jugendschutzgesetz sind einige Bereiche unseres Gruselkabinetts für Kinder unter 15 Jahren gesperrt.«

»Du warst schon mal in diesem Ding.«

»Sogar mehrmals. Während der verschiedenen Bauphasen und dann noch einmal, als es fertig war. Es ist angemessen gruselig und teilweise durchaus beängstigend.«

»Mir macht das sicher keine Angst. Schließlich nimmt mich jeden Tag zu Hause ein in höchstem Maße gruseliges und beängstigendes Wesen in Empfang.« Schade, dass der blöde Summerset nicht in der Nähe war, um diesen Satz zu hören, dachte sie.

Die Dunkelheit wurde von buntem Licht erhellt, und die Musik wurde vom lauten Juchzen all der Menschen, die in rasender Geschwindigkeit die Kurven und die Loopings der diversen Achterbahnen nahmen oder sich in irgendwelchen anderen laut dröhnenden Fahrgeschäften um die eigenen Achsen drehten, übertönt.

Eve konnte nicht verstehen, was einen Menschen dazu brachte, Geld für etwas zu bezahlen, das seiner Kehle laute Angstschreie entriss.

Oder seine schwer verdiente Kohle dafür auszugeben, dass er, wenn er Pech hatte, ein riesengroßes Stofftier, eine groß-äugige Puppe oder irgendeinen anderen Kram gewann, was aus ihrer Sicht noch schlimmer war als eine Fahrt in einem dieser Höllenkarussells. Die Menschen schossen, warfen, hämmerten und droschen völlig hemmungslos auf irgend-welche Pappfiguren oder Quietscheentchen ein, schlender-ten mit Eiscreme, Sojadogs, Pommes frites und riesengro-ßen Softdrinkbechern gut gelaunt über den Platz, und über allem hing ein seltsames Geruchsgemisch aus Zucker und aus Schweiß.

Das Gruselkabinett trug seinen Namen nicht zu Unrecht, denn es war ein großes, unheimliches Haus, hinter dessen Fenstern Lichter flackerten und aus dem das abschrecken-de Knurren oder Heulen irgendwelcher Geister, Ghuls und axtschwingender Mörder drang.

Ein großer, muskulöser Kerl in Uniform und ein klapper-dürrer Zivilist sicherten den Haupteingang.

»Officer.«

»Lieutenant. Das Gebäude ist gesichert. Ein Beamter und jemand vom parkeigenen Wachdienst passen auf die Leiche auf, an den Ausgängen sind Wachen aufgestellt, und wir haben das Gebäude elektronisch nach verbliebenen Zivilpersonen abgesucht. Es ist niemand mehr drin.«

Sie blickte auf den Türklopfer in Form von einer Fledermaus mit rot glühenden Augen und flatternden Flügeln und fragte erstaunt: »Warum ist das Haus noch in Betrieb?«

»Ich wollte die Geräte noch nicht runterfahren lassen, weil ich dachte, dass Sie vielleicht erst den Weg des Opfers nachgehen wollen.«

Was nicht unvernünftig war. Trotzdem meinte sie: »Das kann ich auch später noch. Schalten Sie die Sachen erst mal ab.«

»Dazu muss ich an den Schaltkasten.« Das dürre Männchen blickte erst auf Eve und wandte sich dann unglücklich an Roarke. »Sir. Ich habe keine Ahnung, wie das passieren konnte.«

»Um das herauszufinden, sind wir hier. Und jetzt schalten Sie erst einmal die Geräte aus.«

»Dazu muss ich ins Haus«, sagte der Zivilist zu Eve. »Zum Schaltkasten.«

»Zeigen Sie mir, wo der ist.« Sie nickte dem Beamten zu, und der öffnete die Tür.

Die bedrohlich quietschte, ehe sie den Blick auf das von Spinnweben durchzogene, düstere Foyer freigab. Das wenige Licht kam von den Kerzen, die in einer Reihe reich verzierter Kandelaber sowie einem hin und her schwingenden Leuchter flackerten, auf dessen Rand eine erschreckend echt wirkende Ratte saß.

Eve musste sich zusammenreißen, um nicht ihre Schusswaffe zu zücken, denn ein Stückchen links von ihr stieß irgendetwas ein lautes Keuchen aus, aus Richtung Decke schossen Schatten auf sie zu, und am Ende einer langen Treppe stöhnte eine Tür gleich einem Mann, der fürchterliche Schmerzen litt, und fiel dann krachend zu.

Das dürre Männlein trat vor einen Kasten an der Wand, öffnete die Tür und drückte ein paar Knöpfe auf dem Schaltbrett, das dahinter lag.

Die Geräusche und Bewegungen erstarben, und im selben Augenblick wurde es hell.

Eve sah sich um und kam zu dem Ergebnis, dass das Kabinett so hell und starr noch unheimlicher war. Anitronen standen reglos auf dem Boden oder hingen einfach in der Luft. In einem Spiegel sah man ein Gesicht, dessen Mund zu einem stummen Schrei geöffnet war, während die Bewegung einer abgetrennten Hand, die eine zweischneidige Axt hielt, unterbrochen worden war.

»Wo ist die Leiche?«

»In der Folterkammer in Abteilung B«, klärte das dürre Männlein sie auf.

»Wer sind Sie überhaupt?«

»Mein Name ist Gumm. Ah, ich bin hier für die Elektronik und für die Spezialeffekte zuständig.«

»Okay. Dann gehen Sie mal voraus.«

»Wollen Sie die Besucherroute oder den Weg für die Angestellten nehmen?«

»Den Weg, auf dem's am schnellsten geht.«

»Hier entlang.« Er trat vor ein Regal – warum in aller Welt fiel ihnen nie etwas anderes ein? –, betätigte dort einen Mechanismus und gab so den Durchgang frei.

»Wir haben eine Reihe von Verbindungsgängen und Stationen zur Überwachung hier im Haus.« Er führte sie durch einen hellen, weiß gestrichenen Gang an einer Reihe von Kontrollpaneelen und Monitoren vorbei.

»Läuft hier alles automatisch?«

»Ja. Wir sind technisch auf dem allerneuesten Stand. Damit die Besucher ganz in der Umgebung aufgehen können, schicken wir sie in verschiedene Richtungen. Denn wenn sie verschiedene Wege gehen, statt alle zusammen irgendwo herumzulaufen oder -stehen, ist das Erlebnis viel persönlicher und intensiver. Wenn sie wollen, besteht sogar die Möglichkeit, sich aktiv in das Geschehen einzubringen. Wenn sie möchten, können sie mit den Gestalten sprechen, Fragen stellen, ihnen hinterherjagen oder versuchen, ihnen auszuweichen. Was natürlich völlig ungefährlich ist, auch wenn schon des Öfteren ein Besucher ohnmächtig geworden ist. Aber dann wird umgehend automatisch einer unserer Sanitäter alarmiert.«

»Und wie ist das bei einem Todesfall?«

»Nun …« Verlegen wandte er sich ab. »Eigentlich hätte das Aussetzen des Herzschlags ebenfalls einen Alarm auslösen sollen. Nur hat das System kurzfristig ausgesetzt. Um 23.52 Uhr. Wir gehen der Sache nach, Sir«, sagte er zu Roarke.

Als sie durch die Tür der Folterkammer traten, hingen dort die Überreste irgendeines fauligen Geruchs und der Gestank des Todes in der Luft.

Der Beamte, der dort Wache hielt, nahm eilig Haltung an, und Eve nickte ihm zu.

Die Tote lehnte an einer Wand aus falschen Steinen, mit den gespreizten Beinen und dem auf die Brust gesunkenen Kinn hätte man denken können, dass sie schlief. Hinter ihren dichten, braunen Locken war ein Großteil des Gesichts versteckt, doch ein weit aufgerissenes, blaues Auge lugte durch den Vorhang, fast als flirte sie.

Steine glitzerten an ihrem Hals, den Handgelenken und den Fingern, und sie trug ein dünnes, weißes, in Höhe der Brust tief ausgeschnittenes Kleid. Unterhalb der Stelle, wo die Klinge in das Herz gedrungen war, verunzierte ein dünner Faden leuchtend roten Bluts den hellen Stoff.

Eve nahm eine Dose Seal-It aus dem Untersuchungsbeutel, sprühte ihre Hände und die Stiefel damit ein und warf die Dose ihrem Gatten zu. Den Recorder, der am Aufschlag ihrer Jacke klemmte, hatte sie schon angestellt.

»Das Opfer ist eine gemischtrassige Frau von vielleicht Anfang 30. Braune Haare, blaue Augen. Sie hat eine kleine, juwelenbesetzte Gürteltasche um die Taille und trägt jede Menge Schmuck. Ihr Körper weist eine einzige Stichwunde auf«, erklärte sie, während sie vor der Toten in die Hocke ging. »Direkt ins Herz. Das Messer steckt noch in der Wunde und am Griffende ist so etwas wie eine runde Halterung.«

»Das ist ein Bajonett«, erklärte Roarke. »Es passt auf ein Gewehr oder auf eine andere Feuerwaffe und kann abgenommen werden, falls man eine zusätzliche Waffe braucht.«

»Ein Bajonett«, murmelte sie. »Das ist auch etwas, was man nicht alle Tage sieht.« Sie öffnete die kleine Tasche. »Um die 250 Dollar Bargeld, Mundspray, Lippenstift, Kreditkarte und Ausweis, beide auf den Namen Ava Crampton mit einer Adresse in der Upper East Side ausgestellt. Dem Ausweis nach hat sie als Top-Gesellschafterin ihren Lebensunterhalt verdient.«

Sie nahm die Abdrücke der Toten, um zu überprüfen, ob sie wirklich Ava Crampton war.

»Wer hat sie gefunden?«

»Ah, das war ich.« Mit entschuldigender Miene – von der Eve nicht sicher wusste, ob sie der Situation geschuldet oder eine permanente Angewohnheit war – hob Gumm die Hand. »Wir haben die Ursache der kurzen Störung bis hierher zurückverfolgt, und ich wollte nachsehen, wie es dazu gekommen war. Und da ... saß sie hier.«

»Haben Sie sie berührt?«

»Nein, ich konnte sehen ... es war klar ...« Er musste sichtlich schlucken. »Ich habe sofort den Wachdienst alarmiert, der hat die Polizei verständigt, und dann haben wir das Haus geräumt. Trotzdem fürchte ich, dass noch ein paar Besucher durch den Raum gelaufen sind, bevor ich sie ... entdeckt habe.«

Eve sah ihn reglos an. »Es sind also irgendwelche dämlichen Besucher am Tatort herumgetrampelt?«

»Wir ... sie ... es wusste schließlich niemand, dass das hier ein Tatort ist. Wahrscheinlich dachten unsere Gäste, sie gehöre einfach zum Programm. Denn schließlich sehen auch unsere Droiden und die Hologramme täuschend echt aus.«

»Schwachsinn«, fauchte Eve. »Ich brauche die Disketten aus den Überwachungskameras.«

»Die stellen wir gerade für Sie zusammen. Wobei es bei den Aufnahmen zu ein paar kurzen Unterbrechungen gekommen ist.«

Eve hatte gerade ein Messgerät aus ihrem Beutel nehmen wollen, zog aber die Hand noch einmal zurück. Kleine Aussetzer und kurze Unterbrechungen. Was für eine andere niedliche Umschreibung fände dieser Kerl wohl noch für den Riesenschlamassel, der hier ausgebrochen war? »Definieren Sie kurze Unterbrechungen.«

»Teile der Aufnahmen aus verschiedenen Bereichen scheinen schwarz zu sein.«

»Scheinen?«

»Ich lasse sie gerade analysieren, Sir«, wandte sich das dürre Männlein abermals an Roarke. »Mein erster Gedanke war, dass jemand reingekommen ist und die Ausstellung mit einem hochmodernen Störsender durchlaufen hat. Irgendeinem winzigen, aber extrem starken Gerät. Es hätte sogar ungewöhnlich stark sein müssen, um die Wände auch nur für kurze Augenblicke zu durchdringen, und vor allem musste der Benutzer wissen, wo genau die Kameras und Melder sind. Das heißt, er musste das System genauestens kennen. Soweit wir bisher wissen, hat sein Weg ihn hier entlang und dann durch Sektor D geführt, weil dort der nächste Ausgang ist. Ich fürchte, wer auch immer das getan hat«, fügte er mit einem Blick auf die tote Frau hinzu, »hat unser System vorübergehend lahmgelegt, damit er unbemerkt verschwinden kann.«

»Haben Sie sie umgebracht?«

Er riss seinen Kopf herum und starrte Eve entgeistert an. »Nein! Natürlich nicht. Ich kenne sie nicht mal. Ich habe sie noch nie …«

»Sie will Sie nur aufziehen, Gumm«, erklärte Roarke in mildem Ton, doch Eve hörte den unterdrückten Ärger, der dabei in seiner Stimme lag.

»Schließen Sie die Analyse ab und besorgen dem Lieutenant die Disketten«, fuhr er fort, ehe das Geräusch von Schritten ihn unterbrach.

Peabody tauchte nur wenige Sekunden vor der Liebe ihres Lebens, Elektronik-Ass McNab, am Tatort auf.

»Dieses Ding ist echt der Hit, selbst wenn es abgeschaltet

ist. McNab und ich waren vor Kurzem einmal hier. Gruseliger geht es einfach nicht.«

»Freut mich, wenn Sie Ihren Spaß haben. Sprühen Sie sich die Hände ein.« Eve zeigte mit dem Finger auf McNab. »Sie nicht. Das hier ist Gumm. Gehen Sie mit ihm mit, und machen Sie, was man als Elektroniker so macht.«

»Okey dokey.« Im Vergleich zu Gumm wirkte der hagere McNab mit seinem Knochenarsch beinah robust. Sein Lächeln war so sonnig wie das Haar, das in einem langen Pferdeschwanz auf seinen Rücken fiel. »Stets zu Diensten.«

Da er fast immer gut gelaunt und obendrein einer der Besten seines Faches war, ignorierte Eve die leuchtend rote Maxi-Cargohose mit den vielfarbigen Taschen und die kurzärmlige gelbe Jacke, die er über einem regenbogenfarbenen Tanktop trug.

»Dann dienen Sie mal schön. Der Todeszeitpunkt ist 23.52 Uhr.« Sie wandte sich an Rorke. »Das nenne ich mal einen echten Aussetzer. In dem Moment, in dem ihr Herz die Arbeit eingestellt hat, haben auch die elektronischen Geräte für ein paar Sekunden ausgesetzt. Weshalb es auch keinen Alarm gegeben hat. Er war gut vorbereitet. Hatte eine Waffe, einen Störsender, kannte den Weg und das System, wenn ich eurem Elektronikfuzzi glauben kann.«

»Das kannst du auf jeden Fall. Weil er gut und zuverlässig ist.«

»Ich brauche eine Liste aller Leute, die mit dem System vertraut sind, sowie sämtlicher Personen, die einmal von euch verwarnt oder sogar gefeuert worden sind.«

»Kein Problem.«

»Peabody, bestellen Sie die Spurensicherung, damit sie sich hier umsieht. Erst mal wird der Laden dichtgemacht.«

»Was ist das denn für ein Messer?«, fragte Peabody, während sie gleichzeitig ihr Handy aus der Tasche zog.

»Ein Bajonett. Das Opfer war ein erstklassiges Callgirl. So wie ihre Kleider aussehen und dem Zustand ihres Körpers nach war es keine Vergewaltigung, das würde schließlich auch keinen Sinn machen. Schmuck, Bargeld und Kreditkarte hat sie noch bei sich, deshalb war es auch kein Raub, aber weshalb hätte man sie auch erst in diese Folterkammer zerren und einen Störsender und ein verdammtes Bajonett mitnehmen sollen, wenn man einzig ihren Schmuck und ihre Kohle haben wollte?« Eve hielt inne.

»Wir haben den Chauffeur von einer Luxuslimousine, der auf einem öffentlichen Parkplatz einen Bolzen ins Genick geschossen, und eine Edelnutte, die in einem Freizeitpark ein Bajonett ins Herz gerammt bekommen hat. Beide Male waren Luxusgüter, außergewöhnliche Waffen und halb öffentliche Plätze involviert. Er hat also ein System und ist inzwischen schon bei Opfer Nummer zwei.«

Sie richtete sich wieder auf und wandte sich an den Kollegen, der neben der Toten Wache hielt. »Officer …«

»Milway.«

»Milway, vielleicht könnten Sie ja rausfinden, wie sie hierhergekommen ist. Ob sie ein privates oder öffentliches Transportmittel genommen hat. Überprüfen Sie, ob er auch schon die Kameras am Eingang ausgeschaltet hat. Sprechen mit dem Personal des Parks, denn vielleicht hat ja irgendwer die Frau gesehen. Schließlich ist sie ein echter Hingucker. Und wenn sie den Leuten aufgefallen ist, haben sie vielleicht auch gesehen, mit wem sie zusammen war.«

Sie wartete, bis der Beamte aus dem Raum gegangen war. »Wie hat er dieses Ding an den Kontrollen vorbei hier reingekriegt?«, fragte sie Roarke und zeigte auf das Bajonett.

»Am schlausten wäre es gewesen, es in einer mit Magnetfasern gefütterten Scheide irgendwo am Körper zu tragen. Denn die Fasern hätten es für die normalen Scanner unsichtbar gemacht.«

Eve nickte, blickte nochmals auf die Tote und sah sich intensiv in der Folterkammer um. »Eine Gesellschafterin dieses Niveaus ist nicht nur sehr erfahren, sondern muss auch talentiert und völlig sauber sein. Ihre Frisur ist immer noch perfekt, ihr Kleid ist, abgesehen von dem Blut, noch tadellos und sie weist keine blauen Flecken oder anderen Kampfspuren auf. Sie hat nicht vorausgesehen, was geschehen würde. Hatte keine Ahnung, dass mit diesem Typen etwas nicht in Ordnung ist.«

»Genau wie Houston«, meinte Roarke. »Obwohl auch ein Chauffeur ein sicheres Gespür für seine Kundschaft hat.«

»So sollte es zumindest sein. Sie kommt also mit diesem Kerl ins Gruselkabinett. Die Route werden wir den Aussetzern, den Unterbrechungen oder wie auch immer Gumm die Pannen nennen will, entnehmen, doch auf alle Fälle landet sie am Ende hier. Muss wirklich gruselig sein, wenn die Geräte eingeschaltet sind.«

»So ist es schließlich auch gedacht.«

»Die Menschen sind einfach krank«, sagte sie zu sich selbst. »Kannst du dafür sorgen, dass dieser Bereich hier wieder eingeschaltet wird? Aber nur dieser Bereich. Ich will sehen, wie es abgelaufen ist.«

»Einen Augenblick.« Er zog sein Handy aus der Tasche und wandte sich ab.

»Der Pathologe und die Spurensicherung sind unterwegs.«

Eve nickte kurz und dachte nach. »Sie hat keinen Termin-kalender bei sich, doch ich gehe jede Wette ein, dass sie sich das Date mit diesem Kerl irgendwo aufgeschrieben hat. Das hat er sicher auch gewusst.«

»Wenn es derselbe Killer ist, gehen Sie davon aus, dass er wieder unter falschem Namen aufgetreten ist.«

»Ich gehe davon aus, dass er nach demselben Muster wie bei Houston vorgegangen ist. Was heißt, dass diese Frau ihn nicht gekannt hat. Weil sie vorher nie mit ihm verabre-det gewesen ist. Hätte sie ihn dann nicht überprüft? Hätte sie nicht sichergehen wollen, dass er kein Psycho ist? Auch wenn ihr das in diesem Fall nicht wirklich was genützt hat. Trotzdem hätte sie ihn doch auf alle Fälle überprüft. Viel-leicht sollte ich Charles fragen, wie so was läuft«, bezog sie sich auf einen Freund, der vor seiner Heirat in derselben Branche wie die tote Frau tätig gewesen war.

»Vielleicht hat Charles sie ja sogar gekannt«, fügte Pea-body hinzu. »Denn sie hätten ihre Kundschaft sicher in den-selben Kreisen akquiriert.«

Mit einem Mal machte sie einen Satz, als hätten ihre Schuhe Federn.

»Nerven wie Drahtseile«, murmelte Eve, obgleich der grau-enhafte Schrei, der ihre Partnerin erschüttert hatte, auch ihr selbst durch Mark und Bein gegangen war. Die Kammer füllte sich mit Stöhnen, gespenstischem Licht und einem grässlichen Gestank, während ein Anitron mit einem rot glühenden Eisen-haken das Gesicht von einem anderen Anitron in Fetzen riss.

»Die Foltermethoden sind historisch genauestens belegt«, erklärte Roarke. »Die Instrumente sind Repliken der Gerät-schaften, die zu der entsprechenden Zeit verwendet wor-den sind.«

»Ich habe doch gesagt, die Menschen sind echt krank. Gibt es hier noch einen zweiten Eingang?«

»Für die Gäste nicht. Sie kommen durch diese Tür, werden durch das Labyrinth dieses Bereichs geführt und wechseln dann da drüben in den nächsten Raum.«

»Okay.« Ohne auf die Ratten, die um ihre Beine huschten, und die dichten Spinnweben zu achten, ging sie zu der Tür. »Der Geruch ist ebenfalls authentisch?«

»So in etwa hat's auf jeden Fall gerochen, ja.«

»Und dafür zahlen die Leute auch noch Geld.« Sie schüttelte den Kopf. »Finden sie die Schreie, den Gestank von Blut und Pisse und die Tatsache, dass alles derart echt wirkt, etwa aufregend? Wahrscheinlich. Auch unser Mörder hat nicht einfach nur beschlossen, diese Frau in diesem Raum zu töten, sondern hat sein Vorgehen sorgfältig geplant. Er wollte sie hier ermorden, inmitten von Elend, Grausamkeit, Verzweiflung, Todesangst. Vielleicht hat sie mitgespielt, gezittert, geschrien, sich an ihm festgeklammert. Oder hat getan, als wäre sie von all dem Grauen um sie herum erregt – was auch immer ihrer Meinung nach der Wunsch des Kunden war.« Eve überlegte.

»Auf alle Fälle sind sie hier herumgelaufen.« Auch Eve selbst bewegte sich entschlossen durch den Raum. »Um sich alles aus der Nähe anzusehen. Denn schließlich musste er sie bis zum Tatort bringen. Weil es dort noch dunkler ist. Vielleicht hat er sie dorthin bugsiert, oder vielleicht ist sie von alleine dorthin gegangen und hat ihm dadurch in die Hände gespielt. Hat sich an die Wand gelehnt, weil sie der Meinung war, dass er schon einmal eine kleine Kostprobe der späteren Genüsse haben will, oder er hat sie an die Wand gedrückt, damit sie nicht umfällt und etwas umwirft oder so. Denn zwar hat er es geschafft, die Kameras und die Sensoren vorübergehend auszuschalten, aber wenn hier etwas zu Bruch gegangen wäre, wäre das bestimmt nicht unbemerkt geblieben, und er brauchte schließlich noch ein wenig Zeit, um abzuhauen. Hat den Raum verlassen, gleich gingen die Kameras und die Sensoren wieder in Betrieb, und die Show ging weiter, während sie in einer dunklen Ecke auf dem Boden saß.«

Sie verließ den Raum durch eine Tür, die aussah wie der Eingang einer Höhle. »Er muss auf diesem Weg verschwunden sein. Aber wo führt der hin?«

»Hier.« Roarke hielt ihr seinen Handcomputer hin. »Das ist der Grundriss des Bereichs, in dem wir gerade sind. Abhängig von der Route und der Zeit, die die Besucher vor dir brauchen, führt dich das Programm in einen dieser drei Sektoren. Hier, hier und hier sind Schilder aufgestellt, falls jemand die Tour abbrechen will. Nach Meinung von Gumm hat unser Mörder diesen Weg gewählt.«

»Dann gehen wir den jetzt auch. Peabody, Sie bleiben bei der Leiche und sprechen mit der Spusi, wenn sie kommt.«

»Ah, könnte man das Ding vielleicht allmählich wieder abschalten?«

»Feigling.« Eve verzog verächtlich das Gesicht, Roarke hingegen zwinkerte der armen Peabody kurz zu und schaltete die Anlage mit einem Knopfdruck wieder aus.

Sie folgten einem schmalen Gang, an dessen Wänden Fackeln hingen, bis in eine große Höhle, wo in einem Schiff auf einem tiefen, dunklen See Männer in Piratenkluft mitten in einem wilden Kampf erstarrt waren. Die oberste der halb verwesten Leichen, die unter den vorspringenden Felsen lagen, hatte einen aufgerissenen Bauch, an dessen Innereien sich eine Krähe gütlich tat.

»Sehr nett.«

»Wir bieten den Leuten das, wofür sie zahlen. Wenn die Geräte eingeschaltet sind, werden in diesem Raum diverse Köpfe abgeschlagen, Menschen ausgeweidet, ein, zwei Männer gekielholt, und die Geister der Verdammten treten als klappernde Skelette auf. Ziemlich beeindruckend.«

»Bestimmt.« Sie blickte auf das Schild an einer Bogentür, die aussah, wie aus Schiffsplanken gezimmert.

Wenn du vor Angst genug geschrien,
nutz diese Gelegenheit zu fliehen.

»Dies ist also der Ausgang.« Eve zog an der Tür und sofort drangen die Geräusche und hellen Lichter des Parks herein. »Spätestens nach zwei Minuten wäre er hier weg gewesen. Bei einem Stich ins Herz spritzt fast kein Blut, er hat also bestimmt nichts abgekriegt. Deshalb konnte er ganz gemütlich losschlendern und hat sich vielleicht sogar zur Feier seiner Heldentat noch einen Sojadog gekauft. Er hat wahrscheinlich völlig unauffällig, wie der vollkommene Durchschnittsmensch gewirkt. Im Gegensatz zu ihr. Sie war der Typ Frau, nach der sich alle umdrehen, also hat ja vielleicht irgendwer auch ihn bemerkt.«

Sie drückte die Tür hinter sich zu. »Ich laufe noch einmal durch das Gruselkabinett. Vielleicht könntest du währenddessen Gumm und Ian in den Hintern treten. Sie sollen mir alles geben, was sie bisher haben, dann werden wir ja sehen, ob damit was anzufangen ist. Und ja«, erklärte sie, bevor er etwas sagen konnte. »Wenn du möchtest, bist du mit von der Partie. Weil dieser Laden dir gehört und du deswegen ziemlich angefressen bist.«

»Er gehört mir nur zum Teil, aber ja, es stört mich, dass hier jemand getötet worden ist. Die Security ist gut, doch im Grunde ist dies hier ein Spielplatz. Für Familien, Kinder, Leute, die sich etwas amüsieren wollen. Deshalb waren wir vielleicht nicht so streng, wie wir hätten sein können.«

»Niemand überwacht ein Gruselkabinett wie das Gebäude der UN. Und der Täter wusste, was er wollte, und er wusste auch, wie er es machen muss.« Sie runzelte die Stirn. »Ich brauche eine Liste deiner Partner, Investoren oder wie du diese Leute nennst. Die Leute, die das Geld gegeben haben, und die wissen, wie der Laden läuft. Denn unser Mann hat Geld oder hätte es auf alle Fälle gern. Und zwar die Menge Geld, die man für goldene Limousinen und für exklusive Callgirls braucht.«

Sie ging von außen um das Haus, bis sie wieder vor dem Eingang stand. Um den Weg des Killers nachzugehen. Dazu rief sie ihren elektronischen Ermittler an. »Führen Sie mich durch das Kabinett, McNab, und zwar anhand der Aussetzer der Kameras.«

»Okay.«

Sie folgte seiner Wegbeschreibung durch die Höhle der Vampire und dann über einen Friedhof, auf dem Zombies aus den Gräbern stiegen, und konnte sich lebhaft vorstellen, welchen Schrecken die Beleuchtung, die Geräusche und Bewegungen der grässlichen Gestalten in sich bargen, wenn all die Spezialeffekte eingeschaltet waren.

Was, wenn Ava und der Kerl von dem Programm an einen anderen Ort geleitet worden wären? Dafür hatte er sich sicher andere mögliche Tatorte unweit der Ausgänge gesucht. Das Opfer hätte dort genauso willig mitgespielt, denn schließlich hatte sie der Kerl dafür bezahlt.

Eve blieb stehen und kniff die Augen zu. Bezahlt. Eine Edelnutte nähme sicher eine Anzahlung, bevor sie sich mit einem Kunden traf. Charles könnte ihr bestimmt erklären, wie das vonstattenging.

Bis sie Peabody wieder erreichte, hatte sie den Weg bereits im Kopf. »Wahrscheinlich waren sie nach etwas über einer Viertelstunde hier. Denn dies war bestimmt sein erster und ihr letzter Stopp.«

»Ich habe sie schon einmal überprüft. War seit über zwölf Jahren in der Branche tätig und wurde in all den Jahren kein einziges Mal verwarnt. Ging regelmäßig zum Gesundheitscheck, hat die Gebühren pünktlich bezahlt und sich langsam, aber sicher hochgearbeitet. Sie gehört zur Spitzenklasse, wie Charles einmal erzählt hat, streichen diese Frauen für ein vierstündiges Date um die zehntausend Dollar ein. Sie ist für Männer und für Frauen, für Gruppen, für Fesselspiele und für Sadomaso lizensiert. Auf diesem Level arbeiten in ganz New York sonst nur noch vier Männer sowie eine andere Frau.«

»Er will oder er braucht das Exklusive.« Eve drehte sich um, als Officer Milway in die Folterkammer zurückkam.

»Sie hatte kein Transportmittel gebucht, aber ihr wurde ein Wagen geschickt. Von Elegant Transportation. Sie wurde um 22.30 Uhr unter ihrem Namen und ihrer Adresse abgeholt, und nach Aussage der Fahrerin, einer gewisse Wanda Fickle, waren sie um 23.10 Uhr am Haupteingang des Parks. Der Wagen wurde von einem Foster M. Urich mit einer Adresse im Village bestellt und auch bezahlt.«

»Gute Arbeit«, lobte Eve.

»Danke, Ma'am. Außerdem haben zwei Parkbesucher ausgesagt, sie hätten sie gesehen. Zusammmen mit einem

Mann, doch die Beschreibungen des Mannes widersprechen sich. Deshalb hören wir uns weiter um.«

»Sobald Sie etwas haben, geben Sie mir umgehend Bescheid.«

»Zu Befehl, Ma'am.«

»Ich muss ins Village«, meinte Eve, während sie bereits ihr Handy aus der Tasche zog.

»Nimm den Wagen«, sagte Roarke. »Ich fahre mit McNab und den Disketten aufs Revier.«

Da es reine Zeitvergeudung wäre, ihn zu bitten, heimzufahren und sich erst einmal aufs Ohr zu legen, gab sie lediglich zurück: »Dann sehen wir uns nachher dort.«

»Der Pathologe ist im Haus.« Peabody steckte ihr Handy wieder ein. »Und die Spurensicherung taucht jeden Augenblick hier auf.«

»Gut. Dann sollen sie hier ihre Arbeit machen, und wir beide fahren zu diesem Urich. Überprüfen Sie den Kerl schon mal.«

»Bin schon dabei. 43, männlich, weiß, frisch geschieden, eine achtjährige Tochter, Geschäftsführer bei Intelicore. Eine kleine Vorstrafe aus seiner Jugend wegen Zoner, davon abgesehen aber sauber.«

»Und was ist Intelicore?«

»Einer der weltweit größten Datensammlungs- und Speicherdienste. Seit drei Generationen in Familienhand.«

»Interessant«, murmelte Eve. »In einem ganz ähnlichen Laden arbeitet auch Sweet.«

8

»Waaahnsinn!« Peabody vollführte einen Freudentanz, als sie den Wagen sah.

»Hören Sie auf damit.«

»Was für ein hübsches Ding«, flötete sie, auch wenn sie statt der Hüften nur noch ihre Schultern kreisen ließ. »Obercool und einfach typisch Roarke.«

»Wenn Sie so weitermachen, können Sie die U-Bahn bis ins Village nehmen«, drohte Eve.

»Ich werde brav sein, ehrlich. Und ich werde ganz besonders brav sein, wenn wir offen fahren. Bitte, bitte«, flehte sie.

»Sie sind einfach nur peinlich.« Stirnrunzelnd schloss Eve den Wagen auf.

»Ich freue mich ganz einfach nur. Weil ich schließlich nicht jeden Tag in einem derart schnittigen, glänzenden Wagen fahren kann«, erklärte Peabody, während sie mit den Fingerspitzen ehrfürchtig über die Kühlerhaube strich.

»So schnittig und so glänzend wird Ihr Hintern auch aussehen, wenn er einen ordentlichen Tritt von mir verpasst bekommt. Also gut, ich fahre das Verdeck herunter«, knurrte Eve und streckte drohend ihren Zeigefinger aus, worauf ihre Partnerin sich einen neuerlichen lauten Juchzer heldenhaft verkniff.

»Denn es ist heiß, und mit ein bisschen Glück weht ja der Wind die Idiotie aus Ihrem Hirn.«

Eve ließ den Motor an.

»Er brummt wie ein satter Löwe.«

»Woher wollen Sie wissen, wie ein satter Löwe klingt?«

»Manchmal gucke ich mir Tiersendungen an, weil man

schließlich seinen Horizont auch als Erwachsener noch erweitern kann.«

»Und vor allem weiß man nie, wann man vielleicht mal in der City Jagd auf einen Löwen machen muss«, erwiderte Eve und öffnete das Dach, worauf Peabody vor lauter Glück im Sitzen ihre Hüften kreisen ließ.

»Wenn Sie Ihren fahrzeugtechnischen Orgasmus abgewickelt haben, gucken Sie, ob es eine Verbindung zwischen Dudley und dem anderen Unternehmen gibt.« Eve aktivierte kurzerhand ihr Armbanduhren-GPS und gab Urichs Adresse ein.

»Mehr Hightech geht einfach nicht mehr!«

»Ich will nur sehen, ob das Ding funktioniert.« Als sie vom Parkplatz auf die Straße schoss, entfuhr Peabody ein lautes: »Uiii!«

»Der Wind reicht offenbar nicht aus.«

»Sie rufen doch auch ›Uiii‹. Wenn auch nur innerlich.«

Möglich, gab Eve in Gedanken zu.

»Falls Urich nicht der Killer ist – und so einfach ist es nie –, müssen sich die beiden ähnlich genug sehen, dass das Opfer sie verwechselt hat, nachdem sie den Namen ihres angeblichen Kunden überprüft hat. Vielleicht hat der Kerl seine Frisur, seine Statur und sein Gesicht verändert, aber trotzdem müssen sich die beiden wenigstens in groben Zügen ähnlich sehen. Wahrscheinlich ist der Killer also weiß, oder sieht auf jeden Fall so aus, ist wie Urich circa einen Meter 75 groß und wiegt um die 78 Kilo. Und wenn er die Identitäten, die er für die Morde annimmt, nicht vollkommen willkürlich auswählt, werden wir feststellen, dass es irgendwo eine Verbindung zwischen Sweet und Urich gibt.«

»Als Opfer wählt er Leute aus, die in ihrer jeweiligen

Branche zu den Besten zählen«, meinte Peabody. »Sweet und Urich arbeiten für große Unternehmen und haben dort jeweils eine gute Position.«

»Aber das ist ganz bestimmt nicht alles«, stellte Eve kopfschüttelnd fest. »Denn welcher Name fällt einem als Erstes ein, wenn man an große, einflussreiche Unternehmen denkt?«

»Roarke.«

»Genau. Aber in keinem Fall hat dieser Typ eins von seinen Unternehmen oder einen seiner Leute ausgesucht.«

»Was ist mit dem Vergnügungspark?«

»An dem ist Roarke beteiligt, aber schließlich ist es auch nicht leicht, ein Unternehmen zu finden, mit dem er nichts zu tun hat. Trotzdem hat der Kerl für seine Tarnung zwei Firmen gesucht, in denen Roarke die Finger nicht drin hat. Es gibt auf jeden Fall eine Verbindung zwischen diesen beiden Männern oder den Unternehmen. Denn er hat sie ganz bestimmt nicht zufällig gewählt. Genauso wenig wie die Opfer. Obwohl es nicht um sie persönlich ging, hat er sie vorsätzlich gewählt. Wir werden gucken, ob es eine Verbindung zwischen ihnen gibt, auch wenn ich mir so gut wie sicher bin, dass es um die Männer und die Unternehmen und nicht um die Opfer geht.«

»Bisher finde ich nichts. Die beiden Unternehmen haben scheinbar nicht das Mindeste miteinander zu tun. Natürlich haben sie Filialen in denselben Städten, aber die Verbindung wäre vielleicht doch ein bisschen zu weit hergeholt. Außerdem haben die beiden Unternehmen Stiftungen gegründet, die jedoch in völlig unterschiedlichen Bereichen tätig sind.«

»Trotzdem muss da irgendetwas sein.«

Peabody legte den Kopf zurück und klappte nachdenklich

die Augen zu. »Vielleicht gibt es irgendwelche Angestellten, die zwischen den Firmen hin und her gewechselt haben, eine Ehe oder die Verwandtschaft zwischen Leuten, die bei beiden Unternehmen tätig sind. Wodurch der Killer wenigstens ein paar Informationen über beide Läden hat.«

»Das könnte sein.«

»Oder er kennt Sweet und Urich und hegt irgendeinen Groll gegen die beiden Männer.«

»Dann würde er sich aber ungewöhnlich große Mühe machen, um ihnen eins auszuwischen, und vor allem fände ich seine Methode echt extrem. Trotzdem werden wir natürlich gucken, ob es zwischen Sweet und Urich eine Verbindung gibt. Auch die Mordmethoden hat der Kerl nicht willkürlich gewählt. Er hat sein Vorgehen sorgfältig geplant. Weil er dadurch Aufmerksamkeit erregen und vielleicht angeben will. Schreiben Sie Mira eine kurze Nachricht. Weil ich morgen mit ihr reden will. Und schicken Sie ihr auch die Akten, damit sie sie sich schon mal ansehen kann.« Denn es wäre sicher interessant zu hören, wie eine Psychologin diese Sache sah.

Lächelnd blickte Eve auf ihre Uhr, als sie vor einem würdevollen, alten Stadthaus hielt. »Das verdammte Ding hat wirklich funktioniert.«

Sie stieg aus und blieb kurz stehen, um sich das Haus und die Umgebung anzusehen. »Nette Gegend. Ruhig, gediegen, teuer, aber nicht mal ansatzweise protzig. Urich war fast zwölf Jahre verheiratet und ist seit zwanzig Jahren bei derselben Firma angestellt. Das heißt, dass er beständig ist. Den kleinen Garten scheint er liebevoll zu pflegen. Alles wirkt sehr nett und ordentlich.«

Durch ein hübsches Eisentor gelangte man auf einen Weg,

auf den man durch den strukturierten Vorgarten zur Eingangstreppe kam.

»Abends sperrt er offensichtlich ab.« Eve zeigte auf das rote Licht neben der Tür und drückte auf den Klingelknopf.

Dieses Haus wird durch Secure One geschützt, klärte ein Computer die Besucherinnen auf. *Betteln und Hausieren sind hier nicht erwünscht. Bitte nennen Sie Ihren Namen und den Grund Ihres Besuchs.*

Eve hielt ihre Marke vor den Scanner. »Lieutenant Dallas und Detective Peabody von der New Yorker Polizei. Wir müssen mit Foster Urich sprechen.«

Ihr Ersuchen wird weitergeleitet. Bitte warten Sie.

Die Security war gut, sagte sich Eve, aber gleichzeitig auch einfach und direkt.

Es dauerte ein paar Minuten, aber schließlich sprang das Licht von Rot auf Grün und Urich öffnete die Tür.

Er war barfuß, hatte eine Jogginghose und ein T-Shirt an, und sein vom Schlaf zerzaustes Haar rahmte ein scharfgeschnittenes Gesicht.

»Ist etwas mit Marilee?«, fragte er ängstlich. »Meine Tochter. Ist etwas mit meiner …«

»Keine Angst, wir sind nicht Ihrer Tochter wegen hier.«

»Geht es ihr gut? Ist irgendwas mit ihrer Mutter?«

»Wir sind auch nicht Ihrer Exfrau wegen hier.«

Er klappte seine Augen zu, bis die Angst aus seinem Blick verflogen war, und atmete erleichtert auf. »Meine Tochter ist im Sommercamp. Zum ersten Mal. Weswegen sind Sie hier? Himmel, es ist kurz nach drei.«

»Tut uns leid, um diese Zeit zu stören, aber wir müssen Ihnen ein paar Fragen stellen. Dürfen wir hereinkommen?«

»Es ist mitten in der Nacht. Bevor ich Sie hereinlasse, wüsste ich gern, worum es geht.«

»Ihr Name tauchte im Zusammenhang mit einem Mordfall auf.«

»Mein … mit einem Mord? Um Himmels willen, wer ist denn tot?«

»Ava Crampton.«

Urich starrte Eve verwundert an. »Den Namen habe ich noch nie gehört. Also gut, kommen Sie rein. Damit wir diese Sache klären können.«

Durch den langen Flur gelangte man in einen Wohnbereich mit dunklen Farben, überdimensionalen Sitzgelegenheiten sowie einem riesengroßen Wandbildschirm. Auf dem Tisch vor einer langen Couch mit hoher Rückenlehne machte Eve zwei Weingläser und eine Flasche Rotwein aus. Was zu den hochhackigen Sandalen passte, die sie auf dem Boden liegen sah.

»Wer ist Ava Crampton, und inwiefern ist mein Name in Zusammenhang mit einem Mordfall aufgetaucht?«

»Sind Sie allein zu Hause, Mr Urich?«

»Ich wüsste nicht, was Sie das angeht.«

»Einige von unseren Fragen hätten sich bereits erledigt, falls Sie heute Abend nicht alleine waren.«

Errötend gab er zu: »Ich habe eine Freundin zu Besuch. Aber ich mag es nicht, wenn man mich zu meinem Privatleben befragt.«

»Was ich Ihnen nicht verdenken kann, nur dass Ava Crampton ihr Privatleben verloren hat.«

»Das tut mir leid, aber das hat ganz sicher nichts mit mir zu tun. Ich wüsste jetzt wirklich gern, weshalb Sie denken, dass es anders ist.«

»Ein Wagen von Elegant Transportation hat Ms Crampton heute Abend nach Coney Island gebracht.«

Er wirkte gleichzeitig verärgert und verblüfft. »Lieutenant Dallas, falls Sie deshalb jeden Kunden dieses Fahrdienstes befragen wollen, bekommen Sie vor morgen früh bestimmt kein Auge zu.«

»Die Limousine wurde unter Ihrem Namen und mit Ihrer Kreditkarte gebucht.«

»Das ist einfach lächerlich. Weswegen hätte ich wohl einer Frau, die ich noch nicht einmal kenne, einen Wagen schicken sollen?«

»Genau das fragen wir uns auch.«

Jetzt gewann der Zorn die Oberhand. »Wann wurde sie gebucht? Und welche Karte wurde angeblich dafür benutzt?«

Als Eve es ihm erklärte, braucht er einen Moment, bevor er seine Sprache wiederfand. »Das ist meine Firmenkarte. Ich benutze diesen Fahrdienst häufiger geschäftlich oder auch privat, aber ich weiß sicher, dass weder ich selbst noch meine Sekretärin eine Reservierung für den letzten Abend vorgenommen haben.«

»Wo waren Sie heute Abend zwischen zehn und eins?«

»Foster?«, fragte eine hübsche junge Frau, die plötzlich in der Tür des Wohnzimmers erschien. Sie trug einen Männermorgenrock, in dem sie regelrecht versank, und ihr kinnlanges, dunkelbraunes Haar sah ebenso zerzaust wie das von Urich aus.

»Tut mir leid, aber ich war einfach in Sorge, als du nicht zurückgekommen bist.«

»Schon gut, Julia. Die beiden Frauen sind von der Polizei. Es gab da eine Verwechslung. Ich habe den Abend mit Julia verbracht«, gab er abermals errötend zu. »Ich, äh, habe sie gegen Viertel vor acht zu Hause abgeholt, denn ich hatte für acht einen Tisch bei Paulo's für uns reserviert. Danach sind wir, äh, hierher zurückgefahren. Ich weiß nicht mehr genau, um wie viel Uhr.«

»Kurz nach zehn«, half Julia ihm aus. »Seitdem waren wir hier. Was ist denn los?«

Eilig trat er auf sie zu und streichelte ihr sanft den Unterarm. »Es geht um einen Mord.«

»Oh, nein! Wer wurde umgebracht?«

»Ich kenne die Frau nicht, aber im Zusammenhang mit diesem Mord wurde angeblich meine Kreditkarte benutzt. Ich muss die Sache sofort klären. Aber ich kann gerade nicht klar denken. Vielleicht koche ich am besten erst einmal Kaffee«, fügte er hinzu.

»Das übernehme ich«, erklärte Julia. »Setz du dich hin. Möchten Sie auch einen Kaffee?«, fragte sie Eve und Peabody.

»Das wäre nett«, gab Eve zurück.

»Foster, du und diese beiden Polizistinnen setzt euch jetzt hin. Ich bin sofort wieder da.«

Nachdem sie den Raum verlassen hatte, wandte Urich sich wieder an Eve: »Verzeihung. Bitte setzen Sie sich doch. Das Ganze hat mich völlig aus dem Gleichgewicht gebracht. Ich verstehe nicht, wie jemand die Kreditkarte hätte benutzen können. Schließlich ändern wir in unserer Firma automatisch alle 14 Tage sämtliche Codes.«

Eve zog Avas Passfoto hervor. »Erkennen Sie die Frau?«

Er betrachtete das Bild, fuhr sich mit beiden Händen

durch das ungekämmte Haar, betrachtete das Bild noch einmal, schüttelte am Schluss aber den Kopf. »Nein. Und das Gesicht hätte ich sicher nicht vergessen, wenn ich der Frau schon einmal irgendwo begegnet wäre.« Er hielt Eve das Foto wieder hin. »Weil es einfach reizend ist. Coney Island, haben Sie gesagt.«

»Ja. Sie waren schon mal dort?«

Lächelnd gab er zu: »Seit sie den Vergnügungspark wieder geöffnet haben, war ich häufiger mit meiner Tochter dort. Sie wird nächsten Monat neun. Ich bin geschieden«, fügte er hinzu. »Ihre Mum und ich sind schon seit über einem Jahr getrennt.«

»Verstehe. Kennen Sie einen Augustus Sweet?«

»Ich glaube nicht. Der Name sagt mir nichts. Natürlich treffe ich im Rahmen meiner Arbeit jede Menge Leute, Officer …«

»Lieutenant.«

»Stimmt, Verzeihung, Lieutenant Dallas. Aber sicher wissen Sie bereits, wo ich arbeite und was ich tue. Das haben Sie bestimmt schon überprüft.«

»Ja. Wer außer Ihnen hat Zugriff auf die Kontodaten?«

»Meine Sekretärin. Della McLaughlin. Sie arbeitet seit über 15 Jahren für mich und hat ganz sicher nichts mit der Sache zu tun. Und ihr Assistent. Aber auch für Christian Gavin lege ich die Hand ins Feuer, weil er schon seit fast acht Jahren bei uns ist. Julia.« Lächelnd stand er auf und griff nach dem Tablett, mit dem sie aus der Küche kam. »Danke.«

»Gern geschehen.« Sie blieb stehen. »Soll ich vielleicht lieber gehen?«

»Nein, bitte bleib. Lieutenant, ich muss diese Karte sperren und überprüfen lassen. Vielleich kann ich Ihnen dann ja sagen, wer sie für die Buchung dieses Fahrdienstes verwendet hat.«

»Tun Sie das.«

»Wird nur ein paar Minuten dauern.« Er gab etwas Milch in seine Kaffeetasse und lief los.

Julia setzte sich und zupfte an dem Morgenmantel, den sie trug. »Das ist eine wirklich seltsame Geschichte …«

»Dürfte ich Sie fragen, seit wann Sie und Mr Urich ein Verhältnis haben?«

»Ein Verhältnis? Oh, seit vielleicht einem Monat, aber wir kennen uns schon seit drei Jahren. Seit sich unsere Töchter miteinander angefreundet haben. Sie sind jetzt zusammen im Sommercamp. Kelseys Dad und ich sind schon seit ein paar Jahren geschieden, und nach Fosters Scheidung haben … nun, da waren wir öfter mal zusammen mit den Mädchen unterwegs. Im Park, auf dem Spielplatz oder so. Und wir haben viel geredet. Denn er brauchte jemanden zum Reden, der aus eigener Erfahrung wusste, wie das ist. Und dann … hat es sich irgendwie ergeben, dass wir auch mal ohne unsere Kinder ausgegangen sind. Wobei ich heute Nacht zum ersten Mal … aber ich nehme an, dass das für Sie nicht weiter von Interesse ist.«

Wenn du wüsstest, dachte Eve.

»Wie kam Mr Urich mit der Scheidung klar?«, griff an ihrer Stelle Peabody das Thema auf.

»Eine Scheidung ist nie einfach. Aber seine Scheidung verlief sehr zivilisiert. Denn sie beide lieben ihre Tochter sehr. Gemma wollte einfach etwas anderes. Was für ihn nicht ohne Weiteres zu begreifen war. Dass sie keine handfesten Probleme hatten, sondern Gemma das, was sie zusammen hatten, urplötzlich einfach nicht mehr begehrenswert fand.«

»Hat sie jemand anderen?«

»Ich glaube nicht. Denn das war eins der Dinge, die sie nicht mehr wollte. Eine Partnerschaft. Zumindest nicht im Augenblick. Sie hat ihn nicht wegen jemand anderem verlassen, falls es das ist, was Sie meinen. Denn sie ist ein wirklich anständiger Mensch.«

Urich kam zurück und blieb hinter dem Couchtisch stehen. »Es war mein Code. Wer auch immer den Transport gebucht hat, hat mein Passwort und auch meinen Code benutzt. Auch wenn ich keine Ahnung habe, wie das möglich ist. Ich habe eine eingehende Überprüfung angeordnet, denn anscheinend hat sich jemand in die Anlage gehackt. Eine andere Erklärung gibt es nicht.«

»Fällt Ihnen irgendjemand ein, der Ihnen Scherereien machen wollte?«, erkundigte sich Eve. »Dem daran gelegen wäre, dass morgens um drei die Polizei bei Ihnen auf der Matte steht?«

Er runzelte die Stirn. »In meiner Position in einem Unternehmen wie dem unseren stößt man selbstverständlich hin und wieder Leute vor den Kopf, die darüber nicht gerade glücklich sind. Leute, die man feuern, gegen ihren Willen versetzen oder wegen irgendwas verwarnen muss. Sicher gäbe es durchaus den einen oder anderen, der nichts dagegen hätte, wenn ich Ärger kriegen würde, und sich durchaus freuen würde, wenn er wüsste, dass die Polizei mich aus dem Schlaf geklingelt hat. Aber das hier ist was völlig anderes. Hier wurde mein Name in Zusammenhang mit einem Mord benutzt. Nein, ich wüsste niemanden, der so was tun würde.«

»Unsere elektronischen Ermittler werden sich Ihre Computer in der Firma und zu Hause ansehen. Ist das ein Problem für Sie?«

»Nein. Denn ich will wissen, wer das war. Ich muss es noch dem Dritten sagen«, murmelte er vor sich hin.

»Dem Dritten?«

»Tut mir leid.« Er schüttelte den Kopf. »Unserem Firmenchef. Ich muss ihn darüber informieren, dass es ein Datenleck gibt und dass ich deshalb auch schon von der Polizei vernommen worden bin.« Er raufte sich erneut das Haar.

»Aber du kannst nichts dafür«, beruhigte Julia ihn.

»Meine Firmenkarte wurde im Zusammenhang mit einem Mord missbraucht, und zu irgendeinem Zeitpunkt werden deshalb Köpfe rollen. Also glauben Sie mir, Licutenant, wenn ich sage, dass ich selber Antworten auf diese Fragen will. Denn ich möchte schließlich nicht, dass mein Kopf wegen dieser Sache rollt.«

»Wir wissen Ihre Kooperation zu schätzen.« Eve stand auf. »Wenn er der Firmenboss ist, warum heißt er dann der Dritte?«

»Weil er Sylvester B. Moriarity der Dritte ist. Dessen Großvater sein Namensgeber und der Gründer unseres Unternehmens war.«

Obwohl sie das schon wusste, fragte sie: »Und er spielt eine aktive Rolle in der Firma?«

»Allerdings. Falls das erst einmal alles ist, begleite ich Sie noch bis an die Tür.«

»Die beiden waren echt süß«, erklärte Peabody, als sie wieder im Wagen saßen. »Wirklich. Er total verlegen, weil er eine Frau in seiner Bude hatte, und sie, wie sie in dem viel zu großen Morgenmantel in die Küche lief, um Kaffee aufzusetzen und uns nicht im Weg zu sein.«

»Vor allem hat er durch sie ein grundsolides Alibi. Also

sehen wir uns jetzt die Sekretärin und den Assistenten, die Familien und die engen Freunde der beiden an und gleichen sie mit den Familien und den engen Freunden der Personen aus der ersten Firma ab. Außerdem gehen wir der Spur der Waffe nach. Denn wer in aller Welt kauft sich ein blödes Bajonett? Dieselbe Art von Mensch, die sich auch eine Armbrust kauft. Und die zugleich an einen hochmodernen Störsender gelangt und den so gut verstecken kann, dass sie damit durch einen Scanner kommt. Wofür man Geld, besondere Fähigkeiten oder vielleicht beides braucht.«

»Wahrscheinlich muss man außerdem auch völlig balla balla sein. Denn sonst bringt man wohl kaum vollkommen wahllos irgendwelche Menschen um. Was unser Kerl getan hat, wenn Sie recht haben und es nicht um die Opfer, sondern einzig um die Taten selber ging.«

»Wer ist so bekloppt, ein superteures Callgirl anzuheuern, ohne es dann flachzulegen? Der Typ hat sicher eine ziemlich hohe Anzahlung für dieses Date geleistet, aber offensichtlich war ihm vollkommen egal, dass er mehrere Tausend Dollar einfach in den Wind geschossen hat.«

»Es war ja sowieso nicht seine Kohle, falls er auch die Anzahlung mit der Intelicore-Kreditkarte geleistet hat.«

»Das stimmt.« Nachdenklich fuhr Eve in die Garage des Reviers.

»Zwei Morde in Folge.« Sie lief neben Peabody zum Lift. »Beide sorgfältig geplant, beide unter falschem Namen durchgeführt und beide ziemlich teuer für den armen Kerl, der die Kosten begleichen muss. Wobei zwei derart große Unternehmen gegen diese Art Betrügereien doch ganz bestimmt versichert sind.«

»Das weiß ich nicht. Kann sein.«

»Auf jeden Fall. Sweet und Urich kriegen für diese Geschichte sicher einen auf den Deckel, kommen aber davon abgesehen genau wie ihre Firmen ungeschoren davon. Im Gegensatz zu der Versicherung. Lassen Sie uns gucken, wo die beiden Läden gegen Datenklau versichert sind.«

Sie stiegen aus dem Lift aufs Gleitband, das sie bis in ihre eigene Abteilung trug. »Überprüfen Sie schon mal die Leute, während ich die Elektronikfuzzis frage, ob sie schon etwas rausgefunden haben, was uns vielleicht weiterbringt«, wies Eve Peabody an, bevor sie selber weiterging.

Eine solche Ruhe herrschte bei den Elektronikfreaks sonst nie. Weil zu anderen Zeiten nicht nur eine Handvoll Leute durch die Gegend tänzelte und lief, mit den Fingern schnippte und Kaugummiblasen platzen ließ. Als Eve McNabs verwaisten Schreibtisch sah, ging sie weiter zum Labor.

Wo er hinter der Scheibe auf und ab lief, mit den Fingern schnipste und aus einem Jumbobecher sicher irgendeine derart süße Brühe schlürfte, dass sie schon vom Hinsehen Zahnschmerzen bekam. Roarke saß mit zurückgebundenem Haar und einem ungesüßten Kaffee vor einem der Bildschirme und tippte konzentriert irgendetwas in ein Keyboard ein.

Zu ihrer Überraschung saß ihr Expartner und Chef der elektronischen Ermittler, Captain Ryan Feeney, neben ihm. Sein inzwischen grau meliertes, feuerrotes Haar stand derart wirr um seinen Kopf, als hätte er mit einer Hand in eine Steckdose gefasst, sein faltiges Gesicht wirkte noch trauriger als sonst, wahrscheinlich, weil er mitten in der Nacht auf das Revier gerufen worden war, und seine braune Hose wirkte beinahe so zerknittert wie sein schief geknöpftes, weißes Hemd.

Entschlossen trat sie durch die Tür. »Habt ihr schon was rausgekriegt?«

»Also bitte, Mädchen, warum kriegst du nicht mal was Normales wie die anderen rein?«, fragte Feeney tadelnd. »Erst die blöde Armbrust und jetzt auch noch ein verdammtes Bajonett.«

»So wird mir wenigstens nicht langweilig.«

»Reiche Leute langweilen sich. Leute, die ihr Geld verdienen müssen, haben keine Zeit für so etwas.« Er nahm McNab den Becher aus der Hand und trank einen möglichst großen Schluck. »Die Disketten aus den Überwachungskameras sind hin. Normalerweise reicht dieses System für einen Freizeitpark vollkommen aus, aber unser Täter hat die Aufnahmen zerstört. Wir werden gucken, ob noch irgendwas davon zu retten ist.«

»Bestimmt nicht viel. Verflixt und zugenäht.« Roarke stieß sich erbost vom Schreibtisch ab. »Das System wurde erst punktgenau gestört, und dann hat dieses Schwein noch einen Virus draufgeschickt, um ganz sicherzugehen. Das Gerät, das er dafür verwendet hat, muss technisch allererste Sahne sein. Vielleicht etwas vom Militär.«

»Dann könnt ihr also nichts mehr machen? Die Aufnahmen sind definitiv hinüber?«

Wie erwartet sandten seine Augen leuchtend blaue Blitze aus. »Es ist noch früh am Tag, Lieutenant.«

»Was ist mit den Bildern aus den anderen Kameras im Park? Ist sie da drauf vielleicht irgendwo zu sehen?«

»Die gucke ich mir gerade an.« McNab warf sich auf einen Stuhl und drehte sich in Richtung eines Monitors. »Hier haben wir sie, wie sie reinkommt. Sehen Sie, da hält die Limousine und die Fahrerin steigt aus.«

»Mit der muss ich noch reden«, warf Eve ein.

»Und jetzt steigt auch das Opfer aus – was für Beine«, schwärmte er. »Läuft direkt auf den Eingang zu.«

»Und sieht sich dabei suchend nach ihm um«, fügte Eve hinzu. »Wartet, bis man sie durch die Kontrolle lässt, und sieht sich dabei um. Da, jetzt entdeckt sie ihn. Seht ihr, wie sie dieses breite Lächeln aufsetzt, kurz mit einer Hand durch ihre Haare fährt und einen Schritt in seine Richtung macht?«

»Ja, und dann wird alles schwarz. Nur ein paar Sekunden danach funktioniert die Kamera wieder normal. Von dort aus habe ich anhand der kurzen Störungen der anderen Kameras den Weg verfolgt, den sie genommen hat. Anscheinend sind sie auf direktem Weg zum Gruselkabinett marschiert.«

»Dann hat er also nicht unnötig Zeit verloren.«

»Und er kennt die Örtlichkeiten gut«, erklärte Roarke. »Weiß ganz genau, wo man im Park überall aufgenommen wird.«

»Aber einen winzigen Moment hat er nicht aufgepasst. Beim Betreten des Gruselkabinetts. Als er erst die Außen- und sofort danach die Innenkamera kurzfristig stören musste, wurde er dabei zumindest teilweise erfasst.«

Sie sah sein Profil, die Schulter und die Seite seines Körpers, als der Kerl das Gruselkabinett betrat. Eine seiner Hände steckte in der Tasche und die andere lag auf der Rückseite des weißen Kleides, in dem Ava Crampton aufgefunden worden war.

»Ich brauche sein Gesicht so groß wie möglich.«

Sofort fertigte McNab eine Vergrößerung des Bildausschnittes an.

»Man sieht die Seite eines Barts. Er trägt die Haare ziemlich lang und sieht ein bisschen kräftiger als Urich aus. Er ist es nicht, aber die Ähnlichkeit mit Urichs Passfoto war sicher überzeugend genug, um sie zu täuschen. Sie erwartet diesen Mann. Wahrscheinlich hat er ihr erzählt, wie er sich kleiden wird und dass er sich ein Bärtchen und die Haare wachsen lassen und ein bisschen zugenommen hat. Deshalb hat sie gesehen, was sie erwartet hat. Was gibt diese Aufnahme noch her?« Eve überlegte.

»Ich gehe davon aus, dass ich mit Hilfe dieses Bildes ein Phantombild von dem Kerl erstellen kann. Wir haben die Form seines Gesichts, einen Teil von einem Auge und die grundlegende Kieferform.«

Nach einer kurzen Pause ergänzte sie: »Der Bart ist sicher falsch. Er musste Ava davon überzeugen, dass er Urich ist, deshalb brauchte er etwas, um sein Gesicht ein bisschen zu kaschieren. Erstellen Sie ein Phantombild mit und eins ohne Bart.«

»Okay.«

»Das ist der erste kleine Fehler, der ihm unterlaufen ist. Er ist aufgeregt und passt deshalb für einen kurzen Augenblick nicht richtig auf. Er dürfte ungefähr so groß wie Urich sein. Vielleicht trägt er Schuhe mit besonders dicken Sohlen, aber viel kleiner kann er auf keinen Fall sein. Vielleicht hat er sich auch etwas unters Jackett gestopft, um etwas dicker auszusehen, aber was sollte er damit bezwecken? Er will Urich schließlich möglichst ähnlich sehen. Was heißt, dass er ein bisschen schwerer ist als er. Zeigen Sie mir den Schuh.«

McNab sah sie verwundert an, meinte dann aber erneut: »Okay.«

»Vergrößern Sie ihn noch ein bisschen mehr.«

Sie trat ein wenig dichter vor den Monitor und sah das Schuhwerk aus zusammengekniffenen Augen an. »Das ist ein – na, wie heißen diese Dinger noch? Ein Slipper, oder? Dunkelbraun, sieht teuer aus. Lasst uns gucken, was für eine Marke dieser Slipper ist.«

»Alles, was sie kann, hat sie von mir gelernt«, erklärte Feeney stolz. »Prima, Mädel, gut gesehen.«

»Er mag anscheinend gute Schuhe«, fuhr Eve fort. »Die er sich offenbar auch leisten kann. Aber warum zieht man extra teure Schuhe an, wenn man nach Coney Island fährt und dort sein Date umbringen will?«

»Nicht jedem ist egal, was er an seinen Füßen trägt, mein Schatz.«

Eve starrte Roarke durchdringend an. »Verkneif dir den Schatz, während ich bei der Arbeit bin. Turnschuhe wären doch viel sinnvoller. Weil man damit viel schneller laufen kann. Vor allem sind sie, verdammt noch mal, auf Coney Island. Was nichts anderes als ein riesengroßer Spielplatz ist. Trotzdem trägt er gute Schuhe. Was bedeutet, dass er eitel ist und Wert auf teure, exklusive Dinge legt. Oder vielleicht ist er dieses Zeug auch einfach nur gewohnt. Er wird sie töten, aber trotzdem soll sie sehen, dass er in Kohle schwimmt und einen ausgezeichneten Geschmack besitzt.«

Mit einem knappen »Weiter so« in Richtung von McNab winkte sie Roarke hinter sich her. »Ich brauche dich noch kurz.«

Draußen angekommen packte Roarke den Finger, mit dem sie ihn durch die Tür gewunken hatte, und erklärte barsch: »Ich bin dein Mann und keiner deiner Unterge- benen.«

»Himmel, tut mir leid. Ich wusste nicht, dass du derart empfindlich bist. Wobei ich zu meinen Untergebenen nicht sage, dass ich sie kurz brauche, sondern dass sie ihre Hin- tern schwingen sollen.«

»Trotzdem.« Er zog ein letztes Mal an ihrem Finger, zog dann aber seine Hand zurück. »Lass uns ein Stückchen ge- hen. Weil ich was essen muss.«

»Ich nicht.«

»Wenn ich mir schon etwas aus einem dieser grauenhaften Automaten holen muss, kannst du doch wohl zumindest ein paar Schritte mitgehen.«

»Meinetwegen. Also gut.« Sie stopfte ihre Hände in die Hosentaschen, während er in Richtung eines der besagten grauenhaften Automaten lief. »Aber wo du gerade davon sprichst, vergiss nicht, dass du freiwillig mit an Bord ge- kommen bist.«

»Dessen bin ich mir bewusst.« Entschlossen trat er vor den Automaten, legte dann aber die Stirn in Falten, als er merk- te, wie begrenzt die Speisekarte war. »Ich schätze, dass man bei den Chips zumindest halbwegs auf der sicheren Seite ist.«

»Benutz einfach meinen Code. Das ist …«

»Ich kenne deinen Code«, erklärte er und zog fünf Tüten Chips aus dem Gerät.

»Gott, du hast anscheinend wirklich Hunger«, meinte Eve.

»Eine Tüte ist für dich, eine für Peabody und zwei für mei- ne Partner im Labor.«

Während die Maschine, die ihr gegenüber nie so aufge- schlossen war, für Roarke fröhlich zwitschernd aufzählte, was alles in den Sojachips enthalten war, sah Roarke sie fragend an. »Also, weshalb wolltest du mich sprechen?«

»Weil ich ein paar kleine Fragen habe. Wie zum Beispiel, ob du dein Imperium umfassend gegen Betrug und Datenklau versichert hast?«

»Selbstverständlich.«

»Und diese Versicherung würde auch greifen, wenn Augustus Sweet oder Foster Urich deine Angestellten wären.«

»Es würde eine Weile dauern, denn erst einmal würde in dem Fall ermittelt und dann ginge die Geschichte vielleicht auch noch vor Gericht, aber am Ende, ja. Gute Idee«, erklärte er und sammelte die Tüten ein. »Darauf bin ich noch gar nicht gekommen.«

»Weshalb ich die Chefin dieses Ladens bin.«

Er zwickte ihr ins Hinterteil. »Ich konzentriere mich nun mal nicht auf den Wald, sondern auf einzelne Bäume – die in diesem Fall aus Daten und aus Aufnahmen bestehen. Die Sache kostet diese beiden Unternehmen Zeit und Geld, aber das Geld ist kaum der Rede wert. Die negative Presse wird wahrscheinlich deutlich schlimmer, aber die PR-Leute der beiden Firmen denken sich bestimmt was aus. Sie werden umfänglich mit euch kooperieren, dazu noch intern zu den Fällen ermitteln und wahrscheinlich werden auch noch ein, zwei Köpfe rollen.«

»Das hat Urich auch gesagt. Hast du als Kaiser deines eigenen Imperiums Zugriff auf die Codes und Passwörter von allen deinen Angestellten?«

»Ja.«

»Weil du besser als die besten Hacker bist oder aufgrund von deiner Position?«

»Beides. Interessant, nicht wahr?«

»Vielleicht. Was weißt du über Winston Cunningham Dudley den Vierten?«

»Seine Freunde sprechen ihn als Winnie an.«

»Echt?« Sie schüttelte den Kopf. »Du auch?«

»Nein, aber ich kenne ihn auch nicht besonders gut. Natürlich sind wir uns schon ab und zu auf irgendwelchen Wohltätigkeitsbällen oder so begegnet, aber davon abgesehen haben wir nichts, was uns verbindet.«

»Ihr seid beide superreich.«

»Es gibt einen großen Unterschied zwischen dem Reichtum, den eine Familie über mehrere Generationen hinweg ansammelt, und dem Reichtum, den ein Mensch in kurzer Zeit allein anhäuft.«

»Dann ist der Kerl also ein Snob?«

Er musste einfach lachen. »Kann es sein, dass du die Dinge manchmal stark vereinfachst? Keine Ahnung. Allerdings kommt es mir vor, als ob er seine Privilegien umfänglich genießt und seine Freunde immer unter seinesgleichen sucht. Trotzdem ist das Unternehmen der Familie grundsolide und wird gut geführt. Falls du also denkst, dass er vielleicht einfach mal sehen wollte, wie es sich anfühlt zu töten, und vorsätzlich einen seiner besten Leute ins Visier der Polizei geraten lässt, müsste ich dich fragen, weshalb er das hätte machen sollen.«

»Das kann ich noch nicht sagen. Ich versuche bisher einfach, ein Gefühl für die Geschichte zu bekommen. Was ist mit dem anderen Laden und dem anderen Kerl? Sylvester Bennington Moriarity dem Dritten. Wo zum Teufel kriegen diese Leute solche Namen her?«

»Die Zahlen sprechen sicher für sich selbst. Mit unseren Vorfahren und mit unserem Hintergrund werden wir für unsere Kinder einmal besonders tolle Namen brauchen, wenn etwas aus ihnen werden soll. Wie Bartholomew Ezekiel oder so.«

»Falls wir je ein Kind bekommen, hoffe ich, dass ich es gern genug habe, um ihm das nicht anzutun.«

»Na gut, dann eben nicht.« Noch einmal trat er vor den Automaten und bestellte einen Zitrus-Power-Drink.

»Du hast doch Kaffee.«

»Der dank unserer Unterhaltung sicher kalt geworden ist. Aber ich brauche etwas, womit ich dieses *Essen* runterspülen kann. Ich kenne Moriarity auch nicht besser als den anderen Kerl. Ich glaube, unter Freunden heißt er Sly. Wenn ich mich recht entsinne, sind sie beide Anfang bis Mitte vierzig und hatten bereits als Kinder einen Lebensstil, wie man ihn in diesen Kreisen wahrscheinlich erwarten kann. Ich nehme an, sie spielen beide Squash, Polo oder Golf.«

»Du magst sie nicht.«

»Ich kenne sie nicht wirklich«, wiederholte er. »Aber es stimmt, ich mag sie nicht besonders, und ich denke, dass ich ihnen mindestens genauso unsympathisch bin. Weil Typen wie ihnen die Verachtung und das Misstrauen gegenüber meinesgleichen einfach angeboren sind. Denn Geld kann eine Straßenratte aufpolieren, aber nichts dagegen tun, dass sie eine Straßenratte bleibt.«

»Dann mag ich die beiden auch nicht.«

Als er seine Brauen hochzog, pikste sie ihm in den Bauch. »Das gehört ja wohl zu meinem Job, wenn jemand meinen Liebsten disst.«

»Halt mal.« Eilig drückte er ihr die Getränkedose in die Hand und pikste sie zurück. »Danke. Aber selbst wenn sie aus unserer Sicht zwei arrogante Wichser sind, macht sie das noch lange nicht zu Mördern.«

»Trotzdem geht man besser allen Spuren nach. Hier.« Sie tauschte die Getränkedose gegen zwei der Chipstüten und wandte sich zum Gehen. »Mach du weiter deine Arbeit, und ich mache währenddessen weiter meinen eigenen Job. Danke für die Chips.«

»Die hast du selbst gekauft.«

»Ach ja.« Sie drehte sich noch einmal um, ging ein paar Schritte rückwärts und erklärte grinsend: »Gern geschehen.«

9

Auf dem Weg zurück in ihr Büro warf Eve ihrer Partnerin eine der beiden Tüten hin, und Peabody, die mutterseelenallein an ihrem Schreibtisch saß, fing an zu strahlen.

»Danke! Das ist nett.«

»Ich hoffe nur, Sie haben sich die Chips verdient.«

»Bisher finde ich keinerlei Verbindung zwischen Sweet und Urich«, räumte Peabody mit unglücklicher Miene ein. »Sie sind beide in verschiedenen Fitnessclubs, Sweet hat eine Sommerhütte nördlich von New York und Urich hat ein Sommerhäuschen in den Hamptons, das jedoch im Rahmen seiner Scheidung an die Frau gefallen ist. Sie sind an verschiedenen Orten aufgewachsen, waren auf verschiedenen Schulen, gehen zu verschiedenen Ärzten in verschiedenen Gegenden der Stadt und kaufen nicht mal in denselben Vierteln ein.«

»Überprüfen Sie die Exfrauen. Denn wir gehen besser allen Möglichkeiten nach.«

»Auch damit habe ich schon angefangen, ohne dass bisher etwas dabei herausgekommen ist. Auch die Fahrerin der Limousine heute Abend hat anscheinend nichts mit der Sache zu tun. Sie arbeitet seit sieben Jahren für das Unternehmen, ist ein völlig unbeschriebenes Blatt und hatte nie etwas mit Sweet zu tun. Urich hat sie ab und zu gefahren, aber davon war schließlich auch auszugehen. Außerdem habe ich mir die Sekretärin und den Assistenten angesehen, ohne dass mir dabei irgendetwas aufgefallen ist.«

»McNab wird Ihnen Infos zu einem Schuh schicken. Ich will wissen, wo man diese Dinger kaufen kann.«

»Schuhe?«

»Eine von den Kameras im Park hat ein Bild des Kerls gemacht. Es ist nicht wirklich viel darauf zu sehen, aber ein Schuh war deutlich zu erkennen. Ich fahre erst mal in die Wohnung unseres Opfers und gucke mir ihren Terminkalender an.«

Peabody riss ihre Tüte auf und sog den Duft der Chips begierig ein. »Soll ich nicht mitkommen?«

»Irgendwer muss schließlich auch den anderen Kram erledigen, und falls Sie dabei eine kurze Pause brauchen, hauen Sie sich ein Stündchen oder zwei aufs Ohr.«

Sie selber stärkte sich mit Kaffee und machte sich wieder auf den Weg. Erst wollte sie aus Prinzip das Dach des Wagens wieder schließen, aber wer zum Teufel würde sie schon sehen, wenn sie um vier Uhr morgens offen durch die Gegend fuhr?

Vor allem fiel in der Park Avenue ein so schickes Gefährt den Leuten sowieso nicht weiter auf. Es war, als wäre sie ein

Teil von dieser Welt, und der Droide, der als Türsteher des eleganten Wohnhauses fungierte, eilte ehrerbietig auf sie zu und öffnete ihr eilfertig die Tür.

»Guten Morgen, Miss. Was kann ich für Sie tun?«

»Sie könnten Lieutenant zu mir sagen und nicht Miss«, erklärte sie und hielt ihm ihre Marke hin. »Ich lasse meinen Wagen kurz hier stehen. Sorgen Sie dafür, dass niemand drangeht, bis ich wiederkomme, ja? Ich muss in Ava Cramptons Wohnung.«

»Ms Crampton ist noch nicht zurück, M... Lieutenant.«

»Und wird auch nicht mehr kommen, weil sie nämlich nicht mehr lebt.«

Die Miene des Droiden wurde ausdruckslos, weil diese Nachricht völlig unerwartet für ihn kam. »Tut mir leid zu hören. Denn Ms Crampton wurde allgemein geschätzt.«

»Ja, ja. Und jetzt lassen Sie mich in die Wohnung.«

»Ich fürchte, dass ich vorher Ihren Ausweis überprüfen muss.«

Wieder hielt sie dem Droiden ihre Marke hin, und beflissen las er ihre Dienstnummer und ihren Namen ein. »Hat sonst jemand versucht, sich in den letzten Stunden Zugang zu der Wohnung der Verstorbenen zu verschaffen?«

»Nein. Ms Crampton hat das westliche Eck-Penthouse bewohnt, und es ist niemand herausgekommen oder reingegangen, seit sie es um ...« Wieder starrte der Droide reglos geradeaus. »... 22.32 Uhr verlassen hat und mit unbekanntem Ziel in einer Limousine fortgefahren ist. Brauchen Sie Informationen über den Wagen oder die Fahrerin?«

»Die habe ich bereits.«

»Dann möchten Sie jetzt sicher in die Wohnung. Brauchen Sie dort meine Hilfe?«

»Alles, was ich brauche, ist, dass Sie ein Auge darauf haben, dass mein Wagen nachher noch hier steht.«

»Auf jeden Fall.«

Ava Crampton hatte gut gelebt, erkannte Eve, als sie einen privaten Lift bis in die 61. Etage nahm. In einem dreistöckigen Eck-Penthouse mit Dachgarten in einem exklusiven Haus.

Das erreichte man nicht nur durch Sex. Man musste mehr als nur gelenkig und hübsch anzusehen sein, um so viel zu verdienen, dass ein solches Leben möglich war.

Von der Decke des geräumigen Foyers hing ein reich verzierter, elegant verschlungener Kronleuchter aus hell schimmerndem Silber und funkelndem Glas. Der dunkle Holzboden bot den perfekten Hintergrund für eine Reihe leuchtend bunter Läufer, deren komplizierte Muster einen beinahe schwindlig werden ließen, und die Bilder an den warmen, cremefarbenen Wänden führten das Thema der Läufer mit genauso kühnen, wild gemischten Farben und abstrakten Formen fort.

Die Möbel im Hauptwohnbereich waren eine Mischung aus komplexer Eleganz und üppigem Komfort. Viele, viele extradicke Polster, mehrere mit Spiegelglas versehene Tische, hell funkelnde Leuchter und vor allem unzählige Kissen luden zum behaglichen Verweilen ein.

Auf einem silbernen Esstisch hatte irgendjemand mit dem Auge eines Künstlers Blumen in einer enorm großen, durchsichtigen Vase arrangiert, und über dem aus schwarzem Stein gehauenen Kamin prangte ein Aufsehen erregendes Porträt der zwischenzeitlich toten Frau. Sie räkelte sich auf dem Bild vollkommen hüllenlos auf einem ganz in Rot gehaltenen Bett.

Was zeigte, dass sie offenkundig nicht der schüchterne, zurückhaltende Typ gewesen war.

Eve lief durch die Küche, die diversen Badezimmer, einen zweiten, abgetrennten Wohnbereich. Weil sie durch die Betrachtung dieser Räumlichkeiten ein Gefühl für die Bewohnerin bekam. Wie es aussah, hatte sie die Früchte ihrer Arbeit umfänglich genossen und sehr gut gelebt.

Statt des Lifts nahm sie die durchsichtige, sanft geschwungene Treppe in den zweiten Stock.

Das Schlafzimmer war riesengroß und musste es des Betts wegen auch sein. Die Schlafstatt böte mühelos sechs Leuten Platz, und flüchtig überlegte Eve, ob sie wohl wirklich ab und zu von derart vielen Leuten gleichzeitig beansprucht worden war. Hier hatte Ava sich für Goldtöne entschieden, allerdings nicht glänzend, sondern matt. Und hatte für die Tagesdecke einen Hektar goldener Strukturseide gewählt. Mit weich geschwungenen Sofas, wie schon unten unzähligen Kissen, hübsch geschnitzten Tischen, mit Perlen behangenen Lampen sowie einem zweiten, allerdings nicht ganz so großen Blumenstrauß wurde der üppige Stil, in dem man mühelos versinken konnte, fortgesetzt.

In den unzähligen Schubladen der Nachttische entdeckte Eve eine große, gut sortierte Auswahl von verschiedenen Stimulanzien und Sexspielzeuge aller Art.

Der Ankleideraum mit integriertem Schrank war mindestens so groß wie ihr gesamtes Dezernat auf dem Revier. Er hing voller teurer Markenkleider und die unzähligen Schuhe, die dort ordentlich in sieben Reihen standen, hätten für die Ausstattung aller Bewohner eines kleinen Landes ausgereicht.

Ein großer Stahlschrank mit verschlossenen Schubladen

war mit dem Fußboden verschraubt. Der Schmucksafe, mutmaßte Eve. Doch dessen Inhalt sähe sie sich vielleicht später an.

Erst einmal ging sie ins Bad, kam dort zu dem Ergebnis, dass die gute Ava in verschiedenen Bereichen sogar Roarke noch übertraf, und lief weiter durch den zweiten Stock.

In dem es noch zwei großzügige, komfortable Gästesuiten, einen Wohnbereich mit einer kleinen, gut organisierten Küche und ein gut bestücktes Sadomaso-Zimmer gab. Dort sah man jede Menge schwarzes Leder, samtene Kordeln, Peitschen, Gerten, Handschellen, ein schwarz bezogenes Bett und einen strassbesetzten Kasten voller kleiner Messer, deren reich verzierte Griffe fast wie Schmuckstücke aussahen.

Schließlich ging sie in den dritten Stock hinauf. Das Büro war luxuriös, der Reihe Monitore an der Wand, den ordentlich beschrifteten Disketten und dem leistungsstarken Kommunikations- und Datenzentrum zufolge aber eindeutig für seriöse Arbeit vorgesehen. Direkt daneben war beinah dieselbe kleine Küche wie ein Stockwerk tiefer eingebaut, mit einem großen Kühlschrank, einem gut gefüllten AutoChef und einer Bar, in der es eine Reihe teurer Weine, Hochprozentiges und Zutaten für Mixgetränke gab.

Wie nicht anders zu erwarten, hatte Ava den Computer gut gesichert, deshalb wühlte Eve erst einmal in den Schubladen, bis sie ihren Terminkalender fand. Die Einträge waren geschäftsmäßig und gleichzeitig diskret.

Am Nachmittag vor ihrem Tod hatte Ava erst einen Frisörtermin und dann ein zweistündiges Rendezvous gehabt. Mit einer Catrina Bigelo im Palace, Roarkes Hotel. Aber schließlich war daran nichts auszusetzen, wenn sich jemand in luxuriösem Rahmen stilvoll hatte vögeln lassen wollen.

Auch Foster Urich stand in dem Kalender. Für ein vierstündiges Date mit möglicher Verlängerung bis morgen früh.

So etwas war sicher ziemlich teuer, dachte Eve.

22.30 Uhr, Elegant Transportation, Coney Island, hatte Ava sich notiert und hinter dem Namen, Foster Urich, neu, geprüft und sauber angemerkt.

Eve bestellte zwei der Elektronikfuzzis, um die elektronischen Geräte abzuholen, aber sonst gab es in der Wohnung nichts weiter zu tun. Denn die Antworten auf ihre Fragen fände sie ganz sicher nicht an diesem Ort. Trotzdem hatte sie sich in dem Penthouse umsehen müssen, um zu wissen, was die Tote für ein Mensch gewesen war, und um möglichen Geheimnissen des Opfers auf den Grund zu gehen.

Sie rieb sich die Augen und bemühte sich, durch reine Willenskraft wach zu werden, während gleichzeitig ihr sehnsüchtiger Blick auf den gefüllten AutoChef des Opfers fiel. Sie ginge jede Wette ein, dass Ava sich echten Kaffee geleistet hatte statt der widerlichen schwarzen Brühe, die es sonst überall gab.

Aber es wäre respektlos, eine Tasse zu stibitzen, und so wandte sie sich traurig wieder ab.

Sie müsste eben einen Becher von dem Zeug herunterwürgen, das es draußen auf der Straße gäbe, denn auch wenn es eklig schmeckte, brächte sie das künstlich zugefügte Koffein wieder in Schwung.

In New York war gerade Schichtwechsel, als sie das Haus wieder verließ. Die Menschen, die bei Nacht ihr Geld verdienten oder sich vergnügten, waren auf dem Weg nach Hause oder dorthin, wo sie ihre Zeit verbringen wollten, bis es abends weiterging. Und die Menschen, die tagsüber lebten, schalteten die Lichter in den Küchen und den Badezimmern an oder eilten bereits durch die Straßen, weil es eine U-Bahn oder einen Pendelflieger zu erwischen galt. Straßenkehrmaschinen rumpelten am Rand der Gehwege entlang und sammelten mit monotonem Dröhnen den gesamten Unrat der vergangenen Stunden ein.

Doch neben dem Gestank des Mülls erhaschte Eve den süßen Hefeduft, der aus den Bäckereien auf die Straße wehte und den Menschen auf dem Weg nach Hause oder ins Büro verlockend in die Nasen stieg.

Sie erinnerte sich an die Chipstüte, die noch im Wagen lag, riss sie auf dem Weg ins Leichenschauhaus auf, und dort angekommen, zog sie eine Dose Pepsi aus dem Automaten, weil ihr das Gebräu, das dort als Kaffee galt, nicht ganz geheuer war.

Sie ging nicht davon aus, dass sich bereits jemand Ava Crampton vorgenommen hatte, wollte allerdings ihr Opfer noch einmal sehen, bevor sie wieder auf die Wache fuhr.

Als sie Morris' Arbeitsplatz erreichte, zog der gerade einen Kittel über seinen Anzug, während seine jüngste Leiche bereits vor ihm auf dem kalten Stahltisch lag.

»Nachtschicht?«, fragte sie. Bevor sie seine unglückliche Miene sah.

Außerdem trug er an diesem Morgen wieder Schwarz.

»Nein. Aber wie ich sehe, hat man Sie herausgeklingelt.« Er betrachtete die Tote auf dem Tisch und sprühte seine Hände ein. »Sie war sehr schön.«

»Ja. Eins der teuersten Callgirls von New York.«

»Das habe ich bereits Ihrem Bericht entnommen. Allerdings kann ich Ihnen noch nichts erzählen, weil ich eben erst hier angekommen bin.«

»Ich war gerade unterwegs und wollte sie mir noch mal ansehen, bevor ich wieder auf die Wache fahre.« Seine unglückliche Miene machte ihr zu schaffen, deshalb fragte sie ihn vorsichtig: »Hatten Sie eine schlechte Nacht?«

Er hob den Kopf und sah ihr ins Gesicht. »Ja.« Er zögerte, aber noch während sie sich fragte, was sie darauf sagen sollte, fuhr er fort.

»Manchmal fehlt sie mir so sehr, dass ich es kaum ertrage. Es geht mir schon besser als am Anfang. Denn ich denke nicht mehr jeden Augenblick und nicht einmal mehr jeden Tag und jede Nacht darüber nach. Trotzdem gibt es immer noch Momente, in denen mich der Gedanke, dass es keine Amaryllis mehr in meinem Leben gibt, völlig fertigmacht.«

Sie dachte nicht darüber nach, was sie darauf erwidern sollte, sondern antwortete ihm instinktiv. »Ich weiß nicht, ob es noch viel besser wird, und falls ja, wie lange so was dauert. Ich verstehe nicht, wie Menschen so einen Schlag überstehen können.«

»Erst kämpfen sie Minute für Minute, dann Stunde für Stunde und nach einer Weile Tag für Tag gegen die Trauer an. Wobei meine Arbeit und vor allem meine Freunde eine große Hilfe sind. Das Leben ist nun einmal für die Lebenden gemacht. Das wissen Sie genauso gut wie ich. Obwohl oder vielleicht auch gerade weil wir uns so oft mit Todesfällen beschäftigen, ist uns bewusst, dass wir leben müssen, ganz egal, was auch passiert. Chale hat mir dabei sehr geholfen.«

»Das ist gut.« Aber es gab auch noch andere Menschen als den Priester, zu dem Morris auf Eves Vorschlag hin gegangen war, und deshalb fügte sie hinzu: »Sie können … na, Sie wissen schon, und zwar jederzeit.«

»Ja, ich weiß«, erklärte er mit einem leisen Lächeln. »Sie

gehören zu meiner Arbeit, und Sie sind auch eine Freundin, deshalb spenden Sie mir doppelt Trost.« Seufzend lenkte er den Blick zurück auf Ava Crampton. »So.«

»Dann lasse ich Sie erst mal Ihre Arbeit machen«, meinte Eve, doch als sie sich zum Gehen wandte, bat er sie: »Erzählen Sie mir von ihr. Was nicht in dem Bericht gestanden hat.«

»Sie hat sehr gut gelebt. Hat sich gut um sich und ihr Geschäft gekümmert. Meiner Meinung nach war sie intelligent, und ich denke, dass sie stolz auf ihre Arbeit war. Außerdem hat sie ihr sicher Spaß gemacht, denn langfristig kann man nicht wirklich gut in etwas sein, was einem keine Freude macht. Ich nehme an, sie mochte Menschen, und sie wusste ganz genau, wie sie ihnen das Gefühl vermitteln konnte, wichtig und begehrenswert zu sein. Ich kann mir einfach nicht vorstellen, dass es bei den Dates mit ihren Kunden ausschließlich um Sex gegangen ist. Sie war gebürtige New Yorkerin, stammte aus bescheidenen Verhältnissen, und ihre Eltern haben sich getrennt, als sie ein kleines Mädchen war. Mit 19 Jahren hat sie ihre erste Lizenz beantragt, sich seither nie was zuschulden kommen lassen und sämtliche Kurse absolviert, bis sie ganz oben war. Ich glaube, sie hat auf genau die Art gelebt, auf die sie leben wollte, wenn auch leider nicht so lange wie erhofft.«

»Was kann man mehr verlangen? Vielen Dank.«

»Ich muss allmählich wieder los.« Sie wandte sich erneut zum Gehen, blieb aber an der Tür noch einmal stehen. »Hören Sie, Morris, vielleicht könnten Sie ja mal zum Abendessen zu uns kommen oder so.«

Als er sie lächelnd ansah, fuhr sie schulterzuckend fort: »Sie wissen schon, dann könnte Roarke endlich mal wieder mit dem Grill, den er sich letztes Jahr gekauft hat, spielen. Wir könnten das tun, was man nun einmal im Sommer macht, zusammen mit ein paar Freunden und mit Rindfleisch und Salat.«

»Das wäre schön.«

»Dann gucke ich, wann es Roarke passt, und gebe Ihnen wegen des Termins Bescheid.«

Als sie den Raum verließ, sprach er schon in sein Aufnahmegerät. »Das Opfer ist eine gemischtrassige Frau.«

Auf dem Weg nach draußen zerrte sie ihr eigenes Handy aus der Tasche, um Charles Monroe eine kurze Nachricht auf das Band zu sprechen, doch er kam bereits beim ersten Läuten an den Apparat. »Guten Morgen, Lieutenant Sugar.«

»Sind heute etwa alle schon im Morgengrauen aufgestanden oder was?«

»Wir zwei auf jeden Fall. Louise hatte nämlich Nachtschicht in der Klinik und ist erst seit einer halben Stunde da. Ich mache gerade Frühstück. Wollen Sie ein Omelett?«

»Ich wollte eigentlich nur eine Nachricht hinterlassen, um zu fragen, ob Sie heute irgendwann kurz Zeit für mich haben.«

»Für Sie auf jeden Fall ...«, setzte er an, bevor mit einem Mal sein Lächeln schwand. »Entschuldigung, ich habe ganz einfach nicht nachgedacht. Wenn Sie um diese Uhrzeit anrufen, geht es um einen Todesfall. Jemand, den ich kenne?«

»Ich bin mir nicht sicher. Sie heißt Ava Crampton.«

»Ava?«, fragte er und fuhr sich mit der Hand durchs Haar. »Ja, die kenne ich. Was ist passiert? Dürfen Sie mir das sagen?«

»Lieber nicht am Telefon. Ich bin gerade in der Nähe und ich könnte ...«

»Bitte kommen Sie vorbei.«

Der Garten, den Louise vor ihrer und Charles' Hochzeit angelegt hatte, war das reinste Blumenmeer. Er war ein bisschen wild, eher süß als elegant und verlieh dem Stadthaus, das die beiden teilten, zusätzliches Flair.

Louise kam mit vom Duschen noch ein wenig feuchten, blonden Locken an die Tür, zog Eve herein und gab ihr einen Kuss auf die Wange. »Ich wünschte mir, Sie kämen auch einmal vorbei, ohne dass vorher ein Mensch getötet wurde.«

»Sie sehen gut aus.« Louise war leicht gebräunt von ihrer Hochzeitsreise heimgekehrt und strahlte noch das Glück der Frischvermählten aus. »Tut mir leid, dass ich in Ihrer knappen Freizeit störe.«

»Wir wollen gerade frühstücken. Charles kocht für uns, und da seine Omeletts einfach unglaublich sind, essen Sie am besten etwas mit.«

Louise führte den Gast in ihre Küche, in der Charles am Herd stand und vorsichtig eine Pfanne schwenkte, der ein wunderbarer Duft entstieg. »Sie kommen gerade rechtzeitig. Nehmen Sie Platz.«

»Ist Ihr AutoChef kaputt?«

»Ich koche gerne, wenn ich Zeit und einen Anlass dazu habe.«

»Riecht auf alle Fälle lecker«, gab Eve zu. Gleichzeitig bekam sie einen Becher in die Hand gedrückt und hob ihn automatisch an den Mund. »Oh, das ist ja richtiger Kaffee. Das allein ist Grund genug, an Gott zu glauben.«

»Warten Sie, bis Sie erst mein Omelett gekostet haben. Dann werden Sie schwören, dass es einen Gott im Himmel gibt. Was ist mit Ava passiert?«

»Das mit Ihrer Freundin tut mir leid.«

»Wir waren gut bekannt, standen uns aber nicht wirklich

nah. Ich mochte sie, weil man sie einfach mögen musste. Sie war klug, charmant und wirklich interessant. Ich kann mir nicht vorstellen, dass es einer ihrer Kunden war. Denn sie war sehr vorsichtig.«

»Es war ein Kunde, aber irgendwie auch nicht. Wie es aussieht, hat er eine falsche Identität benutzt und sie in die Falle gelockt. Sie hat ihn an einem öffentlichen Ort getroffen, im Vergnügungsparkt auf Coney Island. Als sie ihn überprüft hat, konnte sie nicht wissen, dass er gar nicht der ist, als der er sich ausgegeben hat.«

»Das heißt, sie hat den Kerl nicht mal gekannt?«

»So sieht's auf alle Fälle aus. Wie gesagt, sie hat ihn überprüft, oder zumindest steht das in ihrem Terminkalender. Wie wäre sie dabei vorgegangen?« Eve war ehrlich überrascht, als Charles geschickt ein fluffiges Omelett auf einen Teller gleiten ließ und sofort frische Eimasse in die noch heiße Pfanne gab.

»Essen Sie, bevor es kalt wird«, bat er sie. »Sie hätte einen Background-Check gemacht, ähnlich wie die Polizei oder wie eine Detektei. Hätte sich sein Vorstrafenregister angesehen und nach seinem Beruf und seinem Familienstand geguckt.«

»Hätte also erst mal ein paar grundlegende Infos zu dem Typen eingeholt.«

»Ja. Und danach hätte sie vielleicht noch nach Artikeln über oder von dem Kerl gesucht und versucht herauszufinden, ob sein Name schon einmal in den Medien erschienen ist. Dann hätte sie wahrscheinlich alles in ihren Computer eingegeben und errechnet, ob der Mensch vertrauenswürdig ist. Bis zu ihrem Treffen hat sie sicher eine ziemlich gute Vorstellung davon gehabt, wer dieser Kunde ist und was für Gewohnheiten und welchen Lebensstil er hat. Um sich selbst zu schützen und um ein Gefühl dafür zu kriegen, was der Kunde vielleicht von ihr will.«

»Dann war sie also vorsichtig«, schloss Eve. »Aber gleichzeitig war sie bereit, gewisse Risiken bei ihrer Arbeit einzugehen. Denn sonst hätte sie in ihrer Wohnung sicher keinen Sadomaso-Raum eingerichtet.«

Wieder glitt ein fertiges Omelett auf einen Teller und die Pfanne wurde abermals mit Eimasse gefüllt. »Dazu kann ich nichts sagen«, meinte Charles. »Denn wir haben zwar gelegentlich zusammen einen Auftrag übernommen, aber auf diesem Gebiet hatte ich nie was mit ihr zu tun.«

Eve fragte sich, wie sich Louise das Omelett schmecken lassen konnte, während Charles vollkommen ungezwungen über Gruppensex mit irgendwelchen fremden Leuten sprach.

Schließlich setzte er sich ebenfalls mit einem Teller zu den beiden Frauen an den Tisch.

»Es schmeckt einfach köstlich, Charles.« Lächelnd schenkte seine Frau ihm Kaffee aus der Kanne auf der Arbeitsplatte nach und wandte sich an Eve. »Wie ist sie überhaupt gestorben?«

»Sie wurde erstochen.« Mehr erzählte Eve erst einmal nicht.

»Und ihr Mörder hat getan, als wäre er der Mann, den sie überprüft hat?«

»Ja.«

»Dann musste er ihm aber ziemlich ähnlich sehen, damit sie darauf hereingefallen ist.«

»Das denken wir auch. Denn sicher hätte sie diesen Termin doch platzen lassen, wenn ihr aufgefallen wäre, dass er gar nicht der ist, als der er sich bei der Buchung ausgegeben hat.«

»Auf jeden Fall.« Charles nickte nachdrücklich. »Denn sonst hätte sie ihre Lizenz aufs Spiel gesetzt, und das hätte sie niemals getan. Aber vor allem wäre es viel zu riskant gewesen, sich mit einem Typen einzulassen, von dem sie nicht das Geringste wusste, und obwohl sie alles andere als feige war, hätte sie sich nie in eine derart unsichere Situation gebracht. Sie hat die Abwechslung in ihrem Job geliebt, die Regeln aber stets befolgt. Wenn man jemanden wie Ava bucht, geht es einem nicht nur um den Sex. Dann zahlt man für eine Erfahrung, die sich nur ein kleiner Kreis von Menschen leisten kann. Die hat sie geboten, aber dabei hat sie niemals die Gesetze übertreten und vor allem hat sie sämtliche erforderlichen Maßnahmen zu ihrem eigenen Schutz ergriffen.«

Die jedoch in diesem Fall nicht ausgereicht hatten.

Als Eve auf dem Revier erschien, saß ihre Partnerin nicht mehr am Schreibtisch. Dafür aber waren eine Reihe anderer Detectives aufgetaucht, und Baxter, der mal wieder wie der reinste Dressman wirkte, sah von seinem Schreibtisch auf.

»Sie hat sich kurz aufs Ohr gehauen«, erklärte er mit einem Blick auf Peabodys verwaisten Stuhl.

»Okay.«

»Mira erwartet Sie in Ihrem Büro.«

»Oh.«

»Der Junge und ich sind gerade auf dem Sprung. Ein paar Kids haben am See im Central Park gespielt und plötzlich festgestellt, dass eine Leiche auf dem Wasser treibt.«

»Da haben sie den Tag aber auf schöne Art begonnen.«

»Ja, wahrscheinlich haben sie sich ganz prima amüsiert«, antwortete er trocken.

Das Kostüm in einem zarten Rosaton, das Mira trug, war deutlich hübscher als der halb kaputte Stuhl, auf dem sie vor Eves Schreibtisch saß. An den Füßen trug sie hochhackige Schuhe, die mehrere Töne dunkler waren, und die mehrsträngige Kette mit den bunten Steinen und den winzig kleinen Perlen passte gut zu ihrem flott geschnittenen, sandfarbenen Haar, das ihr liebliches Gesicht besonders vorteilhaft zur Geltung kommen ließ.

Ihre ruhigen, blauen Augen blickten von dem kleinen Bildschirm ihres Handcomputers auf, als Eve den Raum betrat.

»Ich habe gerade noch einmal Ihren Bericht gelesen«, meinte sie. »Ich hatte etwas Zeit, da dachte ich, ich warte einfach hier auf Sie.«

»Danke, dass Sie es so schnell geschafft haben.« Auch wenn sie dadurch ein wenig aus dem Gleichgewicht geriet. Denn normalerweise traf sie Mira stets in deren hellem luftigen Büro und bekam dort immer eine zarte Porzellantasse mit süß duftendem Tee serviert, die sie nur der Form halber an ihre Lippen hob.

Wo sie gerade daran dachte …

»Kann ich Ihnen einen Tee anbieten oder so?«

»Lieber eine Tasse Ihres wunderbaren Kaffees. Ich könnte nämlich einen kleinen Muntermacher brauchen, weil ich gestern Abend ziemlich spät ins Bett gekommen bin. Dennis und ich waren mit Freunden aus.«

»Na klar.«

»Und wann haben Sie selbst zum letzten Mal ein Auge zugekriegt?«

»Das ist schon eine Weile her. Ich werde schlafen, sobald

ich kann.« Trotzdem hatte sie inzwischen neue Energie geschöpft.

Vielleicht aus dem köstlichen Omelett.

»Er hat zweimal in kurzem Abstand zugeschlagen«, sagte sie, als sie die beiden Becher mit dem dampfenden Kaffee zu ihrem Schreibtisch trug. »Beide Male war sein Vorgehen sehr riskant, aber zugleich sehr gut organisiert und sorgfältig geplant.«

»Ja. Er ist organisiert und kontrolliert genug, um eine gewisse Zeit mit seinen Opfern zu verbringen, mit ihnen zu interagieren und dabei so zu tun, als wäre er der Mensch, als der er sich ihnen gegenüber ausgegeben hat. Beide Male hat er eine Dienstleistung bei den Opfern gebucht.«

»Das heißt, er hat seine Opfer gekauft.«

»Sie hätten auch Psychologin werden können«, stellte Mira lächelnd fest.

»Nein, danke. Denn dann muss man ständig nett zu irgendwelchen durchgeknallten Leuten sein. Er kauft die Opfer. Interessant. Denkt er, er darf sie töten, weil er sie bezahlt hat? Wie ein Jäger ein Stück Wild? Wobei man ein Bajonett kaum jemals für die Jagd benutzt.«

»Da wäre ich mir nicht so sicher. Schließlich werden Bajonette hauptsächlich im Krieg verwendet, wo der Mensch vielleicht nicht Jagd auf Tiere, dafür aber Jagd auf andere Menschen macht. Der Mörder hat im Vorfeld das Terrain gewählt, die Regeln festgelegt und die Waffe ausgesucht.«

»Wobei er in Houstons Fall nicht sicher wissen konnte, wer sein Opfer werden würde. Nein, das stimmt nicht«, korrigierte Eve. »Schließlich weiß man auch nicht, welches Pelztier man im Wald erwischt. Man kennt nur die Gattung, nur die Art von Tier. Er hatte es also nicht speziell auf

Houston, sondern auf den Typus abgesehen. Offenbar liebt er die Hatz.«

»Beide Male ist der Mord in einem geschlossenen Raum geschehen, in dem man ihn aber trotzdem jederzeit hätte entdecken können, was für ihn bestimmt ein Teil des Nervenkitzels war. Er ist ein reifer Mensch und die Einzigartigkeit der Waffen sagt mir, dass er uns sein Wissen und seine Geschicklichkeit beweisen will.«

»Auf mich wirkt er ganz einfach wie ein fürchterlicher Angeber.«

»Das ist er auch. Gott, ist das gut«, murmelte Mira über ihrem Kaffee. »Außerdem ist er entweder selbst wohlhabend oder kommt auf jeden Fall an Geld heran. Und er kennt sich gut mit Elektronik aus oder kennt einen Fachmann auf diesem Gebiet. Die Auswahl der Männer, deren Identität er angenommen hat, sagt mir, dass er entweder Autoritätspersonen, hauptsächlich in Unternehmen, hasst, oder dass er die beiden als Untergebene sieht, die er einfach benutzen kann.«

Mira legte ihren Kopf ein wenig schräg. »Warum lächeln Sie?«

»Das passt zu dieser Theorie, mit der ich spiele, die mir aber bisher recht weit hergeholt erschienen ist. Sie haben sie ein gutes Stück näher herangeholt. Wir haben Sweets und Urichs Untergebene überprüft, vor allem ihre direkten Untergebenen und die, die entweder die Passwörter und Codes der Konten kennen oder sich hätten beschaffen können. Wobei mir zwar zufällig ein kleiner Fisch in einer anderen Angelegenheit ins Netz gegangen, sonst aber nicht viel herausgekommen ist. Deshalb dachte ich, ich sollte vielleicht mal nach oben statt nach unten sehen.«

Mira nickte fasziniert und atmete zugleich den Duft des Kaffees ein. »Sie meinen in den Unternehmen?«

»Ja, genau. Und zwar ganz oben.« Eve nahm Mira gegenüber auf der Kante ihres Schreibtischs Platz. »Lassen Sie es uns mal durchspielen. Er kauft seine Opfer – meine Güte, das gefällt mir –, weil er das Gefühl hat, dass er einen Anspruch darauf hat. Sie sind teuer, und sie bieten exklusive Dienste an. Sind ein Luxus, den sich nur jemand mit jeder Menge Kohle leisten kann, weswegen seine eigene Bedeutung durch den Kauf von diesen Leuten steigt. Doch er will noch mehr fürs Geld. Will uns demonstrieren, wie gewieft, wie talentiert, wie … kreativ er ist. Er verunstaltet sie nicht, drischt nicht auf sie ein, verstümmelt und missbraucht sie nicht.«

»Dafür hat ihm vielleicht die Zeit gefehlt«, warf Mira ein.

»Ja, aber als guter Stratege hätte er auch einfach mehr Zeit für die Taten einplanen können, wenn er seine Opfer noch erniedrigen, vergewaltigen, verstümmeln wollte. Auch an irgendwelchen Souvenirs liegt ihm anscheinend nichts. Crampton war von Kopf bis Fuß mit Schmuck behängt. Einen Ring hätte er bequem abziehen oder eine Kette blitzschnell abreißen können.«

»Das Eigentum der Opfer interessiert ihn nicht«, stimmte ihr die Psychologin zu.

»Die Taten sind also nicht persönlich gegen sie gerichtet, zeugen von keiner besonderen Leidenschaft und nicht einmal von einem Hauch von Zorn. Es geht ihm nur darum, sie sorgfältig zu planen, durchzuziehen und dann wieder zu verschwinden. Trotzdem lässt er seine Waffen an den Tatorten zurück, damit wir sehen, was für ein toller Hecht er ist.«

»Ihrer Meinung nach geht es dem Täter bei den Morden also einzig um den Kick.«

»Bisher haben wir keinerlei Verbindung zwischen seinen Opfern ausfindig gemacht. Natürlich werden wir weitergraben, und wenn er sein nächstes Opfer umbringt, müssen wir wieder überprüfen, ob es vielleicht eine Verbindung gibt. Aber wir werden keine finden. Denn diese Menschen sind für ihn einfach Teil des Pakets, sonst nichts.«

»Wie gesagt, er ist ein reifer Mann. Gebildet, eloquent, anpassungsfähig und ein guter Schauspieler. Er musste seine beiden Opfer davon überzeugen, dass er der war, mit dem sie gerechnet haben. Erst ein wohlhabender Mann, der seine Frau mit einer romantischen Geste überraschen will. Und dann ein abermals betuchter Mann, der nach dem Scheitern seiner Ehe Sex, vor allem aber Gesellschaft sucht. Zwei grundverschiedene Rollen, die er lange genug spielen musste, um die Opfer an die jeweiligen Tatorte zu dirigieren.«

Mira trank den nächsten Schluck Kaffee und drehte ihren Oberkörper so, dass das Sonnenlicht, das durch das schmale Fenster drang, auf ihre hübsche Kette fiel. »Auf alle Fälle hat er schon den nächsten Opfertyp, den Tatort, die Methode, den genauen Zeitpunkt und auch den zeitlichen Ablauf festgelegt. Wahrscheinlich lebt er allein oder mit jemandem zusammen, den er dominiert. Für die Vorbereitung dieser beiden Morde hat er einiges an Zeit gebraucht und sie dann am späten Abend durchgeführt. Das hätte etwas schwierig werden können, wenn da jemand wäre, der sich wundert, wenn er abends nicht zu Hause ist. Und er hat nicht einmal versucht, die Taten als Raubüberfälle oder etwas anderes zu tarnen. Was von Arroganz und großem Selbstbewusstsein zeugt.«

Mira sah auf ihre Uhr. »Ich muss jetzt leider gehen.«

»Danke, dass Sie sich die Zeit genommen haben.«

Lächelnd stand die Psychologin auf, reichte Eve den leeren Becher und legte die Hand an ihr Gesicht. »Schlafen Sie ein bisschen, Eve.«

»Das mache ich, sobald es geht.«

Doch kaum dass Mira ihr Büro verlassen hatte, wandte sie sich wieder ihrer Arbeit zu. Und lächelte grimmig, als das Resultat von Peabodys Recherche auf dem Monitor erschien. Denn sie und Ian hatten den verräterischen Slipper identifiziert.

»Emilio Stefani, Lederslipper, Hochglanz, Silberschnalle. Einzelhandelspreis ... das ist ja wohl ein Witz. Drei Riesen für ein Paar normaler Schuhe?«

Trotz ihrer Entrüstung fuhr sie erst einmal mit der Lektüre fort.

»In so vielen Geschäften werden diese blöden Dinger angeboten? Was zum Teufel ist bloß mit den Menschen los? Aber trotzdem ist es eine gute Spur.«

Sie las weiter und nickte zufrieden mit dem Kopf. Auch wenn McNab sich anzog wie ein durchgedrehter Clown, hatte er das Hirn von einem Cop. Er hatte seinen Elektronik-Zauber wirken lassen und herausgefunden, dass der Schuh die Größe 43 oder 44 haben musste.

Was ein wirklich guter Hinweis war.

Sie wies ihren Computer an, Dudley und Moriarity zu überprüfen und herauszufinden, welches die drei exklusivsten Läden waren, in denen dieser Schuh zu haben war, und schickte zwei Beamte los, um Mitchell Sykes und seine Freundin zur Vernehmung abzuholen.

Gleichzeitig bekam sie eine Mail von Morris, dass die Untersuchung ihrer zweiten Leiche abgeschlossen war. Der Bericht enthielt nichts Neues, und sie überlegte, ob sie im Labor anrufen sollte, um zu fragen, ob Berenski schon etwas über das Bajonett herausgefunden hatte, aber die Vorstellung, mit dem neuen, netten Sturschädel sprechen zu müssen, hielt sie davon ab.

Denn die aufputschende Wirkung des Omeletts ließ langsam, aber sicher nach.

Sie schloss ihre Bürotür ab und streckte sich ermattet auf dem Boden aus. »Computer, Wecksignal in einer halbe Stunde.«

Und mit diesen Worten schlief sie ein.

Wenige Minuten später schloss ihr Mann die Tür von außen auf und traf sie bäuchlings auf dem Boden liegend an. Sie lag dort wie die Toten, deren Rächerin sie war.

Doch auch wenn es sicher bessere Orte für ein kurzes Schläfchen gab, schloss er die Tür wieder von innen ab, legte sich neben Eve und schlief genau wie sie bereits nach wenigen Sekunden ein.

Die Ruhephase ist vorüber, Dallas.

»Ja, verdammt.« Sie öffnete ein Auge, richtete sich eilig auf und keuchte: »Meine Güte, Roarke.«

»Was wir gestern auf dem Fußboden getrieben haben, fand ich auch viel schöner«, stimmte er ihr unbekümmert zu. »Dir ist doch wohl klar, dass dir ein größeres Büro zusteht. Eins, in das noch eine Couch reinpasst.«

Sie rieb sich die müden Augen. »Hatte ich die Tür nicht abgesperrt?«

Statt einer Antwort lächelte er nur. »Ich muss für ein paar

Stunden in mein eigenes Büro und wollte meiner Frau auf Wiedersehen sagen. Warum gehst du in deinen Pausen nicht in den Pausenraum?«

»Weil der echt ätzend ist. Man weiß nie, wer da alles hereinkommt, wer als Letzter dort gelegen und vor allem, was der vielleicht mit wem auch immer dort getrieben hat.«

»Da hast du wahrscheinlich recht.« Jetzt richtete auch er sich auf, bis er ihr direkt gegenübersaß. »Wobei das hier auch nicht besser ist.« Wie zuvor schon Mira legte er sanft eine Hand an ihr Gesicht. »Du brauchst mehr Schlaf.«

»Gartenlaube, Ziegel.«

»Wie bitte?«

»Du weißt schon – wenn man in der Gartenlaube sitzt, sollte man nicht mit Ziegeln schmeißen.«

»Heißt es nicht, man sollte nicht mit Steinen werfen, während man im Glashaus sitzt?«

»Und wo ist da der Unterschied? Peabody und McNab haben den Schuh von unserem Mörder identifiziert.«

»Ich weiß.«

»Drei Riesen nur dafür, dass man nicht barfuß laufen muss.«

Er beschloss, ihr nicht zu sagen, dass die Stiefel, die sie gerade trug, nicht billiger gewesen waren. »Du solltest dich darüber freuen. Weil du diese Dinger sicher deutlich leichter findest als Modelle, die's für 100 Dollar in den billigen Schuhgeschäften gibt.«

»Das stimmt. Gleich werde ich das kleine Arschloch – unseren Drogendealer – in die Zange nehmen, und danach fahre ich los und plaudere ein bisschen mit dem Dritten und dem Vierten.«

»Viel Vergnügen«, wünschte er und gab ihr einen Kuss. »Wir sehen uns dann irgendwann daheim.« Er stand auf, zog sie auf die Füße und an seine Brust. »Dann kannst du mir beim Abendbrot erzählen, wie's gelaufen ist.«

»Ja, ich ...« Plötzlich legte sie den Kopf zurück und sah ihn lächelnd an. »Das ist es.«

»Ja, nicht wahr?« Er glitt mit seinen Lippen über ihren Mund.

»Das habe ich nicht damit gemeint. Ich war vorhin bei Charles, weil ich mit ihm über das zweite Opfer sprechen wollte. Er hat gerade Frühstück für Louise gemacht, weil sie Nachtschicht in der Klinik hatte. Hat richtig für sie gekocht, Eier in die Pfanne geschlagen und so. Und wir saßen da, haben Omeletts gegessen und ...«

»Du hattest ein Omelett und ich nur eine Tüte Chips?«

»Das hat sich einfach so ergeben. Er hat mir erzählt, wie sich ein Callgirl bei der Arbeit absichert. Als er meinte, er und Ava hätten ab und zu gemeinsam einen Auftrag angenommen, saß ich da und habe mich gefragt, ob es für Louise nicht seltsam ist, am Tisch zu sitzen und Omelett zu essen, während sich ihr Mann vollkommen ungezwungen über Sex, Sadomaso und die Kundschaft unterhält. Aber das ist es nicht. Es ist einfach ein Teil von ihrem Deal, sonst nichts. So wie du und ich beim Abendessen über Morde sprechen. Es gehört ganz einfach zum Gesamtpaket dazu.«

»Einem Paket, das mir sehr gut gefällt.« Er klopfte kurz gegen ihr Kinn. »Guck, dass du nach Hause kommst, bevor sich meine Polizistin vor lauter Erschöpfung nicht mehr auf den Beinen halten kann.«

»Er wird bald wieder zuschlagen«, prophezeite sie. »Er hat den Termin schon ausgemacht oder zumindest in seinen Kalender eingebaut. Dabei wird es nicht um die Person des Opfers gehen, sondern nur um die Funktion, die sie für diesen Typen hat. Er wird es genießen, und das kotzt mich wirklich an.«

»Dann denk am besten daran, dass er selber noch viel angekotzter sein wird, wenn du ihn erwischst.«

»Das hoffe ich. Bis dann.«

10

Eve sammelte die Dinge, die sie brauchte, ein und wandte sich zum Gehen.

»Peabody, Sie kommen mit«, befahl sie auf dem Weg durch die Abteilung, und die Partnerin sprang eilig auf.

»Wir haben den Schuh gefunden.«

»Gut gemacht. Der exklusivste Laden für die Dinger in der Stadt ist eine Designer-Boutique am Madison. Am besten fragen wir dort nach, wer diesen Schuh in Größe 43 oder 44 gekauft hat.«

»Wir gehen shoppen!«, juchzte Peabody. »Selbst wenn ich mir in einem solchen Laden nicht einmal die Spitze einer Socke leisten kann.«

»Wir machen unsere Arbeit«, korrigierte Eve. »Aber vorher werden wir noch Mitchell Sykes den Tag verderben. Ich übernehme diesen Typen in Verhörraum A, und Sie gehen in Verhörraum B und knöpfen sich die Freundin vor.«

»Ich soll sie ganz alleine in die Zange nehmen?« Peabody rieb sich vergnügt die Hände.

»Ich will, dass Sie so tun, als hätten wir die Sache bereits unter Dach und Fach. Als hätten wir schon alles, um sie unter Anklage zu stellen, aber als wollte die Staatsanwaltschaft

Steuergelder sparen und böte deshalb einen Deal mit demjenigen von den beiden an, der uns als Erster freiwillig erzählt, wie alles abgelaufen ist.«

»Weil sie Sykes ans Messer liefern soll.«

»Genau.«

»Und ich bin angewidert, weil dem Staatsanwalt die blöde Politik mal wieder wichtiger als alles andere ist. Also, Schwester, wenn du willst, pack aus, bevor dein Spießgeselle die Gelegenheit ergreift.«

Eve rieb sich das Ohr. »Gucken Sie, wie weit Sie damit kommen. Falls Sie das Gefühl haben, dass sie ein ebensolches Arschloch ist wie er, ändern Sie die Taktik, und dann kriegen wir die zwei gleichermaßen wegen der Sache dran. Vor allem aber will ich die Geschichte möglichst schnell zum Abschluss bringen. Weil ich heute schließlich noch ganz andere Fische backen muss.«

»Braten. Fische brät man in der Pfanne.«

»Ist es nicht vollkommen schnurz, wie man einen Fisch bildlich gesprochen gar bekommt?«

Eve betrat Verhörraum A. »Lieutenant Eve Dallas beginnt mit der Vernehmung von Mitchell Sykes. Hi, Mitch, wie geht's?«

»Ich habe keine Zeit für diesen Quatsch.«

»Wer hat die schon?«

»Hören Sie, ich habe Ihnen doch alles erzählt, was ich über die Sache weiß. Ich hätte gar nicht kommen müssen, aber Mr Sweet hat mich und alle anderen angewiesen, umfänglich mit der Polizei zu kooperieren.«

»Das ist süß von Mr Sweet«, stellte sie belustigt fest. »Wurden Sie schon über Ihre Rechte aufgeklärt?«

»Nein. Weswegen sollte man …«

»Das ist, wie jeder weiß, Routine, Mitch.« Vorschriftsmäßig klärte sie ihr Gegenüber über seine Rechte und auch Pflichten auf und sah ihn fragend an. »Haben Sie verstanden?«

Er stieß einen abgrundtiefen Seufzer aus. »Natürlich.«

»Gut. Da wir beide viel beschäftigt sind, kommen wir am besten gleich zur Sache. Sie und Ihre Partnerin stecken in der Scheiße. Meine Partnerin verhört sie gerade ein paar Türen weiter und bietet ihr einen Deal an. Was ich mir verkneifen werde, weil ich Sie nicht leiden kann.«

Er zuckte zusammen, als sie seine Partnerin erwähnte, stellte aber wütend fest: »Ich weiß nicht, wovon Sie reden, und ich muss mir diesen Unsinn auch nicht anhören.«

»Doch, das müssen Sie, weil Sie nämlich verhaftet sind. Sie und Ihre Freundin haben sich Arzneimittel aus der Firma beschafft, auf dem freien Markt verkauft und das Geld auf Ihr geheimes Konto eingezahlt. Auf das wir zufällig gestoßen sind.«

Sie verzog den Mund zu einem netten Lächeln, als sie kleine Schweißperlen auf seiner Oberlippe entstehen sah. »Im Grunde ist dieses Verhör nur eine Formsache, auch wenn es mir ein wirkliches Vergnügen ist.« Sie spreizte ihre Hände. »Schließlich braucht man bei der Arbeit ab und zu ein bisschen Spaß, nicht wahr?«

»Sie … das alles denken Sie sich doch nur aus.«

»Wir haben Sie eiskalt erwischt. Sie und Karolea Prinz haben Ihr eigenes Unternehmen bestohlen und dann die Schwächen, die Bedürfnisse oder die Krankheiten von anderen schamlos ausgenutzt und die gestohlenen Waren an sie verkauft.«

Sie beugte sich über den Tisch und schob sich so dicht wie möglich an Mitchs schweißglänzendes Gesicht heran. »Sie haben den Gewinn geteilt und auf zwei Offshore-Konten unter dem Namen Sykpri Development geparkt.« Sie konnte sehen, wie er immer bleicher wurde, und fuhr fröhlich fort: »Die Kollegen vom Finanzamt haben sicher jede Menge Spaß damit. Aber erst einmal gehören Sie ganz alleine mir. Prinz sitzt gerade nebenan und bestätigt meiner Partnerin die schmutzigen Details.«

»Ich ... ich habe dazu nichts zu sagen. Ich verlange, dass man mich mit Karolea sprechen lässt.«

»Die hat gerade keine Zeit. Weil sie mit der Rettung ihres eigenen Arschs beschäftigt ist. Also fahren wir mit unserer Unterhaltung fort, denn mir kommt es so vor, als hätte jemand, der Medikamente klaut, schwarz verkauft und den Gewinn auf einem gut versteckten Konto parkt, kein Problem damit, den Namen und auch die Kreditkarte von seinem Boss zu klauen, um selbst nicht aufzufallen, wenn er einen Mord begeht.«

Eve wurde warm ums Herz, als Mitchells Stimme schrill wurde und wie das Fiepen einer Ratte klang. »Ich bin kein Mörder!«, kreischte er. »Großer Gott, ich habe ganz bestimmt niemanden umgebracht.«

»Lassen Sie uns zusammenfassen: Sie sind ein Dieb, ein Lügner, ein verdammter Drogendealer und ganz allgemein ein Arschloch.« Sie saß da, als wäge sie die Möglichkeiten ab. »Von diesen Dingen bis zu einem Mord ist es nur noch ein kleiner Schritt. Vielleicht ist es ja folgendermaßen abgelaufen: Sie haben das Unternehmen von Jamal benutzt, um an reiche Kunden ranzukommen, aber plötzlich reicht der Anteil, den er kriegt, ihm nicht mehr aus. Oder er hat es sich anders überlegt und will aussteigen. Doch das können Sie nicht zulassen und deshalb haben Sie ihn umgebracht. Und warum sollten Sie dabei nicht gleich noch Ihren Boss belasten? Denn wenn ihm gekündigt würde, gäbe man ja vielleicht Ihnen seinen Job. Und dann …«

»Nein!« Mitchell sprang auf, sank aber umgehend zurück auf den Stuhl, als trügen seine Beine ihn nicht mehr. »Ich habe diesen Mann, diesen Jamal, gar nicht gekannt. Ich bin kein Mörder!«

»Sondern nur ein Dieb, ein Drogendealer und ein generelles Arschloch?«, fragte sie ihn achselzuckend und fügte hinzu: »Überzeugen Sie mich, Mitch, denn ich habe noch zu tun, und dieser Fall sieht für mich abgeschlossen aus.«

»Sie sind total verrückt.« Seine Augen quollen vor. »Das alles ist total verrückt.«

»Das ist nicht überzeugend.«

»Hören Sie …« Er befeuchtete die trockenen Lippen und zerrte den Knoten seines Schlipses auf. »Also gut, okay, wir haben ein paar Sachen aus der Firma mitgehen lassen.«

»Sachen wie Medikamente?«, fragte Eve. »Als Pharmareferentin hat Karolea schließlich unbegrenzten Zugriff auf das Zeug.«

»Ja. Ja. Wir brauchten nur die Zugriffsprotokolle zu manipulieren und die Rechnungen zu fälschen. Das war keine große Sache. Denn das Unternehmen rechnet diese Art Verluste immer schon mit ein. Wir wollten nur das Geld. So, wie ich für die Firma schufte, steht mir dieser kleine Bonus zu. Wissen Sie, wie teuer meine Ausbildung gewesen ist? Und jetzt soll ich für Sweet den Botenjungen spielen? Wir haben keinem Menschen wehgetan. Wir … wir bieten eine Dienstleistung. Wir verkaufen diese Sachen immer mit Rabatt.«

»Sie stehlen Medikamente von der Firma …«

»Für die Beschaffung der Waren ist Karolea zuständig. Das ist ihre Aufgabe. Ich kümmere mich nur um den Verkauf.«

»Verstehe. Sie besorgt also das Zeug, und Sie verkaufen es.«

»Ja. Wir haben einen festen Kundenstamm. Schließlich ist es nicht so, als ob wir irgendwo an einer Straßenecke Zeus an Schulkinder verschachern würden oder so. Die Medikamente sind geprüft. Wir helfen diesen Menschen nur.«

»Wie dem Typen, der von Schmerzmitteln abhängig ist und sie bei Ihnen kauft, statt mit seiner Sucht zum Arzt zu gehen. Oder Leuten, die an einer Überdosis an Beruhigungsmitteln sterben, weil sie die Sachen mischen, um sich damit zuzudröhnen, oder wie den Leuten, die sich mit dem Zeug an irgendeine Straßenecke stellen, um es dort an Kinder weiterzuverhökern«, fauchte Eve.

»Wir sind nicht verantwortlich für das …«

»Erspar mir diesen Schwachsinn. Ich habe dein Geständnis aufgenommen, also kannst du dir das Heulen und das Zähneklappern sparen.«

»Sie können doch nicht ernsthaft glauben, ich hätte tatsächlich diesen Fahrer umgebracht.«

»Natürlich nicht. Das habe ich einfach gesagt, damit du mir den Rest erzählst. Und mein Plan hat funktioniert wie geschmiert.« Sie sah auf ihre Uhr. »Jetzt kann ich mit meiner Arbeit weitermachen, während du in eine Zelle gehst.«

»Aber ich verlange einen Anwalt.«

»Kein Problem. Auf dem Weg in deine Zelle kannst du einen anrufen. Danke für die gute Kooperation. Die Vernehmung ist beendet.«

Damit stand sie auf, öffnete die Tür und winkte die Beamten, die dort warteten, heran. »Buchten Sie ihn ein, aber lassen Sie ihn vorher noch mit seinem Anwalt sprechen, ja?«

Sie selbst ging ein paar Zimmer weiter und verfolgte durch die Scheibe, wie auch Karolea Prinz weinend zusammenbrach.

Dann kam Peabody heraus, und auf dem Weg in die Garage meinte sie: »Die Frau war fix und fertig. Vollkommen am Ende. Denn sie hat sich wirklich eingebildet, dass sie dieses Arschloch liebt. Anfangs wollte sie ihn deshalb auch nicht in die Pfanne hauen, aber …«

»Als es hart auf hart kam, hatte ihre Liebe keine Chance mehr.«

»Was nur beweist, dass es am Ende keine wahre Liebe war. Gehen wir jetzt Schuhe gucken?«

»Nein. Wir kennen diesen Schuh bereits. Und ich will so schnell wie möglich wieder aus dem Laden raus.«

»Schuhe sind einfach etwas Wunderbares.« Peabody hüpfte begeistert in den Tretern, die sie selber an den Füßen hatte, auf und ab. »Und es wird mir sicher guttun, nach der ganzen Heulerei ein bisschen Spaß zu haben. Die perfekte Mischung, finden Sie nicht auch? Erst zerschlägt man einen kleinen, aber profitablen Handel mit verschreibungspflichtigen Medikamenten, und danach verfolgt man eine neue Spur im eigentlichen Fall und kann sich dabei Schuhe ansehen und sich vorstellen, dass man sie sich leisten könnte. Auch wenn das natürlich nie passieren wird.«

»Und was passiert mit Leuten, die sich vorstellen, Sachen zu besitzen, die sie sich nicht leisten können?«, fragte Eve.

»Sie haben schöne Träume?«

»Sie geraten früher oder später auf die schiefe Bahn.«

Auf der Fahrt zum Schuhgeschäft bezog Eve diesen letzten Satz auf ihren aktuellen Fall. »Vielleicht betrachtet dieser Typ ja voller Sehnsucht irgendwelche teuren Limousinen oder Callgirls und ist angepisst, weil er sie nicht einfach wie eine Pizza ordern kann. Und macht seinem Frust und Ärger Luft, indem er das, was er nicht haben kann, zerstört. Keine üble Theorie, nur dass sie leider nicht zu diesen Schuhen passt. Denn wenn jemand drei Riesen für ein Paar Designer-Slipper blechen kann, nagt er ganz sicher nicht am Hungertuch.«

»Vielleicht hat er sie ja geklaut«, schlug Peabody ihr vor. »Oder jemand hat sie ihm geschenkt, oder er hat einen Großteil von seinem Ersparten für die Dinger auf den Kopf gehauen.«

»Alles möglich. Aber außerdem hätte er auch noch einen Teil von seinem Geld für eine Armbrust, teure Bolzen und ein antikes Bajonett ausgeben müssen. Wenn er nicht beim Kauf getan hätte, als wäre er jemand anders, an den dann die Rechnungen gegangen wären. Trotzdem muss es irgendwo eine Verbindung zwischen ihm und diesen beiden Unternehmen geben. Weshalb hätte er sich sonst die Mühe machen und sich in die Konten dieser beiden Männer hacken sollen?«

Am Ende ging es immer wieder um die beiden Firmen, dachte Eve. »Wenn er nur ein mordlüsterner Hacker wäre, hätte er einfach die Namen und die Kartennummern irgendwelcher anderen Leute übernehmen und sich dann die schicke Limousine und das teure Callgirl leisten können, deshalb passt das Ganze einfach nicht.«

In diesem Augenblick ging eine Mail auf dem ins Armaturenbrett des Wagens eingelassenen Computer ein.

»Vom Labor«, erklärte ihre Partnerin. »Der Bericht über die Waffe. Sie ist tatsächlich antik. Mitte 20. Jahrhundert. Marke, Hersteller und Seriennummer – alles da. Der Sturschädel war wirklich gründlich.«

»Und das sind Sie bei der Suche nach dem Eigentümer bitte auch.«

Während Peabody beschäftigt war, hing Eve ihren Gedanken nach. Welcher Typ stand wohl als Nächstes auf der Liste ihres Killers? Vielleicht ein Star-Frisör, der Pilot eines Privatjets oder ein heißer Designer?

Wie der Ehemann von ihrer ältesten und besten Freundin. Oder Mavis selbst, sagte sich Eve, während ihr Magen sich zusammenzog. Weil sie schließlich ein berühmter Popstar war. Am besten riefe sie die beiden an, um sie zu bitten, vorsichtig zu sein.

Und es gäbe auch keine privaten Gigs mehr, die nicht mit ihr abgesprochen waren.

»Die Waffe ist nicht registriert.« Während Eve nach einem Parkplatz suchte, blickte ihre Partnerin von ihrem Handcomputer auf. »Das heißt, dass sie seit 20 Jahren von keinem offiziellen Händler angeboten worden ist. Aber vielleicht wurde etwas derart Altes auch schon vor der Einführung der Registrierungspflicht verkauft. Oder vielleicht wurde es auch innerhalb einer Familie vererbt. Das Ding wurde vor 100 Jahren beim Militär verwendet und es ist unmöglich, jetzt noch rauszufinden, wer der erste Besitzer war. Weil es keine Aufzeichnungen über diese Sachen gibt.«

»Okay.«

Peabody fing an zu kreischen, als sie in die Vertikale ging und den Wagen dort in eine Lücke zwängte, die so klein war, dass sie nicht einmal als Lücke zu erkennen war. »Dann besitzt er dieses Bajonett also schon länger und hat es – wie viele andere auch – nie registrieren lassen oder hat es ebenfalls wie viele andere auf dem Schwarzmarkt gekauft.«

Sie gingen hinunter auf den Bürgersteig, liefen den halben Block bis zu dem Schuhgeschäft, und als sie das Schaufenster passierten, stieß Peabody leise Schmatzgeräusche aus.

»Lassen Sie das sein. Um Himmels willen, Sie sind ein Cop und wegen der Ermittlungen zu einem Mordfall hier. Nur Touristen drücken sich die Nasen an den Auslagen dieser Geschäfte platt.«

»Aber gucken Sie doch nur die blauen Schuhe da. Mit den silbernen Absätzen, auf denen kleine Schmetterlinge abgebildet sind.«

Eve starrte die Schuhe an. »Wenn man damit zehn Minuten läuft, kriegt man sicher automatisch einen Streckverband verpasst.« Sie trat entschlossen durch die Tür.

Die Luft im Laden duftete nach der Art Blumen, deren Nektar sicherlich die Leibspeise von Absatz-Schmetterlingen war. Die Schuhe und diverse Taschen wurden wie Gemälde oder kostbare Juwelen einzeln angestrahlt, und als Sitzgelegenheiten waren schokoladenbraune Sofas mit niedrigen Lehnen sowie cremefarbene Sessel im Geschäft verteilt.

Potenzielle Kundinnen und Kunden sahen sich die Waren an, während andere in einem farbenfrohen Meer aus Schuhen auf den Sofas und den Sesseln saßen und zum Teil Gesichter machten, die so aussahen wie die von Junkies direkt nach dem letzten Fix.

Eine Frau stolzierte in bunt schillernden Sandalen mit stecknadeldünnen, meterlangen Absätzen zwischen diversen Spiegeln auf und ab, und die Angestellten, die sich dadurch von der Kundschaft unterschieden, dass sie alle rappeldürr und in elegantem Schwarz gekleidet waren, sahen ihr freundlich lächelnd dabei zu.

Eve hörte das Gurgeln in der Kehle ihrer Partnerin und stieß sie unsanft mit dem Ellenbogen an.

»Tut mir leid.« Peabody klopfte sich aufs Schlüsselbein. »Das war einfach ein Reflex.«

»Gleich zeigen Sie einen völlig anderen Reflex. Wenn Sie nämlich bäuchlings auf dem Boden liegen und mein Fuß in Ihrem Nacken steht.«

»Meine Damen.« Der Verkäufer, der sie ansprach, blendete sie fast mit seinem Lächeln, und die Spitzen seiner Jackenärmel sahen wie zwei schmale Dolche aus. »Womit kann ich Ihren Tag zu etwas ganz Besonderem machen?«

Eve zog ihre Dienstmarke hervor. »Nett, dass Sie das fragen. Eine Kundenliste für den Schuh hier, sowohl in Größe 43 als auch in 44, wäre schön.« Sie hielt ihm ein Bild des teuren Schuhwerks hin.

»Wirklich? Ist der Slipper etwa ein Beweismittel? Wie aufregend!«

»Wir sind auch total begeistert«, antwortete Eve. »Ich will wissen, wer den Schuh in einer dieser beiden Größen hier erstanden hat.«

»Gern. Das macht mir wirklich Spaß. Wie weit soll ich dabei zurückgehen?«

»Wie weit können Sie das denn?«

»Dieser spezielle Schuh kam Anfang März heraus.«

»Okay, dann gehen Sie zurück bis März.«

»Brauchen Sie nur die Verkäufe hier in unserem Laden oder die in ganz New York?«

Eve bedachte ihn mit einem argwöhnischen Blick. »Sie sind aber mal hilfsbereit.«

»Machen Sie Witze?«, fragte er. »Schließlich hatte ich den ganzen Tag noch keine derart nette Abwechslung.«

»Dann beziehen Sie ruhig auch noch die anderen Läden ein.«

»Verkäufe dieses Schuhs in ganz New York! Geben Sie mir nur ein paar Minuten Zeit. Nehmen Sie doch währenddessen Platz. Möchten Sie vielleicht ein Mineralwasser?«

»Danke, aber wir haben keinen Durst.«

»Genau deshalb gehen Leute, die sich tolle Schuhe leisten können, in solche Geschäfte und bezahlen die horrenden Preise, die man dort verlangt.« Peabody sah dem Verkäufer hinterher. »Weil man dort von Leuten, die wie Filmstars aussehen, etwas zu trinken angeboten kriegt.«

»Weil sie sich hier derart langweilen, dass sie vor Freude völlig aus dem Häuschen sind, wenn sie gucken sollen, welcher Kunde einen ganz bestimmten Schuh erstanden hat.«

»Aber das ist gut für uns.«

»Das stimmt.«

Peabody verschränkte ihre Hände vor der Brust. »Bis er wiederkommt, haben wir nichts zu tun. Deshalb geben Sie mir bitte, bitte fünf Minuten Zeit, damit ich ein Gebet in dieser Kathedrale guten Schuhwerks sprechen kann.«

»Sabbern Sie die Treter bloß nicht voll.« Eve wandte ihr den Rücken zu, und da sie wirklich nichts zu tun hatte, bis der Verkäufer wiederkäme, testete sie kurzerhand die Telefonfunktion von ihrer neuen Uhr.

»Gibt es irgendetwas Neues?«, wollte sie von Feeney wissen.

»Das Phantombild deines Killers wird bald fertig sein. Aber alle anderen Disketten sind bisher noch schwarz.« Er spitzte nachdenklich die Lippen. »Kann es sein, dass du ein neues Handy hast?«

»So in etwa.«

»Deine Stimme und dein Bild waren noch nie so klar.«

»Das ist meine neue Uhr.«

»Red doch keinen Unsinn. Weil die Übertragungsqualität bei diesen Spielzeugen einfach erbärmlich ist.«

»Das hier ist ein brandneues Modell.«

»Davon hat mir Roarke gar nichts erzählt. Ich will mir das Ding ansehen, wenn du wieder auf die Wache kommst.«

»Vielleicht.« Sie sah, dass der Verkäufer noch beschwingter als zuvor wieder in ihre Richtung kam, sie erklärte: »Ich muss wieder los« und beendete die Telefonfunktion der Uhr.

»Bitte sehr.« Der junge Mann hielt ihr eine Diskette hin. »In dieser Farbe haben wir jeweils ein Paar in Größe 43 und 44 verkauft. Das erste Paar im März, das zweite letzten Monat. In Schwarz …«

»Ich habe nicht nach Schwarz gefragt. Dann haben Sie also in vier Monaten nur zwei Paare von diesen Schuhen hier verkauft?«

»In diesen Größen, dieser Farbe, diesem Laden«, schränkte der Verkäufer ein. »In ganz New York wurden noch wenige andere Paare in verschiedenen Boutiquen oder Kaufhäusern verkauft.«

»Und die beiden Paare hier? Gingen die an Stammkunden?«

»In der Tat.« Er nickte zustimmend. »Deswegen fürchte ich, dass diese beiden nicht die sind, um die es Ihnen geht. Sampson Anthony, der Produzent, hat diese Schuhe letzten Monat hier gekauft und Winston Dudley von dem Pharmaunternehmen schon im März.«

»Nur zum Spaß, weil meine Partnerin sich freut, wenn sie noch etwas länger auf die Schuhe hier in ihrem Laden starren kann – wer hat die beiden Männer bedient?«

»Mr Anthony hat eine Vorliebe für Patrick, während Mr Dudley immer nur zu Chica geht.«

Eve blickte bedeutungsvoll in Richtung ihrer Partnerin. »Zwei Minuten habe ich bestimmt noch Zeit. Warum rede ich nicht kurz mit Chica, wenn ich schon mal hier bin? Denn dann kann ich wenigstens behaupten, dass ich etwas getan habe, während ich hier gewesen bin.«

»Da haben Sie vollkommen recht. Sie steht da drüben und beendet gerade das Gespräch mit einer Kundin. Auberginefarbenes Haar.«

Aubergine, wunderte sich Eve. Für sie sahen die Haare einfach lila aus. Mit einem kurzen »Danke« lief sie auf das Mädchen zu, setzte sich hin und winkte sie zu sich heran.

»Was kann ich Ihnen heute anziehen?«

»Ich werde bei den Schuhen bleiben, die ich anhabe«, erklärte Eve und hielt ihr ihre Marke hin.

»Okay. Die Stiefel sind für einen Cop genau das Richtige. Strapazierfähig und völlig zeitlos.«

»Wenn Sie meinen. Aber jetzt zu einem anderen Thema. Winston Dudley. Was können Sie mir über den Mann erzählen?«

»Über Winnie? Dass er Größe 43 hat. Einen ziemlich hohen Rist, aber ansonsten einen Fuß, dem praktisch alles passt. Er hat am liebsten immer Modelle, die gerade erst vom Laufsteg kommen. Bevorzugt den klassischen Stil, aber wagt gelegentlich auch was Verrückteres.«

»Kommt er häufig her?«

»Das kommt auf seinen Terminkalender an. Manchmal bringe ich auch eine Auswahl hin.«

»Sie machen Hausbesuche?«, fragte Eve verblüfft.

»Mit Schuhen, Gürteln, Schlipsen, Taschen und auch anderen Accessoires. Diesen Service bieten wir jedoch nur unseren treuesten Kunden an.«

»Haben Sie in nächster Zeit einen Termin bei ihm?«

»Nein. Denn er war gerade erst vor ein paar Tagen hier. Hat gleich sechs Paar gekauft. Wahrscheinlich werde ich ihn frühestens nächsten Monat wiedersehen, und auch das nur, wenn er nicht geschäftlich unterwegs oder im Urlaub ist.«

Eve zog eine Karte aus der Tasche. »Tun Sie sich und mir einen Gefallen. Wenn er sich bei Ihnen meldet, um einen Termin bei sich daheim zu machen, rufen Sie mich an.«

Zum ersten Mal, seit sie miteinander sprachen, wirkte die junge Frau etwas besorgt. »Und warum soll ich das tun?«

»Weil ich ein Cop mit guten Stiefeln bin.«

Chica lachte, drehte aber die Visitenkarte zwischen ihren Händen und erklärte leise: »Hören Sie, er ist ein wirklich guter Kunde. Ich bekomme eine hübsche Provision und ein großzügiges Trinkgeld, wenn ich zu ihm fahre, und ich würde nur sehr ungern etwas tun, das mir dieses Geschäft vermiest.«

»Das wird es nicht.«

»Wahrscheinlich geht es mich nichts an, weswegen Sie mir diese Fragen stellen.«

»Genau.« Eve wandte sich zum Gehen. »Los, Peabody, trocknen Sie Ihre Tränen der Begeisterung. Wir müssen los.«

»Himmel!« Peabody stieg strahlend wieder in den Wagen ein. »Ich habe mich in diesem Laden wirklich prächtig amüsiert. Haben Sie diese …«

»Halt. Beschreiben Sie mir bloß nicht irgendwelche Treter, die zum einen seltsam aussehen und zum anderen völlig überteuert sind.«

»Aber sie …«

»Hören Sie auf, wenn Sie nicht gleich vor Schmerz und Elend heulen wollen. Dudley hat den Schuh im März in dem Geschäft gekauft. In Größe 43.«

»Echt?«

»Ganz echt. Natürlich werden wir auch noch den anderen Kerl, der auf der Käuferliste steht, und die Leute, die in anderen Geschäften in New York oder woanders diesen Schuh erstanden haben, überprüfen, aber ich weiß jetzt schon, dass wir bei dem Typen an der richtigen Adresse sind. Natürlich ist der Schuh nur ein Indiz, aber ein wirklich gutes«, fügte sie hinzu. »Und jetzt vermiesen wir dem Kerl den Tag. Kontaktieren Sie seine Firma, fragen, ob er da ist, und finden, wenn er nicht dort ist, heraus, wo er gerade steckt.«

Als sie diesmal in das Unternehmen kamen, nahm sie eine junge Dame in Empfang. Ihre wohlgeformten Beine und die opulenten Brüste kamen in dem eng geschnittenen Nadelstreifenkostüm vorteilhaft zur Geltung, und die kleine Stupsnase, die vollen Lippen und die großen, blauen Augen in dem fein gemeißelten Gesicht wurden durch ihre sorgfältig zurückgebundenen, langen, leicht gelockten Haare noch betont.

»Lieutenant, Detective.« Höflich reichte sie den beiden Frauen die Hand. »Marissa Cline. Ich bin Mr Dudleys Assistentin, und ich soll Sie direkt zu ihm führen.«

»Das nenne ich Service«, antwortete Eve.

Marissa winkte sie hinter sich her, als sie auf ihren leuchtend roten, hochhackigen Schuhen Richtung Fahrstuhl stolzierte. Eve fragte sich, ob sie vielleicht der Ansicht war, die Schuhe wären für ihren Job genau das Richtige.

»Mr Dudley ist in höchstem Maß besorgt, weil unser Unternehmen, wenn auch indirekt, in diesen Fall verwickelt ist.«

Marissa legte ihre Hand auf einen Scanner, schob zusätzlich eine Karte durch den Schlitz neben der Fahrstuhltür und betrat dann hinter Eve und Peabody den Lift.

»Marissa mit zwei Gästen für die 60. Etage.«

Willkommen, sagte der Computer. *Gute Fahrt.*

»Dann ist Mr Dudley also aktiv in die Leitung dieses Unternehmens involviert?«, erkundigte sich Eve.

»Selbstverständlich. Als sein Vater sich vor drei Jahren teilweise aus dem Geschäft zurückgezogen hat, hat er die Zügel übernommen und hält sich inzwischen überwiegend hier im Stammhaus auf.«

»Und vorher?«

»Vorher?«, fragte Dudleys Assistentin mit einem verständnislosen Lächeln.

»Ehe er die Zügel übernommen hat.«

»Oh, ah, vorher hat er ausgedehnte Reisen zu all unseren Produktionsstätten und Zweigstellen unternommen. Wo er umfänglich Erfahrungen in sämtlichen Bereichen des Konzerns gesammelt hat.«

»Okay.« Eve fragte sich, ob das vielleicht in Firmensprache hieß, dass Dudley viel herumgereist war und noch mehr gefeiert hatte, während monatlich auf seinem Konto Geld von seinem Vater eingegangen war.

Die Fahrstuhltür ging auf, und sie betraten den geräumigen Empfangsbereich der Chefetage, der mit schicken, weißen Ledersesseln, die mit Minibildschirmen ausgestattet waren, einer Bar, diversen Sitzgruppen und einem gläsernen Empfangstisch, hinter dem drei attraktive Frauen an Computern saßen, eingerichtet war.

Passend zu dem forschen Ton, in dem sie sprach, und ihrer zielstrebigen Art zu gehen, klopfte Dudleys Assistentin energisch an eine Flügeltür und schob sie auf.

Winston Dudleys Büro wirkte wie die Suite eines Hotels. Es war riesig, elegant und komfortabel eingerichtet, bot eine phänomenale Aussicht auf die Stadt und verfügte über jede Menge Mobiliar, das von Künstlerhand unter hell funkelnden Kronleuchtern zu Sitzgruppen angeordnet war. Dudley residierte hinter einem schwarz glänzenden Schreibtisch, und als er sich jetzt erhob, bemerkte Eve, dass sein Passfoto ihm nicht gerecht wurde. Seine Attraktivität verdankte er wahrscheinlich dem Charisma, das hieß, der Art zu lächeln, während er den Menschen direkt in die Augen sah, und seiner Art sich zu bewegen, die einen an einen Tänzer denken ließ. Der Gang, das Lächeln und der Blick deuteten eine gewisse Flirtbereitschaft an, sie gaben Frauen das Signal, begehrenswert zu sein, und gaben ihnen zu verstehen, dass er ein Liebhaber begehrenswerter Frauen war.

In seinem Blick lag eine derartige Gier, dass Eve sich fragte, ob er vielleicht regelmäßig Kostproben von seinen eigenen Produkten nahm.

Sein blondes, beinah weißes Haar hatte er sorgfältig aus dem fein gemeißelten Gesicht gekämmt. Es wirkte beinah feminin, fand Eve. Nicht ganz so scharfkantig wie das von Urich, aber eine gewisse Ähnlichkeit gab es auf jeden Fall.

Er trug einen perfekt geschnittenen, dunkelblauen Anzug, und in den Manschetten des blassblauen Hemdes blitzten altmodische Knöpfe auf. Seinem Pass und ihrem Augenmaß zufolge war er einen Meter 78 groß und um die 77 Kilo schwer.

Ungefähr so groß und schwer war Urich auch.

Seine Schuhe waren so schwarz und glänzend wie der Schreibtisch, wiesen aber keine Silberschnallen auf.

Er reichte Eve die Hand. Sein Händedruck war fest, die Finger weich, und wahrscheinlich aus Gewohnheit hielt er ihre Hand nach der Begrüßung noch ein paar Sekunden fest.

»Lieutenant Dallas. Ich hatte gehofft, dass wir uns einmal begegnen würden, wenn auch unter anderen Umständen. Ich hoffe, Roarke ist guter Dinge.«

»Ja, es geht ihm gut.«

»Und Detective Peabody. Es ist mir ein Vergnügen.« Jetzt ergriff er Peabodys Hand. »Ich habe gerade das Buch von Nadine Furst gelesen, deshalb kommt es mir so vor, als ob Sie zwei alte Bekannte von mir wären. Bitte setzen Sie sich doch. Schwarzer Kaffee«, sagte er und wies auf das Tablett, das seine Assistentin in den Händen hielt. »Das weiß ich aus dem Buch. Marissa, ich werde es Sie wissen lassen, falls wir sonst noch etwas brauchen.«

Er setzte sich in einen breiten Sessel und legte die Arme auf den bequemen Lehnen ab. »Ich weiß, dass Sie wegen dem Mord an diesem Fahrer und Augustus Sweet hier sind. Eine traurige Geschichte. Inwiefern kann ich Ihnen behilflich sein?«

»Sie können mir sagen, wo Sie in der Tatnacht waren.«

Seine Augen wurden groß, blitzten dann aber fröhlich auf. »Wirklich? Bin ich etwa ein Verdächtiger?«

»Das ist Routine, Mr Dudley ...«

»Bitte nennen Sie mich Winnie.«

»Wie gesagt, das ist Routine. Einfach etwas, was es abzuhaken gilt.«

»Ja natürlich. Ich war vorgestern auf einer Dinnerparty in Connecticut. Ich glaube, meine Begleiterin und ich waren dort von kurz vor acht bis gegen Mitternacht. Ich werde Marissa sagen, dass sie Ihnen die Namen der Gastgeber und die Adresse nennen soll. Reicht Ihnen das aus?«

»Auf jeden Fall. Und wie sind Sie dorthin gekommen?«

»Mit meinem Chauffeur. Ich habe einen Privatchauffeur. Auch dessen Namen schreibt Ihnen Marissa gerne auf.«

»Okay.« Sie stellte ihm noch ein paar Standardfragen – ob er mit dem Opfer irgendwie bekannt gewesen war, ob er dessen Limousinenservice je benutzt hatte – und flocht einige Fragen über seinen Angestellten ein.

»Leider muss ich Ihnen sagen, dass wir heute zwei von Ihren Beschäftigten festgenommen haben«, fügte sie hinzu.

»Großer Gott, doch wohl nicht wegen dieses Mordes? Wen …«

»Nein, in einer anderen Angelegenheit. Mitchell Sykes und Karolea Prinz. Sie haben Produkte aus dem Lager Ihres Unternehmens abgezwackt und unter der Hand verkauft.«

Er lehnte sich zurück und setzte eine ernste Miene auf. »Darüber wüsste ich gern mehr. Das ist sehr beunruhigend. So etwas sollte gar nicht möglich sein. Offensichtlich muss ich dringend mit den Leitern meiner Sicherheitsabteilung und des Lagers sprechen. Dafür bin ich Ihnen etwas schuldig.«

»Nein, wir haben einfach unseren Job gemacht. Doch jetzt zu einer anderen Sache, die ich noch abhaken muss. Kennen Sie Sylvester Moriarity?«

»Sly? Der ist ein guter Freund von mir. Warum?«

»Nur so. War er auch auf dieser Dinnerparty?«

»Nein. Er ist nur flüchtig mit dem Gastgeber bekannt, und wir waren eine ziemlich kleine Gruppe.«

»Gut. Danke für den Kaffee und dass Sie uns Ihre Zeit geopfert haben.« Sie stand auf und lächelte, als er sich ebenfalls erhob. »Oh, noch eine letzte Frage. Können Sie mir sagen, wo Sie gestern Abend waren?«

»Ja. Gegen fünf habe ich einen Freund auf einen Drink getroffen und dann bin ich heimgefahren. Ich wollte endlich wieder einmal einen ruhigen Abend haben, und vor allem wollte ich das Buch zu Ende lesen. Das über den Fall Icove. Weil der wirklich faszinierend ist.«

»Dann hatten Sie also keinen Besuch?«

»Nein.«

»Und haben auch mit niemandem geredet?«

»Nein. Es war einer dieser Abende, an denen ich mal ganz für mich sein wollte. Aber warum interessiert Sie das?«

»Ich bin einfach neugierig. Sicher eine Berufskrankheit. Nochmals vielen Dank.«

»Es war mir ein Vergnügen, dass Sie beide hier erschienen sind. Ich bringe Sie noch bis ins Vorzimmer, damit Marissa Ihnen die Informationen, die Sie brauchen, gibt. Ich hoffe doch, dass wir uns bald einmal außerhalb der Arbeit wiedersehen.«

Marissa war mit den Informationen derart schnell zur Hand, als hätte sie sie sich bereits vorher zurechtgelegt, doch als sie in den Fahrstuhl stiegen und Peabody etwas sagen wollte, schüttelte Eve kurz den Kopf.

»Der Kaffee war wirklich gut.«

»Ah, ja.«

»Es ist sehr hilfreich, wenn jemand derart bereitwillig mit uns zusammenarbeitet.« Eve lehnte sich lässig an die Wand des Lifts. »Erspart einem jede Menge Zeit. Ich will noch den Fahrer und die Dinnerparty überprüfen, dann können wir die Sache abhaken. Denn wir müssen schließlich allen Spuren nachgehen, obwohl offensichtlich ist, dass er weder die

Limousine gebucht noch Houston ermordet hat. Also …
was haben Sie und McNab heute Abend vor?«

Vor lauter Überraschung klappte ihrer Partnerin die Kinnlade herunter. »Tja, nun, wir dachten, wir könnten endlich wieder mal ins Kino gehen, falls wir keine Überstunden machen müssen.«

»Danach sieht es im Augenblick nicht aus.«

Sie marschierten durch die Eingangshalle bis nach draußen, aber erst, als sie in ihrem Wagen saßen, öffnete Eve abermals den Mund.

»Dieser aalglatte Schweinehund.«

»Ja, das wollte ich vorhin schon …«

»Falls dieser Lift nicht abgehört wird, habe ich ein heimliches Verhältnis mit dem blöden Summerset.«

»Sie … oh. Verdammt, Sie haben recht.«

»Vielleicht wird selbst die Eingangshalle überwacht.«

»Dann hat Sie also gar nicht wirklich interessiert, was McNab und ich nach Feierabend machen wollen?«

»Weshalb sollte mich das interessieren? Dieser Typ ist echt aalglatt«, wiederholte Eve.

»Das ist er, aber trotzdem hat er Houston nicht ermordet. Wobei er kein Alibi für den Schuhabend hat.«

Eve lachte schnaubend auf. »Schuhabend. Das ist gut. Genau, und außerdem ist er genauso groß und ein bisschen kräftiger als Urich. Und was sagt uns das?«

»Dass das die Verbindung zwischen beiden Unternehmen ist. Der aalglatte Winnie und der gute Sly. Die offenkundig besonders gute Kumpel sind.«

»Was sogar eine ganz ausgezeichnete Verbindung zwischen beiden Läden ist. Und was haben wir noch?«

»Keine Ahnung. Was?«

»Wer war nicht auf dieser tollen Dinnerparty, während Jamal Houston einen Bolzen ins Genick bekommen hat?«

»Sylvester Moriarity? Sie denken ... wie bei diesem Fall vor einer Weile? Als die beiden Frauen jeweils den Ehemann der anderen ermordet haben? Aber warum hätten sie das machen sollen?«

»Keine Ahnung. Aber es ist eine interessante Spur. Finden Sie heraus, wo Sly jetzt gerade steckt. Wollen wir doch mal sehen, ob der genauso glatt wie Winnie ist.«

11

Während das Ambiente in dem Pharmaunternehmen eher modern und kühl gewesen war, hatte die Familie Moriarity anscheinend eine Vorliebe für Prunk. Weshalb man in der Chefetage ihres Unternehmens jede Menge goldener Farbe, Rundungen und Schnörkel sah.

Ein Anruf bei Intelicore hatte den Weg geebnet, deshalb wurden Eve und Peabody nach ihrer Ankunft auf direktem Weg ins Allerheiligste geführt.

Das Büro von Moriarity dem Dritten war wie das des vierten Dudley in den oberen Regionen seines Firmensitzes angesiedelt, direkt unter den Privaträumen des Mannes, die durch eine breite Marmortreppe mit dem Arbeitsraum verbunden waren.

Da die beiden Frauen noch etwas warten mussten, bis Sylvester aus einer Besprechung käme, brachte eine Sekretärin eine Silberkanne voller dampfenden Kaffees und ließ sie dann allein.

Eve sah sich in den Räumlichkeiten um. Sie zeugten von erlesenem Geschmack und einem Hang zum Luxus, den auch Roarke mitunter zeigte. Wenn auch eher daheim als im Büro. Vor drei bodentiefen, sichtgeschützten Fenstern hielt der Chef des Unternehmens hinter einem großen, handgeschnitzten Schreibtisch Hof, auf dem Eve neben dem gewohnten Kommunikations- und Datenzentrum eine Reihe Urlaubssouvenirs, eine antike Uhr und eine handbemalte Holzschatulle stehen sah.

Der Boden war mit dicken, handgeknüpften Teppichen belegt, die Tische mit den leicht geschwungenen Beinen waren mit bunten Glaslampen geschmückt und an den Wänden hingen Gemälde, die sicher unbezahlbar waren.

Als der Firmenboss endlich erschien, verströmte er eine Aura von Geschäftigkeit. Er bewegte sich mit schnellen Schritten durch den Raum, und der Anzug, den er trug, sah wie der eines erfolgreichen Geschäftsmanns aus. Er hatte eine sportliche Figur, das kantige Gesicht mit dem eher schmalen Mund war angenehm gebräunt, die von der Sonne ausgebleichten Haare waren leicht zerzaust, und die Augen leuchteten in einem dunklen Grün.

Er schüttelte Eve kurz die Hand und nickte Peabody knapp zu.

»Es tut mir leid, dass ich Sie habe warten lassen. Doch wegen des Zwischenfalls von letzter Nacht hatte ich eine Besprechung mit dem Leiter unserer Sicherheitsabteilung anberaumt. Ich hoffe, Sie können mir sagen, was genau geschehen ist.«

»Obwohl die Ermittlungen im Mordfall Crampton noch nicht abgeschlossen sind, deutet bisher alles darauf hin, dass der Verantwortliche für die Tat die Identität und die

Kreditkarte von Foster Urich missbräuchlich verwendet hat.«

»Dann ist er also nicht verdächtig.«

»Wir gehen davon aus, dass Mr Urich letzte Nacht zu Hause war. Und zwar in Gesellschaft einer Freundin.«

Moriarity der Dritte nickte. »Wenn er sagt, dass er zu Hause war, dann war er auch zu Hause. Er ist ein geschätzter Mitarbeiter unseres Konzerns, und ich verbürge mich für seine Ehrlichkeit.«

»Fürs Protokoll – wo waren Sie gestern Abend zwischen neun und eins?«

Er verzog den schmalen Mund. »Ich wüsste nicht, weshalb das für Sie von Interesse wäre.«

»Das gehört ganz einfach zur Routine«, antwortete Eve. »Die Identität und Firmenkreditkarte eines Ihrer Angestellten wurden in Zusammenhang mit diesem Mord benutzt. Und Sie sind der Chef des Unternehmens, oder nicht?«

»Meine Position dürfte wohl kaum ...« Er unterbrach sich und hob kurz die Hand. »Egal. Ich habe eine Loge in der Oper, und ich hatte ein paar Freunde eingeladen, sich dort eine Vorstellung mit mir zusammen anzusehen. Erst waren wir noch auf ein paar Cocktails im Shizar, dann sind wir die beiden Blocks zur Met gelaufen, und im Anschluss an die Vorstellung waren wir noch zu einem späten Abendessen im Carmella. Weshalb wir von circa halb sieben bis kurz nach eins zusammen waren.«

»Es wäre hilfreich, wenn Sie uns die Namen Ihrer Gäste nennen könnten.«

Er durchbohrte sie mit seinem Blick. »Es ist schon schwer genug für mich, dass es eine Verbindung zwischen diesem Mord und meinem Unternehmen gibt. Und jetzt wollen Sie auch noch meine Freunde kontaktieren, um zu überprüfen, ob ich Sie vielleicht angelogen habe? Das ist beleidigend.«

»Es ist nun einmal so, dass man bei den Ermittlungen zu einem Mordfall keine Rücksicht nehmen kann.«

Sein Wangenmuskel zuckte, während er einen Terminkalender aus der Tasche zog. »Ihr Ton gefällt mir nicht, Lieutenant.«

»Das höre ich des Öfteren.«

»Davon bin ich überzeugt.« Er ratterte eine Reihe Namen und Kontaktdaten herunter, und Eves Partnerin tippte diese Informationen eilig in ihr Notebook ein.

»Danke. Haben Sie eine Idee, wie jemand an Urichs Daten kommen konnte?«

»Ich komme gerade aus einer Besprechung zu dem Thema, bei der ich angeordnet habe, diesen Sachverhalt umfänglich zu untersuchen.«

»Dann gehen Sie also davon aus, dass der Datendiebstahl innerhalb des Unternehmens stattgefunden hat.«

Er atmete vernehmlich durch die Nase ein und wieder aus. »Wenn der Dieb von außerhalb gekommen wäre, wäre die Security, die ein Herzstück unseres Hauses ist, extrem mangelhaft. Und wenn er aus dem Unternehmen käme, wiese unser Angestellten-Screening irgendwelche Defizite auf. Was eine ebensolche Katastrophe für uns wäre, da wir schließlich in der Screening-Branche tätig sind. Deshalb ist eine interne Untersuchung dieses Vorgangs unerlässlich.«

»Ich hoffe, dass Sie uns darüber informieren werden, falls die Untersuchung irgendwas ergibt.«

»Keine Angst, Lieutenant, wenn wir rausfinden, wie dieser Datenklau vonstattenging und wer dahintersteckt, bekommen Sie auf jeden Fall von uns Bescheid. Denn ich werde nicht zulassen, dass Intelicore durch diese Sache in Verruf gerät. Und jetzt habe ich noch eine Besprechung, dieses Mal mit der PR-Abteilung. Schließlich hat diese Geschichte eine regelrechte Medienkrise für uns ausgelöst. Wenn das also zunächst alles wäre ...«

»Danke, dass Sie sich die Zeit für das Gespräch genommen haben. Vielleicht könnten Sie uns nur noch sagen, wo Sie vorgestern von 19 Uhr bis Mitternacht gewesen sind.«

»Das ist eine Unverschämtheit«, schnaubte er erbost.

»Das mag Ihnen so vorkommen, aber es wäre trotzdem für Sie selbst und für Ihr Unternehmen vorteilhaft, wenn Sie zu Protokoll gäben, wo Sie zu dieser Zeit gewesen sind.«

»Auch wenn Sie das bestimmt nichts angeht, bin ich an dem Abend direkt von der Arbeit heimgefahren. Ich hatte Kopfschmerzen, habe etwas dagegen eingenommen und lag früh im Bett. Werde ich deswegen jetzt verhaftet?«

»Heute nicht«, gab Eve genauso kalt zurück. »Ich bitte um Verzeihung für das Ungemach, das wir Ihnen bereitet haben, aber eine unserer Leichen hat eine Verbindung zu Ihrem Konzern, und wir sind es ihr schuldig, allen Spuren nachzugehen. Nochmals danke, dass Sie Ihre Zeit geopfert haben. Peabody, wir gehen.«

Im Fahrstuhl auf dem Weg nach unten stellte ihre Partnerin mit rauer Stimme fest: »Ich nehme an, es ist verständlich, dass er momentan etwas neben der Kappe ist, aber schließlich machen wir auch nur unseren Job.«

»Meinetwegen kann er ruhig ein Arschloch sein, solange er mir Antworten auf meine Fragen gibt«, gab Eve gleichmütig zurück. »Überprüfen Sie sein Alibi, damit wir ihn streichen können.«

»Zu Befehl, Ma'am. Also … was haben Sie selbst und Roarke nachher noch vor?«

Eve zog eine Braue hoch. »Ich glaube, nichts. Ich werde wahrscheinlich noch eine ganze Weile arbeiten. Und den elektronischen Ermittlern etwas Dampf unter den Hintern machen. Weil wir irgendwo da draußen einen Hacker haben, dem es Riesenspaß macht, Leute umzubringen. Deshalb müssen sie schleunigst herausfinden, wo dieser Hacker sitzt.«

Als sie wieder im Wagen saßen, meinte Peabody: »Vielleicht hat er zugehört. Dann war er ganz bestimmt nicht froh zu hören, dass er Ihrer Meinung nach ein Arschloch ist.«

»Oh, er hat auf alle Fälle zugehört, und von dem Arschloch war er ganz bestimmt nicht überrascht. Weil er sich mit voller Absicht wie ein Kotzbrocken verhalten hat. Dudley spielt den Schwerenöter, und der Kerl hier mimt den bösen Max.«

»Sie denken, das war nur gespielt?«

»Zumindest teilweise.« Sie trommelte beim Fahren mit den Fingern auf das Lenkrad und dachte laut nach: »Was hat es für einen Sinn, wenn die beiden gemeinsam hinter dieser Sache stecken? Was bezwecken sie damit? Ich sage Ihnen, diese Typen schaufeln sich mit ihrer Cleverness am Ende selbst ihr Grab. Jeder von den beiden hat ein wasserdichtes Alibi für einen Abend, während er am anderen allein zu Hause war. Und zwar haben sie jeweils dann kein Alibi, wenn das andere Unternehmen in die Tat verwickelt war. Aber warum? Was steckt dahinter?«

»Was ist, wenn es doch kein Zufall war, dass Houston in der Nacht gefahren ist? Es sieht nach einem Zufall aus, aber was ist, wenn der Killer wusste oder wenigstens darauf gehofft hat, dass Houston ihn fährt?«

»So fühlt es sich nicht an, aber okay.« Die beiden Partner hatten angeblich gelost, aber selbst eine Fifty-fifty-Chance war alles andere als schlecht. »Reden Sie weiter.«

»Vielleicht hatte Houston früher einmal etwas mit einem von den beiden zu tun. Vielleicht damals, als sein Leben problematischer verlief. Oder vielleicht auch in letzter Zeit. Weil er etwas gehört oder gesehen hat, was er nicht hätte hören oder sehen sollen. Er war Chauffeur und hat möglicherweise etwas von irgendwelchen nicht ganz sauberen Geschäften mitgekriegt. Was auch immer. Und bei Crampton ging es vielleicht schlicht um Eifersucht oder nicht erwiderte Leidenschaft.«

»Keiner von den beiden Namen ist bisher auf ihrer Kundenliste aufgetaucht.«

»Wenn die beiden wirklich hinter diesen Morden stecken, haben sie sicher vorgesorgt. Wenn es so ist, haben sie bereits gezeigt, dass sie erfolgreich in die Haut von irgendwelchen anderen Leuten schlüpfen können. Vielleicht haben sie das auch vorher schon getan. Okay, das ist ziemlich weit hergeholt«, gab Peabody unglücklich zu. »Aber warum sonst bringen zwei superreiche Typen ohne Vorstrafen auf einmal zwei völlig fremde Menschen um?«

Das war eine wirklich gute Frage, dachte Eve. »Vielleicht, weil sie sich langweilen.«

»Meine Güte, Dallas«, keuchte Peabody entsetzt.

Eve drehte den Kopf und sah, dass auch die Miene ihrer Partnerin völlig entgeistert war. »Sie sind bereits seit einer ganzen Weile bei der Polizei und seit zwei Jahren in meinem Dezernat. Und trotzdem haben Sie noch immer nicht kapiert, wie krank die Menschen sind?«

»Langeweile als Motiv ist mehr als krank. Ich könnte gerade noch verstehen, wenn es ihnen teilweise um den Kick gegangen wäre. Aber außerdem muss da noch irgendetwas anderes sein. Profitgier, Rache, Eifersucht.«

»Denken Sie noch mal genau darüber nach«, bat Eve. »Vielleicht stimmt ja, was Sie sagen, und es gibt ein greifbares Motiv. Irgendeine Verbindung zwischen dem oder den Killern und den Opfern, die uns bisher noch nicht aufgefallen ist. Dann sehen Sie zu, dass Sie sie finden. Denn wenn Sie das tun, ergibt die ganze Sache vielleicht plötzlich doch einen Sinn. Und wenn Sie nichts entdecken, können wir uns ganz auf andere Dinge konzentrieren. Wir kämen also auf jeden Fall ein Stück voran.«

»Dann soll ich also selbst die Richtung der Ermittlungen bestimmen?«

»Ganz genau. Gehen Sie der Sache nach, entweder auf dem Revier oder von zu Hause aus. Und bevor Ihr Hirn nur noch ein undefinierbarer Brei ist, hauen Sie sich kurz aufs Ohr.«

»Machen Sie das auch?«

»Ich werde versuchen, Mira noch einmal zu erwischen, weil ich sie noch ein paar Sachen fragen muss, und dann muss ich zu Whitney, denn er wartet sicher schon auf den Bericht. Aber danach werde ich wahrscheinlich auch nach Hause fahren.«

Sie trennten sich auf dem Revier, auf dem Weg zu Mira meldete sich Eve im Vorzimmer ihres Commanders und erbat einen Termin für ihren mündlichen Bericht. Dann straffte sie die Schultern, um dem Drachen, der im Vorzimmer der Psychologin Wache hielt, die Stirn zu bieten, traf jedoch stattdessen eine junge, gut gelaunte Frau hinter dem Schreibtisch an.

»Wer sind Sie?«, fragte sie verblüfft.

»Ich bin Macy. Dr. Miras Sekretärin ist heute nicht da. Was kann ich für Sie tun?«

»Ich müsste kurz mit Dr. Mira sprechen.«

»Lassen Sie mich sehen, was ich machen kann. Wen, haben Sie gesagt, soll ich ihr melden?«

»Lieutenant Dallas.«

»Oh!« Sie machte einen kleinen Satz und klatschte so begeistert in die Hände, als hätte sie bei einer Lotterie den Hauptgewinn erzielt. »Ich weiß, wer Sie sind! Ich habe das Buch von Nadine Furst gelesen. Wahnsinn!«

Eve wollte gewohnheitsmäßig widersprechen, überlegte es sich aber plötzlich anders und sah Macy lächelnd an. »Vielen Dank. Wobei mir Dr. Mira auch in dem Fall eine unglaubliche Hilfe war. Und jetzt sitze ich wieder mal an einem wirklich heißen Fall. Deshalb wäre es echt wichtig, dass ich mit ihr sprechen kann.«

»Einen Augenblick!«, juchzte die junge Frau und wandte sich bereits der Gegensprechanlage zu. »Dr. Mira, Lieutenant Dallas würde gerne kurz mit Ihnen reden, falls das möglich wäre. Selbstverständlich, ja, Ma'am.« Und strahlend sagte sie zu Eve: »Gehen Sie einfach zu ihr rein.«

»Danke. Ah … wie lange bleiben Sie noch hier?«

»Oh, nur noch zwei Tage. Dabei wünschte ich, es wäre länger. Denn die Arbeit macht mir wirklich einen Heidenspaß.«

»Aha.«

Als die Psychologin sich von ihrem Schreibtischstuhl erheben wollte, wehrte Eve entschieden ab: »Nein, bleiben Sie sitzen. Ich bin sofort wieder weg. Könnten es auch zwei gewesen sein?«

»Entschuldigung?«

»Nein, ich bitte um Entschuldigung. Mein Mund war einfach schneller als mein Hirn. Meine beiden Fälle, meine beiden Morde. Könnten es auch zwei Killer gewesen sein?«

Mira runzelte die Stirn. »So, wie die Taten abgelaufen sind, gehe ich sicher davon aus, dass es eine Verbindung zwischen diesen beiden Morden gibt.«

»Die gibt es auf jeden Fall, aber könnten es auch zwei Mörder gewesen sein, die zusammenarbeiten?«

»Das ist eine interessante Theorie. Obwohl es große Ähnlichkeit zwischen den Elementen und auch bei der Durchführung der beiden Taten gibt.«

»Genau das könnte Absicht sein. Täter Nummer eins ist durch einen seiner Angestellten in die Sache involviert, hat aber ein wasserdichtes Alibi, weil Nummer zwei die erste Tat begeht. Dann wiederholt man das Verfahren mit vertauschten Rollen.«

»Im Rahmen einer Art von Partnerschaft.«

»Vielleicht war es auch ein Geschäft. Das kann ich noch nicht sicher sagen, aber was ich sicher weiß, ist, dass es bei Dudley und bei Moriarity bei mir geklingelt hat. Sie sind vom Typ her grundverschieden.« Während Mira weiter hinter ihrem Schreibtisch saß, stapfte Eve durch ihr hübsches Büro. »Zumindest haben sie verschiedene Typen rausgekehrt, als ich vorhin bei ihnen war. Obwohl sie sich im Grunde ziemlich ähnlich sind. Reich, privilegiert, in beiden Fällen sind der Wohlstand und die Positionen, die sie in zwei großen, alten Unternehmen haben, nicht erarbeitet, sondern ererbt. Und sie sind befreundet.«

»Ach.«

»Oh ja. Das hat Dudley mir bestätigt. Sie sind Freunde,

aber keiner von den beiden hat auch nur mit einem Wort erwähnt, dass sie darüber gesprochen haben, dass die jeweiligen Unternehmen plötzlich auf dieselbe Art in Mordfälle verwickelt sind. Was unter Freunden ja wohl vollkommen normal wäre, oder etwa nicht? Beide haben wasserdichte Alibis für den Mord, mit dem ihr eigenes Unternehmen in Verbindung steht, und waren in der jeweils anderen Tatnacht angeblich allein daheim.«

»Das heißt, dass sie ihr Vorgehen spiegeln«, stellte Mira mit gespitzten Lippen fest. »Allerdings vielleicht sogar zu gut, denn sonst hätten Sie bestimmt keinen Verdacht geschöpft.«

»Selbst die Alibis sind praktisch identisch. Beide waren jeweils den ganzen Abend über mit Freunden zusammen. Dabei wäre es erheblich cleverer gewesen, hätte einer von den beiden eine Frau zu Gast, einen Geschäftstermin oder etwas anderes gehabt. Aber sie haben dasselbe Muster gewählt. Und sie sind entsetzlich selbstgefällig. Was ich auf den Tod nicht leiden kann.« Schulterzuckend hakte sie das Thema ab. »Ich bin auf dem Weg zu Whitney, und bevor ich mit ihm spreche, wollte ich kurz hören, wie Sie diese Sache sehen.«

»Ihre Theorie ist nicht vollkommen abwegig. Aber wenn es tatsächlich so wäre, müssten diese beiden Männer sehr großes Vertrauen zueinander haben oder vielleicht sogar abhängig vom jeweils anderen sein. Denn wenn einer von den beiden es sich anders überlegt, versagt oder die Partnerschaft auf irgendeine andere Art gekündigt hätte, hätte auch der andere die Konsequenzen tragen müssen. Die bei einem Mord durchaus erheblich sind.«

»Okay. Ich werde gucken, wie eng die Beziehung zwischen ihnen ist. Vielen Dank fürs Zuhören.«

»Wenn Sie recht haben, könnte die Serie abgeschlossen sein. Denn dann hätte jeder seinen Part gespielt.«

»Nein.« Denn dafür hatten Dudleys Augen viel zu sehr geblitzt und die von Moriarity zu kalt geglänzt. »Nein, sie ist nicht abgeschlossen. Denn sie denken, dass sie ihre Sache viel zu gut machen, um jetzt schon wieder aufzuhören.«

Auf dem Weg zu Whitney musste Eve sich eingestehen, dass das leise Pochen hinter ihren Augen eine Folge der Erschöpfung sowie allzu vieler Tassen Kaffee war. Peabody war nicht die Einzige, die eine kurze Ruhepause brauchte.

Trotzdem trat sie auf das Gleitband, fuhr ins nächste Stockwerk und bog, ohne auf das leise Schluchzen hinter sich zu hören, auf das nächste Gleitband ab. Denn Weinen, Fluchen, Jammern, Brüllen waren die normalen Hintergrundgeräusche eines Polizeireviers. Eine Bewegung aber nahm sie aus dem Augenwinkel wahr. Der Mann direkt vor ihr zog die Hand aus seiner Tasche, und sie sah die zornblitzenden Augen, die gebleckten Zähne, das vor Wut verzogene Gesicht.

Legte eine Hand an ihre Waffe, trat ihm in den Weg.

Doch bevor sie ihre Waffe zücken konnte, hieb er bereits auf sie ein. Sie verspürte einen Stich, als die Spitze seines Messers ihren Unterarm zerschnitt. Hörte, wie das leise Schluchzen in gellende Schreie überging.

Sie sagte: »Scheiße«, zerrte ihren Stunner aus dem Schulterhalfter und trat ihrem Gegenüber kraftvoll in die Kronjuwelen. »Du verdammter Hurensohn.«

Da der Kerl sich würgend auf dem Boden wälzte, blieb ihr eine Antwort des Widerlings erspart.

»Lieutenant. Meine Güte, Lieutenant, er hat Sie erwischt.«

»Ich weiß. Denn schließlich *blute* ich. Warum schreit die Frau da so?« Eve ging in die Hocke, stützte sich mit einem Knie auf ihrem Widersacher ab und legte ihm Handschellen an. »Schließlich blute *ich*.«

»Er wollte gerade auf die Frau losgehen, als Sie ihm urplötzlich in die Quere kamen. Ich bin übrigens Detective Mason«, stellte der Kollege sich ihr vor. »Abteilung Opferschutz. Das Arschloch auf dem Boden ist ihr Ex. Er hat sie letzte Nacht besucht, windelweich geprügelt, vergewaltigt und gedroht, er würde ihr das Herz rausschneiden, wenn sie ihn noch einmal verlässt. Als er losgezogen ist, um etwas zu trinken, hat sie sich so schnell wie möglich aus dem Staub gemacht. Aber offensichtlich ist er ihr hierher gefolgt.«

»Wie zum Teufel ist der Kerl mit einem Messer hier hereingekommen?«

Mason hob die Waffe vorsichtig vom Boden auf.

»Himmel, das ist eins der Plastikdinger, die es in der Kantine gibt. Er hat es offenbar mit irgendetwas angespitzt. Anscheinend hat er schon seit Längerem hier herumgesessen und darauf gewartet, dass sie kommt. Mitten auf dem Hauptrevier. Der Kerl muss völlig irre sein.«

»Schaffen Sie das Schwein in eine Zelle. Schließlich hat er eine Polizeibeamtin mit einer tödlichen Waffe attackiert.« Sie schob ihr Gesicht so dicht wie möglich vor die elende Visage dieses Kerls. »Dafür kannst du lebenslänglich kriegen, Arschloch. Nimmt man noch die anderen Straftaten dazu, bist du erledigt. Was mehr als gerecht ist, weil ich mir jetzt schließlich eine neue Jacke kaufen kann.«

»Sie müssen den Arm behandeln lassen, Ma'am.«

»Blödsinn.« Eve warf einen Blick auf den zerrissenen, blutverschmierten Ärmel ihrer Jacke, stapfte kurzerhand ins Bad, riss den kaputten Ärmel ab, machte sich einen provisorischen Verband und warf mit einigem Bedauern die kläglichen Überreste ihrer praktischen, bequemen Jacke in den Müll.

Das Pochen hinter ihren Augen wurde durch das gleichmäßige Pochen ihrer Armverletzung noch verstärkt. Nach Hause, dachte sie. Gleich nach dem Gespräch mit dem Commander würde sie nach Hause fahren, duschen und sich in die Falle legen. Denn zwei Stunden Schlaf wären jetzt genau das Richtige für sie.

Zwei Stunden Schlaf in ihrem eigenen Bett.

Whitney thronte hinter seinem Schreibtisch, und als sie den Raum betrat, hob er die Hand, um ihr zu zeigen, dass er noch beschäftigt war. Also wartete sie schweigend ab, während er einen Bericht zu Ende las, und betrachtete den Werbeflieger, der hinter dem Fenster durch den Himmel rumpelte, die beiden Shuttle-Flieger, die sich kreuzten, und die Hochbahn, in der eine Horde staunender Touristen saß.

Schließlich klopfte der Commander mit dem Zeigefinger seiner Pranke auf den Monitor und sah sie durchdringend aus seinen dunklen Augen an.

»Woher kommt diese Verletzung?«

»Das ist nur ein Kratzer.«

»Ich habe gefragt, woher diese Verletzung stammt.«

»Sir. Im zehnten Stock hat so ein Irrer seiner Exfrau aufgelauert, die sich vor ihm aufs Revier geflüchtet hatte, nachdem sie von ihm geschlagen worden war. Offenbar war er in der Kantine, hat dort eins der Plastikmesser mitgehen lassen und es angespitzt. Ich war zufällig im Weg. Ein Detective Mason kümmert sich jetzt um den Kerl.«

»Das ist kein richtiger Verband.«

»Den besorge ich mir noch. Aber ich war gerade auf dem Weg hierher, deshalb …«

Abermals hob er die Hand, drückte auf den Knopf der Gegensprechanlage und rief seine Sekretärin an. »Schicken Sie einen Sanitäter für den Lieutenant. Sie hat eine Schnittwunde am linken Unterarm.«

»Ich brauche wirklich kei…«

»Erstatten Sie Bericht.«

Verdammt.

Sie zählte die Fakten, die von ihnen unternommenen Schritte und verschiedenen Spuren auf.

»Bisher haben Sie noch keinerlei Verbindung zwischen beiden Opfern festgestellt.«

»Nein, Sir, bisher ist die einzige Gemeinsamkeit, dass der Mörder beide Male praktisch auf dieselbe Weise vorgegangen ist.«

»Und Sie glauben, beide Opfer wurden von demselben Individuum umgebracht.«

»Detective Peabody und ich waren bei Winston Dudley und Sylvester Moriarity. Die Gespräche haben uns auf eine neue Spur geführt. Ich habe mit Dr. Mira diskutiert …«

Als es klopfte, brach sie ab, und Whitney sagte knapp: »Herein.«

Es war der Sanitäter und mit einem misstrauischen Blick in seine Richtung meinte Eve: »Commander, wenn ich vielleicht erst meinen Bericht abschließen …«

»Setzen Sie sich hin. Reden Sie einfach weiter, während er nach Ihrer Wunde sieht.«

»Carver, Ma'am«, stellte sich der Sanitäter fröhlich vor. »Na, dann sehen wir uns die Sache doch mal an.«

Der Gedanke, dass der Sanitäter auch noch Carver, also Schnitzer hieß, sagte ihr ganz und gar nicht zu, aber sie befolgte den Befehl des Vorgesetzten und nahm widerstrebend Platz

»Kein schlechter provisorischer Verband«, stellte der Sanitäter anerkennend fest. »Aber der Schnitt sieht wirklich hässlich aus. Am besten machen wir ihn zu.«

Sie schluckte die sarkastische Bemerkung, die ihr auf der Zunge lag, herunter und ließ zu, dass Carver ihre Wunde reinigte, obwohl sie doch – verdammt noch mal – schon von ihr selbst gereinigt worden war.

»Es gibt eine Verbindung zwischen diesen beiden Männern«, fuhr sie fort. »Sie sind Freunde, stehen gesellschaftlich auf einer Stufe, leiten beide große Unternehmen und haben die jeweiligen Positionen dort geerbt. Jeder von den beiden hat ein … Shit.«

Sie zuckte leicht zusammen und funkelte Carver zornig an, weil sie einfach allergisch gegen Spritzen war.

»Das sticht immer ein bisschen«, gab er unbekümmert zu. »Aber lieber ein kurzer Piks als eine Infektion.«

»Jeder von den beiden«, stieß sie zähneknirschend aus, »hat ein wasserdichtes Alibi für die Nacht, in der die Identität von einem seiner Angestellten vom Killer verwendet worden ist. Und keiner von den zweien hat ein Alibi für die jeweils andere Nacht.«

»Sie denken, dass die beiden zusammenarbeiten? Aber weswegen sollten sie das tun?«

»Vielleicht stoßen wir auf ein Motiv, wenn wir die Ermittlungen aus einer anderen Perspektive angehen und gucken, ob es irgendwo eine persönliche oder berufliche Verbindung zwischen unseren Opfern und dem jeweils anderen Unternehmen oder Unternehmensleiter gibt. Oder vielleicht ist es so, wie es auf den ersten Blick erscheint, und es ging den beiden einfach um den Kick.«

Sie bemühte sich, das Surren des Klebestifts und das leichte Ziehen ihrer Haut zu ignorieren, indem sie sich auf den Fall konzentrierte.

»Allmählich wird ein Muster sichtbar«, fuhr sie fort. »Die Opfer stehen für Reichtum, eine gewisse Position im Leben, Überfluss, beide wurden praktisch in aller Öffentlichkeit mit ungewöhnlichen, irgendwie prätentiösen Waffen umgebracht, und in beiden Fällen hat der Täter die Identität von jemandem benutzt, der bei einem von den beiden Unternehmen tätig ist. Natürlich könnte sich jemand von außen diese Daten angeeignet haben, aber meiner Meinung nach muss es in beiden Fällen jemand aus der Firma selbst gewesen sein.«

»Und Miras Profil?«

»Beschreibt die beiden haargenau. Während der Gespräche haben sie mir beide etwas vorgespielt. Hatten, wie es aussieht, sorgfältig geprobt, wobei jeder von den beiden eine ganz bestimmte Rolle übernommen hat. Sie sind arrogant und selbstgefällig und genießen es, im Mittelpunkt unserer Ermittlungen zu stehen. Außerdem haben wir einen ersten handfesten Beweis. Eine Teilaufnahme von einer der Kameras auf Coney Island, die die elektronischen Ermittler so verbessern konnten, dass wir einerseits die Größe unseres Killer geschätzt und zum anderen rausgefunden haben, was für Schuhe er getragen hat. Slipper von Emilio Stefani ...«

Carver pfiff. »Die Dinger kosten ein Vermögen.«

»Da hat Carver recht«, erklärte Eve. »Drei Riesen, um

genau zu sein. Und im März hat Dudley sich ein Paar von diesen Schuhen in der passenden Farbe und Größe zugelegt. Außer diesem wurde nur noch ein weiteres Paar in der Farbe und Größe hier in New York gekauft. Dessen Käufer augenblicklich in Neuseeland ist und zum Zeitpunkt des Mordes dort an einem Filmset war. Weshalb nur Dudley in Frage kommt.«

»Das ist gut, aber einen Haftbefehl oder eine Verurteilung bekommen Sie damit nicht. Wenn Sie die Ermittlungen in dieser Richtung weiterführen wollen, brauchen wir noch mehr.«

»Ich werde noch mehr finden, Sir«, sagte Eve ihrem Commander zu.

»Fertig.« Carver richtete sich auf. »Wollen Sie noch ein Schmerzmittel?«

»Nein, ich will kein Schmerzmittel.«

»Wie Sie wollen, obwohl es ganz bestimmt noch eine Weile wehtun wird. Ich kann mir die Wunde gerne morgen noch einmal ansehen und den Verband wechseln. Dann klatsche ich auch gleich noch etwas frische Salbe drauf.«

»Nicht nötig. Mir geht's gut.« Erleichtert stand Eve auf.

»Danke, Carver.« Whitney lehnte sich auf seinem Stuhl zurück, während der Sanitäter grüßend die Hand an seine Schläfe legte und verschwand.

»Falls das Bajonett vom Militär verwendet worden ist und Sie einen ungefähren Zeitraum dafür haben, gucken Sie, ob nicht vielleicht ein Vorfahr eines der Verdächtigen gedient hat und mit dieser Waffe ausgerüstet worden ist. Und gehen Sie der Spur der Armbrust nach. Vielleicht hat ja einer von den beiden die Lizenz zum Armbrustschießen oder so.«

»Ich gehe davon aus, dass Moriarity damit geschossen

hat, und zwar ganz sicher nicht zum ersten Mal. Denn selbst auf die kurze Distanz musste er sichergehen, dass der erste Treffer sitzt. Beim zweiten Mord war es genauso. Denn der Täter hat der Frau das Bajonett direkt ins Herz gerammt, weshalb sie kaum geblutet hat. Sie haben sich also die Zeit genommen, sich die jeweilige Technik anzueignen, oder hatten diese Fähigkeit bereits.«

»Trotzdem brauche ich noch mehr«, wiederholte der Commander und warf einen vielsagenden Blick auf ihren Arm. »Und sehen Sie zu, dass Ihre Wunde schnell verheilt.«

»Ja, Sir. Danke, Sir.« Eve war klar, dass sie entlassen war, und sie marschierte aus dem Raum.

Auf dem Weg zurück in ihr Büro fing sie mit Hilfe ihres Handcomputers mit der Suche nach der Militär-Verbindung an. Warum hatte sie nicht schon viel eher daran gedacht? Vielleicht lag es daran, dass sie jetzt seit 40 Stunden auf den Beinen war. Aber selbst wenn das ein Grund war, war es ganz bestimmt keine Entschuldigung.

Wieder einmal war Schichtwechsel, als sie ihr Dezernat betrat, und Baxter stieß sich gerade matt von seinem Schreibtisch ab.

»Sie waren als Erster da und hauen als Letzter ab. Was haben Sie die ganze Zeit gemacht?«

»Haha. Ich habe gerade erst den Fall von heute Morgen abgeschlossen. Der Staatsanwalt hat sich auf Totschlag runterhandeln lassen, aber zumindest ist die Sache unter Dach und Fach. Der Bericht an Sie ist gerade rausgegangen.«

»Gut.«

»Den Jungen habe ich schon heimgeschickt. Er hat nämlich ein Date mit dieser süßen Braut aus dem Archiv. Aber wenn Sie Hilfe bei den beiden Morden brauchen, geben Sie einfach Bescheid.«

»Das mache ich.«

»Ich habe gehört, Sie haben etwas abgekriegt«, meinte er mit einem Blick auf ihren Arm.

»So was spricht sich offenkundig immer schnell herum.«

»Oh, und ich habe Ihnen die monatliche Beurteilung von Trueheart zugeschickt. Ich bin sicher, dass er mal ein ausgezeichneter Detective wird. Braucht vielleicht noch etwas Zeit, aber wenn es für Sie okay ist, werde ich ihm sagen, dass er schon mal für die Prüfung büffeln soll.«

»Das geht aber ganz schön schnell, Baxter.«

»Er ist ja auch ein schneller Bursche, außer wenn's um Frauen geht«, fügte er grinsend an. »Er hat gute Instinkte und denkt immer gründlich über alles nach. Außerdem bin ich sein Ausbilder. Wie kann er da versagen?«

»Ich sehe mir die Beurteilung an und denke drüber nach.«

»Er ist genau der Richtige für dieses Dezernat«, fügte Baxter noch hinzu, und Eve, die gerade hatte weitergehen wollen, blieb noch einmal stehen.

»Weil?«

»... er stets den Menschen sieht, wenn er ein Mordopfer betrachtet. Und es darf uns nie nur um den Fall, sondern muss uns auch oder vor allem immer um den Menschen gehen. Sie wissen, wie das ist. Genau das tut er, und zwar nicht nur, weil er noch etwas unerfahren ist. Er ist einfach so gepolt. Deshalb sage ich, dass er für diese Arbeit wie geschaffen ist, selbst wenn Sie vielleicht der Ansicht sind, dass er noch ein bisschen Zeit bis zu der Prüfung braucht.«

»Ich werde drüber nachdenken.«

Sie holte ein paar Sachen aus ihrem Büro und reihte sich dann in die Schlange all der anderen, die Feierabend hatten, ein.

Sie schaltete die Automatik ihres Wagens ein und ließ ihren Gedanken freien Lauf.

Aus Sicht vieler Beobachter wären Baxter und der junge Trueheart sicher ein eher seltsames Gespann. Der geschniegelte, oft forsche Detective und der scheue, gutmütige Anfänger.

Doch sie hatte gewusst, dass sich die beiden gut ergänzen würden, und den jungen Mann absichtlich dem Kollegen zugeteilt, der ihn abhärten und reifen lassen würde, gerade weil sie beide völlig unterschiedlich waren.

Genau das war auch passiert, nur hatte diese Partnerschaft auch Baxter gutgetan. Sie hatte ihn vielleicht nicht weich gemacht, aber geöffnet, dachte sie. Er war immer schon ein grundsolider Cop gewesen – clever, vorlaut, ehrgeizig und stets darauf bedacht, die Nummer eins zu sein.

Doch er hatte sich verändert, denn inzwischen sah er Trueheart, den er anfangs eher belächelt hatte, tatsächlich als Partner an.

Die beiden verstanden sich auch ohne Worte und vertrauten sich inzwischen blind. Schließlich musste man als Polizist darauf vertrauen können, dass der Partner, wenn es brenzlig wurde, auch zur Stelle war.

Genau dieses Vertrauen brauchte man auch, um partnerschaftlich Morde zu begehen. Musste sich vertrauen, sich kennen und verstehen, brauchte ein Ziel, das einen mit dem anderen verband.

Was war das für ein Ziel?

Und woher kamen das Vertrauen und das Verständnis,

die die beiden offenbar verbanden? Wie und wann hatten sie beschlossen, miteinander ins Geschäft des Tötens einzusteigen?

Freundschaft gab es in verschiedenen Formen, und es gab verschiedene Gründe, eine Freundschaft einzugehen. Aber eine dauerhafte Freundschaft funktionierte nur, wenn man den anderen wirklich mochte, wirklich brauchte oder wenn es ausreichend Gemeinsamkeiten gab.

Kurzerhand rief sie über das Autotelefon bei Mavis Freestone an.

»Dallas! Belle und ich haben gerade von dir gesprochen!«

Da Belle gerade einmal ein halbes Jahr alt war und kaum etwas anderes als »Ga!« und »Gaga!« sagte, dürfte das Gespräch recht kurz gewesen sein. Trotzdem sagte Eve: »Ach ja? Hör zu, ich ...«

»Ich habe ihr gerade all die Dinge aufgezählt, die sie einmal werden kann. Du weißt schon, Präsidentin oder Göttin, Sängerin wie Mommy, Designer wie Daddy, wirtschaftlicher Obermotz wie Roarke oder ein hammerharter Supercop wie du.«

»Aha. Ich wollte nur ... du hast doch nicht tatsächlich eine Krone auf?«

Mavis griff nach der mit Strass besetzten, goldenen Krone, die auf einem Berg von momentan grasgrünen Haaren saß. »Wir haben uns gerade verkleidet.«

»Du verkleidest dich doch jeden Tag.«

Mavis kicherte vergnügt. »Das ist einer der Vorteile, wenn man ein Mädchen ist. Oh! Oh! Sieh nur. Oh, das musst du einfach sehen!«

Eve blinzelte, als Mavis gut gelaunt ihr Handy schwenkte und sie für einen Augenblick nur Farben und verschwommene Formen sah. Bevor plötzlich ein pausbackiges, blondes Baby forsch in Richtung eines roten Stofftiers krabbelte. Ein Bär, ein Hund oder ein anderes Tier, das sie nicht kannte. Doch auf jeden Fall schoss Belle zielsicher darauf zu, schnappte sich das Tier, ließ sich auf ihren runden Hintern fallen und schob sich genüsslich eins der Stoffohren in den Mund.

»Ist das nicht echt der Hit?«, erkundigte sich Mavis. »Es ist geradezu unglaublich, wie schnell unsere Bellamia groß wird.«

»Himmel, Mavis. Fang jetzt bloß nicht an zu heulen.«

»Ich kann nichts dagegen tun. Jetzt kann sie schon krabbeln, und wenn sie was haben will, gibt sie erst Ruhe, wenn sie es bekommt. Beispielsweise heute Morgen ist sie einfach losgekrabbelt und hat ganz alleine ihre pinkfarbenen Sandalen mit den Sternchen ausgesucht.«

»Wahnsinn.« Vielleicht war es wirklich Wahnsinn – schließlich kannte sie sich alles andere als gut mit Babys aus. Und sie wusste ganz genau, dass die Basis ihrer Freundschaft mit der Mutter dieses Babys sicher nicht gemeinsame Interessen waren. Die einstige Trickbetrügerin und sie hatten auf den ersten Blick nicht einmal die winzigste Gemeinsamkeit. Was ihre Freundschaft zementierte, war wahrscheinlich eher, dass sie zwei völlig eigene Persönlichkeiten waren.

»Wo ist Leonardo?«

»Oh, der hatte gerade eine Anprobe. Und auf dem Weg nach Hause kauft er schnell noch ein paar leckere Sachen für uns ein.«

»Hatte er die Anprobe bei einer Stammkundin?«

»Äh, ja.« Mavis bückte sich und hob das Baby und das

rote Stofftier auf. »Carrie Grace, die Filmgöttin. Brauchst du ihn?«

»Nein. Aber ich habe gerade einen Fall …«

»Darauf wären wir nie gekommen, stimmt's, Bella?« Die Kleine stieß dasselbe Kichern wie die Mutter aus und schwenkte gut gelaunt das rote Stofftier an einem seiner vollgespuckten Ohren durch die Luft.

»Die Sache ist die. Irgendwer bringt Leute um, die exklusive Dienstleistungen irgendeiner Art erbringen. Und zwar immer die, die die jeweils Besten ihrer Branche sind.«

»Ich … oh. Oh! Wie mein Honigbär?«

»Ja, wie dein Honigbär, und auch wie du. Also tu mir bitte einen Gefallen und nimm keine Solotermine wahr, bis der Fall abgeschlossen ist. Das gilt auch für deinen Honigbären. Keine neuen Kunden oder Kundinnen, bis dieser Killer hinter Gittern sitzt.«

»Worauf du dich verlassen kannst. Weil unsere Bellamia schließlich ihre Mom und ihren Daddy braucht. Ich habe Ende nächster Woche einen Gig in London, und wir hatten sowieso schon überlegt, ob wir nicht noch eine kurze Juchz-Zeit dranhängen sollen.«

»Juchz-Zeit?«

»Zeit zum Juchzen. Zeit, um Spaß zu haben. Urlaub.«

»Tut das. Juchzt ein bisschen. Und gebt mir Bescheid, wenn ihr wieder zu Hause seid.«

»Verdammt, ich fange sofort an zu packen. Glaubst du wirklich, irgendwer könnte versuchen, uns was anzutun?«

»Wahrscheinlich nicht. Aber ich möchte jedes Risiko vermeiden.«

»Ah, ich liebe dich auch.«

»Und warum? Weswegen haben wir uns gern?«

»Weil wir die sind, die wir sind, und das für uns in Ordnung ist.«

Damit hatte sie den Nagel auf den Kopf getroffen, dachte Eve, als sie durch die Tore ihres Grundstücks fuhr.

Sie öffnete die Wagentür und die Hitze traf sie wie ein Schlag. Als sie sich mit einer Hand auf ihrer Tür abstützen musste, weil ihr plötzlich schwindlig wurde, gestand sie sich ein, dass sie sofort etwas schlafen musste. Weil sie sowieso für nichts mehr zu gebrauchen war. Sie atmete tief durch und betrat das herrlich kühle, stille Haus.

»Haben Sie sich wieder mal geprügelt?«, fragte Summerset. »Oder ist das jetzt modern?«

Da sie ihre Jacke weggeworfen hatte, war der strahlende Verband an ihrem Unterarm natürlich gut zu sehen. »Weder noch. Ich habe eine Wette verloren, und nachdem ich mir deshalb den Arm mit Ihrem Namen tätowieren lassen musste, habe ich das grauenhafte Bild mit meinem Taschenmesser wieder weggemacht.«

Ein bisschen lahm, sagte sie sich, als sie nach oben ging, doch etwas anderes hatte ihre Matsch-Birne einfach nicht mehr hervorgebracht. Sie brauchte nur zwei Stunden. Zwei Stunden, um ihre Batterien wieder aufzuladen, und dann nähmen ihre grauen Zellen die Arbeit wieder auf.

Ohne wenigstens ihr Waffenhalfter abzulegen, fiel sie bäuchlings auf das breite Bett. Und spürte kaum noch, wie der fette Kater sich auf ihren Hintern fallen ließ.

Als Roarke 40 Minuten später heimkam, meldete ihm Summerset: »Der Lieutenant hat einen Verband am linken Unterarm. Sieht aber eher harmlos aus.«

»Tja, nun.«

»Sie brauchen dringend Schlaf.«

»Das stimmt. Blockieren Sie in den nächsten beiden Stunden alle Telefone, ja? Außer, die Zentrale ruft sie wegen eines Notfalls an.«

»Das habe ich bereits getan.«

Als Roarke nach oben kam, lag sie noch immer bäuchlings quer auf ihrem breiten Bett. Was zeigte, wie erschöpft sie war.

Galahad, der immer noch auf ihrem Hintern thronte, sah ihn blinzelnd an.

»Ich löse dich jetzt ab, denn vielleicht hast du ja was anderes vor.« Roarke schälte sich aus seiner Anzugjacke, riss sich seinen Schlips vom Hals und zog erst sich die Schuhe und dann Eve die Stiefel aus. Ohne dass sie etwas davon mitbekam.

Genau wie am Morgen in ihrem Büro schob er sich neben sie, klappte die Augen zu und schlief auf der Stelle ein.

12

Sie war auf der Jagd. An ihrer Seite hing ein Bajonett, sie hatte eine Armbrust in den Händen und verfolgte ihre Beute durch luxuriös möblierte Räume, helles Licht und samtig weiche Schatten.

Der süße Blumenduft, der sie umgab, war derart intensiv, als atme sie die ganzen Blüten ein. Auf dem handgeschnitzten Schreibtisch, den sie in Moriaritys Büro gesehen hatte, zogen zwei Kapuzenmänner, deren nackte Oberkörper glänzten, eine laut schreiende Frau wie auf einer Streckbank auseinander.

»Ich kann dir nicht helfen«, sagte Eve. »Außerdem bist du sowieso nicht echt.«

Mitten im Schrei hielt die Frau inne und sah sie mit einem müden Lächeln an. »Wer und was ist schon echt?«

»Ich habe keine Zeit zum Philosophieren. Denn sie haben schon das nächste ausgewählt.«

»Das nächste was? Das nächste was?«

»Verzeihung«, sagte einer der Kapuzenmänner. »Sie unterbrechen das Programm.«

»Okay. Machen Sie weiter.«

Sie schlich weiter in den nächsten Raum und schwenkte die Armbrust erst nach rechts und dann nach links. Der dramatische Schwarz-Weiß-Effekt des Mobiliars wurde durch die leuchtend rote Pfütze auf dem Boden noch betont.

Eine Chauffeursmütze schwamm in der Lache frischen Bluts.

Zeichen, dachte sie. Sie hinterließen gerne Zeichen. Hielten sich für zu intelligent, zu unantastbar und zu reich, um je erwischt zu werden.

Sie stand mitten in dem Raum und sah sich suchend um.

Was fehlte hier? Was hatte sie übersehen?

Sie trat durch die nächste Tür in ihr Büro auf dem Revier, in dem die große, weiße Tafel mit den Bildern ihrer Opfer stand.

Hatte sie das Teil des Puzzles, das ihr fehlte, vielleicht schon an dieser Tafel angebracht?

Limousinenchauffeur, Armbrust, Flughafen.

Gesellschafterin, Bajonett, Vergnügungspark.

Wer, was, wo.

Aber warum?

Sie schob sich durch die Tür und wandte sich ihrer Abteilung zu.

Doch dort waren keine Cops und keine Schreibtische, und es roch auch nicht nach abgestandenem Kaffee. Plötzlich war dort ein exklusiver Herrenclub. Mit breiten Ledersesseln, einem marmornen Kamin, in dem Feuer prasselte, und Jagdgemälden an der Wand.

Auf denen man Jagdhunde und Pferde sah.

Die beiden Männer saßen dort an einem kleinen Tisch, schwenkten Ballongläser mit einer bernsteinfarbenen Flüssigkeit, und in einem Silberaschenbecher qualmten schlanke Zigarillos vor sich hin.

Verächtlich lächelnd drehten sie sich gleichzeitig zu ihr herum.

»Tut uns leid, aber Sie sind kein Mitglied. Wenn Sie nicht sofort gehen, müssen Sie die Konsequenzen tragen. Denn für eine Mitgliedschaft genügt es nicht, nur reich zu sein.«

»Ich weiß, was Sie getan haben, und ich weiß auch, wie Sie dabei vorgegangen sind. Aber ich weiß nicht, warum.«

»Leuten wie Ihnen antworten wir nicht.«

Es war Dudley, der mit einem Mal ein riesengroßes, silbernes Gewehr in seinen Händen hielt.

Sie hörte das Schnappen, als er es entsicherte.

Und riss die Augen auf.

Während noch der laute Schuss in ihren Ohren hallte und ihr der Geruch des Pulvers in der Nase hing.

»Pssst.« Roarke zog sie eng an seine Brust. »Du hast nur geträumt.«

»Was sagt mir dieser Traum?«, murmelte sie, und als sie sich bewegte, rammte ein erboster Galahad ihr seine Krallen ins Hinterteil. »Au, verdammt.« Sie schob das Tier von sich herunter und drehte sich so, dass sie Roarke direkt in die Augen sah. »Hallo.«

»Hallo.« Er glitt vorsichtig mit seinen Fingern über den Verband an ihrem Arm. »Wie ist das passiert?«

»Mitten auf der Wache hat mir ein Idiot ein angespitztes Plastikmesser in den Arm gerammt. Das Schlimmste war, dass ich direkt danach zu Whitney musste und der einen Sanitäter kommen lassen hat.«

»Dieses Schwein. Wie konnte er nur einen seiner Leute dazu zwingen, dass er sich verarzten lässt.«

»Ich hatte die Wunde bereits selbst verbunden. Allerdings ist meine Jacke hinüber.«

Er schmiegte sich noch etwas enger an sie, denn immerhin bestand die, wenn auch vage, Chance, dass sie die Augen vielleicht noch einmal schließen könnten, statt schon wieder aufzustehen. »Es gibt Läden, wo man solche Sachen kaufen kann.«

»Ich kann diesen Dudley und auch diesen Moriarity nicht leiden.«

»Das ist praktisch. Weil ich selbst die beiden nämlich auch nicht wirklich mag.«

»Dudley kehrt den Charmebolzen und Frauenliebhaber heraus und Moriarity macht einen auf Mister Wichtig, der sich nicht von Peabody und mir die Zeit stehlen lassen will. Vielleicht sind sie wirklich so. Aber vor allem haben sie beide innerlich gefeixt, als ich bei ihnen auf der Matte stand.«

Er sah ihr ins Gesicht und kam zu dem Ergebnis, dass an Schlaf nicht mehr zu denken war. »Ich kenne diesen Blick«, murmelte er. »Du denkst, dass es die beiden zusammen waren.«

»Das ist meine neueste Theorie«, räumte sie ein und fügte stirnrunzelnd hinzu: »Und ich bin mir sicher, dass sie stimmt. Nicht nur, weil mir die beiden unsympathisch sind. Auch dieses kleinen Arschloch Sykes hatte ich von Anfang an gefressen, aber trotzdem habe ich nicht einen Augenblick gedacht, dass er der Mörder ist.«

»Also gut, dann weißt du also, wer es war. Und wie haben sie es angestellt?«

Sie erzählte von den existenten und nicht existenten Alibis und davon, dass die beiden offenbar befreundet waren.

»Das ist noch nicht besonders viel, aber ich hatte einfach das Gefühl, als hätten sie die ganze Zeit darauf gewartet, mir was vorspielen zu können, und … ich weiß, was mir bei den beiden fehlt. Die Familien. Denn es sind beides Familienunternehmen, richtig?«

Sie wollte sich aufsetzen, doch er hielt sie zurück. »Bleib einfach noch ein bisschen liegen. Ich höre dir zu.«

»Warum habe ich in den Büros der beiden keinen Hinweis auf ihre Familien gesehen? Es sind riesengroße, superschicke Räume. Aber nirgends hingen irgendwelche Fotos der Familie, nirgends hing der Kricketprügel …«

»Schläger. Es heißt Kricketschläger.«

»Meinetwegen. Also, es gab keinen Kicket-was-auch-immer, den der liebe, alte Dad dem Sohn als Kind geschenkt hat, und auch keine alte Taschenuhr, die dem Enkel vom Urgroßvater hinterlassen worden ist. Beides sind Familienunternehmen, ohne dass von den Familien irgendetwas zu sehen ist. Nicht mal die allerkleinste Spur. Diese beiden Kerle leiten Firmen, die seit mehreren Generationen im Besitz ihrer Familien sind, ohne dass man etwas davon merkt.«

»Dann lass mich mal den Advokat des Teufels spielen.

Vielleicht wollen sie auf diese Art ja einfach zeigen, dass sie völlig eigenständig sind.«

»Genau darum geht es zum Teil. Solchen Typen ist ihr Erbe furchtbar wichtig, wenn auch vielleicht nur, um damit anzugeben oder so. Mira, Whitney, Feeney – alle diese Leute haben irgendetwas von ihren Familien in ihren Büros stehen, selbst wenn es bei den beiden vielleicht etwas anderes ist, sollte man auf alle Fälle trotzdem sehen, dass sie Familien haben, oder etwa nicht? Ist doch seltsam, dass die einzig sichtbare Verbindung zwischen diesen beiden und ihren Familien die Unternehmen selber sind.«

»Du denkst, dass es sie stört, dass sie diese Positionen übernehmen mussten?«

»Könnte sein. Ich weiß es nicht. Oder vielleicht denken sie auch umgekehrt, sie hätten einen Anspruch auf die Positionen, und deswegen ist der liebe, alte Daddy oder sonst wer ihnen vollkommen egal. Vielleicht hat's auch gar nichts zu bedeuten. Aber trotzdem ist es seltsam, dass mir das bei beiden Männern aufgefallen ist. Das ist eine weitere Gemeinsamkeit. Und ich denke, dass es so begonnen hat. Mit den zahlreichen Gemeinsamkeiten, die es zwischen diesen beiden Typen gibt.«

»Es ist ein ziemlich großer Schritt von einer ähnlichen Herkunft bis zu einer mörderischen Partnerschaft.«

»Es ist nicht nur die Herkunft, die die beiden verbindet.«

»Sex?«

Sie dachte nach. »Vielleicht. Das wäre auf jeden Fall ein zusätzliches Bindeglied. Vielleicht geht es um Sex oder sogar um Liebe. Oder auch nur darum, dass sie beide ähnlich denken und ihre Interessen ähnlich sind. Denn solche Menschen finden sich.«

»Das haben wir beide auch.«

»Ahhh.« Sie sah ihn grinsend an, küsste ihn flüchtig auf den Mund und schob ihn dann ein Stückchen von sich fort. »Ich muss meine Tafel aktualisieren und ein paar Sachen überprüfen. Denn ich suche immer noch nach einer Verbindung zwischen unseren Opfern oder zwischen unseren Opfern und den Unternehmen, obwohl ich nicht glaube, dass es die überhaupt gibt. Außerdem muss ich noch sehen, ob einer von den beiden Männern einen Vorfahr hatte, der beim Militär war und ein Bajonett besessen hat.«

»Rotes Fleisch.«

»Huh?«

»Erst einmal essen wir ein Steak. Denn der Energieschub tut uns sicher beiden gut.«

»Du bist gar nicht mehr müde. Ich kann deutlich sehen, dass du wieder putzmunter bist. Das ist wirklich ärgerlich.«

»Trotzdem möchte ich ein Steak.«

»Jetzt will ich auch eins. Aber vorher will ich noch unter die Dusche und die letzten 40 Stunden von mir abwaschen.« Sie schnupperte an ihm. »Warum riechst du so gut?«

»Vielleicht hat mich die Natur mit dem Geruch gesegnet, aber vielleicht habe ich auch einfach schnell noch im Büro geduscht. Dann geh erst mal ins Bad.« Er tätschelte ihr freundschaftlich das Hinterteil. »Und ich bereite in der Zeit das Essen vor.«

Nach der Dusche, einer frischen Tasse Kaffee und in neuen Kleidern fühlte sie sich bereits deutlich besser, aber erst als sie in ihr Büro kam und ihr dort der Duft gegrillten Fleischs entgegenwehte, ging es ihr wieder richtig gut.

Wobei sie der Geruch an ihr Gespräch mit Morris denken ließ.

»Ah, ich dachte, vielleicht könnten wir mal wieder was mit deinem tollen Grill und ein paar Leuten machen.«

Roarke griff nach der Flasche Wein, die er gerade geöffnet hatte. »Ich soll irgendwelche Leute grillen?«

»Mir fielen da ganz sicher ein paar ein. Aber das machst du wohl besser, wenn sonst keiner da ist. Für mich bitte nur ein halbes Glas.«

Er schenkte ihnen beiden ein. »Du willst also einen Grillabend veranstalten.«

»Ich bin nicht wirklich wild darauf, aber ich war heute früh bei Morris, und er sah so furchtbar traurig aus. Deshalb habe ich ihn eingeladen, ohne groß darüber nachzudenken, und die Sache gleich wieder vergessen, bis es hier gerade so herrlich nach dem Steak gerochen hat.«

Er reichte ihr ein Weinglas, legte eine Hand unter ihr Kinn und küsste sie. »Du bist eine gute Freundin.«

»Auch wenn ich beim besten Willen nicht weiß, wie es dazu gekommen ist.«

»Samstagabend?«

»Warum nicht? Außer …«

»Es kann immer was dazwischenkommen, aber da die meisten unserer Gäste Polizisten oder Leute sind, die was mit eurem Job zu tun haben, ist ihnen das allen klar.«

»Ist das für dich okay?«

»Eve, ich weiß, dass dich das immer noch verblüfft, aber ich lade sogar gerne Leute hierher ein.«

»Davon abgesehen bist du rundherum perfekt.« Als er lachte, trat sie schnuppernd an den Tisch. »Gott, das riecht einfach fantastisch. Bereits der Geruch verleiht mir neue Energie.«

»Dann wollen wir doch mal sehen, wie es dir geht, wenn du das Zeug gleich isst. Was macht dein Arm?«

»Der ist okay.« Sie ließ die Schulter kreisen und spannte die Finger an. »Ich spüre kaum noch was.«

»Wie wäre es mit einer Wette?«, schlug er vor. »Ich wette, dass du es nicht schaffst, sagen wir, zwei Wochen lang keine Blessuren auf der Arbeit abzukriegen.«

»Ich wollte nur das Gleitband wechseln.« Sie schnitt grimmig in ihr Steak. »Das allgemeine Treiben rundherum war mir total egal. Der Typ muss doch wohl total bescheuert sein, wenn er sich einbildet, er käme damit durch, dass er seine Exfrau mitten auf der Wache mit einem gespitzten Plastikmesser attackiert.«

»Wahrscheinlich ging es ihm nur darum, ihr wehzutun. Über die Konsequenzen hat er sicher gar nicht nachgedacht.«

»Wahrscheinlich war er zugedröhnt«, murmelte sie. »Aber nicht genug, um nichts zu fühlen, als ich ihm so kräftig in die Kronjuwelen getreten habe, dass sie praktisch oben wieder rausgekommen sind.«

Lächelnd fragte er: »Das hast du getan?«

»Ich habe mich rein instinktiv gewehrt.«

»Das hast du gut gemacht.« Er prostete ihr fröhlich zu.

»Was hätte ich denn anderes machen sollen? Ein Arschloch mit einem Plastikmesser auf der Wache, das ist wie …«

Er kannte diesen Blick genau. Er bedeutete, dass ihr eine Idee gekommen war.

»Dieses Arschloch stand also mit einem Plastikmesser auf der Wache und hatte es auf die Exfrau abgesehen.«

»Und?«

»Könnte es bei den beiden dasselbe sein? Sind die zwei vielleicht genauso krank?«

»Keine Ahnung.« Wieder nippte Roarke an seinem Wein. »Sag du es mir.«

»Wie bei Major Gottfried von Grasfloh, der mit dem Skalpell im Badezimmer steht.«

»Hm.« Er schnitt ein Stück von seinem fein gewürzten Spargel ab. »Es ist ganz eindeutig Schicksal, dass wir beide uns begegnet sind. Denn außer mir wüsste wahrscheinlich niemand, dass du damit Oberst Günther von Gatow meinst, der mit dem Kerzenständer durch den Wintergarten schleicht.«

»Was auch immer. Es geht mir um dieses Spiel, von dem Peabody oder McNab vor Kurzem geredet hat.«

»Cluedo.«

»Hätte ich mir denken sollen, dass du sogar solchen Schwachsinn kennst. Aber ja, und da es durchaus interessant klang, habe ich das Spiel mal auf meinem Computer aufgerufen und es mir genauer angesehen. Auch wenn das natürlich keine Rolle spielt.«

»Dass du ein Spiel auf dem Computer spielst, ist eine große Neuigkeit, auch wenn dein Brainstorming das gerade in den Schatten stellt. Du überlegst, ob Dudley und Moriarity, falls sie wirklich hinter diesen Morden stecken, vielleicht so etwas wie Cluedo spielen.«

»Die Umstände dieser Taten sind einfach grotesk. Die Waffen, die Opfer und die Tatorte erscheinen willkürlich gewählt, wobei die einzige Verbindung zwischen beiden Taten die wahrscheinlich ebenfalls vollkommen willkürlich gewählten Elemente sind. Was also, falls all das wirklich Willkür ist, weil es Elemente eines Wettstreits, eines Spiels oder einer kranken Übereinkunft sind?«

»Und was wäre der Grund für dieses kranke Spiel?«

»Weshalb spielt jemand ein Spiel oder nimmt an einem Wettstreit teil? Weil er gewinnen will.«

»Unter anderem wegen dieser Auffassung bist du selbst eine eher schlechte Spielerin. Obwohl du das vielleicht nicht verstehen kannst, spielen sehr viele Leute einfach nur um des Vergnügens oder der Erfahrung willen«, klärte Roarke sie auf.

Sie schob sich den nächsten Bissen Fleisch zwischen die Zähne und stieß knurrend aus: »Verlieren ist Scheiße.«

»Trotzdem. Aber erst einmal zurück zu deiner Theorie: Deiner Meinung nach haben zwei einflussreiche, angesehene Unternehmer, die nicht vorbestraft sind und nicht in dem Ruf stehen, gewaltbereit zu sein, eine Partnerschaft begründet, um im Rahmen eines Wettstreits Morde zu begehen?«

»Ich nehme an, es ist für sie so etwas wie ein Sport.« Sie pikste Roarke mit einem Finger an. »Sieh dir die Opfer an. Keiner von den beiden Männern und auch keins der beiden Unternehmen hat diesen Transportservice jemals benutzt. Nichts, was wir bisher herausgefunden haben, deutet darauf hin, dass es vorher schon eine Verbindung zu ihm gab. Peabody prüft noch, ob vielleicht einer von den beiden einmal heimlich mit dem Mann gefahren ist und ob der auf dieser Fahrt vielleicht etwas mitbekommen hat, was er nicht hätte mitbekommen sollen, weshalb man ihn aus dem Verkehr gezogen hat. Was jedoch meiner Meinung nach totaler Schwachsinn ist. Denn erstens hätte einer von den beiden oder alle beide einen ihnen fremden Limousinenservice nutzen müssen, und dann hätten sie auch noch vor einem fremden Fahrer über irgendetwas reden müssen, was er gegen sie hätte verwenden können. Also über irgendwas Belastendes, Verbotenes oder so.«

Sie schob sich einen Bissen der gebackenen Kartoffel in

den Mund. In Butter hatte sie die Beilage bereits ertränkt, und jetzt begrub sie sie noch unter einem Berg von Salz.

»Danach müssten sie dann beschlossen haben, ihn zu töten, doch statt einen Auftragskiller auf ihn anzusetzen, um den unliebsamen Zeugen möglichst unauffällig aus dem Weg zu schaffen, haben sie eine Methode ausgewählt, die ihnen jede Menge Schlagzeilen beschert.«

»Warum kippst du nicht einfach das Salz in die flüssige Butter und isst sie mit einem Löffel?«

»Was?«

»Egal.« Er schüttelte den Kopf und wandte sich dann wieder ihrem eigentlichen Thema zu. »Also gut, ich finde auch, dass das zu kompliziert und alles andere als logisch klingt.«

»Und vor allem wäre Crampton bei der Theorie noch gar nicht im Spiel. Keiner von den beiden taucht in ihrem Kalender auf. Vielleicht war ja einer von den beiden oder alle beide unter falschem Namen bei ihr, aber ich kann mir nicht vorstellen, dass sie bei der Überprüfung nicht herausgefunden hätte, dass mit ihnen was nicht stimmt. Wenn sie unter falschem Namen Dates mit ihr gehabt hätten und damit durchgekommen wären, bliebe außerdem die Frage offen, weshalb sie sie dann hätten ermorden sollen. Es gibt keinen Hinweis darauf, dass sie einen von den zweien erpresst hat, weil sie rausgefunden hatte, wer er wirklich war. Und weswegen hätte sie auch ihre Lizenz und ihren guten Ruf für Geld riskieren sollen, obwohl sie beruflich ausnehmend erfolgreich und bereits durchaus vermögend war? Auch in ihrem Fall deuten die Mordmethode und der Tatort auf den Wunsch des Mörders hin, im Mittelpunkt zu stehen.«

»Da hast du sicher recht. Und jetzt iss dein Gemüse.«

Obwohl sie mit den Augen rollte, schob sie sich ein Stückchen Spargel in den Mund. »Also müssen wir versuchen, alles zu vereinfachen, und uns die Elemente einzeln ansehen.«

»Wie man's bei Cluedo macht.«

Sie aß den nächsten Bissen Fleisch und ließ den Zeigefinger kreisen. »Vielleicht spielen die zwei auch nicht Cluedo, sondern eine Art urbaner Großwildjagd.«

»Damit wären wir wieder bei der Frage nach dem Grund. Wir haben es mit Mord zu tun, und wie du momentan vermutest, mit dem Mord an unschuldigen Menschen, denen unsere Mörder nie zuvor begegnet sind.«

»Menschen, die in ihrer Branche ausnehmend erfolgreich waren. Menschen, die mit exklusiven Dienstleistungen ihren Lebensunterhalt verdient haben. Ich glaube, dass das eine Rolle spielt. Dass es vielleicht mit ein Grund für diese Taten ist.«

»Weil nur sie würdige Opfer sind.«

Auf halbem Weg zu ihrem Mund verharrte ihre Gabel voller Butter-Salz-Kartoffel-Gemenge mitten in der Luft. »Würdig.«

»Ich versuche einfach, deiner Spur zu folgen. Du hast mir die beiden als selbstgefällig, arrogant, privilegiert und wohlhabend beschrieben, und obwohl ich sie nur flüchtig kenne, denke ich, dass die Beschreibung durchaus passt.«

Er schenkte ihr großzügig Wasser ein, denn von dem ganzen Salz bekäme sie wahrscheinlich einen Riesendurst.

»Sie sind in diese Privilegien hineingeboren«, fuhr er fort. »Wenn man von ganz unten kommt, kann es berauschend sein, wenn man plötzlich von allem stets das Beste wählen kann. Doch wenn man gar nichts anderes kennt, denkt man vielleicht, man hätte nichts Geringeres verdient.«

Er prostete ihr kurz mit seinem Weinglas zu. »Deshalb

haben sie zum Beispiel keinen Obdachlosen von der Straße umgebracht. Denn das hätte keinen Glanz und kein Prestige eingebracht. Außerdem wollten sie mit derartigen Leuten nie etwas zu tun haben. Mit solchen Leuten gäben sie sich niemals ab.«

»Dagegen sind der Chauffeur von einer Luxuslimousine und ein Luxuscallgirl zwar nicht ebenbürtig, aber Menschen, deren Dienste man durchaus einmal in Anspruch nehmen kann.«

»Das klingt auf verquere Weise logisch.«

»Allerdings«, stimmte sie zu. »Und die Armbrust und das Bajonett verleihen den Taten zusätzlichen Glanz.«

»Vielleicht fordern sie einander durch die Wahl der Waffen ja auch heraus.«

»Genau wie durch die Wahl der Tatorte. Denn die Morde sollen möglichst schwierig und auf diese Weise ihrer würdig sein.«

»Jetzt hat jeder einen Mord begangen, vielleicht ist es jetzt also vorbei«, sinnierte Roarke. »Vielleicht hat jetzt jeder seine Aufgabe erfüllt und deshalb ist das Spiel vorbei.«

»Nein. Denn es steht unentschieden, oder nicht? Und ein Spiel oder ein Wettkampf geht normalerweise nicht mit einem Unentschieden aus. Weil dann jeder unzufrieden ist. Es muss einen Gewinner geben. Deshalb läuten sie bestimmt schon bald die nächste Runde ein.«

Er dachte kurz darüber nach. »Sie wissen, dass du sie unter die Lupe nimmst, dass du ihre Alibis und ihren Background checkst. Was den Reiz des Spiels für sie wahrscheinlich sogar noch erhöht.«

»Sie waren auf mein Erscheinen vorbereitet.« Nickend dachte Eve an die Besuche bei ihren Verdächtigen zurück.

»Als ich bei ihnen war, kam es mir vor, als hätte jeder von den beiden eine Rolle einstudiert. Vielleicht war das eine zusätzliche Runde in dem Spiel. Als hätten sie sich durch die Morde für die nächste Stufe in dem Spiel qualifiziert und als sammelten sie durch die Unterhaltungen mit mir irgendwelche Bonuspunkte ein. Denn sie mussten damit rechnen, dass ich auf der Bildfläche erscheine, nachdem jeweils einer ihrer Angestellten in die Mordfälle verwickelt ist. Wahrscheinlich hatten sie es sogar darauf abgesehen.«

»Du stehst in dem Ruf, knallhart zu sein. Was möglicherweise Extrapunkte gibt.«

»Und dadurch, dass ich deine Frau bin, wird der Einsatz sicher noch erhöht.«

»Überleg doch mal, wann diese beiden Morde stattgefunden haben. Gerade, als wir beide aus dem Urlaub kamen. Es war sicherlich nicht weiter schwer herauszufinden, wann wir wiederkommen, und die Chance, dass du an deinem ersten Arbeitstag den ersten neu hereinkommenden Mordfall übernehmen würdest, war recht groß. Ich würde also sagen, dass die beiden alles unternommen haben, damit du den Fall bekommst. Weil du schließlich die Beste bist.«

»Als ich bei Dudley war, hat er das Buch erwähnt«, erinnerte sich Eve. »Nadines Buch über den Icove-Fall. Das momentan in aller Munde ist. Verdammt, wahrscheinlich sollte ich sie warnen. Weil sie schließlich gerade einen dicken Bestseller geschrieben und weil dieser Bastard explizit von dem Buch gesprochen hat.«

»Ich glaube nicht, dass sie ins Beuteschema dieser Typen passt, aber wenn du dich dann besser fühlst, ruf sie ruhig an.«

»Warum sollte sie nicht in ihr Beuteschema passen?«

»Beide Opfer haben Dienstleistungen angeboten. Weshalb sie so was wie Untergebene ihrer Auftraggeber waren.«

»Ja, vielleicht. Aber trotzdem werde ich ihr sagen, dass sie auf der Hut sein soll. Auch wenn sie dann, verdammt noch mal, bestimmt versucht, ein Interview zu kriegen und mir zusätzliche Infos zu dem Fall aus der Nase zu ziehen.«

»Freundschaften sind eben eine komplizierte, vielschichtige Angelegenheit.«

»Freundschaften sind einfach ätzend.« Trotzdem stand sie auf, trat an den Schreibtisch und rief bei der Freundin an.

Sie war wieder munter, dachte Roarke und trank den nächsten Schluck von seinem Wein. Munter und bereit, mit ihrer Arbeit fortzufahren. Was nicht nur am Schlaf und an dem guten Essen lag, obwohl sie bei Gott für einen Augenblick die Augen hatte schließen und mal wieder etwas anderes als Kaffee in den Bauch hatte bekommen müssen. Es lag auch oder vor allem an der Mission, auf der sie war. Sie konnte das Geschehen deutlich vor sich sehen, vielleicht meinte Sinead das, wenn sie von ihrer ganz besonderen Gabe sprach. Konnte sich in ihre Opfer und die Mörder hineinversetzen, konnte deutlich sehen und spüren, wie es ihnen bei der Tat ergangen war.

Jetzt erhob auch er sich und trat vor die Tafel, die vor ihrem Schreibtisch stand.

Er hätte mithören können, wie sie mit der Journalistin wegen eines Auftrittes im Fernsehen oder eines Interviews zu ihren beiden Morden stritt, hörte aber nicht genauer hin.

Denn auch das war eine Art von Spiel. Beide Frauen spielten ihre jeweiligen Rollen, kehrten einerseits den pflichtbewussten Cop und andererseits die quotengeile Journalistin raus, zollten sich aber zugleich privat wie auch beruflich ehrlichen Respekt. Was bei zwei so starrsinnigen, willensstarken Frauen, denen ihre Arbeit über alles ging, ein wahres Kunststück war.

Am Ende des Gesprächs ging Eve zwei Becher Kaffee holen und drückte einen davon ihrem Liebsten in die Hand.

Statt eines Danks erklärte er: »Sie sehen durch dich hindurch.«

»Wie bitte?«

»Manche Menschen, die gesellschaftlich und geldmäßig auf diesem Level stehen, und die sich alles leisten können, nehmen weniger privilegierte Menschen überhaupt nicht wahr. Sie sind blind für Leute, die an irgendwelchen Straßenecken stehen und dort mit leeren Mägen betteln, oder die sich abrackern, damit sie ihre Miete zahlen können. Mit ihrem Tunnelblick nehmen sie auch die Leute, deren Dienste sie beanspruchen, nur als Droiden wahr. Vielleicht wissen sie mit Glück, wie ihre Sekretärin oder ihre Assistentin heißt, aber die Namen und vor allem die Lebensumstände von ihren anderen Angestellten sind ihnen auf jeden Fall total egal.«

»Du nimmst alle diese Menschen wahr. Und im Vergleich zu dir dürften die beiden Kerle arm wie Kirchenmäuse sein.«

Er schüttelte den Kopf. »Das ist etwas anderes, denn ich habe einen völlig anderen Hintergrund. Ich war unter anderem deswegen so fest entschlossen, etwas aus mir zu machen, weil man früher auch durch mich einfach hindurchgesehen hat. Außerdem habe ich eigenhändig Menschen umgebracht. Was eine ziemliche Belastung für mich ist. Aber diese beiden belastet das anscheinend nicht.«

»Weil sie ihre Opfer nicht als Menschen sehen. Für sie sind sie nicht mehr als ein Paar Schuhe, etwas, was man sich nach

Lust und Laune kauft. Für mich sieht es so aus, als hätten sie die Morde ebenfalls gekauft. Als hätten sie die Opfer, weil sie sie bezahlt haben, als ihr privates Eigentum gesehen.«

»Diese Morde sind schlicht ein neuer Kick.«

Inzwischen konnte auch er selbst die beiden Männer in ihren eleganten Häusern bei einem feinen Brandy sitzen sehen, während sie darüber sprachen, wie berauschend dieser Wettstreit zwischen ihnen war.

»Es ist neu und faszinierend. Und für jemanden, der alles haben kann, fühlt sich kaum je noch irgendetwas neu und faszinierend an.«

»Geht's dir auch so?«

Lächelnd drehte er sich zu ihr um. »Kein bisschen. Aber schließlich bin ich auch von meinem Unternehmen, den diversen Strategien, die ich Tag für Tag entwickele, und den unzähligen Möglichkeiten, die sich mir beruflich bieten, jeden Tag aufs Neue fasziniert. Außerdem habe ich dich. Und wie du gesagt hast, steht in den Büros von diesen beiden Männern nichts, was auf einen innigen Bezug zu den Familien oder irgendwelchen anderen Menschen schließen lässt.«

»Das ist eins der Dinge, denen ich noch nachgehen muss. Ihre Exfrauen, die Beziehungen zu den Familien, mit wem sie abhängen, was sie in ihrer Freizeit tun.«

»Sie spielen weder Squash noch Polo, aber mit dem Golf hatte ich recht. Du hast mich neugierig gemacht«, erklärte er, als sie die Stirn in Falten legte. »Deshalb habe ich ein bisschen recherchiert. Außerdem gehören sie dem Oceanic Yachtclub, einem, wie nicht anders zu erwarten, ziemlich exklusiven Laden, an, haben dort verschiedene Events gesponsert und sind selbst bei einer Reihe Rennen mitgefahren. Beide spielen gerne Baccarat, und zwar mit ziemlich hohem Einsatz, und sie haben beide Anteile an Rennpferden, die öfter bei denselben Rennen mitgelaufen sind.«

»Was ebenfalls ein Wettstreit, wenn auch nach anderem Muster, ist.«

»Wenn sie nicht in New York sind und hier ihre Firmen eher symbolisch leiten, folgen sie den Jahreszeiten und den Trends, das heißt, sie segeln, laufen Ski, zocken und besuchen Partys und Premieren.«

»Tun sie das gemeinsam?«

»Oft, aber nicht immer. Weil sie auch diverse unterschiedliche Interessen haben. Dudley ist ein Tennisfan. Er spielt selbst, aber besucht auch öfter irgendwelche größeren Turniere. Während Moriarity sich dem Schach verschrieben hat.«

»Mannschaftssport ist offenkundig weniger ihr Ding.«

»So sieht es aus.«

»Sie konkurrieren also in mehreren Bereichen. Offensichtlich macht das einen Teil ihrer Beziehung aus. Jeder treibt für sich einen Sport, in dem man nicht in einer Mannschaft spielt, sondern sich einzeln miteinander misst.« Sie nickte. »Das ist gut. Aber ich brauche trotzdem noch ein bisschen mehr. Willst du mir bei der Suche helfen?«

»Wenn du möchtest.« Er glitt mit dem Zeigefinger über die Vertiefung in der Mitte ihres Kinns. »Aber das hat seinen Preis.«

»Umsonst ist schließlich nur der Tod.«

»Genau. Also, was kann ich für dich tun, Lieutenant?«

»Du könntest noch weiter zurückgehen und gucken, ob die beiden irgendwann mal auf derselben Schule waren, gemeinsame Verwandte haben oder so. Ich würde gerne wissen, wo und wie sie sich zum ersten Mal begegnet sind und Ähnliches der Art.«

»Das herauszufinden dürfte ziemlich einfach sein.«

»Aber sieh zu, dass du bei der Recherche sauber bleibst.«

»Du bist einfach eine elendige Spielverderberin. Dafür kostet meine Hilfe dich das Doppelte. Am besten fängst du mit Bezahlen an, indem du das Geschirr wegräumst«, erklärte er und schlenderte davon.

Sie runzelte die Stirn, konnte aber nichts dagegen sagen, denn er hatte diese wunderbare Mahlzeit schließlich auf den Tisch gebracht.

»Ich wette, die Gespielinnen von diesen Kerlen müssen nie Geschirr in die blöde Maschine stellen«, rief sie ihrem Gatten hinterher.

»Wie gut, dass du nicht nur meine Gespielin bist, geliebte Eve.«

»Haha«, grummelte sie, räumte aber gleichzeitig die Teller, das Besteck und ihre beiden Gläser fort.

Dann nahm sie hinter ihrem Schreibtisch Platz, gab sämtliche Informationen, die Roarke ihr besorgt hatte, in den Computer ein und fügte ein paar eigene Überlegungen hinzu.

»Computer, wie groß ist die Wahrscheinlichkeit, dass Dudley und Moriarity die beiden Opfer entweder als Konkurrenten oder Partner umgebracht haben und diese Taten entweder als Sport oder als Spiel ansehen?«

Einen Augenblick …

»Lass dir ruhig Zeit, und denk erst mal darüber nach. Computer, zweite Aufgabe. Überprüf sämtliche Exfrauen und

festen Freundinnen von Dudley und Moriarity.« Sie über-
dachte die Aufgabe. »Und such nach offiziellen Verlobungs-
anzeigen der beiden.«

Einen Augenblick ...

»Computer, Ergebnisse der Suche nach Vorfahren der beiden Männer, die im Militärdienst standen, auf Bildschirm
eins.«

Einen Augenblick ...

Sie lehnte sich zurück, ging die Informationen durch und
dankte Gott im Himmel, dass sie den Computer erst ab
1945 und dann auch nur zwanzig Jahre lang nach Leuten
hatte suchen lassen, weil es schon für diesen kurzen Zeitraum Dutzende von Namen gab.

Sie hob ihren Kaffeebecher an den Mund, als sie auf ein
weiteres Muster stieß.

»Computer, such die Offiziere, die Majore und noch hö-
herrangigen Soldaten aus der aktuellen Liste raus, und
kopier sie mir auf Bildschirm zwei.«

*Einen Augenblick ... Erste Aufgabe erledigt. Die Wahr-
scheinlichkeit, dass Dudley und Moriarity die beiden
Opfer entweder als Konkurrenten oder Partner umgebracht haben und diese Taten entweder als Sport oder
als Spiel ansehen, beträgt 54,2 Prozent.*

»Nicht übel, aber auch nicht wirklich toll.« Sie studierte die verbliebenen Namen auf dem ersten Monitor. »Nur

fünf. Okay. Computer, überprüf die Individuen auf Bildschirm eins und leg dabei den Schwerpunkt auf die Zeit beim Militär.«

Während der Computer seine Arbeit machte, stand sie auf, um ihre Tafel auf den neusten Stand zu bringen und sich nachdenklich die Grafiken und Bilder anzusehen.

Die Visage auf der Teilaufnahme aus der Kamera in dem Vergnügungspark könnte tatsächlich Dudley mit einem falschen Ziegenbart und langem, braunem Haar sein. Oder Urich selbst oder ein völlig anderer Mann. Genau das Argument brächten ganz sicher auch die Anwälte des Typen vor.

Der Schuh war ein erheblich besserer Beweis. Doch die Teilaufnahme könnte, wenn sie so weit wäre, das berühmte Zünglein an der Waage sein.

Sie speicherte die Namen auf dem zweiten Bildschirm ab und rief neue Daten auf.

Jeder von den beiden hatte eine Exfrau, die aus einer reichen, angesehenen Familie kam. Also hatten sie sich auch ihre Frauen im selben Kreis gesucht. Dudleys Ehe hatte zwei und die von Moriarity knapp drei Jahre gehalten. Außerdem war Dudley einmal verlobt gewesen, doch Felicity VanWitt hatte die Beziehung zu dem Mann bereits nach sieben Monaten wieder gelöst.

»Ich dachte, das ist mein Job.«

»Huh?«, fragte sie abgelenkt, als Roarke aus seinem Arbeitszimmer kam.

»Mir die Verwandtschaft anzusehen.«

»Das hier ist was anderes. Was ist?«

Er nickte Richtung Monitor. »Felicity VanWitt ist eine Cousine von Patrice Delaughter. Die mit Moriarity verheiratet gewesen ist.«

»Leck mich doch am Arsch.«

»Mit Vergnügen, Schatz. Sobald sich die Gelegenheit dazu ergibt.«

»So war das nicht gemeint.« Trotzdem lachte Eve, bevor sie weitersprach. »Patrice und Moriarity haben geheiratet, direkt nachdem die Sache zwischen Dudley und Felicity gegessen war. Moriarity war damals 26, Dudley 25, und ich wette, dass die beiden sich über diese Frauen kennengelernt haben. Ich will mit den Frauen reden. Warte«, schnauzte sie, als der Computer meldete, dass die nächste Aufgabe erledigt war.

Sie atmete tief durch, rief die Daten auf dem Bildschirm auf, stapfte durch den Raum und ging die Namen durch. »Siehst du den hier? Joseph Dudley. Unser guter, alter Joe. Großonkel von unserem Dudley. Joe wurde in Harvard rausgeschmissen, hat das Studium in Princeton abgebrochen und fiel mehrfach wegen Trunkenheit und ungebührlichem Benehmen auf. Dann ist er zur Armee gegangen. Außer ihm war niemand nur als einfacher Soldat bei der Armee und vor allem ist er von dem ganzen Haufen am engsten mit dem Kerl verwandt. Denn er ist der Bruder seines Urgroßvaters und kein Vetter sechsten Grades oder so.«

»Er hat im Koreakrieg gekämpft«, bemerkte Roarke. »Dort hat man ihm ein Purple Heart verliehen.«

»Ich verwette meinen Arsch, dass er ein Bajonett hatte.«

»Dein Arsch gehört schon mir.«

»Haha. Und ich wette ebenfalls, dass Joe das Bajonett als Souvenir mit heimgenommen und dass irgendwann der blöde Winnie dieses Erbstück in die Hand bekommen hat.«

»Das zu beweisen, dürfte schwierig werden.«

»Warten wir es ab, aber selbst wenn ich ihm das nicht beweisen kann, ist es ein weiteres Indiz. Von denen es inzwischen jede Menge gibt.«

»Die beiden waren übrigens zu keinem Zeitpunkt an derselben Schule. Aber die Verlobte und die Exfrau – die Cousinen – waren zusammen am Smith. Wo gleichzeitig auch eine Cousine von Dudley war.«

»Okay, dann kennen sie sich also mindestens schon, seit sie Mitte zwanzig sind. Haben damals mit denselben Leuten abgehangen, und das tun sie heute noch. Beide sind geschieden, beide kinderlos und keiner von den beiden hat noch einmal sein Glück mit einer Ehefrau oder einer festen Partnerin versucht. Es gibt also vieles, was die beiden verbindet. Aber ticken sie auch gleich? Auf alle Fälle haben sie ein ausgeprägtes Konkurrenzdenken.«

Sie atmete vernehmlich aus. »Das sie sogar zu Mördern werden lässt. Guck dir die Verlobte an. Sie ist inzwischen seit elf Jahren verheiratet, Mutter zweier Kinder, und sie lebt in Greenwich, was es einfach für mich macht. Hat bis zur Geburt des ersten Kindes als Psychologin gearbeitet und war ab dann bis letztes Jahr als professionelle Mutter registriert.«

»Das heißt, dass auch ihr zweites Kind inzwischen in die Schule geht.«

»Mit ihr will ich zuerst reden. Und zwar möglichst schnell. Denn sicher läuten sie schon bald die nächste Runde ein.«

Entschlossen nahm sie wieder hinter ihrem Schreibtisch Platz und fuhr mit ihrer Arbeit fort.

13

Als Eve das nächste Mal erwachte, war es völlig still, und einen Augenblick lang kam es ihr vor, als schlüge sie im Traum die Augen auf. Der Nebel des Schlafs umwogte noch ihr Hirn, aber die Arme und die Beine, die sie fest umschlungen hielten, waren ihr ebenso vertraut wie der Geruch, der sie umgab.

Sie wusste kaum noch, wie sie überhaupt ins Bett gekommen war. Er hatte sie getragen wie bereits so oft, wenn sie über der Arbeit eingeschlafen war. Daten über Daten, dachte sie, doch in dem ganzen Strom war bisher nichts, was sich als handfester Beweis verwenden ließ.

Trotzdem würde sie das alles noch einmal durchgehen, auseinanderpflücken, neu zusammensetzen und dann sehen, was sich für ein Bild ergab. Sie musste noch mit jeder Menge Leute sprechen, weil Verbindungen und Querverbindungen fast immer wichtig waren.

Schwimm einfach so lange in dem Strom, bis du auf etwas prallst, was sich mit Händen greifen lässt.

»Du denkst zu laut.«

Sie lenkte ihren Blick auf Roarke. Wenn sie an einem Wochentag erwachte, lag sie meist allein im Bett, denn er stand für gewöhnlich deutlich früher als sie auf. Er erledigte wahrscheinlich in den frühen Morgenstunden mehr als viele andere an einem ganzen Tag.

Lebten sie für ihre Arbeit oder arbeiteten sie, um zu leben? Junge, ihr Gehirn war derart früh am Morgen für solche Überlegungen einfach noch nicht wach genug. Vielleicht ja sowohl als auch. Doch im Grunde spielte das gar keine Rolle. Hauptsache, dass es für sie beide in Ordnung war.

Wenn sie sonst aufstand, saß Roarke bereits in einem seiner sechs Millionen Maßanzüge auf der Couch, hielt einen Kaffeebecher in der Hand und sah sich im Fernsehen die Nachrichten und die Berichte von der Börse an.

Warum zum Teufel trugen Männer Anzüge, fragte sie sich. Wie war es dazu gekommen, dass die Männer – abgesehen von Transvestiten – sich in Anzüge und Frauen sich in Kleider zwängten? Wer hatte beschlossen, dass das richtig war? Und weshalb machten alle mit? Warum sagten die Männer: »Kein Problem, ich trage einen Anzug und binde mir dazu noch eine bunte Schlinge um den Hals.« Warum sagten die Frauen: »Meinetwegen laufe ich in diesem Ding herum, das meine Beine kaum bedeckt, und ziehe mir dazu Schuhe an, auf denen man so wacklig wie auf Stelzen durch die Gegend stakst.«

Darüber sollte man mal nachdenken, fand sie. Doch jetzt würde sie erst einmal genießen, herrlich warm, weich, nackt und eng an Roarke geschmiegt die Augen aufzuschlagen, wie sie es sonst nur im Urlaub tat.

»Du denkst immer noch zu laut. Bitte sag deinem Gehirn, dass es die Klappe halten soll.«

Die verschlafene, vor der ersten Tasse morgendlichen Kaffees leicht gereizte Stimme brachte sie zum Lächeln. Weil das für gewöhnlich ihre Stimme war. Sie blickte in das sanfte, graue Licht, das durch das Oberlicht ins Zimmer fiel, und versuchte zu berechnen, wie viel Schlaf ihr wohl vergönnt gewesen und wie spät es zwischenzeitlich war.

Er schlug die Lider auf. Im weichen Grau der Morgendämmerung sahen seine Augen wie zwei leuchtend blaue Blitze aus.

»Wie kann ein Hirn um diese Zeit schon einen solchen Krach veranstalten?«

Zur Hölle mit der Uhrzeit, dachte sie. Wenn er noch im Bett lag, war es sicher nicht allzu spät.

»Ich nehme an, ich könnte auch an etwas anderes denken.« Sie glitt mit der Hand an seinem Bauch herab, bis sie zwischen seinen Beinen lag. »Denn schließlich bist du sowieso schon wach. Seltsam, findest du nicht auch, dass der Johannes eines Mannes immer schneller wach wird als der Mann selbst. Was meinst du, woran das liegt?«

»Er will wahrscheinlich einfach nie eine Gelegenheit verpassen. So wie jetzt«, erklärte er, als sie ihn in sich einführte und mit einem langsamen, verführerischen Tanz begann.

»Da bin ich aber froh«, stellte sie seufzend fest.

Wieder einmal war er von der weichen, liebevollen Seite seines kriegerischen Cops vollkommen benommen. Sein Körper und sein Geist erwachten und beim ersten Atemzug des neuen Tages brachen sie zu der vertrauten Reise zu den Höhen des geteilten Glückes auf.

Er war wie gebannt von ihren bernsteinbraunen Augen und dem warmen Glanz, der die Erfüllung seines lebenslangen Traumes war. Sie war sein privater Tagesanbruch, seine Sonne, die nach einer langen, finsteren Nacht für ihn persönlich aufgegangen war.

Er wollte und er brauchte mehr, rollte sich entschlossen über sie, presste seinen Mund an ihren Hals und berauschte sich an dem Geschmack von ihrer Haut.

Nach einem neuerlichen, abgrundtiefen Seufzer stockte ihr der Atem, als glühendes Verlangen aus sämtlichen Poren ihres Körpers drang. Und plötzlich war ihr Hirn wie leer gefegt, sie nahm nur noch das wunderbare Rauschen ihres Blutes wahr. Das gleichmäßige Pochen ihrer beider Herzen und die gleichförmigen Atemzüge, die sie beide machten, kurz bevor der neue Tag anbrach. Ein kurzer, wunderbarer Augenblick, in dem es keine Fragen, keine Fälle, keine Reue, kein Bedauern gab.

Sie gab sich ihm ganz hin, griff den ruhigen Rhythmus seines Körpers auf, und als sie keuchend ganz mit ihm verschmolz und die Grenze zwischen sehnlichem Verlangen und Erfüllung überschritt, legte sie ihm sanft die Hände ans Gesicht. Denn er sollte sich in ihren Augen sehen, wenn auch er die Grenze überschritt.

Während eines langen, herrlichen Moments versank die Welt um sie herum, und mit stiller Freude brach der neue Morgen an.

Sie hatte den Tag so früh begonnen, dass sie keine Schuldgefühle hatte, weil sie nach der Dusche noch mit einer zweiten Tasse Kaffee, frischen Beeren sowie einem watteweichen Bagel auf dem Sofa saß, während ihr Mann die Nachrichten im Fernsehen sah.

»36 Grad und feucht.« Sie nickte Richtung Bildschirm. »In der City wird es wie in einem Dampfbad sein.«

»Ein bisschen Dampf ist immer gut.« Galahad verfolgte hoffnungsfroh und neidisch, wie sie in den Bagel biss. »Außerdem fahre ich heute zuerst nach Connecticut«, erinnerte sie Roarke. »Ich habe mich noch gründlich über Dudleys Exfrau, die Verlobte und die Ex von Moriarity informiert. Denn eine Ex kennt einen Mann besser als jeder andere und hat wahrscheinlich kein Problem damit, mir zu erzählen, was an diesem Typen alles ätzend ist.«

»Dann sorge ich wohl besser dafür, dass du weiter bei mir bleibst.«

»Das kann ich nur empfehlen«, stimmte sie ihm unbekümmert zu. »Keiner von den beiden konnte oder wollte bisher langfristig eine Beziehung aufrechterhalten. Außer, wie es aussieht, zu dem jeweils anderen.« Sie pickte eine fette Brombeere aus der gläsernen Schale auf dem Tisch. »Das sagt viel über die beiden aus. Ich habe so viele Artikel aus den Klatschspalten über die beiden gelesen, dass ich davon beinah blind geworden bin. Sie sind häufig mit denselben Frauen ausgegangen, das ist ebenfalls sehr interessant. Weil das vielleicht auch so etwas wie ein Wettstreit zwischen ihnen ist.«

Sie wählte die nächste Beere aus. »Und mir ist noch etwas aufgefallen. Nämlich all diese kurzen Artikel darüber, dass einer von den beiden oder alle beide in Spanien bei einem Stierkampf, zum Skifahren am Matterhorn, bei einer großen Hollywoodpremiere oder sonst wo war, wo man lauter Leute wie sie trifft. Würden auch wir zwei ständig an solche Orte reisen, wenn ich diesbezüglich nicht so zickig wäre?«

»Sicher. Was denkst du denn? Reich mir mal den Kaffee, Zicklein«, bat er, und sie lachte schnaubend auf.

»Denk daran, dass ich deine dunklen Seiten kenne, Kumpel«, warnte sie ihn grinsend, wurde aber sofort wieder ernst. »Aber wie dem auch sei, interessant ist, dass keine von den Exfrauen je zur selben Zeit wie sie an einem dieser Orte war. Sie bewegen sich zwar noch immer in denselben Kreisen, und vor allem die beiden Exfrauen tauchen regelmäßig in der Schickeria auf, aber nie zur selben Zeit wie die beiden Männer. Also habe ich mich noch ein bisschen gründlicher mit der Sache befasst. Die Ex von Moriarity hat noch einen zweiten Ex, den sie aber ab und zu irgendwo trifft. Die beiden tauchen häufiger zur selben Zeit am selben Ort auf. Ich will, dass sie mir sagt, warum das mit dem zweiten Exmann geht, mit Moriarity aber anscheinend nicht.«

Nach einer kurzen Pause fragte sie: »Wusstest du, dass über uns und unseren Urlaub jede Menge Unsinn in den Zeitungen geschrieben stand?«

Roarke wies mit dem Finger auf den Kater, der sich bäuchlings Richtung Beerenschüssel schob, eilig drehte der daraufhin den Kopf in Richtung Fernseher, als fände er die Aktienkurse plötzlich furchtbar interessant.

»Davon bin ich ausgegangen.«

»Und das stört dich nicht?«

»Nein, das ist normal.« Er verfolgte, wie sie den Orangensaft trank, den er mit einem Vitaminzusatz versehen hatte. »Und keiner von den Schreiberlingen weiß, dass ich jetzt hier mit meinem Zicklein frühstücke, nachdem der Tag für uns mit äußerst angenehmem Sex begonnen hat.«

Sie lenkte ihren Blick auf Galahad. »Der Kater weiß Bescheid.«

»Aber er wird seine Klappe halten, wenn er weiterhin ein Dach über dem Kopf und feines Futter haben will. Wir haben unser Heim.« Er berührte flüchtig ihre Hand. »Und außerhalb ist ein Privatleben nun mal nicht möglich, aber auch nicht wirklich wichtig, finde ich.«

»Verstehe. Aber was ich nicht verstehe, ist, warum anscheinend einigen von diesen Leuten so viel daran liegt, ständig im Rampenlicht zu stehen. Warum sie in der Zeitung lesen wollen, wie sie in Florenz beim Pizzaessen angezogen waren.«

Sie selbst hatte anscheinend grüne Shorts und ein ärmelloses, weißes Top dabei getragen. Aber diese Neuigkeit tat sie mit einem gleichgültigen Schulterzucken ab.

»Sie stehen gern im Mittelpunkt«, fuhr sie mit nachdenklicher Stimme fort. »Sicher haben sie unter anderem deshalb dieses mörderische Spiel begonnen und besonders auffällige Elemente in die Taten eingebaut. Weil sie in den Medien etwas darüber hören wollen.«

»Und vielleicht haben sie die Morde deshalb extra so getimt, dass die Fälle auf deinem Tisch gelandet sind.«

»Kann sein.« Ohne zu wissen, was für eine Freude sie Roarke damit machte, kippte sie auch noch den Rest von ihrem Saft in sich hinein. »Ich muss allmählich los. Am besten fahre ich bei Peabody vorbei und sammele sie zu Hause ein. Dadurch sparen wir ein bisschen Zeit.«

»Sagst du den Leuten wegen Sonnabend Bescheid, oder soll ich das machen?«

»Wegen Sonnabend?«

»Unser zwangloses Zusammensein mit ein paar Freunden.«

Immer noch war sie verwirrt, doch schließlich meinte sie: »Oh, richtig. Ja, genau. Das übernehme ich.«

Er hielt ihr einen Memowürfel hin. »Nur zur Erinnerung.« Dann zog er ihr Gesicht zu sich heran und gab ihr einen Kuss. »Versuch, dir keine zusätzlichen Schnitte oder anderen Blessuren einzuhandeln, ja?«

»Du auch nicht«, bat sie ihn und glitt mit einem Finger über seine Seite, wo ein paar Wochen zuvor ein Messer in ihn eingedrungen war.

Auf der Fahrt in Richtung City schrieb sie ein paar E-Mails wegen der Zusammenkunft am Samstagabend und wandte sich dann wieder ihrer Arbeit zu.

Ihre Killer liebten es, im Mittelpunkt zu stehen. Dachten sie vielleicht, das stünde ihnen zu? Ja, wahrscheinlich. Dadurch unterschieden sie sich von dem Mörder, der das Augenmerk der Menschen auf sich lenkte, weil er irgendwo in seinem tiefsten Innern hoffte, dass man ihn erwischte und bestrafte, weil er selber wusste, dass sein Treiben schändlich war.

Doch bei diesem Wettstreit zweier Killer ging es nicht darum, erwischt zu werden, sondern darum zu gewinnen oder vielleicht einfach um den Wettstreit selbst.

Allerdings gab es bei einem Wettkampf Regeln. Eine Art Struktur. Und damit einer gewinnen könnte, müsste auch die Möglichkeit bestehen, dass der andere verlor.

Sie fragte sich, wie viele Runden dieses Spiel wohl hatte und ob es so etwas wie ein Endspiel gab.

Fragen über Fragen, dachte sie, als sie an einer roten Ampel hielt. Ein Strom von Fußgängern ergoss sich auf die Straße. Lauter ganz normale Leute auf dem Weg in einen ganz normalen Tag. Mit Besprechungen, die es zu führen, Läden, die es aufzumachen, Waren, die es anzubieten, Dienstleistungen, die es zu erbringen galt.

Leute, die bestimmte Ziele, klar umrissene Aufgaben und Listen in den Köpfen hatten. Weil die meisten Leute immer einem ganz bestimmten Zeitplan folgten. Der von ihrer Arbeit, Schule, der Familie und verschiedenen Terminen vorgegeben war.

Welchem Zeitplan folgten diese beiden? Die mit goldenen Löffeln in den Mündern auf die Welt gekommen und deswegen alles andere als normale Leute waren. Männer, die zu jeder Zeit alles bekommen konnten, was sie haben wollten, während die normalen Leute sie bedienten, ihrem Zeitplan folgten und sich alle Mühe gaben, jeden ihrer Wünsche zu erfüllen, ganz egal, wie ausgefallen er auch war.

Denn sie hatten Macht und Privilegien.

Genau wie Roarke, der allerdings im Gegensatz zu ihnen hungrig auf der Straße aufgewachsen war.

Und es gab noch einen anderen Unterschied. Denn während ihm inzwischen ungefähr die halbe Welt gehörte, war sein bester Freund, dem er seit seiner Kindheit eng verbunden war und blind vertraute, der Betreiber eines eher bescheidenen Pubs. Doch wenn sich die beiden trafen – ob auf einem Spielplatz, über einer Leiche oder auf dem Bauernhof von Roarkes Familie –, waren sie einfach Freunde.

Die auf Augenhöhe miteinander umgingen.

Weil für sie nicht zählte, was der jeweils andere hatte oder wie er das erreicht hatte, was er besaß, sondern, was er damit machte, und vor allem, wie er durchs Leben ging.

Macht und Privilegien, dachte sie erneut. Was für eine billige Entschuldigung dafür, dass man ein Arschloch war.

Kurz bevor sie Peaobdys Apartmentblock erreichte, rief sie bei ihr an. »Ich bin in fünf Minuten da. Schwingen Sie bis dahin Ihren Hintern auf die Straße, ja?«

Sie beendete den Anruf, ohne eine Antwort abzuwarten, und als sie trotz wütender Proteste einer Reihe anderer Fahrer in der zweiten Reihe parkte, blickte sie zu dem Gebäude auf, in dem sie selbst einmal daheim gewesen war.

Ein normaler, viereckiger Wohnblock wie so viele andere Wohnblocks in der City, wo so viele Menschen Platz zum Essen, Schlafen, Leben brauchten, dass es kaum genügend Raum für alle gab. Alle diese Leute lebten dicht gedrängt in einer Art von Bienenstock mit jeder Menge kleiner Waben.

Während ihr Zuhause herrlich abgeschieden, riesengroß und alles andere als gewöhnlich war. Noch immer schämte sie sich, wenn sie jemandem eingestehen musste, dass sie Einzug in ein echtes Herrenhaus gehalten hatte, das von Roarke mit Ehrgeiz, Sinn für Stil und jeder Menge Geld errichtet worden war.

Vielleicht war sie nicht mehr ganz die Frau, die früher in diesem Bienenstock daheim gewesen war. Aber in ihrem tiefsten Innern war sie immer noch dieselbe, oder etwa nicht? Machte immer noch dieselbe Arbeit und war immer noch derselbe, ganz normale Mensch.

Denn zwar machte man im Lauf des Lebens sicher einige Veränderungen durch, der Kern des Menschen aber blieb von der Geburt bis an sein Lebensende gleich.

Als Peabody zum Wagen kam, wippte ihr dunkles Haar in einem kurzen Pferdeschwanz, eine dünne, lose Jacke schwang um ihre Hüften, und an ihren Füßen trug sie Gelstiefel in sommerlichem Pink. Sie war eine völlig andere Erscheinung als die junge Frau mit dem strengen Topfschnitt, frisch gewaschener Uniform und blank polierten, schwarzen Schuhen, die vor knapp zwei Jahren in ihr Dezernat gekommen war.

Immer noch rief diese Veränderung ihres Erscheinungsbilds ein leichtes Unbehagen in Eve wach, doch selbst in pinkfarbenen Schuhen war Peabody ein grundsolider Cop.

»Geld macht einen nicht zu einem Arschloch«, sagte sie, als ihre Partnerin die Wagentür aufzog. »Geld macht einen nur zu einem Arsch mit Geld.«

»Okay.«

»Und wenn jemand einfach zum Vergnügen tötet, hat er immer schon das heimliche Verlangen danach, aber bisher vielleicht einfach nicht den Mut dazu gehabt.«

Peabody rutschte unruhig auf ihrem Sitz herum. »Und Sie denken, dass uns Dudleys Exverlobte dieses heimliche Verlangen offenbaren wird?«

Ja, genau, sie war ein grundsolider Cop, sagte sich Eve erneut. »Wenn nicht, wäre ich ziemlich überrascht.«

»Nach den Informationen, die wir inzwischen über sie haben, kommt sie mir ziemlich bodenständig vor. Arbeitet unentgeltlich als Beraterin im Jugendclub des Orts, in dem ihr Mann der Softball-Trainer ist. Sie sind Mitglieder des Country Clubs und außerdem leitet sie hier und da ein Komitee. Das passt zu ihrem finanziellen und gesellschaftlichen Hintergrund.«

Ganz normale Leute, dachte Eve, mit Geld.

»Durch eine Heirat mit Dudley hätte sie es in die Oberschicht geschafft«, stellte Peabody mit einem gleichmütigen Achselzucken fest. »So gehört sie eher zur gehobenen Mittelschicht. Aber wie dem auch sei, nach allem, was Sie gestern Abend rausgefunden haben, besteht die Verbindung zwischen ihr, Dudley und Moriarity zum einen über ihre eigene Cousine und zum anderen über die Cousine dieses Kerls. Falls Ihre Vermutung über diese beiden Typen stimmt, wüsste ich wirklich gerne, wie sie damals waren.«

»Eine solche Partnerschaft erfordert vollkommenes Vertrauen oder grenzenlose Blödheit. Und für blöd oder besser für so blöd halte ich die beiden nicht.« Eve dachte kurz nach. »Diese Art Vertrauen bildet sich nicht über Nacht. Denn wenn einer von den beiden einknicken und reden würde, würden alle beide untergehen. Aber trotzdem ...«

»Trotzdem?«

»Wenn es hier um einen Wettstreit geht, heißt das, dass einer von den beiden ihn irgendwann verliert. Indem ein

Mordanschlag misslingt, er sich erwischen lässt oder es sonst auf eine Art vermasselt. Eine andere Möglichkeit, die Sache zu beenden, gibt es nicht.«

»Vielleicht glaubt ja keiner von den beiden, dass er dieses Spiel verlieren kann.«

»Aber einer von den beiden muss es irgendwann verlieren«, widersprach ihr Eve.

»Ja, aber wenn ich und Ian spielen, bin ich immer vollkommen schockiert und angepisst, wenn er gewinnt. Weil ich überzeugt bin zu wissen, dass ich gewinnen werde. Und zwar jedes Mal. Wobei es ihm genauso geht. Wahrscheinlich, weil wir beide gleich stark sind. Wenn wir dieselben Spiele gegen andere spielen, machen wir sie immer alle platt.«

»Der Einwand ist echt gut«, erkannte Eve. »Die zwei sind arrogante Schweinehunde, wahrscheinlich kann sich wirklich keiner von den beiden vorstellen, dass er dieses Spiel verliert.« Sie ließ sich den Gedanken durch den Kopf gehen und ihn dort gegen die anderen Elemente ihrer Theorie zu diesen Taten prallen. »Diese Morde wurden sorgfältig geplant und planmäßig ausgeführt. Das Vorgehen war nicht impulsiv. Und wenn jemand Morde so sorgfältig plant, hat er etwas in sich, was aufs Töten aus ist. Vielleicht kann er das nach außen gut verstecken, aber ganz egal, wie dick der Lack ist, den er darüber pinselt, blitzt ganz sicher ab und zu etwas von dieser Mordlust bei ihm durch.«

Peabody nickte zustimmend. »Vor allem gegenüber jemandem, der einem nahe genug steht, um es zu sehen. Vielleicht könnte man also sagen, dass die beiden sich erkannt haben. Weil sie die sind, die sie sind, und das für sie in Ordnung ist.«

Genau dasselbe hatte Mavis während ihres Telefongesprächs gesagt.

»Ja, ich würde sagen, dass das durchaus eine Rolle spielt. Aber jetzt müssen wir auch noch andere Leute finden, die erkannt haben, was diese zwei für Menschen sind. Darauf müssen wir aufbauen, bis es für eine Vorladung und ein Verhör der beiden reicht. Oder bis der Richter uns die Häuser von den beiden auf den Kopf stellen lässt. Denn sie haben nach den Morden ganz bestimmt kommuniziert. Sie hätten es nicht ausgehalten, so lange zu warten, bis die Medien berichten, dass das jeweilige Vorhaben gelungen ist.«

»Abgesehen von der Verbindung zwischen beiden Unternehmen, habe ich bisher keine Verbindung zwischen unseren beiden Opfern, zwischen unseren Opfern, Sweet und Foster oder zwischen unseren Opfern und den beiden Hauptverdächtigen entdeckt.«

»Vielleicht gibt es trotzdem eine, die man nur einfach nicht sieht.«

Connecticut war völlig anders als New York, fand Eve. All der Platz, den die Menschen dort hatten, all das Grün, die vielen Bäume und die Gärten, die so sorgsam hergerichtet waren wie die Damen aus den besseren Kreisen nach einem Termin bei einem Starfrisör. In den geteerten Einfahrten der Grundstücke waren elegante, blank polierte Fahrzeuge geparkt, und je größer die Anwesen wurden, umso öfter blitzten dort das Rot von Tennisplätzen, das Karibikblau privater Pools und das Schwarz von Helikopter-Landeplätzen auf.

»Was tun die Leute hier?«

»Was sie wollen«, schätzte ihre Partnerin.

»Was ich meine, ist, man kann hier nirgends hingehen.

283

Weil es keinen Laden an der Ecke, keine Schwebegrills und keine Spur von Leben auf der Straße gibt. Das Einzige, was man hier sieht, sind Häuser.«

»Sicher ziehen die Menschen extra deswegen hierher. Weil sie Platz und ihre Ruhe haben wollen. Das haben Sie zu Hause schließlich auch.«

Eve nutzte das Navi ihrer Uhr und bog in eine sanft geschwungene Einfahrt, die zu einem Haus in U-Form führte, das auf einem kleinen Hügel stand. Der zweistöckige Mittelteil des Baus verband die beiden langgezogenen, einstöckigen Seitenflügel, die zu gleichen Teilen aus Stein und Holz und Glas errichtet waren.

Links und rechts der Einfahrt waren große, bunte Blumenbeete angelegt, auf die der Schatten dicht belaubter, großer Bäume fiel.

Die Einfahrt mündete in einen kleinen Parkplatz, wo bereits ein kleiner, offener, feuerroter Flitzer stand.

»Hübsch.« Peabody sah sich auf dem Weg zur Haustür um. »Mit all dem Platz bestimmt ein guter Ort, um Kinder großzuziehen. Außerdem ist die Verbrechensrate niedrig, und die Schulen sind sicher wirklich gut.«

»Sie denken doch nicht etwa über einen Umzug nach?«

»Nein. Genau wie Sie brauche ich das Treiben in New York. Trotzdem kann ich verstehen, wenn Leute hier leben wollen.«

Eine Frau in einem blütenweißen Hemd, das ordentlich in einer kurzen Hose steckte, machte ihnen auf. »Was kann ich für Sie tun?«

»Felicity VanWitt.« Eve zückte ihre Dienstmarke. »Wir würden gerne mit ihr sprechen. Lieutenant Dallas und Detective Peabody von der New Yorker Polizei.«

Die Frau griff sich ans Herz. »Die Kinder …«

»Mit den Kindern hat unser Besuch nichts zu tun.«

»Oh.« Sie atmete erleichtert auf. »Sie machen heute einen Ausflug nach New York. Mit ihrem Jugendclub. Ich dachte … tut mir leid. Dr. VanWitt hat gerade eine Sitzung. Können Sie mir sagen, was Sie von ihr wollen?«

»Vielleicht sagen Sie uns erst einmal, wer Sie sind.«

»Anna Munson. Ich bin hier die Hauswirtschafterin.«

»Wir müssen mit Dr. VanWitt persönlich sprechen.«

»Sie müsste in zehn Minuten fertig sein.« Nach kurzem Zögern fügte sie hinzu: »Tut mir leid. Ich will bestimmt nicht unhöflich erscheinen, doch wir sind es nicht gewohnt, dass die Polizei bei uns erscheint.«

»Niemand von Ihnen ist in Schwierigkeiten«, klärte Eve sie auf. »Wir hoffen, dass Dr. VanWitt uns in Zusammenhang mit laufenden Ermittlungen ein paar Informationen geben kann.«

»Verstehe.« Sie verstand nicht im Geringsten, machte aber trotzdem höflich einen Schritt zurück. »Wenn Sie bitte kurz hier warten würden, werde ich sie wissen lassen, dass Sie hier sind, sobald sie aus ihrer Sitzung kommt.«

Das Innere des Hauses war genauso großzügig und wohnlich wie das Grundstück, registrierte Eve. Offensichtlich wurde es von Anna wirklich gut geführt. Sie geleitete die Gäste in ein Wohnzimmer, wo auf dem Tisch in einer Glasvase ein hübscher Strauß voll leuchtend bunter Blumen stand, die aussahen, als kämen sie frisch aus dem Garten, den man durch die bodentiefen Fenster sah.

Während Eve noch auf den leuchtend blauen Pool und das hübsche, kleine Gartenhaus daneben blickte, fragte Anna: »Kann ich Ihnen etwas zu trinken anbieten? Ich wollte gerade Eiskaffee machen.«

Eve schüttelte den Kopf, denn ein mit Eis verwässerter Kaffee schmeckte doch sicher widerlich. »Nein, danke.«

»Wenn Sie sowieso gerade dabei sind, gern«, erklärte Peabody, und Anna sah sie lächelnd an.

»Das ist eine gute Ausrede, damit ich selber einen trinken kann. Bitte setzen Sie sich doch, und machen Sie es sich bequem. Ich bin sofort wieder ... Lieutenant Dallas, haben Sie gesagt? Eve Dallas?«

»Ja.«

»Die Eve Dallas aus dem Buch? Die im Icove-Fall ermittelt hat? Ich habe es gerade gelesen. Es war furchtbar aufregend ... und grauenhaft«, fügte sie umgehend hinzu. »Ich konnte das Buch erst wieder aus der Hand legen, als ich auf der letzten Seite war. Dallas und Peabody. Stell sich das einer vor. Dr. VanWitt hat sich das Buch von mir geliehen. Sie wird begeistert sein, weil sie Sie jetzt auch noch persönlich kennen lernen darf.«

»Super«, antwortete Eve. Und ließ erst unbehaglich ihre Schultern kreisen, als die Hauswirtschafterin verschwunden war. »Was meinen Sie? Wie lange wird das noch so gehen? Ooooh, das Icove-Buch. Das geht mir langsam wirklich auf den Keks.«

»Keine Ahnung, aber irgendwie ist das doch cool. Und Sie müssen zugeben, die Leute gehen deshalb ganz anders mit uns um. Erst war sie zwar höflich, aber argwöhnisch, und jetzt ist sie total begeistert, weil sie uns bewirten darf.«

»Wahrscheinlich haben Sie recht.« Eve schlenderte gemächlich durch den Raum. Der mit den Blumen, den Familienfotos, einer Reihe hübscher Aquarelle an den Wänden und seinen bequemen Möbeln in freundlichen Farben ausnehmend behaglich war.

Aufgrund der Größe und der Lage innerhalb des Hauses schien es allerdings eher ein Empfangsraum als der Wohnraum der Familie zu sein.

Im Handumdrehen war Anna wieder da. Sie hielt ein Tablett mit zwei Gläsern Eiskaffee und einer Tasse dampfend heißen schwarzen Kaffees in der Hand. »In dem Buch stand, dass Sie vorzugsweise schwarzen Kaffee trinken, Lieutenant, deshalb habe ich zur Vorsicht eine Tasse für Sie mitgebracht. Die Frau Doktor kommt sofort. Der zweite Eiskaffee ist für sie. Kann ich sonst noch etwas für Sie tun?«

»Danke, nein. Und danke auch für den Kaffee.«

»Gern geschehen. Dann werde ich …«

Mit einem weiteren Glas in ihrer Hand, betrat Felicity den Raum. »Sie haben Ihren Kaffee in der Küche stehen lassen, Anna.« Lächelnd reichte sie der anderen Frau das Glas und wandte sich an Eve. »Es ist mir ein Vergnügen, Ihre Bekanntschaft zu machen. Die Bekanntschaft von Ihnen beiden. Der Fall Icove hat mich wirklich fasziniert, und ich hoffe, Sie sind hier, weil ich Sie in Zusammenhang mit irgendeinem anderen, genauso aufregenden Fall beraten soll.«

»Wir hätten ein paar Fragen zu Winston Dudley«, antwortete Eve, und sofort wich die Wärme aus Felicitys Gesicht.

»Sie sind wegen Winnie hier? Ich wüsste nicht, was ich über ihn sagen könnte. Denn ich habe ihn seit Jahren nicht mehr gesehen.«

»Sie waren mal mit ihm verlobt.«

»Ja.« Ihr Lächeln wirkte etwas angespannt. »In einem anderen Leben.«

»Dann erzählen Sie uns doch bitte etwas aus diesem anderen Leben.« Eve nahm auf dem Sofa Platz und streckte ihre Hand nach der Kaffeetasse aus.

»Ich bin in der Küche, falls ...«, fing Anna an.

»Nein, bitte bleiben Sie. Anna ist ein Teil unserer Familie, und ich hätte gerne, dass sie bleibt«, sagte Felicity.

»Kein Problem. Wie haben Sie und Dudley sich kennengelernt?«

»Auf einer Party bei meiner Cousine Patrice Delaughter. Die beiden waren flüchtige Bekannte. Sie war damals mit Sylvester Moriarity zusammen, und kurz nach der Party haben sich die zwei verlobt. Gleichzeitig hat Winnie mir den Hof gemacht, und wenig später waren wir ebenfalls verlobt. Aber nur für kurze Zeit.«

»Warum nur für kurze Zeit?«

»Ich wünschte, Sie würden mir sagen, weshalb Sie das interessiert. Denn es ist schließlich fast 15 Jahre her.«

»Ich frage mich, weshalb es Ihnen nach so langer Zeit so schwer fällt, darüber zu reden.«

Felicity ließ sich in einen Sessel sinken und nahm einen großen Schluck aus ihrem Glas. »Was hat er verbrochen?«

»Weshalb denken Sie, dass er etwas verbrochen hat?«

»Ich bin Psychologin.« Ihre Miene und auch ihre Stimme wurden kalt. »Wenn Sie wollen, können wir den ganzen Tag lang miteinander Rätselraten spielen.«

»Bei Recherchen in Zusammenhang mit einem Fall ist Ihr Name aufgetaucht.«

»Nun, wie gesagt, ich habe ihn seit einer Ewigkeit nicht mehr gesehen oder gesprochen.«

»Weil die Trennung hässlich war?«

»Nicht besonders.« Trotzdem wandte sie sich ab. »Wir haben einfach nicht zueinander gepasst.«

»Warum haben Sie Angst vor ihm?«

»Ich habe keinen Grund, Angst vor ihm zu haben.«

»Und wie sah das damals aus?«

Sie setzte sich anders hin. Versuchte, Zeit zu schinden, merkte Eve, ihre Worte sorgfältig zu wählen und Gelassenheit zu demonstrieren.

»Ich hätte auch damals keinen Grund gehabt, mich vor ihm zu fürchten. Sie sind hier, weil er in einen Fall verwickelt ist, in dem Sie momentan ermitteln. Weil Sie denken, dass er etwas verbrochen hat. Und bevor ich irgendwas erzähle, will ich wissen, worum es geht.«

»Es geht um zwei tote Menschen. Reicht das als Erklärung aus?«

Als Felicity die Augen schloss, nahm Anna schweigend auf der Lehne ihres Sessels Platz und drückte ihr aufmunternd die Hand.

»Ja.« Sie schlug die Augen wieder auf und sah Eve reglos an. »Habe ich Grund zu fürchten, dass er mir oder meiner Familie etwas antun wird?«

»Das ist schwer zu sagen, da ich schließlich keine Ahnung habe, was vor 15 Jahren geschehen ist. Vor ein paar Tagen war er hier in Greenwich eingeladen«, fügte Eve hinzu. »Nur ein paar Meilen von hier entfernt. Hat er Sie da vielleicht kontaktiert?«

»Nein. Dazu hat er keinen Grund gehabt. Und ich möchte auch, dass das so bleibt.«

»Dann helfen Sie uns, Dr. VanWitt«, bat Peabody in ruhigem Ton. »Wir werden alles in unserer Macht Stehende tun, damit er Sie auch zukünftig in Ruhe lässt.«

»Ich war damals noch sehr jung«, begann Felicity. »Und er war ungeheuer attraktiv und ausnehmend charmant. Das klingt vielleicht wie ein Klischee, aber ich war hin und weg. Er hat mir den Hof gemacht, mir Blumen und Geschenke mitgebracht, Gedichte für mich geschrieben und mir seine ungeteilte Aufmerksamkeit geschenkt. Trotzdem habe ich ihn nicht geliebt, das wurde mir bewusst, als es vorüber war. Es war keine Liebe, sondern … Hörigkeit. Denn er war alles, was sich eine junge Frau nur hätte wünschen können.«

Als sie eine kurze Pause machte, merkte Eve, dass sie nicht mehr versuchte, Zeit zu schinden, sondern ganz in der Erinnerung gefangen war. »Er hat mich nicht geliebt. Darüber wurde ich mir schneller klar als über meine eigenen Gefühle, trotzdem wollte ich ihn unbedingt. Deswegen habe ich, wie junge Frauen es häufig tun, versucht, die Frau zu werden, die er will. Ständig waren er und ich, Patrice und Sly zusammen unterwegs. Es war unglaublich aufregend, und Gott, es hat mir einen Riesenspaß gemacht. Wochenenden in Newport oder an der Côte d'Azur oder ein spontanes Abendessen in Paris. Es gab nichts, was er mir nicht geboten hat.«

Sie atmete tief durch. »Er war der erste Mann für mich. Ich war naiv und fürchterlich nervös, und er war sehr rücksichtsvoll. Beim ersten Mal. Dann wollte er immer mehr, Dinge, bei denen mir unbehaglich war. Aber er hat mich nicht – zumindest nicht direkt – dazu gedrängt. Trotzdem hatte ich, je länger wir zusammen waren, immer stärker das Gefühl, dass irgendetwas nicht stimmt. Als hätte ich eine verstohlene Bewegung aus dem Augenwinkel wahrgenommen, die aber bereits wieder verschwunden war, als ich mich nach ihr umgedreht habe. Trotzdem wusste ich genau, dass da etwas war.«

Abermals hob sie ihr Glas an den Mund und schluckte. »Er hat Drogen konsumiert. Das taten damals viele, und es wirkte so, als würde er das nur in seiner Freizeit zur Entspannung tun. Aber da wir alle ständig Freizeit hatten, hatte er auch immer etwas dabei. Und hat mich gedrängt, auch etwas zu nehmen, mich zu amüsieren, keine solche Spaßbremse zu sein.« Sie hielt nachdenklich inne.

»Wenn er und Sly zusammen waren, waren sie immer furchtbar ausgelassen. Was ich anfangs durchaus aufregend und reizvoll fand. Aber irgendwann wurde es mir zu viel. Es ging mir alles zu schnell, war mir alles irgendwie zu hart und auch zu wild, denn im Grunde meines Herzens war ich gar nicht die, die ich versuchte, für Winnie zu sein.«

Abermals legte sie eine Pause ein, holte Luft und lehnte sich an Anna.

»Dann fing er an, mir wehzutun. Nur ein bisschen und wie zufällig. Kleine Unfälle, die blaue Flecken oder Abschürfungen bei mir hinterließen, doch allmählich wurde mir bewusst, dass es ihm Spaß machte, mich zu verängstigen. Danach hat er mich jedes Mal getröstet, aber trotzdem konnte ich ihm ansehen, dass er es genossen hat, mir Angst zu machen. Immer wieder hat er mich wie zufällig in einem dunklen Zimmer eingeschlossen, ist zu schnell gefahren oder hat mich, wenn wir am Strand waren, ein bisschen zu lange unter Wasser getaucht. Auch der Sex wurde zu hart für meinen Geschmack. Winnie wurde dabei richtiggehend gemein.«

Sie starrte reglos in ihr Glas, als die Erinnerung an die Ereignisse kurzfristig übermächtig wurde, aber ihre Hand war völlig ruhig, als sie den nächsten Schluck von ihrem eisgekühlten Kaffee trank.

»Davon abgesehen war er weiter unglaublich charmant. Eine Zeitlang dachte ich, dass es an mir läge, dass ich nicht offen genug wär, um all diese neuen, aufregenden Dinge zu probieren. Aber …«

»Schließlich wurde Ihnen klar, dass Sie nicht wollten, was

er wollte«, führte Eve den Satz zu Ende. »Oder dass Sie nicht mehr machen wollten, wozu er sie zwang.«

»Das wollte ich auf keinen Fall. Denn das hat ganz einfach nicht zu mir gepasst. Irgendwann wurde mir klar, dass ich nicht dauerhaft so tun könnte, als ob ich jemand wäre, der ich schlicht nicht bin. Einmal habe ich gehört, wie er und Sly über mich gesprochen und gelacht haben. Da wurde mir bewusst, dass ich die Sache schnellstmöglich beenden müsste, doch ich hatte keine Ahnung, wie. Weil meine Familie völlig hingerissen von ihm war. Schließlich war er so charmant, so süß und rundherum perfekt. Abgesehen von den Bewegungen, die ich inzwischen regelmäßig aus dem Augenwinkel sah, und abgesehen von den Unfällen. Ich hatte Angst vor diesem Mann, deshalb habe ich vor Zeugen einen Streit mit ihm vom Zaun gebrochen und ihn auf die Art dazu gebracht, dass er mich fallen gelassen hat. Er war unglaublich wütend, und er hat mir fürchterliche Dinge an den Kopf geworfen, aber ich war einfach nur erleichtert, weil ich wusste, dass er mich jetzt nicht mehr wollte und dass ich nach diesem Streit für ihn gestorben war. Er würde mir den Laufpass geben, und ich wäre endlich wieder frei. Tatsächlich hat er nie wieder ein Wort mit mir gesprochen.«

Sie schüttelte verblüfft den Kopf und stieß ein kurzes, überraschtes Lachen aus. »Wirklich kein einziges Wort. Es war, als hätte es all diese Monate gar nicht gegeben. Selbst als wir ein wenig später beide auf der Hochzeit von meiner Cousine waren, war ich Luft für ihn. Wobei er mich nicht absichtlich links liegen lassen hat. Vielmehr war ich einfach unsichtbar für ihn, als gäbe es mich nicht. Als hätte es mich nie gegeben. Als würde ich für ihn gar nicht mehr existieren. Das war eine noch größere Erleichterung für mich.«

Sie sehen durch dich hindurch, hatte auch Roarke gesagt, und Eve konnte genau verstehen, wovon ihr Gegenüber sprach.

»War es das, weswegen Sie hierhergekommen sind?«

»Ja. Sie haben es hier wirklich schön, Dr. VanWitt. Und ich wette, dass Sie nette Kinder, einen guten Ehemann, Spaß und Erfolg in Ihrem Job und echte Freundinnen und Freunde haben.«

»Ja, das stimmt.«

Eve erhob sich von der Couch. »Vielleicht waren Sie damals jung, naiv und hin und weg. Aber dumm waren Sie nicht.«

»Er ist, das heißt, sie beide sind gefährlich. Davon bin ich überzeugt.«

»Ich auch. Aber er kann Ihnen und Ihrer Familie nichts anhaben«, versprach ihr Eve. »Sie sind kein Teil von seiner Welt, und er hat keinen Grund, Ihnen etwas anzutun. Ich werde auch noch mit Ihrer Cousine sprechen.«

»Hilft es Ihnen, wenn ich bei ihr anrufe und ihr von unserem Gespräch erzähle?«

»Ja, vielleicht.«

»Dann werde ich das tun.« Felicity stand auf und reichte Eve die Hand. »Ich hoffe, dass ich Ihnen helfen konnte, auch wenn ich gestehen muss, dass diese Dinge deutlich aufregender und emotional erheblich weniger erschöpfend sind, wenn man in einem Buch darüber liest.«

»Das stimmt.«

14

Als sie wieder durch die leuchtend grüne Landschaft rauschten, sagte Peabody während der ersten Kilometer keinen Ton.

Schließlich aber fragte sie. »Glauben Sie tatsächlich nicht, dass Dudley ihr oder ihrer Familie etwas antun will?«

»Zumindest nicht, solange dieser Wettstreit währt. Wenn er sie hätte dafür bezahlen lassen wollen, dass sie ihn verlassen oder ihn dazu gebracht hat, sich von ihr zu trennen, hätte er das schon vor einer Ewigkeit getan.« Sie würde noch mit Mira sprechen, aber …

»Sicher redet er sich ein, dass sie seiner nicht würdig war. Dass er nur mit ihr gespielt und sie abserviert hat, als er ihrer überdrüssig war. Und seitdem existiert sie gar nicht mehr für ihn. Ist für ihn wie ausgelöscht. Wenn sie weiter Punkte oder was auch immer sammeln wollen, könnte einer von den beiden irgendwann beschließen, es auf Leute aus ihrem privaten Umfeld abzusehen. Aber so weit sind sie jetzt noch nicht.«

»Ich frage mich, wie sie auf die Idee zu diesem kranken Spiel gekommen sind. Hat wohl einer von den beiden einfach vorgeschlagen: ›He, lass uns zur Abwechslung mal um die Wette morden?‹«, überlegte Peabody. »Ich kann sie beinah vor mir sehen. Vielleicht hatten sie zu viel getrunken oder irgendetwas eingeworfen. Sachen, die man sagt, wenn man betrunken oder sonst wie high ist, kommen einem oft unglaublich tiefschürfend, brillant oder auch einfach witzig vor, sind aber für gewöhnlich längst vergessen, bis man wieder nüchtern ist. Aber diese beiden haben einen Wettstreit angefangen, haben Regeln dafür festgelegt und ihr Vorgehen genau geplant.«

Sie wandte sich an Eve und runzelte die Stirn. »Das ist eine große Sache. Selbst wenn sie es nur als Spiel sehen, ist es ein besonderes Spiel. Und zwar nicht nur die Morde selbst, die schon für sich genommen eine große Sache sind, sondern auch die Auswahl ihrer Opfer, ihrer Waffen, der Tatorte, des Timings und der Alibis. Man stürzt sich doch bestimmt nicht ohne Vorbereitung in ein solches Spiel. Ich meine, auf die Teilnahme an einem großen Wettkampf, ganz egal, ob es um Sport, ein Spiel, ein Casting oder sonst was geht, bereitet man sich vor, wenn man gewinnen will. Man schwingt sich nicht einfach auf ein Pferd und nimmt an einem großen Springen teil, wenn man vorher nie geritten ist. Weil dann die Gefahr groß ist, dass man nicht nur Letzter wird, sondern sich dazu noch fürchterlich blamiert. Und ich glaube nicht, dass einer dieser beiden Kerle sich blamieren will.«

»Gut.« Oder sogar hervorragend, erkannte Eve. »Das kann ich mir auch nicht vorstellen.«

»Dann denken Sie also, sie haben auch schon vorher Menschen umgebracht?«

»Ich verwette sogar Ihren Arsch darauf, dass diese beiden Morde nicht die ersten waren.«

»Und warum verwetten Sie nicht Ihren eigenen Arsch?«, erkundigte sich Peabody verletzt. »Weil meiner größer und besser gepolstert ist? Das ist ein Schlag unter die Gürtellinie.«

»Wo Ihr Arsch schließlich auch sitzt. Aber wenn Sie sich dann besser fühlen, verwette ich auch meinen eigenen Arsch.«

»Oder vielleicht den von Roarke, weil er meiner Meinung nach den schönsten Hintern von uns dreien hat.«

»Meinetwegen. Dann verwette ich sie eben alle drei. Sie haben vorher schon gemordet. Wahrscheinlich zusammen, auch wenn ich bisher nicht sagen kann, ob das ein Impuls, ein Unfall oder Absicht war. Aber ich verwette Miras Psychologenarsch, dass dieser erste Mord der Auslöser gewesen ist. Der Mord selbst und dass sie damit durchgekommen sind.«

»Mira hat auch einen echt schönen Arsch.«

»Sie wäre sicher völlig aus dem Häuschen, wenn sie wüsste, dass Ihnen ihr Hinterteil gefällt.«

»Himmel, das verraten Sie ihr doch wohl nicht.« Peabody zuckte zusammen und hob abwehrend die Schultern an. »Ich wollte nur beim Thema bleiben.«

»Also tun Sie das. Vorausgesetzt, dass unsere Theorie von diesem Wettkampf stimmt, ist die Wahrscheinlichkeit sehr groß, dass Dudley oder Moriarity innerhalb des letzten Jahres schon einmal aus Absicht oder auch versehentlich getötet haben. Ich habe diese Möglichkeit schon gestern Abend überprüft, und mein Computer hat errechnet, dass sie 89,9 Prozent beträgt. Wenn wir davon ausgehen, dass es so gewesen ist, muss dieser Mord passiert sein, als die beiden irgendwo zusammen waren, und dann haben sie ihn sicher auch gemeinschaftlich vertuscht. Nach diesem Erfolg haben sie überlegt, ob sie nicht einen Wettkampf starten sollen, weil sich dieser Kick mit nichts, was sie bisher gemacht haben, vergleichen lässt.«

»Obwohl das total krank ist, finde ich es logischer, als wenn die zwei einfach spontan beschlossen hätten, mal zu gucken, wie es ist, Menschen abzumurksen.«

»Vielleicht waren sie privat oder geschäftlich unterwegs. Die beiden sind nur gelegentlich hier in New York, um so zu tun, als ob sie ihre Firmen leiten würden, meistens reisen sie in der Weltgeschichte herum. Ich will wissen, wo sie sich im letzten Jahr so herumgetrieben haben, und dann gucken wir, ob es an diesen Orten zu den Zeiten, als sie dort waren, mögliche Vermissten-, ungeklärte Mord- oder verdächtige Todesfälle gab.«

»Vielleicht haben sie ja irgendwen getötet, den niemand vermisst.«

»Ja, aber wir suchen trotzdem erst einmal nach Fällen, die aktenkundig sind. Es müssten zwei gewesen sein.«

Peabody nickte nachdenklich. »Weil jeder einen Mord begangen hat. Damit es einen Gleichstand gab. Himmel, irgendwie gruselt es mich vor diesen beiden Typen immer mehr.«

»Die nächste Runde steht bestimmt unmittelbar bevor.«

Roarke spielte nicht wirklich gerne Golf. Weshalb er es nur selten, und auch dann nur tat, wenn es seinen Geschäften dienlich war. Zwar wusste er den mathematisch-wissenschaftlichen Aspekt beim Golf durchaus zu schätzen, doch es fehlten ihm die körperliche Anstrengung und auch die Risiken, die mit den meisten anderen Sportarten verbunden waren.

Heute aber freute er sich richtiggehend auf die Runde, die er mit einem Geschäftsfreund auf dem Golfplatz drehen würde, weil sie mit der morgendlichen Golfpartie von Dudley und Moriarity zusammenfiel.

Er tauschte seinen Anzug gegen eine Khakihose und ein weißes T-Shirt ein, setzte sich in die Lounge und wartete auf seinen Gast.

Während er mit einem Auge Golf-Highlights auf einem Monitor verfolgte, sah er mit dem anderen, dass Dudley auf der Bildfläche erschien, stand wieder auf, schlenderte Richtung Bar, damit sich ihre Wege kreuzten, blieb kurz stehen und nickte ihm knapp zu.

»Dudley.«

»Roarke.« Der Andere zog die Brauen hoch. »Ich wusste gar nicht, dass Sie Mitglied sind.«

»Ich komme auch eher selten. Golf ist nicht gerade mein Spiel«, klärte er ihn achselzuckend auf. »Aber momentan ist ein Geschäftsfreund zu Besuch, der total versessen darauf ist. Spielen Sie regelmäßig hier?«

»Zweimal in der Woche. Es macht sich bezahlt, wenn man in Übung bleibt.«

»Da haben Sie wahrscheinlich recht, und da ich beim Golf nicht die geringste Übung habe, dürfte ich für Su kein echter Gegner sein.«

»Was haben Sie denn für ein Handicap?«

»Zwölf.«

Sein Gesprächspartner verzog verächtlich das Gesicht. »Deshalb macht es sich bezahlt, wenn man in Übung bleibt.«

»Bestimmt. Und wo stehen Sie?«

»Bei acht.«

»Dann dürften Sie und Su ungefähr gleich stark sein. Vielleicht sollte er mit Ihnen spielen statt mit mir. Das wäre sicher deutlich lustiger für ihn.«

Dudley stieß ein kurzes Lachen aus, hob beiläufig die Hand, und Roarke drehte sich um und sah, dass Moriarity in ihre Richtung kam.

»Seit wann spielen Sie denn hier?« Der Neuankömmling sah ihn fragend an.

»Ich bin schon seit einer ganzen Weile Mitglied, spiele aber kaum.«

»Roarke hat einen Geschäftspartner zu einer Runde eingeladen, meint aber, Golf wäre nicht sein Spiel.«

»Dabei ist es die perfekte Art, Arbeit und Vergnügen zu verbinden, wenn man auch nur ansatzweise spielen kann«, erklärte Moriarity.

»Und schließlich soll die Arbeit einem Spaß machen, nicht wahr? David.« Wieder drehte Roarke sich um und zog einen schlanken Mann mit graumeliertem, schwarzem Bürstenschnitt in ihren Kreis. »David Su, Winston Dudley und Sylvester Moriarity. David und ich haben unter anderem gemeinsame Interessen am Olympus Resort.«

»Angenehm.« David schüttelte den beiden anderen die Hand. »Sind Sie zufällig der Sohn von Winston Dudley dem Dritten?«

»Ja, genau.«

»Wir kennen uns. Bitte richten Sie ihm Grüße von mir aus.«

»Mit Vergnügen.« Dudley wandte Roarke subtil den Rücken zu. »Darf ich fragen, woher Sie ihn kennen?«

»Wir haben gemeinsame Geschäftsinteressen und teilen die Leidenschaft für Golf. Wobei er ein wirklich starker Gegner ist.«

»Sie haben schon mit ihm gespielt?«

»Bereits des Öfteren. Beim letzten Mal habe ich ihn um einen Schlag besiegt. Wir müssen uns wirklich wieder einmal verabreden.«

»Vielleicht könnte ich ihn heute ja vertreten. Was sagst du, Sly? Sollen wir vielleicht zu viert spielen?«

»Warum nicht? Außer Roarke hätte etwas dagegen.«

»Ganz und gar nicht«, antwortete der und freute sich, dass dieses Arrangement das reinste Kinderspiel gewesen war.

Bereits nach kurzer Zeit standen sie in der morgendlichen Brise vor dem ersten Loch.

Dudley rückte seine Mütze auf dem Kopf zurecht und wandte sich an Roarke. »Ich bin vor Kurzem Ihrer Frau begegnet.«

»Ach.«

»Sie haben doch bestimmt von diesem Mord gehört. An einem Chauffeur. Und zwar vom Fahrgast seiner Limousine, der sich als der Chef von unserer Sicherheitsabteilung ausgegeben hat. Eine schreckliche Geschichte.«

»Grässlich«, stimmte Roarke ihm zu. »Ich habe davon in den Nachrichten gehört. Ich hoffe, dass Sie deshalb keine allzu großen Unannehmlichkeiten haben.«

»Die sind nicht der Rede wert«, winkte Dudley ab, bevor er seinen Driver aus dem Caddy nahm. »Vor allem hat mir Ihre Gattin einen großen Dienst erwiesen, denn bei den Ermittlungen hat sie eine Betrugsmasche von zwei meiner Angestellten aufgedeckt.«

»Tatsächlich? Aber mit dem Mord hatten die beiden nichts zu tun?«

»Anscheinend nicht. Sie ist zufällig darauf gestoßen, während sie versucht hat herauszufinden, wie jemand an die Identität und die Kontonummer des Chefs unserer Security herangekommen ist. Dafür sollte ich ihr Blumen schicken.«

»So etwas gehört für sie einfach zum Job.«

Dudley machte ein paar Übungsschwünge. »In dem Buch von Nadine Furst hat es gewirkt, als wären Sie ziemlich stark in ihre Arbeit involviert.«

Roarke setzte ein Grinsen auf. »Das macht sich ziemlich gut, finden Sie nicht auch? Aber immerhin war der Fall Icove auch etwas ganz Besonderes, er hat unglaublich hohe Wellen geschlagen. Wohingegen ein toter Chauffeur trotz der lockeren Verbindung, die der Fall zu Ihrem Unternehmen hat, keine wirklich große Sache ist.«

»Für die Medien scheint er das durchaus zu sein.« Er wandte Roarke erneut den Rücken zu und legte seinen Ball aufs Tee.

Er ist verärgert, dachte Roarke und war nicht weiter überrascht, dass keiner von den beiden Männern weiter mit ihm sprach. Weil Su mit seiner exklusiven Abstammung erheblich interessanter für sie war als ein Emporkömmling, der in den Gossen Dublins groß geworden war.

Sie hätten nie auch nur ein Wort mit ihm gewechselt und ganz sicher nicht mit ihm gegolft, wenn sie nicht gedacht hätten, er wäre in die Arbeit seiner Gattin involviert. Und nachdem er angedeutet hatte, dass er sich für den Fall des Chauffeurs nicht weiter interessierte, hatten sie auch kein Interesse mehr an ihm.

Doch der Abstand, den sie zu ihm hielten, gab ihm die Gelegenheit, sie gründlich zu beobachten und zu erkennen, dass sie sich verstohlene Signale gaben, um auf jeden Fall als Sieger aus der Golfpartie hervorzugehen. Sie schummelten geschmeidig und subtil, was auf lange Übung schließen ließ.

Es wirkte wie ein sorgsam einstudierter Tanz.

In der Mitte des Parcours beschlossen Roarke und Su, den Cart vorauszuschicken und zu Fuß zum nächsten Loch zu gehen.

Die sommerliche Hitze hatte noch nicht ihren Höhepunkt erreicht, und auf dem baumbestandenen Green in Queens, auf dem mitunter eine leichte Brise wehte, war es durchaus angenehm.

Roarke fand den Spaziergang deutlich angenehmer, als

mit einem Schläger auf eine der kleinen, weißen Kugeln einzudreschen, aber sein Begleiter stellte fest: »Die beiden erweisen Ihnen nicht den mindesten Respekt.«

»Das stört mich nicht.«

Su schüttelte den Kopf. »Sie stellen ihre unhöfliche Art genauso lässig wie die handgenähten Golfschuhe zur Schau.«

»Über die Auswahl ihrer Schuhe haben sie wahrscheinlich gründlich nachgedacht. Wohingegen ihre rüde Art einfach ein Teil von ihrem Wesen ist.«

»So sieht es aus.« Su bedachte Roarke mit einem neugierigen Blick. »In all den Jahren, in denen wir Geschäfte miteinander machen, haben Sie immer wieder einmal eine Runde Golf mit mir gespielt, obwohl Sie keinen Spaß an diesem Sport haben. Aber heute haben Sie zum ersten Mal ein Doppel arrangiert. Sie haben Dudley auf geschickte Art dazu gebracht, das vorzuschlagen, stimmt's?«

»Ich mache unter anderem deshalb gerne Geschäfte mit Ihnen, David, weil Sie sofort jedes falsche Spiel durchschauen.«

»Das tun Sie ebenfalls. Deswegen denke ich, dass es Ihnen bei dem Treffen heute früh um etwas völlig anderes geht.«

»Da haben Sie vollkommen recht. Sie kennen Dudleys Vater, und mich würde interessieren, was Sie von dem Sohn halten.«

»Er und sein Kumpan sind nicht unbedingt die Art von Leuten, mit denen ich regelmäßig auf den Golfplatz gehen würde.«

»Weil sie schummeln.«

Su blieb stehen und blickte Roarke aus großen Augen an. »Ach ja? Ich hatte mich bereits gefragt, ob sie das tun. Aber weshalb sollten sie den Ausschluss aus dem Club riskieren,

obwohl es um nichts geht? Schließlich haben wir nicht ge-
wettet oder so.«

»Manchen ist das Siegen wichtiger als das Spiel selbst.«

»Werden Sie die beiden melden?«

»Nein. Denn genau wie ihre unhöfliche Art ist mir die
Schummelei der beiden vollkommen egal. Meinetwegen sollen sie dieses Spiel auf ihre Art gewinnen. Mir ist einzig
wichtig, dass sie ein ganz anderes, deutlich wichtigeres Spiel
verlieren. Deshalb wollte ich sie hier beobachten und sie in
dem Gefühl bestärken, dass sie einen Anspruch darauf haben, zu gewinnen, weil sie qua Geburt etwas Besonderes
sind. Sollte ich Sie um Verzeihung bitten, weil Sie von mir
in die Sache hineingezogen worden sind?«

»Nicht, wenn Sie mir Einzelheiten nennen.«

»Das werde ich tun, sobald ich kann. Wie gut kennen Sie
den alten Dudley?«

»Gut genug, um Ihnen zu versichern, dass sein Sohn eine
Enttäuschung für ihn ist. Und das offenbar nicht ohne
Grund.« Su stieß einen Seufzer aus. »Schade, dass Sie nicht
mehr Zeit und Mühe in Ihr Golfspiel investieren. Denn Sie
sind ein Naturtalent und obendrein hervorragend in Form.
Wenn Sie dazu noch Interesse hätten, hätten diese beiden
selbst mit ihrer Schummelei wahrscheinlich keine Chance
gegen uns.«

In Ordnung, dachte Roarke, schließlich war er unter anderem hier, um einem Geschäftsfreund einen schönen Vor-
mittag zu bieten. »Ich könnte ihnen ihre Schummelei etwas
erschweren«, bot er an.

»Ach ja?«

»Hm.« Roarke schob eine Hand in seine Tasche und berührt seinen Handcomputer, der diverse Features aufwies,

die noch gar nicht auf den Markt gekommen waren. »Ich könnte es auf jeden Fall probieren. Das Spiel selbst werden zum Großteil Sie bestreiten müssen, David, aber auch ich werde von jetzt an mit erheblich größerem Interesse bei der Sache sein.«

Su sah ihn mit einem breiten Lächeln an. »Machen wir die Schweinehunde platt.«

Eve betrat ihr Dezernat, als Baxter und der junge Trueheart gerade auf dem Weg nach draußen waren.

»In der Kantine sitzt eine Patrice Delaughter, die mit Ihnen sprechen will«, erklärte Baxter ihr.

»Na, das ging aber schnell.«

»Wir freuen uns übrigens auf Samstag.«

»Danke für die Einladung, Lieutenant«, fügte der gut erzogene Trueheart noch hinzu.

»Richtig, Samstag. Gut. Peabody …«

»Hören Sie, Trueheart ist zu schüchtern, um zu fragen. Aber könnte er vielleicht jemanden mitbringen?«

»Ist mir egal«, erklärte Eve, während der arme Trueheart leicht errötete und seinen Kopf zwischen die breiten Schultern zog. »Und Sie wollen das dann sicher auch.«

»Nee«, erklärte Baxter grinsend. »Denn dann müsste ich mich ja den ganzen Abend diesem Jemand widmen, wenn ich alleine komme, kann ich mich auf mich, auf jede Menge Alkohol und Berge roten Fleischs konzentrieren. Wir müssen zum Gericht.« Baxter tippte sich mit einem Finger an die Schläfe und marschierte Richtung Lift.

»Danke, Lieutenant. Casey wird sich riesig freuen, wenn sie am Samstag mitkommen darf. Äh, können wir was mitbringen?«

»Und was?«

»Etwas zum Essen.«

»Oh, wir haben alles da. Teller, Gläser und Besteck.«

»Er meint etwas, was man essen kann«, erklärte Peabody. »Schon gut, Trueheart. Auch davon haben sie auf jeden Fall mehr als genug.«

»Warum sollte jemand was zum Essen mitbringen, wenn er zum Essen eingeladen ist?«, wunderte sich Eve, nachdem der junge Bursche Baxter hinterhergelaufen war.

»Das macht man eben so.«

»Es gibt einfach viel zu viele Dinge, die man macht. Wer hat damit angefangen? Das ist wie mit Anzügen und Kleidern.«

»Wie bitte?«

»Egal. Ich werde jetzt erst mal mit dieser Delaughter reden. Schreiben Sie in der Zeit den Bericht über die Unterhaltung mit VanWitt und gucken, wo die beiden letztes Jahr überall gewesen sind.«

»Bin schon dabei.«

Eve stapfte in die Kantine, wo ihr der Geruch von widerlichem Kaffee und von Fleischersatz entgegenschlug. An den einfachen, stabilen Tischen saß eine Handvoll Cops, die gerade eine kurze Pause machten oder sich inoffiziell mit irgendwelchen Leuten unterhielten so wie sie gleich mit der Frau, die allein an einem Ecktisch saß und ganz eindeutig keine Polizistin war.

Eine dichte Masse sanft gewellten roten Haars mit goldfarbenen Strähnchen wogte um ein feines Porzellangesicht mit Augen, die so leuchtend grün wie die ihrer Cousine waren.

Aber mehr Ähnlichkeit gab es zwischen den beiden nicht.

Patrice trug ein tief ausgeschnittenes, enges Tanktop, das

ihre beindruckenden Brüste vorteilhaft zur Geltung kommen ließ, einen kurzen, engen Rock über kilometerlangen Beinen sowie unzählige dünne Ketten, die wahlweise bis auf die beeindruckenden Brüste oder auf das kurze, enge Röckchen fielen.

Sie sah irgendwie … träge aus, fand Eve. Als hätte sie alle Zeit der Welt, um hier herumzusitzen, diesen trüben Raum mit ihrem Glanz und ihren flammendroten Haaren zu erhellen und sich gleichzeitig über den Ort zu amüsieren, an dem sie gelandet war.

»Ms Delaughter?«

»Richtig.« Patrice unterzog sie einer schnellen Musterung und reichte ihr die Hand. »Und Sie müssen Lieutenant Dallas sein.«

»Tut mir leid, dass ich Sie habe warten lassen. Aber ich war davon ausgegangen, dass ich irgendwann zu Ihnen kommen soll.«

»Felicity hat bei mir angerufen. Ich war gerade in der Stadt, und deshalb dachte ich, ich komme einfach her. So ein Revier ist wirklich faszinierend. Außerdem haben Sie eine tolle Jacke an. Leonardo?«

Eve sah auf die blaue Jacke, die sie über ihrem Waffenhalfter trug. »Kann sein.«

»Schlichte Linien, kurz geschnitten, eine starke Farbe – Nikko-Blau – und passend zu Ihrem Ring ein interessantes Keltenmuster auf den Knöpfen. Super. Sie sitzt wie angegossen.«

Abermals sah Eve an sich herab. Bisher hatte sie gedacht, sie hätte einfach eine blaue Jacke an.

»Ich bin unter anderem Leonardos wegen in der Stadt. Weil er gerade ein Kleid für mich entwirft.«

»Okay. Wollen Sie was trinken?«

Statt wie bisher nur ein wunderschönes setzte Patrice jetzt ein atemberaubendes Lächeln auf. »Gibt's hier irgendetwas, was man unbedenklich zu sich nehmen kann?«

»Wasser.«

Lachend warf sie ihre Hände in die Luft. »Dann also ein Wasser.«

Eve trat vor einen der Automaten, betete, dass er ihr keinen Ärger machen würde, als sie ihren Code eingab, und zu ihrer Überraschung spuckte er direkt zwei Flaschen Wasser aus.

Als sie wieder an den Tisch kam, hob Patrice erneut die Hand. »Bevor wir anfangen, will ich noch sagen, dass ich einige der Dinge, die Felicity Ihnen erzählt hat, bereits wusste. Aber nicht, wie schlimm es wirklich für sie war. Wir sind miteinander befreundet, und wir haben uns sehr gern, aber trotzdem sehen wir uns nur phasenweise regelmäßig und zwischendurch immer wieder einmal länger nicht. Ich wünschte mir, ich hätte besser auf sie aufgepasst, als sie sich damals mit Winnie eingelassen hat. Wir waren beide noch sehr jung, aber sie war immer schon viel sensibler, süßer und verletzlicher als ich. Wahrscheinlich bin ich deshalb hier. Weil ich das Gefühl habe, als wäre ich verantwortlich für das, was ihr damals geschehen ist. Dafür, wie sie dieser Kerl behandelt hat.«

»Sie hat es überstanden.«

Wieder lächelte Patrice. »Obwohl sie weicher ist als ich, ist sie auf gewisse Art auch stärker. Seine spätere Ehefrau war weder weich noch süß, hat aber mit der Ehe einen Haufen Geld gemacht. Während die Erfahrung sie wahrscheinlich auch ein bisschen härter werden lassen hat.«

»Sie kennen Annaleigh Babbington?«

»Ja, auch wenn wir uns nicht wirklich nahestehen. Ich war eine Zeitlang mit ihrem zweiten Mann zusammen.« Abermals blitzte ihr wahnsinniges Lächeln auf. »Wir sind bunte, hoffnungslos verspielte Fische in einem inzestuösen, kleinen Teich. Nach allem, was Felicity erzählt hat, schätze ich, dass Sie auch noch mit Anna reden wollen. Auch wenn das augenblicklich etwas schwierig werden dürfe, weil sie gerade Urlaub auf Olympus macht und erst in vierzehn Tagen wiederkommt. Aber in dem kleinen Teich, in dem wir schwimmen, bleibt kaum je etwas geheim, deshalb kann ich Ihnen sagen, dass sie auf den Kerl nicht gerade gut zu sprechen ist.«

»Und Sie auf Sylvester Moriarity?«

»Ganz sicher nicht.«

»Erzählen Sie mir was über ihn.«

»Sly.« Seufzend hob sie ihre Wasserflasche an den Mund. »Ihren ersten Ehemann vergessen Frauen nie. Sie sind noch bei Ihrem ersten, stimmt's?«

»Ich hoffe, dass er auch mein letzter bleibt.«

»Tun wir das nicht alle? Ich war vollkommen verrückt nach Sly. Vielleicht war ich damals sowieso etwas verrückt, aber schließlich war ich auch jung und reich und dachte, dass ich unverwundbar bin. Hinter seiner glänzenden Fassade war er aufregend, entsetzlich arrogant und ein bisschen gefährlich. Was mich durchaus angezogen hat.«

»Inwieweit war er gefährlich?«

»Alles musste immer gleich passieren, und zwar härter, schneller, höher, intensiver als bei allen anderen. Denn sonst wären wir wie alle anderen gewesen, und das wollten wir auf keinen Fall. Wir haben damals viel zu viel getrunken, jede Menge Drogen ausprobiert und hatten an den unmöglichsten Orten Sex.« Sie legte ihren Kopf ein wenig schräg. »Hat Ihre Mum Sie je davor gewarnt, von einer Klippe zu springen, nur weil Ihre angeblichen Freunde so was tun?«

Flüchtig dachte Eve an das Gesicht von ihrer Mutter und den Ausdruck der Verachtung in den Augen, mit dem diese Frau ihr stets begegnet war. »Nein.«

»Ich dachte, dass das jede Mutter macht. Auf alle Fälle mussten wir die Ersten sein, die von der Klippe sprangen. Wenn es einen Trend gab, haben wir ihn ausgelöst. Wenn es irgendwelche Schererein gab, haben wir sie selbst gemacht. Ich will gar nicht wissen, wie viel Kohle unsere Eltern hingeblättert haben, nur, damit wir niemals in den Knast gewandert sind.«

»Sie haben keine Vorstrafen.«

»Dafür hat das Geld meiner Familie gesorgt.« Patrice fuhr sich mit den Fingern über ihre Handfläche. »Das ist ebenfalls total normal und funktioniert in jeder Sprache. Wir waren zügellos und leichtsinnig, doch dann trieb ich den Leichtsinn auf die Spitze und verliebte mich. Ich glaube, dass er auch etwas für mich empfand, was ich für Liebe hielt, und was vielleicht tatsächlich eine Zeitlang auf seltsame Art auch Liebe war. Aber dann lernte er Winnie kennen, und obwohl ich lange brauchte, um das zu erkennen, hat er ihn viel mehr geliebt als mich.« Sie lächelte wieder.

»Nicht auf romantische oder sexuelle Art«, fügte sie einschränkend hinzu. »Sly steht ausschließlich auf Frauen. Aber was ich erst nach unserer Hochzeit sah, nachdem mir klar geworden war, dass ich mich scheiden lassen würde, war, dass er und Winnie nicht wie zwei Seiten einer Medaille waren. Sie waren ein und dieselbe Seite, und sie wollten nicht, dass irgendjemand dauerhaft die zweite Seite okkupiert.«

»Hat er Ihnen jemals Schmerzen zugefügt? Ich meine, körperlich.«

»Nein, nie. Ich kann mir vorstellen, dass es andere Frauen gab, die er auf diese Art verletzt hat, aber mich hat er nie angerührt. Denn ich war schließlich seine Frau, und auf die ihm eigene, verdrehte Art war er eine Zeitlang wirklich stolz auf mich. Aber ungefähr ein Jahr nach unserer Hochzeit, als es zwischen Winnie und Felicity längst aus war und der Kerl mit anderen Frauen ausging, hat mich Sly gefragt, ob ich damit einverstanden wäre, es im Bett einmal mit einem Dreier zu probieren.«

Wieder trank sie einen Schluck von ihrem Wasser und sah Eve über den Rand der Flasche hinweg an. »Felicity hat mir gesagt, sie hätte das Gefühl, als wären Sie jemand ohne Vorurteile.«

»Weil es mir nicht zusteht, andere für ihr Leben zu verurteilen.«

»Tun Sie mir einen Gefallen, und nennen Sie mich Pat. Weil es bei dieser Unterhaltung schließlich um intime Angelegenheiten geht.« Sie stellte ihre Flasche auf den Tisch und schwieg einen Moment, so dass nur noch das Murmeln an den anderen Tischen und das Kommen und Gehen der Cops zu hören war. Schließlich aber fuhr sie fort. »Gott, ich war damals wirklich total verrückt nach Sly. Ich dachte, er ist alles, was ich will. Aufregend, unerschrocken, attraktiv. Und an diesem Punkt in meinem Leben war ich völlig offen dafür, alles zu probieren. Alles außer einer Sache. Denn ich dachte, dass er Winnie meinte, und mit dem hätte ich nie im Leben freiwillig das Bett geteilt.«

»Und warum nicht?«

Patrice beugte sich ein wenig vor. »Irgendwann wurde mir klar, dass Sly nicht alles war, was ich im Leben wollte, und dass unsere Ehe irgendwann meine Verdammnis wäre, aber Winnie? Nach der Trennung von Felicity blitzte hinter seiner glänzenden Fassade immer wieder etwas Gemeines auf. Irgendwas an seinem Blick, an seiner Stimme, seiner Körpersprache hat mir Angst gemacht. Ich weiß nicht, wie ich Ihnen das erklären soll, aber so jung und abenteuerlustig ich auch war, hätte ich nie das Bett mit ihm geteilt. Und das habe ich Sly unmissverständlich klargemacht.«

»Wie hat er es aufgenommen?«

»In den nächsten beiden Wochen hat er kaum ein Wort mit mir gesprochen und ist sogar ein paar Tage abgehauen. Ich weiß nicht mehr, wohin, aber das ist schließlich auch egal. Als er wiederkam, haben wir uns vertragen. Dabei hat er mir erklärt, es hätte ihn geärgert, dass ich seinen besten Freund beleidigt hätte und vor allem unserer eigenen Beziehung Grenzen setzen wollte, während er mir alles geben würde, was ich jemals wollte.«

Mit einem schmalen Lächeln fügte sie hinzu: »Ich habe diese Grenzen beibehalten, war aber erleichtert, als er meinte, bei dem Vorschlag hätte er gar nicht an seinen Freund gedacht. Denn es ginge ihm bei diesem Dreier nicht um einen zweiten Mann, sondern um eine zweite Frau im Bett. Ich dachte, warum nicht, das könnte durchaus witzig sein, und nachdem ich Winnie gegenüber derart hart gewesen war, habe ich zugestimmt.« Sie hielt kurz inne.

»Er hat vorgeschlagen, eine Frau aus der einschlägigen Branche dafür anzuheuern, denn dann wären keinerlei Gefühle in die Sache involviert. Ich muss gestehen, dass mir diese Idee durchaus gefallen hat. Am Anfang war es auch unglaublich aufregend, sexy und zugleich seltsam vertraut. Sie war sehr talentiert, verführerisch und wunderschön. Und weil es für mich das erste Mal mit mehr als einem Partner war, war sie sehr geduldig und unglaublich einfühlsam.«

Eve spürte ein Kribbeln im Genick. »Wissen Sie noch, wie sie hieß?«

»Nein, tut mir leid. Ich bin mir gar nicht sicher, ob sie ihren Namen überhaupt genannt hat und ob ich ihn jemals wusste. Ist das wichtig?«

»Könnte sein. Wissen Sie noch, wie sie ausgesehen hat?«

»Auf jeden Fall. Das hat sich mir für alle Zeit hier oben eingebrannt.« Patrice tippte sich gegen die Stirn, doch diesmal lächelte sie nicht. »Eine Zeitlang hat uns Sly nur zugesehen, aber plötzlich fing er an, ihr wehzutun. Er war entsetzlich grob und gar nicht mehr er selbst. Das hatte ich nicht erwartet, und es hat mir nicht gefallen, aber sie sah aus, als wäre ihr das vollkommen egal. Sie hat mich sogar noch getröstet und Champagner für mich nachgeschenkt. Ich habe in der Nacht gesoffen wie ein Loch, ein bisschen Zoner geraucht und Sly hat mir noch eine Pille in den Mund geschoben und gesagt, mit Exotica käme ich sicher ebenfalls in Fahrt. Dann wurde alles vollkommen verrückt. Bösartig und gemein. Ich hatte keinerlei Kontrolle über mich und kannte keine Grenzen mehr. Wobei ich mich an den Rest der Nacht und an den nächsten Morgen kaum erinnern kann.«

»Weil er Ihnen etwas anderes als Exotica verabreicht hat.«

»Whore und eine Prise Rabbit. Mein eigener Mann hat mir das angetan.« Sie presste ihre Lippen aufeinander und umklammerte die Ketten, die sie trug, als wären sie ein

Anker, der sie daran hinderte, dass sie vollends in der Erinnerung versank. »Ich habe gern jede Menge Sex, aber diese Sache war nicht freiwillig. Verstehen Sie?«

»Ja.«

»Als ich wieder zu mir kam, dachte ich, ich hätte es mit dem Champagner und den Drogen übertrieben. Denn ich war noch Tage später völlig wund und nahm meine Umgebung nur verschwommen wahr. Es ging mir derart schlecht, dass Sly den Housdroiden angewiesen hat, mir Tee und Suppe an mein Bett zu bringen, bis es mir allmählich wieder besser ging. Doch was das Schlimmste war: Noch Monate später sah ich immer wieder bruchstückhafte Bilder, auf denen Winnie auf mir lag. Sly hat mich nie gebeten, das Experiment zu wiederholen, und mir erklärt, ich würde mir das alles einbilden, deswegen habe ich am Schluss nichts mehr gesagt. Aber tief in meinem Inneren und aufgrund der Art, wie mich Winnie danach immer angesehen hat, wusste ich, dass er in jener Nacht wirklich dabei gewesen war.«

Als Patrice verstummte, beugte Eve sich zu ihr vor. »Brauchen Sie eine Pause?«

»Nein. Am besten bringen wir es einfach hinter uns. Eines Tages war ich im Chi-Chi und wartete dort auf eine Freundin, als plötzlich die Frau aus jener Nacht an meinem Tisch erschien. Was eine echte Überraschung für mich war. Sie meinte, dass es Grenzen gäbe und dass mein Mann sie überschritten hätte, und obwohl sie leugnen würde, jemals ein Gespräch mit mir geführt zu haben, falls ich mit ihm spräche, sollte ich zumindest wissen, was in jener Nacht geschehen war. Sie sagte, er hätte mir Drogen eingeflößt und mich seinem Kumpel überlassen, als ich vollkommen benommen war.«

Ihre Stimme brach, aber nach einem großen Schluck aus der Wasserflasche setzte sie ihren Bericht entschlossen fort.

»Sie meinte, vielleicht wäre mir das ja total egal. Das wäre schließlich meine eigene Angelegenheit. Und sie könnte ihre Lizenz verlieren, wenn sie sich mit einem Kunden einließ, der so etwas machte, deshalb würde sie auch niemals offen zugeben, dass er mir etwas verabreicht hat. Aber trotzdem hätte ich das Recht zu wissen, dass man mich missbraucht hat und dass diese Sache auch noch aufgenommen worden war. Die beiden hätten sich gegenseitig gefilmt, während sie über mich hergefallen sind. Doch sie hätte aus Angst geschwiegen, denn sie wäre noch nicht lange im Geschäft und vor allem hätte mein Mann sie schließlich engagiert. Ehe ich etwas sagen konnte, war sie auch schon wieder weg. Trotzdem wusste ich, dass das, was sie gesagt hatte, die Wahrheit war.«

»Wollen Sie noch ein Wasser?«, fragte Eve.

»Nein, es geht mir gut. Denn das ist alles ewig her, und ich bin längst drüber hinweg.« Trotzdem holte sie tief Luft. »Danach habe ich auf meine Chance gewartet und immer, wenn Sly länger das Haus verlassen hat, nach den Aufnahmen gesucht. Nach ein paar Wochen habe ich die Diskette tatsächlich gefunden und kopiert. Ich habe die Kopie bis heute sicher aufbewahrt – was er auch weiß. Als er damals nach Hause kam, habe ich ihn mit den Bildern konfrontiert und ihn damit erpresst. Weshalb er sich bei unserer Scheidung als unglaublich großzügig erwiesen hat.« Wieder holte sie tief Luft und lehnte sich auf ihrem Stuhl zurück. »Ich schätze, das war ganz schön kalt und abgebrüht von mir.«

»Ich persönlich finde, dass Sie wirklich clever vorgegangen sind.«

Wieder blitzte ihr phänomenales Lächeln auf. »Danke. Ich habe bis heute keinem Menschen je etwas davon erzählt. Nicht einmal meinem dritten Mann, den ich von Herzen liebe. Meine zweite Ehe war ich eingegangen, ehe ich diese Geschichte überwunden hatte, was ein Fehler war. Aber ich und Quentin führen eine wirklich gute Ehe, und ich möchte nicht, dass er etwas von der Sache erfährt. Aber Ihnen musste ich es einfach sagen, denn meine Cousine meinte, dass es wichtig wäre, dass Sie wissen, was für Schweine diese beiden Kerle sind.«

»Das ist sogar sehr wichtig für mich. Entschuldigen Sie mich einen Moment.« Eve stand auf, verließ den Tisch, kontaktierte Peabody und kam wieder zurück. »Meine Partnerin wird ein paar Bilder bringen, die Sie sich ansehen sollen. Ist das okay für Sie?«

»Auf jeden Fall.« Wieder griff sie nach den Ketten, wickelte sie umeinander und dann wieder auf. »Sollte ich die Stadt verlassen?«

»Ich kann mir nicht vorstellen, dass Sie Probleme kriegen, aber wenn ich mich nicht irre, sind Sie öfter in denselben Kreisen unterwegs – an denselben Orten, aber zu verschiedenen Zeiten. Vielleicht sorgen Sie dafür, dass es bei den verschiedenen Zeiten bleibt.«

»Das ist kein Problem.«

»Sind die beiden oft zusammen – am selben Ort und zur selben Zeit?«

»Nach allem, was ich höre, ja. Sie spielen gerne, messen sich mit anderen und miteinander, und sie geben, wenn sie siegen, furchtbar an. Nun, wir alle geben an, das gehört in unseren Kreisen einfach dazu. Hin und wieder sehe ich die beiden, aber wenn wir uns begegnen, wechsele ich nie auch nur ein Wort mit ihnen. Das verbietet mir mein Stolz. Doch im Grunde haben wir keinerlei Kontakt mehr zueinander und auch keine gemeinsamen Freunde, die tatsächlich echte Freunde sind. Ich nehme an, das können Sie verstehen.«

»Auf jeden Fall.«

»Seltsam, bisher hatte ich nie Angst vor den beiden. Denn ich dachte immer, ich hätte die Oberhand, und vor allem ist das alles schließlich ewig her. Ich konnte mir fast nicht mehr vorstellen, dass das tatsächlich geschehen ist. Aber nach dem Anruf von Felicity war urplötzlich alles wieder da, und jetzt habe ich Angst.«

»Sollen wir Sie unter Schutz stellen, Pat?«

»Ich kann mir selber jemanden besorgen, und ich denke, dass ich das auch machen werde, aber trotzdem vielen Dank. Glauben Sie tatsächlich, dass die beiden zwei Menschen ermordet haben?«

Eve achtete darauf, dass Patrice die Wahrheit aus ihrem Gesicht ablesen konnte, sagte aber nur: »Bisher gibt es keinerlei Beweis für ihre Schuld.« Und nach einer kurzen Pause fügte sie hinzu. »Sie verstehen, was ich damit sagen will?«

»Ich verstehe sogar ganz genau.«

Als Peabody den Raum betrat, winkte Eve die Partnerin zu sich heran. »Detective Peabody, Patrice Delaughter«, stellte sie die beiden Frauen einander vor.

»Danke, dass Sie extra hergekommen sind, Ms Delaughter.«

Patrices Lächeln war nicht ganz so strahlend wie zu Anfang des Gesprächs. »War eine interessante Erfahrung.«

»Bitten sehen Sie sich diese Fotos an.« Eve nahm Peabody den Ordner aus der Hand, klappte ihn auf und breitete die Bilder aus. »Sagen Sie mir, ob Sie darauf irgendwen erkennen.«

»Sie.« Kaum hatte Eve die Fotos auf den Tisch gelegt, als Patrices Finger bereits auf dem Bild von Ava Crampton lag. »Das ist das Callgirl, das Sly angeheuert hatte. Ich erkenne sie genau, auch wenn sie auf dem Bild natürlich älter ist.«

»Dies ist die Gesellschafterin, die Sylvester Moriarity zu Zeiten Ihrer Ehe angeheuert und die anschließend mit Ihnen über jene Nacht gesprochen hat?«

»Ja. Auf jeden Fall. Sie ist einfach wunderschön, nicht wahr? Ein Gesicht, das man ganz sicher nicht so leicht vergisst. Und sie hat mir einen großen Dienst erwiesen. Deswegen vergesse ich sie sicher nie.«

»In Ordnung. Vielen Dank.«

»Warten Sie.« Patrice umklammerte Eves Handgelenk. »Felicity hat mir erzählt, dass zwei Morde geschehen sind. Ist sie eins der Opfer?«

»Ja. Und deshalb möchte ich, dass Sie Sylvester Moriarity so gut wie möglich aus dem Weg gehen. Bisher hat er keinen Grund, an Sie zu denken, und wir werden dafür sorgen, dass es auch so bleibt. Vielleicht brauche ich Sie später noch einmal, aber zuerst werde ich versuchen, die Informationen, die Sie mir gegeben haben, aus meinen Ermittlungen herauszuhalten.«

»Dann hat er sie also umgebracht.«

»Ich kann Ihnen nur sagen, dass die Frau ermordet worden ist.«

Patrice klappte unglücklich die Augen zu. »Ich werde Quentin bitten, nach New York zu kommen, und ihm alles sagen. Falls Sie das, was ich erzählt habe, gegen den Kerl verwenden müssen, tun Sie das. Sie hätte mir nicht helfen müssen, aber trotzdem hat sie es getan. Und wenn er hinter ihrem Tod steckt, hat das sicher mit der Nacht in unserem Haus zu tun.«

»Das denke ich auch. Wo ist Ihr Mann im Augenblick?«

»Auf Geschäftsreise in London.«

»Schreiben Sie mir bitte auf, wie ich Sie erreichen kann, und fliegen Sie dann zu ihm. Denn dort werden Sie sich sicherer fühlen als hier in New York. Ich kann Sie von zwei Beamten erst in Ihr Hotel und dann zum Flughafen begleiten lassen, wenn Sie wollen.«

»Sehe ich so erschüttert aus?«

»Weswegen sollten Sie? Schließlich haben Sie genau das Richtige getan.«

»Hier ist meine Visitenkarte. Und jetzt werde ich die beiden Beamten in Anspruch nehmen und das tun, was Sie mir raten. Aber vorher kontaktiere ich noch schnell meine Cousine, damit sie mit ihrem Mann und ihren Kindern ebenfalls nach London kommt.«

»Gute Idee«, erklärte Eve und wandte sich an ihre Partnerin. »Peabody.«

»Ich organisiere zwei Beamte. Wenn Sie wollen, können Sie einfach hier warten, Ms Delaughter.«

»Bisher dachte ich, dass mich so schnell nichts aus der Ruhe bringt«, murmelte Patrice. »Aber jetzt muss ich Sie bitten, hier zu bleiben, bis ich in Begleitung der Beamten losfahren kann.«

»Kein Problem. Wissen Sie, ob einer von den beiden Männern eine Armbrust hat?«

»Nein, tut mir leid. Aber ich weiß, dass sich die zwei für Krieg und Waffen interessieren. Wir haben ein paar gemeinsame Bekannte, die mit ihnen schon auf Jagd oder Safari waren. Quentin und ich haben kein wirkliches Interesse an solchen Dingen. Aber ich kann mich gern ein bisschen umhören.«

Eve dachte nach. »Vielleicht könnten Sie von London aus ja irgendeinen Jagdgenossen von den beiden kontaktieren. Ohne zu erwähnen, dass es um die beiden geht.«

Patrice nickte zustimmend. »Ich werde einfach fragen, wie so eine Jagd oder Safari abläuft. Weil Quentin und ich erwägen, so etwas selber einmal auszuprobieren. Wie ist so was, was macht man da, gibt es irgendwelche witzigen Geschichten oder Anekdoten? Das kriege ich auf alle Fälle hin.«

Sie beugte sich erneut über den Tisch und sah Eve reglos ins Gesicht. »Warum wurde sie ermordet und nicht ich? Warum ein Callgirl, dessen Kunde er vor Jahren einmal war?«

»Weil sie eine der Besten war«, erklärte Eve. »Sie waren damals nur seine Ehefrau, und nicht mal das sind Sie jetzt noch. Während sie auf ihrem Feld eine der Besten wurde, Kontakt zu beiden Männern hatte und die Vorstellung, ihr Leben auszulöschen, einfach zu verlockend war.«

»Ich war also nur seine Ehefrau«, stellte Patrice mit einem müden Lächeln fest. »Nun, wahrscheinlich muss ich Gott auf Knien dafür danken, dass ich diesem Kerl nie wirklich wichtig war.«

»Aber Sie werden ihm noch wichtig werden. Denn Sie helfen uns, den Kerl aus dem Verkehr zu ziehen. Was aus meiner Sicht die allerschönste Form der Rache ist.«

Eve stand auf, als Peabody mit zwei Beamten kam.

15

Verbindungen, sagte sich Eve, während Patrice zusammen mit den beiden muskulösen Cops den Raum verließ.

»Sie haben absichtlich zwei so starke Kerle ausgesucht, damit sie sich noch sicherer fühlt.«

»Ich fand, dass das nicht schaden kann«, gestand die Partnerin. »Sie hat Crampton auf dem Bild eindeutig erkannt. Es ist über zwölf Jahre her, trotzdem hat sie sie sofort erkannt.«

»Es gibt eben Gesichter, die vergisst man nie.« Wie das ihres eigenen Vaters, dachte Eve, während er im Dunkeln auf ihr lag und sich in sie hinein rammte. Sie wusste allzu gut, dass es Gesichter, Augenblicke, grauenhafte Träume gab, die nie völlig verblassten, ganz egal, was man auch tat.

»Dann wurde Crampton also nicht zufällig von den beiden ausgewählt.«

Eve schüttelte den Kopf, winkte Peabody hinter sich her und machte sich auf den Weg zurück in ihr Büro. »Sie hatte einfach Pech. Und Sie haben die ganze Zeit gespürt, dass es irgendwo eine Verbindung zu dem Opfer gab.«

»Ich bin eben ein Ass. Auch wenn ich keine Ahnung hatte, was genau ich hätte suchen sollen.«

»Es sollte schließlich auch nicht rauskommen. Denn aus Sicht der beiden ist die Chance, dass wir mit ihren Exfrauen sprechen, eher gering. Und selbst wenn, erwarten sie sicher nicht, dass eine von den Frauen redet. Weil sie damals schließlich fürchterlich erniedrigt worden sind.«

»Wir hatten eben einfach Glück.«

»Nein«, korrigierte Eve. »Wir haben unseren Job gemacht, bis etwas dabei rausgekommen ist. Und zwar, dass

Ava Crampton diese beiden Männer nicht nur kannte, sondern dass die Frau ein schwacher Punkt auf jeden Fall für Moriarity gewesen ist. Was bei diesem Wettstreit sicher noch ein netter, kleiner Bonus war. Sie wählen ihre Opfer also nicht zufällig aus. Das haben Sie im Gegensatz zu mir von Anfang an gesehen.«

»Wie gesagt, ich bin ein Ass. Wahnsinn! Tut mir leid, aber das musste einfach sein.«

»Können wir jetzt vielleicht weitermachen?«

»Meinetwegen. Dann ist also eine Regel dieses Wettstreits, dass es irgendwo eine Verbindung zu den jeweiligen Opfern gibt. Die in beiden Fällen Jahre her sein kann, weshalb die Opfer ihre Mörder sicher nicht erkannt haben.«

»Dudley hat Crampton umgebracht, und obwohl er sie in jener Nacht bestimmt auch gevögelt hat, besteht die Verbindung über Moriarity. Weil der sie schließlich angeheuert hat. Für seine Frau. In seinem Haus.«

»Das heißt, sie haben auch die Opfer miteinander getauscht.«

»Vielleicht sehen sie diesen Tausch als weiteren Beweis für ihre Freundschaft an. Haben jeweils einen Menschen umgebracht, der dem anderen ein Dorn im Auge war.«

»Das ist keine Freundschaft, sondern … Mira wüsste sicher, wie man so was nennt. Sie hätte sicher irgendeinen tollen Fachausdruck dafür.«

»Wie auch immer sie das nennen würde, bin ich jetzt sicher, dass es auch eine Verbindung zwischen Dudley und Houston gibt. Auch wenn sie sich vielleicht vor 20 Jahren zum letzten Mal begegnet sind. Wahrscheinlich zu der Zeit, als Houston ständig Ärger hatte. Drogen«, überlegte Eve, als sie durch die Tür ihrer Abteilung trat. »Dudley und Moriarity haben damals Drogen konsumiert, und ich gehe jede Wette ein, dass zumindest Dudley das noch immer tut. Und irgendwoher mussten sie das Zeug ja haben. Houston hat als junger Mann gedealt, und da sie alle ungefähr im selben Alter waren, haben sie vielleicht ihr Zeug bei ihm gekauft, bevor er die Geschäfte aufgegeben hat.«

»Patrice hat mir erzählt, dass ihre Familien jede Menge Schmiergeld haben fließen lassen, um sie davor zu bewahren, in den Knast zu gehen. Vielleicht ist ja Houston wegen eines dieser Deals mit Dudley hochgenommen worden, und um seinen Sohn vor dem Gefängnis zu bewahren, hat der alte Dudley irgendwen bestochen, aber anschließend den Sohn auf irgendeine Art selbst dafür bestraft.«

»So könnte es gewesen sein. Dann hätte Dudley sich vielleicht an Houston dafür rächen wollen. Beide Opfer haben irgendwelche Dienstleistungen für die beiden erbracht.« Peabody folgte Eve in ihr Büro. »Sie haben weiter Dienstleistungen angeboten, wurden damit erfolgreich und hatten außerdem mit den beiden Tätern jahrelang nichts mehr zu tun.«

»Vielleicht hat das gereicht. Beide Opfer haben die dunklen Seiten dieser Kerle angesprochen, die Delaughter mir geschildert hat.« Eve studierte die diversen Fotos auf der Tafel, während Peabody zwei Becher Kaffee holen ging. »Das, was hinter ihrer schillernden Fassade lauert und was sie jetzt ausleben, weil sie der Überzeugung sind, dass niemand ihnen was beweisen kann. Sie haben ihre Opfer damals und auch jetzt wieder gekauft.«

Eve nahm auf der Kante ihres Schreibtischs Platz, trank einen Schluck Kaffee und starrte weiter ihre Tafel an. »Wahrscheinlich denken sie, dass niemand sie mit einem Callgirl in

Verbindung bringen wird, das vor über 15 Jahren mal von ihnen angeheuert worden ist, weshalb sie längst nicht mehr auf ihrer Kundenliste stehen. Und wer würde sie schon mit dem Fahrer einer Limousine in Verbindung bringen, der gedealt hat, als sie alle noch fast Kinder waren?«

»Selbst wenn wir den Beweis erbringen könnten, dass sie sich von früher kannten, hätten wir den Fall damit noch nicht gelöst.«

»Nein, aber es wird uns helfen, ihn zu lösen. Weil dieser private Scherz, den sich die beiden erlaubt haben, eindeutig ein Fehler war.«

»Und vielleicht werfen die beiden, wie Sie gesagt haben, ja wirklich immer noch gelegentlich was ein.«

»Das tun Sie sogar ganz bestimmt. Weil Dudley schließlich unbegrenzten Zugriff auf die ganzen Sachen hat und der Versuchung, öfter mal davon zu kosten, sicherlich nicht widerstehen kann. Und aufgrund der seltsamen Beziehung, die die beiden haben, macht Moriarity dabei wahrscheinlich mit.«

»Und wie steht es mit Sex? Sie stehen nicht auf der Kundenliste unseres Opfers, aber vielleicht gibt's ja eine andere Frau, zu der sie öfter gehen.«

Eve schüttelte den Kopf. »Inzwischen haben sie ein viel zu großes Ego, um für Sex zu bezahlen und das Wagnis einzugehen, dass ihnen jemand auf die Schliche kommt. Das wäre unter ihrer Würde, denn sie stehen inzwischen zu weit oben in der Nahrungskette, um dafür zu zahlen, dass irgendwelche Frauen mit ihnen in die Kiste gehen. Die Frauen sollen ganz versessen darauf sein, es ihnen zu besorgen. Und vor allem geht's dabei gar nicht um Sex. Das ging es nie. Es ging und geht um Macht, um Dominanz, Gewalt und Privilegien.

Um irgendwelche teuren Kicks. Einem Mann, der seine Frau mit Drogen ruhigstellt, um anschließend zuzusehen, wie sein bester Freund sie vergewaltigt, geht es sicher nicht um Sex. Es ging den beiden damals so wie heute auch nur um ihren Spaß. Diese Sache war für sie doch nur ein zusätzlicher Knoten in dem Band, das sie beide zusammenhält. Weil sie schließlich Seelenverwandte sind.«

»Vielleicht haben sie sich diesen kranken Spaß ja außer mit Delaughter noch mit irgendwelchen anderen Frauen erlaubt. Weil diese Form von Sex ein zusätzliches Bindeglied zwischen den beiden ist.«

»Vielleicht. Auch wenn sie dabei sicher deutlich vorsichtiger vorgegangen wären, weil sie bei der Sache mit Delaughter schließlich aufgeflogen sind. Was haben Sie über die Reisen rausgefunden?«

»Genug, um Ihnen zu verraten, dass sie quasi überall gewesen sind. Vielleicht ist ihr Wohnsitz in New York, aber sie sind erheblich öfter unterwegs als hier. Ich stelle gerade all die Trips zusammen, die sie entweder zusammen unternommen oder während derer sie sich irgendwo getroffen haben. Was, da jeder von den beiden über mehrere Transportmittel verfügt, nicht gerade einfach ist. Außerdem haben die beiden jede Menge Häuser, Villen, Zweitwohnungen oder wie auch immer man die Dinger nennt. Selbst wenn wir die Suche auf das letzte Jahr begrenzen, weiß ich kaum, wo ich beginnen soll.«

»Schicken Sie mir einen Teil der Reisedaten, und ich gucke, ob es an den jeweiligen Orten zu den Zeiten, als die beiden dort waren, Vermisste oder ungeklärte Todesfälle gab.«

Sie nahm hinter ihrem Schreibtisch Platz, blickte nochmals auf die Tafel und rief bei Charles Monroe an.

»Ich habe Ihnen gerade eine Mail geschickt«, erklärte er. »Wir freuen uns schon darauf, Sie alle Sonnabend zu sehen.«

»Sonnabend ... ja, richtig.« Was zum Teufel hatte sie getan? »Schön.«

»Aber Sie rufen sicherlich nicht an, weil wir einen Salat mitbringen sollen.«

»Nein. Es geht um Ava Crampton. Hat sie jemals einen Zwischenfall aus ihrer Anfangszeit erwähnt? Dass sie von einem Ehepaar für einen Dreier angeheuert worden ist? Jung und reich, während des Zusammenseins hat der Mann der Frau eine Kombination aus Whore und Rabbit eingeflößt und dann noch einen Kumpel mit ins Bett geholt, der sich abwechselnd mit ihm an der Ehefrau vergangen hat.«

»Nein. Aber das überrascht mich nicht. Denn dafür hätte sie ihre Lizenz verlieren können, vor allem, wenn die Ehefrau nichts von der Sache wusste oder nicht in vollem Umfang damit einverstanden war. Denn dann wäre es Vergewaltigung gewesen, und das hätte Ava ihre eigene Karriere kosten können, wenn sie selbst dafür verurteilt worden wäre, dass sie diese Sache tatenlos geschehen lassen hat. Selbstverständlich hätte man sie nicht verurteilt, wenn sie später Anzeige erstattet hätte, denn sie hätte geltend machen können, dass sie unter Zwang oder aus Angst dabeigeblieben wäre, aber einen Eintrag in die Akte hätte sie auf jeden Fall riskiert.«

»Das hatte ich mir schon gedacht.«

»Falls so etwas vorgefallen ist, wie haben Sie es dann herausgefunden?«

»Sie hat es der Ehefrau erzählt.«

Er lächelte. »Das klingt nach ihr. Weil sie immer direkt und sauber war.«

»Und was für ein Motiv hat Ihrer Meinung nach der Ehemann gehabt?«

»Da ich den Mann nicht kenne und auch keine Ahnung habe, wie die Ehe ausgesehen hat, kann ich natürlich nur verallgemeinern. Aber die Verwendung dieser Drogen deutet auf den Wunsch oder das krankhafte Verlangen nach Erniedrigung oder Kontrolle hin. Indem er ohne Zustimmung der Frau noch einen anderen Mann ins Spiel bringt, weitet er diese Kontrolle und Erniedrigung noch aus und markiert sie gegenüber diesem anderen Mann als sein privates Eigentum. Er zeigt ihm, dass er mit ihr tun kann, was er will, und indem er sie mit einem anderen teilt, macht er sie zu einer Ware, zu nichts anderem als einem Teller voller Fleisch, den man sich zum Abendessen teilt. Außerdem entlädt sich auf die Art vielleicht eine latente Homosexualität.«

»Das heißt, im übertragenen Sinne vögeln sie sich gegenseitig?«

»So könnte man sagen.«

»Interessant«, erklärte Eve und schob ein kurzes »Danke« hinterher.

»Gern geschehen. Es freut mich, wenn ich Ihnen helfen kann.«

Nach dem Telefongespräch saß sie kurz da, ließ die Informationen sacken. Sie brachte ihre Aufzeichnungen auf den neuesten Stand, fasste sie für den Bericht zusammen, fügte ihre Aufzeichnungen der Gespräche mit den beiden Frauen, ihre Eindrücke, die Meinung eines Sex-Experten und eine Vorausschau auf die weiteren Ermittlungsschritte an. Kopien schickte sie an Whitney und an Mira, brachte ihre Tafel auf den neuesten Stand, legte die Füße auf den Schreibtisch, hob die nächste Tasse Kaffee an den Mund und dachte abermals eingehend über alles nach.

Heute oder morgen, dachte sie. Es würde sicher nicht mehr lange dauern und die beiden schlügen wieder zu. Wenn sie ihr Muster beibehielten, wäre Moriarity als Täter an der Reihe, und das Opfer hätte eine Rolle in Dudleys Vergangenheit gespielt.

»Es könnte jeder sein«, sagte sie laut.

Nein, nicht jeder. Jemand, der sich gerade in New York aufhielt, weil beide Männer ebenfalls hier waren. Jemand, der hier lebte, arbeitete oder der Millionenstadt vorübergehend einen Besuch abstattete.

Jemand, der wie Houston und wie Crampton eher bescheiden angefangen hatte, jetzt allerdings als Dienstleister erfolgreich war.

Jemand, der sich engagieren, einbestellen, besuchen oder buchen ließ.

Scheiße.

Jemand würde sterben, weil zwei arrogante, kranke Arschlöcher sich über seinem Blut verbrüdern wollten, und sie nicht beweisen konnte, dass sie arrogante, kranke Arschlöcher und Mörder waren.

Allerdings wäre es zwecklos, über einen Mord zu grübeln, der erst noch geschehen würde, statt sich weiter mit den Dingen zu befassen, die bereits geschehen waren.

Inzwischen hatte Peabody ihr die Datei mit einem Teil der Reisen des Gespanns geschickt, doch kaum hatte sie mit der Suche nach Vermissten oder ungeklärten Todesfällen zu den jeweiligen Zeiten an den jeweiligen Orten angefangen, betrat ihre Partnerin erneut den Raum.

»Dallas.«

Eve hob gerade rechtzeitig den Kopf, um den Energieriegel zu fangen, den die Partnerin in ihre Richtung warf.

»Die Dinger sind echt widerlich.«

»Sie sind im Gegenteil superlecker. Sagt auf jeden Fall der Automat. Und Sie werden eine Stärkung brauchen, falls auf Ihrem Monitor genauso viele ungeklärte Todesfälle und Vermisste wie auf meinem Bildschirm stehen.«

»Möglich.« Widerstrebend riss Eve die Verpackung des Pseudo-Schokoriegels auf. Die Konzentration auf ihre Arbeit hatte ihre Kopfschmerzen vorübergehend verdrängt, doch jetzt nahm sie erneut ein leichtes Ziehen hinter ihren Augen wahr. Trotzdem zuckte sie zusammen, als sie in den Riegel biss, und fragte ihre Partnerin: »Was zum Teufel ist in diesen Dingern drin?«

»Das wollen Sie gar nicht wissen. Wenn Sie damit einverstanden sind, nehme ich meine Akten jetzt mit heim und arbeite dort noch etwas weiter.«

»Und warum wollen Sie dafür extra heimfahren?«

»Weil meine Schicht schon längst vorbei ist und ich endlich meinen Mann und etwas Richtiges zu essen will.«

Stirnrunzelnd sah Eve auf ihre Uhr. »Verdammt.«

»Aber ich kann auch noch bleiben, wenn Ihnen das lieber ist.«

»Nein. Nein, fahren Sie. Ich habe einfach länger nicht mehr auf die Uhr geguckt. Wenn Sie etwas finden, schicken Sie es mir nach Hause und ich …«

Sie brach ab, denn statt ihr zuzuhören, strich sich Peabody mit einem Mal die Haare glatt und setzte ein dümmliches Lächeln auf.

In strengem Ton sagte sie: »Roarke«, noch ehe seine Stimme durch die offene Tür zu hören war.

»Hallo, Peabody. Hübsche Frisur haben Sie da. Lässig, praktisch und zugleich sehr feminin.«

»Oh.« Statt sich nur über den Kopf zu streichen, bauschte sie jetzt kokett die Haare auf. »Danke für das Kompliment.«

»Zwingt der Lieutenant Sie zu Überstunden?«

»Sie war gerade auf dem Weg nach Hause«, schnauzte Eve und wandte sich an ihre Partnerin. »Na los, hauen Sie ab.«

»Schönen Abend«, sagte Roarke. »Wir sehen uns dann am Sonnabend.«

»Auf jeden Fall.«

»Muss das immer sein?«, murmelte Eve, als Peabody den Raum verließ.

»Was denn?«

»Dass sie derart dämlich grinst, wenn du in ihre Nähe kommst?«

»Das liegt offenbar an meiner Ausstrahlung, auch wenn sie meiner Meinung nach einfach nur nett gelächelt hat.« Ebenfalls mit einem netten Lächeln nahm er auf der Kante ihres Schreibtischs Platz. »Wohingegen du erschöpft und furchtbar schlecht gelaunt aussiehst.« Er griff nach dem Rest des Riegels. »Was wahrscheinlich unter anderem an diesem Ding hier liegt.«

»Warum bist du nicht zu Hause?«

»Weil ich davon ausgegangen bin, dass meine Frau, die mit mir essen gehen und mich anschließend nach Hause fahren soll, noch hinter ihrem Schreibtisch sitzt.«

»Ich habe noch …«

»… zu tun. Ich weiß. Wir können Pizza essen, wenn du willst.«

»Das ist ein echt schmutziger Trick.«

»Hauptsache, er wirkt«, erklärte er und warf den Rest des

Energieriegels zielsicher in den Mülleimer. »Nimm mit, was du nachher noch brauchst, und ich erzähle dir beim Essen, wie es heute Morgen auf dem Golfplatz war.«

»Du spielst doch gar nicht gerne Golf.«

»Weshalb du mir was schuldig bist. Am besten lädst du mich deshalb zu meiner Pizza ein.«

Sie packte ihre Tasche ein und sah ihn fragend an. »Weshalb bin ich dir was schuldig, weil du auf dem Golfplatz warst?«

»Weil ich dort achtzehn Loch mit den Verdächtigen gespielt habe.«

Sie richtete sich kerzengerade auf. »Mit *wem* hast du gespielt?«

»Ich war mit einem golfversessenen Geschäftspartner im selben Club, in dem auch Moriarity und Dudley sind. Und als wir die beiden dort getroffen haben, haben wir kurz entschlossen gegen sie gespielt.«

»Verdammt, Roarke«, fuhr sie ihn an. »Wie konntest du ...«

Er pikste ihr mit einem Finger in den Bauch. »Du brichst am besten keinen Streit mit mir vom Zaun, nachdem ich stundenlang mit einem Schläger einen blöden, kleinen, weißen Ball in Richtung eines blöden, kleinen Lochs geschlagen habe. Was ich zugegebenermaßen sowieso getan hätte, weil David ganz versessen darauf ist. Doch nachdem mir diese beiden bereits öfter zufällig über den Weg gelaufen sind, fand ich es einfach praktisch, dass sich diese Golfpartie mit der Ermittlungstätigkeit für dich verbinden ließ.«

»Ja, aber ...« Sie brach ab, dachte darüber nach und musste zugeben, dass sie schon nicht mehr ganz so wütend war. »Ja, okay. Und was hast du ...«

»Lass uns im Gehen weiterreden«, unterbrach er sie. »Weil ich inzwischen selber eine Pizza will.«

»Meinetwegen. Also gut.« Sie griff nach ihrer Tasche, schaltete ihren Computer aus und wandte sich zum Gehen. »Aber Golf hast du bisher noch nie mit den beiden gespielt?«

»Das war das erste und das letzte Mal«, versprach er ihr. »Obwohl wir sie am Schluss ganz knapp geschlagen haben, was sie nicht gerade zu freuen schien. Auch wenn sie so getan haben, als wäre es ihnen egal.« Mit einem resignierten Seufzer quetschte er sich neben Eve und einem Dutzend Cops in einen Lift.

»Sie verlieren nun mal nicht gern.«

»Meiner Meinung nach ist das Gewinnen für die zwei so was wie eine Religion. Um zu siegen, schummeln sie sogar.«

»Echt?« Sie sah ihn aus zusammengekniffenen Augen an. »Aber im Grunde überrascht mich das nicht sonderlich. Und sie arbeiten dabei zusammen?«

»Allerdings. Ich habe keine Ahnung, was sie machen, wenn sie nur zu zweit gegeneinander spielen, aber wenn sie andere Gegner haben, schummeln sie auf jeden Fall. Und zwar mit einem ausgeklügelten System.«

Die Fahrstuhltür ging auf, zwei Polizisten zwängten sich hinaus, drei andere hinein, und der glänzende Sommerschweiß, der auf ihren Gesichtern lag, mischte sich mit dem bisschen Atemluft, das es in der Kabine gab.

»Wie schummelt man beim Golf?«

»Also bitte, Schwester, das ist kinderleicht«, stieß einer der drei neu hinzugekommenen Cops verächtlich aus.

Sie sah ihn über ihre Schulter hinweg an. »Lieutenant Schwester.«

»Ma'am.«

»Sie benutzen Codewörter sowie verschiedene Signale.«

Der Beamte nickte weise. »Oder man besticht den Caddy, damit der ein paar der Schläge, die danebengehen, nicht notiert. Einmal habe ich mit einem Kerl gespielt, der Bälle in der Tasche hatte und sie durch das Hosenbein klammheimlich auf den Rasen fallen lassen hat. Arschloch.«

»Unsere beiden haben Hightech angewandt«, wandte Roarke sich an den Cop. »Haben manipulierte Schläger eingesetzt.«

»Schweine. Typen, die beim Golf betrügen, hauen bestimmt auch ihre eigenen Mütter übers Ohr.«

»Auf jeden Fall«, stimmte Roarke so amüsiert zu, dass er auch noch den Rest der Fahrt hinab in die Garage klaglos über sich ergehen ließ.

»Sie kennen den Platz«, erklärte er, als er mit Eve zu ihrem Wagen lief. »Haben offensichtlich jedes Loch in eine Karte eingetragen und verschiedene Flugrichtungen programmiert. Dann studieren sie die Postionen ihrer Bälle, die möglichen Abschlagwinkel und so weiter, geben sich verstohlen ein Signal, und während der eine ausholt, programmiert der andere den Schläger. Das machen sie so unauffällig, dass es wirklich kaum zu sehen ist. Ich werde fahren, weil du Kopfweh hast.«

»Habe ich nicht. Oder nicht wirklich.« Trotzdem nahm sie folgsam auf dem Beifahrersitz Platz. »Ich habe Augenweh. Das ist was anderes.«

Er umrundete den Wagen, glitt hinter das Steuer und fuhr fort: »Sie passen auf, dass sie nicht so gut spielen, dass es anderen auffällt. Deshalb gehen sie vielleicht nicht als exzellente, doch als durchaus gute Spieler durch. Heute haben sie getan, als hätten sie einfach ein gutes Spiel, wobei sie ein paar Schläge unter ihrem Handycap geblieben sind. Bis zum zehnten Loch.«

»Ich weiß nicht, was das heißt, und will's auch gar nicht wissen.«

»Ich eigentlich auch nicht.«

»Als erfolgreicher Geschäftsmann musst du gerne golfen. Das gehört einfach dazu.«

»Tja, dann bin ich offensichtlich ein Versager«, stellte er mit gut gelaunter, stolzer Stimme fest. »Auf alle Fälle haben wir am zehnten Loch urplötzlich aufgeholt.«

»Wie habt ihr sie am Schluss geschlagen?«

»David ist ein wirklich guter Spieler, vielleicht könnte man sagen, dass ich dadurch selbst in Stimmung kam und mich stärker konzentriert habe als sonst.«

»Sie haben geschummelt. Da hat euer gutes Spiel allein doch ganz bestimmt nicht ausgereicht.«

»Sie sind nicht die Einzigen, die wissen, wie man so ein Spiel manipulieren kann. Gegen ihre programmierten Schläger habe ich eins meiner eigenen Geräte eingesetzt. Weshalb statt der geplanten geraden Schläge immer Slices oder Hooks herausgekommen sind.«

»Hat ein Hook etwas mit Captain Hook von Peter Pan zu tun?«

»Du weißt gar nicht, wie ich dich liebe.« Da er der Versuchung ganz unmöglich widerstehen konnte, beugte er sich seitwärts, gab ihr einen Schmatzer auf die Wange und erklärte fröhlich: »Im Vergleich zu dir komme ich mir oft wie ein echter Spießer vor.«

»Tu das, wenn du willst.«

»Eigentlich will ich das nicht.« Er fädelte sich mühelos in den Verkehr. »Ich habe ihren Ball entweder zu weit nach links oder zu weit nach rechts abdriften oder auf dem Rough oder im Bunker landen lassen, wodurch ihre Punktzahl raufgegangen ist. Beim Golf geht's darum, dass man möglichst wenig Punkte kriegt.«

»Das weiß sogar ich.«

»Auf jeden Fall hatten die beiden Pech, denn bis zum Loch 13 herrschte Gleichstand, doch den Einsatz der manipulierten Schläger konnten sie nicht mehr riskieren. Weshalb es ehrlich weiterging.«

»Richtig ehrlich?«, fragte sie.

Er drehte seinen Kopf und sah sie lächelnd an. »Ich gebe zu, ich war durchaus versucht, noch einen draufzusetzen, nur um die Gesichter von den beiden zu sehen, wenn sie so richtig untergehen. Aber schließlich wollte ich auch David unterhalten, und er fand es sicher netter, diese beiden ehrlich zu besiegen.« Er verstummte, überquerte eilig eine Kreuzung und fügte hinzu: »So ging es mir, ehrlich gesagt, auch.«

»Wie haben die beiden auf die Niederlage reagiert?«

»Oh, sie haben laut gelacht, uns herzlich gratuliert und uns sogar am Schluss noch einen ausgegeben, doch in Wahrheit waren sie total angepisst. Dudleys Hände haben so gezittert, dass er sie erst in die Taschen stecken musste, bis er während eines kurzen Gangs auf die Toilette irgendetwas zur Beruhigung eingeworfen hatte.«

»Ich wette, dass er ständig irgendwelche Sachen durch die Nase zieht, schluckt oder raucht. Aber ich wollte wissen, wie sie darauf reagiert haben, dass ausgerechnet du dich nicht von ihnen schlagen lassen hast.«

Seinem Cop blieb einfach nichts verborgen, dachte er. »Ich

würde sagen, dass ihre Verachtung einer regelrechten Abscheu vor meiner Person gewichen ist. Was mir, wenn ich ehrlich bin, eine absolute Genugtuung war. Eine sensiblere Person als mich hätte der kaum verhohlene Hass, der mir plötzlich entgegenschlug, vielleicht erschreckt, aber ich fand ihn einfach witzig.«

»Denn indem du sie eure Getränke zahlen lassen hast und in ihr dröhnendes Gelächter eingefallen bist, hast du ihnen zusätzlich noch eins reingewürgt.«

»Und zwar mit einem ganz bescheidenen Lächeln, als hätten wir nur Glück gehabt.«

»Du hast ihre Niederlage also schamlos ausgeschlachtet.«

»Schade, dass du nicht dabei gewesen bist. Vor allem, da Dudley später in der Umkleidekabine total ausgerastet ist und aus seinen Schlägern Brennholz machen will.«

»Wer hat dir das erzählt?«

»Der Butler, der von mir bestochen worden ist.«

»Das hätte ich mir denken können. Denn in deiner Welt ist es wahrscheinlich vollkommen normal, dass es in einer Umkleidekabine einen Butler gibt.«

»Außerdem hat er seinen Transmitter kurz und klein geschlagen. Teile davon lagen später auf dem Boden der Kabine, in der er sich umgezogen hat.«

»Dann scheint er also ziemlich jähzornig zu sein. Vielleicht kann ich das ja gegen ihn verwenden«, überlegte Eve.

»Bestimmt. Er hat dich übrigens erwähnt. Hat mir erzählt, er wäre dir begegnet. Er hat versucht herauszufinden, ob ich an euren Ermittlungen beteiligt bin. Ich habe so getan, als würde mich der Fall nicht weiter interessieren, weil es schließlich nur um einen Fahrer und ein Callgirl geht, und gesagt, für mich sähe es aus, als ob auch du die Angelegenheit eher auf die leichte Schulter nähmst. Das hat ihn nicht gerade gefreut.«

Sie schwieg einen Moment, während er ihren Wagen durch den Strom der anderen Gefährte manövrierte, stellte aber schließlich fest: »Das war gut. Das war echt gut. Jetzt muss er dafür sorgen, dass der Fall höhere Wellen schlägt. Weil es ihm schließlich darum geht, aus der Masse herauszuragen und im Mittelpunkt zu stehen. Wenn du recht hast und sie explizit mich und wahrscheinlich auch dich in diesen Fall mit einbeziehen wollten, ist es für die beiden sicher ziemlich bitter, dass du keinerlei Interesse daran hast und die Ermittlungen für mich einfach Routine sind.«

»Der Icove-Fall war eine wirklich große Sache, ihr habt eure ganze Energie in die Ermittlungen gesteckt, und in den Medien wurde die Geschichte noch zusätzlich aufgebauscht. Du hast gesagt, er hätte diesen Fall und Nadines Buch erwähnt, als du mit ihm gesprochen hast. Das hat er heute Morgen auch getan.«

»Verdammt.« Sie fuhr sich mit den Händen durchs Gesicht. »Vielleicht hat der Icove-Fall die beiden erst zu ihren Taten inspiriert.«

»Früher oder später wären sie sowieso auf die Idee gekommen. Meiner Meinung nach haben der Fall, das Buch und vielleicht auch der Film, der momentan gedreht wird, die beiden nur darauf gebracht, wie aufregend es sicher wäre, Hauptfiguren in einem Buch oder in einem Film zu sein. Nicht nur diesen eher privaten Wettstreit durchzuführen, sondern ihn zu nutzen, um Berühmtheit zu erlangen und im Mittelpunkt zu stehen.«

»Dieser Kick wird nicht von Dauer sein. Was ich vielleicht genau wie Dudleys Jähzorn nutzen kann.«

Er lenkte das Gefährt in eine der privaten Tiefgaragen, die ihr selber immer viel zu teuer waren.

»Du hättest doch auch einfach an der Straße parken können.«

»Genieß einfach dein Leben, Schatz. Abende wie dieser laden zum Spazierengehen ein, und ein paar Blocks weiter gibt es einen kleinen Laden, der berühmt für seine Pizza ist.«

Er nahm ihre Hand, und als sie aus der Tiefgarage auf die Straße traten, blickte sie ihn von der Seite an.

»Der Laden gehört dir.«

»Da meine Frau fast ausschließlich von Pizza lebt, fand ich es praktisch, in der Nähe unseres Hauses einen Ort zu haben, wo es ungewöhnlich gute Pizza gibt.«

»Das ist es auf jeden Fall.«

Die warme Abendsonne lockte Heerscharen von Menschen vor die Türen ihrer Häuser, und die zahlreichen Touristen, die an ihren prall gefüllten Einkaufstüten und staunenden Blicken zu erkennen waren, standen überall im Weg herum. Deshalb mussten sich die Leute, die ein Ziel hatten, mühselig einen Weg durch das Gedränge bahnen, dieses chaotische und seltsame Ballett war genau wie all die lauten Hupen, das Geschrei der Straßenhändler und das Piepsen unzähliger Links und Headsets einfach typisch für New York.

Mit hyänengleichem Lachen surften ein paar Kids auf Airboards dicht an ihr vorbei, und an einer Ecke stimmte der Betreiber eines Schwebegrills eine italienische Arie an.

»Die Idee, zu Fuß zu gehen, war gar nicht schlecht«, erkannte Eve.

»Ich dachte, dass davon dein Kopf-, ach nein, dein Augenweh ein bisschen besser wird.« Roarke blieb stehen, kaufte einem Straßenhändler einen Strauß roter und blauer Blumen ab, und unter dem Gesang des Schwebegrillbetreibers überreichte er sie seiner Frau.

Ein schöner Augenblick, fand Eve. Ein wirklich schöner Augenblick und einfach typisch für New York.

»Ich nehme an, jetzt haben wir ein Date.«

Lachend legte er ihr seine Hände um die Taille, presste unter dem Applaus des Blumenhändlers seine Lippen fest auf ihren Mund und stellte fröhlich fest: »*Jetzt* ist es ein Date.«

Ein paar Häuser weiter lag die gut besuchte, kleine Pizzeria. Sie traten dort an einen reservierten Tisch.

»Du hast schon im Vorfeld einen Tisch für uns gebucht.«

»Es lohnt sich, wenn man vorbereitet ist. Außerdem habe ich auch schon für uns bestellt, sie wissen also, was sie uns bringen sollen. Und nachdem ich dir von meinem Tag berichtet habe, könntest du mir jetzt erzählen, wie dein Tag war.«

»Ein bisschen rau.«

»Ich sehe keine blauen Flecken.«

»Nicht auf diese Art.«

Sie begann mit dem Gespräch in Greenwich, doch bevor sie damit fertig war, brachte der Ober eine Flasche Rotwein, eine Flasche Mineralwasser und einen Teller kunstvoll arrangierter Antipasti an den Tisch.

»Ich würde sagen, dass ihre Entscheidung durchaus weise war und sie gerade noch einmal davongekommen ist.«

»Sie hatte immer etwas Angst vor ihm, aber irgendwie hat sie die über Monate hinweg verdrängt. Doch dann hat irgendetwas sie an diese Angst erinnert, oder vielleicht hatte sie auch einfach einen schlechten Tag. Auf alle Fälle war sie plötzlich wieder da. Anscheinend hatte er schon damals irgendetwas an sich, wodurch diese Angst bei ihr entstanden ist. Auch wenn sie das möglicherweise nur gesehen hat, weil sie die geborene Psychologin ist.«

»Immerhin ist er auch ein Monster, oder nicht?«

»Warum sagst du das?«

»Weil er ganz genau derselbe Typ ist wie ein paar der anderen Kerle, die du bereits hochgenommen hast. Wie dieser Mann, der Frauen entführt hat, um sie bis zum Tod zu foltern, oder wie die beiden Icoves mit ihren verdrehten Egos und ihrer verdrehten Wissenschaft. Er nutzt seine Position, die er sich nicht verdient hat, um andere einzuschüchtern, zu erniedrigen und zu verängstigen, weil er sich dadurch wichtig fühlt. Jetzt ist sein Verhalten eskaliert, und er bringt schlicht zum Vergnügen Menschen um. Diesem Typen wurden Geld und eine Position im Leben auf dem silbernen Tablett serviert, aber statt etwas damit anzufangen oder diese Dinge einfach zu genießen, setzt er sie als Waffe ein. Er denkt, diese Position stünde ihm als Waffe zu, weil er einen rechtmäßigen Anspruch darauf hätte, das Leben von Mitmenschen, die aus seiner Sicht nichts anderes als Droiden sind, nach Gutdünken zu beenden.«

»Wahrscheinlich hast du recht.« Sie betrachtete die Pizza, die inzwischen statt der Antipasti zwischen ihnen stand. »Sieht wirklich super aus. Bist du dir sicher, dass du nicht erst essen willst, bevor ich weiterrede? Denn die andere Unterhaltung, die ich hatte, war noch deutlich härter.«

»Sonst warten wir doch auch nicht, bis wir mit dem Essen fertig sind.« Er sah ihr ins Gesicht und schränkte eilig ein: »Aber das Essen kann warten, wenn du willst.«

»Wenn es dir nichts ausmacht, bringe ich es lieber sofort hinter mich.«

Als er nickte, sprach sie über ihrer Pizza von Verrat, Grausamkeit und Vergewaltigung. Denn es war besser, diese Dinge loszuwerden, während rings um sie herum das Leben tobte, ihr der tröstliche Geruch des Essens und des Weins entgegenschlug und seine Hand verständnisvoll auf ihren kalten Fingern lag.

»Du fühlst dich diesen beiden Frauen, vor allem Patrice Delaughter, irgendwie verbunden«, stellte er mit ruhiger Stimme fest.

»Vielleicht etwas zu sehr.«

»Nein.« Er griff erneut nach ihrer Hand. »Auf keinen Fall zu sehr.«

»Sie hätten es mir nicht erzählen müssen, trotzdem haben sie mir alle diese Dinge offenbart. Genau wie Ava damals zu Patrice gegangen ist, um ihr zu sagen, was geschehen war. Sie haben alle drei das Richtige getan, obwohl das ganz bestimmt nicht einfach für sie war.«

»Für die beiden, die noch leben und inzwischen glückliche Familien haben, wird es dadurch sicher leichter. Denn wenn diese beiden Kerle erst einmal hinter Gittern sitzen, löst sich sicher noch der letzte Rest von Angst, der ihnen über all die Zeit hinweg geblieben ist.«

Sie trank ein wenig Wein und dachte: *Nein, die Angst geht niemals völlig weg.* Sprach diesen Gedanken aber nicht laut aus.

»Sie sind beide Monster. Was nicht alle Mörder sind. Manche Menschen bringen andere aus fürchterlichen, selbstsüchtigen Gründen um, ohne dass sie deshalb Monster sind. Dieser Vollidiot in Irland war strohdumm und egoistisch und hat Holly Curlow aus gekränktem Stolz, vielleicht im Suff, erwürgt. Aber er wird nie verwinden, was er diesem Mädchen angetan hat. Wird bis an sein Lebensende nicht vergessen, dass er sie auf dem Gewissen hat. Weil er kein Monster ist.«

Du wirst ihr Gesicht und ihren Namen nie vergessen, dachte Roarke.

»Manche Menschen töten, weil sie fehlgeleitet, leicht verführbar, ängstlich oder gierig sind. Aber diese beiden töten, weil sie denken, sie wären dazu aus irgendeinem Grund befugt. Weil hinter ihren glänzenden Fassaden Monster stecken, hinter denen wiederum zwei hoffnungslos verwöhnte, widerliche Rotzblagen verborgen sind.«

»Du kennst die beiden inzwischen ziemlich gut«, bemerkte Roarke

»Oh ja, ich kenne sie«, stimmte ihm Eve mit ausdrucksloser Polizistenstimme zu. »Kenne ein paar ihrer Schwächen und die Kratzer in der Politur. Ich weiß, dass es eine Verbindung zwischen ihnen und dem nächsten Opfer geben wird. Wir werden die Verbindung finden. Obwohl ich keine Ahnung habe, ob wir diesen Mord dadurch verhindern können, hilft uns das auf jeden Fall dabei, die beiden Mistkerle zu überführen und wegzusperren.«

»Ich werde dir helfen, wenn du nachher weitermachst. Wir teilen die Suche einfach auf und gucken, ob sich dabei irgendetwas ergibt.« Er schenkte ihr noch etwas Rotwein nach. »Ich denke, du hast recht. Die beiden haben das Morden vorher schon geübt.«

»Das kann ich nicht mehr ändern, aber ich kann diese Taten nutzen, um die zwei zu stoppen. Selbst wenn ich den nächsten Mord nicht verhindern kann. Dafür ist es wahrscheinlich zu spät. Weil die Uhr des nächsten Opfers bereits tickt.«

Sie blickte auf das Treiben auf dem Gehweg, die Touristen und die anderen Gäste des Lokals, die an den hübsch gedeckten Tischen saßen, und stellte mit rauer Stimme fest: »Vielleicht isst es auch gerade zu Abend oder trinkt ein Gläschen Wein. Oder ist noch bei der Arbeit oder macht sich gerade fertig, um noch auszugehen. Wahrscheinlich tut es irgendetwas Normales, was man in New York eben an einem Sommerabend macht. Ohne zu wissen, wie wenig Zeit ihm noch im Leben bleibt. Weil die Monster schon vor seiner Tür stehen und ich ihm nicht helfen kann.«

»Vielleicht stimmt das, und ich weiß, wie sehr dieser Gedanke dir zu schaffen macht. Aber, Eve, die Monster wissen nicht, dass du ihnen bereits im Nacken sitzt. Sie wissen nicht, dass ihre eigene Uhr inzwischen tickt. Das ist es, woran du denken musst.«

Er hob ihre Hand an seinen Mund und küsste sie. »Jetzt lass uns nach Hause fahren, denn wenn wir uns beeilen, sind wir vielleicht doch schnell genug.«

16

Pünktlich um 20 Uhr entstieg Luc Delaflote der Limousine, die vor einem eleganten Stadthaus in der Upper East Side hielt. Denn schließlich gab er viel auf Präzision. Ein würdevoller Hausdroide öffnete die Tür, und der Fahrer trug die sorgfältig verpackten Lebensmittel in die große Küche, von der aus man die Terrasse, einen kleinen Koi-Teich und den Garten sah.

Sein Werkzeug trug er selbst, weil das die Bedeutung der Geräte sowie seine eigene Exzentrik unterstrich.

Vor 52 Jahren hatte er als Marvin Clink das Licht der Welt erblickt. Doch mit Eifer, Ehrgeiz und Talent hatte es der Junge aus Topeka weit gebracht. Inzwischen nannte er sich Delaflote, lebte in Paris, hatte dort als Meisterkoch Mahlzeiten für Könige und Präsidenten, Sultane und Emire kreiert und vom Küchenmädchen bis zur Herzogin zahlreiche Frauen mit seiner Manneskraft beglückt.

Er selbst hatte einmal gesagt, die Glücklichen, die seine Pâté de Canard im Teigmantel gekostet hätten, wüssten, wie die Götter speisten. Ein Bonmot, das von seinen Bewunderern begeistert aufgegriffen worden war.

»Sie können gehen.« Lässig winkte er den Fahrer aus dem Raum und wies auf den Droiden. »Und Sie zeigen mir jetzt, wo die Töpfe stehen.«

»Einen Augenblick, bitte«, bat der Droide den Chauffeur und zog verschiedene Schubladen mit Töpfen, Tiegeln, Pfannen auf. »Ich bringe schnell den Fahrer an die Tür, bin aber sofort wieder da, um Ihnen zur Hand zu gehen.«

»Ich brauche keine Hilfe. Halten Sie sich bitte von der Küche fern. Schsch«, scheuchte der Meisterkoch die beiden aus dem Raum.

Als Erstes klappte er den mitgebrachten Kasten voller Messer, Löffel sowie anderer Geräte auf, griff nach einem Korkenzieher, öffnete die Flaschen teuren Weins, die er persönlich ausgewählt hatte, und suchte in den blank polierten Stahlschränken nach einem Glas, das dieser edlen Tropfen würdig war.

Er schenkte sich ein Schlückchen Weißwein ein, betrachtete sein temporäres Reich und kam zu dem Ergebnis, dass der Ofen und der Herd, die Spülen und die Arbeitsplatten durchaus angemessen waren.

Die Kundin hatte ihm ein hübsches Sümmchen für die Reise nach New York bezahlt. Für die Zubereitung eines späten Abendessens nur für sie und ihren Mann. Als Erstes würde er den beiden Glücklichen diverse kleine Häppchen sowie Kaviar auf einem Bett aus klarem, sorgfältig zerstoßenem Eis servieren, als Vorspeise bekämen sie Lachsmousse an dünnen Avocadoscheiben und dazu sein selbst gebackenes Baguette, und als Hauptspeise das Brathuhn Delaflote und glasiertes Junggemüse mit frischem Rosmarin, der geradewegs aus seinem eigenen Kräutergarten kam.

Ah, was für ein Duft.

Danach käme ein Salat von jungem, vor dem Start seines privaten Shuttles frisch gepflücktem Blattgemüse, eine Auswahl sorgfältig gereifter Käsesorten, und zum Abschluss das Soufflé au Chocolat, mit dem er berühmt geworden war.

Zufrieden trat er vor die Stereoanlage, wählte passend zu einem romantischen Diner romantische – bien sûr – französische Chansons, band sich seine Schürze um und machte sich ans Werk.

Er agierte, wie er das schon öfter getan hatte, als sein eigener Sous-Chef, hackte, schälte, schnippelte und nahm mit freudiger Erregung die verschiedenen Formen, Konsistenzen und Gerüche der diversen Lebensmittel wahr. Denn egal, ob Delaflote eine Kartoffel oder eine Frau aus ihren Kleidern schälte, rief sein Tun in beiden Fällen größtes sinnliches Vergnügen in ihm wach.

Er war ein drahtiger, eher kleiner Mann, dessen sorgfältig frisierte, dichte, rötlich braun glänzende Mähne ein Gesicht mit schwerlidrigen, braunen Augen rahmte, die ihm ein romantisch verträumtes Aussehen verliehen, das schon oft das erste Hilfsmittel bei der Verführung einer Frau gewesen war.

Er betete die Frauen an, behandelte sie ehrerbietig, und genoss es, mehrere Geliebte gleichzeitig zu haben.

Weil er als Genießer einfach alles kosten musste und es allzu viele Leckerbissen auch in dieser Hinsicht gab.

Als das Huhn im Ofen und die Mousse im Kühlschrank standen, genehmigte er sich das nächste Gläschen Wein, probierte einen der gefüllten Champignons, wischte die Arbeitsplatte ab, wusch das Gemüse, den Salat, die Kräuter und bereitete das Dressing vor. Estragon und Senf, die er natürlich erst mit dem Salat vermengen würde, während seine glückliche Klientin und ihr Gatte beim Hauptgang waren. Zufrieden mit dem Duft, der durch die Küche zog, begoss er das Huhn mit seiner selbst kreierten Sauce, deren Rezeptur ein voller Leidenschaft gehütetes Geheimnis war, und ordnete das hübsche Junggemüse sorgfältig im Bräter an.

Danach trat er in den sichtgeschützten Garten, um auf Wunsch seiner Klientin dort den Tisch zu decken. Das Ambiente sagte ihm wie schon die Küche durchaus zu. Die gepflasterte Terrasse wurde von blutroten Rosen, leuchtenden Hortensien, weißen Sternlilien und sorgfältig gestutzten Laubbäumen gesäumt, es war ein klarer, warmer Abend und der Funke der Romantik würde durch das Dutzend Kerzen, die er auf dem Tisch verteilen würde, bestimmt überspringen.

Er warf einen Blick auf seine Uhr. Gleich kämen die Ober, aber vorher würde er noch den Droiden rufen, um den Tisch zu decken, und ihm zeigen, welche Tischdecke, welches Geschirr und welche Gläser dafür vorgesehen waren.

Er zog eine seiner Kräuterzigaretten aus der Tasche, zündete sie an und stellte sich die Szene vor.

Der Tisch käme dort drüben hin und würde mit glitzernden

Teelichtern in gläsernen Haltern und mit einer flachen Schale voller Rosen aus dem Garten ansprechend geschmückt. Rund um die Terrasse würden zusätzlich weiße Kerzen aufgestellt. Wenn sie nicht genügend Kerzen hätten, schickte er noch schnell einen der Ober los, um welche zu besorgen.

Ah, und da wuchs Kapuzinerkresse. Vielleicht gäbe er ein paar der Blüten als Verzierung an seinen Salat.

Natürlich bräuchten sie Kristallgläser – mais oui.

Der Lärm der Stadt und die Geräusche des Verkehrs, die über die Mauer drangen, würde er mit Liebesliedern übertönen. Der Droide müsste ihm noch zeigen, wie die Stereoanlage funktionierte, dann könnte er die Stücke auswählen, die dem Anlass angemessen waren.

Er drehte sich einmal im Kreis und sah, dass jemand aus der Küche auf die schattige Terrasse trat.

»Ah, da sind Sie ja. Es gibt noch viel zu tun …« Er brach ab und zog die Brauen hoch, als er den Mann erkannte.

»Monsieur, Sie habe ich hier nicht erwartet.«

»Guten Abend, Delaflote. Ich bitte um Verzeihung, weil ich Sie getäuscht habe. Ich wollte nicht, dass Sie bereits im Vorfeld wissen, dass in Wahrheit ich Ihr Kunde bin.«

»Ah, Sie möchten also nicht, dass jemand etwas von diesem Rendezvous erfährt.« Lächelnd tippte Delaflote sich an die Nase. »Keine Angst, Sie können mir vertrauen. Ich bin für meine Diskretion berühmt. Aber wir sind noch nicht fertig. Bitte geben Sie mir die Zeit, um alles so herzurichten, wie es dieser Mahlzeit angemessen ist.«

»Ich bin sicher, dass das Mahl fantastisch wäre. Weil es jetzt schon köstlich riecht.«

»Bien sûr.« Der Meisterkoch verbeugte sich.

»Sie sind allein gekommen? Ohne Assistenten?«

»Alles wurde, wie gewünscht, von mir alleine zubereitet.«

»Ausgezeichnet. Macht es Ihnen etwas aus, sich kurz dort drüben hinzustellen? Weil ich etwas überprüfen will.«

Mit dem nonchalanten Achselzucken, das er sich in Frankreich angeeignet hatte, machte Delaflote ein paar Schritte nach rechts.

»Genau da. Einen Moment.« Er ging wieder in die Küche, holte dort die Waffe, die er an die Wand gelehnt hatte, und stellte auf dem Weg zurück auf die Terrasse noch einmal fest: »Der Duft ist wirklich köstlich. Was ein Jammer ist.«

»Was ist das denn?«, fragte Delaflote verblüfft, als er die Waffe sah.

»Das ist meine Runde«, kam die Antwort, und im selben Augenblick durchdrang der Pfeil das Herz von Delaflote, als hätte jemand das Organ mit einem roten Kreis markiert. Durchbohrte ohne jede Gnade seinen Körper und einen Teil des Stamms der Zierkirsche, vor der er stand.

Moriarity betrachtete den Meisterkoch, der an den Baum genagelt war und dort mit wild zuckenden Gliedern starb. Dann trat er etwas dichter vor den Toten und machte eine Aufnahme, um zu beweisen, dass die Runde abgeschlossen war.

Selbstzufrieden kehrte er ins Haus zurück, legte seine Waffe wieder in den Kasten, öffnete die Ofentür und sog den Duft des Hühnchens ein.

»Wirklich schade.«

Um nicht die gesamte Mahlzeit zu vergeuden, steckte er den Wein und die Champagnerflasche aus dem Kühlschrank ein, sah sich noch einmal um, um sich zu vergewissern, dass er nichts übersehen hatte, und trat dann wieder vor das Haus. Der Droide, den er für den Ausflug programmiert hatte, wartete mit seiner schwarzen, viertürigen Limousine direkt vor der Tür.

Er sah auf seine Uhr und lächelte.

Er hatte die gesamte Angelegenheit in etwas mehr als einer Viertelstunde erledigt.

Er wechselte kein Wort mit dem Droiden, denn er hatte ihm sämtliche Anweisungen schon im Vorhinein erteilt. Er wurde auf direktem Weg zu Dudleys Anwesen chauffiert und stieg in der Garage aus der Limousine aus.

Dort nahm Moriarity seinen Martini von der Bank, auf der er ihn vor weniger als einer halbe Stunde stehen lassen hatte, trat verstohlen durch die Seitentür, schlenderte zurück in Richtung Haus und mischte sich dort wieder unter die vielen Gäste des rauschenden Fests.

»Kiki.« Wahllos schlang er einen Arm um die Taille der erstbesten Frau, die ihm entgegenkam. »Ich habe gerade zu Zoe gesagt, wie wunderbar du heute Abend wieder einmal aussiehst, und bin froh, dass ich es dir jetzt auch noch selber sagen kann.«

»Du bist einfach ein Schatz. Sag mal, stimmt es, was ich eben im Haus gehört habe? Das von Kit und Larson?«

»Was hat man dir denn erzählt?« Er blickte in ihre großen Augen, mit denen sie zu ihm aufsah. »Ich mische mich anscheinend nicht genug unter das Volk. Denn ich habe bisher keinen Tratsch über die beiden gehört.«

»Am besten holen wir uns erst einmal neue Drinks, dann erzähle ich dir alles, was ich weiß.«

Als er sich mit ihr durch das Gedränge schob, begegnete er Dudleys Blick, nickte unauffällig mit dem Kopf, und beide Männer lächelten.

Eve massierte sich ihren verspannten Nacken.

»Es kommt immer wieder vor, dass irgendwer ermordet wird oder verschwindet. Die Polizei klärt viele dieser Fälle auf, aber …«

»Hast du etwas gefunden?«, fragte Roarke, der statt in seinem eigenen Büro an ihrem Zweitcomputer saß, um sich leichter mit ihr über die diversen Todes- und Vermisstenfälle austauschen zu können, auf die Peabody gestoßen war.

»Vor ungefähr neun Monaten waren die beiden in Afrika in einem privaten Jagdclub. Eine solche Reise kostet ein Vermögen, obwohl man von den zum Abschuss freigegebenen Tieren nur ein einziges erlegen darf. Aber dafür hat man Führer, einen Koch, diverse Diener und verschiedene Transportmittel, darunter sogar Helikopter, zur Verfügung, schläft auf Gelbetten in großen, weißen, angenehm klimatisierten Zelten, die von anderen Leuten angekarrt und jeden Tag an einem neuen Ort errichtet werden, isst von teurem Porzellan, trinkt ausgesuchte Weine und so weiter und so fort. Die Broschüre preist den Trip als exklusives Abenteuer. Man kann also ein Gourmet-Frühstück genießen und danach losziehen und einen Elefanten oder was auch immer schießen.«

»Warum tut man so etwas?«, fragte sich Roarke.

»Das weiß ich auch nicht, aber manche Leute schießen eben gern auf andere Kreaturen, vor allem, wenn die nicht zurückschießen. Melly Bristow, Studentin aus Sydney, die für ihren Master wilde Tiere fotografieren wollte, war als Köchin bei dem Trupp. Als sie eines schönen Morgens nicht zur Stelle war, um das Gourmet-Frühstück zu zaubern, dachte man, sie wäre losgezogen, um zu filmen und fotografieren, denn den Aussagen der anderen zufolge hat sie das gelegentlich gemacht. Vor allem, weil auch ihr Rucksack und die Fotoausrüstung verschwunden waren. Allerdings war seltsam, dass sie nicht über ihr Handy zu erreichen war, obwohl es Vorschrift ist, dass man das Handy immer bei sich trägt. Alle waren ein bisschen sauer, weil sich ihretwegen der Beginn der Jagd verzögert hat.«

Eve schwenkte ihren Schreibtischstuhl herum. »Also hat an jenem Morgen jemand anderes das Frühstück zubereitet, und als sie danach noch immer nicht zurück war, haben sie ihr Telefon geortet und einer der Führer hat sich auf den Weg gemacht, um sie zurückzuholen. Aber das Einzige, was er von ihr gefunden hat, war das verfluchte Handy. Besorgt hat der Mann das Lager kontaktiert, und sie haben einen Suchtrupp losgeschickt. Der auf einen Großteil ihrer Ausrüstung, auf eine Blutspur und am Schluss auf eine Löwin mitsamt ihren Jungen stieß, die gut gelaunt gefuttert haben, was von Melly Bristow noch übrig war.«

»Was für ein unschönes Ende. Selbst wenn sie bei der Begegnung mit den Löwen schon nicht mehr am Leben war.«

»Ich gehe davon aus, dass ihr erspart geblieben ist, bei lebendigem Leib verputzt zu werden«, meinte Eve. Obwohl ihr Ende trotzdem alles andere als schön gewesen war.

»Du denkst, Dudley und Moriarity hätten sie umgebracht und es so aussehen lassen, als hätten die Löwen Jagd auf sie gemacht?«

»Was ein Schachzug ist, von dem man ganz bestimmt nicht alle Tage hört«, sinnierte Eve. »Aber eins haben die beiden nicht bedacht. Als man sie gefunden hat, hatte sie mehr oder weniger noch ihren Gürtel um. Und der Stunner, den dort jeder tragen muss, steckte noch im Halfter. Es war Mellys dritter Trip mit diesem Unternehmen, sie war also nicht vollkommen unerfahren, außerdem muss das Personal ein Training absolvieren, bevor man es mit einer Gruppe losfahren lässt. Ich kann mir also nicht vorstellen, dass sie Zeit hatte, ihr Handy aus der Tasche zu holen und fallen zu lassen, ihren Stunner aber einfach stecken lassen hat. Außerdem waren keine Fotos auf der Kamera, die sie am Morgen gemacht haben soll.«

Das passte einfach nicht, fand sie.

»Sie war über einen Kilometer vom Lager entfernt und hat nicht ein einziges Bild gemacht?« Die Sache stank zum Himmel, dachte Eve. »Der angebliche Unfallort, an dem das Gras zertrampelt war und es jede Menge Blut- und Schleifspuren gab, lag weit vom Camp entfernt, und als ihr Verschwinden auffiel, dämmerte es erst. Demnach müsste sie im Dunkeln aufgebrochen sein. Obwohl in ihrem Rucksack eine Taschenlampe war, hätte sie sich doch bestimmt nicht ganz allein zu einer Zeit hinausgewagt, in der die meisten Tiere mit echt großen Zähnen auf der Jagd nach ihrem Frühstück sind.«

»Was hat die Polizei vor Ort zu der Sache gesagt?«

»Sie haben den Tod als Unfall abgetan. Weil ihr Genick gebrochen war. Anscheinend reißen Löwen die Kehle ihrer Beute auf und brechen ihr Genick. Und Löwinnen mit Jungen schleifen ihre Beute dann zurück in ihre Höhle, ihren Bau oder wie die Buden dieser Viecher heißen, weil schließlich auch ihre Kleinen was zu fressen haben wollen.«

»Ein Kilometer vom Camp entfernt ist echt viel, selbst wenn sie – wie es in einem solchen Fall wahrscheinlich jeder wäre – panisch war und deshalb statt zurück zum Camp in die andere Richtung losgelaufen ist.«

»Bei einem Wettlauf hätte sie gegen die Löwen sicher keine Chance gehabt. Vielleicht war sie ja wirklich einfach dumm, aber vor ihrer Zeit in Afrika hat sie ein paar Monate im australischen Outback, in einem Reservat oben in Alaska und in Indien verbracht. Sie hatte also einige Erfahrung und wusste mit Sicherheit, wie man sich in der Wildnis zu verhalten hat.«

»Sieh sie dir mal an.« Sie zeigte auf den Bildschirm auf der Wand, auf dem das Passfoto der jungen Frau erschienen war.

»Sehr attraktiv«, bemerkte Roarke. »Eher sogar sehr, sehr attraktiv.«

»Vielleicht dachte einer von den beiden, dass er einen Anspruch auf sie hat, und entweder war sie damit nicht einverstanden oder sie hat mitgemacht, und er ist derart unsanft mit ihr umgesprungen, das sie urplötzlich nicht mehr geatmet hat. Er hatte also eine tote Frau in seinem Bett und wahrscheinlich sofort seinen besten Kumpel einbestellt, weil er keine Ahnung hatte, was er machen soll.«

»Sie arbeiten sehr gut zusammen«, bestätigte Roarke in der Erinnerung an seinen Morgen auf dem Golfplatz.

»Ein und dieselbe Seite ein und derselben Medaille. So hat sie die Ex von Moriarity beschrieben. Sie haben auch in diesem Fall hervorragend kooperiert. Haben das Opfer wieder angezogen und ihr Zeug geholt. Die Löwen hatten sie am Tag zuvor gesehen, und der Führer hatte ihnen obendrein erzählt, wo genau das Jagdgebiet des Rudels war. Eine Tote mehr als einen Kilometer weit zu schleppen, ist nicht gerade einfach, aber durchaus machbar, wenn man zu zweit ist. Dann haben sie die Leiche fallen gelassen und vielleicht noch aufgeschlitzt, damit der Blutgeruch den Löwen zeigt, wo es etwas zu futtern gibt. Danach haben sie noch das Handy und die Kamera des Mädchens in den Staub geworfen und sich auf den Weg zurück ins Camp gemacht. Selbst wenn die Löwen nicht hätten mitspielen wollen, hätten sie sich gegenseitig Alibis verschafft. Und vor allem hätte es dann immer noch so ausgesehen, als wäre sie alleine losmarschiert und angegriffen worden. Nur eben von einer Bestie, die nicht vier, sondern nur zwei Beine besitzt.«

Sie griff nach ihrem Kaffeebecher, merkte, dass er leer war, und fuhr stirnrunzelnd mit ihrer Rede fort. »Wie dem auch sei, dort könnte es begonnen haben. Denn die Elemente ihrer aktuellen Taten finden sich bereits in diesem Todesfall. Einer von den beiden tötet entweder versehentlich oder aus einem Impuls heraus und bei der Vertuschung dieser Tat kooperieren sie. Das und auch die anschließende Suche, bei der nur sie beide wissen, was sie finden werden, sind unglaublich aufregend für sie. Aber – Wahnsinn – sie kommen tatsächlich damit durch. Sie erkennen, dass sie unangreifbar sind und was für ein Riesenspaß die ganze Sache für sie ist.«

»Wie lange waren die beiden zu dem Zeitpunkt auf Safari?«

»Seit drei Tagen. Der Tag, als die junge Frau gefunden wurde, muss Tag vier gewesen sein.«

»Hatten sie da schon ein Tier geschossen?«

»Äh …« Sie wandte sich dem Monitor ihres Computers zu und ging die Aussagen und die Berichte durch. »Nein.«

»Dann ging es vielleicht noch um etwas anderes. Denn sie hatten fürs Töten bezahlt, es bis dahin aber noch nicht getan.«

Sie überlegte kurz. »Wie spät ist es jetzt in Afrika?«

»Das kommt auf die Gegend an. Denn es ist ein großer Kontinent.«

»In Simbabwe.«

»Tja …« Er blickte auf die Uhr. »Fünf Uhr morgens.«

»Woher weißt du das?«

»Mathematik, mein Schatz. Zerbrich dir darüber am besten nicht dein hübsches Köpfchen.«

»Leck mich.«

»Findest du nicht auch, dass das aufgrund des Themas, über das wir gerade sprechen, ein bisschen geschmacklos ist? Bevor du bei dem Jagdclub anrufst, um noch mehr herauszufinden, habe ich vielleicht noch einen anderen Fall für dich.«

»Wo?«

»In Italien. An der Küste vor Neapel. Dort in der Gegend fand ein zweiwöchiges Segelturnier statt. Während dieser Zeit verschwand Sofia Ricci, 23 Jahre alt. Sie war in einem Club, hat dort etwas getrunken, bekam Streit mit ihrem Freund und ist dann abgehauen.«

»Allein?«

»Allein. Nach Aussage verschiedener Zeugen war sie ziemlich sauer, als sie abgehauen ist. Sie wurde zum letzten Mal gegen halb eins gesehen. Ihre Mitbewohnerin war nicht weiter besorgt, als sie nicht nach Hause kam, denn sie dachte, Sofia wäre bei ihrem Freund. Am nächsten Tag hätte sie frei gehabt, hat also auch bei der Arbeit nicht gefehlt. Erst als ihr Freund am Sonntag zu ihrer Wohnung kam, um sich zu entschuldigen, fiel auf, dass sie verschwunden war. Die Polizei hat ihn genauestens überprüft, aber er hat ausgesagt, er hätte am Sonnabend zweimal versucht sie anzurufen – was die Überprüfung seines Telefons bestätigt hat – und einfach angenommen, sie wäre noch immer sauer und ginge deshalb nicht an den Apparat. Das war vor sieben Monaten. Sie ist nie wieder aufgetaucht.«

»Das Mittelmeer ist schließlich groß.«

»Das ist es, ja. Deine Verdächtigen waren in dieser Zeit abwechselnd auf Dudleys Yacht und in der Villa von Moriarity. Sie haben sich anfangs an der Suche nach der jungen Frau beteiligt, zusammen mit einer Reihe anderer Mitglieder von ihrem Segelclub.«

»Das hat den Kick wahrscheinlich noch verstärkt. Eine zweite junge Frau«, sinnierte Eve. »Vielleicht hat es so angefangen, weil sie gemerkt haben, dass das leicht ist. Zwei Männer gegen eine Frau. Da hätten die meisten Frauen keine Chance.«

»Anfangs hat die Polizei sich überwiegend auf den Freund des Mädchens konzentriert, aber der hatte mit der Sache nichts zu tun. Danach ging man von einer Entführung aus. Sofia Ricci hatte Freunde, eine glückliche Familie, ein stabiles Leben, keine größeren Probleme, einen guten Job und so weiter.«

»Zwei Monate Abstand. Peabody hat überlegt, ob ihre ersten Übungsopfer vielleicht Leute waren, die niemand vermissen würde, aber ich kann mir nicht vorstellen, dass es so gewesen ist. Denn der Kick ist größer, wenn es eine ausgedehnte Suche und ausführliche Berichte in den Medien gibt. Vielleicht war Sofia Ricci ja ihr zweites Opfer. Denn zwei Monate hätten auf jeden Fall gereicht, um sich gegenseitig zu beglückwünschen, dass sie mit ihrer ersten Toten durchgekommen waren, den Erfolg zu feiern und auf eine Wiederholung dieses Kicks zu sinnen, nachdem irgendwann die Euphorie verflogen war.«

»Die Zeit hätte für eine Planung dieser Tat auf jeden Fall gereicht«, pflichtete Roarke ihr bei. »Auch wenn man erst die Arbeit aufteilen und dann die Terminpläne koordinieren muss.«

»Sie hätten Zeit genug gehabt, um darüber zu reden, einen Plan zu schmieden und sich daran aufzuteilen. Wieder waren sie recht weit von hier entfernt«, bemerkte Eve. »Entweder, sie wollten nicht, dass man sie noch einmal mit einer Leiche in Verbindung bringt, oder sie haben extra einen Ort gesucht, wo sie ihr Opfer so entsorgen können, damit es nie gefunden wird, zumindest nicht solange sie noch in der Gegend sind. Vielleicht haben sie sich eine Zeitlang umgesehen, bis sie auf eine angetrunkene, genervte Frau gestoßen sind.«

»Die obendrein sehr hübsch war«, fügte Roarke hinzu und rief das Foto auf dem Bildschirm auf.

»Vielleicht haben sie auch darauf Wert gelegt. Haben sie gemeinschaftlich missbraucht und umgebracht. Aber im Grunde war der Sex egal. Weil es den beiden um den Akt des Tötens ging. Sie mussten wieder einen Menschen umbringen, vielleicht auf eine andere Weise als beim ersten Mal, und dann sehen, was passiert.«

»Glaubst du, dass es damals schon ein Wettstreit war? Ein krankes Spiel?«

»Es ist ein intimer Akt. Es ist ...« Eve wandte sich an Roarke und sah ihm reglos ins Gesicht. »... das, was wir beide haben, während wir zusammen auf der Suche nach Vermissten oder Toten sind. Das, was du und deine Tante habt, wenn ihr auf Gälisch ein paar Worte wechselt, die euch wirklich wichtig sind. Das, was Charles tut, wenn er Frühstück für Louise macht, wenn sie von ihrer Nachtschicht kommt.«

Sie brach ab. »Das klingt irgendwie lahm, ich weiß nicht, wie ...«

»Oh nein, ich weiß genau, was du mit den Vergleichen

meinst. Aus deiner Sicht geht es um mehr als Teamwork, die gemeinsamen Interessen und die Partnerschaft der beiden. Du denkst, dass es eine fürchterliche Art von Liebe ist.«

»Ich schätze, ja. Wenn ich einen auf Mira machen würde, würde ich wahrscheinlich sagen, dass die beiden sich gefunden und erkannt haben. Vielleicht, wenn sie sich nie begegnet wären ...« Schulterzuckend unterbrach sie sich. »Aber das sind sie nun einmal. Und sie ergänzen sich auf eine fürchterliche Art.«

»Verstehe. Vielleicht gab es auch noch andere Opfer, Eve. Vor der Sache in Afrika. Andere, deren Verschwinden, wie Peabody überlegt hat, keinem Menschen aufgefallen ist.«

»Vielleicht sind sie die Sache langsam angegangen«, überlegte Eve mit rauer Stimme. »Haben ihre Teamarbeit perfektioniert, bevor sie es mit jemandem versucht haben, dessen Verschwinden auffällt. Und der zu der Zeit mit ihnen in Verbindung stand.« Sie raufte sich das Haar. »Lass uns trotzdem erst mal weiter nach Personen suchen, deren Tod oder Verschwinden aufgefallen ist. Am besten suchen wir nach einem Fall, der anderthalb bis zwei Monate nach der Geschichte in Italien publik geworden ist. Denn diese Art von Mördern steigert sich im Allgemeinen. Weil sie nach dem Kick süchtig werden.«

Sie guckte im Computer nach, wo sich die Verdächtigen in diesem Zeitraum aufgehalten hatten, und stimmte die Suche räumlich darauf ab.

»Verdammt. Verdammt. Ich wusste es! Diese verfluchten Schweinehunde. Daten auf den Bildschirm. Hier«, raunzte sie ihren Gatten an. »Sieben Wochen nach der Sache in Italien. Ein kurzer Trip nach Vegas. Was bereits erheblich näher ist. Sie fliegen nicht zusammen hin, treffen sich aber dort.

Dudley kommt einen Tag früher an. Wegen einem blöden Baccarat-Turnier.«

»Ich finde Bacca…«

»Unterbrich mich nicht.«

»Zu Befehl, Ma'am.«

»Klugscheißer«, murmelte sie. »In der Wüste nördlich von Vegas wurde eine 29-jährige Frau tot in ihrem eigenen Wagen aufgefunden. Hatte Stunnerspuren auf der Brust und wurde mit einem Wagenheber totgeschlagen, den der Täter am Tatort zurückgelassen hat. Sie hat sich offensichtlich nicht gewehrt, und es gibt auch keinen Hinweis darauf, dass sie vergewaltigt worden ist. Dann haben sie sie also erst betäubt und danach umgebracht. Man fand weder Schmuck noch eine Tasche bei der Frau. Das heißt, es sollte aussehen wie ein Raub. Der Wagen wies diverse Beulen und eingeschlagene Scheiben auf. Deshalb dachten die Cops, dass es ein Junkie war. Oder vielleicht ein asozialer Tramper oder so. Hat sie dazu gebracht zu halten, sie betäubt, mit ihrem eigenen Wagenheber auf sie eingedroschen und sie dann noch ausgeraubt.« Eve starrte weiter auf den Bildschirm.

»Und jetzt kommt der Clou. Unser Opfer, Linette Jones, hat während des Turniers in dem Casino an der Bar gearbeitet. Sie hätte die nächsten beiden Tage frei gehabt, hatte ihren Lohn und jede Menge Trinkgeld in der Tasche und war auf dem Weg nach Tahoe, um dort ihren Freund zu treffen. Vorher hatte sie überall herumerzählt, wohin sie will und wann sie losfahren würde. Denn sie wollte ihrem Freund anscheinend einen Antrag machen und hatte deswegen extra einen Ring für ihn gekauft, der natürlich ebenfalls verschwunden ist.«

»Die beiden haben Aussagen zu diesem Fall gemacht«,

bemerkte Roarke, als er die Daten auf dem Bildschirm überflog.

»Natürlich haben sie das. Denn sie konnten der Versuchung ganz bestimmt nicht widerstehen. Haben es genossen, mit anzusehen, wie die Ermittlungen in eine gänzlich
falsche Richtung gehen. Und die nachweisliche Verbindung
zwischen ihnen und dem Opfer hat ihr Ego sicher weiter
aufgebläht. Aber genau damit werde ich die beiden kriegen, und dann können sie sich ihre widerlichen Egos in die
Haare schmieren.«

»Davon bin ich überzeugt, auch wenn das alles bisher, wie
ihr Bullen sagt, bloß Indizien sind.«

»Das schert mich, wie du sagen würdest, einen feuchten
Dreck.«

Er brach in lautes Lachen aus. »Ich finde es einfach bewe-
gend und zugleich total erregend, wenn du in der Sprache
meiner Jugend sprichst.«

»Dummschwätzer. Das trifft den Nagel einfach auf den
Kopf. Wenn ich alle diese Fälle nehme, wird ein Muster
deutlich. Das muss ich nur ein bisschen aufpolieren, damit
mir ein Richter die Erlaubnis zur Durchsuchung ihrer Häuser gibt. Lass uns weitersuchen. Vor drei bis vier Monaten.«

Das nächste Opfer war ein Mann, der älter als die beiden
Frauen gewesen war.

»Ein Architekt«, las Eve. »Einer der besten auf seinem
Gebiet, starb, während er an der Côte d'Azur an seinem
Zweitwohnsitz im Urlaub war. Eines Morgens fand ihn seine Frau, wie er tot im Pool im Garten trieb. Man hatte ihn
betäubt und mit dem Würgeisen, das er noch um den Hals
hatte, erdrosselt, ehe er entweder in den Pool gefallen oder
reingeworfen worden war.«

»Und die Frau?«, erkundigte sich Roarke.

»Hat nichts gehört. Wie der Arzt bestätigt hat, hatte das sechsjährige Kind der beiden Fieber, weshalb sie bei ihm geschlafen hat. Sie hätte auch gar kein Motiv gehabt. Weil ihre Ehe offensichtlich glücklich war und sie auch das Geld von ihrem Mann nicht braucht, weil sie selbst wohlhabend ist. Sie hat in vollem Umfang mit der Polizei kooperiert und freiwillig sämtliche Finanzen der Familie offengelegt. Außerdem hätte sie nicht genügend Kraft gehabt, um ihn mit diesem Eisen zu erwürgen, selbst wenn er betäubt gewesen wäre. Und es gibt nicht einen Hinweis darauf, dass sie vielleicht einen Killer angeheuert hat.«

»Das erste männliche Opfer, auf das du bisher gestoßen bist«, bemerkte Roarke. »Ein Familienvater, der eine trauernde Witwe und dazu noch einen kleinen Jungen hinterlassen hat.«

»Ich kenne sie – die Frau.« Eve durchforstete ihr Hirn. »Woher kenne ich sie bloß? Carmandy Dewar. Den verdammten Namen habe ich schon mal gehört. Computer, such in den Dateien Dudley und Moriarity nach einer Carmandy Dewar.«

Einen Augenblick …

»Die beiden waren zum Zeitpunkt des Mordes dort?«

»Oh ja.« Sie waren abermals auf einem mörderischen Trip gewesen. Hatten sich erneut auf fürchterliche Art ergänzt. »Haben dort mit einem Haufen Leute abgehangen, die an solchen Orten abhängen. Ich habe die Berichte aus den Zeitungen, den Tratsch – genau«, erklärte sie, als der Computer mit der Arbeit fertig war.

*Aufgabe erledigt. Carmandy Dewar taucht häufiger zu-
sammen mit den beiden Männern in den Klatschspalten
verschiedener Zeitungen und Magazine auf. Meist mit
Moriarity, der öfter mit ihr ausgegangen ist ...*

»Okay, das reicht. Sie war mit ihm zusammen«, sagte sie zu
Roarke. »Vor ihrer Hochzeit mit dem Architekten war sie
mit dem Kerl zusammen. Sie ist alter Geldadel und treibt
sich häufiger mit diesen Leuten rum. Oder hat sich mit ihnen herumgetrieben, bis der Nachwuchs kam. Du kannst
deinen Arsch darauf verwetten, dass die zwei ihr kondoliert
und ihre Unterstützung angeboten haben und dass sie sogar
auf der Beerdigung von diesem Typen waren. Diese selbst-
gefälligen und aufgeblasenen Schwanzlutscher.«

»Hier wäre noch ein Fall, auch wenn er nicht ganz in
das bisherige Muster passt«, erklärte Roarke. »Wieder eine
Frau. Larinda Villi, die nicht nur zu ihrer Zeit als die welt-
größte Mezzosopranistin galt. Eine echte Berühmtheit und
mit 78 Jahren eine der wichtigsten und einflussreichsten
Kunstmäzeninnen der Welt. Sie wurde vor den Türen der
Londoner Oper aufgefunden. Jemand hatte ihr ein Messer geradewegs ins Herz gerammt. Doch obwohl die beiden
Männer zu der Zeit in London waren – Dudley wegen der
Premiere eines Films, in den er investiert hatte, und Moriarity geschäftlich –, gab es keinerlei Verbindung zwischen
ihnen und der Frau.«

»Keine, die man auf Anhieb sehen kann«, korrigierte Eve.
»Diese Tat durchbricht das Muster nicht, sondern wandelt
es einfach ein wenig ab. Genauso wie bei ihr sind sie auch
bei meinen beiden Opfern vorgegangen – deshalb habe ich
genau nach dieser Tat gesucht. Wenn wir lange genug gra-

ben, finden wir ganz sicher etwas, was diese Frau mit unseren beiden Schweinehunden in Verbindung bringt. Dass einer der Großväter der beiden mal was mit ihr hatte, dass die Mütter sie als Teenies in die Oper geschleift und gezwungen haben, sich die Arien dieser Tante anzuhören, statt daheim auf ihren Betten rumzulungern und zu wichsen oder so. Irgendetwas finden wir auf jeden Fall.«

Sie stand auf und stapfte durch den Raum, wobei ihr Blick auf ihren leeren Kaffeebecher fiel. »Ich brauche eine neue Ladung Koffein.«

»Bleib ruhig hier. Ich gehe welchen holen. Weil ich auch noch eine Tasse brauchen kann.«

»Wie spät ist es jetzt in Afrika?«

»Eine Stunde später als vorhin«, rief er durch die offene Küchentür.

»Dann könnte ich dort sicher anrufen.« Doch zunächst lief sie weiter vor dem Schreibtisch auf und ab. »Nein, am besten schreibe ich mir erst mal alles auf, bringe es auf Hochglanz, zeichne alle Schritte und das Muster nach.« Auch ihre Tafel müsste sie erweitern. All die anderen Opfer bräuchten einen Platz darauf. Danach würde sie mit Afrika telefonieren, das Bild erweitern und sich durch die Fälle durcharbeiten, bis sie wieder bei den beiden jüngsten Morden war.

»Danke.« Sie nahm Roarke den vollen Becher ab und trank einen großen Schluck des dampfenden Gebräus. »Jetzt wird's sicher nicht mehr lange dauern, und ich habe sie. Denn auch wenn ich alles noch etwas verfeinern muss, reichen die Indizien allmählich aus, um langsam Druck zu machen. Du hast mir mit deiner Hilfe jede Menge Zeit erspart.«

Er glitt mit den Knöcheln über ihre vor Erschöpfung bleiche Wange. »Was du mir wahrscheinlich damit danken wirst, dass du noch ein paar Stunden weitermachst.«

»Ich muss die Fälle so weit aufbereiten, dass ich Reo dazu bringen kann, einen Richter dazu zu bewegen, dass er mich die Häuser zweier superreicher Männer aus zwei angesehenen Familien durchsuchen lässt, obwohl beide ein wasserdichtes Alibi für den Mord an der Person vorweisen können, zu der sie nachweislich zu irgendeinem Zeitpunkt in Verbindung standen. Ich muss sie und Whitney davon überzeugen, dass es so ist, wie ich denke, und dass ich das auch beweisen kann. Denn wenn ich das nicht kann, bringt mir das alles erst mal nichts. Und ...«

»... die Uhr des nächsten Opfers tickt. Ich weiß.« Er neigte seinen Kopf und presste seine Lippen sanft auf ihren Mund. »Ich kann die neuen Opfer an die Tafel bringen«, bot er an. »Guck nicht so überrascht. Schließlich habe ich dir bereits öfter bei der Arbeit zugesehen.«

»Das stimmt. Aber trotzdem ... muss ich das alleine machen.«

»Bist du etwa abergläubisch?«

»Nein. Vielleicht. Wahrscheinlich. Jedenfalls muss ich das selber machen. Denn dann kann ich alles klarer sehen.«

Vor allem musste sie es tun, weil diese Opfer jetzt zu ihr gehörten, dachte er. Auch das war eine Art Intimität.

»Dann erledige ich erst mal einen Teil von meiner eigenen Arbeit.«

»Es wird sicher ein, zwei Stunden dauern, bis ich fertig bin. Warum gehst du nicht schon mal ins Bett, wenn du ...«

»Ich werde schlafen gehen, wenn meine Frau das auch tut. Und die Arbeit, die ich machen muss, reicht sicher für zwei Stunden aus.«

Obwohl sie selbst bestimmt nicht in zwei Stunden fertig wäre, dachte er und ging in sein Büro.

Bis sie bei dem Jagdclub anrief, hatte sie bereits wieder vergessen, wie viel Uhr es gerade in Simbabwe war. In New York jedoch war Mitternacht seit über zwei Stunden vorbei.

Sie erwog, ein wenig um den heißen Brei herumzureden, ließ es aber sein. Denn falls einer von den Führern, der Betreiber oder sonst wer aus dem Club die beiden Männer kontaktierte, um ihnen zu sagen, dass eine New Yorker Polizistin ihretwegen angerufen hätte, wäre ihr das gerade recht.

Falls die beiden etwas Angst bekämen, wäre das aus ihrer Sicht gar nicht so schlecht.

Nach Ende des Gesprächs ging sie noch einmal ihre Notizen durch. Anfangs war der Führer vorsichtig gewesen, hatte sich dann aber immer mehr geöffnet. Denn er hatte Melly Bristow wirklich gern gehabt.

Und sich die ganze Zeit gefragt, weshalb sie sich alleine noch vor Tagesanbruch derart weit vom Camp hätte entfernen sollen.

Obwohl sie ganz sicher gewusst hatte, dass dort, wo man sie aufgefunden hatte, das Hauptjagdgebiet des Löwenrudels war.

Weshalb hätte sich die junge Frau, die immer vorsichtig gewesen war, plötzlich allein im Dunkeln in die Wildnis wagen sollen?

Dudley war ein fürchterlicher Angeber gewesen, der mit dem gesamten Personal entsetzlich rüde umgesprungen war. Ungeduldig, fordernd und vermutlich ständig unter irgendwelchen Drogen, die er heimlich ins Camp geschmuggelt hatte.

Moriarity war kalt und arrogant und hatte mit dem Personal nur dann gesprochen, wenn er etwas hatte haben wollen.

Nach der Unterhaltung mit dem Mann versuchte Eve ihr Glück noch bei den dortigen Ermittlern, und die Informationen, die sie dort bekam, füllten immerhin ein paar kleine Lücken, die die damaligen Medienberichte hinterlassen hatten.

Sie arbeitete sich langsam vorwärts von Neapel über Vegas und Südfrankreich bis nach London, sammelte an allen Orten kleine Puzzleteile und fügte sie sorgfältig in das Gesamtbild ein.

Auf der Rückseite der Tafel brachte sie die Bilder ihrer neu entdeckten alten Opfer an, notierte die zeitliche Abfolge der Taten, die verschiedenen Orte und schrieb alle Fakten, die sie kannte, sowie sämtliche Vermutungen, die sie zu diesen Fällen hatte, auf.

Sieben tote Menschen, dachte sie und machte einen Schritt zurück. Das Blut von diesen sieben und vielleicht von noch mehr Menschen klebte an den Händen zweier Kerle, denen sie dicht auf den Fersen war.

Während sie in die Gesichter der getöteten Menschen sah, legte ihr Roarke die Hände auf die Schultern und massierte die Verspannung aus den Muskeln, die so hart waren wie Stein.

»Alle diese Leben haben die beiden Kerle einfach abgeschnitten. Das von einer jungen Abenteuerin, das von einem jungen Mädchen, dessen Freund sich gerade noch mit ihr hatte versöhnen wollen, das von einem Ehemann und Vater, das von einer Frau, die im Begriff stand, eine neue Phase ihres Lebens einzuläuten, sowie das von einer alten Frau, die Kultur und Schönheit in der Welt verbreitet hat. Danach das von einem anderen Ehemann und Vater, der nach einem schlimmen Lebensanfang auf die rechte Bahn gefunden hatte, und dann das von einer Frau, die einmal einer anderen Frau die Chance gegeben hatte, einem Monster zu entfliehen.« Sie holte tief Luft.

»Alle diese Menschen stehen jetzt auf meiner Tafel, nur weil diese beiden Lust auf einen neuen Kick hatten. Auf eine neue Form der Unterhaltung. So wie jemand anderes vielleicht den Fernseher anmacht oder ins Kino geht.«

»Nein. Das ist wie eine neue, starke Droge.«

Ihr war schlecht, sie war erschöpft und rieb sich ihre müden Augen. »Du hast recht. Es ist wie eine Sucht. Und das wird mir dabei helfen, sie zu stoppen. Ich werde die Tatsache nutzen, dass sie diese Morde brauchen, dass sie nach diesem Kick süchtig sind.«

»Komm erst mal ins Bett. Denn du brauchst dringend Schlaf.« Er drehte sie zu sich herum und legte einen Arm um sie. »Lass die Dinge ein paar Stunden ruhen, Eve, damit du selber kurz zur Ruhe kommen kannst.«

Sie verließ mit ihm den Raum. »Mein Gehirn hat seine Arbeit eh vorübergehend eingestellt.«

Es war bereits nach drei, ohne dass bisher ein Anruf der Zentrale bei ihr eingegangen war. Vielleicht war es ja doch noch nicht zu spät. Vielleicht bliebe der Platz des achten Opfers an der Tafel ja für immer frei.

17

Erst dachte sie, die Zähne, die der Löwe gierig in ihr Bein schlug, hätten sie geweckt. Das wäre bereits schlimm genug gewesen, aber während sie sich noch aus diesem Albtraum kämpfte, drang das schrille Piepsen ihres Handys an ihr Ohr.

»Verdammt. Verdammt, verdammt, verdammt.«

Roarke streichelte tröstend ihren Arm und machte Licht.

»Video aus«, stieß sie mit rauer Stimme aus, während sie das Telefon vom Nachttisch riss. »Dallas.«

Hier Zentrale, Lieutenant Dallas.

Während man sie anwies, sich zu einem Tatort in der Upper East Side zu begeben, und ihr kurz erklärte, was geschehen war, schwang sie die Beine aus dem Bett, vergrub ihr Gesicht zwischen den Händen und schüttelte unglücklich den Kopf.

»Ehe du dich jetzt mit Selbstvorwürfen quälst, sag mir, wie du das hättest verhindern können«, bat ihr Mann.

»Keine Ahnung. Das ist das Problem. Wenn ich wüsste, wie ich das hätte verhindern können, hätte ich es schließlich auch getan. Dann würde ich gleich nicht über der nächsten Leiche stehen.« Sie fuhr sich mit den Händen durchs Gesicht und blickte auf. »Aber ich nehme an, mir war die ganze Zeit bewusst, dass ich das bald tun würde.«

»Du bist müde und gereizt. Aber schließlich haben wir seit Ende unseres Urlaubs kaum ein Auge zugemacht.« Er raufte sich das Haar und richtete sich auf. »Ich hatte einen Traum, in dem ein verdammter Löwe auf der Suche nach der nächsten Mahlzeit durch das Haus geschlichen ist.«

Sie drehte ihren Kopf und sah ihn an. »Er war erfolgreich. Denn ich habe geträumt, dass so ein Biest an meinem Oberschenkel nagt.« Doch aus irgendeinem Grund hellte die Solidarität, die selbst in ihren Träumen zwischen ihnen herrschte, ihre Stimmung merklich auf. »Ich werde noch schnell duschen, denn ich brauche einen klaren Kopf. Diese verfluchten Löwen.«

»Allerdings. Ich dusche auch noch kurz.«

Als sie ihn mit einem argwöhnischen Blick bedachte, fügte er hinzu: »Also bitte. Dieses eine Mal kann ich dir sicher widerstehen – wenn auch nur mit Mühe. Ich komme mit zum Tatort. Er ist gar nicht weit von hier entfernt.«

»Wir liegen gerade mal seit drei Stunden im Bett. Schlaf du einfach weiter. Du brauchst …«

Aber er stand bereits auf. »Betrachte mich einfach als deine Peabody, bis die echte Peabody erscheint. Weil sie es schließlich deutlich weiter hat als wir.«

Sie fuhr sich mit der Hand durchs Haar und dachte nach. »Ich könnte durchaus eine Peabody gebrauchen, bis die echte kommt. Und dazu noch einen Kaffee.«

»Also schwingen wir am besten schnellstmöglich die Hufe.«

Als sie eine Viertelstunde später Richtung Haustür liefen, tauchte Summerset in dem gewohnten, makellosen, schwarzen Anzug in der Eingangshalle auf. Allerdings verkniff sich Eve die Frage, ob er sich vielleicht wie ein Vampir in seinem Anzug schlafen legte, denn er hielt zwei Kaffeebecher und dazu noch eine Tüte voll nach Zimt duftender, frischer Bagels in der Hand.

»Ich würde mich freuen, wenn Sie beide irgendwann einmal erwägen würden, tatsächlich in diesem Haus zu leben.«

Ehe ihr der Kerl den Kaffee vorenthalten konnte, riss ihm Eve einen der Becher aus der Hand. »In dieser Bruchbude?«

Roarke nahm ihm den anderen Becher und die Tüte ab. »Danke. Vielleicht könnten Sie nachher noch Caro kontaktieren, damit sie mich auf der Holo-Konferenz um acht vertritt. Ich werde mich mit ihr in Verbindung setzen, falls sie sonst noch etwas übernehmen muss.«

»Selbstverständlich. Wird in Ihrem offiziellen Lebenslauf inzwischen eigentlich auch Ihre Aufgabe als Hilfssheriff erwähnt?«

»Das war echt gemein.«

Eve jedoch trat grinsend aus dem Haus und drehte sich noch einmal zu Summerset herum, zu dessen Füßen wie so oft der fette Kater saß. »Danke.«

Wie nicht anders zu erwarten, stand auch ihr Gefährt schon vor der Tür. Wie zum Teufel machte er das alles? »Ein eigener Summerset wäre bestimmt nicht schlecht«, sinnierte sie. »Meine Güte, habe ich das tatsächlich gesagt?«

»Auch wenn ich das nur ungern sage, du hast bereits einen eigenen Summerset. Der uns gerade mit Kaffee und Bagels ausgestattet hat.«

»Darüber will ich jetzt nicht nachdenken. Ich fahre. Dann kannst du schon mal die Peabody rauskehren und herausfinden, wem dieses Haus gehört und was für eine Verbindung es zwischen dem Opfer und dem widerlichen Dudley gibt. Weil diesmal wieder einer seiner Leute an der Reihe war.«

Sie nahm einen halben Bagel aus der Tüte, schob ihn sich beim Fahren in den Mund und spülte mit einem Schluck Kaffee nach.

»Dieses Mal haben sie nicht an einem öffentlichen Ort,

sondern in einem Privathaus zugeschlagen. Aber vielleicht waren ja noch andere Leute in der Nähe oder ...«

»Das Haus gehört einem gewissen Garrett Frost und einer Meryle Simpson, die die Leiterin von Dudleys Marketingabteilung ist.«

»Tja, dann halten sie sich offenbar weiter an die Regeln. Das Opfer ist männlich, also kann sie es nicht sein. Vielleicht ist es ja ihr Mitbewohner.«

»Gatte«, korrigierte Roarke. »Die beiden sind seit neun Jahren verheiratet.«

»Ich glaube nicht, dass er das Opfer ist, außer, dass die zwei von ihrem bisherigen Muster abgewichen wären. Was macht er beruflich?«

»Wirtschaftsrecht. Partner einer angesehenen Kanzlei, in die er vor zwölf Jahren eingetreten ist. Eine Verbindung zwischen ihm und Dudley gibt es außer über seine Frau, die Dudleys Angestellte ist, anscheinend nicht.«

»Dann sind die beiden sicher noch am Leben und haben persönlich mit dem Opfer nichts zu tun. Ich wette, Dudley war schon öfter in dem Haus zu Gast. Und kennt sich deswegen dort aus.«

»Wobei deiner Meinung nach nicht er, sondern Moriarity die Tat begangen hat.«

»Weil er an der Reihe war.« Sie überholte einen Maxibus, der rumpelnd eine Schar verschlafener Pendler Richtung Osten trug. »Und ja, das heißt, dass Dudley ihm das Haus beschrieben haben muss. Das Töten ist ihnen genauso wichtig oder eher noch wichtiger, als zu gewinnen. Deshalb wechseln sie sich bei den Taten immer ab. Weil das auf eine kranke Weise logisch ist.«

Während Eve sich Richtung Tatort kämpfte, spielte

Roarke weiter die Peabody. »Frost und Simpson wohnen seit sechs Jahren in dem Haus. Außerdem haben sie noch ein Haus auf Jekyll Island, das vor der Küste von Georgia liegt. Zwei Kinder, einen Sohn und eine Tochter, sechs und drei. Darüber hinaus sind Simpson und Dudley weitläufig miteinander verwandt. Sie ist eine Nichte des zweiten Mannes seiner Mutter.«

»Interessant. Dadurch wird die Verbindung noch enger. Außerdem bestärkt mich das in dem Verdacht, dass er schon öfter in dem Haus zu Gast gewesen ist.«

»Noch interessanter ist vielleicht, dass sie das Haus von Moriarity gekauft haben.«

Sie sah ihn von der Seite an, wobei sie eine gelbe Ampel überfuhr. »Du machst Witze, oder?«

»Nein. Ihm hat das Haus fünf Jahre lang gehört. Ich würde also vermuten, dass er dort auch ohne die Beschreibung seines Freundes gut zurechtgekommen ist.«

»Es ist den beiden also scheißegal, wenn man sie mit den Morden in Verbindung bringen kann. Wahrscheinlich wollen sie das sogar.«

»Weil es den Wettkampf noch erschwert«, bemerkte Roarke. »Weil es ihn komplizierter macht.«

»Wodurch der Kick noch größer wird. Das gehört wahrscheinlich zu den Regeln«, meinte sie. »Sie müssen sich jeweils ein Opfer suchen, zu dem es eine Verbindung gibt, und noch eine weitere Verbindung nutzen, während sie den Mord begehen. Dadurch wird der Einsatz erhöht. Was ist das bloß für ein Einsatz? Was bekommt der Sieger dieses kranken Wettbewerbs?«

Sie fuhr durch ein Tor, hielt dort einem Beamten ihre Marke hin und betrachtete das Haus.

Ein echtes Herrenhaus, erkannte sie. Natürlich nicht so groß und elegant wie das von Roarke, aber mit seinen drei Etagen und der exklusiven Lage an der Ecke zweier Straßen, von denen man dank der hübschen Steinmauer kaum etwas mitbekam, durchaus feudal.

Der Beamte überprüfte ihre Marke, dann fuhr sie weiter und hielt hinter einem Streifenwagen an.

»Die Security ist sicher gut.« Schon als sie aus dem Wagen stieg, entdeckte sie die Kameras und die Sensoren, durch die das Anwesen gesichert war. »Vielleicht haben sie ja das System behalten, das schon Moriarity hier installieren lassen hat. Dann hätte es genügt, den neuen Code zu knacken«, stellte sie mit nachdenklicher Stimme fest.

»Die Leiche ist hinten im Garten, Lieutenant«, informierte einer der Beamten sie. »Wo der Gärtner sie gefunden hat.« Er zeigte auf den kleinen Truck, der auf der Straße stand. »Meinte, dass er regelmäßig käme, dass die Leute, die hier wohnen, aber während ihres Sommerurlaubes in Georgia wären.«

»Das Haus war abgesperrt«, führte er weiter aus. »Es gab keine Spuren eines Einbruchs und auch keine Spuren eines Kampfs. Im Haus liegen jede Menge Wertsachen herum. Von denen offenbar nichts mitgenommen worden ist.«

»Haben Sie das Haus durchsucht?«

»Ja, Ma'am. Wir haben alle Räume überprüft. Das Haus ist leer und aufgeräumt. Abgesehen von der Küche.« Als sie durch die Haustür traten, wies er ihr den Weg. »Jemand hat dort gekocht. Im Ofen ist ein fast fertiges Brathähnchen und auf den Arbeitsplatten liegen lauter Lebensmittel und Gerätschaften herum.«

»War der Ofen aus, als Sie hier angekommen sind?«

»Er war aus, Lieutenant. Das Licht und die Musik waren an, genau wie jetzt. Das Opfer trägt eine Schürze, und ich muss schon sagen, es ist wirklich sehenswert.«

»Wo ist der Gärtner?«

»Wir haben ihn und seinen Jungen, den er heute besser zu Hause gelassen hätte, da hineingebracht.« Er wies auf einen Raum. »Sieht wie das Quartier von einer Angestellten oder vielleicht auch der Schwiegermutter aus.«

»Dann fangen Sie mal an, sich bei den Nachbarn umzuhören. Falls jemand was gesehen hat, geben Sie mir umgehend Bescheid. Und behalten Sie die Zeugen weiterhin im Auge, bis ich nach den beiden schicke, ja?«

»Okay.«

Sie trat hinter das Haus und musste zugeben, dass sich ihr dort ein wahrhaft denkwürdiger Anblick bot.

Sie sprühte ihre Hände und die Stiefel ein, warf Roarke die Dose zu und sah sich gründlich um.

»Er hat ihn im Garten umgebracht. Sicher, der hat Mauern, aber trotzdem waren sie draußen, und hinter den Mauern laufen oder fahren ständig irgendwelche Leute herum. Außerdem hätte in dem Moment einer der Nachbarn aus dem Fenster schauen können oder so. Weshalb auch dieser Mann praktisch in aller Öffentlichkeit ermordet worden ist.«

Sie wandte sich dem Opfer zu. »Er war bestimmt der Koch. Und zwar ein wirklich guter.«

»Wenn ich mich nicht irre, ist das Delaflote. Ein Pariser Meisterkoch«, bestätigte ihr Roarke. »Einer der Besten seines Fachs. Er betreibt in Paris ein Restaurant unter seinem Namen, in dem er noch immer hin und wieder selber kocht. Hauptsächlich aber wird er von Privatkunden gebucht. Unter denen eine ganze Reihe Präsidenten, Könige und anderer wichtiger Persönlichkeiten sind.«

»Das passt. Also hat Moriarity den Mann hierher bestellt, wobei er wahrscheinlich als Frost oder als Simpson aufgetreten ist. Wir müssen überprüfen, wie er hergekommen ist und …«

»Er hat einen Privatjet. Es ist bestimmt nicht schwierig zu überprüfen, ob er ihn auch dieses Mal genommen hat.«

Sie nickte nur. »Er hat ihn also hierher geholt und sogar dazu gebracht zu kochen, zumindest damit anzufangen. Dann hat er ihn in den Garten gelockt oder gezwungen und das arme Schwein mit diesem … Ding da an den Baum genagelt. Was zum Teufel soll das sein?«

»Eine Art Speer.«

Sie runzelte die Stirn. »Was für eine Art? Schließlich bist du der Waffenfreak.«

»Meine Güte, ich kann auch nicht riechen, woraus dieses Ding da abgefeuert worden ist. Denn schließlich ist die Waffe nicht mehr da.« Trotzdem trat er etwas dichter an den toten Mann heran und bemühte sich, im Licht des anbrechenden Tages etwas zu erkennen. »Es muss mit einer ganz schönen Geschwindigkeit und Wucht geflogen sein, um seinen Körper zu durchdringen und dafür zu sorgen, dass er an dem Baumstamm hängen bleibt. Per Hand schafft man das nicht. Der Pfeil ist nicht aus Holz, sondern aus beschichtetem Metall. Dünn und glatt und … wenn ich mich nicht irre, müsste das der Pfeil einer Harpune sein.«

»So ein Ding, mit dem man Wale jagt?«

»In diesem Fall wohl eher kleinere Säugetiere oder Fische, schätze ich. Der Pfeil wird nicht geworfen, sondern aus einer Art Gewehr oder Pistole, der Harpune eben, abgefeuert. Wobei ich nur vermuten kann, dass das hier so was ist.«

»Der Küchenchef im Garten mit einer Harpune getötet. Das passt zu den beiden anderen Fällen, und ich würde sagen, dass den beiden Kerlen damit ein Hattrick gelungen ist.«

Jetzt trat sie selber vor den Toten und zog ihren Untersuchungsbeutel auf. »Spiel weiter die Peabody, okay?«

»Peabody hätte ganz sicher nicht gewusst, dass das der Pfeil einer Harpune ist.«

Obwohl das wahrscheinlich stimmte, wies sie einfach auf den Beutel und erklärte knapp: »Identität und Todeszeit.«

Er hatte schon des Öfteren gesehen, wie diese Fakten ermittelt worden waren, und da er sich freiwillig erboten hatte, Eve zur Hand zu gehen, machte er sich umgehend ans Werk.

Währenddessen sah sich Eve den Leichnam an. »Andere Verletzungen sind nicht zu sehen. Es sieht so aus, als hätte er sich nicht gewehrt.« Sie blickte zu Boden und hob einen Zigarettenstummel auf. »Die ist bestimmt von ihm. Nicht mal Moriarity wäre so arrogant, eine Kippe hier zu hinterlassen, auf der seine DNA zu finden ist. Wie groß ist er, einen Meter 68? Der Speer hat geradewegs sein Herz durchbohrt. Aber schließlich hätte er, wenn er verwundet worden wäre, sicher auch geschrien. Ja, er ist knapp einen Meter 70 groß, und der Speer ist durch sein Herz mitten in den Baumstamm eingedrungen. Als hätte er eine Markierung auf der Brust gehabt.«

»Es ist tatsächlich Delaflote«, bestätigte ihr Roarke. »Vorname Luc, 52 Jahre alt, französische und amerikanische Staatsbürgerschaft, Hauptwohnsitz in Paris. Augenblicklich nicht verheiratet, drei Kinder aus verschiedenen früheren Beziehungen.«

»Diese Einzelheiten brauche ich erst später.«

»Peabody ist auch immer so gründlich«, widersprach er ihr. »Der Tod scheint gegen 22.18 Uhr eingetreten zu sein.« Als Eve die Stirn in Falten legte, fügte er entschuldigend hinzu: »Dies ist mein erster Tag in diesem Job, sei also bitte nicht so streng mit mir, Lieutenant.«

Sie winkte ab, ging in die Küche, kam wieder heraus. Sah sich erneut den Leichnam an und ging das Tatgeschehen noch einmal in Gedanken durch.

»Irgendwer hat ihn ins Haus gelassen oder ihm den Zugangscode gegeben, damit er sich selbst aufmachen kann. Wobei man einem praktisch Fremden sicher nicht einfach den Zugangscode zu seiner eigenen Bleibe überlässt. Also schätze ich, dass jemand ihn hereingelassen hat. Und dann ist da all das Essen. Entweder hat unser Opfer oder unser Mörder das alles mitgebracht.«

»Soweit ich weiß, hat Delaflote die Zutaten für seine Kreationen immer selber mitgebracht.«

»Wäre auch zu schön gewesen, wenn wir Moriarity hätten beweisen können, dass er irgendwo in einem Feinkostladen war und dieses Zeug gekauft hat. Falls er das Opfer hereingelassen hat, frage ich mich, ob es ihn erkannt oder vielleicht sogar damit gerechnet hat, ihn hier zu sehen. Hätte er nicht so wie jeder andere exklusive Dienstleister seinen Klienten vorher überprüft? Auf jeden Fall ist er ins Haus gekommen, was bedeutet, dass ihn jemand hereingelassen hat. Aber wenn ihm Moriarity geöffnet hat, warum hat er dann noch eine halbe Ewigkeit gewartet, bis er ihn ermordet hat? Wie lange braucht ein Huhn im Ofen, bis es gar ist?«

Roarke starrte sie einfach an. »Woher zum Teufel soll ich so was wissen?«

Sie sah ihn mit einem schmalen Lächeln an. »Peabody wüsste so etwas.«

»Verdammt. Warte. Wie schwer ist der Vogel?«

»Keine Ahnung.« Wieder legte sie die Stirn in Falten, streckte dann aber die Hände aus. »Ungefähr so groß.«

»Hm.« Er tippte ihre Angaben in seinen Handcomputer ein. »Diesem Computer zufolge ungefähr zwei Stunden.«

»Du bist eine wirklich gute Peabody. Den Ofen hat bestimmt der Killer abgestellt. Damit er nicht anfängt zu qualmen und die Feuerwehr erscheint. Das Hühnchen scheint inzwischen durch zu sein, was sicherlich zum Teil auch an der Resthitze im Ofen nach dem Abstellen liegt. Sicher hat es schon eine Weile vor sich hingegart, außerdem hat unser Opfer auch noch Zeit zum Vorbereiten des Essens gebraucht. Delaflote war also bestimmt gut zwei Stunden hier. Hat geschnippelt und gehackt und die verschiedenen Zutaten vermischt. Hier liegen jede Menge superscharfer Messer und ein schicker Messerkasten herum.«

»Ich nehme an, die Sachen haben ihm gehört.«

»Moriarity hat diesen Mann doch sicher nicht hereingelassen und danach zwei Stunden zugesehen, wie er kocht. Weil das Zeitverschwendung und vor allem zu riskant gewesen wäre.«

Sie lief einmal durch den Garten und ging dabei den Ablauf des vergangenen Abends in Gedanken durch. »Vielleicht hat er ihn hereingelassen, ist noch mal verschwunden und dann wieder aufgetaucht. Natürlich werden wir uns die Disketten aus den Überwachungskameras ansehen, aber ich kann mir nicht vorstellen, dass darauf etwas zu sehen ist. Sie haben sie sicher ausgestellt, nachdem Delaflote hereingekommen ist.«

Sie ging noch einmal ins Haus und kam wieder heraus. Versuchte, das Geschehen aus verschiedenen Blickwinkeln zu sehen, bis sich ein plausibles Bild ergab.

»Es ging um ein spätes Abendessen«, meinte sie, als sie erneut auf die Terrasse trat. »Denn für eine Party hätte ein einziges Hühnchen nicht gereicht. Sieht nach einem exklusiven späten Abendessen nur für zwei Personen aus. In der Küche stehen ein Glas und eine offene Flasche Wein. Ich gehe davon aus, dass Delaflote davon getrunken hat. Aber wo hat er den Wein und den Champagner für das Abendessen hingestellt? Ich hätte angenommen, dass er die Flaschen in den Kühlschrank legt. Es gibt hier zwar sicher einen Weinkeller oder zumindest eine Bar, aber …«

»Delaflote hat die Getränke zu seinen Menüs normalerweise selber ausgesucht und mitgebracht«, beendete Roarke den Satz.

Sie nickte zustimmend. »Er hat also gekocht und dabei einen Schluck getrunken. Hat ein paar der Gänge vorbereitet. Wie diese nach Fisch riechende Pampe, die im Kühlschrank steht. Denn ich glaube nicht, dass die Besitzer dieses Hauses irgendwelches Fischzeug stehen gelassen haben, als sie weggefahren sind. Schließlich weiß selbst ich, dass so etwas nicht ewig hält. Er hat also diese Pampe hergestellt, das Hühnchen in den Ofen geschoben und die Zutaten für den Salat gewaschen und geschleudert. Danach hat er eine kurze Pause eingelegt und hat hier eine geraucht.« Sie unterbrach ihre Überlegungen einen Moment.

»Warte, was ist mit dem Personal? Haben tolle Köche nicht normalerweise irgendwelche Untergebenen, die die langweilige Arbeit übernehmen? Die Kartoffeln schälen, Gemüse schnippeln und das ganze Zeug?«

Roarke blickte auf den unglücklichen Delaflote. »Es ist etwas zu spät, um ihn danach zu fragen.«

»Trotzdem muss ich sichergehen, dass er allein gekommen ist. Jedenfalls hat er hier draußen eine kurze Arbeitspause eingelegt. Entweder hat Moriarity ihn aus dem Haus begleitet oder ist plötzlich hier aufgetaucht. Die Waffe hatte er wahrscheinlich irgendwo versteckt ... Nein, er ist erst später rausgekommen und hat dabei die Waffe mitgebracht. Weil der Gärtner täglich kommt und sie sonst hätte finden können. Dann hat er das Opfer irgendwie dazu gebracht, sich vor den Baum zu stellen. Tritt mal einen Schritt zur Seite, Kumpel, oder mach mal einen Schritt zurück. Dann musste er schnell agieren, weil das Opfer nicht versucht hat wegzurennen. Denn niemand nagelt einen anderen so gekonnt an einen Baum, wenn der dort nicht wie angewurzelt steht.«

Eve trat in die offene Küchentür und tat, als ziele sie mit einer Waffe auf den toten Mann. Trat ein Stück nach links und nickte dann zufrieden mit dem Kopf. Sie ginge jede Wette ein, dass der Killer dort gestanden hatte, wo sie selber gerade stand.

»Dann vergewissert er sich kurz, dass die Runde an ihn gegangen ist. Ruft er Dudley an, um ihn zu informieren? Macht er vielleicht ein Bild, damit er es dem Kumpel später zeigen kann? Auf jeden Fall geht er wieder ins Haus, schaltet den Ofen aus, schnappt sich die noch nicht entkorkten Flaschen Wein und macht sich aus dem Staub.«

»Er musste ins Haus rein und wieder raus, ohne dass ihn dabei jemand sieht. Das ist ziemlich riskant.«

»Dudley war verkleidet, als er Crampton im Vergnügungspark getroffen hat. Deshalb war Moriarity das sicher auch. Er hat bestimmt dafür gesorgt, dass man ihn nicht erkennen kann. Wenn er kein Idiot ist, ist er auch ganz sicher nicht in seinem eigenen Wagen vorgefahren, sondern ist ein Stück gelaufen und hat dann ein Taxi oder so genommen. Die Waffe und den Wein hat er bestimmt in einem Koffer und in einer Tasche mitgeschleppt. Was uns möglicherweise weiterhelfen wird.«

Vielleicht wäre das ein erster Durchbruch. Vielleicht hatte irgendjemand einen Kerl mit einem Koffer und mit einer Tasche in der Nähe ihres Tatortes gesehen.

»Aber auch wenn er vielleicht so ausgehen hat, als trüge er nur seine Einkäufe nach Hause, hätte er den Wein hier stehen lassen sollen. Denn wenn wir die Flaschen bei ihm finden, wird er erkennen müssen, dass ein Übermaß an Selbstgefälligkeit und Gier unschöne Eigenschaften sind.«

»Da drüben ist ein Gartentor«, bemerkte Roarke. »Vielleicht war er ja so schlau und ist statt durch die Haustür hinten herum abgehauen.«

»Gute Idee.«

»Tut mir leid, aber es ging einfach nicht schneller.« Peabody kam keuchend aus dem Haus gelaufen. »Die U-Bahn hat ... oh, hallo, Roarke.«

»Seien Sie Sie, und du sei wieder du«, wies Eve die Partnerin und ihren Gatten an.

»Dann helfe ich dir jetzt noch kurz als ich«, bot Roarke ihr an, »und prüfe, ob dir die Alarmanlage weiterhelfen kann.«

»Das wäre gut. Der Tote heißt Luc Delaflote«, wandte sich Eve an Peabody. »Ein Meisterkoch.«

»Dann behalten sie also ihr Muster bei. Womit wurde er an diesen Baum genagelt?«

»Wir denken, dass das der Pfeil einer Harpune ist.«

»Mit der man Wale schießt?«

»Das Ding ist ja wohl viel zu klein, um einen Wal auch nur zu jucken«, stellte Eve erhaben fest.

»Aber Wale jagt man mit Harpunen, oder nicht? Wie in diesem Buch mit diesem irren Typen und dem Schiff. Und diesem anderen Typen, Isaac oder Istak oder … einen Augenblick …«

Sie kniff die Augen zu und riss sie wieder auf. »Ismael … Nennt mich Ismael.«

»Ein Typ, der einen Wal mit einem Pfeil erlegen will, muss ja wohl automatisch irre sein. Und ich nenne Sie weiter Peabody. Dieses Ding wurde wahrscheinlich aus einer Harpune abgefeuert. Die man, wie wir sehen, nicht nur für die Jagd auf Fische, sondern auch für die Erlegung eines Meisterkochs verwenden kann.«

Peabody betrachtete den toten Delaflote. »Scheint durchaus gut zu funktionieren.«

»Todeszeitpunkt«, fing Eve an, und als sie fertig war, bemerkte ihre Partnerin: »Das war wirklich eiskalt. Da haben sie das Opfer extra aus Paris anreisen und den ganzen Abend in der Küche schuften lassen, um es dann an einen Baum zu nageln, noch bevor das Hühnchen fertig ist.«

»Ich schätze, dass das Hühnchen unserem Opfer jetzt nicht mehr ganz so wichtig ist. Wahrscheinlich hat er die Lebensmittel mitgebracht. Hat sie in Paris gekauft, weil er schließlich ein Meisterkoch aus Frankreich war und sicherlich die Waren seiner eigenen Lieferanten vorgezogen hat. Überprüfen Sie das, ja? Vor allem will ich wissen, was für Weine er dabeihatte. Denn er hat nie im Leben nur die eine, offene Flasche mitgebracht. Und gucken Sie, wie er hierhergekommen ist. Ob er allein geflogen und wie er vom Flugplatz bis zum Haus gekommen ist. Ich brauche die genaue Ankunftszeit. Außerdem sollen sich die elektronischen Ermittler die Security des Hauses ansehen, und am besten rufen Sie auch gleich die Spurensicherung, den Pathologen und die Hausbesitzer an. Wir …«

Sie brach ab, als Roarke wieder auf die Terrasse kam. »Lieutenant? Hier ist was, was du dir ansehen solltest.«

»Ist der Kerl etwa auf einer der Disketten drauf?«

»Nein. Aber etwas anderes.«

Sie folgte ihm ins Haus und dort in einen kleinen, gut bestückten Überwachungsraum.

»Bis 17.30 Uhr ist auf den Disketten nichts zu sehen.«

Er drückte auf den Wiedergabeknopf, und Eve sah eine Limousine vor dem Tor. »Ziemlich neues Modell mit einem New Yorker Nummernschild. Überprüfen Sie das, Peabody.«

Die Tore gingen automatisch auf. »Er hatte offenbar den Zugangscode.« Der Chauffeur stieg aus der Limousine aus, trat vor das Haus und gab den Zugangscode der Haustür ein.

»Das ist keiner von den beiden. Kannst du dieses Bild vergrößern, damit ich den Kerl ein bisschen besser …« Sie brach ab und beugte sich so dicht wie möglich vor den Monitor. »Das ist ein dämlicher Droide. Also gut, das war echt schlau. Aber schließlich sind die beiden auch nicht dumm. Haben einen Droiden mit dem Code hierher geschickt, der ins Haus geht, auf das Opfer wartet und es hereinlässt. Haben ihn wahrscheinlich darauf programmiert, dass er den Hausdroiden mimt.«

»Dann passiert erst einmal nichts mehr, bis Punkt 20 Uhr

Delaflote mit einem Fahrer auf der Bildfläche erscheint.« Roarke spulte die Diskette ein Stück vor. »Hier kannst du sehen, dass der Droide ihn tatsächlich hereinlässt. 15 Minuten später wurde die Alarmanlage abgestellt. Die Kameras, Sirenen, Schlösser, alles. Was das Überwachungsunternehmen hätte alarmieren sollen, falls die Hausbesitzer dort Bescheid gegeben haben, als sie weggefahren sind. Und da sie sicher so vernünftig waren, das zu tun, mussten deine Täter dafür sorgen, dass ein Klon dem Unternehmen vorgegaukelt hat, dass hier alles in Ordnung ist.«

»Intelicore ist in der Branche tätig«, stellte Peabody zutreffend fest. »Moriarity weiß also bestimmt, wie man das macht.«

»Er konnte offenbar einfach in das Haus spazieren, ohne dass eine der Kameras ihn aufgenommen hat. Er brauchte nicht einmal den Zugangscode, denn schließlich war die Tür gar nicht mehr abgesperrt.«

Eve stapfte vor dem Bildschirm auf und ab. »Er ist ganz sicher nicht zu Fuß von hier verschwunden, sondern hat sich ganz bequem von dem Droiden dorthin fahren lassen, wo auch immer er angeblich gestern Abend war. Wir werden das natürlich überprüfen, aber trotzdem fürchte ich, dass ihn wahrscheinlich doch niemand mit einem Koffer und mit einer Tasche durch die Gegend laufen sehen hat.«

»Der Wagen gehört einer Willow Gantry«, klärte Peabody sie auf.

»Ich bin sicher, dass das Ding gestohlen wurde«, stellte Eve mit resignierter Stimme fest. Weil auch diese Spur im Sand verlief. »Denn schließlich brauchten sie es nur für ein paar Stunden, und wahrscheinlich hat der dämliche Droide das Gefährt für sie besorgt. Andernfalls hätten sie sicher die Diskette mit der Aufnahme der Limousine eingesteckt. Aber es war ihnen egal, ob wir den Wagen oder den Droiden sehen. Denn die beiden Dinge wurden zwischenzeitlich längst entsorgt.«

»Ich könnte mir die Anlage genauer ansehen und versuchen herauszufinden, wie sie kurzgeschlossen worden ist«, erbot sich Roarke.

Eve schüttelte den Kopf. »Darauf setze ich die elektronischen Ermittler an.«

»Wenn das so ist, muss ich langsam los. Aber vorher müsste ich noch kurz unter vier Augen mit dir reden, Lieutenant. Also dann, wir sehen uns, Peabody.«

»Und zwar schon morgen«, stimmte sie begeistert zu.

»Was ist morgen?«, fragte Eve, als Roarke sie aus dem Zimmer zog.

»Samstag.«

»Wie kann morgen bereits Samstag sein?«

»Indem heute Freitag ist.« Er legte ihr die Hände auf die Schultern und massierte sie, bis sie ihm in die Augen sah. »Du hättest ihn nicht retten können.«

»Das ist mir vom Kopf her klar. Am Rest arbeite ich noch.«

»Dann arbeite ein bisschen härter«, bat er sie, legte die Hand unter ihr Kinn und gab ihr einen sanften Kuss.

Er wusste ganz genau, wie es in ihrem Kopf und auch dem Rest von ihr aussah. Und bereits dadurch nahm ihr Elend etwas ab.

Sie umfasste sein Gesicht und küsste ihn zurück. »Danke für die Hilfe.«

Dann ging sie wieder zu ihrer Partnerin, die in der Küche stand und auf das Huhn im Ofen sah.

»Dieses Hühnchen hätte sicher wirklich gut geschmeckt«, stellte sie traurig fest, wandte sich dann aber wieder ihrem eigentlichen Thema zu. »Also, Willow Gantry, 63 Jahre alt, seit 38 Jahren verheiratet, Erzieherin. Keine Vorstrafen. Ich habe auch die Kindertagesstätte überprüft, in der sie arbeitet. Sie und ihr Mann sind vor zwei Tagen zu ihrer Tochter und zu ihrem Schwiegersohn geflogen, um auf ihren Enkel aufzupassen, weil die Tochter jeden Augenblick ihr zweites Kind bekommt. Ihren Wagen hatten sie am Flughafen geparkt.«

»Wo er gestohlen worden ist. Jetzt steht er wahrscheinlich irgendwo am Straßenrand. Sagen Sie der Flughafen-Security, dass sie versuchen soll, das Ding zu finden«, sagte Eve. »Falls er nicht mehr dort ist, sollten wir den Gantrys den Gefallen tun und außerhalb des Flughafengeländes danach suchen lassen. Denn dann kriegen sie ihn vielleicht doch noch zurück.«

»Es wäre sicher ätzend für die beiden heimzukommen und als Erstes festzustellen, dass ihr Wagen weg ist.«

»Es gibt Schlimmeres im Leben, aber trotzdem … Und jetzt reden wir erst einmal mit dem Gärtner und dem Kind.«

»Hier ist ein Kind?«, erkundigte sich Peabody mit unglücklicher Stimme. »Ein Kind, das Delaflote dort draußen hängen sehen hat?«

»Ja, ein Kind. Hatte ich das bisher nicht erwähnt?« Dankbar, dass die Partnerin sich um den Kleinen kümmern könnte, betrat Eve den Raum, in dem der Gärtner mit dem Jungen saß.

Wahrscheinlich wurde er von einer Hauswirtschafterin oder von einem Typ wie Summerset bewohnt. Denn er war geräumig, hübsch möbliert und aufgeräumt.

Ein Beamter saß in einem der bequemen Sessel und sprach mit dem Jungen über Baseball. Wirklich clever, dachte Eve und stellte dankbar fest, dass der Junge bereits um die 16 war.

Er saß neben seinem Vater auf dem hochlehnigen Sofa und stritt mit dem Polizisten über ein Out am dritten Mal während des vorabendlichen Spiels.

Der schlanke Junge hatte eine Haut wie cremiger Kakao, und Eve konnte sich vorstellen, dass die Herzen vieler Mädchen flatterten, wenn sie in seine schimmernd braunen Augen sahen.

Der Vater war genauso schlank, hatte aber anders als sein Sohn ein wettergegerbtes, scharf geschnittenes Gesicht und eine Unzahl winzig kleiner, schwarz glänzender Löckchen auf dem Kopf. Er knetete nervös die Baseballmütze, die er in den Händen hielt, und bedachte Eve mit einem gleichermaßen schmerzlichen wie hoffnungsvollen Blick.

»Officer, Sie können erst mal gehen.«

»Zu Befehl, Ma'am. Ein Mets-Fan«, stellte er mit aufgesetztem Mitleid fest, während er sich von seinem Platz erhob. »Dass es so was überhaupt noch gibt.«

»Also bitte!«, widersprach der Junge lachend, lenkte aber ebenfalls den Blick auf Eve und schob sich noch ein wenig dichter neben seinen Dad.

»Ich bin Lieutenant Dallas.« Eve bedeutete den beiden, dass sie sitzen bleiben könnten, und zeigte auf ihre Partnerin. »Und das hier ist Detective Peabody.«

»Ich bin James Manuel, und dies ist mein Sohn Chaz.«

»Sie beide hatten einen schlimmen Morgen«, sagte sie und nahm den beiden gegenüber Platz. »Sie arbeiten für Mr Frost und Ms Simpson.«

»Ja. Ich pflege ihren Garten und halte den Pool in Ordnung, wie bei einigen von ihren Nachbarn auch. Die Familie ist gerade im Urlaub. Sie waren nicht hier, als … es passiert ist.«

»Das habe ich bereits gehört. Warum waren Sie und Chaz dann heute Morgen hier?«

»Wir wollten die Fische füttern. Bei dem heißen Wetter brauchen Kois mehr Futter als gewöhnlich. Außerdem den Mulch auffrischen und die Blumen köpfen.«

»Bitte, was?«

»Man muss die verblühten Blüten von den Blumen und den Büschen abschneiden, weil sich sonst Samen bilden. Das …«

»Okay, verstehe.«

»Außerdem wollten wir noch den Boden düngen. Chaz wollte mir heute helfen. Danach hätten wir einen weiteren Job hier in der Nachbarschaft gehabt. Hätten ein paar Blumen pflanzen und ein kleines Gartenhäuschen bauen sollen. Wir sind extra früh hierhergekommen, denn da augenblicklich niemand hier ist, hätten wir auch niemanden gestört. Wir kamen kurz vor Tagesanbruch an. Ich habe den Code fürs Gartentor. Den habe ich schon seit fünf Jahren, seit ich von Ms Simpson angeheuert worden bin. Damit ich immer direkt in den Garten gehen kann. Ich brauche nicht extra durchs Haus zu laufen«, fügte er hinzu. »Deshalb waren wir auch nicht im Haus.«

»Verstehe. Sie sind also durch das Gartentor gekommen, um hier Ihren Job zu machen. Haben Ihren Lieferwagen an der Straße abgestellt und sind mit Ihrem Sohn durchs Gartentor marschiert.«

»Ja.« Er atmete tief durch. »Ja, Ma'am, so haben wir's gemacht.«

»Wir haben gelacht«, fügte sein Sohn hinzu. »Ich hatte ihm gerade einen Witz erzählt, und wir haben gelacht. Ich bin als Erster durch das Tor gegangen. Anfangs ist uns gar nichts aufgefallen. Wir haben gelacht, Papa hat sich umgedreht, um das Tor zu schließen, und da habe ich den Mann gesehen. Den toten Mann, ich habe ihn gesehen.«

»Da hast du dich doch sicher fürchterlich erschrocken.« Peabody ging durch den Raum und nahm auf der hohen Sofalehne dicht neben dem Jungen Platz.

»Ich habe geschrien«, gab Chaz verlegen zu. »Ich glaube, ich habe geschrien. Wie ein Mädchen. Und dann habe ich wieder gelacht, weil ich dachte, dass sich irgendjemand einen blöden Scherz mit uns erlaubt. Ich konnte mir einfach nicht vorstellen, dass dort tatsächlich jemand ermordet worden ist.«

»Und was haben Sie gemacht?«, erkundigte sich Eve bei James.

»Ich habe mein Werkzeug fallen lassen.« Er erschauderte. »Es klang wie eine Explosion, auf jeden Fall in meinem Kopf. Dann bin ich zu dem Mann gelaufen. Wenn ich mich nicht irre, habe ich ihn angebrüllt. Und Chaz hat mich gepackt und weggezerrt.«

»Wegen der Werkzeuge. Es war so laut, als Papa sie fallen gelassen hat. Wie eine Ohrfeige. Dann hat er versucht, den Mann vom Baum zu ziehen. Gott.« Der Junge presste sich die Hände vor den Bauch.

»Sollen wir eine kurze Pause machen?« Peabody legte die Hand auf seine Schulter und bedachte ihn mit einem mitfühlenden Blick. »Soll ich dir ein Glas Wasser holen?«

»Nein. Danke, nein. Ich weiß, dass man in solchen Fällen nichts berühren soll. Ich sehe gerne Krimis, und da heißt es immer, dass man nichts berühren soll. Ich weiß nicht, warum mir das vorhin eingefallen ist. Aber vielleicht ist es das auch gar nicht. Vielleicht wollte ich auch einfach nur nicht, dass mein Vater diesen Mann berührt. Es war ... schrecklich.«

»Wir sind weggelaufen. Das heißt, eigentlich nicht weggelaufen, sondern einfach wieder auf die Straße. Denn ich hatte Angst, dass vielleicht noch jemand im Garten ist, und mein Sohn ... mein Junge.«

»Das haben Sie gut gemacht«, beschied ihm Eve.

»Aber vorher haben wir noch schnell das Werkzeug eingesammelt. Ich weiß nicht warum, vielleicht, weil ich das immer mache, wenn ich einen Arbeitsplatz verlasse. Dann sind wir zu meinem Truck gerannt. Haben den Notruf gewählt und gesagt, was wir gesehen haben und wo wir jetzt sind. Danach haben wir die Autotüren von innen abgesperrt und gewartet, bis die Polizei erschienen ist.«

»Haben Sie den Mann vorher schon einmal gesehen?«

James schüttelte den Kopf. »Nein, ich glaube nicht. Ms Simpson und auch Mr Frost sind anständige Leute, Ma'am. Ich arbeite seit fast fünf Jahren für die beiden. Sie gehen immer wirklich nett mit ihren Angestellten und vor allem mit ihren Kindern um. So was passt nicht zu den zweien. So was würden sie nie tun. Und schließlich sind sie auch gar nicht da.«

»Ich weiß. Machen Sie sich keine Gedanken über sie. Wo ist das Personal? Wo ist die Person, die hier in diesen Räumlichkeiten lebt?«

»Oh, das ist Ms Wender, Hanna. Sie und Lilian, die sich um die Kinder kümmert, sind mit der Familie in Georgia. Sie haben dort ein Ferienhaus, in das sie im Sommer immer einen Monat fahren.«

»Haben sie auch einen Droiden?«

»Nein, ich glaube nicht. Oder zumindest habe ich noch nie einen in diesem Haus gesehen. Abgesehen von Hanna und von Lilian kommt noch zweimal in der Woche irgendwer zum Saubermachen, ansonsten gibt es nur noch mich.«

»Hat Ms Simpson außer Ihnen sonst noch jemandem den Code fürs Gartentor verraten?«

»Keine Ahnung. Das heißt, Lilian und Hanna haben ihn bestimmt. Weil Lilian öfter mit den Kindern in den Park geht, auch wenn deren Eltern nicht zu Hause sind. Und Hanna macht die Einkäufe und so, ich kann mir nicht vorstellen, dass sie jedes Mal, wenn sie vom Markt kommt, klingeln muss. Aber die beiden sind nicht hier. Das muss jemand anderes gewesen sein. Ich habe keine Ahnung, was der Mann hier wollte und wie er hereingekommen ist. Dies hier ist ein guter Ort, ein gutes Haus. Mit guten Menschen. Weshalb also hätte jemand diesen Mann auf diesem Anwesen ermorden sollen?«

»Das werde ich herausfinden. Sie und Chaz haben genau das Richtige getan. Mehr konnten und mehr können Sie nicht tun.«

»Heißt das, dass wir gehen können?«

»Ja. Hat sich der Beamte Ihre Telefonnummer notiert, falls wir Sie noch mal sprechen müssen?«

»Ja. Er hat sich alles aufgeschrieben. Soll ich Mr Frost und seine Frau verständigen? Soll ich ihnen sagen, was geschehen ist?«

»Das übernehmen wir.«

Sie alle standen auf, und Peabody brachte den Gärtner und den Jungen an die Tür. Dort drehte Chaz sich noch einmal um und stieß mit rauer Stimme aus: »Es ist nicht wie im Fernsehen. Es ist was völlig anderes, wenn man so was plötzlich selbst erlebt.«

Diese Feststellung hatte auch Sean getroffen, nachdem er in einem Wald in Irland auf die Leiche einer jungen Frau gestoßen war. »Das sagen die Leute immer. Und sie haben recht.«

18

Eve ging selbst noch einmal durch das Haus, um ein Gefühl für die Familie zu bekommen, die hier lebte. Und um sich zu vergewissern, dass es auf dem Anwesen nicht doch einen Droiden gab.

Sie fand den Weinkeller, der gut bestückt und noch besser gesichert war. Die elektronischen Ermittler würden überprüfen, wann zum letzten Mal jemand den Raum betreten hatte, aber ihrer Meinung nach hatte das Opfer Wein aus Frankreich mitgebracht, den sein Mörder mitgenommen hatte.

Noch einmal sah sie sich die Küche an. Obwohl sie selbst nicht einmal Nudeln kochen konnte, war ihr das Konzept der Essenszubereitung hinlänglich vertraut.

Sie dachte an die Küche auf dem Bauernhof in Irland, wo sie Sinead bei der Vorbereitung ihres Frühstücks zugesehen hatte.

Dabei hatte die Tante ihres Mannes eine ganz bestimmte Reihenfolge eingehalten.

»Was hat er zuerst gemacht? Wahrscheinlich hat er erst mal alle Lebensmittel und sein Werkzeug ausgepackt. Ein paar der Sachen mussten sicher in den Kühlschrank, also hat er sie dort reingepackt, bis er sie wieder brauchte. Dann hat er die Stereoanlage angestellt und sich vielleicht ein Glas Weißwein eingeschenkt.« Sie sah sich um.

»Hat die Arbeit vorbereitet. Hat er die Küche vielleicht schon gekannt? Weil er vorher mal hier gewesen ist? Das müssen wir noch herausfinden. Wenn er bereits wusste, wo alles zu finden ist, ging die Vorbereitung sicher ziemlich schnell.«

Sie öffnete den Ofen und betrachtete den mittlerweile zähen Vogel, der dort lag. »Nach Aussage von Roarke musste das Vieh ungefähr zwei Stunden braten. Weil die anderen Dinge deutlich schneller gingen, hat er damit sicher angefangen.«

»Roarke weiß, wie man Hühnchen brät?«

»Nein. Er hat im Computer nachgesehen.«

Jetzt öffnete Peabody die Ofentür und nickte zustimmend. »Anderthalb Stunden hat das Hühnchen mindestens gebraucht, das Gemüse weniger lang, deswegen hat er das erst später in den Topf gelegt. Ich weiß, wie man ein Hühnchen brät, aber natürlich nicht so toll wie dieses hier. Weil es in dieser leckeren Sauce schwimmt, und sehen Sie, wie geschickt er es zusammengebunden hat?«

»Ja, sieht wirklich lecker aus. Wie lange hat er ungefähr gebraucht, bis das Vieh im Ofen lag?«

»Hm. Er war ein Profi, deshalb sicher nicht so lange oder vielleicht auch gerade deshalb erheblich länger als der Durchschnittskoch. Vielleicht eine halbe Stunde? Außerdem musste er das Gemüse schälen und schneiden, dafür ging wahrscheinlich noch mal eine gute Viertelstunde drauf, nachdem das Tier im Ofen lag.«

»Er hat auch noch dieses Fischzeug kalt gestellt«, erklärte Eve und öffnete die Kühlschranktür.

Peabody sah in den Kühlschrank, schnupperte und stellte fest: »Scheint eine Mousse zu sein. Für deren Zubereitung hat er sicher auch eine Weile gebraucht. Und da sind Artischocken. Sicher wollte er mit denen noch irgendetwas machen. Außerdem hat er Kaviar – das wirklich gute Zeug – und jede Menge frisches Grünzeug mitgebracht. Schade, dass das alles jetzt verwelkt.«

»Wenn man alle diese Arbeitsgänge zusammenzählt, hat er wahrscheinlich mindestens zwei Stunden hier zu tun gehabt. Und sich, nach der geöffneten Flasche zu schließen, zwei, drei Gläser Wein dazu gegönnt. Der Pathologe wird uns sicher sagen können, wie viel er genau getrunken hat.«

»Wissen Sie, was mir hier noch auffällt?« Peabody stemmte die Hände in die Hüften und sah sich noch einmal in der Küche um. »Wie aufgeräumt alles ist. Nirgendwo sind irgendwelche Flecken, nirgendwo steht schmutziges Geschirr herum. Wenn meine Oma kocht, sieht's in der Küche immer aus wie nach einem Wirbelsturm. Aber hier hat entweder er selbst oder der Killer aufgeräumt.«

»Ich glaube nicht, dass es der Killer war. Denn weshalb hätte er das machen sollen? Und vor allem denkt Moriarity bestimmt, dass das Einräumen einer Spülmaschine unter seiner Würde ist.«

Aber die Bemerkung ihrer Partnerin half ihr, das Ganze noch klarer zu sehen. »Unserem Profikoch lag offenbar viel an einem ordentlichen Arbeitsplatz, deshalb hat entweder er selbst oder der Droide nach den jeweiligen Arbeitsgängen aufgeräumt. Am besten geben wir all diese Infos gleich in den Computer ein, damit der ausrechnet, wie lange Delaflote beschäftigt war. Denn das hat Moriarity wahrscheinlich ebenfalls getan. Nach getaner Arbeit hat er Delaflote dann ermordet, und danach hat der Droide ihn irgendwohin kutschiert.«

Nach einer kurzen Pause redete sie weiter. »Er ist bestimmt nicht selbst hierher gefahren.« Eve schüttelte den Kopf. »Denn dann hätte er zwei Wagen hier gehabt. Vielleicht hat ihn der Droide abgeholt. Oder er ist tatsächlich zu Fuß gekommen. Hatte sich verkleidet, hat diese Harpune entweder in einem Koffer oder einer Tasche mitgebracht und wurde vom Droiden hereingelassen, den er anschließend im Wagen warten lassen hat.«

Sie vergrub die Hände in den Taschen ihrer Jeans. »Aber das wäre furchtbar nachlässig gewesen. Und vor allem, weshalb hätte er zu Fuß gehen sollen, wenn er einen Droiden und einen gestohlenen Wagen zur Verfügung hatte und zudem ein Alibi für gestern Abend brauchte, falls sie nicht von ihrem bisherigen Muster abgewichen sind? Da hätte er doch sicher keine Zeit vergeuden wollen.«

»Wenn er mit dem Wagen hergekommen wäre, hätte er sich die Verkleidung sparen können«, fügte Peabody hinzu.

»Vor allem hätte er mit einem Wagen innerhalb von fünf bis sechs Minuten den perfekten Zufluchtsort erreicht.«

»Dudleys New Yorker Wohnsitz.«

»Ja, genau. Vielleicht hat also der Droide ihn dort abgeholt und auf direktem Weg hierher gebracht. Er konnte davon ausgehen, Delaflote entweder in der Küche oder draußen auf der Terrasse anzutreffen, falls er gerade eine Pause machte. Er brauchte also nur durchs Haus zu gehen. Hätte er das Opfer in der Küche angetroffen, hätte er es nur dazu bewegen müssen, kurz mit in den Garten zu kommen. Aber da der Mann schon draußen war, um dort eine zu rauchen, brauchte er nur rauszugehen. Dann hat er ihn in Position gebracht, an den Baum genagelt, die Harpune und die Weine eingesteckt, das Haus wieder verlassen und sich aus dem Staub gemacht.«

»Er war wahrscheinlich höchstens fünf bis zehn Minuten hier.«

Wieder lief sie in der Küche auf und ab. »Ich brauche den genauen zeitlichen Ablauf, und vor allem will ich wissen, wo Moriarity angeblich gestern Abend war und ob die beiden vielleicht so dreist sind und sich diesmal gegenseitig Alibis verschaffen. Also lassen Sie uns erst einmal zu Dudley fahren.«

»Es gibt eine Verbindung zwischen ihm und den Besitzern dieses Hauses. Wenn sie weiter nach dem bisherigen Muster vorgehen, hat er auch ganz bestimmt ein Alibi«, bemerkte ihre Partnerin.

»Ja. Und ich will wissen, was für eins. Aber vorher will ich noch die Eigentümer kontaktieren, denn wir müssen sichergehen, dass das Opfer nicht von ihnen angeheuert worden ist. Delaflote muss eine Sekretärin oder Assistentin haben. Spüren Sie die auf und fragen, wer ihn engagiert hat, wie der Auftrag bei ihm eingegangen und wie er hierhergekommen ist. Fragen Sie auch nach den Lebensmitteln. Ob er sie aus Frankreich mitgebracht hat, und falls ja, woher genau die Sachen sind. Vor allem der Wein. Weil er der Schlüssel zu der Lösung dieses Falles ist.«

»Und dann?«

»Dann setzen wir die Teile dieses Puzzles Stück für Stück zusammen und sehen uns das Bild von allen Seiten an.« Abermals stieg heißer Zorn in ihrem Innern auf, wandelte sich dann aber zu stählerner Entschlossenheit. »Wir werden eine Wahnsinnsschau abziehen, denn wir müssen Whitney, den Staatsanwalt und jede Menge anderer Leute davon überzeugen, dass es an der Zeit ist, uns die beiden Typen endlich einmal näher anzusehen. Weil ich die Häuser, die Büros, die Spielplätze, die Clubräume und sämtliche verdammten Zweitwohnungen dieser Kerle auseinandernehmen will.«

Wahrscheinlich war es kleingeistig und völlig unwichtig, dass Eve befriedigt nickte, weil das Haus von Dudley deutlich kleiner als das ihres Mannes war. Roarkes Palast hätte den Bau als Ganzes schlucken und genauso wieder ausspeien können.

Obwohl er – für sich genommen – auch nicht gerade zu verachten war. Er hatte vor den Innerstädtischen Revolten als Boutique-Hotel fungiert und war danach von einem Visionär in ein privates Anwesen verwandelt worden, dessen nüchterner, moderner Stil jedoch nicht unbedingt ihrem Geschmack entsprach.

Früher wäre ihr so etwas gar nicht aufgefallen, doch inzwischen stießen kalte, funktionale Wohnhäuser sie einfach ab.

Der silberne Sichtschutz vor den Fenstern spiegelte die Hochhäuser der City, und statt bunter Blumen oder grüner Büsche waren links und rechts des Eingangs steinerne sowie metallene Skulpturen aufgereiht.

Die künstlerisch möglicherweise wertvoll, ihrer Meinung nach jedoch nur hässlich waren.

Nachdem sie sich vor dem Eingang ausgewiesen hatte, öffnete ihr eine junge, gut gebaute Frau in einer eng sitzenden roten Uniform die Tür.

»Lieutenant Dallas und Detective Peabody. Mr Dudley kommt sofort. Er bittet um Entschuldigung, weil er Sie warten lässt. Er hatte gestern Abend Gäste, und es wurde ziemlich spät.«

Sie bat sie in die großzügige Eingangshalle, die in Rot und Silber gehalten war, und weiter in den ausgedehnten Wohnbereich, dessen Wände passend zu dem Schachbrettmuster auf dem Boden wechselweise weiß und schwarz schimmernd gestrichen waren.

Eve betrachtete die unzähligen Möbelstücke in den Farben verschiedener Edelsteine, die einen bestimmt erblinden ließen, wenn man ihrem Anblick allzu lange ausgeliefert war.

»Wenn Sie bitte hier warten würden. Ich habe bereits Kaffee für Sie bestellt. Mr Dudley wird so schnell wie möglich bei Ihnen sein.«

»Dann fand hier also gestern Abend eine Party statt?«

»Ja.« Die Frau verzog den Mund zu einem Lächeln, das zwei Reihen makelloser, strahlendweißer Zähne vorteilhaft zur Geltung kommen ließ. »Eine Gartenparty. Der Abend war dafür wie geschaffen, und ich glaube, dass die letzten Gäste erst um vier gegangen sind.«

»Manche Leute wissen einfach nicht, wann es an der Zeit ist heimzugehen.«

Rotrocks Lachen war noch heller als ihr Lächeln strahlend, und sie stellte nickend fest: »Ich weiß, was Sie meinen, aber Mr Dudley hat es ganz bestimmt nichts ausgemacht. Denn schließlich ist Mr Moriarity ein wirklich guter Freund.«

Eve sah sie mit einem schmalen Lächeln an. »Davon bin ich überzeugt.«

»Ich werde einmal nachsehen, was der Kaffee macht.«

Peabody öffnete den Mund, doch Eve trat kopfschüttelnd ans Fenster und stieß dort ein lautes Gähnen aus. »Ich habe letzte Nacht mal wieder kaum ein Auge zukriegt. Hätte dieser Gärtner nicht zu einer anständigen Zeit zur Arbeit fahren können? Schließlich wäre dieser tote Koch uns in der Zwischenzeit nicht weggelaufen.«

Peabody verstand den Fingerzeig und spielte mit. »Ich habe Ihnen noch gar nicht erzählt, was heute Morgen mit der U-Bahn los war. Die Signale haben verrücktgespielt, deshalb musste ich schon eine Haltestelle früher aussteigen und habe mir die Füße plattgelaufen, bis ich endlich irgendwann am Tatort war.«

»Beschissene Tage fangen eben früher als die meisten anderen Tage an. Die Journalisten werden ausflippen, wenn sie von diesem neuen Mord erfahren, und der Commander will bestimmt, dass wir der Meute irgendetwas hinwerfen, worauf sie kauen kann.« Eve reckte die Schultern.

Dann fuhr sie fort. »Zumindest haben sie bisher noch nicht entdeckt, dass die ersten beiden Morde miteinander in Verbindung stehen. Vielleicht bleibt es ja dabei.«

»Bisher hatten wir Glück. Aber das währt bestimmt nicht ewig«, entgegnete Peabody.

Eine zweite junge, gut gebaute Frau in roter Uniform rollte einen Tisch mit dem Kaffeeservice und einem Silberkorb voll frischer Muffins durch die Tür.

»Bitte bedienen Sie sich. Möchten Sie vielleicht noch irgendetwas anderes?«

»Nein, das reicht.«

»Probieren Sie auf jeden Fall die Muffins. Celia hat sie heute Morgen erst gebacken.«

Nachdem die junge Frau wieder verschwunden war, beäugte Eve den Korb. »Ich gehe davon aus, dass Celia nicht auf dieser Party war.«

»Einen Muffin kann ich mir wohl leisten«, überlegte Peabody. »Denn schließlich bin ich heute früh schon kilometerweit marschiert.«

Während sie genüsslich in den Muffin biss, tauchte Dudley auf.

Dafür, dass er kaum geschlafen hatte, sah er überraschend munter aus. Wahrscheinlich hatte er mit irgendeiner Pille nachgeholfen, überlegte Eve. Statt eines Anzugs trug er heute die legere Freizeitkluft des reichen Dandys. Und dieselben Slipper wie beim Mord an Ava Crampton. Dieser elendige Hurensohn.

»Was für eine angenehme Überraschung«, stellte er mit einem breiten Lächeln fest. »Ich hoffe, Sie sind hier, um mir zu sagen, dass Sie herausgefunden haben, wer diesen Chauffeur ermordet hat.«

»Unglücklicherweise nicht.«

»Tja, nun. Ich schätze, diese Dinge brauchen Zeit.«

Lässig schenkte er sich einen Kaffee ein, gab drei kleine Stücke braunen Zucker in die Tasse und trug sie zu einem Sessel in der Farbe eines leuchtenden Saphirs.

»Was kann ich für die Damen tun?«

»Es tut mir leid, dass wir Sie so früh stören«, fing Eve an. »Vor allem, da Sie, wie man uns erzählt hat, erst sehr spät ins Bett gekommen sind.«

»Es war eine wirklich wunderbare Party. Deshalb bin ich heute früh besonders energiegeladen. Weil so schöne Abende unglaublich stimulierend sind.«

»Mich erschöpfen solche Dinge, aber schließlich sind die Menschen unterschiedlich.«

»Ja, genau.«

»Ich fürchte, dass wir schlechte Neuigkeiten für Sie haben«, fuhr sie fort. »Haben Sie etwas dagegen, wenn ich unsere Unterhaltung aufzeichne? Und ich müsste Sie auch über Ihre Rechte aufklären. Das ist zwar nur eine Formalie, die aber nun einmal leider Vorschrift ist.«

»Kein Problem.«

»Das ist nett.« Sie stellte den Rekorder an und nahm das Blitzen in den Augen ihres Gegenübers wahr. »Lieutenant Eve Dallas und Detective Delia Peabody vernehmen Winston Dudley den Vierten in seinem New Yorker Haus.« Sie klärte ihn kurz über seine Rechte auf und sah ihn fragend an. »In Ihrem Unternehmen, Mr Dudley, ist eine gewisse Meryle Simpson angestellt, korrekt?«

»Ja. Sie ist die Leiterin von unserer Marketingabteilung und zugleich entfernt mit mir verwandt. Nein, erzählen Sie mir nicht, dass ihr etwas zugestoßen ist. Ich dachte, dass sie mit ihrer Familie im Urlaub ist.«

»Das ist sie auch. Aber ihr Name, ihre Kreditkarte und ihr Zuhause wurden im Zusammenhang mit einem Mord benutzt.«

»Das kann ja wohl nicht sein.« Er legte seinen Kopf zwischen die Hände und kniff kurz die Augen zu. »Nicht schon wieder.«

»Ich fürchte, doch. Vielleicht wurden die Daten bereits abgegriffen, ehe Sie die Sicherheit sämtlicher Firmendaten haben überprüfen lassen. Wenn nicht, hat dieser Check Ihre Probleme offenkundig nicht gelöst.«

»Das ist ein Alptraum«, stieß er aus und fuhr sich mit der Hand über das weißlich blonde Haar. »Aber Meryle hat mit dieser Sache nie im Leben etwas zu tun. Weil sie nicht nur ein durch und durch vertrauenswürdiges Mitglied unseres Teams, sondern Familie ist.«

»Auch aus unserer Sicht hat sie nichts damit zu tun. Ich habe heute früh mit ihr und ihrem Mann gesprochen und ihnen gesagt, was sich in ihrem Haus ereignet hat. Ich habe den beiden außerdem erklärt, dass keinerlei Notwendigkeit besteht, umgehend nach New York zurückzukommen, aber Mr Frost will offensichtlich trotzdem sofort kommen und sich vergewissern, dass mit dem Haus alles in Ordnung ist.«

»Das kann ich mir vorstellen. Schließlich ist er ein verantwortungsbewusster Mensch. Was für eine schreckliche Geschichte.« Er bedachte Eve mit einem sorgenvollen Blick. »Sie sagen, dass sich diese Tat in ihrem Haus ereignet hat?«

»Genau. Ms Simpsons Name und Kreditkarte wurden benutzt, um einen privaten Koch zu engagieren. Der extra aus Paris gekommen ist. Sein Name ist Luc Delaflote.«

»Delaflote!«

Dudley griff sich ans Herz und riss schockiert die Augen auf. Wahrscheinlich hatte er die Geste stundenlang vor dem Spiegel einstudiert.

»Nein. Mein Gott, ist er das Opfer? Ist er tot?«

»Sie kennen ihn?«

»Ja. Natürlich. Schließlich ist der Mann ein Künstler oder eher noch ein Genie. Wir – ich selber, Freunde und Verwandte – haben ihn für zahlreiche besondere Anlässe und Feiern engagiert. Als ich zum letzten Mal in Frankreich war, habe ich in seinem Restaurant gespeist. Wie ist das passiert?«

»Einzelheiten darf ich leider nicht bekannt geben. Aber da Sie einerseits der Arbeitgeber und dazu noch ein Verwandter von Ms Simpson sind und andererseits das Mordopfer persönlich kannten, muss ich fragen, wo Sie gestern Abend zwischen neun und Mitternacht gewesen sind. Wie wir bereits wissen, hatten Sie zu einer Sommerparty eingeladen«, fuhr Eve fort. »Wenn Sie uns vielleicht die Gästeliste überlassen könnten, um die Aussage zu überprüfen, wäre diese Angelegenheit erledigt, und wir könnten uns auf wichtigere Spuren konzentrieren.«

»Selbstverständlich, ja natürlich. Diese Sache ist ein großer Schock für mich. Ich werde umgehend unsere Sicherheitsabteilung kontaktieren, damit sie noch einen zweiten Check durchführt.«

»Das wäre sicher klug. Nochmals, tut uns leid, dass wir Sie hier zu Hause stören und dass unsere Nachrichten nicht besser sind. Danke, dass Sie uns Ihre Zeit geopfert haben.«

»Das ist unter diesen Umständen doch vollkommen selbstverständlich. Was für eine schreckliche Geschichte.«

Diesmal machte er ein grimmiges Gesicht, und Eve kam zu dem Schluss, dass Dudley seine Mimik je nach Anlass wählte wie andere Männer den Schlips.

»Ich möchte Meryle kontaktieren, um ihr meine Unterstützung anzubieten. Oder ist das vielleicht ein Problem?«

»Keineswegs. Wir werden Sie jetzt auch nicht länger aufhalten. Falls wir noch die Gästeliste oder eine Handvoll Namen haben könnten, machen wir uns sofort wieder auf den Weg.«

»Ich werde Mizzy sagen, dass sie Ihnen schnell eine Kopie der Liste machen soll.«

Als er aufstand und den Knopf der Gegensprechanlage drückte, stellte Eve mit einem beiläufigen Lächeln fest: »Hübsche Schuhe haben Sie da an. Die Silberschnalle verleiht ihnen einen eleganten Touch, und trotzdem wirken sie total bequem.«

»Vielen Dank, das sind sie auch. Stefani hat einfach das Talent, elegante Schuhe zu entwerfen, ohne dass der Träger deshalb auf Komfort verzichten muss. Mizzy, würden Sie für Lieutenant Dallas wohl eine Kopie der Gästeliste von der Party gestern Abend machen? Richtig, meine Liebe. Vielen Dank.«

Er ging zurück zu seinem Platz und streckte die Hand nach seiner Kaffeetasse aus. »Es wird nicht lange dauern. Haben Sie jemals bei Delaflote gespeist?«

»Ich glaube nicht.«

»Ah, wenn Sie das hätten, hätte sich Ihnen dieses Erlebnis unauslöschlich eingeprägt.« Er vergaß vorübergehend, grimmig oder sorgenvoll zu schauen, und funkelte sie fröhlich an. »Es überrascht mich, dass Ihr Mann Ihnen diese Gaumenfreude vorenthalten hat.«

»Das ist wirklich bedauerlich, vor allem, weil es jetzt keine Gelegenheit mehr dazu gibt. Wobei ich lieber Italienisch esse«, fügte sie in der Erinnerung an den spontanen Restaurantbesuch vom Vorabend hinzu.

In diesem Augenblick kam abermals ein Rotrock auf stecknadeldünnen Absätzen hereingestakst. »Bitte sehr, Lieutenant. Die Gästeliste vollständig mit den Adressen und den Telefonnummern. Kann ich sonst noch etwas für Sie tun?«

»Das müsste genügen. Nochmals vielen Dank.« Eve stand auf und reichte Dudley ihre Hand. »Ach verflixt, Verzeihung, der Rekorder läuft ja immer noch. Vernehmung beendet.« Eilig schaltete sie den Rekorder aus.

»Mizzy wird Sie bis zur Tür begleiten. Bitte halten Sie mich weiter auf dem Laufenden.«

»Wenn es etwas Neues gibt, werden Sie als Erster davon hören.«

Erst als sie wieder in ihrem Wagen saßen, blickte Eve die Partnerin mit einem selbstzufriedenen Grinsen an. »Haben Sie gesehen, was für Schuhe er getragen hat?«

»Oh ja, und Sie haben sie aufgenommen, mitsamt seinen mörderischen Füßen drin.«

»Mörderische Füße?«

»Nun, er ist ein Mörder und die Füße sind ein Teil von ihm. Aber das Alibi ist wasserdicht«, fügte Peabody hinzu. »Und die erste rotgewandete Granate hat erwähnt, dass Moriarity auch auf der Party war.«

»Wir waren innerhalb von sechs Minuten hier. Abends geht es sicher noch ein bisschen schneller, aber selbst wenn man für Hin- und Rückweg zwölf Minuten und noch zehn Minuten für den Mord und zwei zum Feixen und zum Einpacken der Waffe und des Weins veranschlagt, käme man mit weniger als einer halben Stunde hin.«

Eve warf einen letzten Blick auf Dudleys Haus. »Es war ein großes Fest mit jeder Menge Alkohol und jeder Menge Leuten überall im Garten und im Haus. Wem wäre da schon aufgefallen, hätte einer dieser vielen Leute einmal kurz gefehlt?«

»Jemand hätte es bemerken können, aber das sind alles superreiche Leute, die sich ganz bestimmt nicht gegenseitig in die Pfanne hauen würden, wahrscheinlich würde mindestens die Hälfte dieser Leute schwören, dass Moriarity den ganzen Abend dort gewesen ist.«

»Dann müssen wir eben beweisen, dass er wenigstens zur Tatzeit nicht auf dieser Party war. Außerdem gibt es auf alle Fälle irgendwo in der Vergangenheit eine Verbindung zwischen Dudley und dem Koch. Da das Opfer gut zehn Jahre älter war als er, können wir die Schule schon einmal vergessen. Deshalb fangen wir am besten mit den Klatschspalten der Zeitungen, möglichen gemeinsamen Interessen oder Reisezielen von den beiden an.«

Sie drückte auf den Knopf des Autotelefons und rief bei Feeney an.

»Yo.«

»Ich habe ein Bild von Dudley in denselben Schuhen, die er auch in dem Vergnügungspark getragen hat. Kannst du die Bilder vergleichen und mir sagen, ob die Schuhe tatsächlich identisch sind?«

»Bring das Foto einfach mit. Das Bild aus dem Vergnügungspark ist nicht ganz scharf, aber den Vergleich kriegen wir sicher trotzdem hin.«

»Ich bin gerade auf dem Weg zu euch. Ich brauche dich und den Vergleich zwischen den Bildern möglichst heute noch. Denn ich brauche jede Menge Munition, damit man mich die Häuser dieser beiden Mistkerle durchsuchen lässt.«

»Wir werden unser Bestes geben. Wann genau müssen wir fertig sein?«

»Das sage ich dir, sobald ich es selber weiß.«

Damit legte sie auf und wandte sich an ihre Partnerin. »Reservieren Sie einen Besprechungsraum für uns.«

»Für wann?«

»Ab jetzt bis wir die Schweinehunde haben. Denn ich brauche Platz, um alles auszubreiten. Brauche eine möglichst große Tafel, einen weiteren Computer sowie Baxter und Trueheart als Verstärkung unseres Teams.«

»Und ich brauche mehr Geld und ein kleineres Hinterteil. Wo wir gerade beim Thema sind …«, fügte Peabody hinzu, als sie Eves böse Miene sah, machte sie sich aber umgehend ans Werk.

Als einen Block vor dem Revier ihr Handy schrillte, hob Eve ihren Arm mit der neuen Uhr vor ihr Gesicht.

Hier Zentrale, Lieutenant Dallas.

»Nein, verdammt.«

Obszönitäten während eines offiziellen Telefongesprächs führen zu einem Verweis. Begeben Sie sich umgehend zum Great-Hill-Jogging-Pfad im Central Park. Die Detectives Reineke und Jenkinson sind schon vor Ort.

»In welcher Angelegenheit?«

Möglicher Mord mit einer möglichen Verbindung zu Ihren bisherigen Ermittlungen. Die beiden Detectives haben Sie verlangt.

»Verstanden. Gottverdammt«, entfuhr es ihr erneut, kaum dass das Gespräch beendet war. »Rufen Sie die beiden Kerle an.« Fluchend lenkte Eve den Wagen Richtung Westen und fuhr wieder in die Richtung, aus der sie gekommen war.

»Reineke«, erklärte Peabody und zeigte auf das Autotelefon.

»Ich hoffe nur, Sie haben etwas wirklich Wichtiges für mich«, warnte ihn Eve.

»Wir denken, dass das eine Ihrer Leichen ist, Lieutenant. Auf den ersten Blick sah es wie Selbstmord aus, aber als wir ankamen und uns die Sache aus der Nähe angesehen haben, roch es nach Mord. Also haben wir das Opfer überprüft. Adrianne Jonas. Sie hat ihren Lebensunterhalt damit verdient, dass sie Möglichkeiten aufgetan hat, ihren mega-reichen Kunden selbst die schrägsten Wünsche zu erfüllen. Wenn sie etwas wollten, hat sie einen Weg gefunden, damit sie es kriegen. Sie war auf dem Gebiet die Nummer eins, verstehen Sie?«

Ja, sagte sich Eve, während sich ihr Magen gleichzeitig zusammenzog. Sie verstand nur allzu gut. »Reden Sie weiter.«

»Sie hängt hier an einem Baum direkt neben dem Joggingpfad. Und zwar an einer Bullenpeitsche. So ein Ding sieht man nicht alle Tage und vor allem liegt es dann nicht um den Hals von einer Frau in einem schicken Business-Kostüm. Wir dachten, dass das haargenau zu Ihren andern Fällen passt. Öffentlicher Ort, Opfer eine der Besten ihrer Branche und dazu noch eine Waffe, wie man sie nur selten zu Gesicht bekommt.«

»Sichern Sie den Tatort.« Ohne auf das wilde Hupen hinter sich zu hören, lenkte Eve den Wagen an den Straßenrand und wandte sich an ihre Partnerin. »Bringen Sie Feeney die Aufnahme des Schuhs, buchen Sie den Besprechungsraum, und überprüfen Sie schon mal die Gästeliste. Ich fahre alleine weiter in den Central Park.«

»Dallas, wie zum Teufel hat er das gemacht? Wie zum Teufel hat er …«

»Konzentrieren Sie sich einfach auf die Arbeit. Und jetzt raus mit Ihnen. Raus.«

Kaum hatte Peabody die Tür ins Schloss geworfen, schaltete sie die Sirene ein, lenkte den Wagen wieder auf die Straße und kämpfte sich wütend zurück in den reichen Teil der Stadt.

Sie ging davon aus, dass Adrianne zu Lebzeiten sehr schön gewesen war, aber die Schönheit von Erhängten hielt sich in

Grenzen. Ihr Hals war von der Peitsche blutig, und sie hatte noch genügend Zeit gehabt, um an dem Ding zu reißen, ehe sie von ihrem Mörder hochgezogen worden war.

Durch das Zucken des Leibes, das Verrenken der Glieder und das Strampeln der Beine waren die Schuhe in das Gras gefallen. Da sie niemand aufgehoben hatte, lagen sie noch immer dort und glitzerten im Sonnenlicht.

»Zwei Joggerinnen haben sie entdeckt und die Zentrale informiert.« Reineke wies mit dem Daumen auf die beiden Frauen, die sich aneinanderdrängten, während Jenkinson mit ihnen sprach. »Sie haben gesagt, im Central Park hätte sich eine Frau erhängt, und waren total hysterisch. Was ich ihnen nicht verdenken kann. Die beiden Beamten, die als Erste hier waren, haben einen kurzen Blick auf sie geworfen und sofort nach uns geschickt. Als wir wussten, wer das Opfer war, womit sie ihr Geld verdient hat, und gesehen haben, dass sie nicht an einem Strick, sondern an einer Peitsche hängt, dachten wir, verdammt, das sieht nach Dallas' Fällen aus.«

»Da hatten Sie vollkommen recht. Ich gehe davon aus, dass sie nicht gestern Abend, sondern heute in den frühen Morgenstunden umgekommen ist. Gestern Abend hat Moriarity und heute früh hat Dudley einen Punkt gemacht.«

»Sie haben recht. Wir haben den genauen Todeszeitpunkt schon ermittelt. Drei Uhr in der Früh. Wollen Sie noch die Zeuginnen befragen? Ich habe die beiden schon überprüft. Sie joggen dreimal in der Woche hier, immer nur zusammen, weil das sicherer ist. Sie sind beide sauber und wohnen im selben Gebäude drüben in der 105.«

»Wenn Sie die Adresse von den beiden haben, lassen Sie sie gehen. Lassen Sie mich kurz allein, Detective.«

»Kein Problem, LT.«

Sie presste sich die Finger vor die Augen und holte tief Luft, damit sie einen klaren Kopf bekam. Konzentrier dich einfach auf die Arbeit, wiederholte sie die Worte, die sie Peabody mit auf den Weg gegeben hatte, und schlug ihre Augen wieder auf.

Er hatte sie hierher gelockt. Unter falschem Namen engagiert, damit in ihrem Kalender nicht der Name Dudley stand. Eine Frau mit ihrem Job war es bestimmt gewohnt, zu den unmöglichsten Zeiten an den unmöglichsten Orten zu erscheinen. Wahrscheinlich hatte sie es häufig mit Exzentrikern zu tun gehabt.

Er war vor ihr hier gewesen und hatte auf sie gewartet. Sicher hatte Jonas ihn gekannt, denn Dudley hatte sie vorher bestimmt irgendwann einmal engagiert. Weil ein Mann von seinem Schlag solche Dinge tat. Sie war überrascht gewesen, ihn zu sehen, oder nicht? Hatte ihn ganz sicher nicht erwartet, aber Angst hatte sie nicht vor ihm gehabt.

Eve umrundete die tote Frau. Ihr Kleid wies keine Risse auf, bemerkte sie. Also hatte er nur einmal mit der Peitsche ausgeholt. Das hieß, der Kerl hatte geübt. Hatte ihr mit einem Schwung die Peitsche um den Hals geschlungen. Ihr die Kehle zugeschnürt, was entsetzlich schmerzhaft und zugleich ein Riesenschock für sie gewesen war.

Stirnrunzelnd hockte sich Eve ins Gras und sah sich dort nach Spuren um.

Denn Adrianne musste gefallen sein … vielleicht auf Hände und auf Knie. Darauf wiesen leichte Grasspuren an ihren Handballen und ihren Beinen unterhalb des Rocksaums hin.

»Aber irgendwie musste er die Peitsche dann über den Ast bekommen. Der jedoch nicht allzu hoch zu hängen brauchte. Weil sie barfuß etwa einen Meter 57 groß ist.«

»Ihrem Pass nach einen Meter 55. Sorry, Lieutenant«, fügte Jenkinson hinzu, als er ihre böse Miene sah. »Ich dachte, Sie sprächen mit mir.«

»Ich habe einfach laut gedacht. Der Kerl musste sie hochziehen. Er ist in Form und groß genug, um das zu schaffen. Aber dafür braucht man ziemlich viel Muskelkraft. Oder ein paar Pillen«, überlegte sie.

Ein Mann auf Zeus war wie ein Gott oder kam sich auf jeden Fall so vor.

»Er ist ein Junkie. Deshalb hat er sicher irgendetwas eingeworfen, was ihm die erforderliche Energie verliehen hat. Vielleicht hatte er auch eine Klappleiter dabei. Verdammt, vielleicht hat er ihr ja sogar gesagt, dass sie eine Leiter mitbringen soll. Dann hat er sie raufgezogen, während sie verzweifelt an der Schlinge um den Hals gezerrt und um sich getreten hat. Hat den Griff der Peitsche festgemacht und abgewartet, bis sie nicht mehr gezappelt hat. Das ging sicher ziemlich schnell, dann ist er nach Hause zurückgefahren, wo er seinem Kumpel sagen konnte, dass er gleichgezogen hat.«

»Wir haben gehört, dass es schon gestern Abend eine neue Leiche gab.«

»Ja, die beiden sind im Augenblick total in Schwung.«

»Lassen Sie uns mit ermitteln, Dallas. Diese beiden Arschlöcher verdienen einen ordentlichen Tritt in ihre Allerwertesten.«

»Wenn Sie wollen, sind Sie dabei. Lassen Sie sie zu Morris bringen und die Spurensicherung die Gegend absuchen, als wäre sie mit Diamanten übersät. Geben Sie mir ihre Adresse. Wo ist ihre Handtasche?«

»Wir haben keine Handtasche entdeckt. Vielleicht hat

ja irgendein Idiot das Ding hier liegen sehen und sich geschnappt. Weil den Menschen einfach alles zuzutrauen ist.«

»Aber warum hätte so jemand die Schuhe liegen lassen?
Ich wette, dass man dafür locker einen Tausender bekommt.
Er hat ihre Tasche mitgenommen. Weil sie ganz bestimmt
nicht ohne Tasche hergekommen ist. In der irgendwelcher
Kleister fürs Gesicht, ihre Kreditkarte, ihr Handy waren.
Und wahrscheinlich Pfefferspray oder ein Panikknopf. Er
hat die Tasche eingesackt, genau wie der andere Kerl den
Wein. Sie werden langsam nachlässig«, murmelte Eve. »Viel-
leicht auch übermütig. Weil sie bisher stets mit allen Schwei-
nereien durchgekommen sind.«

»Sie hat eine Wohnung am Central Park West. Brauchte
bis zu ihrem Treffen mit dem Tod nicht weit zu gehen. Soll
einer von uns mitkommen?«

»Nein.« Sie wandte sich zum Gehen. »Bringen Sie die Arbeit hier zu Ende. Übersehen Sie nichts, und schreiben Sie
danach einen ausführlichen Bericht. Arbeiten Sie mit Peabody zusammen. Sylvester Moriarity hat irgendwann in der
Vergangenheit etwas mit dieser Frau zu tun gehabt. Ich muss
wissen, was. Peabody wird Ihnen sagen, was wir bisher herausgefunden haben. Falls Sie momentan auch noch an irgendeinem anderen heißen Fall sind, geben Sie ihn ab. Weil
dieses Sache Vorrang hat.«

»Okay.«

Sie warf noch einen Blick auf die inzwischen nicht mehr
schöne Adrianne, machte auf dem Absatz kehrt und ging.

Unterwegs zog sie ihr Handy aus der Tasche. Denn sie musste einfach seine Stimme hören. Sein Gesicht sehen.

Gott, sie brauchte irgendetwas.

»Hallo, Lieutenant«, grüßte Roarkes getreue Assistentin Caro. »Einen Augenblick bitte, ich stelle Sie gleich zu ihm durch.«

»Nein, er hat zu tun.« Sonst hätte sie auf ihrem Bildschirm sofort sein Gesicht gesehen. »Es ist nicht weiter wichtig. Kein Problem, ich rufe einfach später noch einmal an.«

»Ich habe Anweisung, Sie sofort durchzustellen, wenn Sie heute anrufen, deswegen ... geht es Ihnen gut?«

Himmel, war ihr Elend ihr so deutlich anzusehen? »Ja.«

»Einen Moment«, bat Caro sie.

Es war einfach dämlich, schalt sich Eve. Grottendämlich, ihn zu stören. Grottendämlich, dass sie seine Nummer hatte wählen müssen. Während sie im Grunde einfach ihre Arbeit machen musste und sonst nichts. Aber wenn sie jetzt nicht wartete, riefe er garantiert sofort zurück. Dann käme sie sich noch bescheuerter als ohnehin schon vor.

»Eve? Was ist passiert?«

»Ich hätte nicht ... egal, ich habe es nun mal getan. Sie haben noch jemanden erwischt.«

»Heute?«

»Heute Nacht um drei. Im Central Park. Ich ... oh Gott. Er hat sie hier im Park erhängt. Mit einer Bullenpeitsche. Und ich ...«

»Wo bist du genau?«

»Auf dem Weg zur Wohnung unseres jüngsten Opfers. Ich muss mich dort umsehen und herausfinden, wie sie gebucht wurde. Ich muss mich einfach weiter auf die Arbeit konzentrieren.«

»Gib mir die Adresse, und wir treffen uns in einer Viertelstunde dort.«

Das Brennen ihres Halses war ein Zeichen für den neuerlichen Zorn, der hinter ihrer stählernen Entschlossenheit verborgen war. »Dafür habe ich dich nicht aus einem wichtigen Termin geholt. Es tut mir leid. Ich hätte dich nicht stören sollen.«

»Wenn du mir die Adresse nicht gibst, besorge ich sie mir auf einem anderen Weg. Was dir ganz sicher nicht gefallen wird. Und wir sollten uns nicht über etwas derart Unwichtiges streiten, wenn wir beide hoffnungslos frustriert und völlig übermüdet sind.«

»Hör zu, ich habe meinen Job und du hast deinen. Tut mir leid, dass ich …«

»Das ist deine letzte Chance, den Streit zu vermeiden. Den ich garantiert gewinnen werde, weil du noch ein bisschen müder bist als ich.« Sie fluchte, nannte ihm dann aber die Adresse und fügte hinzu: »Ich sage dem Portier, dass er dich in die Wohnung schicken soll.«

»Das ist einfach beleidigend. Ich bin in einer Viertelstunde da.«

Dann würde er also erneut als Peabody fungieren, dachte sie, als sie in ihren Wagen stieg. Warum eigentlich nicht? Denn ein Paar zusätzlicher Augen, Ohren, Hände und ein zusätzliches Hirn kamen ihr gerade recht.

19

Der Türsteher bedachte ihr Gefährt mit einem kurzen Blick, zuckte unmerklich zusammen und marschierte entschlossen, wenn auch höflich lächelnd, auf sie zu.

»Kann ich Ihnen helfen, Miss?«

Sie stieg aus und hielt ihm ihre Marke vors Gesicht. »Auf jeden Fall. Erstens sorgen Sie dafür, dass meine Kiste stehen bleibt, wo sie jetzt steht. Zweitens lassen Sie mich in die Wohnung von Ms Jonas. Drittens …«

»Ehe ich Sie in die Wohnung lasse, muss ich erst Ms Jonas fragen, ob sie damit einverstanden ist. Äh …« Er sah erneut auf ihre Marke und fügte ein knappes »Lieutenant« an.

»Na, dann wünsche ich viel Glück. Weil sie nämlich auf dem Weg ins Leichenschauhaus ist.«

»Also bitte.« Als sie die Erschütterung und das Entsetzen im Gesicht des Mannes sah, wünschte sich Eve, sie hätte etwas mehr Taktgefühl gezeigt. »Sie ist tot? Was ist passiert?«

»Kannten Sie sie näher?«

»Sie war eine wirklich nette Frau. Hatte stets ein nettes Wort für einen übrig und immer ein Lächeln im Gesicht. Hatte sie einen Unfall?«

»Nein. Sie wurde umgebracht.«

»Also bitte!«, wiederholte er. »Sie meinen, jemand hat sie absichtlich getötet? Weshalb sollte jemand einer derart netten Frau so etwas antun?«

»Das würde ich gern herausfinden. Also lassen Sie mich bitte in die Wohnung.« So wie er vorher auf ihre Marke blickte sie jetzt auf sein Namensschild. »Louis. Außerdem kommt gleich noch ein ziviler Berater. Schicken Sie ihn bitte zu mir rauf, sobald er hier erscheint.«

»Einen Moment bitte.«

Er nahm seinen steifen, roten Hut mit Silbersaum vom Kopf und klappte seine Augen zu. Diese schlichte Geste brachte Eve vollkommen aus dem Gleichgewicht, deshalb stopfte sie die Hände in die Taschen und wartete schweigend ab, bis er den Hut wieder auf seinen Schädel drückte, seine

Schultern straffte, an die Tür trat und den Weg in das gediegene Foyer freigab. »Ich muss Ihre Daten speichern. Und dann bräuchte ich auch noch den Namen des Beraters.«

Abermals hielt Eve ihm ihre Marke hin. »Roarke.«

»Oh.« Der Kopf des Mannes schoss nach oben, und er sah sich ihre Marke noch einmal genauer an. »Das war mir nicht bewusst. Tut mir leid, dass ich Sie aufgehalten habe, Lieutenant Dallas.«

»Kein Problem.« Dann gehörte ihrem Mann also das Haus. Was keine echte Überraschung für sie war.

»Nehmen Sie einfach Fahrstuhl zwei bis in die 51. Etage und dann … Himmel, ich kann gar nicht mehr richtig denken.« Er massierte sich den Nacken, schüttelte den Kopf und fügte an: »Ms Wallace ist schon oben. Sie ist seit knapp einer halben Stunde da.«

»Ms Wallace?«

»Ms Jonas' Assistentin. Tja, und Maribelle, die Hauswirtschafterin, ist vorhin aufgebrochen, um ein paar Besorgungen zu machen. Sollte ich vielleicht Ms Wallace sagen, dass Sie raufkommen?«

»Nein. Hat sonst noch irgendwer für sie gearbeitet oder gibt es sonst noch irgendwen, der in der Wohnung lebt?«

»Katie. Sie ist das Mädchen für alles, aber sie ist heute nicht im Haus. Maribelle hat eine eigene Wohnung direkt nebenan.«

»In Ordnung. Danke.«

»Apartment 5100, Lieutenant«, rief er ihr noch hinterher. »Ich will Ihnen ganz bestimmt nicht sagen, wie Sie Ihre Arbeit machen sollen, aber vielleicht bringen Sie Ms Wallace diese Sache möglichst schonend bei. Denn das ist bestimmt ein schwerer Schlag für sie.«

Eve nickte und betrat den Lift. Ein Mord war für die meisten Menschen sicherlich ein ziemlich schwerer Schlag. Eilig schrieb sie sich die Namen der von dem Portier genannten Frauen auf, während der Fahrstuhl sie lautlos in die 51. Etage trug.

Wie in aller Welt brachte man einem Menschen »schonend« bei, dass jemand, der ihm nahestand, ermordet worden war?

Oben angekommen, drückte sie den Klingelknopf neben der breiten Flügeltür der Wohnung, und eine Person mit fünf Pfund wilder, schwarzer Ringellocken auf dem Kopf und einer Haut wie Milchkaffee machte ihr auf. Ihre Augen in der Farbe frischen Frühlingslaubs sahen die Besucherin durchdringend an, und Eve erkannte, dass sie bereits wusste, dass etwas geschehen war.

»Ich kenne Sie«, stellte die Frau mit atemloser, rauer Stimme fest. »Ich weiß, wer Sie sind. Es geht um Adrianne. Irgendetwas ist passiert.« Ihre Lippen bebten, und sie klammerte sich hilfesuchend an den Rand der Tür. »Bitte sagen Sie es mir.«

»Ich muss Sie darüber informieren, dass Adrianne Jonas nicht mehr lebt. Es tut mir leid.«

Sie geriet ins Schwanken, doch noch während Eve sie packen wollte, straffte sie die Schultern und sah sie aus tränenfeuchten Augen an. »Jemand hat Adrianne getötet.«

»Ja.«

»Jemand hat Adrianne getötet«, wiederholte sie. »Als ich vorhin kam, war sie nicht hier. Sie ging auch nicht an ihr Handy, als ich bei ihr angerufen habe. Obwohl sie sonst stets erreichbar war. Jemand hat Adrianne getötet.«

Auch wenn sie nicht schrie, in Ohnmacht fiel oder hysterisch wurde, stand sie ganz eindeutig unter Schock. Deswegen ginge Eve am besten wirklich möglichst schonend mit ihr um.

»Ich würde gern hereinkommen. Warum gehen wir nicht rein und setzen uns erst mal?«

»Ja, ich muss mich setzen. Ja, kommen Sie rein.«

Am Ende des Foyers gelangte man durch eine zweite, offene Flügeltür in ein großes Wohnzimmer mit einer hohen Decke sowie einer breiten Front aus Glastüren und bodentiefen Fenstern, unter denen eine Reihe hübscher Bänke zum Verweilen einlud.

Statt auf eine dieser Bänke ließ die Frau sich vorsichtig in einen Rundlehn-Sessel sinken. »Wann?«

»Heute am frühen Morgen. Sie wurde am Great Hill im Central Park gefunden. Was hat sie dort mitten in der Nacht gemacht?«

»Sie hatte dort einen Termin. Um drei Uhr früh.«

»Mit wem?«

»Darrin …« Ihre Stimme brach, sie schüttelte den Kopf und räusperte sich kurz. »Darrin Wasinski. Ein Klient. Er wollte, dass seine Tochter dort um diese Uhrzeit heiratet. Denn sie hat sich dort um diese Zeit bereits verlobt.«

Sie presste ihre Finger vor die Augen und atmete mehrmals aus und ein. »Es tut mir leid. Ich versuche, einen klaren Kopf zu kriegen.«

»Lassen Sie sich Zeit. Möchten Sie etwas trinken? Vielleicht ein Glas Wasser?«

»Nein. Er wollte sie dort treffen, um sich erst einmal ein Bild von dem Terrain um diese Zeit zu machen. Seine Tochter wünscht sich etwas Romantisches, Einmaliges für ihren großen Tag. Etwas, was es bisher noch nicht gegeben hat.

Adrianne sollte die Feier planen. Oh Gott, wurde etwa auch Darrin umgebracht? Oh Gott.«

»Nein. Ist er ein neuer Kunde?«

»Nein. Er hat uns häufiger privat und auch beruflich engagiert. Er ist der Finanzchef von Intelicore.«

Natürlich, dachte Eve.

»Ich hätte sie begleiten sollen.« Wieder atmete sie pfeifend ein und aus, während sie um Beherrschung rang. »Adrianne ist total eigenständig und kommt, weiß Gott, allein zurecht. Trotzdem hätte ich sie nicht alleine gehen lassen sollen. Wir waren gestern Abend eingeladen, und sie ist direkt von dort aus zu dem Termin gefahren.«

»Wo waren Sie eingeladen?«

»Bei Winston Dudley. Der ein großes Fest gegeben hat. Es war noch jede Menge los, als ich gegen halb zwei gegangen bin. Ich weiß nicht, wie lange Adrianne noch dort geblieben ist. Hat Darrin sie getroffen? Wissen Sie, ob ...«

»Hat er den Termin persönlich ausgemacht?«, fiel Eve der Frau ins Wort.

»Ja. Er hatte ihr gestern eine Mail geschickt. Lieutenant, Darrin hätte Adrianne nie auch nur ein Haar gekrümmt. Das kann ich beschwören. Er ist ein wunderbarer Mann, der sich rührend um seine Familie kümmert. Deshalb hat er sich ja auch dieses besondere Fest für seine Tochter ausgedacht.«

»Haben Sie oder Ms Jonas oder sonst jemand persönlich mit ihm über das Arrangement gesprochen?«

»Nur per Mail. Er hat diesen Termin sehr kurzfristig gemacht, und wir hätten diesen Auftrag gar nicht angenommen, wäre Darrin nicht ein langjähriger, guter Kunde.«

Die kurzfristige Buchung durch den langjährigen, guten Kunden hatte ihr Erscheinen zur gewünschten Zeit am gewünschten Treffpunkt garantiert, obwohl Adrianne schon auf Dudleys Fest eingeladen war.

»Ich hätte gern Kopien dieser Mails. Hat Ms Jonas jemals Aufträge von Mr Dudley oder Mr Moriarity gehabt?«

»Ja. Die beiden waren sehr gute Kunden. War es ein Raubüberfall?«

»Nein.«

»Das hätte ich mir auch nicht vorstellen können. Sie hat eine Ausbildung in Selbstverteidigung, einen schwarzen Gürtel in mehreren Kampfsportarten, und sie hatte immer Pfefferspray und einen Panikknopf dabei.«

»In ihrer Handtasche?«

»Das Spray. Der Panikknopf war Teil von ihrer Armbanduhr. Wie hier bei mir.« Wallace tippte auf ihr Handgelenk. »Adrianne hat jedem ihrer Angestellten eine solche Uhr geschenkt. Weil wir oft zu ungewöhnlichen Zeiten an ungewöhnlichen Orten sind. Wir alle haben eine Ausbildung in Selbstverteidigung gemacht. Sie wollte, dass wir sicher sind«, fügte Wallace unglücklich hinzu, und die erste Träne rollte über ihr Gesicht. »Können Sie mir sagen, was passiert ist?«

Sie würde es sowieso bald aus den Nachrichten erfahren, dachte Eve. »Sie wurde erhängt.«

»Oh Gott, mein Gott.« Sie erbleichte und verschränkte ihre Hände fest in ihrem Schoß. »Das darf nicht wahr sein.«

»Ich weiß, das ist nicht leicht für Sie, aber ich brauche diese Mails. Außerdem würde es helfen, wenn ich mich in ihrer Wohnung umsehen dürfte. Hatte sie hier auch ein Arbeitszimmer?«

»Ja. Ja. Gleich nebenan, aber natürlich haben wir auch öfter hier gesessen, in ihrem Privatbereich.«

»Ms Jonas, Sie und Katie?«

»Gott, ich muss es Katie sagen. Sie kommt heute erst um zwölf. Ich muss sie anrufen. Bill und Julie genauso.«

»Bill und Julie?«

»Ihre Eltern. Sie leben in Tulsa. Adrianne kommt von dort.«

»Wir werden sie verständigen. Aber vielleicht könnten Sie sich später mit den beiden in Verbindung setzen«, schlug Eve vor.

»In Ordnung. Ja. Okay. Ich war bereits etwas in Sorge, als sie heute früh nicht da war. Aber dann habe ich mir gesagt, dass sie ja vielleicht nach dem Termin mit Darrin noch einmal auf der Party war und danach noch mit zu einem anderen Gast gefahren ist. Das war bei ihr nicht die Regel, aber sie und Bradford Zander, einer von den anderen Gästen gestern Abend, sind schon öfter miteinander ausgegangen. Auch wenn es mich gewundert hat, dass sie nicht an ihr Handy ging. Denn sie hat immer großen Wert darauf gelegt, jeden Anruf anzunehmen oder kurz zu schreiben, dass sie den Anruf erhalten hat. Aber schließlich habe ich mir gesagt, dass das bestimmt nichts zu bedeuten hat, weil sie wahrscheinlich gerade eine Dusche nimmt oder …« Sie stockte.

»Dann haben Sie hier geklingelt, und ich wusste, dass etwas passiert sein musste. Denn wir haben eine ausführliche Akte über Sie.«

»Sie haben was?«

»Oh, das klingt jetzt sicher etwas seltsam.« Wallace fuhr sich mit den Handballen über ihre tränennassen Wangen. »Adrianne war einfach gerne vorbereitet, und sie dachte, vielleicht riefen Sie ja irgendwann einmal wegen eines Auftrags an. Deshalb haben wir eine Akte mit verschiedenen

Artikeln über Sie und ein paar grundlegenden Daten angelegt. Sie hat Sie bewundert. Sie hat fest daran geglaubt, dass Frauen sehr viel bewirken, wenn sie tun, wozu sie berufen sind. Als ich Sie vor der Tür stehen sah, war mir sofort bewusst, warum sie nicht zu Hause war und ich sie auch auf ihrem Handy nicht erreichen konnte. Sie war meine allerbeste Freundin, und ich wusste, dass Sie hergekommen waren, um mir zu eröffnen, dass sie nicht mehr lebt.«

Wallace wischte sich die nächste Träne von der Wange und blinzelte tapfer gegen die feuchten Augen an. »Sie werden herausfinden, wer ihr das angetan hat. Das hätte sie erwartet. Wenn Sie wollen, führe ich Sie jetzt durch die Büros.«

Als sie sich erhoben, klingelte es wieder an der Wohnungstür.

»Würden Sie mich bitte kurz entschuldigen?«

Eve sah Wallace hinterher, als sie den Raum verließ. Sie öffnete die Wohnungstür, und Roarke trat ein, nahm ihre Hände und sprach leise auf sie ein.

Schließlich machte Wallace auf dem Absatz kehrt, und Eve bemerkte, dass sie abermals in Tränen ausgebrochen war.

»Ich nehme Sie jetzt erst einmal mit rüber ins Büro und drucke die E-Mails für Sie aus.«

»Es wäre hilfreich, wenn Sie eine Liste all der Leute für mich machen könnten, die von dem Termin im Central Park gewusst haben.« Im Grunde brauchte Eve die nicht, aber dann hätte Wallace wenigstens etwas zu tun.

»In Ordnung.« Sie geleitete die beiden wieder durch den Flur und durch eine bereits offene Tür in einen anderen großen Raum.

Ein zweites Wohnzimmer, damit die Kunden es behaglich

hatten, dachte Eve. Voll mit schicken, sonnengelben Einbauschränken, in denen wahrscheinlich Unterhaltungsmedien, Gläser und Erfrischungen untergebracht waren.

Den Rest des Arbeitszimmers und auch die Privaträume des Opfers sähe sie sich später noch genauer an. Erst einmal aber fragte sie: »Können Sie mir sagen, ob Ms Jonas Ärger mit jemandem hatte? Einem Kunden, der mit ihrer Arbeit unzufrieden war? Oder im Privatbereich?«

»Ihre Kunden waren alle höchst zufrieden. Sie hat immer einen Weg gefunden, sie glücklich zu machen, und wenn das, was ihnen vorschwebte, nicht machbar war, hat sie ihnen immer das Gefühl vermittelt, dass die Lösung, die sie vorschlug, ihre Erwartungen sogar noch bei Weitem übertraf. Privat hat sie Beziehungen nie vertieft. Denn sie hat immer gesagt, für eine ernsthafte Beziehung wäre sie noch nicht bereit. Ich weiß wirklich nicht, weshalb ihr jemand etwas antun sollte. Die Menschen haben sie gemocht, das war Teil ihres Erfolgs. Den Menschen zu geben, was sie wollten, und vor allem ungeheuer nett und liebenswert zu sein.«

Sie ging durch ein drittes, nicht mehr ganz so großes Wohnzimmer und bog dann in ein Büro ab. Das Eve an das Büro von Mira denken ließ. Denn obwohl es anders eingerichtet war, kam es ihr genauso feminin, hübsch und praktisch vor.

»Ich kann die E-Mails auf Diskette ziehen, oder ist Ihnen ein Ausdruck lieber?«

»Wenn es geht, hätte ich gerne beides.«

»Kein Problem.« Sie nahm hinter dem Schreibtisch Platz, fuhr den Computer hoch, und nach einem Augenblick drückte sie Eve eine Diskette und mehrere Blätter in die Hand.

»Ich würde mir gern noch ein paar andere Mails und Unterlagen ansehen.«

»Wahrscheinlich sollte ich jetzt sagen, dass unser Geschäft auf Diskretion basiert. Nur dass ich darauf im Augenblick beim besten Willen keine Rücksicht nehmen kann. Und ich weiß, dass Adrianne wegen dem, was ihr passiert ist, spinnewütend wäre – obwohl das bestimmt idiotisch klingt.«

»Oh nein, das tut es nicht. Das kann ich sogar gut verstehen.«

Wallace stieß ein schwaches Lachen aus. »Außerdem würde sie wollen, dass ich Ihnen alles gebe, was Sie brauchen, um den Kerl zu schnappen. Aber sagen Sie mir bitte, falls Sie sich Kopien machen.«

»Kein Problem.«

»Falls Sie mich erst einmal nicht mehr brauchen, hätte ich jetzt gerne einen Augenblick für mich.«

»Gehen Sie ruhig. Ms Wallace?«, fügte Eve hinzu, bevor die Frau den Raum verließ. »Es kommt mir vor, als hätte Adrianne ihre Freunde wirklich gut gewählt.«

»Das war nett von dir«, murmelte Roarke.

»Dabei bin ich augenblicklich alles andere als nett gestimmt. Ich bin genauso spinnewütend, wie es Arianne jetzt wäre. Denn ich habe dir gesagt, ich komme auch allein mit dieser Sache klar.«

»Heißt das, dass du meinetwegen spinnewütend bist?«

»Nicht wirklich.« Eve stieß einen Seufzer aus. »Vielleicht ein bisschen, aber es ist gut, dass du in meiner Nähe bist und ich dir eine scheuern könnte, wenn mir danach wäre.«

»Wenn ich also nicht gekommen wäre, wärst du jetzt nicht wütend, aber gleichzeitig wäre ich auch nicht da, damit du mir eine scheuern könntest, wenn dir danach wäre?«, fragte er.

»Komm mir jetzt bitte nicht mit Logik. Diese beiden Typen hatten eine Riesenparty und zur Krönung nebenher noch ihren ganz privaten Spaß. Haben sich durch diese Party selbst und gegenseitig Alibis verschafft und Jonas in die Falle gelockt. Einer von den beiden stiehlt sich von dem Fest, erledigt den Meisterkoch, und danach schleicht der andere sich weg und hängt diese Event-Frau an den Baum. Wobei sie sich gegenseitig decken.« Sie presste sich die Hände vor die Augen.

»Du hast mir im Übrigen gar nicht erzählt, dass du der Eigentümer dieses Hauses bist.«

»Ich bin nur Hauptanteilseigner, aber daran habe ich nicht gedacht, als du mir die Adresse durchgegeben hast. Ich habe Adrianne flüchtig gekannt.«

»Warst du etwa einer ihrer Kunden?«

»Nein.« Er schob die Hände in die Hosentaschen und schlenderte lässig durch den Raum. »Ich organisiere lieber alles selbst. Wenn mir mal die Zeit dazu fehlt oder ich auf etwas keine Zeit verwenden will, erledigen das Caro oder Summerset für mich. Trotzdem hatte sie einen hervorragenden Ruf.«

Er berührte vorsichtig den Rahmen eines Fotos, auf dem eine lächelnde Adrianne Arm in Arm mit einer vor Glück strahlenden Wallace stand.

»Eine wunderbare Frau mit jeder Menge Stil, Charme und Grips«, fügte Roarke hinzu. »Ich kenne eine ganze Reihe Leute, die entweder ihre Kunden waren oder mit ihr oder Bonita gearbeitet haben. Wallace«, fügte er hinzu, als er Eves verständnislose Miene sah. »Wie haben sie sie in den Park gelotst?«

Sie berichtete es ihm, während sie die ausgedruckten E-Mails überflog.

»Dieser Typ, Wasinski, hat wahrscheinlich keine Ahnung, was geschehen ist. Natürlich muss ich ihn noch überprüfen, aber es wird wie in den drei anderen Fällen sein. Er ist einfach ein Strohmann. Allerdings hat er das Opfer anders als die anderen drei angeblichen Kunden tatsächlich gekannt.«

»Sie haben also eine weitere Verbindung eingebaut.«

»Ja, das heißt, der Einsatz wird mit jedem Mord erhöht. Guck hier, in dieser Mail wird sie gebeten, ihn nicht anzurufen, weil er fast den ganzen Tag über Besprechungen und andere Termine hat. Und auch keine Nachricht auf seinem AB zu hinterlassen, weil er seine Frau und Tochter mit der Sache überraschen will. Außerdem soll sie ihn nicht über seine normale, sondern diese neue Mail-Adresse kontaktieren, damit niemand etwas von dem Vorhaben erfährt, bis alles in trockenen Tüchern ist.«

»Und das hat sie nicht argwöhnisch gemacht?«

»Er war schließlich ein Stammkunde und hat die Namen seiner Frau und Tochter und noch eine Reihe anderer privater Infos eingeflochten, weshalb sie ganz sicher nicht daran gezweifelt hat, dass er es wirklich ist. Er erwähnt sogar, dass er gehört hat, dass sie an dem Abend bei Dudley auf einer Gartenparty eingeladen ist. Weshalb hätte sie die Echtheit dieser Anfrage bezweifeln sollen? Wahrscheinlich hatte sie es im Verlauf der Jahre schon mit seltsameren Aufträgen zu tun.«

Eve setzte sich hinter den Schreibtisch und rief die Korrespondenz der letzten Tage auf. »Da du schon mal hier bist und ich dich nicht schlagen möchte, könntest du vielleicht das Telefon abhören.«

»Unter einer Bedingung. Dass du auf der Stelle aufhörst, dir die Schuld an dem zu geben, was geschehen ist.«

»Das mache ich doch gar nicht. Oder jedenfalls nicht richtig.«

Sie sah auf das Foto und erkannte, dass Adrianne zu Lebzeiten tatsächlich wunderschön gewesen war.

»Ich habe das Gefühl, als würde ich den beiden immer hinterherhinken und als wären deswegen zwei Menschen tot. Aber mir ist ebenfalls bewusst, dass die beiden nicht ehrlich spielen. Sie haben diesen Wettbewerb so angelegt, dass ich die Zielperson nicht kenne und dass ich vor allem jede Menge Zeit mit der Überprüfung ihrer Strohmänner und -frauen und ihrer falschen Alibis vergeuden muss.«

»Warum tust du das, wenn dir doch klar ist, dass die Strohmänner und -frauen an diesen Morden völlig unbeteiligt sind und dass die Alibis der Täter totaler Schwachsinn sind?«

»Weil ich nicht nach ihren Regeln spielen darf. Weil ich einem Richter und am Ende auch den Geschworenen beweisen muss, dass ich allen Spuren nachgegangen bin. Dass es ausreichend Beweise gegen diese beiden Typen gibt. Vielleicht hat ja dieser Darrin ein Verhältnis mit Adrianne gehabt, oder hätte eines mit ihr beginnen wollen und beschlossen, den Mörder von Houston und von Crampton zu kopieren. Vielleicht wollte er sie umbringen, weil sie keine Lust hatte, mit ihm nach Mosambik zu gehen, oder ihm damit gedroht hat, seiner Frau zu sagen, dass sie es in Mosambik getrieben haben, während er angeblich auf Geschäftsreise in Albuquerque war.«

»Was du keine Sekunde glaubst.«

»Nicht mal eine Nanosekunde«, gab sie zu. »Aber trotzdem muss ich diesen Typen überprüfen, bevor ich ihn von der Liste streichen kann. Erst wenn ich den Strohmann aus dem Bild nehme, wird dasselbe Muster deutlich, das uns bereits bei den anderen Morden aufgefallen ist. Es geht darum, genug Indizien zu sammeln, damit ich mich endlich in den Häusern von den beiden umsehen und sie selber auf die Wache holen kann.«

Denn genau dort wollte sie die beiden haben. Wollte ihre arroganten, feixenden Gesichter in einem Verhörraum sehen.

»Diese Schweinehunde halten sich für furchtbar schlau und vor allem denken sie, sie wären durch ihren Reichtum, ihre Wichtigkeit und dadurch, dass ich mich an die Regeln halten muss, geschützt. Aber genau diese Regeln werden sie am Schluss zu Fall bringen.«

»Computer, stell eine Verbindung ohne Nachricht zu der Mail-Adresse auf dem Bildschirm her«, wandte sie sich abermals der Kiste zu.

Einen Augenblick, bitte … das Nutzerkonto ist geschlossen. Möchten Sie Kontakt zu einer anderen Adresse herstellen?

»Nein. Auftrag beendet. Das Konto, das für die Vereinbarung dieses Termins verwendet wurde, gibt's also nicht mehr. Und ich gehe jede Wette ein, dass es von einem anderen Computer aus geschlossen worden ist. Was uns sicher weiterhilft.«

»Auf jeden Fall.« Die vielen kleinen Schritte und die viele Zeit, die für die Einhaltung der Regeln nötig waren, mochten ihn frustrieren, aber trotzdem führte diese Vorgehensweise langfristig zum Ziel. »Sehr gut. Jeder elektronische

Ermittler kann problemlos für dich rausfinden, wo der Computer steht, von dem aus dieses Konto erst eröffnet und danach wieder geschlossen worden ist. Aber das ist diesen beiden Kerlen doch bestimmt bewusst.«

»Deshalb haben sie die Kiste eines anderen Strohmanns oder unter falschem Namen ein Gerät an irgendeinem öffentlichen Ort benutzt. Aber trotzdem hinterlässt so etwas eine Spur. Obwohl die beiden bisher noch einen Vorsprung haben, lassen sie inzwischen derart viele Kekskrümel auf ihrem Weg liegen, dass ich ihnen ohne Mühe folgen kann.«

Lächelnd strich er mit der Hand über ihr Haar. »Du meinst wahrscheinlich Brotkrumen.«

»Ich hätte lieber einen Keks. Und ich werde so viele Krümel aufheben, bis ich einen ganzen Keks zusammenhabe. Aber das, was du über die elektronischen Ermittler sagst, ist richtig. Deshalb sehen sie sich die Sache besser einmal an.«

»Ich bekäme die Lokalisierung schneller hin, als du den Auftrag an sie weitergeben kannst.«

Nach kurzem Zögern nickte sie. »Okay. Weil du schließlich offiziell an den Ermittlungen beteiligt bist. Aber trotzdem setze ich auch noch die Elektronik-Fuzzis darauf an. Dann können sie ihre Arbeit machen, und ich schaue auf dem Weg zurück zum Revier noch kurz im Leichenschauhaus rein. Weil's dort schließlich gerade zwei Leichen zum Preis von einer gibt.«

»Das ist einfach krank«, bemerkte er.

»Ja, aber es hilft ganz gut gegen die Übelkeit. Während du herausfindest, von wo aus dieses Mail-Konto betrieben worden ist, sehe ich mich noch ein bisschen in der Wohnung unseres Opfers um. Denn schließlich weiß man nie.«

Sie entdeckte nichts in Adriannes privaten Räumlichkeiten, was sich mit dem Fall verbinden ließ, doch in ihren Akten fanden sich Belege dafür, dass Moriarity und Dudley Kunden ihrer Agentur gewesen waren. Sie bat Wallace um Erlaubnis, vom Büro des Opfers aus die Eltern anzurufen, und im Anschluss beugte Roarke sich über sie und küsste sie aufs Haar. »Für die Eltern war das Gespräch verheerend, aber auch für dich war es nicht leicht.«

»Darüber kann ich jetzt nicht nachdenken.« Sie musste ihren Schmerz verdrängen, denn sie hatte einfach keine Zeit, um sich im Elend zu suhlen. »Ein Prepaid-Handy«, sagte sie. »Damit haben sie das Konto eingerichtet und wieder dichtgemacht.«

»Ja«, bestätigte ihr Roarke. »Und auch die Mails wurden von diesem Handy aus verschickt. Von verschiedenen Orten, die ich für dich aufgelistet habe«, fügte er hinzu.

»Ich muss die Einzelteile dieses Puzzles noch zusammensetzen. Aber du hast mir viel Zeit erspart, deshalb schlage ich dich nicht.«

»Worüber ich erleichtert, aber gleichzeitig auch irgendwie ein bisschen traurig bin.«

»Ich weiß noch nicht, wann ich nach Hause komme.«

»Ich auch nicht, denn ich habe selbst noch ein paar Dinge zu erledigen, danach komme ich aufs Revier und gucke, ob ich Feeney dort zur Hand gehen kann.«

»Feeney käme ganz bestimmt auch ohne dich zurecht, aber da wir jetzt neun Tote haben, lehne ich dein Angebot bestimmt nicht ab. Es hat wahrscheinlich keinen Sinn, dir zu sagen, dass du nicht schon wieder einen Berg an Essen aufs Revier bestellen sollst.« Er sah sie grinsend an. »Nicht, während mein Magen derart knurrt.«

Als sie wieder auf der Straße standen, umfasste er zärtlich ihr Gesicht. »Es hat wahrscheinlich keinen Sinn, dir zu sagen, dass du eine Stunde schlafen sollst. Selbst wenn du dich dazu nur auf den Boden neben deinem Schreibtisch legst.«

»Heute wahrscheinlich nicht.« Als ihr Handy schrillte, hob sie ihre Hand. »Warte. Dallas.«

»Sagen Sie mir, dass Sie mich lieben.«

»Geht nicht. Weil mein Mann neben mir steht. Dann würde er wahrscheinlich argwöhnisch.«

»Wenn Sie beide hören, was ich rausgefunden habe, wird er Sie verstehen«, erklärte ihre Partnerin. »Raten Sie mal, wessen Mum vor 25 Jahren eine heiße Affäre mit jemandem hatte, der mit seinen Kochkünsten ihr Herz erobert hat?«

»Dudleys Mutter hatte was mit Delaflote?«

»Genau. Was eine Riesensache war. Weil das Opfer deutlich jünger und sie damals noch die Frau von Dudley senior war. Sie hat damals ihren Mann verlassen, um zu Delaflote zu ziehen. Das Ganze hat nur knapp ein halbes Jahr gehalten, aber ihre Ehe war danach am Ende, und dem damaligen Klatsch zufolge hat die Sache die Familie Dudley furchtbar in Verlegenheit gebracht.«

»Okay, ich mag Sie«, meinte Eve.

»Ein Liebesschwur hätte mich deutlich mehr gefreut.«

»Finden Sie noch eine Verbindung zwischen Moriarity und Jonas abgesehen davon, dass er gelegentlich ihr Kunde war, und wir sehen weiter. Wie sieht's mit den Schuhen aus?«

»Ich habe bis über beide Ohren in illegitimen Affären, Mode, außerehelichem Übermut und Celebrity-Skandalen gesteckt. Aber ich hake gern bei Feeney nach.«

»Ich bin auf dem Weg ins Leichenschauhaus, und bis ich

auf dem Revier erscheine, haben Sie die Sache bitte noch ein bisschen aufpoliert.«

»Ich finde, dass sie jetzt schon ganz schön glänzt.«

Eve steckte ihr Handy wieder ein und wandte sich an Roarke. »Ich muss jetzt los.«

»Was soll mit welchen Schuhen sein?«, erkundigte er sich, als sie bereits in ihren Wagen sprang.

»Der Bastard hatte heute früh dieselben Schuhe an wie bei dem Mord an Crampton. Was ein ganz besonders dicker Krümel ist.«

Er sah ihr hinterher und nahm sich vor, mehrere Dutzend Kekse zu besorgen, wenn er nachher auf die Wache fuhr.

Kaum war Eve im Leichenschauhaus angekommen, meldete sich Peabody erneut. »Ich bleibe erst einmal dabei, dass ich Sie mag«, erklärte Eve.

»Vielleicht haben Sie mich gleich ja wenigstens richtig gern. Denn, wenn auch noch nicht offiziell, meinte McNab, er würde diesen Schuh mit Ketchup essen, wenn es nicht derselbe ist.«

»Gibt es irgendetwas, was er nicht mit Ketchup essen würde?«, fragte Eve. »Vor allem brauche ich es offiziell.«

»Feeney hat mir offiziell bestätigt, dass der Schuh, den Dudley heute früh getragen hat, dasselbe Modell wie das von Coney Island ist, und dass auch die Größe und die Farbe ohne jeden Zweifel übereinstimmen.«

»Das ist schon ziemlich gut, aber für ein Richtig-gerne-haben reicht's noch nicht.«

»Er kann nicht ohne jeden Zweifel sagen, dass der Schuh derselbe ist. Aber die Wahrscheinlichkeit beträgt 88,7 Prozent.«

»Ich brauche über 90. Er soll sehen, ob er die Bilder noch etwas vergrößern oder ein bisschen schärfer machen kann. Weil 90 eben mehr als 88 sind.«

»Das richte ich ihm aus.«

Eve steckte ihr Handy wieder ein und öffnete die Flügeltür des Autopsieraums, in dem Morris über seiner Arbeit stand.

Er blickte auf, als sie den Raum betrat. »Ein echt höllischer Sommer, finden Sie nicht auch?«

»Ehe er vorüber ist, wird er vor allem für zwei selbstgerechte Bastarde die Hölle sein.«

»Bevor wir dazu kommen, möchte ich mich noch für Ihre Einladung bedanken.«

»Oh. Ich nehme an …«

»Ich ziehe mich noch immer viel zu häufig in mein Schneckenhaus zurück. Weil es einfach leichter für mich ist, allein zu sein. Aber manchmal brauche ich jemanden, der mir einen Stoß versetzt.«

So viel zu ihrem vollkommen vernünftigen und rationalen Plan, das Ganze zu verschieben. »Tja.«

»Dürfte ich Sie um einen Gefallen bitten? Es ist nämlich so, ich würde gern jemanden zu der Feier mitbringen.«

Ihre Kinnlade fiel bis auf ihre Knie. »Äh, sicher … mir war nicht bewusst, dass Sie …«

»Nicht so jemanden. Vater Lopez – Chale. Inzwischen ist er ein sehr guter Freund von mir, und ich weiß, Sie halten ebenfalls sehr viel von ihm. Und er hat Sie wirklich gern.«

Im Augenblick war sehr viel Zuneigung im Umlauf, dachte Eve. Ein Priester auf einer Polizistenparty. Oder wenigstens auf einer Party, auf der überwiegend Polizisten waren. Aber warum eigentlich nicht? »Kein Problem. Wird sicher nett, ihn wieder mal zu sehen.«

»Danke. Tja, und jetzt zu Ihrem Doppelpack.«

»Haha. Ich habe es als Zwei-Leichen-zum-Preis-von-einer formuliert. Wir sind doch beide krank.«

»Wie sonst sollte man einen so höllischen Sommer überstehen? Übrigens stammt unser Franzose aus Topeka. Sein Geburtsnamen ist Marvin Clink.«

»Ohne Scheiß?«

»Das hat Peabody bei seiner Überprüfung herausgefunden. Auch, dass er den Namen rechtmäßig geändert hat. Aber wie dem auch sei, war Ihre Vermutung richtig. Er wurde tatsächlich mit einer Harpune umgebracht. Mit Hilfe des Pfeils hat das Labor die Waffe identifiziert.«

»Sagen Sie nicht, Sie hätten mit dem Sturschädel telefoniert.«

»Bei diesen Fällen ziehen wir tatsächlich einmal an einem Strang. Außerdem war ich neugierig. Er ist nämlich verliebt.«

»Das habe ich bereits gehört.«

»Ich finde das etwas beunruhigend.«

»Ich auch!« Zum Zeichen ihrer Solidarität stieß Eve den armen Morris mit dem Ellenbogen an. »Ich bin nur froh, dass Sie das auch so sehen. Denn mir ist dieser neue Sturschädel echt unheimlich.«

Das Blitzen seiner dunklen Augen war das erste positive Bild, das Eve an diesem Morgen sah. »Das ist nicht gerade nett, aber ich gebe zu, mir auch. Er hat Ihnen die Daten der Harpune ins Büro geschickt. Der Schuss ging wie bereits der Messerstich bei Crampton geradewegs ins Herz.

Oder durch die Brust, durchs Herz und hinten wieder raus. Wie Sie sehen können, habe ich den Pfeil entfernt, katalogisiert und ins Labor geschickt. Andere Wunden gibt es nicht. Er hatte kurz vor seinem Tod einen knappen Viertelliter Weißwein konsumiert. Welche Sorte, kann ich noch nicht sagen.«

»Aber ich. Die Flasche stand nämlich noch auf dem Küchentisch.«

»Das macht es mir natürlich leicht. Abgesehen von dem Wein hatte er ein paar Stunden vor seinem Tod noch eine leichte Mahlzeit eingenommen. Gegrillte Garnelen, Salat, Spargel in Weißweinsause und ein wenig Crème Brûlée.«

Trotz der widrigen Umgebung fing ihr Magen an zu knurren, und sie stellte voller Wehmut fest: »Klingt gut.«

»Ich hoffe, dass es das auch war. Darüber hinaus hatte er Kostproben der Dinge, die er wahrscheinlich gekocht hat, etwas Käse und die Überreste einer Handvoll Cracker intus. Außerdem hat er geraucht, der Drogentest jedoch war negativ.«

»Das passt.«

»Sein Gesicht und auch sein Körper weisen Spuren minimaler Korrekturen auf«, fuhr Morris fort. »Seine Muskeln sind trainiert, und auch sonst war er sehr gut in Form.«

»Und wie steht es mit ihr?« Eve trat vor die tote Adrianne.

»Sie starb nicht ganz so schnell. Sie hatte vor ihrem Tod gut einen halben Liter Sekt getrunken und sich dann mit einer Ausnüchterungspille wieder fit gemacht. Wann genau, weiß ich noch nicht. Zwei bis vier Stunden vor Eintreten des Todes hatte sie ein bisschen Kaviar, Toastbrot, ein paar Beeren, etwas rohes Gemüse sowie winzig kleine Mengen anderer Partyhäppchen konsumiert. Es gibt keinen Hinweis darauf, dass sie einvernehmlich Sex hatte oder vor ihrem Tod noch vergewaltigt worden ist.«

Er hob ihre Hand vom Tisch. »Die leichten Abschürfungen an den Handballen und Knien rühren offenbar von einem Sturz her, und die tiefen Kratzwunden am Hals stimmen mit dem Blut und den winzigen Hautpartikeln unter ihren eigenen Fingernägeln überein. Sie hat so stark an ihrem eigenen Hals gekratzt, dass ihr dabei drei Fingernägel abgebrochen sind.«

»Wahrscheinlich wollte sie verhindern, dass die Peitsche ihr die Luft abdrückt.«

»Die dreimal eng um ihren Hals geschlungen war. Sie hat ihr die Haut zerrissen, die Luftröhre zugeschnürt und ihren Kehlkopf eingedrückt.«

»Sie hätte also ganz bestimmt nicht schreien können.«

»Nein. Wie Sie hier sehen können … wollen Sie vielleicht eine Brille haben?«

»Nein, ich sehe alles, was ich sehen muss.« Trotzdem beugte sie sich möglichst dicht über die tote Frau. »Er hat sie nach vorn gezerrt, wobei sie vielleicht umgefallen ist, dann hat er sie hochgezogen, bis sie an dem Ast gebaumelt hat. Ihr Genick ist nicht gebrochen …« Morris schüttelte den Kopf, und Eve fuhr für ihn fort: »Weshalb ihr Tod entsetzlich schmerzhaft, fürchterlich beängstigend und endlos lang war. Bestimmt war sie nach ein bis zwei Minuten tot, aber für sie war das wahrscheinlich eine Ewigkeit.«

»Ich fürchte, ja. Ich fürchte, dass sie sehr gelitten hat.« Auch Morris blickte wieder auf die Tote, die auf seinem Stahltisch lag.

»Ihre Eltern werden Sie wahrscheinlich kontaktieren.«

»Ich werde behaupten, dass es schnell ging und sie keine

Schmerzen hatte.« Er berührte Eve am Arm. »Das werden sie mir glauben, weil sie mir das glauben wollen.«

Eve wünschte sich, auch sie könnte das glauben, als sie wieder aus dem Leichenschauhaus auf die Straße trat.

20

Sie platzte wie eine Bombe durch die Tür ihrer Abteilung.

»Trueheart!«

Er zuckte zusammen, sprang dann aber derart eilig auf, dass er den Diskettenstapel, der auf seinem Schreibtisch lag, zu Boden warf. »Ma'am.«

»Was auch immer Sie jetzt gerade machen, hören Sie damit auf. Ich schicke Ihnen eine Aufstellung verschiedener Waffen – Bilder, Marken- und Modellbezeichnungen und Seriennummern, falls es so was gibt. Ich will eine vollständige Liste sämtlicher Verkäufer, Sammler, Waffenscheinbesitzer, und will wissen, welche dieser Leute tote oder lebende Familienmitglieder von Dudley oder Moriarity oder einer ihrer Exfrauen sind oder durch die Unternehmen dieser Kerle mit den beiden in Verbindung stehen. Gibt's dazu irgendwelche Fragen?«

Seine Augen waren groß genug, um den Planeten Pluto zu verschlucken, doch er schüttelte den Kopf. »Äh ... nein, Madam.«

»Gut. Baxter.«

»Hier.« Anders als sein Partner blieb er einfach sitzen und sah sie mit einem schmalen Lächeln an.

»Sie kriegen dieselbe Waffenliste von mir zugeschickt. Finden Sie heraus, in welchen Jagdclubs man mit Armbrüsten oder Harpunen schießen kann. Das heißt, ich brauche nur die wirklich erstklassigen Clubs, aber dafür weltweit.«

Er richtete sich kerzengerade auf. »Weltweit?«

»Und wenn Sie sie gefunden haben, lassen Sie sich Mitglieder- und Gästelisten der Vereine schicken. Dudley und Moriarity sind fürchterliche Angeber und haben diese Waffen ganz bestimmt schon vorher irgendwo benutzt.«

Sie wandte sich den nächsten zwei Detectives zu. »Reineke und Jenkinson. Ich will Ihren Bericht über den Mordfall Jonas schnellstmöglich auf meinem Schreibtisch haben. Sie werden den Fall bearbeiten, als hätte man mit Adrianne Ihre geliebten Mütter umgebracht. Falls der Sturschädel die Peitsche noch nicht identifiziert hat, machen Sie ihm Feuer unterm Arsch. Sobald Sie die Peitsche haben, schicken Sie die Daten an Trueheart und Baxter, und machen Sie zwischenzeitlich schon mal irgendwelche Fachleute für Bullenpeitschen aus.«

»Fachleute?«, erkundigte sich Jenkinson verblüfft.

»Wüssten Sie vielleicht, wie man einem Menschen eine solche Peitsche um den Hals schlingt? Und zwar fest genug, damit er nicht herunterfällt, wenn man ihn damit an einem Ast hochzieht? Er muss das irgendwo von irgendwem gelernt haben. Es muss für so etwas Experten, Clubs und Trainer geben. Finden Sie sie, rufen Sie sie an und fragen Sie sich durch, bis irgendjemand sich an Dudley oder Moriarity erinnern kann. Kapiert?«

»Kapiert«, erklärte Jenkinson, und Reineke reckte die Daumen in die Luft.

»Carmichael«, sagte Eve, und zwei Personen sprangen auf.

»Detective«, präzisierte sie, und Carmichael in Uniform

nahm traurig wieder Platz. »Ich werde Ihnen eine Liste mit den Gästen geben, die gestern Abend auf Dudleys Gartenparty waren.«

»Ich bin mit den Ermittlungen bisher nicht sonderlich vertraut.«

»Erzählen Sie ihr, worum es geht«, bat Eve die Partnerin und wandte sich dann abermals Carmichael zu. »Dann rufen Sie die Leute an. Die beiden Verdächtigen haben das Fest zu irgendeinem Zeitpunkt kurzfristig verlassen. Moriarity wahrscheinlich zwischen kurz vor zehn und elf, und Dudley zwischen zwei und drei Uhr nachts. Wobei Dudley vielleicht in Gesellschaft unseres letzten Opfers war. Finden Sie jemanden, dem das aufgefallen ist. Und wenn Sie mit der Gästeliste durch sind, knöpfen Sie sich noch die Angestellten und das Personal vom Partyservice vor.«

»He, Neuer«, Eve zeigte auf einen jungen, breitschultrigen Mann, der kurz vor ihrem Urlaub in ihr Dezernat gekommen war.

»Detective Santiago, Ma'am.«

»Richtig. Helfen Sie Carmichael.« Eilig dachte sie darüber nach, was alles dazugehört, wenn Roarke eine große Party gab. »Wahrscheinlich hat Dudley irgendwelche Leute angeheuert, die die Gästelimousinen irgendwo geparkt haben. Und wahrscheinlich sind ein paar der Gäste in Mietlimousinen auf der Party aufgetaucht. Außerdem hatte er sicher ein paar Kellner engagiert, die keinen Grund haben, ihm gegenüber sonderlich loyal zu sein. Dienstleister sind unsichtbar für solche Leute, kriegen aber oft jede Menge mit, denn sie sind schließlich weder taub noch blind. Finden Sie jemanden, der etwas gehört oder gesehen hat und nicht zu feige ist, es Ihnen zu erzählen.«

Damit wandte sie sich den Uniformierten zu.

»Newkirk, Ping, der andere Carmichael. Sie tun alles, was Sie für die anderen tun sollen. Sobald die Suche was ergibt, wie unwichtig es auch scheint, will ich sofort davon hören. In zwei Stunden treffen wir uns alle zur Berichterstattung. Konferenzraum ...«

»C«, erklärte Peabody.

»Also in zwei Stunden, Konferenzraum C. Legen Sie sich ins Zeug«, wies sie die Leute an. »Denn diese Schwanzlutscher ermorden Leute, wie ein kleiner Junge Ameisen zertritt. Einfach, weil sie sie zerquetschen wollen. Und außerdem denken sie, wir wären zu dämlich, um sie zu erwischen. Aber bald werden sie sehen, dass das ein grober Irrtum ist. Peabody, Sie kommen mit.«

In ihrem Büro marschierte sie schnurstracks zu ihrem AutoChef, doch als sie auch für ihre Partnerin Kaffee bestellen wollte, schüttelte die unglücklich den Kopf.

»Für mich wohl besser nicht. Ich war derart erledigt, dass ich eine Pille eingeworfen habe. Und jetzt kommt es mir so vor, als wären meine Lider an den Brauen festgeklebt und als stünden meine Nervenenden unter Strom. Die Verbindung zwischen Moriarity und unserem letzten Opfer habe ich bisher noch nicht entdeckt.«

»Sagen Sie dem männlichen Carmichael, dass er danach suchen soll. Warum muss er überhaupt denselben Namen haben wie eine Kollegin? Finden Sie nicht auch, dass das echt nervig ist? Aber wie dem auch sei, ist er ein Mensch mit einem Blick für das Detail. Und ja, Sie hätten die Verbindung auch gefunden«, kam sie Peabodys Protest zuvor. »Aber seine Lider sind noch nicht an seinen Brauen festgeklebt, und seine Nervenenden stehen noch nicht unter Strom. Außerdem brauche ich Sie für etwas anderes. Einen Moment.«

Entschlossen nahm sie hinter ihrem Schreibtisch Platz, kopierte mehrere Dateien, schickte sie an die Kollegen und wandte sich abermals an ihre Partnerin.

»Was ist mit dem Wein und mit den Lebensmitteln unseres Franzosen?«

»Die hat er tatsächlich in Paris gekauft.« Inzwischen war ihr Kopf so voll, dass Peabody die Infos aus dem kleinen Büchlein vorlas, das sie immer bei sich trug. »Die Buchung ging schon vor fünf Wochen bei ihm ein.«

»Fünf Wochen. Das ist gut, denn das bestätigt uns, dass die beiden langfristig planen. Dudley hat auf jeden Fall gewusst, dass Simpson und ihre Familie zu der Zeit in Georgia wären. Denn sie musste schließlich Urlaub in der Firma nehmen, und vor allem fahren sie jedes Jahr um diese Zeit dorthin. Sie wollten Delaflote erledigen und brauchten Zeit, um ihre Alibis zu planen und zu lernen, wie man mit einer Harpune schießt.«

»Die Buchung erfolgte per E-Mail und die Anzahlung wurde von einem Konto überwiesen, das extra für diesen Zweck unter dem Namen Simpson eingerichtet worden war. Die Assistentin unseres Meisterkochs hat mir erzählt, die Auftraggeberin hätte mit diesem Essen ihren Partner überraschen wollen. Ein romantisches Diner für zwei im Freien.«

»Im Garten«, fügte Eve nickend hinzu. »Dann war also damit zu rechnen, dass er früher oder später in den Garten geht.«

»Es hätte ein spätes Abendessen werden sollen. Die Kosten für die Anreise in seinem eigenen Flugzeug wurden Anfang dieser Woche über Simpsons Konto überwiesen, und die Lebensmittel und den Wein hat Delaflote persönlich direkt vor dem Abflug eingekauft. Er war Mehrheitseigentümer eines Weinbergs und hatte drei Flaschen Pouilly Fuissé, eine Flasche Sauternes und drei Flaschen Champagner seines eigenen Labels – Château Delaflote – für seine Kunden mitgebracht. Die Jahrgänge waren ordentlich auf einem Arbeitsblatt für diesen Job notiert.«

Sie legte eine Pause ein und fuhr mit einem breiten Grinsen fort: »Und, Dallas, da seine Klientin ihm erklärt hatte, das Essen fände aus einem besonderen Anlass statt, und deshalb wären die Kosten ihr egal, hat er extra den Champagner ausgesucht, von dem es nur eine begrenzte Zahl an Flaschen gibt. Obendrein sind diese Flaschen einzeln nummeriert, und er hat aus dem Privatvorrat, den er für ganz besondere Kunden hatte, offenbar die Flaschennummern 48, 49, 50 ausgewählt.«

Auch Eve verzog den Mund zu einem Lächeln, das eine Kopie des Lächelns ihres Gegenübers war. »Vielleicht liebe ich Sie doch.«

»Ohhh.«

»Wenn wir eine dieser Flaschen finden, haben wir die zwei im Sack. Hübschen Sie diesen Bericht noch etwas auf, denn in zwei Stunden werden Sie ihn dem Commander und der Staatsanwaltschaft präsentieren.«

»Meine Güte.«

»Und rufen Sie Feeney an und sagen ihm, dass auch er zu der Besprechung kommen und den beiden dort Bericht erstatten soll. Ich will, dass alle rechtzeitig im Konferenzraum sind. Entschuldigungen gelten nicht. Den Commander und Cher Reo lade ich ein paar Minuten später ein. Briefen Sie die beiden Carmichaels. Den Bericht über das letzte Opfer kriegen Sie, sobald er fertig ist. Und jetzt verschwinden Sie, und machen Sie die Tür hinter sich zu.«

Ehe noch die Tür ins Schloss gefallen war, rief sie bereits bei Whitney, der Staatsanwältin und danach bei Mira an. Am liebsten hätte sie vor lauter Glück gejuchzt, als die gut gelaunte Miene ihrer Aushilfssekretärin auf dem Monitor erschien.

»Oh, hi, Lieutenant. Himmel, Dr. Mira ist gerade mitten in einem Gesprächstermin.«

»Ich werde ihr gleich mehrere Dateien schicken, die sie sich, wenn möglich, sofort ansehen soll. Außerdem bräuchte ich sie Viertel nach zwei in Konferenzraum C.«

»Tja, nun, ich fürchte, da hat sie schon einen …«

»Es ist wirklich wichtig. Staatsanwältin Reo und Commander Whitney werden ebenfalls anwesend sein. Wir brauchen sie dort unbedingt.«

»Wie aufregend. Ich werde ihren anderen Termin verschieben und …«

»Sehr gut. Falls sie noch Fragen hat, kann sie mich kontaktieren.«

Ehe Miras Sekretärin auch nur eine Antwort geben konnte, legte Eve schon wieder auf und schickte Peabodys Bericht über den toten Koch und die Berichte ihrer anderen Detectives über Jonas an die Psychologin ab. Danach ging sie die Berichte des Labors, des Pathologen und der Spusi durch und fing an, ihre eigenen Berichte zu den beiden Fällen zu schreiben.

Zweimal stand sie auf, um sich Kaffee zu holen. Setzte sich aber in beiden Fällen eilig wieder hin, um die zeitliche Abfolge zu überprüfen, den Computer ausrechnen zu lassen, wie lange man brauchte, um zu Fuß oder mit einem Wagen von der Gartenparty zu den beiden Tatorten zu kommen. Rief einen New Yorker Stadtplan auf, studierte ihn und schaute nach, wie man auf direktem Weg von Dudleys Haus zu beiden Tatorten und dann wieder zurück zu seiner Bleibe kam.

Schließlich schnappte sie sich all die Dinge, die sie während der Besprechung bräuchte, und trat eilig in den Flur, wo sie mit Jenkinson zusammenstieß.

»Falls Sie etwas für mich haben, reden Sie im Gehen.«

»Ich kann Ihnen auch was abnehmen, wenn Sie wollen.«

»Kein Problem. So, wie ich die Sachen trage, sind sie gerade gut im Gleichgewicht.«

»Okay.« Er machte kehrt und lief mit leeren Armen neben seiner voll beladenen Chefin her. »Wir haben den gewohnten Limousinenservice unseres Opfers kontaktiert. Sie wurde zu Dudleys Haus gefahren und hat mit dem Fahrer ausgemacht, ihn anzurufen, wenn sie von dem Fest zurück in ihre Wohnung, in den Central Park und dann von dort wieder nach Hause oder, je nachdem wie spät es wäre, gleich in den Park und dann in ihr Apartment wollte.«

»Okay. Wahrscheinlich dachte sie, falls auf dem Fest nichts los wäre, könnte sie vor dem nächtlichen Termin erst noch einmal kurz nach Hause fahren.«

»Ja, aber dann hat sie um kurz vor zwei die Fahrt ganz abgesagt.«

Abermals huschte ein Lächeln über Eves Gesicht. »Weil sie anders in den Park gekommen ist.«

»Wir haben bei allen offiziellen Taxi-Unternehmen in Manhattan angerufen. Zwischen zwei und drei vergangener Nacht wurde niemand am Haus von Dudley abgeholt.

Es hat auch niemand zwischen zwei und drei jemanden zu dem Eingang des Central Park gefahren, von dem aus man am schnellsten zum Great Hill gelangt. Wir müssen also davon ausgehen ...«

»... dass Dudley sie gefahren hat«, beendete Eve den Satz, während sie vor die Tür des Konferenzraums trat.

»Das denken wir auch.« Er öffnete die Tür und folgte ihr. »Bisher haben Carmichael und der Neue niemanden gefunden, dem auf dieser Feier irgendetwas aufgefallen wäre, aber jetzt fragen sie auch noch, ob jemand gesehen hat, dass Dudley und das Opfer gegen zwei zusammen von dem Fest verschwunden sind.«

»In Ordnung.« Sie ließ ihre Sachen auf den Konferenztisch fallen. »Sie ist sicher nicht in diesen Schuhen von dem Fest bis in den Park marschiert. Und die Limousine hat sie ganz bestimmt nur deshalb abbestellt, weil sie von jemand anderem zu dem Termin gefahren worden ist.«

Zwar waren jede Menge Leute auf dem Fest gewesen, die sie hätten fahren können, aber sie würde beweisen, dass der Gastgeber persönlich ihr Chauffeur gewesen war.

»Wir brauchen die Erlaubnis, uns sämtliche Fahrzeuge von diesem Bastard anzusehen, denn wenn wir nur in einem ihre DNA entdecken, wäre das ein weiteres Indiz.«

»Ich glaube, der männliche Carmichael hat etwas entdeckt, denn er hat plötzlich dieses seltsame, ihm eigene Geräusch gemacht.«

»Meinen Sie das Knurren, das er manchmal ausstößt? Gut.«

»Auf ein bisschen Druck von Reineke hat uns der Sturschädel erzählt, dass die Peitsche aus Australien kommt. Das Leder stammt doch tatsächlich von einem Känguru.«

»Von einem dieser Biester, die dort durch die Gegend hüpfen, bis den Jungen, die in ihren Beuteln sitzen, übel wird?«

»Ja, genau. Von einem Känguru. Mit dem über einen Meter langen Bleigriff, der mit Stahl ummantelt ist, ist die Peitsche fast drei Meter 50 lang. Zwar weiß der Sturschädel noch nicht, womit das Leder eingefettet ist, aber er konnte bereits sicher sagen, dass die Peitsche erst vor ein paar Jahren angefertigt worden ist. Meinte, sie wäre handgemacht, deshalb sucht Trueheart gerade die Adressen australischer Peitschenmacher raus. Sobald der Sturschädel noch ein paar Einzelheiten nennen kann, wird die Suche dadurch weiter eingeengt. Wussten Sie, dass er verliebt ist?«

»Ja.«

»Das ist echt unheimlich.«

»Das finden wir alle. Aber trotzdem machen Sie erst mal mit Ihrer Arbeit weiter, ja?«

Allein im Konferenzraum, hängte sie die Bilder aller Opfer an die Tafel, schrieb darunter, welches Opfer wann und wo getötet worden war, und hörte an dem leisen Knurren hinter ihrem Rücken, dass der männliche Carmicheal durch die Tür getreten war. »Ich habe etwas gefunden, Boss.«

»Sagen Sie mir, was«, bat Eve und fuhr mit ihrer Arbeit fort.

»Jonas hat mal an der Rezeption des Kennedy Hotels am Park gearbeitet. Fing dort direkt nach dem College an. Das Hotel gehörte damals drei Personen, unter anderem dem Großvater von Moriarity. Ständig fanden dort private Feiern der Familie, Konferenzen oder Feste ihres Unternehmens statt.«

Eve blickte kurz auf, damit Carmichael sah, dass sie zufrieden war.

»Bei seinem Tod hat er den Anteil am Hotel dem Enkel hinterlassen, und als der ihn nach zehn Jahren verkauft hat, war das Opfer immer noch dort angestellt. Sie schied erst ein Jahr später freiwillig aus. Aber vorher wurde im *New Yorker* darüber geschrieben, wie ein Mädchen aus dem ländlichen Mittleren Westen zu einer der Top-Empfangsdamen New Yorks geworden ist.«

»Und mit dem Geld, das sie in dieser Zeit verdient hat, hat sie dann ihr eigenes Unternehmen aufgebaut. Was wirklich clever war. Gut gemacht, Carmichael. Schreiben Sie Ihren Bericht und fügen den Artikel sowie alles, was Sie sonst noch haben, bei.«

Allmählich kamen sie der Sache näher, denn sie hoben einen Krümel nach dem anderen auf.

Sie setzte sich an den Computer, um die Bilder und die Daten, die sie auf dem Bildschirm haben wollte, noch einmal durchzugehen.

»Lieutenant? Tut mir leid, falls ich Sie störe.«

»Falls Sie etwas rausgefunden haben, Trueheart, stören Sie mich nicht. Falls nicht, hauen Sie wieder ab.«

»Es geht um die Harpune.«

»Spucken Sie es aus.«

»Sie haben sie im Labor getestet. Das Gerät und auch den Pfeil und haben sich die Vorschriften zu diesen Dingern angesehen. Dabei hat sich herausgestellt, dass das Projektil …«

»Sie sabbern nur, Sie spucken nicht.«

»Hm. Nach den geltenden Vorschriften für Sportfischer bei uns und in Europa sind Harpunen und auch Pfeile dieser Größe nicht erlaubt. Das hat Baxter mir bestätigt, als er all die Jagd- und Angelclubs in diesen Ländern durchgegangen ist. Und Mr Berenski ...«

»Meine Güte.« Eve stieß sich vom Konferenztisch ab und starrte ihren Untergebenen mit großen Augen an. »Nennen Sie ihn wirklich so?«

Errötend murmelte der junge Polizist: »Gelegentlich« und wandte sich dann eilig wieder seinem eigentlichen Thema zu. »Da die Waffe in Amerika gefertigt wurde, denkt er, dass sie entweder vor Einführung der Vorschrift oder vielleicht eher in Übertretung des Gesetzes angefertigt worden ist. Seiner Meinung nach ist Letzteres der Fall, denn die Waffe ist höchstens zehn Jahre alt. Einige Bestandteile wurden von SportTec hergestellt. Die Firma ist in Florida und eine Tochtergesellschaft von Intelicore.«

Sie streckte genüsslich ihre Beine aus, sah Trueheart aber weiter reglos an. »Ach ja?«

»Ich habe die genauen Daten, Ma'am, falls Sie sie überprüfen wollen.«

»Das war ein rhetorisches ›Ach ja‹. Graben Sie weiter, denn ich will die Waffe in den Händen dieses Bastards sehen.« Sie runzelte die Stirn, als auch noch Baxter durch die Tür geschlendert kam. »Ich bin mit Ihrem Jungen noch nicht fertig.«

»Ich habe was gefunden, was vielleicht noch besser als die Sache ist, auf die der Grünschnabel gestoßen ist. Die beiden Verdächtigen waren Mitglieder in einem Sportfischer- und Tauchclub, auch wenn ihre Mitgliedschaft dort zwischenzeitlich ausgelaufen ist. Aber zweimal – einmal vor fünf Jahren und das andere Mal im letzten Winter – haben sie für ihre 50 engsten Freunde eine Party auf einer Privatinsel geschmissen, auf der sie neben vielen anderen Dingen auch getaucht haben, zum Hochseeangeln rausgefahren und auf Unterwasserjagd gegangen sind. Eine Reihe von Berühmtheiten aus Film und Fernsehen waren dabei mit von der Partie, weswegen in den Medien ausführlich über diese Veranstaltung berichtet worden ist.«

»Wahnsinn.«

»Allerdings. Außerdem habe ich Fachleute und Ausbilder für den Umgang mit Bullenpeitschen ausfindig gemacht. Von denen es tatsächlich jede Menge gibt.«

»Schauen Sie sich erst mal in Australien um.«

»Mit Vergnügen. Denn da wollte ich schon immer einmal hin.«

»Am Computer. Geben Sie dort handgemacht, Känguru und Bullenpeitsche ein. Denn das verdammte Ding hat irgendwer von Hand aus dem Leder eines blöden Kängurus gemacht. Vielleicht hat ja dieser Irgendjemand Dudley selbst gezeigt, wie er die Peitsche schwingen muss.«

»Ich fange sofort mit der Suche an, aber wenn ich pünktlich für das Briefing hier sein soll, wird's zeitlich sicher ziemlich knapp.«

»Fangen Sie die Suche an, aber seien Sie trotzdem pünktlich wieder hier. Und schreiben Sie noch schnell einen Bericht, der möglichst überzeugend klingt. Weil ich das Ding schließlich verkaufen muss.«

Nachdem die beiden Männer wieder losgezogen waren, stand sie auf, trat vor den AutoChef des Raums, bestellte einen Kaffee und erinnerte sich daran, dass es in diesem Gerät dieselbe widerliche Brühe wie in der Kantine gab.

»Scheiße. Aber manchmal heißt es eben einfach: runter mit dem Zeug.«

Tapfer drückte sie den Knopf für schwarzen Kaffee und fing an zu lächeln, als sie den verführerischen Duft von echtem Kaffee roch. Dann hatte also ihre Partnerin den AutoChef gleich nach der Reservierung dieses Raums gefüllt. »Ach, Peabody, jetzt weiß ich, dass es wirklich wahre Liebe ist.«

Obwohl ihr Magen auf die neuerliche Koffeinzufuhr mit einem leichten Ziehen reagierte, hob sie gierig ihren Becher an den Mund, als Feeney auf der Bildfläche erschien. »Ich bin bei 90,1 Prozent«, erklärte er ihr stolz. »Gib her.«

Entschlossen nahm er ihr den Kaffee ab und soff wie ein Kamel, das erstmals seit vier Wochen in eine Oase kam. Er beäugte sie über den Becherrand. »Wahrscheinlich brauchst du dieses Zeug noch mehr als ich. Denn du siehst aus, als hättest du seit einer Ewigkeit kein Auge zugemacht.«

»Vier Tote innerhalb von weniger als einer Woche«, antwortete sie. »Und die hier?« Sie wies auf den Rand der Tafel, an der man die Aufnahmen der anderen Opfer sah. »Die hier haben sie schon vorher kaltgemacht. An ihnen haben sie geübt. Heute Abend oder morgen könnte dort bereits das nächste Foto hängen. Und bisher habe ich gegen diese Typen kaum was in der Hand.«

Sie raufte sich die Haare, presste sich die Finger vor die Augen und stieß müde aus: »Es ist, als ob man Spinnweben verbinden müsste. Außerdem fehlt mir noch die Nadel aus dem Heuhaufen. Ich habe jede Menge Hinweise auf ihr Motiv, ihre Methoden und darauf, dass immer einer von den beiden die Gelegenheit zu diesen Morden hatte, aber einen echten Volltreffer habe ich dabei bisher noch nicht gelandet. Trotzdem muss ich Whitney und vor allem Reo davon überzeugen, dass meine Beweise reichen werden, wenn es zu einer Verhandlung kommt.«

»Glaubst du, das bekommst du hin?« Als sie zögerte, stieß er ihr einen Zeigefinger in die Schulter.

»Aua.«

»Wenn du selbst nicht daran glaubst, wie sollen das dann der Commander und die Staatsanwältin tun? Und wenn du die zwei nicht überzeugst, vegeudest du unser aller Zeit.«

»Ich weiß. Ich weiß. Aber ich bin einfach hundemüde. Vollkommen erledigt und gleichzeitig total überreizt.«

»Ich würde dir ja raten, einen Muntermacher einzuwerfen, aber nach dem ganzen Kaffee, den du sicher schon getrunken hast, wäre das wahrscheinlich kontraproduktiv.« Er unterzog sie einer neuerlichen, gnadenlosen Musterung. »Mach auf alle Fälle irgendetwas mit deinem Gesicht.«

»Huh?«

»Was auch immer Frauen damit machen. Denn du siehst total erledigt aus, und wie willst du die beiden überzeugen, wenn sie denken, dass du den Ermittlungen nicht mehr gewachsen bist?«

»Denkst du vielleicht, Mädchen kriegen gleich bei der Geburt neben der Vagina noch einen lebenslangen Vorrat an Kosmetika mit?«

»Meine Güte, Dallas, sprich nicht so mit mir. Leih dir, um Himmels willen, einfach irgendwelches Schminkzeug aus. Denn du willst doch sicher nicht, dass sie dich ansehen und sich sagen: ›Meine Güte, Dallas sieht echt fertig aus.‹ Schließlich sollen sie sich auf die Dinge konzentrieren, die du ihnen zeigst.«

»Meinetwegen. Gut. Verdammt.« Sie riss ihr Handy aus der Tasche. »Peabody, gehen Sie auf Privatmodus.«

»Was ist passiert? Gibt's einen Durchbruch?«

»Kann uns beide sonst noch jemand hören?«

»Nein, was …«

»Haben Sie irgendwelches Schminkzeug da?«

»Äh … sicher. Für den Notfall liegt etwas in meinem Schreibtisch. Denken Sie, ich brauche was?«

»Ich brauche was davon für mich. Und wenn Sie irgendeinem Menschen etwas davon erzählen, reiße ich Ihnen die Zunge aus dem Hals und werfe sie draußen auf der Straße irgendwelchen tollwütigen Hunden vor. Treffen Sie mich mit den Sachen auf dem Klo.« Sie legte wieder auf. »Zufrieden?«, fuhr sie Feeney an und stürmte aus dem Raum.

Es dauerte nur fünf Minuten, obwohl Peaboby sich alle Mühe gab, ihr zu erklären, welche Utensilien wofür vorgesehen waren. Als Erstes hielt Eve ihren Kopf unter den Wasserhahn, biss die Zähne aufeinander und drehte das kalte Wasser auf.

Eine Schockbehandlung, die die allerschlimmste Müdigkeit vertrieb.

Dann übertünchte sie die Ringe unter ihren Augen und trug etwas Farbe auf die zugegebenermaßen kreidigen und eingefallenen Wangen auf.

»Das reicht.«

»Ich habe auch noch hübschen Lippenstift, diesen tollen Eyeliner und …«

»Danke, nein.« Eve fuhr sich mit den Fingern durch das nasse Haar und kehrte auf direktem Weg in den Besprechungsraum zurück.

Wo ein verführerischer Duft von Essen ihren leeren Magen kurz zusammenzucken ließ. In den wenigen Minuten, während sie nicht da gewesen war, hatte jemand einen zweiten Tisch hereingebracht und Berge dampfender Paninis, Sandwiches und Pizzas darauf angehäuft.

Roarke hielt ihr ein Panini hin. »Hier, iss. Dann kannst du wieder klarer denken. Und nachher gibt's auch noch einen Keks.«

Wortlos nahm sie einen großen Bissen und klappte genüsslich ihre Augen zu. »In Ordnung. Gut. Und du hast wirklich Kekse mitgebracht?«

»Irgendwie kam mir das passend vor. Und jetzt nimm diese Schmerztablette. Denn es wäre sinnlos, das Gespräch mit Kopfweh anzugehen. Es ist nur ein leichtes Mittel«, fügte er hinzu, schob ihr die kleine Pille in den Mund und hielt ihr eine Wasserflasche hin. »Außerdem bist du wahrscheinlich völlig dehydriert.«

»Also bitte. Jetzt ist aber Schluss.« Trotzdem trank sie einen großen Schluck, bevor sie abermals in das Panini biss. »Weil ich schließlich hier die Chefin bin.«

Er zupfte sanft an einer Strähne ihres nassen Haars. »Was dir ausgezeichnet steht. In deiner Abteilung herrscht ein Treiben wie in einem Bienenstock.«

»Ich brauche fünf Minuten Ruhe, bevor ...«

»Essen!«, schrie McNab und kam, gefolgt von einem ganzen Tross von elektronischen Ermittlern, die den Pizzaduft gerochen hatten, durch die offnene Tür gestürmt.

»Nimm dir deine fünf Minuten«, sagte Roarke, nickend trat sie vor die Fensterfront und sperrte die Geräusche der Kollegen, die sich gierig auf das Gratisessen stürzten, aus.

Erst als sie die Stimme des Commanders hörte, drehte sie sich wieder um. Im selben Augenblick trat Mira durch die Tür und kam direkt auf sie zu. »Ich konnte leider nicht früher weg.«

»Konnten Sie sich die Dateien, die ich Ihnen geschickt habe, noch ansehen?«

»Ja. Was Sie geschrieben haben, hat mich überzeugt. Wenn wir uns kurz zusammensetzen, könnten wir ein paar der Punkte noch etwas verfeinern, aber ...«

»Es ist bereits Freitagmittag, und im Juli haut die Hälfte der Kollegen immer übers Wochenende ab. Ich muss Reo mit den Fakten, die ich habe, dazu bringen, dass sie einen Richter überredet, dass er mich die Häuser dieser beiden Kerle heute noch durchsuchen lässt. Möglichst noch vor Ende dieser Schicht. Wir warten nur noch, bis sie kommt, und ... ah, da ist sie ja. Also fange ich jetzt an.«

Sie trat mitten in den Raum. »Officers, Detectives, setzen Sie sich bitte. Wenn Sie weiterfuttern wollen, machen Sie das möglichst leise, ja? Commander, danke, dass Sie sich die Zeit genommen haben.«

Nickend nahm er Platz. Er hielt einen Teller mit zwei Stücken Pizza in der Hand und wirkte ... schuldbewusst, stellte Eve verwundert fest.

»Seine Frau will nicht, dass er zwischen den Mahlzeiten was isst«, raunte Feeney ihr zu.

»Und ich dachte schon, ich hätte keine Zeit zum Mittagessen.« Mit einem halben Panini in der Hand wählte auch Reo einen Stuhl.

Eve wartete, bis das Gelächter und das Murmeln ihrer Leute leiser wurden und bis jeder saß. Jeder bis auf Roarke, der an der Wand neben den Fenstern lehnte und zu ihr herübersah.

Dann durchquerte sie den Raum, drückte die Tür des Konferenzzimmers ins Schloss und kehrte an ihren Platz zurück.

»Ich hätte gerne, dass Sie alle auf die Tafel sehen.« Sie benutzte einen Laserpointer, als sie nacheinander auf diverse Fotos wies. »Melly Bristow in Simababwe, Afrika.« Sie zählte auch die Namen aller anderen Opfer auf und fuhr mit ruhiger Stimme fort. »Alle diese Leute wurden von Sylvester Moriarity und Winston Dudley umgebracht. Das weiß ich genauso sicher, wie ich weiß, dass diese beiden Männer immer weiter töten werden, wenn man sie nicht stoppt.«

Sie legte eine kurze Pause ein, damit die anderen die Gelegenheit bekamen, diese Nachricht zu verdauen.

»Die Indizien, die Detective Peabody und ich zusammengetragen haben, reichen meiner Meinung nach als Grundlage für eine gründliche Durchsuchung der Behausungen, der Fahrzeuge und Firmen dieser beiden Männer aus. Seit dem Mord an Adrianne Jonas gehören auch die Detectives Reineke und Jenkinson zum Ermittlungsteam. Jeder der Beamten hier im Raum hat vor ein paar Stunden im Zusammenhang mit den Ermittlungen bestimmte Aufgaben von mir bekommen, gemeinsam haben wir noch eine ganze Reihe weiterer belastender Indizien gefunden. Außerdem haben die elektronischen Ermittler, Dr. Mira und ein ziviler Berater uns bei unserer Arbeit unterstützt.«

»Melly Bristow«, sagte sie noch einmal, während sie mit ihrem Laserpointer auf die Tafel wies.

Es brauchte Zeit, doch schneller ging es nicht. Weil jedes Opfer, jede einzelne Verbindung sowie jede Überschneidung wichtig war.

Danach bat sie die Mitarbeiter ihres Teams, die Ergebnisse ihrer Recherchen darzustellen, und stellte selber die Verbindung zwischen den Resultaten her.

»Die Schuhe«, hakte Reo nach. »Wie oft wurden sie in dieser Größe und Farbe verkauft?«

»Peabody.«

»Hier in New York dreimal. Zum Zeitpunkt des Mordes hielt sich einer der drei Käufer in Neuseeland auf, ein anderer lebt in Pennsylvania und ist 83 Jahre alt. Obwohl ich nicht sicher sagen kann, wo er zur fraglichen Zeit genau gewesen ist, passt er weder von der Größe noch von der Statur her zu dem Bild aus einer Kamera auf Coney Island, auf dem man den Täter sehen kann. Weil er mindestens zehn Kilo leichter und vor allem 15 Zentimeter kleiner ist.«

»In Ordnung, das ist gut. Aber weltweit wurden sicher mehr Paare verkauft, worauf sich die Verteidigung berufen wird.«

»Zum Zeitpunkt des Mordes weniger als 75 Paare«, meinte Eve. »Wobei Peabody schon 43 Käufer ausgeschlossen hat.«

»Inzwischen sogar 46, Ma'am.«

»Was schon einmal eine ziemlich hohe Ausschlussquote ist.«

»Die Alibis«, fing Reo an, und noch während sie mit Eve darüber debattierte, schrillte plötzlich Baxters Handy, nach einem Blick auf das Display hob er entschuldigend die Hand und stahl sich aus dem Raum.

»Manche Gäste schwören, dass die beiden die ganze Zeit auf dieser Party waren«, erklärte Eve. »Andere sagen aus, dass sie die beiden jeweils länger nicht gesehen haben, und die dritte Gruppe kann nicht sagen, ob sie ständig da waren oder nicht. Wenn Sie ein derart bescheidenes Alibi nicht knacken können, haben Sie den falschen Job.«

»Sagen Sie mir bloß nicht, wie ich meine Arbeit machen soll«, fuhr Reo sie beleidigt an. »Ich mache meinen Job, indem ich sämtliche Aspekte dieses Falles hinterfrage. Denn wenn Sie die beiden hochnehmen, bevor der Fall in trocknen Tüchern ist, kann es passieren, dass sie uns durch die Lappen gehen. Mein Boss stellt keine Haftbefehle aus, solange er nicht glaubt, dass er die beiden auch verurteilen kann. Dies sind wohlhabende Männer, die sich eine ganze Horde von gewieften Rechtsverdrehern leisten können, wenn man ihnen an den Karren fährt.«

»Es interessiert mich nicht, ob sie …«

Noch ehe sie den Satz beenden konnte, erschien Baxter wieder im Besprechungsraum. »Lieutenant. Tut mir leid, wenn ich Sie unterbreche. Aber hätten Sie kurz Zeit für mich?«

Sie ging zu ihm, hörte zu und nickte. »Sagen Sie den anderen, worum es geht.«

»Ich hatte gerade einen von den besten Peitschenherstellern Australiens am Telefon. Er stellt Bullen-, Schlangensowie jede Menge anderer Peitschen her und hat bestätigt, dass die Mordwaffe bei ihm erstanden worden ist. Von einer Leona Blum, als Geschenk für einen Freund. Zu der Peitsche hat sie auch noch einen Kurs bei ihm gebucht. Der Mensch führt genau Buch, weil er auf seine Arbeit sehr stolz ist. Der Kurs fand vor sechs Jahren in Sydney statt und in seinen Aufzeichnungen stand, dass sein bester Schüler damals ein gewisser Winston Dudley war.«

»Das ist gut.« Die Staatsanwältin nickte zustimmend.

»Er kann sich noch daran erinnern, dass der Mann diesen Kurs sehr ernst genommen hat. Dudley wollte sogar ein paar Zusatzstunden haben und hat sich dabei als geschickter Peitschenschwinger rausgestellt.«

Wieder nickte Reo. »Das ist sehr, sehr gut.«

»Das ist ein echter Volltreffer«, erklärte Eve. »Was brauchen Sie noch? Vielleicht einen Augenzeugen, während sie den nächsten Mord begehen? Wir können die Waffen und die Opfer mit den beiden Männern in Verbindung bringen. Moriarity wird die verdammte Armbrust und auch die Harpune irgendwo verwahren, und ich gehe jede Wette ein, dass Dudley noch die Scheide dieses Bajonetts und den Kasten seiner Peitsche hat. Als Souvenir, das er hervorholen kann, wenn er sich einen runterholen will.« Eve atmete tief durch.

»Wir haben keine Ahnung, wen die beiden als Nächstes um die Ecke bringen wollen, aber sie sind süchtig nach dem Kick und hören deshalb ganz bestimmt nicht einfach plötzlich mit dem Morden auf.«

Eve sprach nachdrücklich weiter. »Dafür macht es ihnen zu viel Spaß und vor allem haben sie den gleichen Punktestand und werden deshalb mindestens so lange weitermachen, bis einer der Anschläge misslingt. Aber sogar dann machen sie sicher weiter, denn nach einem Leben, in dem sie den Sport, die Arbeit und auch alles andere immer nur als Spiel betrachtet haben, haben sie jetzt endlich etwas gefunden, was sie wirklich können und was sie auf eine so intime Art verbindet, dass sämtliche anderen Menschen ausgeschlossen sind. Ihre Opfer sind nur wichtig, weil sie in ihren Berufen ausnehmend erfolgreich und deswegen durchaus angesehen sind. Aber anders als die Täter haben sie keinen exklusiven Stammbaum und genießen nicht das Privileg, schon von Geburt an wichtig und angesehen zu sein.«

»Sie sind süchtig, und sie sind verwandte Seelen«, wiederholte Eve. »Und sie geben diese Droge und diese Verbindung sicher nicht freiwillig auf. Wenn sie beginnen, sich hier in New York zu langweilen, setzen sie die Serie vielleicht irgendwo in Südamerika, Europa oder Asien fort.«

»Ich glaube, dass sie erst einmal hier bleiben, bis dieser besondere Wettbewerb beendet ist«, mischte Mira sich mit ruhiger Stimme ein. »Aber davon abgesehen, stimme ich vollkommen mit dem Lieutenant überein. Diese beiden Männer müssen ihre Mordgelüste weiterhin befriedigen, weil nur dadurch das Gefühl ihrer Verbundenheit bestehen bleibt. Sie sind es gewohnt, sich alle Wünsche zu erfüllen, und dies ist der ultimative Wettbewerb und gleichzeitig die höchste Form der Partnerschaft für sie. Sie konkurrieren miteinander, arbeiten aber zugleich zusammen. Dadurch, dass sie dasselbe Alibi verwenden, während sie abwechselnd einen Mord nach dem anderen begehen, werden sie noch abhängiger voneinander und verstärken gleichzeitig auch den Kick, den ihnen diese Mordserie verschafft. Vielleicht fahren sie nach diesem Muster fort oder steigern sich möglicherweise sogar. Vielleicht versuchen sie, irgendwann gemeinsam einen Menschen umzubringen.« Mira wandte sich an Eve. »Und zwar Sie als ihre größte Gegnerin in diesem kranken Spiel.«

21

Roarke frage sich, ob sie nicht bereits von selbst auf diese Möglichkeit gekommen war, doch die Überraschung war ihr deutlich anzusehen. Oh, ihr Ego war gesund genug, aber trotzdem war sie bisher nicht auf die Idee gekommen, dass sie selber haargenau dem Profil der Opfer dieser beiden Mistkerle entsprach.

Denn vor allem seit dem Buch über den Icove-Fall war sie

im ganzen Land als bester Cop New Yorks bekannt, und sie hatte es aus eigener Kraft so weit gebracht.

Auch wenn man sie nicht engagieren konnte, diente sie den Menschen dieser Stadt.

Und die Verbindung zu den beiden Schweinehunden hatte sie, verdammt noch mal, durch ihn.

Jetzt würde sie erkennen, dass sie das ideale Opfer dieser beiden Typen wäre, und wahrscheinlich überlegen, ob sich diese Tatsache nicht nutzen ließ.

»Sie sind also der Meinung, dass ich eine Zielperson der beiden bin«, stellte sie mit nachdenklicher Stimme fest.

»Ich bin sogar der Meinung, dass Sie für die beiden das ultimative Opfer wären. Den Zeitpunkt des ersten Mordes haben sie absichtlich so gewählt, dass der Fall mit etwas Glück auf Ihrem Schreibtisch landen würde«, rief ihr Mira in Erinnerung. »Wenn das nicht geklappt hätte, hätten Sie spätestens beim zweiten Mord etwas damit zu tun gehabt. Auf jeden Fall durch Roarke, weil er an dem Vergnügungspark beteiligt ist, in dem der Mord geschah. Außerdem passt das Profil sämtlicher Opfer ganz hervorragend auf Sie. Sie machen einen Job, den man als Dienstleistung betrachten kann, sind eine der Besten Ihres Fachs und haben durch Ihre Arbeit ziemlich großes Ansehen erlangt.«

»Aber ich hatte in der Vergangenheit keinerlei Verbindung zu den beiden.« Doch noch während sie dies sagte, blickte sie auf Roarke.

»Natürlich«, widersprach er ihr mit ruhiger Stimme. »Und zwar über mich. Weil ich ihnen öfter mal bei irgendwelchen lukrativen Deals zuvorgekommen bin, und falls sie so etwas persönlich nehmen, könnte ich mir vorstellen, dass sie deshalb ziemlich sauer auf mich sind.«

Sie schob ihre Daumen in die Vordertaschen ihrer Jeans. »Und warum sollten sie's dann nicht auf dich abgesehen haben?«

Er lächelte. »Das wäre ziemlich unterhaltsam, findest du nicht auch? Aber leider passe ich nicht ins Profil«, erklärte er. »Weil ich keine Dienstleistung anbiete und man mich nicht kaufen kann. Wohingegen du dafür bezahlt wirst, dass du die Menschen beschützt und ihnen dienst, Lieutenant. Und wenn du dich einen Moment in sie hineinversetzen würdest, statt zu überlegen, wie du dich als Köder anbieten kannst, würdest du erkennen, dass du gleichzeitig ein Luxusgut darstellst. Und zwar für mich. Denn ich habe dich aus ihrer Sicht gekauft. Pass auf, dass du nicht platzt.«

Er spürte ihren heißen Zorn, lehnte aber weiter lässig an der Wand und musste sie für ihre Willenskraft bewundern, als sie sich zusammenriss und einfach nickte, statt ihn anzufahren.

»Zu dem Thema hätte ich durchaus noch was zu sagen, aber erst mal geht's um das, was wir bisher herausgefunden haben, und darum, dass ich die Häuser und die Fahrzeuge der beiden durchsuchen lassen muss. Haben Sie genug, um damit zu Ihrem Boss zu gehen, Reo?«, wandte sie sich abermals der Staatsanwältin zu.

»Ich werde ihm die Fakten vorlegen und etwas Druck machen«, erklärte Reo und sah sich noch einmal die Fotos an der Tafel an. »Der Haufen an Indizien, den Sie haben, müsste reichen, um ihn dazu zu bewegen, dass er Sie die Anwesen durchsuchen lässt. Sie wissen selbst, dass kaum noch etwas fehlt, um diese beiden Kerle festzunehmen«, fügte sie hinzu. »Ihre Argumente haben mich überzeugt, jetzt überzeuge ich auch meinen Chef. Obwohl es ganz bestimmt nicht leicht und eine Weile dauern wird, einen Richter dazu zu bewegen, dass er Sie die Häuser zweier Männer ohne Vorstrafen, die obendrein aus angesehenen Familien mit Geld und Einfluss stammen, auf den Kopf stellen lässt.«

Damit stand sie auf. »Deshalb mache ich mich besser umgehend ans Werk. Sie haben Ihre Arbeit wirklich gut gemacht. Ich melde mich.«

Nachdem sie den Raum verlassen hatte, wandte Eve sich wieder den Kollegen zu. »Lasst uns diesen Haufen an Indizien noch vergrößern. Lasst uns weitergraben, weiter Druck ausüben, weiter irgendwelche potenziellen Zeugen oder Zeuginnen beschwatzen und ganz einfach schlauer als die beiden Schweinehunde sein. Und wenn wir genug zusammenhaben, holen wir die beiden aufs Revier. Also macht euch wieder an die Arbeit. Dr. Mira«, fuhr sie fort, als die Kollegen sich erhoben, »hätten Sie wohl noch ein paar Minuten Zeit? Commander, falls Sie gehen möchten, halte ich Sie weiter auf dem Laufenden.«

»Ich bleibe lieber noch ein wenig hier.«

»Gerne, Sir. Peabody, koordinieren Sie …«

»Falls meine Partnerin erwägt, den Lockvogel zu spielen, wäre ich zumindest gern dabei, wenn sie die Strategie bespricht.«

»Jeder ordentliche Köder muss verkabelt werden«, meinte Feeney und schob sich genüsslich eine eingelegte Zwiebel in den Mund.

Eve kam es so vor, als würde sie von allen Seiten gleichzeitig bedrängt. »Ich habe augenblicklich gar nicht vor, mich den beiden als Köder anzubieten. Das wäre nur eine Notlösung, falls man mich die Häuser nicht durchsuchen lässt.

Aber die Erlaubnis bekommen wir bestimmt, deswegen regt euch bitte erst mal alle wieder ab. Ich bitte um Entschuldigung, Commander.«

»Was nicht nötig ist.«

»Dr. Mira, falls die zwei mir tatsächlich ans Leder wollen, haben sie die Waffe und den Ort dafür doch ganz bestimmt schon ausgesucht.«

»Das glaube ich auch. Meiner Meinung nach haben die beiden Sie für das Endspiel dieser Phase ihres Wettstreits vorgesehen. Alles deutet darauf hin, dass sie Spaß an diesem Wettkampf und an seinen Resultaten haben, deshalb ist es unwahrscheinlich, dass sie danach gänzlich aufhören wollen. Aber ...«

»Wenn man uns die Häuser von den beiden durchsuchen lassen würde, würde dadurch alles in ein anderes Licht gerückt.« Eve nickte zustimmend. »Dadurch würden wir ihnen nicht nur ans Bein pissen, sondern sie regelrecht herausfordern. Und dann würden sie mich sicher eher als ursprünglich aus dem Verkehr ziehen wollen.«

»Ich fürchte, ja. Sie haben mit den Waffen Teile von sich selbst an den diversen Tatorten zurückgelassen. Haben außerdem indirekt eine Verbindung zwischen sich und diesen Morden hergestellt, damit Sie sie auf alle Fälle kontaktieren. Weil sie sich zum einen miteinander, aber gleichzeitig als Team mit Ihnen messen wollen.«

»Wobei sie sicher nicht ganz ehrlich spielen.« Roarke trat vor den Tisch und schraubte eine Flasche Wasser auf.

»Wie auf dem Golfplatz«, meinte Eve. »Wo du trotzdem gegen sie gewonnen hast. Deshalb bin ich immer noch nicht überzeugt, dass du als Zielperson nicht doch erheblich aufregender für sie wärst. Du bist kein Dienstleister, okay, aber du herrschst über eine ganze Welt von Dienstleistern. Obendrein bist du ein Konkurrent, den sie verabscheuen, weil du die Dreistigkeit besessen hast, dein Vermögen selbst zu machen, statt es so wie sie zu erben. Und vor allem kann ich mir gut vorstellen, dass du gelegentlich etwas mit denselben Frauen hattest wie die beiden.«

Er hob seine Flasche an den Mund. »Dazu kann ich nur sagen, dass sich mein Geschmack seither deutlich verbessert hat. Und etwas anfügen, was dir bereits bewusst sein muss. Nämlich, dass man mich auf keine andere Art so treffen könnte wie durch die Ermordung meiner Ehefrau.«

»Weil man sich dadurch an deinem Eigentum vergreift?«

Die Bemerkung hatte sie getroffen, merkte er. Doch auch wenn das sicherlich pervers war, nahm sein eigener Zorn dadurch ab.

»Genauso würden die beiden das sehen, ja. Weil sie weder dich noch mich verstehen. Und vor allem keinen blassen Schimmer davon haben, wie es ist, wenn man jemanden liebt. Sehen Sie das auch so, Dr. Mira?«

»Allerdings. Außerdem ziehen sie es vor, Frauen zu ermorden. Sehen Sie sich das Verhältnis an.« Mira zeigte auf die Tafel. »Sie haben auch Männer umgebracht und werden das auch weiter tun, wenn man sie nicht stoppt. Aber sie nehmen bevorzugt Frauen ins Visier, denn aus ihrer Sicht sind Frauen etwas, was man benutzt und dann entsorgt. Weil sie weniger wert sind als Männer.«

»Vor allem für Dudley«, stimmte Eve ihr zu. »Er hat sich zu Hause einen regelrechten Harem zugelegt. Okay.« Sie nickte abermals, während sie gedanklich ein paar Schritte weiterging. »Wir müssen etwas unternehmen. Vielleicht reichen die Durchsuchungsbefehle ja schon aus, damit sie mich als Nächste um die Ecke bringen wollen, aber trotzdem sollten wir uns überlegen, wie wir sie aus der Reserve locken können, damit vorher nicht noch jemand anderes dran glauben muss.«

»Wenn Sie warten würden, bis Reo mit den Papieren kommt, hätten wir mehr Zeit für die Entwicklung einer Strategie«, protestierte ihre Partnerin, doch Feeney schüttelte den Kopf.

»Wenn sie ihnen die Stirn bietet, müssen sie was unternehmen und geraten dadurch in die Defensive. Dann müssen sie sofort reagieren, und zwar, während sie noch angefressen sind. Dann können sie sie nicht mehr in die Ecke manövrieren, weil sie das bereits mit ihnen macht. Wir können dich verkabeln.«

»Das hier müsste reichen.« Eve zeigte auf ihre Uhr, und Feeney runzelte die Stirn.

»Lass mich gucken. Zieh das Ding mal aus«, verlangte er, als sie ihm ihren Arm hinhielt. »Ich werde es dir schon nicht wegnehmen.«

Als er das Wunderwerk der Technik endlich in den Händen hielt, setzte er sich auf einen Stuhl, um es sich in Ruhe anzusehen.

»Ich werde diese beiden Kerle konfrontieren, weil ich selber total angefressen bin. Weil ich einen Berg von Leichen habe und jetzt innerhalb von einem Tag noch zwei dazugekommen sind. Weil ich die Beste bin und diese zwei mich an der Nase rumführen. Weil ich weiß, dass sie etwas damit zu tun haben«, führte sie weiter aus und stapfte durch den Raum. »Weil alles auf die beiden als Täter deutet, ich mich aber hoffnungslos im Kreis drehe, während die Hurensöhne eifrig weiter Punkte sammeln. Was den Eindruck macht, als hätte ich die Sache nicht im Griff.«

So könnte sie es machen, dachte sie. Ja, das wäre eine gute Strategie.

»Mein Commander sitzt mir andauernd im Nacken, Roarke wird langsam sauer, weil ich ständig Überstunden mache, und allmählich stehe ich wie eine völlige Idiotin da, was mir kein bisschen gefällt. Deshalb mache ich den beiden Feuer unterm Arsch.«

»Wie viel wollen Sie den beiden verraten?«, wollte Whitney wissen.

»Nur, was sie mir selbst verraten haben. Dass es eine oberflächliche Verbindung gibt. Aber ich muss es persönlicher gestalten. Ihnen zeigen, dass dies eine Sache zwischen mir und ihnen ist. Die Haushaltslage des Reviers ist angespannt«, erklärte sie. »Ja, genau. Deshalb benutze ich mein eigenes Geld, um die Hilfsmittel zu kriegen, die mein eigener Dienstherr mit nicht geben kann. Denn schließlich habe ich mehr Geld als die beiden zusammen. Das ist eine Sprache, die die zwei verstehen werden, oder nicht?«, fragte sie die Psychologin. »Er hat mich gekauft, aber dafür, dass ich meine Beine für ihn breitmache, wenn er das will, komme ich auch an seine Milliarden ran.«

Mira stellte seufzend fest: »Ich schätze, dass die beiden Ihre Beziehung tatsächlich so sehen.«

»Ich bin eben ein reicher Narr«, stimmte Roarke belustigt zu. »Und ich habe den Eindruck, dass sich Eve bereits entschieden hat, die Sache durchzuziehen.«

»Feeney hat recht. Wenn ich ihnen die Stirn biete, bestimme ich den Zeitpunkt des Showdowns. Ich werde die beiden konfrontieren, wenn ich weiß, dass wir die Häuser, Fahrzeuge und Firmen auseinandernehmen können, aber noch bevor wir das tatsächlich tun. Weil das den Anreiz für die beiden noch erhöht, mich möglichst umgehend aus dem Verkehr zu ziehen. Wenn wir sie aus der Reserve locken und sie auf mich losgehen, haben wir sie auf jeden Fall im Sack. Denn tätliche Angriffe auf Cops werden nun mal nicht gern gesehen«, erklärte sie, und Roarke erkannte, dass sie hoffte, dass er sich dabei auf ihre Seite schlug. »Dann können weder ihre teuren Anwälte noch das Vermögen der Familien noch ihre gottverdammte Abstammung sie davor bewahren, bis ans Lebensende in den Knast zu gehen.«

»Hast du etwa Angst, dass dir die beiden trotz der Berge an Indizien, die du bereits hast, und trotz der zahllosen Beweise, die du deiner Meinung nach in ihren Häusern finden wirst, am Ende doch noch durch die Lappen gehen?«

»Die beiden machen mir Angst.« Sie wies zornig auf die Tafel, an der die Gesichter all der Toten hingen, und fügte hinzu: »Die Vorstellung, dass ich vielleicht noch ein Gesicht an diese Tafel hängen muss, macht mir Angst.«

Er sah deutlich, dass sie merkte, dass in Anwesenheit ihres Vorgesetzten die Gefühle mit ihr durchgegangen waren. Und verfolgte, wie sie sie entschlossen wieder unterdrückte und vollkommen emotionslos weitersprach.

»Sie wollen, dass mein Gesicht dort oben hängt, also sorgen wir dafür, dass sie mich früher als geplant dort hängen sehen wollen.«

Feeney nahm die aufkommende Spannung aus der Luft, indem er beiläufig erklärte: »Ich habe mich auch schon einmal an der Entwicklung einer solchen Uhr versucht. Dieses Ding ist wirklich gut, außerordentlich kompakt und hat erheblich mehr Funktionen als das Teil, das bei meinen Bastelstunden rausgekommen ist.«

Er hob den Kopf, sah kurz auf Roarke und wandte sich

an Eve. »Es wäre super, wenn ihr zwei die beiden zufällig irgendwo treffen würdet. Irgendwo an einem öffentlichen Ort. In einem Restaurant, in einer Kneipe oder einem Club. Dort versuchst du, endlich mal ein bisschen auszuspannen, und wenn du sie siehst, rastest du aus. Vielleicht bist du schon beim Betreten des Lokals schlecht drauf, streitest dich mit Roarke, und das Zusammentreffen mit den beiden hat dir gerade noch gefehlt. Dann kannst du so tun, als ließest du nur deine schlechte Laune an den beiden aus.«

»Die Idee ist wirklich super«, stimmte Eve ihm zu.

»Manchmal bin ich gar nicht schlecht.« Damit stand Feeney auf, gab Eve die Uhr zurück und sagte zu Roarke: »Das Ding ist wirklich toll.«

»Danke.«

Währenddessen wandte Eve sich schon an ihre Partnerin. »Peabody, finden Sie heraus, wo die beiden heute Abend sind. Oder wo zumindest einer von den beiden heute Abend ist. Sie werden an einem Freitagabend sicher nicht zu Hause sitzen und Mah-Jongg spielen.«

»Ich kann das schneller rausfinden«, erbot sich Roarke, zog sein Handy aus der Tasche und verließ den Raum.

»Ich will dich trotzdem noch verkabeln«, sagte Feeney. Eve steckte ihre Hände in die Hosentaschen und sah ihrem Gatten hinterher.

»Meinetwegen.«

»Und du legst die Augen und die Ohren höchstens ab, wenn du daheim in eurer Festung bist oder dafür arbeitest, dass du die Kohle deines Mannes in die Hände kriegst.«

»Was ...« Ihr wurde klar, was er damit gemeint hatte. »Um Himmels willen, Feeney.«

»Du hast damit angefangen. Und jetzt fange ich am besten mit den Vorbereitungen für diesen Einsatz an.«

»Ich will, dass ständig zwei Beamte ganz in Ihrer Nähe sind. Und zwar ab sofort«, erklärte Whitney ihr.

»Das machen McNab und ich.«

»Die beiden haben Sie doch schon gesehen«, rief Eve Peabody in Erinnerung.

»Aber heute Abend werden sie mich nicht erkennen.«

Jetzt verschwand auch Mira aus dem Raum, und als Roarke auf dem Flur sein Handy wieder in die Tasche steckte, blieb sie bei ihm stehen und blickte ihn an.

»Ich muss Sie um Verzeihung bitten. Doch obwohl mir klar war, wie sie reagieren und was sie beschließen würde, hätte ich es mit meinem Gewissen nicht vereinbaren können, meine Meinung nicht zu sagen. Trotzdem tut's mir leid.«

»Ich muss akzeptieren, was sie ist und was sie tut.« Denn das tat sie andersherum schließlich auch. Ohne nachzudenken schob er die Hand in seine Jackentasche und ertastete den Knopf, den er stets bei sich trug. Dieses winzig kleine Stück von ihr. »Diese Verpflichtung bin ich eingegangen, als ich mich in sie verliebt habe, und habe sie besiegelt, als ich mit ihr vor den Traualtar getreten bin. Ich habe schon seit einer ganzen Weile einen vehementen Kampf mit mir gefochten, ob ich es ihr vielleicht selber sagen soll.«

»Verstehe.«

Er hielt ihrem Blick auch weiter stand. »Ich weiß nicht, welche Seite meiner selbst den Kampf gewonnen hätte.«

»Aber ich. Sie hätten es ihr irgendwann gesagt und sich dann unter vier Augen mit ihr darüber gestritten, ob sie den Lockvogel spielen soll.«

»Da haben Sie wahrscheinlich recht.«

»Was macht Ihnen mehr zu schaffen? Was sie vorhat oder dass sie in der Position ist, das zu tun, weil sie wegen der Verbindung zu Ihnen dem Profil der Opfer dieser Mistkerle entspricht?«

»Das kann ich nicht sagen. Die beiden verachten mich und freuen sich, wenn sie das zeigen können. Wenn auch nicht direkt. Ich nehme an, sie denken, dass mich das beleidigt oder meine Gefühle verletzt.«

»Sie haben selbst durchaus richtig festgestellt, dass sie Sie nicht verstehen.«

»Wenn sie mich verstehen würden, hätten sie schon längst versucht, ihr etwas anzutun. Sie denken, ihre Ermordung wäre unpraktisch für mich, weil sie mein Leben etwas durcheinanderbringen und mich traurig machen würde.« Er drehte den Knopf zwischen den Fingern und fuhr fort: »Bereits daran hätten diese beiden Schweinehunde ihren Spaß. Aber wenn sie wüssten, dass ihr Tod mich vollkommen zerstören würde, hätten sie sie längst in Stücke gehackt und sich in ihrem Blut gesuhlt.«

»Nein«, erklärte Eve aus Richtung Tür. »Das hätten sie nicht, weil ich viel besser bin als sie. Sie können mich nicht schlagen, und uns zwei zusammen kriegen sie erst recht nicht klein. Würden Sie uns bitte kurz allein lassen?«, bat sie die Psychologin.

»Selbstverständlich.« Mira legte kurz die Hand auf ihren Arm und kehrte dann in den Besprechungsraum zurück.

»Glaubst du allen Ernstes, diese beiden schwachnickligen Söhne reicher Eltern könnten mir was anhaben?«

Aber hallo, dachte er. Ihr Ego und ihr Zorn waren tatsächlich kerngesund. Aber das galt für ihn auch. »Das glaube ich eher nicht. Aber genauso wenig hätte ich geglaubt, dass diese beiden schwachnickligen Söhne reicher Eltern in der Lage wären, mindestens neun Menschen zu ermorden, während die New Yorker Polizei nur ihrem eigenen Schwanz nachjagt.«

»Während wir nur …«, fauchte Eve.

Roarke hätte schwören können, dass die heiße Lava ihres Zorns ein Loch in seine Anzugjacke brannte, doch noch ehe er etwas erwidern konnte, fuhr sie schnaubend fort. »Wir jagen also unseren eigenen Schwänzen nach, während wir in weniger als einer Woche so viele Indizien gesammelt haben, dass wir zwischenzeitlich sicher wissen, dass die beiden eiskalte Killer sind? Während wir seit Tagen kaum ein Auge zugemacht, jede Menge Schweiß vergossen und mit grundsolider Polizeiarbeit herausgefunden haben, inwieweit die beiden mit allen diesen Morden in Verbindung stehen? Wir jagen dabei also die ganze Zeit nur unseren eigenen Schwänzen nach?«

»Eure grundsolide Polizeiarbeit war so erfolgreich, dass du dich den beiden jetzt als Köder präsentierst, statt darauf zu vertrauen, dass ihr sie auf normalem Wege schnappen könnt.«

»Das gehört zur Polizeiarbeit dazu, verdammt noch mal. Das gehört zu meinem Job, das weißt du ganz genau. Das wusstest du von Anfang an, und wenn du mich nicht unterstützen kannst, wenn ich …«

»Hör auf«, warnte er sie. »Ich habe nicht gesagt, dass ich dich nicht bei dieser Sache unterstützen werde, aber zwingen lasse ich mich nicht.«

»Ich habe keine Zeit, um diese Sache langsam anzugehen und erst noch gründlich auszudiskutieren. Ich bin gar nicht darauf gekommen, dass ich selbst möglicherweise eine Zielperson der beiden bin, aber das hätte ich sehen sollen. Trotzdem ist mir das erst klar geworden, als mich Mira drauf gestoßen hat. Wenn ich weiß, dass sie als Nächstes mich kaltmachen wollen, muss ich nicht noch mal über der Leiche eines Menschen stehen, den ich nicht retten konnte.«

»Das verstehe ich sehr gut. Und auch dich verstehe ich durchaus.« Gott, er wusste nicht, wann er zum letzten Mal derart erschöpft gewesen war. »Aber erwartest du allen Ernstes, dass ich mir keine Sorgen mache? Dreh den Spieß doch einmal um. Was würdest du machen, böte ich mich in dem Fall als Köder an?«

»Ich würde dir genug vertrauen, um zu wissen, dass du dich behaupten kannst und dass du vor allem alle Mittel, die dir zur Verfügung stehen, nutzt, um zu verhindern, dass dir was passiert.«

»Bitte lad nicht einen solchen Mist auf meinen Schultern ab. Ich habe nämlich einen teuren Anzug an.«

Sie atmete zischend aus, aber am Ende war ihr Zorn verraucht. »Okay, ich würde dir vertrauen, aber trotzdem würde ich mir Sorgen machen. Und das würde dir leidtun, oder etwa nicht?«

»Okay.«

Sie sah ihn blinzelnd an. »Okay? Sonst nichts?«

»Ich hatte in Gedanken bereits einen deutlich heftigeren Streit mit dir. Leidenschaftlich, wütend und entsetzlich laut.«

»Und wer hat diesen Streit gewonnen?«

Er strich sanft mit einer Fingerspitze über das winzige Grübchen in der Mitte ihres Kinns. »So weit waren wir in meinem Kopf noch nicht gekommen, aber da wir unseren tatsächlichen Streit beendet haben, würde ich mal sagen, dass er unentschieden ausgegangen ist.«

»Ich habe das, was ich vorhin gesagt habe, tatsächlich ernst gemeint. Nur hätte ich es nicht vor Whitney sagen sollen. Ich ertrage den Gedanken nicht, dass noch ein Bild an diese Tafel kommt.« Er konnte an ihren Augen sehen, wie es hinter ihrer Stirn aussah.

»Die Toten, die dort hängen, konnte ich nicht retten. Aber falls sie noch jemanden töten, geht der auf mein Konto, weil ich ihnen jetzt das Handwerk legen oder es auf jeden Fall versuchen kann.«

»Und eine Durchsuchung ihrer Häuser reicht dafür nicht aus?«

»Das musste ich glauben, um es Reo zu verkaufen, also habe ich es in dem Augenblick geglaubt. Und das tue ich noch immer, wenigstens beinah.« Sie wandte sich kurz ab. »Aber irgendwo in meinem Kopf bleibt dieser leise Zweifel, dass wir genug finden, um die beiden unter Anklage zu stellen. Oder dass es vielleicht für die Anklageerhebung reicht, dann aber eine Flotte teurer Anwälte ein kleines Schlupfloch findet, durch das sie einer Verurteilung entgehen. Ich will einfach auf Nummer sicher gehen und habe noch ein paar Ideen, wie ich das am besten machen kann. Wobei du mir helfen könntest.«

»Ja, wahrscheinlich.«

»Weißt du, wo die beiden heute Abend sein werden?«

»Sie gehen im Strathmore Center ins Ballett.«

»Kannst du uns zwei Karten für die Vorführung besorgen?«

»Wir haben dort eine Loge. Allerdings treffen die beiden sich vorher auf einen Drink im Lionel's.«

»Was noch besser ist.« Sie ergriff entschlossen seine Hand. »Und jetzt erzähle ich dir, wie es laufen soll.«

Er musste zugeben, sie hatte sich in kürzester Zeit ein interessantes, ungewöhnliches Szenario ausgedacht. An dem er noch ein wenig feilte, bis auch er ein Mindestmaß an Zuversicht empfand.

»Reo kriegt noch eine halbe Stunde. Für ein Gespräch mit ihrem Boss reicht diese Zeit auf jeden Fall. Danach muss ich meine Leute briefen.«

»Sie treffen sich um sieben. Also kannst du noch ein Stündchen schlafen. Das ist nicht verhandelbar«, kam er ihrem Protest zuvor. »Und zwar nicht auf dem verdammten Boden. Weil es ja wohl wenigstens in eurem Sanitätsbereich so was wie Betten gibt.«

»Ich hasse unseren San-Bereich.«

»Damit musst du leben.«

»Mira hat ein großes Sofa in ihrem Büro. Ich könnte sie fragen, ob ich das benutzen kann.«

»Wir. Weil ich nämlich auch ein bisschen Schlaf gebrauchen kann.«

Sie schlief, als hätte sie bereits der Tod ereilt, den zwei reiche Jungs ihr wünschten, doch danach rief sie erfrischt bei Reo an.

»Sagen Sie mir, dass Sie die verdammten Zettel haben.«

Die Staatsanwältin stieß ein lautes Schnauben aus. »Ich habe doch gesagt, ich melde mich, wenn ich die Dinger habe. Hatte ich nicht vorhin schon gesagt, mein Boss wäre der Ansicht, dass er mit dem Fall am günstigsten zu Richter Dwier geht?« Mit frustrierter Stimme fuhr sie fort. »Weil er keine Verbindung zu diesen Familien, einen guten Ruf und einen

473

wachen Geist und was weiß ich noch alles hat. Und hatte ich nicht auch gesagt, dass Richter Dwier momentan zum Fliegenfischen in Montana ist?«

»Und hatte ich nicht daraufhin gesagt, dass Sie zu einem anderen Richter gehen sollen?«

»Sagen Sie uns ja nicht, wie wir unsere Arbeit machen sollen. Mein Boss spricht gerade mit dem Richter. Er erzählt ihm, was wir bisher haben, und ich habe das Gefühl, dass sich der Mann erweichen lässt. Wenn ich mich nicht irre, haben wir es gleich geschafft.«

»Okay, das reicht. Sobald Sie die Zettel haben, kontaktieren Sie Baxter, damit er die Häuser von den beiden auf den Kopf stellen lassen kann.«

»Und was machen Sie?«

»Ich habe noch eine Verabredung in einer Cocktail-Bar.«

Sie legte auf, als Feeney kam. »Allmählich sollten wir dich fertig machen.«

»Das kann ich auch übernehmen.« Hinter ihm kam Roarke mit einem Kleidersack über dem Arm ins Büro. »Weil sie sich schließlich sowieso umziehen muss.«

»Warum denn das?«, erkundigte sich Eve.

»Du brauchst was Passendes für diese Bar. Denn du wirkst deutlich überzeugender, wenn du dort nicht in deiner Arbeitskluft erscheinst.«

»Dann testen wir die Augen und die Ohren, wenn du umgezogen bist.« Feeney machte auf dem Absatz kehrt und schlenderte gemächlich wieder in den Flur hinaus.

»Ausziehen, Lieutenant«, befahl Roarke und verriegelte die Tür.

»Ich brauche etwas, worunter ich die Waffe tragen kann.«

»Ich habe gesagt, du brauchst etwas Passendes.« Er öffnete den Kleidersack und zog ein kurzes, schlichtes, schwarzes Kleid daraus hervor. Und dazu noch eine kurze Jacke, die man allerdings mit einer Unzahl schicker Schleifen schloss.

»Bevor ich diese Jacke geöffnet habe und meine Waffe ziehen kann, haben mich die Kerle bereits fünfmal umgebracht.«

Zur Antwort öffnete ihr Mann einen gut versteckten Reißverschluss. »Die Schleifen sind nur zur Verzierung da.«

»Nicht übel. Echt nicht übel.« Während sie sich aus den Arbeitskleidern schälte, machte Roarke den winzigen Rekorder, das stecknadelgroße Mikrofon sowie den Ohrstecker an ihrem neuen Outfit und an ihrem Körper fest. »Woher hast du dieses Kleid?«

»Aus deinem Schrank. Summerset hat es vorbeigebracht. Zusammen mit den Accessoires.« Er hielt ihr ein Paar Diamantohrringe hin. »Wenn sie diese Dinger sehen, werden sie nicht einen einzigen Gedanken mehr darauf verwenden, ob du unter deinem Zeug vielleicht verkabelt bist. Und tausch bitte deine Alltagsuhr gegen deine Abenduhr.«

Sie blickte zweifelnd auf das mit Juwelen besetzte Stück. »Das Ding habe ich bisher noch gar nicht ausprobiert.«

»Sie funktioniert genau wie deine Alltagsuhr. Und diese Tasche hier ist zwar nicht groß, aber für deine Zweitwaffe reicht sie wahrscheinlich aus. Dann fehlen jetzt nur noch Schuhe.«

Sie waren feuerrot mit Absätzen, die sie nur anzusehen brauchte, damit ihre Füße laut um Hilfe schrien. »Und wie soll ich in den Dingern rennen?«

Er verzog belustigt das Gesicht. »Hast du das denn vor?«

»Schließlich weiß man nie.« Trotzdem stieg sie in das Kleid und zog sogar die mörderischen Schuhe an. »Passend?«

»Rundherum perfekt.« Er umfasste ihr Gesicht mit beiden Händen. »Rundherum perfekt für mich.«

»Vergiss bloß nicht, dass wir sauer aufeinander sind. Weich um Himmels willen nicht vom Drehbuch ab.«

»Es ist das reinste Kinderspiel für mich, so zu tun, als ob ich sauer auf dich wäre.« Grinsend küsste er sie auf den Mund, legte kurz den Kopf an ihre Stirn, und als es klopfte, ging er an die Tür.

»Peabody, Sie sehen bezaubernd aus.«

»Danke.« Sie hob ihre Hände hoch und wandte sich an Eve. »Und?«

Sie trug ebenfalls ein schwarzes Kleid, das allerdings statt elegant eher jugendlich und flippig wirkte, unter einer leuchtend bunt gestreiften, ärmellosen Weste, unter der ihr Waffenhalfter gut verborgen war. Mit den wirren Korkenzieherlocken, leuchtend grün gerahmten Augen und Lippen in der Farbe von Eves Schuhen sah sie wirklich vollkommen verändert aus.

»Sie haben recht. Die beiden werden Sie ganz sicher nicht erkennen.«

»McNab und ich machen uns schon mal auf den Weg, damit wir vor den zweien im Lionel's sind. Detective Carmichael und der Neue gehen ins Ballett, und Baxter wartet nur auf das Okay, damit er seine beiden Teams sofort zu ihren Häusern schicken kann.«

»Gute Arbeit, Peabody.«

»Wir sehen uns dann in der Bar.«

»Sie steht total unter Strom«, bemerkte Eve. »Sie hat vorhin einen Muntermacher eingeworfen, aber jetzt steht sie vor allem unter Strom, weil es nicht mehr lange dauern wird, bis wir die beiden auf die Wache holen, in die Mangel nehmen und sie kleinkriegen.«

»Du stehst genauso unter Strom wie sie.«

»Worauf du deinen Arsch verwetten kannst.« Sie machte ein paar Kniebeugen und drehte ein paar Pirouetten, um zu sehen, ob das in ihrem Outfit möglich war. »Ich bin richtig heiß. Nicht so«, erklärte sie, als sie ihn grinsen sah. »Heiß darauf, mich mit den beiden anzulegen. Kann man sehen, dass ich bewaffnet bin?«

»Ich schon. Sie nicht. Weißt du, langsam macht mir diese Sache richtig Spaß.«

»Warte, bis in dem Lokal die Fetzen fliegen.« Sie riss den Reißverschluss der Jacke auf, zückte ihre Waffen und steckte sie wieder ein. »Dann wirst du regelrecht begeistert sein.«

Sie traten durch die Tür der eleganten, schimmernd rubinrot und saphirblau möblierten Lounge und taten so, als setzten sie mit leisen Stimmen eine draußen angefangene Auseinandersetzung fort. Als Roarke sie sanft am Ellbogen berührte, riss sie ihren Arm zurück und fauchte ihn für jeden hörbar an: »So leicht besänftigst du mich nicht.«

»Das habe ich auch nicht erwartet. Ich hatte reserviert«, erklärte er an die Empfangsdame gewandt, deren Miene völlig ausdruckslos und höflich blieb. »Einen Tisch für zwei für Roarke.«

»Selbstverständlich, Sir. Wenn Sie mir bitte folgen würden …«

»Schließlich weißt du ganz genau, unter welchem Druck ich gerade stehe«, schnauzte Eve ihn weiter an. »Ständig sitzt mir der Commander im Genick.«

»Es wäre eine wunderbare Abwechslung für mich, wenn wir einmal einen Abend ohne Diskussionen über den Commander oder deinen Job verbringen könnten. Whiskey«, bat er die Bedienung. »Einen doppelten.«

»Und für Sie, Madam?«

»Einen Headshot, ohne Eis.«

Roarke beugte sich vor, als murmele er etwas in ihr Ohr, und sie riss ihren Kopf zurück. »Weil ich jetzt einen Wodka brauche, warum sonst? Hör zu, ich sitze hier mit dir in dieser blöden Beize, oder nicht? Was deutlich mehr ist, als du morgen Abend für mich machen wirst, weil du mich wieder mal alleine lässt.«

»Ich habe nun einmal einen Job und gewisse Verpflichtungen.«

»Ich auch.«

»Nur, dass du dir von deinem Job Spielzeug wie das hier ganz bestimmt nicht leisten kannst«, erklärte er und schnipste mit dem Finger gegen einen ihrer Ohrringe.

»Diese Dinger habe ich auf andere Art verdient, und du solltest nicht vergessen ...« Plötzlich brach sie ab, als hätte sie erst jetzt bemerkt, wer direkt in der Nachbarnische saß. »Na super. Diese beiden Typen haben mir jetzt gerade noch gefehlt.«

»Sprich um Himmels willen etwas leiser.«

»Erspar mir deine Vorschriften. Ich bin es einfach leid, dass mir andauernd irgendwer Befehle gibt. Ich bin die beste Mordermittlerin dieser verdammten Stadt, aber weder meine Vorgesetzten noch mein eigener Mann unterstützen mich bei dem neuen Fall. Was soll's? Dann gehe ich die Sache eben einfach allein an, und zwar sofort.«

Sie sprang auf, und er streckte den Arm absichtlich so spät

nach ihr aus, dass er sie nicht mehr packen konnte, als sie die wenigen Schritte an den Nachbartisch marschierte, wo das mörderische Duo saß. Sie musste zugeben, dass ihr dabei die meterhohen Absätze der feuerroten Pumps ein Gefühl von zusätzlicher Macht verliehen.

»Halten Sie beide mich eigentlich für blöd?«

»Lieutenant Dallas.« Ganz der auf ihr Wohlergehen bedachte Schwerenöter streckte Dudley einen Arm in ihre Richtung aus. »Sie wirken ziemlich aufgeregt.«

»Wenn Sie mich berühren, schleife ich Sie wegen tätlichen Angriffs aufs Revier.« Sie klatschte ihre Hände auf den Tisch und beugte sich zu ihren Widersachern vor. »Ich weiß, Sie haben Delaflote, Jonas und wahrscheinlich auch die anderen umgebracht.«

»Sie müssen betrunken sein«, stellte Moriarity mit ruhiger Stimme fest.

»Noch nicht. Und Sie können mir glauben, wenn ich Ihnen prophezeie, dass ich Sie für diese Taten hinter Gitter bringen werde. Es ist mir egal, zu welchen Mitteln ich dabei möglicherweise greifen muss oder wie lange es dauern wird. Denn Sie werden mich bei diesem Spiel bestimmt nicht schlagen. Weil ich darin einfach besser bin als Sie.«

»Eve.« Roarke trat neben sie und packte sie am Arm. »Hör auf. Wir gehen.«

»Sie haben Ihre Frau anscheinend nicht unter Kontrolle«, stellte Dudley fest. »Sie scheint sehr erregt und ein wenig verwirrt zu sein.«

»Niemand kontrolliert mich, Arschloch. Du willst gehen?« Sie wandte sich an ihren Mann. »Meinetwegen. Geh. Warum haust du nicht statt morgen gleich schon ab, damit ich endlich meine Ruhe habe?«

»Das ist eine ausgezeichnete Idee. Meine Herren, bitte verzeihen Sie das unmögliche Benehmen meiner Frau. Du kannst sehen, wie du nach Hause kommst«, fügte er an Eve gewandt hinzu.

»Kein Problem.« Als Roarke die Bar verließ, drehte sie sich wieder zu den beiden Kerlen um. »Mein Commander gibt mir nicht das Geld, damit ich bei diesen Ermittlungen aufs Ganze gehen kann. Aber der soll mich doch am Arsch lecken. Weil *er* mir die erforderliche Kohle geben wird«, sie wies mit ihrem Kopf in Richtung Tür, durch die Roarke gerade verschwunden war. »Denn er gibt mir alles, was ich will. Vielleicht hat der Staatsanwalt nicht die erforderlichen Eier in der Hose, um gegen Sie vorzugehen, aber geben Sie mir einfach noch ein bisschen Zeit. Denn ich werde diesen Fall zum Abschluss bringen. Warten Sie es ab.«

Sie schnappte sich eins der Gläser von dem Tisch, nahm einen großen Schluck daraus und stellte es dann krachend wieder ab. »Dachten Sie, ich bin blind? Dachten Sie, ich sehe nicht, dass Sie Ihre eigenen Angestellten als Strohfrauen und Strohmänner benutzen und sich gegenseitig Alibis verschaffen, wenn einer von Ihnen mordend durch die Gegend zieht? Die letzten beiden Opfer haben Sie eindeutig gekannt, und ich werde auch herausfinden, dass Sie die anderen beiden kannten. Weil ich Ihnen zwischenzeitlich ganz dicht auf den Fersen bin.«

»Sie machen sich vollkommen lächerlich«, erklärte Moriarity, während er einen kurzen Blick auf Dudley warf.

»So wie Delaflote die Dudleys lächerlich gemacht hat, als er Winnies Mum gevögelt hat?« Sie setzte ein grimmiges Lächeln auf. »Oh ja, das weiß ich. So, wie ich auch jede Menge anderer Sachen weiß. Ich bin kurz vorm Ziel, Jungs.

Zückt schon mal die Geldbeutel, weil es in Kürze ans Bezahlen geht.«

In diesem Augenblick kam die Empfangsdame zu ihnen an den Tisch, wandte sich entschuldigend den Männern zu und sagte gleichzeitig zu Eve: »Ich muss Sie bitten, jetzt zu gehen, Madam.«

»Kein Problem. Es gibt schließlich bessere Orte, um etwas zu trinken, als ein Loch, in dem man Abschaum wie die beiden Kerle hier bedient. Genießen Sie die Drinks«, empfahl sie Moriarity und Dudley. »Weil es hinter Gittern keine schicken Cocktails gibt. Und dort werden Sie beide sitzen, wenn ich erst mit Ihnen fertig bin.«

Fast hätte sich Eve gewünscht, sie hätte einen Umhang umgelegt, mit dem sie hätte wirbeln können, während sie im Sturmschritt das Lokal verließ.

Sie behielt ihr Tempo bei, als sie einen Block in Richtung Norden und dann einen halben Block in Richtung Westen lief. Wo Feeneys Überwachungswagen stand.

Er öffnete die Tür, sie sprang hinein und zog als Erstes ihre Schuhe aus. »Na, wie war ich?«

»Wenn du meine Frau wärst, würde ich mich auf der Stelle scheiden lassen.«

»Sie ist eine Hexe, aber sie ist meine Hexe.« Roarke nahm ihre Hand und küsste sie. Sie klopfte sich gegen das Ohr. »Peabody erzählt, die beiden wären ins Gespräch vertieft. Anscheinend versucht Dudley, Moriarity von irgendwas zu überzeugen, aber der schüttelt den Kopf.«

»Ich kann sie selber hören«, meinte Roarke und klopfte an sein eigenes Ohr. »Weil du schließlich nicht als Einzige verkabelt bist.«

»Oh. Im Übrigen war die Idee echt gut, so zu tun, als ob du heute Abend schon auf Reisen gehst. Denn jetzt machen sie sich garantiert heute noch an mich heran.«

Ihre Uhr fing an zu piepsen, und sie drehte schnell ihr Handgelenk herum. »Dallas.«

»Reo hat die Sache durchgezogen«, informierte Baxter sie. »Wir haben die Durchsuchungsbefehle tatsächlich gekriegt.«

»Warten Sie noch etwas. Geben Sie den beiden noch ein bisschen Zeit. Wenn es funktioniert hat, tauchen sie wahrscheinlich gleich in einem von den Häusern auf. Weil sie schließlich eine Waffe brauchen. Lassen Sie sie kommen und auch wieder gehen. Aber geben Sie den beiden höchstens zehn Minuten Zeit. Wenn sie länger in der Bude bleiben, gehen Sie rein. Denn vielleicht haben sie ja so viel Angst bekommen, dass sie erst noch mögliche Beweismittel vernichten wollen. Aber wenn wir sie mit einer Waffe kriegen, kommt noch der versuchte Mordanschlag auf einen Cop dazu. Das wäre das Tüpfelchen auf dem berühmten i.«

»Okay.«

»Wäre schließlich schade, ihren letzten Auftritt nicht mehr zu erleben«, sagte sie zu Roarke. »Verdammt.« Sie runzelte die Stirn, als abermals die Stimme ihrer Partnerin in ihrem Ohr erklang. »Sie bestellen sich noch einen Drink. Vielleicht beißen sie ja doch nicht an. Bleiben Sie auch weiter an den beiden dran«, befahl sie ihrer Partnerin und hob erneut die laut piepsende Uhr vor ihr Gesicht. »Was ist?«

»Aus dem Haus von Moriarity kommt ein Droide. Und zwar der, der auch im Haus von Frost und Simpson war.«

Sie schüttelte verblüfft den Kopf. »Gott, die zwei sind wirklich doof. Sie haben den Droiden also nicht zerstört. Ich gehe davon aus, dass er ihnen die Waffe bringt. Setzen

Sie zwei Leute auf diesen Droiden an. Ich will wissen, wohin er geht und was er macht. Sobald er das Haus verlassen hat, gehen Ihre Leute rein. An allen Orten gleichzeitig.«

Sie rieb sich ihren nackten Fuß. »Sie haben angebissen.«

»So sieht's aus«, stimmte ihr Gatte zu.

22

Eve bemühte sich, das Elektronik-Kauderwelsch zu ignorieren, in dem sich Roarke mit Feeney unterhielt. Noch schlimmer aber war, dass sich McNab und ihre Partnerin wie zwei verschlafene Welpen aneinanderschmiegten und ihr Murmeln und ihr Kichern eindeutig auf Sex als Thema der leisen Unterhaltung schließen ließ.

Käme sie nicht bald aus diesem blöden Van heraus, beginge sie wahrscheinlich einen Massenmord. Drösche mit dem mörderischen Absatz eines ihrer roten Schuhe, die die Füße schmerzen ließen, auf die Elektronikfuzzi- und die Welpenköpfe ein.

Der Absatz gäbe eine wirklich gute Waffe ab. Denn er würde sich tief in die Knochen bohren, wenn sie ihn im rechten Winkel schwungvoll auf die Schädel krachen ließ.

Vielleicht trugen Frauen ja deshalb solche Schuhe. Falls sie plötzlich einmal jemanden ermorden mussten. Dann hätten die Dinger wenigstens einen gewissen Sinn. Obwohl es dann eigentlich schlauer wäre, trüge man sie irgendwo am Oberkörper, denn dann hätte man sie im Notfall gleich zur Hand …

Ihre Mordgedanken wurden erst durchbrochen, als Carmichael durch den Knopf in ihrem Ohr verkündete, dass ihre Zielpersonen im Theater angekommen waren.

»Alles klar. Behalten Sie die beiden im Auge.«

»Wird gemacht. Sie marschieren direkt zur Bar. Weil man ihnen eine Flasche Schampus in die Loge bringen soll. Ziehen eine Riesenschau ab, reden extra laut und lachen brüllend, damit man sie ja bemerkt. Jetzt flitzt einer von den Angestellten los, damit die Flasche in der Loge ist, bevor die Vorführung beginnt.«

Sie verschaffen sich ein Alibi, erkannte Eve. »Nehmen Sie Ihre Positionen ein. Falls einer von den beiden verschwindet, hängen Sie sich an ihn dran.«

»Das überlasse ich vielleicht dem Neuen. Ende.«

»Sie sind absichtlich so spät dort aufgetaucht«, erklärte Eve. »Gerade einmal fünf Minuten vor Beginn der Vorstellung, und bestellen extra noch Champagner, damit sich das Personal hinter der Theke und die wenigen Besucher, die vielleicht noch im Foyer stehen, auf alle Fälle merken, dass sie dort waren.«

Sie waren zwei Idioten, aber völlig blöd waren sie nicht.

»Sie werden warten müssen, bis die Vorführung begonnen hat, bis die Leute auf die Bühne blicken und der Saal im Dunkeln liegt. Aber lange zögern werden sie auf keinen Fall. Aufhören.« Sie stieß Peabody mit ihrem Ellenbogen an. »Sehen Sie nicht, dass mein Auge zuckt?«

»Wir sitzen einfach da.«

»Ich kann das zweideutige Kichern überdeutlich hören.«

»Ich habe doch gar nicht gekichert.«

»Sie nicht, aber er.«

»Das war kein Kichern, sondern leises Männerlachen«, widersprach McNab ihr gut gelaunt.

»Sie sind beide Cops. Also benehmen Sie sich auch wie Cops.«

Stirnrunzelnd wandte sie sich ab und fragte ihren Mann: »Und warum grinst du so?«

»Komm her, dann sage ich es dir.« Er klopfte sich aufs Knie. »Und stoße vielleicht ebenfalls ein leises Männerlachen aus.«

»Also bitte. Du bringst Feeney in Verlegenheit.«

»Dafür ist es längst zu spät«, murmelte der elektronische Ermittler, ohne aufzusehen. »Weil ich, obwohl wir im Begriff sind, zwei verrückte Serienmörder hochzunehmen, schon die ganze Zeit von kichernden und blödelnden Idioten und Idiotinnen umgeben bin.«

»Habe ich den beiden nicht gesagt, dass sie das lassen sollen?«

»Dadurch, dass du auf sie reagiert hast, hast du sie nur noch ermutigt«, stellte er mit Grabesstimme fest. »Und jetzt fangen auch meine Augen an zu zucken, weil du diese Mauer eingerissen hast.«

»Was für eine Mauer?«

»Die, die ich in meinem Kopf errichtet hatte, um das Kichern nicht zu hören. Aber jetzt hast du sie eingerissen, und jetzt kann ich die Bedeutung dieses Kicherns nicht mehr ignorieren. Deshalb fangen meine Augen genau wie dein Auge zu zucken an.«

»Dann ist das also meine Schuld? Deine Mauer war eindeutig schlecht gebaut, wenn sie bereits in sich zusammenfällt, nur weil ich erwähne … Ruhe«, schnauzte sie, als urplötzlich ihr Handy schrillte. »Klappe halten, und zwar alle.« Sie warf einen Blick auf das Display und lächelte. »Es ist so weit.«

Sie zerzauste sich das Haar, schlug sich auf die Wangen, um sie ein wenig zu röten, und hob das Gerät vor ihr Gesicht. »Was willst du Arschloch?«, fragte sie mit einer Stimme, die betrunken klang.

»Lieutenant Dallas, Gott sei Dank«, stieß Dudley aus. »Hören Sie zu. Ich habe nur ein paar Sekunden Zeit.«

»Vergessen Sie's.«

»Nein, nein, Sie dürfen jetzt nicht auflegen. Ich brauche Ihre Hilfe. Sly. Ich glaube ... großer Gott, ich fürchte, er ist wahnsinnig.«

»Reden Sie ein bisschen lauter. Hier ist es so laut, dass ich Sie kaum verstehen kann.«

»Ich kann nicht riskieren, dass er mich hört«, stieß er mit angsterfüllter Flüsterstimme aus. »Hören Sie mir zu, Sie müssen zuhören! Ich glaube, er hat Delaflote und die arme Adrianne ermordet. Was er gesagt hat, nachdem Sie bei Lionel's waren ... ich bin immer noch total entsetzt. Er war spinnewütend und zugleich vollkommen panisch. Er hat ... ich kann nicht alles am Telefon erzählen, was er von sich gegeben hat. Außerdem hat er zu viel getrunken, aber mit ein bisschen Glück kann ich mich hier wegschleichen. Ich hoffe, dass er vielleicht einfach einschläft, und wenn nicht, werde ich eine Ausrede erfinden, damit ich Sie treffen kann. Denn ich muss Ihnen sagen ... bitte, Sie müssen sich einfach mit mir treffen.«

»Wo zum Teufel sind Sie? Sagen Sie mir, wo Sie sind. Dann komme ich vorbei und nehme das betrunkene Arschloch fest.«

»Nein, nein! Was ist, wenn ich mich irre? Schließlich ist der Mann mein ältester und bester Freund. Haben Sie Mitleid. Ich bitte Sie um Ihre Hilfe. Ihre Hilfe, Lieutenant, weil

Sie wissen werden, was zu tun ist. Falls ich überreagiere, werden Sie das wissen, und ich bringe Sly nicht unnötigerweise in Verlegenheit. Und falls stimmt, was ich befürchte, haben Sie die grauenhaften Mordfälle gelöst, bevor er ... Dann wären Sie wieder die Heldin. Denn man würde denken, Sie allein hätten den Mann gestoppt. Ich möchte nicht, dass jemand meinen Namen damit in Verbindung bringt. Weil das einfach zu ... schmerzlich für mich wäre. Bitte, bitte. Ich bin jetzt im Strathmore Center, und auch wenn es mir gelingt, mich kurz davonzuschleichen, muss ich vor Beginn der Pause wieder da sein für den Fall, dass ... Unsere Liebe Frau der Dunkelheit. Das ist nur einen Block von hier entfernt.«

In ihrem Innern dehnte sich ein breites Lächeln aus, äußerlich jedoch behielt sie ihre böse Miene bei. »In einer verdammten Kirche?«

»Sie ist in der Nähe, und wir können dort reden, ohne dass uns jemand stört und etwas von der Unterhaltung mitbekommt. Ich vertraue Ihnen. Muss darauf vertrauen, dass Sie wissen, was zu tun ist. In zwanzig Minuten bin ich in der Kirche und erzähle Ihnen alles, was ich weiß. Denn Sie sind die Einzige, an die ich mich mit dieser Sache wenden kann.«

»Ja, ja, meinetwegen. Allerdings kann ich nur hoffen, dass Ihre Geschichte gut ist, Dudley. Weil mein Tag echt ätzend war.«

Damit legte sie auf und klopfte mit dem Handy gegen ihre Hand. »Die halten mich für blöd.«

»Für sturzbetrunken und für blöd«, fügte Roarke hinzu. »Sie tauchen garantiert zu zweit in dieser Kirche auf.«

»Auf jeden Fall. Feeney.«

»Alles klar.«

»McNab, Sie fahren den Van, während ich die Teams in Stellung bringe. Parken Sie auf Straßenhöhe und höchstens zwei Blocks vom Einsatzort entfernt.«

»Okay.«

»Was machst du mit dem Ding?«, erkundigte sich Eve, als sie Roarke auf seinem Handcomputer tippen sah.

»Ich rufe den Grundriss dieser Kirche auf. Damit du ein Gefühl für diesen Ort bekommst.«

»Er denkt wie ein Bulle«, sagte sie zu Feeney. »Er wird immer sauer, wenn ich so was sage, aber wenn es doch so ist? Dudley hat gesagt, zwanzig Minuten, also sind die beiden wahrscheinlich spätestens in einer Viertelstunde dort. Ich muss den letzten Block zu Fuß gehen, für den Fall, dass einer von ihnen Ausschau nach mir hält. Dudley hat was eingeworfen«, fügte sie hinzu. »Weil seine Pupillen groß wie Untertassen waren. Und auch Moriarity hat sicher was genommen. Weil er hinter seinem Kumpel nicht zurückstehen will.«

»Denk nicht, dass die beiden deshalb weniger gefährlich sind«, warnte ihr Mann.

»Das denke ich ganz sicher nicht. Obwohl es sie wahrscheinlich sorglos macht.« Sie nahm Roarke den Computer ab und blickte auf den Monitor. »Okay, nachdem uns Baxters Team gemeldet hat, wo der Droide hingefahren ist, haben wir unsere Leute hier und hier positioniert.«

Sie wandte sich an Peabody, als die nickte, fuhr sie fort. »Draußen ist ein zweites Team, das die Ausgänge bewacht. Sie sollen sich zurückhalten, bis beide Zielpersonen drinnen sind, und sich erst zeigen, wenn ich den Befehl dazu erteile, klar?«

»Ja, Ma'am. Ich gehe jetzt los und übernehme diese Position. McNab ...«

»Und ich die andere.«

Peabody öffnete den Mund, klappte ihn aber eilig wieder zu, als sie Roarkes Miene sah.

»In Ordnung. Sie und Roarke nehmen die Positionen in der Kirche ein.« Eve war bewusst, dass sie Roarke keine Waffe anzubieten brauchte, denn außer ihrem neuen Outfit hatte Summerset ganz sicher auch Roarkes Waffe mit auf das Revier gebracht. Auch wenn sie gar nicht wissen wollte, wie er damit am Kontrollposten vorbeigekommen war.

»Ich will auch mit in die Kirche, Dallas.«

Sie blickte auf McNab, der den Van in eine Lücke manövrierte. Obwohl er ihr mitunter furchtbar auf den Keks ging, konnte sie ihm blind vertrauen. »Sie beziehen dieselbe Position wie Peabody. Aber verkneifen Sie sich jegliches Gekicher, ja?«

Sie klopfte sich gegen das Ohr. »Dudley hat sich auf den Weg gemacht. Bleiben Sie auf Ihrer Position, Carmichael, bis auch Moriarity sich in Bewegung setzt. Aber halten Sie weiter Abstand zu dem Mann. Die Leute von Team A sollen ihre Ärsche langsam zu der Kirche schwingen.«

Roarke beugte sich zu ihr herüber, presste seine Lippen an ihr Ohr und drohte ihr mit Flüsterstimme: »Überleg dir gut, ob du dir auch nur einen blauen Fleck bei diesem Einsatz holst, wenn du die beiden unversehrt mit auf die Wache nehmen willst.«

Ehe sie etwas erwidern konnte, küsste er sie eilig auf den Mund und sprang entschlossen aus dem Van. »Pass gut auf meine Polizistin auf.«

Als sie sich nach ihren Schuhen bückte, sah sie Feeneys ausdruckslosen Blick. »Was ist?«

»Ich habe nichts gesagt. Wenn du möchtest, haben wir auch noch eine Schutzweste für dich.«

»Die Dinger machen fett.«

»Vor allem würde sie dir sowieso nichts nützen, wenn die zwei auf deinen Schädel zielen.« Lachend hielt ihr Feeney eine Flasche hin. »Hier.«

»Meine Güte, Feeney, ich trinke direkt vor einem Einsatz sicher keinen Schnaps.«

»Spül einfach deinen Mund mit einem Schlückchen davon aus.« Er reichte ihr auch noch ein Glas. »Und dann spuckst du das Zeug hier rein. Denn schließlich sollen die beiden denken, dass du voll genug bist, um Dudley den Schwachsinn abzukaufen, den er bei dem Telefongespräch geredet hat. Deshalb wäre es bestimmt nicht schlecht, wenn man den Alkohol in deinem Atem riecht.«

»Da hast du recht.«

Sie hob die Flasche an den Mund, schwenkte einen Schluck des Alkohols in ihrem Mund herum und tupfte zusätzlich einen Tropfen des Getränks wie ein Parfüm auf ihren Hals. Als Feeney fröhlich lachte, spuckte sie den Whiskey in das Glas und blies ihm ihren Atem ins Gesicht. »Na, wie ist das?«

»Überzeugend. Denn dein Atem riecht wie eine Brauerei. Gibt es morgen Abend echte Burger?«

»Ja, wahrscheinlich.«

»Gut. Und wie sieht es mit Kuchen aus?«

»Keine Ahnung.«

»Für mich gehören zu einem ordentlichen Sommer-Barbecue auf jeden Fall Zitronenkuchen mit Baiser und vielleicht auch noch eine Erdbeertorte.«

»Darum werde ich mich kümmern, gleich nachdem ich lebend wieder aus der Kirche rausgekommen bin.«

»Meine Oma war eine phänomenale Bäckerin. Auf ihrem Zitronenkuchen mit Baiser saßen immer diese kleinen, braunen Zuckerperlen, die man herunterpicken konnte, wenn sie einmal kurz nicht hingesehen hat.«

»Lecker. Dudley läuft jetzt auf die Kirche zu.« Sie stand auf und übte noch einmal, den Reißverschluss der Jacke flüssig aufzuziehen, damit sie möglichst schnell an ihre Waffe kam. »So müsste es gehen. Alle Teams bleiben auf ihren Positionen. Ich gehe jetzt los.«

»Du solltest vielleicht etwas schwanken, falls sie dich beobachten.«

»Das geht in diesen Schuhen wie von selbst«, erklärte sie und stieg entschlossen aus dem Van.

»Waidmannsheil.«

Grinsend drückte sie die Tür ins Schloss, und während sie sich langsam in Bewegung setzte, ging sie ihren Auftritt in der Kirche in Gedanken durch. Sie entdeckte ihre Cops, weil sie wusste, wo sie die Kollegen suchen musste, und näherte sich schwankend ihrem Ziel.

Im flackernden Licht der falschen Kerzen, die er angezündet hatte, machte sie noch ein paar unsichere Schritte, bis sie in dem Gang zwischen den Hinterbänken stand. »Dudley, du Arschloch.« Ihre Stimme prallte von den Wänden ab. »Vergeude bloß nicht meine Zeit.«

»Ich bin hier.« Wahrscheinlich sollte seine Stimme ängstlich klingen, doch das unterdrückte Lachen war ihr deutlich anzuhören. »Ich … ich wollte einfach sicher sein, dass Sie es sind. Dass er mir nicht gefolgt ist.«

»Keine Angst, ich werde Sie beschützen. Schließlich werde ich dafür bezahlt, dass ich auch die Arschlöcher beschütze.«

»Wobei die Bezahlung sicherlich eher dürftig ist.« Er trat aus den Schatten am Ende des langen Kirchenschiffs.

»Stimmt. Aber es geht mir nicht ums Geld, sondern um die Macht. Weil es einfach geil ist, wenn sich ein Verdächtiger vor Angst die Hosen nass macht, wenn er mir erst einmal ausgeliefert ist. Ich gebe Ihnen fünf Minuten«, sagte sie, während Carmichael durch den Knopf in ihrem Ohr erklärte, dass auch Moriarity inzwischen aufgebrochen war.

»Sie haben keine Ahnung, was es mir bedeutet, dass Sie hergekommen sind. Denn ich weiß, Sie stehen furchtbar unter Druck.«

»Nach ein paar Wodka lässt der Druck nach. Und vor allem ist er mir scheißegal. Denn wenn ich diesen Fall zum Abschluss bringe, wird man wochenlang in allen Medien über mich berichten, und vielleicht schreibt Nadine Furst ja sogar eine Fortsetzung von ihrem Buch. Wenn ich zwei reichen Arschlöchern wie euch das Handwerk lege, werden mir die Journalisten so zu Füßen liegen wie im Icove-Fall.«

»Sly hat diese Menschen umgebracht.« Er machte ein paar Schritte auf sie zu und blieb wieder stehen. »Ich habe ihn gedeckt, aber schließlich hatte ich auch keine Ahnung, was der Kerl getrieben hat. Wenn ich das gewusst hätte … ich habe es erst heute Abend rausgekriegt.«

»Sie vergeuden Ihre fünf Minuten, Dudley. Kommen Sie zur Sache, wenn ich Sie nicht auf die Wache schleifen soll, weil Sie mir auf die Nerven gehen. Obwohl ich ganz bestimmt nicht in der Stimmung bin, meinen eigenen oder Ihren Hintern quasi mitten in der Nacht auf das Revier zu zerren.«

»Moriarity ist an der Tür«, drang Carmichaels Stimme an ihr Ohr. Gleichzeitig schob Dudley eine Hand in seine Jackentasche, damit das Vibrieren seines Handys nicht zu sehen war.

»Lassen Sie die Hände dort, wo ich sie sehen kann!« Unbeholfen nestelte sie am Verschluss der kleinen Abendtasche, die sie in den Händen hielt.

»Tut mir leid.« Er riss die Hände hoch. »Ich bin einfach total nervös und völlig fertig. Sie müssen mir helfen!« Er packte gespielt verzweifelt ihre Handgelenke, und im selben Augenblick flog hinter ihr die Tür der Kirche auf. Sie unterdrückte den Impuls, sich zu verteidigen, trat schwankend einen Schritt zurück und … spürte den Lauf eines Stunners im Genick.

»Bleiben Sie ganz ruhig«, wies Moriarity sie an.

»Noch nicht, noch nicht!«, schrie Dudley. »Himmel, Sly. Ich habe doch gesagt, dass wir nicht schummeln sollen.«

»Ich will nur, dass sie uns zuhört.« Er glitt mit dem Stunner bis hinab auf ihre Schulter.

Wo ein Schuss sie zwar betäuben, aber ganz bestimmt nicht töten würde, dachte Eve.

»Was zum Teufel ist das für ein Spiel?«

»Dies ist kein Spiel«, erklärte Dudley ihr. »Spiele sind etwas für Kinder. Uns geht's um den Wettstreit und das Abenteuer. Lassen Sie Ihr hübsches Abendtäschchen fallen, Lieutenant, wenn Ihnen der gute Sly nicht einen widerlichen Schlag verpassen soll. Einen wirklich widerlichen Schlag«, bekräftigte der Kerl, als sie deutlich wahrnehmbar zögerte.

Worauf sie die Tasche auf den Boden fallen ließ. »Immer mit der Ruhe.«

»Ich wünschte mir, wir müssten uns nicht so beeilen.«

Dudley trat vor eine Bank und bückte sich. »Wir hatten gehofft, wir bräuchten uns nicht derart zu beeilen, wenn Sie an der Reihe sind. Vor allem hatten wir nicht diese kleine Kirche, sondern die St.-Patrick's-Kathedrale für unser Finale vorgesehen. Die wirklich prachtvoll ist.«

»Die hätte wenigstens was hergemacht.« Eve spürte, dass Moriarity unmerklich sein Gewicht verlagerte. »Wohingegen diese Kirche keinerlei Bedeutung hat.«

»Schon bald wird sie Bedeutung haben.« Dudley richtete sich wieder auf und teilte die Luft mit einem schlanken Schwert. »Die wir beide ihr verleihen.«

»Was zum Teufel ist das?«, fragte Eve.

»Das hier.« Dudley nahm die Pose eines Fechters ein, bevor die Klinge abermals die Luft zerriss. »Das, du ignorantes Miststück, ist ein Degen. Aus Italien. Er ist sehr, sehr alt und wirklich kostbar. Denn es ist die Waffe eines Edelmanns.«

»Damit werden Sie nicht durchkommen. Meine Partnerin weiß, wo ich bin und wen ich hier treffe.«

»Lügen werden Ihnen auch nicht helfen. Sie waren derart betrunken, dass Sie kaum noch Ihren eigenen Namen wussten, als wir zwei telefoniert haben. Sie waren in irgendeiner Kneipe, und Sie haben sich von dort aus direkt auf den Weg hierher gemacht.«

»Sie haben sie umgebracht. Sie alle. Houston, Crampton, Delaflote und Jonas. Haben zusammengearbeitet, wie ich es bereits vermutet hatte.«

»Wobei es keine Arbeit, sondern eher ein Vergnügen war«, stellte Dudley hämisch klar.

»Wir hätten noch eine Runde spielen wollen, bevor wir Sie erledigen, aber …«

»Habe ich es doch gewusst!« Sie tat immer noch, als wäre

sie betrunken, und rückte leicht schwankend von Sylvester ab. »Sie beide haben ein Komplott geschmiedet und vier Menschen umgebracht.«

»Hier in New York«, bestätigte ihr Dudley grinsend. »Die ersten Punkte hatten wir zuvor schon anderswo gemacht.«

»Aber warum? Was hatten Sie gegen die Leute?«

»Es hat uns einfach gestört, dass diese Niemande sich eingebildet haben, dass sie plötzlich jemand sind«, klärte Dudley sie mit einem kalten Lachen auf.

»Wir müssen zurück, Winnie.«

»Du hast recht. Auch wenn es eine Schande ist, dass wir nicht noch ein bisschen mit ihr spielen können. Vergiss nicht, es muss genau zur gleichen Zeit geschehen. Genau gleichzeitig, damit der Punktestand auch weiter ausgeglichen ist. Dein Stunner und mein Degen müssen sie im selben Augenblick erwischen. Ich zähle bis drei.«

Moriarity schob seine Lippen an ihr Ohr. »Na, wer ist jetzt das Arschloch?«

»Du.«

Sie stieß ihm den Stunner mit dem Ellenbogen aus der Hand, rammte ihm den Absatz eines ihrer Schuhe in den Fuß, wirbelte herum, und Dudleys Degen schrammte dicht an ihrem Arm vorbei und rammte sich seinem Komplizen in die Brust.

Mit weit aufgerissenen Augen starrte Moriarity auf den sich ausbreitenden roten Fleck auf seinem blütenweißen Hemd: »Winnie, du hast mich umgebracht.«

Dudley brach vor Trauer und vor Zorn in wildes Heulen aus, und während Eves Kollegen mit gezückten Waffen in die Kirche stürmten, gönnte sie sich das Vergnügen, holte aus und rammte ihm die Faust unter das Kinn.

Roarke stieg achtlos über ihn hinweg und stellte fest: »Damit hast du innerhalb von einer Woche schon die zweite Jacke ruiniert.«

»Das war ja wohl nicht meine Schuld.«

»Und wessen Schuld soll es gewesen sein? Außerdem hast du dir deine Knöchel aufgeschrammt.«

»Wag es ja nicht …«, zischte sie und fuhr zusammen, als er die verletzte Hand an seine Lippen hob.

»Das hast du verdient, dafür, dass du mir diesen Schweinehund nicht überlassen hast.«

»Der Gefangenentransporter und der Krankenwagen sind schon unterwegs.« Peabody warf einen Blick auf Moriarity. »Das haben Sie echt gut gemacht. Nur schade, dass die Jacke darunter gelitten hat.«

Eve legte die Hand auf den zerfetzten Ärmel und den Riss in ihrem Arm. »Das war es wert. Also gut, Leute, dann schließen wir die Sache ab. Peabody, besorgen Sie einen Vernehmungsraum. Oh, und sagen Sie den Sanitätern, dass sie diesen Kerl, wenn's geht, am Leben halten sollen. Zwar wäre es durchaus poetisch, wenn sein Spießgeselle ihn ermordet hätte, aber Poesie hat mich noch nie besonders interessiert. Ich fahre erst mal auf die Wache, um mich umzuziehen und um dem Commander zu berichten, wie's gelaufen ist.«

»Erst, nachdem sich einer von den Sanitätern deine Wunde angesehen hat«, korrigierte Roarke.

»Das ist doch nur ein Kratzer. Wenn ich nicht diese blöden Schuhe hätte anziehen müssen, hätte er mich überhaupt nicht erwischt.«

»Du hast die Wahl. Entweder, du setzt dich hin und wartest auf den Sanitäter, oder du kriegst vor den Augen deiner Leute einen Kuss von mir verpasst.«

Wortlos setzte sie sich hin.

Da Dudley sofort, als er wieder bei Bewusstsein war, nach einem Anwalt schrie, konnte Eve noch duschen, sich in Ruhe umziehen, ihrem Boss Bericht erstatten und ihr Team nach Hause schicken, ehe sie in den Verhörraum ging.

Nachdem ihre Leute abgehauen waren, stand sie ganz alleine vor der Tafel im Besprechungsraum und blickte die Gesichter all der Toten an. Dachte an die Ehefrau, die Kinder und den besten Freund von Jamal Houston, die schluchzenden Eltern und die mühsam, aber heldenhaft beherrschte Assistentin von Adrianne Jonas und an all die anderen Menschen, deren Leben durch die Nachricht von der sinnlosen Ermordung einer ihnen nahestehenden Person vorübergehend völlig aus dem Gleichgewicht geraten war.

Mit all diesen Menschen würde sie noch einmal sprechen, um ihnen zu sagen, dass die Männer, die ihr Leben derart grundlegend erschüttert hatten, für ihr Tun bezahlen würden, nachdem sie ergriffen worden waren.

Sie musste einfach hoffen, dass die Nachricht eine Hilfe für die Hinterbliebenen wäre, weil sie wie sie selber auch glaubten, dass den Toten dadurch wenigstens Gerechtigkeit widerfuhr.

»Eve.«

Eilig wandte sie sich von der Tafel ab. »Dr. Mira. Warum sind Sie nicht schon längst zu Hause?«

»Weil ich miterleben wollte, wie Sie diesen Kerlen das Handwerk legen.« Sie trat neben Eve und sah sich ebenfalls noch einmal die Gesichter all der Toten an. »Sie haben alle diese Menschen nur aus Selbstsucht umgebracht.«

»Es wären noch mehr geworden, hätten wir sie heute Abend nicht gestoppt. Was hauptsächlich Ihnen zu verdanken ist. Vielleicht würden weniger Gesichter an der Tafel hängen, wenn ich eher darauf gekommen wäre, dass ich selber eine Zielperson der beiden war.«

»Sie wissen selbst, dass das nicht stimmt. Ebenso gut könnte man sagen, dass noch mehr Gesichter an der Tafel hängen würden, wenn Sie nicht so schnell darauf gekommen wären, dass die zwei nach einem ganz bestimmten Muster vorgegangen sind. Sie haben in dem Fall ermittelt, und ich würde gerne zusehen, wenn Sie ihn durch das Verhör von Dudley gleich zum Abschluss bringen.«

»Das kann dauern. Weil er sich erst noch mit einer ganzen Flotte Anwälte bespricht.«

»Ich habe Zeit. Wie man mir erzählte, wurden Sie bei dem Einsatz verletzt.«

»Das ist nur ein kleiner Kratzer. Was vor allem an den verdammten Schuhen lag. Sie haben mich ein bisschen aus dem Gleichgewicht gebracht. Aber immerhin hat mich der Kerl mit einem antiken Degen aus Italien erwischt. Das ist echt cool.«

Peabody trat durch die Tür. »Hallo, Dr. Mira. Dallas, Dudleys Hauptanwalt möchte mit Ihnen sprechen.«

»Wurde auch allmählich Zeit. Richten Sie ihm aus, dass er vor dem Verhörraum auf mich warten soll.«

Bentley Sorenson war eine stattliche Erscheinung. Er schob sich die rabenschwarze Mähne mit den leuchtend weißen Strähnen aus dem fülligen Gesicht und nickte knapp.

»Lieutenant, hiermit informiere ich Sie darüber, dass ich die Absicht habe, eine förmliche Beschwerde einzureichen, denn Sie haben exzessiv Gewalt gegen meinen Mandanten angewendet, eine Falle für ihn aufgestellt und ihn schikaniert. Außerdem habe ich bereits mit dem Gouverneur gesprochen, der sich mit der Staatsanwaltschaft in Verbindung setzen wird, weil man das Haus, das Unternehmen und die Fahrzeuge meines Mandanten auf der Grundlage gefälschter Informationen durchsuchen lassen hat. Ich will, dass mein Mandant bis zur umfänglichen Klärung dieses Sachverhalts entlassen wird.«

»Sie können so viele Formulare ausfüllen, wie Sie wollen, und den Gouverneur, Ihren Abgeordneten und meinetwegen selbst den Präsidenten kontaktieren. Ihr Mandant bleibt hier. Meinetwegen mauern Sie, so viel Sie wollen, Mr Sorenson«, fügte sie mit einem gleichmütigen Schulterzucken noch hinzu. »Dann fahre ich nach Hause, lege mich ins Bett und genieße ein entspanntes Wochenende. Während Ihr Mandant in U-Haft bleibt.«

»Mr Dudley ist ein angesehener Unternehmer, der aus einer angesehenen Familie stammt. Er hat keine Vorstrafen und hat umfänglich mit Ihnen und Ihrer Abteilung kooperiert. Außerdem hat er Sie kontaktiert, weil Sie ihm helfen sollten und weil er seinerseits Ihnen helfen wollte. Aber Sie haben die Hilfsbereitschaft dieses Mannes schamlos ausgenutzt.«

»Ich frage mich, ob Sie tatsächlich so naiv sind oder einfach Ihre Arbeit machen. Gehen wir erst mal davon aus, dass dieser Schwachsinn, den Sie absondern, zu Ihrem Job gehört. Und jetzt können Sie entscheiden, ob Sie sich dagegen sperren, dass es heute Abend noch zu einer Vernehmung kommt, was bedeuten würde, dass der Mann bis Montag in der Zelle bleibt, oder ob wir reingehen und mit ihm reden.«

»Ich kann innerhalb von einer Stunde eine richterliche Anhörung bekommen.«

»Meinetwegen. Während Sie das arrangieren, mache ich

ein kurzes Nickerchen. Weil dies nämlich eine anstrengende Woche für mich war.«

»Sind Sie tatsächlich bereit, Ihre Karriere wegen dieser Angelegenheit aufs Spiel zu setzen?«

Sie schob ihre Hüfte vor und versenkte ihre Daumen in den Vordertaschen ihrer Jeans. »Ist das eine Drohung?«

»Das ist eine Frage, Lieutenant.«

»Ich werde Ihnen sagen, was ich sicher nicht riskieren werde. Nämlich, dass der Mann, den Sie vertreten, dieses Haus verlässt, bevor ich ihn vernommen habe. Dass er untertaucht, weil er das Geld und die erforderlichen Mittel dafür hat. Sie wissen ganz genau, dass ich den Mann bis Montag hierbehalten kann, also sollten wir nicht länger unsere Zeit vergeuden. Entweder ich rede jetzt mit ihm, oder ich fahre erst mal heim.«

»Halten Sie das, wie Sie wollen.«

Eve benutzte ihre Uhr und kontaktierte ihre Partnerin. »Detective Peabody, kommen Sie bitte zum Verhör.«

Sorenson betrachtete verwundert das Gerät, das sie am Arm trug, und mit einem: »Cool, nicht wahr?«, betrat sie den Vernehmungsraum.

Dudley hatte einen sichtlich angeschwollenen Unterkiefer, rote und verquollene Augen, und nachdem die Wirkung der von ihm genossenen Aufputschmittel nachgelassen hatte, saß er wie ein Häuflein Elend da. Links und rechts von ihm saß jeweils eine junge, attraktive Anwältin, und eine dieser beiden Frauen hielt tatsächlich seine Hand.

»Rekorder an. Lieutenant Eve Dallas vernimmt Winston Dudley den Vierten.« Sie warf einen dicken Aktenordner auf den Tisch. »Ebenfalls anwesend sind Mr Dudleys offizieller

Anwalt Bentley Sorenson und zwei andere Rechtsbeistände. Würden Sie wohl bitte Ihre Namen nennen?«

Während sie dies taten, titulierte Eve sie im Geiste kurzerhand als Rotschopf und Blondine. Weil das leichter zu behalten war. »Detective Delia Peabody betritt soeben den Vernehmungsraum. Womit wir alle hier versammelt wären. Na, wie geht's Ihrem Gesicht, Winnie?«

»Sie haben mich geschlagen. Ich habe Ihnen das Leben gerettet, und Sie haben mich geschlagen und wie einen gewöhnlichen Verbrecher aufs Revier geschleift.«

»Sie haben mir das Leben gerettet? Nun, soweit ich mich entsinne und so, wie es mein Rekorder während unseres Treffens aufgezeichnet hat, war eher das Gegenteil der Fall. Das belegen auch die Aufnahmen und Aussagen der anderen Beamten, die zu der Zeit in der Kirche waren.«

»Aufnahmen und Aussagen, die wir in Frage stellen«, warf der Anwalt ein, »da wir belegen können, dass Sie eindeutig auf einem Rachefeldzug gegen meinen Mandanten sind.«

»Tun Sie das. Wir werden sehen, wie weit Sie damit kommen. Aber fangen wir doch erst einmal ganz von vorne an. Sie haben mich um kurz nach acht über mein Handy kontaktiert.«

»Sie war betrunken«, wandte Dudley sich an Sorenson. »Aber ich war verzweifelt. Sie hat kaum noch richtig sprechen können, und als sie zu unserem Treffen kam, konnte sie nur noch mit Mühe aufrecht stehen.«

Eve schlug den Aktenordner auf, suchte dort nach einem Ausdruck und warf ihn vor Dudley auf den Tisch. »Meine Blutwerte, die zwischen sieben und neun Uhr stündlich überprüft wurden, belegen, dass ich völlig nüchtern war.«

»Die sind gefälscht, genau wie alles andere! Sie waren bereits betrunken, als Sie mich und Sly bei Lionel's angegangen sind. Dafür gibt es mindestens ein Dutzend Zeugen. Selbst Ihr eigener Mann war angewidert von der Art, in der Sie auf uns losgegangen sind.«

»Übrigens lässt Roarke Sie grüßen. Vielleicht haben Sie ihn in der Kirche nicht bemerkt.« Sie lächelte, als ihm die Zornesröte in die Wangen stieg.

»Sie haben eine Falle für meinen Mandanten aufgestellt«, behauptete Sorenson.

»Schwachsinn. Ihr Mandant hat bei mir angerufen, was sich mühelos über die Handyprotokolle nachweisen lässt. Er hat mich gebeten, ihn zu treffen, und das habe ich getan. Die Verstärkung, die ich zu dem Treffen mitgenommen habe, entspricht den Vorschriften und wird in solchen Fällen ausdrücklich empfohlen. Während Ihr Komplize mir einen geladenen Stunner an den Hals gehalten hat, haben Sie bei diesem Treffen zugegeben, Winnie, dass Sie zwei im Rahmen eines Wettstreits ausgewählte Zielpersonen getötet haben.«

Sie zog Fotos aus dem Ordner und reihte sie vor ihrem Gegenüber auf.

»Sie haben mich völlig falsch verstanden. Das habe ich doch nur gesagt, damit Sly Ihnen nichts tut.« Um seinen mörderischen Arsch zu retten, log der Kerl, dass sich die Balken bogen, aber gleichzeitig stiegen in seinen Augen echte Tränen auf. »Ich habe meinen besten Freund verraten und getötet, um Sie zu retten.«

Sie bedachte ihn mit haargenau demselben Blick, mit dem er Roarke bedacht hatte, als er im Lionel's auf ihn zugekommen war. Und in ihrer Stimme schwang dieselbe höfliche Verachtung mit. »Erstaunlich, wie schnell Sie den Mann, den Sie als Ihren besten Freund bezeichnen, in die Pfanne hauen.«

»Ich tue nur meine Pflicht. Wodurch ich ihm, weiß Gott, jetzt nicht mehr schaden kann. Denn schließlich ist er tot. Um Sie zu retten, habe ich ihn umgebracht.«

»Keine Angst, Sie haben ihn nicht umgebracht. Es geht ihm sogar ziemlich gut.«

»Sie sind eine Lügnerin. Ich habe ihn gesehen.«

»Sie haben sicher kaum etwas gesehen, so high, wie Sie zu diesem Zeitpunkt waren. Und zwar auf Hype gemischt mit etwas Zeus. Hier sind die Blutwerte Ihres Mandanten.« Eve warf Sorenson den Ausdruck hin.

»Ich hatte Angst. Vielleicht war ich auch schwach, aber vor allem hatte ich eine Heidenangst. Deshalb habe ich etwas genommen. Meinetwegen kriegen Sie mich wegen des Konsums verbotener Substanzen dran, aber …«

»Halten Sie den Mund, Winnie.«

»Ich bin kein Mörder!«, fuhr er seinen Anwalt an. »Das war Sly. Und Sly ist tot!«

»Er ist sogar so lebendig, dass ich morgen früh als Allererstes mit ihm sprechen werde«, bemerkte Eve. »Und ich wette, dass er Sie genauso eifrig in die Pfanne hauen wird. Der Beamte, der ihn momentan bewacht, hat mir erzählt, dass er echt sauer ist, weil Sie mit diesem Degen auf ihn losgegangen sind.«

»Um Sie zu retten.«

»Warum haben Sie einen antiken Degen aus Italien zu dem Treffen in der Kirche mitgebracht?«

»Das habe ich gar nicht. Den hatte Sly dabei.«

»Stimmt nicht. Das Ding hat Ihr Droide in der Kirche für Sie hinterlegt. Der Droide, den Sie auch bereits als Simpsons Hausdroiden ausgegeben hatten an dem Abend, an dem Sly Luc Delaflote ermordet hat. Wir haben den Droiden,

Winnie, und wir überprüfen gerade seine Festplatte. Sie hätten das Gerät zerstören sollen.«

Sie gab Peabody ein Zeichen, und sofort verließ die Partnerin den Raum.

»Detective Peabody verlässt kurz den Vernehmungsraum. Es gibt jede Menge Dinge, die Sie zwei hätten zerstören sollen. Oh, sehen Sie, hier sind noch mehr Bilder.«

»Ich habe keine Ahnung, wer das sein soll«, meinte Dudley, doch das Zucken seiner Hände machte deutlich, dass er log.

»Natürlich wissen Sie, wer diese Leute sind. Denn Sie haben sie umgebracht.«

»Lieutenant, falls Sie jetzt noch andere lächerliche Anschuldigungen gegen meinen Mandanten erheben, werde ich ...«

»Sie sind nach einem ganz bestimmten Muster vorgegangen, und ich kann beweisen, dass es eine Verbindung zwischen Mr Dudley und jedem dieser Menschen gibt. Zum Beispiel diese junge Frau hier, auf die wir zuerst gestoßen sind. Sie waren in Afrika, in einem heißen, wilden Land. Und verdammt, Sie hatten diese Frau bezahlt. Deshalb hätte sie, verflucht noch mal, auch tun sollen, was Sie wollen. Denn Sie haben diese kranke Vorstellung, dass Frauen die Beine für Sie breit zu machen haben, wenn Sie ihnen das befehlen. Deswegen war es im Grunde ihre eigene Schuld, als sie mit einem Mal nicht mehr am Leben war, und Gott sei Dank war ja Ihr guter Kumpel da und hat Ihnen bei der Entsorgung ihrer Leiche assistiert.«

Sie beugte sich über den Tisch und schob ihm eine Aufnahme der toten Melly Bristow hin.

Die Blondine links von Dudley würgte.

»Ja, das sieht nicht schön aus, aber, he, zumindest war sie da schon tot. Und es war ein ungeheurer Kick, dass Sie so einfach mit dem Mord an diesem Mädchen durchgekommen sind. Außerdem waren diese Menschen alle Dienstleister, genau wie Sofia Ricci in Neapel oder Linette Jones in Vegas.«

Während Dudleys Hände weiter zuckten und sein Anwalt sich gegen die Vorwürfe verwahrte, zählte sie die Namen aller Opfer auf.

»Um diesen Kick zu steigern, haben Sie sich irgendwann an Leute herangemacht, die es zu was gebracht hatten«, fuhr sie mit ruhiger Stimme fort. »Weshalb hätten Sie noch länger Ihre Zeit mit lauter Niemanden vergeuden sollen? Diese Steigerung hat Ihren Wettbewerb noch spannender gemacht. Was hätte der Gewinner überhaupt bekommen?«

»Sie denken sich das alles doch nur aus.«

»Eine hochklassige Version des klassischen Cluedo. Warten Sie.« Sie drückte auf den Knopf des Aufnahmegeräts, von dem die Unterhaltung in der Kirche aufgezeichnet worden war.

Spiele sind etwas für Kinder. Uns geht's um den Wettstreit und das Abenteuer.

»Wie viele Punkte gab's für die Gesellschafterin, die mit einem Bajonett in dem Vergnügungspark ermordet worden ist? Dem Bajonett von Ihrem Großonkel. Oder für die Eventmanagerin, die mit einer Bullenpeitsche auf dem Joggingpfad im Central Park erhängt wurde. Mit einer Bullenpeitsche, die ein Peitschenmacher in Australien extra für Sie angefertigt hat. Detective Peabody kehrt ins Verhörzimmer zurück. Sehen Sie nur, sie hat Ihnen etwas mitgebracht.«

»Ich war zu den Zeiten nicht mal in der Nähe dieser Orte. Sie wissen genau, als Adrianne ermordet wurde, fand bei mir zu Hause eine große Party statt.«

»Wir wollten von Leuten auf der Gästeliste und vor allem vom Personal, das Sie für diesen Abend angeheuert hatten, wissen, ob Sie vielleicht zwischenzeitlich einmal verschwunden waren. Weil das Personal sehr viele Dinge mitbekommt, da es von den meisten Leuten, während sie sich unterhalten, gar nicht richtig wahrgenommen wird«, klärte sie ihn lächelnd auf. »Aber auch ein paar der Gäste haben ausgesagt, sie hätten Sie an dem Abend gesucht, um noch auf Wiedersehen zu sagen, als sie heimgefahren sind, Sie aber nirgendwo entdeckt.«

»Es ist schließlich ein großes Haus mit einem großen Garten.«

»Ja, weshalb Sie jede Menge zusätzlicher Servicekräfte an dem Abend brauchten, die keine Veranlassung haben, für Sie zu lügen, und die uns berichtet haben, dass Sie und Adrianne Jonas in Richtung der Garage gingen, und dass Sie um kurz nach drei allein zurückgekommen sind.«

»Sie haben diese Leute ganz bestimmt bestochen.« Schweiß bedeckte sein Gesicht wie morgendlicher Tau. »Weil Sie sich an mir rächen wollen. Weil Sie neidisch auf mich sind.«

»Warum sollte ich neidisch auf Sie sein?«

»Vielleicht sind Sie die Frau von Roarke, und vielleicht sind Sie deshalb reich, aber trotzdem werden weder Sie noch er je wirklich jemand sein. Sie werden nie das werden, was ich bin.«

»Gott sei Dank. Ich habe Aussagen, verschiedene Aufnahmen, diverse Zeugen und die Waffen«, klärte sie ihn achselzuckend auf. »Oh, und da ist noch etwas. Das hier lag in einer Schublade in Ihrem Schlafzimmer.« Sie zog ein kleines Abendtäschchen aus der Kiste, die zu ihren Füßen stand. »Das gehörte Adrianne Jonas.«

»Sie hat diese Tasche auf dem Fest vergessen, und ich habe sie nur für sie aufbewahrt.«

»Diese Ausrede ist ziemlich schwach. Denn wir haben diese lästigen Bediensteten, die sie gesehen haben, als sie mit der Tasche in der Hand in Ihre Garage ging.«

»Wo sie sie fallen gelassen hat.«

»Seltsamerweise war ihr Handy nicht mehr in der Tasche, obwohl sie gesehen wurde, als sie es benutzt hat, kurz bevor sie mit Ihnen in die Garage ging. Und genauso seltsam ist, dass in Ihrem Fahrzeug Fingerabdrücke der Frau und ein paar Strähnen ihrer Haare waren. Oh, und zwei der Jungen, die die Limousinen Ihrer Gäste parken sollten, haben mitbekommen, wie ihr Wagen circa eine Stunde vor dem Tod von Adrianne von Ihrem Grundstück fuhr.«

»Dann hat sie offensichtlich jemanden vom Personal gebeten, sie zu fahren. Ich kann nicht die ganze Zeit auf alle Leute aufpassen.«

»Sind das hier Ihre Schuhe?« Eve zog seine Slipper aus der Kiste, und als Dudley mit den Schultern zuckte, fuhr sie fort. »Ich kann die Sache abkürzen und Ihnen sagen, dass wir sie aus Ihrem Schuhschrank haben und dass das dieselben Schuhe sind wie die, die Sie beim Mord an Ava Crampton anhatten. Wir haben Sie mit diesen Schuhen auf einem Foto, als Sie weniger als eine halbe Stunde vor dem Tod der Frau ins Gruselkabinett gegangen sind.«

»Das kann nicht sein. Ich habe extra … ich war an dem Abend gar nicht dort.«

»Sie wollten sicher sagen, dass Sie alle Kameras mit diesem Ding hier ausgeschaltet hatten.« Sie legte den Störsender neben den Schuhen und dem Abendtäschchen auf den Tisch. »Sie haben Ihre Sache wirklich gut gemacht, Winnie. Das muss ich Ihnen zugestehen. Aber eine Kamera haben Sie übersehen. Und bevor Sie sagen, dass es jede Menge Leute gibt, die solche Schuhe haben«, sagte sie zu Sorenson, »sollten Sie wissen, dass es nur eine begrenzte Zahl von diesen Slippern gibt, von denen in dieser Größe und in dieser Farbe nur sehr wenige verkauft wurden. Und da wir bereits die meisten Käufer ausfindig gemacht und von der Liste der Verdächtigen gestrichen haben, muss ich leider sagen, dass der ehrenwerte Mr Dudley Ihnen gegenüber bisher vielleicht nicht ganz offen war.«

»Ich brauche Zeit für ein Gespräch mit ihm.«

»Sicher. Kein Problem. Dann setzen wir dieses Verhör eben am Montagmorgen fort. Sie wirken irgendwie etwas nervös und angespannt, Winnie. Sie zittern wie Espenlaub und haben dicke Schweißperlen im Gesicht. Wahrscheinlich wünschten Sie, Sie könnten irgendetwas einwerfen, damit Sie wieder ruhiger werden. Ohne all die feinen Dinge, die Sie sich normalerweise gönnen, wird die Zeit bis Montag in der Zelle sicher ziemlich lang.«

»Sie können mich nicht einfach hierbehalten.«

Sie beugte sich so weit über den Tisch, dass sich ihre Nasenspitzen fast berührten, und erklärte gut gelaunt: »Oh doch.«

»Sorenson, Sie nutzloses Stück Scheiße, tun Sie was.«

»Dürfte ich Sie wohl kurz draußen sprechen, Lieutenant?«

»Ich verlasse diesen Raum jetzt nicht.« Sie lehnte sich auf ihrem Stuhl zurück und streckte ihre langen Beine aus. »Warum machen Sie keinen Deal mit mir, Winnie? So war es doch geplant. Aber Sly hat es vermasselt, hat alles kaputtgemacht. Weshalb er der Loser ist. Wobei auch Sie selber bis zur Oberkante Unterlippe in der Scheiße stecken. Himmel, Sie sind einfach lächerlich. Ich habe Sie in weniger als einer Woche kleingekriegt. Am besten trinke ich erst mal auf meinen Sieg.«

Sie zog eine Flasche Schampus aus der Kiste. »Das ist eine wirklich teure Brühe, die aus Frankreich kommt. Ein besonderer Jahrgang, nummeriert, signiert und von Delaflote persönlich für das Abendessen bei den Simpsons ausgesucht. Nur, dass er in Ihrem Weinkeller gelegen hat. Dieser Delaflote, der ganz einfach nicht gut genug für Ihre Mutter war. Dieser französische Emporkömmling.«

»Halten Sie den Mund.«

»Oh, das ist längst nicht alles. Ich kann wirklich nicht verstehen, wie Sie beide fast neun Monate mit dieser Masche durchgekommen sind.« Sie wandte sich an ihre Partnerin. »Was sagt der Richter zu dem Fall?«

»Er gibt den beiden ein Befriedigend für ihre Kreativität. Für die Ausführung dann aber bestenfalls ein Ausreichend.«

»Das kling durchaus fair. Aber es hat Spaß gemacht, nicht wahr, Winnie? Sie haben es nicht nur wegen der Punkte, sondern hauptsächlich aus Spaß gemacht. Sie haben diesen Wettbewerb geliebt, so wie Sie all die kleinen Pillen lieben, die Sie täglich einwerfen. Denn was wäre das Leben ohne etwas Spaß und den gewissen Kick?«

»Es reicht, Lieutenant.« Der Rechtsanwalt stand auf. »Wir beenden das Gespräch.«

»Ich gehe nicht zurück in diese Zelle. Tu, wofür ich dich bezahle, du Idiot. Ich will nach Hause, und ich will das Weib bestrafen.«

»Autsch, anscheinend kommt allmählich der Entzug.« Eve schüttelte mitfühlend den Kopf und sah auf ihre Uhr. »Aber schließlich sind Sie auch schon eine ganze Weile hier. Nicht, dass Sie jemals wieder nach Hause kommen, Winnie, aber selbst wenn ich Sie gehen ließe, fänden Sie dort keine Pülverchen und Pillen mehr. Denn die haben wir eingesackt.«

Er sprang auf, und als der Rotschopf ihn beruhigen wollte, krachte seine Faust in ihr Gesicht. »Sie haben nicht das Recht, meine Sachen anzurühren. Ich bezahle Sie. Sie sind nur eine kleine Angestellte dieses Staats. Sie gehören mir.«

»Alle diese Leute haben Sie bezahlt.« Eve wies auf die Fotos auf dem Tisch. »Deshalb hatten Sie das Recht, sie zum Vergnügen umzubringen.«

»Allerdings, das hatten wir. Das waren lauter Niemande.« Schwungvoll fegte er die Aufnahmen vom Tisch. »Kaum was anderes als Droiden. Weint vielleicht irgendwer einem Droiden eine Träne nach, wenn der nicht mehr funktioniert? Und Sie, Sie sind nicht mehr als die vorübergehende Hure eines Niemands, der seinen sozialen Aufstieg einzig irgendwelchen halbseidenen Machenschaften zu verdanken hat. Wir hätten Sie zuerst umbringen sollen.«

»Ja, wahrscheinlich. Aber dafür ist es jetzt zu spät.«

»Sagen Sie jetzt nichts mehr, Winston. Haben Sie verstanden? Halten Sie den Mund.«

»Lassen Sie sich etwa Vorschriften von einem Typen machen, den Sie selbst bezahlen?«, fragte Eve verächtlich.

»Mir macht niemand Vorschriften. Ich werde diesen Raum verlassen und Sie fertigmachen. Bilden Sie sich etwa ein, Sie wären sicher, nur weil Sie die Frau von einem reichen Pinkel sind? Ich habe einen Namen und so großen Einfluss, dass ich Sie mit einem Wort zerquetschen kann.«

»Und was ist das für ein Wort? Denn ich brauche andersherum deutlich mehr als eins. Winston Dudley, ich nehme
Sie unter dem Verdacht des Mordes sowie der Verabredung
zum Mord an den bereits bekannten vier Personen und an
Melly Bristow, einer jungen Frau ...«

Während ihrer Litanei durchquerte Peabody den Raum
und ließ zwei Beamte ein. Eve hatte ihm schon in der Kirche einen Kinnhaken verpasst, deswegen trat sie einen
Schritt zur Seite, als der Kerl sich auf sie stürzen wollte, und wartete lächelnd ab, bis einer der Kollegen ihn zu
Boden warf.

»Lieutenant!« Sorenson trat auf sie zu. »Mein Mandant
steht offensichtlich geistig und emotional, vielleicht aufgrund von Drogenmissbrauch, unter Stress. Ich ...«

»Gehen Sie zum Staatsanwalt. Ich habe meinen Job
gemacht.«

Sie trat in den Flur hinaus, und Roarke kam aus dem Ne-
benraum und stellte fröhlich fest: »Für eine vorübergehende
Hure hast du diese Sache wirklich gut gemacht.«

»Sagt der Niemand, der seinen sozialen Aufstieg einzig
irgendwelchen halbseidenen Machenschaften zu verdanken hat.«

»Wir sind ganz eindeutig das perfekte Paar.« Er nahm ihre
Hand. »Kann das Wochenende jetzt losgehen?«

»Ja. Ich brauche noch einen Zitronenkuchen mit Baiser
und eine Erdbeertorte.«

»Findest du nicht auch, dass das ein bisschen gierig ist?«

»Manchmal muss man sich eben was gönnen.« An der
Tür des Konferenzraums bog sie ab. »Ich brauche noch eine
halbe Stunde, bis ich mit dem dämlichen Papierkram fertig

bin. Und morgen früh brauche ich noch zwei Stunden für den blöden Moriarity.«

Er hielt weiter ihre Hand, als sie gemeinsam auf die Tafel sahen. »Heute Abend kommen keine weiteren Gesichter an das Brett.«

»Nein, heute Abend nicht.«

Er verstand, dass sie sich davon hatte überzeugen müssen. Und verstand genauso, dass dies nicht ihr letzter Tag als Polizistin war. Weshalb in Zukunft andere Gesichter an die Tafel kommen würden.

Aber heute Abend nicht mehr.

Sie wandte sich ihm zu, schlang ihm die Arme um den Hals, lehnte ihren Kopf an seiner Schulter an und atmete tief durch.

Er hatte recht. Sie waren wirklich das perfekte Paar.